[韩 天 航 文 集] ⑨

父亲的草原
母亲的河

韩天航　著

新疆生产建设兵团出版社

图书在版编目（ＣＩＰ）数据

父亲的草原母亲的河 / 韩天航著. -- 五家渠 ： 新
疆生产建设兵团出版社, 2020.12
ISBN 978-7-5574-1590-7

Ⅰ. ①父… Ⅱ. ①韩… Ⅲ. ①长篇小说－中国－当代
Ⅳ. ①I247.5

中国版本图书馆 CIP 数据核字(2021)第 014054 号

责任编辑:昝卫江

父亲的草原母亲的河

出版发行　新疆生产建设兵团出版社
地　　址　新疆五家渠市迎宾路 619 号
邮　　编　831300
电　　话　0994—5677185
发　　行　0994—5677048
传　　真　0994—5677519
印　　刷　北京一鑫印务有限责任公司
开　　本　710mm*1000mm　1/16
印　　张　30.75
字　　数　454 千字
版　　次　2020 年 12 月第 1 版
印　　次　2021 年 8 月第 1 次印刷
书　　号　ISBN 978-7-5574-1590-7
定　　价　93.00 元

目 录

第一章

在新疆辽阔的草原,连绵起伏的群山下面有一座村庄叫托克里克村。

草原上万马奔腾。泰米尔与沙英在赶着马群。泰米尔,二十几岁,健壮英俊,显得聪慧而耿直。沙英,五十几岁,络腮胡子,一双小眼睛透出豪爽,但又不失机敏。

马群从唐娅琳身边闪过。

唐娅琳比泰米尔小两岁,很漂亮。她看到泰米尔与沙英,高兴地向泰米尔和沙英挥挥手。

在马群的后面。

泰米尔问沙英说:"她是谁?"

沙英说:"娜仁花的女儿。"

泰米尔说:"她不是跟他爸回齐纳尔市了吗?"

沙英说:"她爸死了,娜仁花就又回到草原上来了。"

泰米尔说:"唐局长死了。"

沙英说:"坏人长寿不了。"

泰米尔说:"阿爸,你不能记人家一辈子的

仇呀。"

在托克里克村里。

十几年前。

窗外大雪纷飞。

在村委会办公室。沙英冲着村委会主任热合曼与村主任助理知青唐继亮喊："我就是养了自留羊了，怎么啦？以前每家都有自留羊，为啥现在不成？因为穷，老婆闹着要带着孩子离开我呢！"

唐继亮说："为了彻底割掉资本主义尾巴，所以自留羊一只也不能养，这是原则。"

沙英说："可老婆要带着孩子离开我，我就找热合曼主任和你这个城市来的主任助理唐继亮。"

沙英回到自己的毡房。

沙英的老婆是一个28岁漂亮的汉族与俄罗斯族的混血女人叫图娜，领着3岁的男孩巴根，气冲冲地从毡房出来。沙英紧追出来说："图娜，你别走。"

图娜说："羊群不让你放了，自留羊也收走了，让你去军马场放马去，我和孩子还能指望你什么？跟着你喝西北风啊！"

沙英的母亲萨仁娜也走了出来，气愤地说："她要走，让她带着孩子走，心野的骆驼拴不住！"

图娜停住脚步，对沙英说："别送了，就到这儿吧！"

沙英说："好吧，水往低处流，人往高处走。但我讲一句话，你什么时候回来，我都等你。"

图娜说："你就死了这心吧，好马不吃回头草，好女不嫁回头郎。你见过河水倒流吗？"

沙英看着孩子摸着巴根的头，看看他耳朵下的一颗红痣："巴根，希望你走后，别忘了我这个阿爸。"

巴根鞠了一躬说："阿爸，我要走了。"

沙英目送着他们在白雪铺盖的大地上远去……

沙英沮丧地在村里走,看到村主任热合曼领着一男一女两个孩子往村委里去。

村委会里沙英对热合曼说:"既然是孤儿那我领养了,为了那几只自留羊的事,你可已经让我家破人亡了!"

热合曼说:"好吧,女娃我来养,男娃你领走,男娃好养。"

沙英说:"两个我都要。"

热合曼说:"不行! 让你到马场去放马,能把一个孩子养活就算不错了。"

沙英说:"我妈可以帮我带。"

绿茵茵起伏的草原,娜仁花正在毡房前的草地上放羊。唐娅琳跳下马说:"妈,我刚才看到沙英大伯和泰米尔了。"

娜仁花叹口气说:"你阿爸已经走了两年了,可沙英现在还记着他的仇里,见了我理都不理。"

唐娅琳说:"阿爸那时也太左了,为了几只自留羊,弄得人家家破人亡。"

娜仁花说:"那个图娜早就不想跟沙英过了,那时只不过找了个借口罢了。"

唐娅琳说:"妈,我爱泰米尔怎么办?"

娜仁花说:"你是为了泰米尔回到草原上来的?"

唐娅琳说:"为你,也为他。"

娜仁花说:"死了那心吧,沙英不会同意的。"

唐娅琳说:"我爱的是泰米尔!"

娜仁花说:"但泰米尔虽然是沙英领养的孩子,但泰米尔比亲生儿子还要孝顺,只要沙英不同意,这事就算不成。"

唐娅琳说:"我不信,只要心诚,金石为开。"

娜仁花说:"我要告诉你,热合曼的养女阿孜古丽也爱上泰米尔了。"

唐娅琳说:"我爱我的,她爱她的,最后是什么结果,那得由泰米尔来选择。"

娜仁花说："那你处于下风头了,因为沙英与你阿爸不和。"

唐娅琳说："妈,任何事情都不会是一成不变的,不过这事你得为我保密,不要让任何人知道,我自己会处理这件事的,有些爱情是需要努力长期培养的"。

起伏的草原广阔无边,马群在奔腾,发出隆隆的巨响。

沙英说："泰米尔,我要到村委会去一次。承包草原的事,我绝不向胡雅格退让。"

沙英策马朝村委会奔去。

十几年前。

沙英对萨仁娜说："妈,我想给孩子起名叫泰米尔。"萨仁娜对沙英说："好,但你再去把那个女娃也给我要回来,图娜带着孩子走了,现在有了泰米尔,那女娃再要回来,我们家虽穷,但一样可以人丁兴旺。"萨仁娜倒了杯奶茶给泰米尔喝。

在热合曼家里,热合曼的女人古丽娅也倒了杯奶茶给小女孩喝。

沙英进来说："村主任,我妈让我把这个女孩也领回家。"

这时胡雅格领着儿子苏和巴图尔推门闯了进来说："这个女孩我领养了!"

热合曼说："口内闹饥荒,一些饥民就带着家人来咱们草原上寻活路,有个饥民就把两个孩子给了我,这个女孩还有个哥哥呢,也来咱们这儿的路上就被人家领走了。小女孩说,当时她6岁的哥哥被一个男人领走时,她就哭喊着,她哥哥说:'别忘了爸爸妈妈哥哥的名字,爸爸叫赵杰,妈妈叫刘萍,哥哥我叫铁蛋。'"

小女孩流着泪不住地点头。

胡雅格说："热合曼村长,这个女孩让我领养吧。"

沙英说："你已经有一儿子了,还嫌不够多! 热合曼,这女孩还是由我来领养。"

热合曼说："我与古丽娅商量过了,小女孩由我们养,我们把她的名字也起好了,叫阿孜古丽。"

热合曼的老伴古丽娅说:"对,由我们养,你们别掺和。"

胡雅格说:"迷途的羔羊是苍天赐的礼物,这孩子,我们家养了!"

沙英一听就不乐意了说:"我就知道你来没安好心。刚才我就跟热合曼村长说了,这孩子我养!"

胡雅格说:"美得你!抢着当好人那也得看你自身的条件,你女人带着孩子跑了,还想再领养两个孩子?真是自不量力!"

沙英与胡雅格谁也不让谁地相互瞪视着。

热合曼一声怒喝说:"你们俩见了面就吵架!在犊子面前耍威风啊?像什么样子!"

唐继亮这时领着唐娅琳推门进来说:"怎么啦?"

沙英举鞭子,胡雅格也举起了鞭子。

唐继亮往两人当中一站说:"都给我住手!我看这事儿还是让老天爷来定吧。"

沙英与胡雅格同时说:"咋定?"

唐继亮说:"抓阄!"

热合曼说:"好,就这么定!"

萨仁娜也进了屋子,抱起小女孩坐在炕上。

唐继亮撕下三张白纸。

沙英在纸上分别画了一个"○"和两个"×"。

唐继亮把三个纸团儿扔进碗里。

沙英与胡雅格先抓。

热合曼抓了最后一个。

沙英与胡雅格抓的阄打开都是"×"。

热合曼打开纸团儿上面是个"○"。

沙英冲着唐继亮喊:"你这个混蛋,老是跟我作对!"

热合曼高兴的:"啊!老天爷帮忙!"

几个人回头看,萨仁娜与小姑娘都不见了。

在夜色中萨仁娜抱着小姑娘往家走。

沙英追上前拉住她说："妈。把小姑娘抱回去吧。"

萨仁娜抱着小姑娘不肯回。

沙英说："妈，我永远把小姑娘看成我的女儿，你的孙女。但孩子该由热合曼养。抓阄就是这么抓的，我们得讲信誉。"

热合曼也赶了上来，说："奶奶，我把小姑娘的名字都起好了。叫我们维吾尔族人的名字。阿孜古丽。"

后面跟着跑来的胡雅格问："啥意思？"

热合曼说："就是希望花。"

已是春天了，草原上已是一片嫩绿，早开的鲜花也已在阳光下绽放。

泰米尔，苏和巴图尔，唐娅琳各自都骑着马朝热合曼家走去。泰米尔还牵着一匹枣红色小母马。

在热合曼家。

三个小孩在离热合曼家不远处都跳下马。

泰米尔喊："阿孜古丽。"

阿孜古丽答应着从屋里出来说："来啦！"她看看三个小伙伴说，"啥事啊？"

泰米尔说："我阿爸知道你已经学会骑马了，特地从马场给你挑了匹小母马。你看，多漂亮的马呀！"

阿孜古丽惊喜地说："给我的？"

泰米尔说："是呀，这就是你的马了。"

阿孜古丽拍手说："太好了。"说着，在泰米尔的帮助下熟练地爬上了马背。

唐娅琳疑惑地说："阿孜古丽，你什么时候学会骑马的？"

阿孜古丽说："泰米尔哥哥教我的呀。他每天一早就牵着他的马来教我骑马了。教了没几天我就会骑了。我阿爸说，我已经是维吾尔族的姑娘了，以后维吾尔族姑娘该会的东西我都要学。"

唐娅琳嘟着个嘴似乎有些醋意。

热合曼为唐继亮一家送行。

泰米尔,苏和巴图尔,阿孜古丽,也为小朋友唐娅琳送行。

唐娅琳坐在车上向小朋友挥手:"我保证,我们还会回到草原上来的。"

小朋友们也一起挥手。

连绵的群山,一望无际的碧绿的草原。一条河流如蓝色的绸带般蜿蜒在草原之上,河边,散落着一些白色的毡房。

泰米尔,苏和巴图尔,阿孜古丽,唐娅琳策马在草原上奔跑着。

在奔驰中,泰米尔那小小的身体长大了,他穿着一身蒙古族的服装,完全像一个壮实英俊的蒙古族小伙子了。

十几年后,在万马奔腾的草原上。

泰米尔骑着马在马群中奔跑着。

苏和巴图尔看到泰米尔在套马,也策马奔过去,帮泰米尔赶马。

苏和巴图尔说:"泰米尔,你回来了?"

泰米尔说:"回来不走了。"

苏和巴图尔说:"你是为阿孜古丽才回来的吧?"

泰米尔说:"为了搞建设才回来的。"

苏和巴图尔说:"那就好,你可不要同我争阿孜古丽。"

泰米尔说:"她答应你了。"

苏和巴图尔说:"她迟早是我的。"

当时阿孜古丽也策马在向马群奔去。

已二十岁的阿孜古丽长得异样的美丽,身材匀称,鹅蛋脸大眼睛,嘴角还有两个酒窝。她一身维吾尔族姑娘的装扮,既有汉族人的气质,又有维吾尔族那种特有的神韵。

泰米尔正紧握着套马杆策马在马群中追逐着一匹白色的骏马。

他套马的姿势显得熟练而潇洒。

奔跑着的白骏马东躲西闪,想躲开泰米尔的套绳。但泰米尔还是把那匹白骏马套住了,白骏马扬起前蹄发出了长长的嘶鸣。

阿孜古丽急急地策马朝正在套马的泰米尔奔来。

阿孜古丽直奔到泰米尔与苏和巴图尔跟前,猛一勒缰绳,马长嘶一声。

阿孜古丽说:"泰米尔,苏和巴图尔你们俩的阿爸又吵起来啦。"

草场绿草如茵,一条小河平静地从草场中流过。

沙英和胡雅格正在争吵。

沙英和胡雅格也都已五十出头了,但两人的脾气依然像年轻时那样暴躁,嗓门也都大。

沙英用马鞭指着胡雅格说:"胡雅格,这齐纳尔草场,就该由我来承包。泰米尔他爷爷,在那年冬天,为了保护公社的羊群不被冻死,可他自己却活活的在暴风雪中被冻死了。他就埋在了齐纳尔草场的地底下。"

胡雅格说:"你要这么说,那我父亲在协助解放军剿匪的时候就是在齐纳尔草场上受的伤,他的鲜血就洒在了这片草场上。这草场自然就该由我来承包。"

沙英说:"我的父亲牺牲在这儿!"

胡雅格说:"我的父亲在这儿受的伤!"

沙英说:"流点血算什么。"

胡雅格说:"你父亲为了保护公社的羊群牺牲了,是很了不起,但这不等于就一定得由你来承包齐纳尔草场!"

沙英说:"胡雅格,你他妈太不讲理了!"

胡雅格说:"沙英,是你不讲理还是我不讲理?什么流点血算什么?我爷爷剿匪时受的伤,流的血,比你父亲只是为保护公社的几只羊要强得多!"

沙英被激怒了,气得一鞭子甩向胡雅格说:"你敢贬低我伟大的父亲,我让你尝尝我沙英的鞭子!"

两人都用鞭子抽打着对方。

热合曼骑马赶到,喊:"都给我住手!"

泰米尔问阿孜古丽说:"又为啥吵?"

阿孜古丽说:"为承包草场的事呗!"

泰米尔把套住的白骏马放开了。

苏和巴图尔说："泰米尔,你也该劝劝你阿爸,一个烂草场有什么好吵的。"

泰米尔说："我不能去,你阿爸是村长,这事儿得由你阿爸定。"

阿孜古丽说："泰米尔,是我阿爸让我来叫你的,说你是咱们村唯一的大学生。"

泰米尔说："怎么唯一呢,唐娅琳不也回来了吗?"

阿孜古丽说："那好,我去把娅琳姐姐也叫上,这不就齐了。"

齐纳尔草场上。

热合曼正夹在沙英和胡雅格中间,严厉地对沙英和胡雅格说:"为了得到齐纳尔草场的承包权,你们准备吵到什么时候,还有完没完了?你们俩能不能姿态高一点,相互都让一让行不行?巴吉尔草场其实也很不错呀!而且紧挨着齐纳尔草场。"

沙英说："不!我就是要承包齐纳尔草场,这儿有我沙英全部的理想!"

胡雅格说："齐纳尔草场,有我胡雅格的全部人生。"

沙英:"我是怎么去的马场?你热合曼还不知道,为了那几只自留羊,你和那个唐继亮把我赶到马场去做苦工了。三十年河西,三十年河东,现在羊群都成了自留羊了,我非要把我的羊群养好,让你们这些人看看,我沙英马也放,羊也放,怎么啦?"

热合曼说："沙英,你在乡里的马场工作,有自己的一份工资,你姿态高一点行不行?去承包巴吉尔草场吧。"

胡雅格:"拿耻辱当光荣。"

沙英:"放屁!过去的耻辱,就是现在的光荣!"

热合曼说："沙英你去承包巴吉尔草场吧。"

沙英说："不行,巴吉尔草场太远。在村的尽头,离村有六七十里地呢。"

在马场。

阿孜古丽说："泰米尔,苏和巴图尔,你俩都去吧,我阿爸都快奔七十岁啦。你们总该去劝劝架吧?"

苏和巴图尔看着美丽的阿孜古丽又走神了,泰米尔看出来了,说:"那好,苏和巴图尔,走!"

苏和巴图尔才缓过神来,贴着阿孜古丽的耳朵说:"阿孜古丽,我太爱你了!"

阿孜古丽一笑说:"去你的!"

然后策马离开说:"我去叫娅琳姐。"

泰米尔与苏和巴图尔策马在草原上走着。

苏和巴图尔说:"泰米尔,阿孜古丽是我的,希望你清楚这一点。"

泰米尔说:"你都想要是吗?"

苏和巴图尔说:"什么都想要?"

泰米尔:"齐纳尔草场呀。"

苏和巴图尔:"那是我爸想要。"

泰米尔冷哼了一声。

苏和巴图尔说:"怎么了?"

泰米尔说:"没什么!"

河边。

热合曼说:"沙英,胡雅格,现在全村,只有你们两家没跟村里签承包合同了。多丢人哪!以前你们可都是牧业队上的生产积极分子。你胡雅格的爷爷为剿匪保卫草场流过血,你沙英的父亲,为保护队上的羊群甚至献出了生命。你们现在的表现,怎么向你们的先人交代!"

沙英,胡雅格同时喊:"所以我才要承包齐纳尔草场!"

泰米尔,苏和巴图尔,阿孜古丽,唐娅琳在众人跟前跳下马。

阿孜古丽马上像圆满完成了任务似的对热合曼说:"阿爸,我把泰米尔,娅琳姐这两个大学生都叫来了。"

苏和巴图尔说:"阿孜古丽,还有我呢。"

阿孜古丽说:"我说的是大学生。"

苏和巴图尔说:"现在为承包齐纳尔草场的事,咱们两家吵得你死我活的。热合曼村长也没办法。我看现在只有一个办法。"

泰米尔说:"什么办法?"

苏和巴图尔说:"我是胡雅格的儿子,你是沙英的儿子。我和你比摔跤,谁赢了,这齐纳尔草场就归谁家承包!"

胡雅格看着苏和巴图尔那高大粗壮结实的身材得意地说:"这办法好!"

唐娅琳说:"这不公平。人的能力有大小,体力也是这样,以强胜弱,要我是沙英大叔,我也不服气。"

泰米尔说:"唐娅琳说的对。苏和巴图尔,我与你比摔跤,不一定就输给你。但用比摔跤定输赢的办法来决定谁承包齐纳尔草场,这并不合理。输的一方心里也不一定服气。"

沙英:"唐娅琳,你在这儿多什么嘴。"

热合曼:"唐娅琳现在是咱村里的人了,当然也有发言权。"

沙英:"但你……"

热合曼:"沙英,以前的那些个烂芝麻,你还有完没完了。"

唐娅琳:"沙英大叔以前的烂芝麻我就听过,那时我爸做的是不对。"

苏和巴图尔说:"泰米尔,你看吧。"

沙英对泰米尔说:"泰米尔,你是我沙英的儿子,你就这么没出息。同苏和巴图尔比摔跤,你要真输了,我也就认了。谁让我沙英的儿子这么没出息呢?"

泰米尔说:"阿爸,我要真输了,你说不定会一辈子恨我,我可不想担这个责任。苏和巴图尔要输了,胡雅格大叔也会生苏和巴图尔的气的。"

胡雅格问苏和巴图尔说:"你会输?"

苏和巴图尔自信地说:"不会!"

胡雅格说:"那就比!"

阿孜古丽说:"沙英,胡雅格两位大叔,我觉得用两家儿子比摔跤的办法来决定齐纳尔草场的承包权,这样是有点不合理。"

沙英说:"那你说怎么办?"

泰米尔说:"听热合曼大伯的。他是村长,代表政府。应该由他说了算。村长就应该在这个时候站出来说话。"

胡雅格说:"那也得讲理。"

沙英说:"对,也得以理服人。"

在一座有着断壁的山上,一个年轻人惊慌失措地沿着山坡的一面拼命奔跑,后面不远处有两个人骑着马在追。

仓皇逃跑的年轻人耳后有一颗红痣,但他的脸长得十分的英俊,此时却显出一副如丧家之犬的落魄样。

那年轻人慌不择路地奔上山坡,这才发现山坡的另一面是山崖断壁。回头两个骑马的人已快奔上山坡,他只能沿着山崖边继续奔逃。

骑马人快马加鞭一跃上了山坡,迅速逼近青年。青年一面狂奔一面惊慌地朝后张望,脚下突然一滑,滚下山坡,跌落在悬崖半空当中石缝里生出的一棵树上。

青年跌落山崖时紧闭双眼以为必死无疑,可眼睛一睁开却发现自己被一根断裂的粗树枝吊在半空中,脚下是山涧,虽然不深,但也有些高度。青年吓得大叫起来。

两个骑马人翻身下马,从山崖边上往下看。

青年哭丧着脸向上喊:"救命! 救命呀——"

骑马人甲冷笑一声说:"罗米夏,你也有今天呀! 我叫你逃,你逃呀!"

罗米夏带着哭腔说:"我不逃了,求求你们,把我拉上去吧!"

骑马人甲说:"拉你上来你就能还钱吗?"

罗米夏说:"明天我一定还你,我保证!"

骑马人甲说:"去你的吧! 上次你也这么说,结果一跑就是半个月! 你以为跑了我就逮不着你吗? 我告诉你,只要你还待在草原上,翻层地皮我也能扒出你的骨灰!"

骑马人乙说:"跟他啰唆啥? 拉上来捆上,直接送局子里去!"

骑马人甲说:"那不太便宜他了! 让他吊这儿,好好长长记性,走!"

骑马人乙说:"他欠的钱咋办?"

骑马人甲对着罗米夏喊:"罗米夏,今天我们先放过你!你狗日的三天之内把钱给我送到家里去,不然我废了你!"

骑马人乙说:"做人就得讲信誉,不然谁还肯跟你玩,走!"

罗米夏说:"我一定还,我一定还!快把我拉上去吧。"罗米夏喊完等了一会儿,听上面没动静,赶紧抬头,见两个骑马人已经翻身上马准备走人了。

罗米夏又急又慌,忙大喊:"你们别走啊!我欠的钱一定还,快拉我上去!"

骑马人甲说:"想上来自个儿想招吧!欠账不还就得受点教训!"两人拨转马头,扬长而去。

罗米夏绝望地大声喊:"救命啊!救命啊!"

在草场上的阿孜古丽听到了喊声说:"你们听,好像山那边有人在喊救命。"大家都听到了。

泰米尔翻身上马,说:"我过去看看。"

阿孜古丽说:"那我也去吧。"

唐娅琳说:"我也去!"

苏和巴图尔看看阿孜古丽,嘴一动,似乎也想说去。

泰米尔说:"你们都跑了,承包草场的事咋解决?我去就行了!"说着,已似箭一般地冲了出去。

热合曼对着飞快地蹚过小河的泰米尔喊:"泰米尔,快去快回!"

悬崖边的树枝上,罗米夏一面哭着,一面有气无力地喊:"救命!救命……"

忽然,他听到山坡上有马蹄声传来,不由得精神一振,忙喊:"你们回来啦!我就知道你们不会撇下我不管的。两位大哥,钱我一定还,快救我上去!"

泰米尔跳下马,凑到山崖边,正好跟罗米夏对上视线。

罗米夏先是一愣,但马上反应过来了,忙说:"这位兄弟,快帮帮我,救我上去!"

泰米尔解下腰带，慢慢地放了下去。

罗米夏赶紧死死抓住腰带，泰米尔用力将罗米夏拉上山崖。

泰米尔看看狼狈地爬上山顶的罗米夏，说："咋回事？"

罗米夏说："走路不小心，滑到山崖下面了。"

泰米尔看看山崖，又看看山坡下，说："你上这儿干吗来了？前面要不是有两个骑马的人下山，我也不会上这儿来看，那你可得在这儿吊上一阵子了。那两个人你认识吗？"

罗米夏知道瞒不住了，敷衍说："认识认识，因为过去有点小误会，我想躲着点他们，这才不小心滑下去的。"然后怕泰米尔再问下去，就不住地向泰米尔点头说，"兄弟，真是太谢谢你了，太谢谢你了。"

泰米尔说："你这是要去哪？"

罗米夏说："去巴吉尔草场。"

泰米尔说："去巴吉尔草场干吗？"

罗米夏说："我老婆就是那儿放羊的呀。"

泰米尔说："不对吧？巴吉尔草场属于我们托克里克村，这草场还没人承包呢。"

罗米夏说："我怎么不知道？兄弟谢谢你刚才救了我。"说着，赶紧沿着山崖往树林那边走。

泰米尔一脸的疑惑。

在齐纳尔草场的河边。

沙英跟胡雅格又斗上嘴了。

沙英得意地对胡雅格说："我儿子的身手，全是我手把手教出来的。别看你家苏和巴图尔人高马大壮得像头熊，论摔跤，我儿子不见得就会输在你儿子手下。"

胡雅格说："拉倒吧！刚才你儿子咋说的？他就是不敢跟我儿子比呀，他那叫自知之明。"

沙英说："我儿子是怕你们既输了面子又输了草场。那不就太惨了。"

胡雅格说:"狗屁!"

在山上,泰米尔目送罗米夏沿着山坡朝树林的方向走去。

泰米尔突然想起什么,就喊:"你怎么不骑马啊? 上巴吉尔草场还有几十里地呢!"

罗米夏说:"我没马。"

泰米尔说:"你这在草原上还真是少有。骑我的马去吧! 到地方了,就把我的马放回来,我的马它认得路。"

罗米夏有点动心,但很快又说:"不用不用,谢谢了。"说完又急急地往前走,很快就消失在树林中了。

河边。

胡雅格走到苏和巴图尔身边说:"儿子,我问你,摔跤你到底能不能赢泰米尔?"

苏和巴图尔说:"阿爸,我不是说过嘛,你咋这么不相信你的儿子呢?"

胡雅格盯着苏和巴图尔自信的神情,突然喊:"村长,咱们就在这儿比摔跤。苏和巴图尔同泰米尔比,谁赢谁家就承包齐纳尔草场。"

热合曼说:"干吗非要用这个办法呢?"

胡雅格说:"就用这个办法,不然我胡雅格咽不下这口气。我要让你沙英知道,光图嘴巴痛快那是不行的!"

沙英说:"比就比,谁怕谁呀!"

唐娅琳说:"不是说好不用这办法吗?"

沙英说:"唐娅琳,你不说话行不行?"

阿孜古丽说:"胡雅格大叔,用这种办法不公平。"

苏和巴图尔说:"嗨嗨,你们怎么都向着泰米尔? 怕泰米尔输了你们都跟着丢脸是不是?"

胡雅格看着沙英说:"沙英,你不敢吗?"

沙英哈哈一笑,说:"随你用什么方法,我沙英来者不惧! 哪怕是你胡雅格要亲自跟我比摔跤,我也乐意奉陪!"

第二章

泰米尔策马往回奔着。

在河边，胡雅格对热合曼说："热合曼，让我们家苏和巴图尔跟泰米尔比摔跤，就这么定了！"

热合曼气恼地说："到底你是村长还是我是村长？"

沙英说："热合曼村长，既然我们两家都要求用这种方式解决争端，我看你还是同意了吧。不然他胡雅格还真以为我沙英没底气呢！"

河对岸，泰米尔策马蹚河过来。

阿孜古丽有些着急地拨马走到河边，朝他挥挥手，意思让他再快一些。而唐娅琳欲策马迎上去。

泰米尔跃下马背。

沙英就对泰米尔说："泰米尔，你和苏和巴图尔比摔跤吧。比输了，我不怪你，但你要是不敢比，我就不认你这个儿子！"

胡雅格对泰米尔说："泰米尔，敢不敢跟我们家苏和巴图尔比试一下？"

苏和巴图尔在边上喊："你要是不敢比，那就算输!"

泰米尔看看热合曼,说:"热合曼大伯,一定要比吗?"

热合曼一挥手说:"这事你们两家自己定的,但既然选了这种方式,那就谁都不许反悔!"

沙英说:"决不反悔!"

胡雅格说:"我胡雅格不是那种言而无信的孬种!"

沙英对泰米尔喊:"泰米尔,就是输,也要输的像条汉子!"

泰米尔,苏和巴图尔摆开要进行摔跤比赛的架势。气氛一下子变得紧张起来。

阿孜古丽与唐娅琳,紧张地看着泰米尔和苏和巴图尔在做赛前准备,可两人都是在为泰米尔担心。

苏和巴图尔瞥了阿孜古丽一眼,突然举了一下手说:"慢,泰米尔。我还有个附带条件,你敢不敢答应?"

泰米尔说:"什么?你说。"

苏和巴图尔坏笑一下说:"我要是赢了,除了齐纳尔草场由我家承包外,你也不能在想阿孜古丽的什么事。"

泰米尔:"苏和巴图尔别那么无耻!"

泰米尔随后走到苏和巴图尔身边说:"苏和巴图尔,我阿爸说过你们家的情况。动不动就要和我摔跤,好像自己是个真正的蒙古人似的,其实你爷爷是个汉族人,逃荒到草原后跟一个蒙古族姑娘结了婚,只不过给他起了一个蒙古族人的名字罢了。而你阿爸也娶了个蒙古族女人,也给你取了一个蒙古族的名字,苏和巴图尔,所以你跟我比赛摔跤,我还真不怕你呐!"

阿孜古丽说:"苏和巴图尔,我告诉你,武力可以占有一切的时代早就过去了。摔你的跤吧。你别以为你长得壮,长得高,你不一定赢!"

苏和巴图尔说:"阿孜古丽,我有权表达我对你的爱。"

泰米尔一语双关地说:"是呀,输赢不是还没定吗?那就来呀!"

胡雅格说:"苏和巴图尔,你正经点!只要你赢了,你就是为咱们家立了一大功。我给你找一房好媳妇。"

苏和巴图尔嬉皮笑脸地说:"可我只要阿孜古丽。"

热合曼一脸正气地说:"苏和巴图尔,你再这样,我就要罚你出场,然后判你失败!比赛开始,三比二胜!"

泰米尔与苏和巴图尔挺胸腆肚,摇摆着进场。

泰米尔与苏和巴图尔正在比试。

毕竟苏和巴图尔长得要比泰米尔高大壮实,第一跤苏和巴图尔赢了。

胡雅格得意地看了沙英一眼说:"泰米尔,你小子使点劲呀,怎么这么不经摔呀。"

唐娅琳到泰米尔身边给他擦汗,轻声地在泰米尔耳边故意说:"泰米尔,别把阿孜古丽输给苏和巴图尔!"

沙英:"唐娅琳,什么事都要来凑热闹!"

唐娅琳:"沙英大叔,我爸是我爸,我是我,你别老把我爸和我画等号行不行?"

沙英:"泰米尔,比!我看你准赢!阿孜古丽是你的了,阿孜古丽本来就该是我们家的!"

泰米尔:"爸,你这是什么话呀!"

比赛又开始了。

泰米尔这次很自信地进了场,他已摸到了苏和巴图尔的虚实。

两人处于胶着状态,很长时间。

两个姑娘的心思都在泰米尔身上,暗暗地为他使着劲儿。

苏和巴图尔虽然外表长得高大壮实,但耐力不足,而矫健的泰米尔却是后劲十足。再加上聪慧,他趁苏和巴图尔想歇口气的时机,一把将苏和巴图尔摔倒在地。

唐娅琳,阿孜古丽,高兴地鼓起掌来。

沙英不动声色地点点头。

胡雅格狠狠地瞪了苏和巴图尔一眼。

就因为输了一场,第三次进场前,胡雅格严厉地对苏和巴图尔说:"儿子,咱家的荣誉可就在你这一搏了!你可不许输!"

苏和巴图尔擦着汗,脸上带着懊恼的情绪,心有些慌了。

第三次比赛开始,苏和巴图尔显得有些急于求胜,但脚底下明显虚了很多。

泰米尔此时却已进入最佳状态,动作利落而自信。

没几个回合,苏和巴图尔以为抓住了泰米尔的破绽,猛地扑过去想将泰米尔抢倒。却不想泰米尔早有了防备,站得稳稳的,却趁势一躬身将苏和巴图尔背起,转着圈儿地将他甩了出去。

苏和巴图尔一骨碌从地上爬起来喊:"不行,五战三胜!"

胡雅格也喊:"对,五战三胜!"

沙英大吼着说:"刚才说好是三战二胜的。村长,你得主持公道!"

热合曼说:"泰米尔胜! 沙英,下午到村委会签合同。你们两家草场承包合同不能再拖了! 胡雅格,你们就承包巴吉尔草场吧。"

河边。

大家都准备上马,但胡雅格一下冲到热合曼跟前,抓住热合曼坐骑的缰绳说:"不行! 这事不能就这么决定了!"

热合曼说:"胡雅格,这可是你自己提出来的。看来你就是个孬种了。"

胡雅格说:"好,我就是个孬种。但这事不能就这么定了。"

沙英说:"胡雅格。我可没空这么陪着你玩。热合曼村长,走,订合同去!"

胡雅格说:"就这么定不公平,这话不是我说的。是你儿子说的! 泰米尔,你说刚才你是不是说过这话?"

泰米尔说:"对,我是说过这话,而且现在我还要说,用这种方法定谁承包齐纳尔草场,这既不合理也不公平。"

胡雅格说:"沙英,你听到没有?"

沙英说:"泰米尔,你这是在帮谁说话?"

泰米尔说:"阿爸,我谁都不帮。但用摔跤比赛来定草场该由谁承包,我觉得是有些荒唐。"

沙英说:"那你说该怎么办?"

泰米尔说:"这事还是该由热合曼大伯定,因为他是一村之长。"

胡雅格又像抓住了救命稻草,说:"对,村长,这次我一定听你的。"

苏和巴图尔说:"对,这次我们一定听热合曼大伯的。"

沙英说:"不行。已经定了的东西,怎么说变就变呢? 人得讲信誉!"

泰米尔说:"阿爸,我今天没给你丢脸吧?"

沙英说:"没有!"

泰米尔说:"那阿爸,你再听儿子一回。让热合曼大伯用他的办法来决定这事吧。"

沙英说:"热合曼村长,你的办法是什么?"

唐娅琳说:"我看最好的办法只有一个。"

热合曼:"啥办法?"

唐娅琳:"抓阄。"

沙英:"唐娅琳,你怎么跟你阿爸一个德行?"

热合曼:"如果你俩没意见,还像十年前决定由谁收养阿孜古丽一样,这次就你们两家抓阄吧。"

胡雅格说:"行,我遵命。"

沙英朝泰米尔看看,泰米尔点点头让他同意。沙英说:"那好吧。"

热合曼跳上马说:"走,去村公所。"

在托克里克村的村委会里。

热合曼把两张折叠好的纸丢进一只大碗里。碗放在办公桌的中央,办公桌的四周围站着泰米尔,苏和巴图尔,阿孜古丽,唐娅琳。办公桌的两头坐着沙英和胡雅格。

热合曼坐在办公桌的中间,说:"这两张纸里,一张写着'齐纳尔',一张写着'巴吉尔'。沙英,胡雅格,你们两个摸。这次是一锤定音。你们俩听清楚没有?"

沙英和胡雅格齐声:"听清楚了。"

热合曼说:"谁先抓?"

泰米尔说:"胡雅格大叔先抓吧。"

胡雅格说:"好,我先抓。"

屋子里的气氛有些紧张。

胡雅格一直趴在桌面上盯着放阄的那只大碗,用手指把那两团纸拨过去拨过来,犹豫不决。

沙英看看胡雅格,说:"你是草原上的男人么?爽快点!这会儿婆婆妈妈的干什么?"

胡雅格瞪了沙英一眼,但还是拿起一个纸团说:"沙英,先看你的吧。"

沙英抓起剩在碗里的那团纸,迅速地打开。沙英看了后,突然一仰脖子狂笑起来,说:"哈哈哈,天意啊!天意。摔跤比赛,我以为我儿子会输,可赢了!抓阄我以为我会抓到巴吉尔,可现在你们瞧,是齐纳尔,留给我沙英的,是齐纳尔啊!啊哈哈哈——"

胡雅格沮丧地不甘心地打开纸团,上面明白无误写着"巴吉尔"三个字。

沙英猛地把纸条拍在了桌子上,说:"村长,我赢了,我沙英两次都赢了。但我现在宣布,齐纳尔草场就让胡雅格承包吧,我沙英不承包了,我让他了,我去承包巴吉尔草场去!因为我赢了,我彻底的赢了,这就够了!我要争的,就是这口气。热合曼村长,你就跟胡雅格订齐纳尔草场的承包合同吧。留下的巴吉尔草场的合同,明天我沙英再来跟你签。泰米尔,走呀!啊哈哈哈——"

沙英大笑着出了门。

胡雅格傻了,其他的人也愣住了。

唐娅琳看着沙英,泰米尔出了门说:"好一个顶天立地的男子汉!"

沙英走出村委会骑上马,但还在哈哈大笑。畅快够了,这才收住笑容喊:"泰米尔,明天我要宰羊烙饼,请乡亲们喝酒!回去告诉他们。"

泰米尔:"唐娅琳请不请?"

沙英:"请,为啥不请,让她把她妈娜仁花也叫上。"

泰米尔走回村委会对大家说:"热合曼大伯,胡雅格大叔,阿孜古丽,唐娅琳,苏和巴图尔,明晚请你们上我们家来喝酒,希望大家一定来,唐娅琳把你妈也叫上。"

阿孜古丽高兴地说:"泰米尔,我送送你们。"

在村委会里。

热合曼说:"胡雅格那就签合同吧。"

胡雅格沮丧地说:"这合同我还怎么签啊。在这世上,我真成了个孬种了。热合曼,齐纳尔草场,你还是让沙英承包吧。"

热合曼说:"咋回事?!一开始,为争齐纳尔草场的承包,你和沙英争得你死我活的,还动了鞭子。现在又都让开了,你们叫我这个村长还怎么当啊!"

阿孜古丽说:"胡雅格大叔,你就签吧,别辜负了沙英大叔的一片好意。"

胡雅格说:"我怎么签呀,这也太丢人了。热合曼,我还是去承包巴吉尔草场吧,齐纳尔草场让沙英承包去。"

唐娅琳说:"就是!"

苏和巴图尔说:"这也太欺负人了!"

热合曼说:"胡雅格,你既然不想签,那我就去找沙英签了。到时你可别后悔啊!齐纳尔草场这么好,离村子又近,你们不就为争这个吗?"

胡雅格想了想,一拍桌子说:"好,我签!"

太阳西斜。

罗米夏筋疲力尽地走出一片小树林,他挥了把汗。

小树林的不远处可以看到一座毡房。

罗米夏站在树林边缘望着那座毡房盘算了好一会儿,似乎下定了决心似的大步朝毡房走去。

巴吉尔草场紧挨着齐纳尔草场,齐纳尔草场边上那条清澈的河流刚好也穿过巴吉尔草场。河水在奔腾着,河底那些花花绿绿的鹅卵石都清晰可见。

树林边上那间毡房的主人叫娜达莎,二十一岁,身材矫健,是位俄罗斯族的美丽少妇。

娜达莎正在把羊群赶进毡房边上的羊圈。

一个四岁的小姑娘正在毡房前玩耍。

罗米夏朝着毡房大踏步地走来。

小姑娘一见罗米夏,显出害怕的神色,迅速朝娜达莎跑去。

罗米夏喊:"晓萍,你跑什么跑呀？我是你阿爸！这才多长时间啊？一年不到就不认得啦！"

太阳西照,几朵红云斜横在天边。

热合曼与泰米尔正骑着马朝巴吉尔草场走去。

热合曼说:"你阿爸真是让人想不通。摔跤你赢了,抓阄又是他赢了,干吗还要把齐纳尔草场让出来呢？把我弄得好为难,而且胡雅格也不承你阿爸这个情,他倒反觉得丢面子。"

泰米尔笑了,说:"这有什么想不通的,我阿爸要的就是这个结果。热合曼大伯,你觉得我家吃亏了是不是？"

热合曼说:"有那么一点。其实我是为阿孜古丽觉得可惜。人嘛,都有那么一点私心。你们两个我一直看在眼里,她迟早是会嫁到你们家去的。"

泰米尔有意避开阿孜古丽的这个话题,说:"承包草场的事,由我阿爸做主,他是一家之主嘛。"

热合曼说:"那是。而且我这个做村长的,当然得一碗水端平,偏袒谁都不对。只是最后的结果放在那儿,你阿爸承包齐纳尔草场是理所应当的干吗不要？他胡雅格两次都输了,还能有啥好说的？"

娜达莎的毡房。

罗晓萍奔到娜达莎身边,一把抱住娜达莎的腿说:"阿妈,那个人又来了！"

娜达莎也已经看到了罗米夏,有些厌恶地对孩子说:"有什么好怕的,不理他就是了。"

罗晓萍小声地说:"可他又要跟你吵……"

罗米夏已经走了过来,娜达莎的话他听到了,就说:"你凭啥叫晓萍不理我？就算离了婚，她还是我的女儿！"

娜达莎说："你好意思说！离婚前你就没把这个女儿放在心上，现在倒摆起阿爸的谱来了？女儿不傻，你做过什么是啥样的人，她都看在眼里！"

罗米夏哼了一声，说："看在眼里又咋样？到死我都是她的阿爸，这是改不了的事实！"

娜达莎说："你又跑来干什么？难道还要跟我抢女儿吗？"

罗米夏说："那得看情况。关键是我要跟你谈的事了了的咋样！"

娜达莎说："我跟你的事不都了了？还要谈什么！"

罗米夏说："了什么了？咱们离婚时，羊的账还没算清呢！"

夕阳把草原抹红了。

泰米尔对热合曼说："其实我阿爸跟胡雅格大叔都是小孩儿脾气，自阿爸收养我那天起，我就看到他俩总是对着干，谁也不肯让谁，什么事都非得分出个高下来。"

热合曼点头说："是啊，他俩年轻时就这样，就没让我省心过！"

泰米尔说："可这次的结果连我阿爸都没料到。如果两次都输了，我阿爸也没话说，但没想到居然是全胜。这样的结果我阿爸已经很满足了，你也看到他那高兴的样。"

在娜达莎的毡房前。罗米夏正在同娜达莎吵嘴，说："你现在放的羊群，有一半是属于我的！"

娜达莎气得一时说不出话来，停了一会儿，这才说："我真是瞎了眼了，找了你这么一个不要脸皮的东西。离婚时，你自己不是说了，家里的存款全归你，羊群和孩子归我。离婚协议上也写得明明白白的。为了能跟你离婚，我把我当姑娘时的存款也都给了你，你现在又来胡搅蛮缠什么！"

罗米夏说："谁跟你胡搅蛮缠啦。想当年，不是你胡搅蛮缠地追着我不放？你那时才十七岁，死活要嫁给我。为了能领到结婚证，还硬把年龄报大了两岁！现在倒说出这种无情无义的话来了！"

娜达莎说:"我不是说我瞎了眼了吗？只图你长得是个人才,可没看清你那一肚子的坏水!赌博,玩女人,男人的那些坏事你全都染完了。现在你把那些存款花完,听说还欠了一屁股的债!这会儿又想来打我羊群的主意。你趁早死了这一份心!你给我滚!不然我就要喊人了!"

罗米夏说:"你喊啊？我就说是夫妻拌嘴,人家还能把我咋地?"

娜达莎说:"罗米夏,你怎么那么无耻啊!"

罗米夏说:"你不是说我欠了一屁股债吗？我要不是走投无路能会来找你吗？娜达莎,我们毕竟是做过夫妻的人,一个屋檐下的陌生人都还能相互照应一下呢,你咋就这么无情呢?"

娜达莎说:"不是我无情,是你太贪得无厌了!"

罗米夏说:"我只是要拿回属于我的东西,咋就贪得无厌了呢?"

娜达莎说:"我不想再跟你多啰唆了,你赶快滚,马上!"

罗米夏显出一脸无赖相,说:"那我就是不滚呢？今晚我还要住在这里!"

娜达莎气得都不知该说什么好了,她喊了一嗓子说:"你!……"

罗晓萍突然喊:"妈,那边有人来了!"

在远处的山坡上,有两个骑马人的身影。

罗米夏有点慌了,赶紧说:"得了得了,我不跟你一般见识,我走!把你的马借我骑骑吧。"

娜达莎说:"你的马呢?"

罗米夏说:"被人牵走了。"

泰米尔和热合曼骑马走上山坡,泰米尔说:"今天我阿爸不是已经跟您把巴吉尔草场的合同签了嘛,这事就结束了。胡雅格大叔如愿以偿,把齐纳尔草场承包上了。我阿爸呢,赢了两场,面子也争回来了,风格也撑起来了。热合曼大伯你也清静了,这不皆大欢喜吗?"

热合曼一笑说:"那倒是。"

泰米尔说:"我阿爸说他只管放他的马,将来草场上放羊的事归我跟我奶奶。"

热合曼说:"以后也是我家阿孜古丽的事嘛。"

泰米尔说:"热合曼大伯,我和阿孜古丽的事现在暂时不说行不行?反正我阿爸此刻的心,就像草原上开遍鲜花一样,甭提多高兴了。他这会儿正在家里忙着宰羊,备酒,晚上要痛痛快快地畅饮呢!"

在娜达莎的毡房前。

娜达莎说:"为啥?"

罗米夏说:"欠人钱了呗。"

娜达莎看看罗米夏,罗米夏虽然此刻有些狼狈,但英俊的脸庞还如往日那般。娜达莎长叹了口气说:"那你就把我这儿的那匹小儿马牵走吧。那是我准备留给晓萍的。"

罗米夏有点喜出望外地说:"那我骑走了?"

娜达莎说:"这是你最后一次从我这儿拿东西。以后希望你不要再来了,我不想再见你!牵上马给我滚得远远的!"

泰米尔指着远处娜达莎的毡房对热合曼说:"热合曼大伯,你看,真有人在这儿放羊呢!"

热合曼说:"谁会在那儿放羊啊!不会是我们村的牧民吧?要真是这样,我这个村长当得就太不够格了。"

泰米尔说:"热合曼大伯,我看过我们村的牧民承包草场的情况表,上面没有记载有人在这儿放牧呀。"

热合曼说:"是呀!但很长时间以来,牧民们都是自由放牧,邻村的牧民都相互串。现在上级要求牧民们要实行草场承包责任制,这才要求把牧民与承包的草场都固定下来。也可能是别的村子的牧民,走,去看看吧。"又向前走了一会儿,热合曼突然想起了什么,说,"泰米尔,你知道我为啥要叫你到村委会来帮忙吗?"

泰米尔说:"你不是说,牧民们承包草场是件大事,是关系到牧民们切身利益的事,所以要我这个村里唯一的一个大学生来帮你的忙。其实我算什么大学生呀!"

热合曼说:"你怎么不是大学生？而且上的是北京的大学。虽说那时是让村里推荐,但不也得考文化不是?"

泰米尔说:"热合曼大伯,你问这话是什么意思? 那你为啥让我到村委会来帮忙?"

热合曼说:"为啥你猜不出来? 像你这么个聪明的小伙子,自己好好琢磨琢磨去,我都快奔七十的人了,早就不该干了,所以等把承包草场的事闹完,我就该卸甲归田了。听懂了没有?"

泰米尔故意说:"我还是没懂。"

热合曼说:"那你就是个狗屁大学生!"

罗米夏匆匆骑上马走了几步,突然又折了回来说:"娜达莎,我还会来找你的。你别他妈的太小气,一日夫妻百日恩,咱俩做了几年夫妻,还有个孩子呢! 就这么一匹马你就把我打发啦?"说着,策马过河,还摆出一副洒脱的样子。

娜达莎气的满眼都是泪。

热合曼与泰米尔来到娜达莎毡房前,就提前下了马。

热合曼和泰米尔都看到了骑马蹚过河去的罗米夏。泰米尔认出那就是被他从山崖上救下来的人。

娜达莎看到热合曼与泰米尔忙迎了上来,说:"两位好。"

泰米尔说:"这位是我们托克里克村的村长热合曼大伯。"

娜达莎忙说:"村长,您好。我叫娜达莎,是六棵树村的牧民。"

热合曼说:"可这巴吉尔草场是我们托克里克村的呀。"

娜达莎说:"啊呀,我不知道呀! 我已经在这儿放了两年羊了。要不,你们先请毡房去坐吧。"

热合曼,泰米尔,娜达莎坐在毡房前的草地上。

娜达莎为热合曼与泰米尔端上奶茶说:"热合曼村长,那该怎么办呢?"

热合曼说:"回你六棵树村去。党的政策在哪个村都一样的。你回到你们村去,向村里也要求承包上一片草场不就完了?"

娜达莎为难地说:"我回到村里去过,可村里好一点的草场都让别人承包完了。剩下的草场又偏僻又贫瘠。热合曼村长,您还是让我留在这儿吧?"

热合曼说:"你是六棵树村的人。还是回自己的村里去吧。"

娜达莎说:"你们看看我,一个女人还带着个孩子。"娜达莎指着在河边玩耍的晓萍说,"我们孤儿寡母的,现在还真的没有一个落脚的地方,你让我们上哪儿去呀?"

热合曼说:"那你男人呢?"

娜达莎说:"我跟他一年前就离了。"

泰米尔看着沿着河边远去的罗米夏,说:"刚才那个? ……"

娜达莎说:"别提他! 这跟你们也没关系。"一说完娜达莎觉得自己的态度有些生硬,赶紧哀求地对泰米尔说:"不过大兄弟,你帮我说个话吧。"

泰米尔有些为难地摇摇头说:"没办法,这个忙我可帮不了。"

热合曼放下奶茶碗说:"娜达莎,谢谢你的奶茶。"他沉思了一会儿,还是用很坚定的语气说,"这几天你最好就回你村里去。巴吉尔草场,很快就有我们村里的牧民来承包的。"

娜达莎说:"热合曼村长,求求你们了。"

热合曼说:"求也没用。回自己的村里去。俗话说,铁路警察各管一段,我实在管不了你们六棵树村的事。"

热合曼与泰米尔骑马走了。

娜达莎站在毡房前望着他们,一脸的沮丧与茫然。

罗晓萍奔过来,拉拉娜达莎的衣袖,娜达莎蹲下身抱住罗晓萍流下了泪。

泰米尔与热合曼骑马在草原上走着。

泰米尔说:"热合曼大伯,我觉得这位娜达莎好可怜啊。"

热合曼说:"泰米尔,巴吉尔草场可是你们家承包的啊。虽然离村子是远了点,但也是我们村最好的草场之一。不要说是你们家承包的,就是别的牧民家,我也要坚决维护我们村子里牧民的利益。"

泰米尔说:"不过,我爸在马场有份工作呢。"

热合曼严肃地说:"怎么?你们不打算承包巴吉尔草场了吗?你要是不想承包,那我来!村长我不干了,我还想住得离村子远远的呢,在这里过着神仙般安静的日子。"

泰米尔说:"不是,我没那个意思。我只是觉得这个娜达莎挺值得同情的。"

热合曼说:"这世上值得同情的人多了!但不能因为怜悯就丧失原则。巴吉尔草场就是我们村的,她是个外村人,决不能留在这个草场上。"热合曼看泰米尔低着头,又说,"当时你阿爸跟胡雅格争齐纳尔草场时,我打心眼儿里是想把齐纳尔草场承包给你们家。将来,阿孜古丽嫁到你们家,放牧时就能离我近一点。私心谁没有,可是我还当着村长呢,心是往你们这边斜,但嘴上斜不成呀。要不,我这个村长就当得不称职了。"

泰米尔说:"热合曼大伯,这事能不能先暂时不提?"

热合曼说:"为啥?"

泰米尔说:"我想把自己打造好了再说,男人得有点志向,不能老在儿女情长的圈子里打转。"

热合曼说:"可儿女的亲事定下来,做长辈的才能心安。"

泰米尔说:"我就是不想这么早组建家庭,把自己的手脚束缚住。热合曼大伯,现在最要紧的是那个娜达莎,她怎么办?"

热合曼气恼地说:"让她回村里去呀!我们自己村的事都摆不平呢,还管得着别村的事吗?"

泰米尔不吭声了。

两人往前走了一会儿。

泰米尔又说:"热合曼大伯。牧民们不是可以转村吗?"

热合曼说:"你要转到哪个村去?"

泰米尔说:"我还是想的是娜达莎那个女人,她不是已经在巴吉尔放了两年羊了吗?"

热合曼说："泰米尔，你就打住吧！你是不是看上那个娜达莎了，她长得是很漂亮。"

泰米尔说："在我眼里，阿孜古丽比她长得漂亮！你这个当村长的怎么说的话！"

热合曼豪爽地哈哈大笑起来，说："泰米尔，我是阿孜古丽的阿爸呀！你要有点什么苗头，我可不会放过你。"

泰米尔说："这事还谈不到那上面去。"

热合曼说："为啥？"

泰米尔说："刚才我说了，在我泰米尔没把事业做成以前，不想扯男女感情这根线。"

在胡雅格家。胡雅格还在生气，指着苏和巴图尔骂："你小子怎么这么没用呢！你和他都是那个时候到咱草原上的，当时我就看着你比他壮实些，就收养了你。没想到你白长了这么一身肉。"

苏和巴图尔说："爸，他比我有劲，他那双手往你胳膊上一捏，你就知道这小子的力量了，像鹰爪子一样。沙英大叔家的酒去不去喝呀。泰米尔可是请了我们的啊。"

胡雅格说："那是存心气我的酒。但这酒一定要去喝！跟泰米尔摔跤，你输了，我和沙英抓阄，我输了。最后虽然我们家承包上了齐纳尔草场。那是沙英让给我们的。我胡雅格全家输了。我们胡雅格家不能老输啊！今晚他要摆酒请乡亲们，又是在气我，我要不去，唐娅琳说的对，那也太小肚鸡肠了，走！今晚我要喝酒喝赢他！就是丢了老命我也要赢他！"

在沙英家。桌子上摆满了大块的羊肉和其他各种菜肴。

村子里各民族的来客挤满了沙英家，喝酒吃肉，大声地说笑，好不热闹。

胡雅格同苏和巴图尔也来了。

沙英见到了，笑着迎上去说："胡雅格，好！今天我这酒就是为你摆的，你要不来，我就要笑话你一辈子！"

客人们见胡雅格来，有的帮忙倒上了大碗的酒。

客人甲是个锡伯族老人，说："来，胡雅格，干了这杯！就等你们家里的人了!"

胡雅格说:"喝就喝!你们锡伯族人几百年前从东北迁移到咱新疆,同咱蒙古族人,哈萨克族,维吾尔族,塔吉克族人一起生活在这个草原上,有酒的时候,咱们就得一起共享!"说着,一仰脖,干了这碗酒,就朝沙英的桌子走去。

胡雅格在沙英的对面坐了下来。

唐娅琳与娜仁花也来了。

娜仁花:"沙英大哥,想不到你能请我来你家喝酒,太谢谢了。"

沙英:"娜仁花,我也追过你,但你被唐继亮抢走了。唐继亮还让我家家离子散,这仇我一辈子也忘不了的,但人不能一直生活在仇恨里吧?尤其是你现在孤儿寡母的。我忘不了以前的事,但人也不能老生活在仇恨里,所以这酒一定要请你们娘俩来喝的。"

胡雅格在沙英的对面坐了下来。

胡雅格说:"沙英,今晚咱俩怎么喝?"

沙英说:"我喝一碗,你也喝一碗。对着喝,还能怎么喝。"

胡雅格说:"不,今天这酒,你喝一碗,我就喝一碗半,我就不信在酒上,我还低你一头!"

沙英说:"那今晚你就不是骑马回去了,得用我的马车把你拉回去了!"

胡雅格说:"今晚你肯定躺倒在家里,我照样骑着马回去。"

沙英说:"那好,坐!来,倒酒!"

阿孜古丽上去把酒倒上。

沙英和胡雅格一碰碗,把满碗的酒喝了下去。

沙英一抹胡子喊:"上酒!"然后哈哈哈大笑起来又说:"胡雅格,你又上了我的套啦。泰米尔,把我们家的马车预备好。"

胡雅格说:"来,喝。今晚你就在家躺尸吧!"

第三章

　　草地上燃起了篝火,热合曼在篝火边上弹起了弹拨尔。那弹拨尔的声音清亮悠扬,动人心魄。

　　泰米尔唱了起来,声音嘹亮而浑厚。泰米尔唱:

　　今天的草原跟昨天一样,
　　明天的草原也会跟今天一样,
　　生生不息的草原上的子孙们啊,
　　永远钟爱着生我养我的草原。
　　我们会让草原兴旺,
　　我们会让草原繁荣,
　　我们更会让草原永远美丽灿烂。

　　唐娅琳和两位姑娘在篝火旁跳起优美的蒙古舞。阿孜古丽接着泰米尔的歌声也唱了起来:

　　今天百灵鸟的歌声跟昨天一样,
　　明天百灵鸟的歌声也跟今天一样,

生生不息的草原上的子孙们啊，
永远听着百灵鸟的歌声长大。
我们会献出生命，
我们会收获爱情，
我们会让百灵鸟的歌声像远古一样甜美。

沙英和胡雅格继续在拼酒。

两人都已喝得有些醉醺醺了。

琴声和歌声飘进屋来。

两人还在你一碗我一碗地拼着酒。

胡雅格说："沙英，你看清了，我会是那种小肚鸡肠的人吗？你说！你说呀！"

沙英说："你要真是个大丈夫，那就再干一碗，来！不醉他娘的决不罢休！"

胡雅格说："别说脏话，说脏话的就不是好汉！"

沙英说："他娘的不是脏话……不算脏话……来，是好汉的就喝！"

幽蓝深邃的夜幕中繁星闪烁，苍穹下的毡房前篝火跳跃。

弹拨尔声音如泣如诉。

唐娅琳和苏和巴图尔两人先后起身朝屋里走。

走进屋，就看见一帮人围着沙英和胡雅格看他们在拼酒。

两位老人舌头都直了，还在斗着嘴，你一碗我一碗地喝酒。

苏和巴图尔忙上前说："阿爸，沙英大叔，酒是要喝个痛快，但不能这样拼啊。"

沙英说："这么拼着喝才痛快！我心里舒畅，就想这么喝。"

胡雅格说："沙英，今天我在喝酒上不压过你一头，我胡雅格就白活在这世上了。"

苏和巴图尔喊了声："阿爸！你们这是干吗呀！"

胡雅格眯着醉眼，看着苏和巴图尔，一股无名火突然就上来了，说："你这个没出息的东西!"话音刚落猛地一头倒在了地上,吐了一地,然后呼呼大睡起来。

沙英哈哈大笑起来,指指躺在地上的胡雅格喊:"又输啦!哈哈哈……"沙英又端起一碗酒,咕嘟咕嘟喝了下去。大叫着说,"哈哈哈,这酒喝得痛快啊。"然而身子一歪,也躺倒在地上,呼呼大睡了起来。

边上那位锡伯族的老人竖着大拇指说:"英雄啊!"

苏和巴图尔从屋里把胡雅格背了出来,唐娅琳也跟着出来。

泰米尔预备了辆马车赶了过来。

苏和巴图尔正准备把胡雅格往车上放时,胡雅格像突然醒过来似的站起来,说:"我不坐马车,我要骑马回去!"

苏和巴图尔说:"阿爸,你都这样了,还骑什么马呀!"

屋里又传出那位锡伯族老人的喊声说:"英雄啊——"

泰米尔在帮奶奶打扫屋里酒后留下的垃圾。

清晨,沙英哈哈笑着从屋里走了出来,酒醉后又显出十分的精神。大喊着:"昨天的酒喝得痛快呀!"

泰米尔说:"阿爸,你昨天把胡雅格大叔灌得也太狠了点。你们毕竟是几十年的老兄弟了。"

沙英说:"怎么?躺在马车上拉回去了吧?"

泰米尔说:"人家硬是不坐马车,是苏和巴图尔把他背回去的。"

沙英说:"好样的!来,牵我的马,我要上马场去了。"

泰米尔说:"阿爸,吃点东西再走吧。"

沙英说:"不吃了。泰米尔,巴吉尔草场的事就交给你了,还有阿孜古丽,我早说过,女儿没当成,让她当咱的儿媳妇也一样。娶过来,阿孜古丽就能帮你照顾奶奶,跟你一起去巴吉尔草场了。"

泰米尔说:"阿爸,这事不慌。我这岁数正是搞事业的时候。等我把事业搞起来再说吧。"

沙英说:"这是什么话?成吉思汗打天下的时候就不要女人不生孩子

啦？早点成婚,早点成家,搞事业是一辈子的事! 怎么你不喜欢她?"

泰米尔:"苏和巴图尔爱她呢?"

沙英:"胡雅格家的人老跟我们家搅局,不行,你一定要把阿孜古丽给我娶回来!"

泰米尔岔开话题说:"阿爸,我想换匹马。我那马还是我七岁时你给我的,已经老得跑不动了。"

沙英说:"想换马? 上马场去,自己找,自己套,自己驯! 我走了。"

泰米尔把马牵过来,沙英飞身上马,那姿态依然像年轻人一样矫健。回头说:"你一定要把阿孜古丽给我娶回来!"

马群在草原上奔腾着。

泰米尔盯着他之前曾经套过的那匹黑骏马,他又准确地将套索套在了黑骏马的脖子上。黑骏马嘶鸣着扬起前蹄。

不远处的沙英满意地朝泰米尔点点头。

唐娅琳骑着马赶着羊群朝泰米尔走来。

唐娅琳看到泰米尔正在驯那匹黑骏马,就勒住马在一旁观看。

唐娅琳喊:"泰米尔,你驯马哪?"

那匹黑骏马一会儿扬前蹄,一会儿蹶后腿,想把泰米尔从马背上掀下来。但泰米尔紧捏着缰绳,屁股牢牢地粘在了马背上。

黑骏马使出了浑身解数,始终没能撼动马背上的泰米尔。终于马有些筋疲力尽了,但它依然在作最后的挣扎和反抗,想用它最后的一点力气把泰米尔颠下来。泰米尔也差点被它掀下来。

唐娅琳脱口喊:"泰米尔,当心!"

泰米尔身子只是歪了一下,但又牢牢地掌握了主动权。

唐娅琳长舒了口气,她看着泰米尔时,她那深情的眼睛又不自禁地流淌出对泰米尔的敬服。

唐娅琳望着泰米尔骑着那匹黑骏马在草原上奔驰。

黑骏马按着泰米尔的意图,在草地上迂回奔跑着。

唐娅琳不由地鼓起掌来,她知道马已被驯服了,脸上绽开了笑容。

泰米尔骑着马在草地上转了一大圈后,这才策马来到唐娅琳的身边。

唐娅琳说:"泰米尔,承包齐纳尔草场的事,你阿爸做得真潇洒呀!"

泰米尔说:"我也没想到我爸会来这么一手。不过我爸也就是这个脾性,实际利益,他并不怎么看重。他看重的是脸面,是那么一口气。"

唐娅琳笑了,说:"是啊,男人的脸面比天还大!泰米尔,你们什么时候搬到巴吉尔草场去呀?我家承包的草场是紧挨着你们的巴克尔草场,另外,我妈让我告诉你,说沙英大叔没记我阿爸的仇,还让我们娘俩去你们家喝酒,真是个男人。"

泰米尔说:"唉,男人有男人的豪爽,但男人也有男人的小肚鸡肠,有些怨恨恐怕一辈子也忘不了的。我爸还常常跟我念叨他的妻子和儿子……"

泰米尔说:"我和热合曼大伯去过巴吉尔草场了。可那里出了点状况。"

唐娅琳说:"咋啦?"

泰米尔说:"有个人在那儿放羊已经放了两年了。是六棵树村的一个俄罗斯族的女人,叫娜达莎,还带着一个四岁的女儿。"

唐娅琳说:"那得让她回到他们六棵树村去呀。要不,你们家的羊往哪儿放呀!"

泰米尔说:"热合曼大伯已经跟她说了,让她赶快回村里去。还告诉她巴吉尔草场是我们村的,有人已经承包了。"泰米尔想了想说,"不过我估计,那个女人可能还没走呢。"

唐娅琳说:"她要没走,我去赶她走。巴吉尔草场紧挨着我们的齐纳尔草场呢。你们男人不好说,那就女人对女人说!"

泰米尔说:"不用了。"

唐娅琳有意想表现一下自己,说:"不行!我一定得去。我也得为你们家做点事,来报答沙英大叔对我的宽容。把那女人赶走,包在我的身上了。"

泰米尔想了想,一笑说:"那好吧。这事也真的让我很为难。"泰米尔不忍地摇摇头,但又无奈地叹了口气。

阿孜古丽从远处策马奔了过来。

唐娅琳见到了,进一步对泰米尔说:"这任务我一定给你完成。"

唐娅琳策马从泰米尔身边走开,赶着羊群走远了。

阿孜古丽也骑马奔近了。

阿孜古丽骑马来到泰米尔身边,有些不太高兴地看看赶着羊群远去的唐娅琳,又看看泰米尔。

泰米尔跳下马,细心地打理着他的黑骏马,但他也注意到了阿孜古丽有些别扭的神情。泰米尔说:"怎么啦?"

阿孜古丽带着点醋意地说:"唐娅琳找你有事吗?"

泰米尔说:"没呀。她是赶着羊群去草场那儿。"

阿孜古丽说:"哦,你阿爸咋样了?"

泰米尔说:"生龙活虎,好着呢!"

阿孜古丽嘟着嘴说:"不过你阿爸那么一让,把我推到那么远的巴吉尔草场去了。"

泰米尔说:"怎么啦?"

阿孜古丽说:"你们家的羊群不是我在放着的吗? 你阿爸风格高,我阿爸风格也高。全村的草场都让别人承包了,可他这个当村长的也不给自己留一个退路,只给自己留了个小草场。那么小一片草场放不了半群羊,我家的羊加上你们家的羊,我不去巴吉尔草场去哪儿?"

泰米尔说:"我爸要的是他的风格,没想到以后要委屈你了!"

阿孜古丽话里有话地说:"这倒没什么,你阿爸一直把我当女儿看,奶奶也一直把我当孙女待,我为你们家放羊是应该的,不是吗?"

沙英放牧着马群。

热合曼骑马过来,说:"沙英,我要告诉你一件事!"

沙英说:"咋这么严肃,啥事?"

热合曼说:"我这个村长不能再干下去了,再干下去我这把老骨头就要撂这儿了。"

沙英说:"热合曼,你这话该跟乡里的领导说去,跟我说有鸟用!"

热合曼说:"因为这事跟你家有关。"

沙英说:"跟我家有关?我的家祖祖辈辈都是牧民,同村长的事可从来不沾边。"

热合曼说:"这次沾上边了。"

沙英瞪大眼睛说:"啥意思?怎么……"他悟到了什么,顿时兴奋起来,说,"你想让泰米尔当村长?"

阿孜古丽翻身下马,笑嘻嘻地走到泰米尔身边,说:"告诉你一件好事,我阿爸推荐你当村长了。"

泰米尔一愣,说:"为啥?"又看看阿孜古丽说,"你别跟我开这种玩笑,推荐我当村长……"泰米尔似乎觉得很可笑,不由得笑出声了。

阿孜古丽不乐意了,说:"谁跟你开玩笑了!昨天乡长来村子里检查工作,中午吃饭的时候我亲耳听到的。"

泰米尔说:"不可能的,村长哪有随随便便就找个人当的。我还不知道自己?压根就不是当村长的料,再说我大学毕业回来还没几天呢,情况也不熟悉,怎么当村长?"

阿孜古丽说:"你不是这块料,那谁是?像苏和巴图尔这样的人?"

泰米尔一看阿孜古丽急了,赶紧说:"我不是这个意思。我是说我心里有我自己想追求的事业。不是当村长,而是想做别的也许更大的事业。"

阿孜古丽说:"什么事业比当一个村长还强?"

泰米尔想了想,说:"阿孜古丽,现在暂时不告诉你行吗?目前这只是我心里的一个想法,等我确实要去做的时候,我一定告诉你。"

阿孜古丽说:"可我觉得,这个村长你应该当!我阿爸这么看重你,他中午吃饭的时候跟乡长说,我已经是快奔七十的人了,这个村长可不能再当下去了,让年轻人来当吧。我推荐的这个人,是个大学生,有能力,又肯动脑子。他是我看着长大的,我以前就看好他,还有最关键的一条就是,心正!"

泰米尔说:"瞧你阿爸说的,我哪有那么好。"

阿孜古丽说:"在我眼里,你比这还好上一千倍呢!这村子里,除了你没人能顶上我阿爸的缺。"

泰米尔却是一脸的为难。

热合曼对沙英说:"他从大学里回来这几天,我就在考察他。尤其是你跟胡雅格争齐纳尔草场的这次,泰米尔的表现我相当满意! 所以这次乡里领导征求我村长的人选,我毫不犹豫地推荐了泰米尔!"

沙英哈哈大笑,说:"我儿子真是出息呀! 我说我怎么觉得这些天我做啥事都那么顺呢? 原来是佛光照耀在我们家啊!"

热合曼说:"你别高兴得太早,这事还有点波折呢!"

沙英说:"咋啦?"

热合曼叹口气说:"我怕你儿子不承我这个情。"

阿孜古丽不高兴地对泰米尔说:"我大老远跑来跟你说这个好消息,你就摆这么张臭脸给我啊!"说着突然又想起刚才唐娅琳跟泰米尔在一起的情景,又生气地说,"你跟唐娅琳倒是有说有笑的,她也告诉你什么好事了吗?"

泰米尔说:"你想到哪儿去了。我为难是不知道该怎么跟你阿爸解释我不想当这个村长。"

阿孜古丽说:"是没法解释! 人家要是知道自己被选中能当村长,高兴还来不及呢! 你倒好,吊着个脸跟碰上什么倒霉事似的。"

泰米尔说:"阿孜古丽,你帮我个忙好吗?"

阿孜古丽说:"什么?"

泰米尔说:"帮我做做你阿爸的工作。"

热合曼对沙英说:"咋样,帮我做做你儿子的工作?"

沙英说:"热合曼,你多虑了! 我沙英家祖祖辈辈还没人当过村长呢。虽说泰米尔不是我亲生的。但他现在就是我沙英的儿子,这不会有错! 这么大的荣耀落在他身上,那是他的福分,咋会不要呢!"

热合曼摇摇头说:"你那个儿子,好多想法跟人家两样的! 你说是福分,他搞不好还觉得是累赘呢。"

沙英说:"我是他阿爸,哪有阿爸不了解自己的儿子的! 热合曼你放心,泰米尔当村长的事就包在我沙英身上了!"

热合曼说:"沙英,严肃点! 下一任的村长人选,这可是村子里的大事。"

沙英把胸脯拍得啪啪响,说:"我就代表他了,你就一百个放心吧!"

热合曼说:"那这事我就全权交给你了。要知道,只有泰米尔当村长,我才能放心地退下来。"

沙英说:"我沙英的话你都信不过?我儿子会当的,我保证!"

阿孜古丽对泰米尔说:"你真的不想当这个村长?"

泰米尔坚定地说:"对,我想要干比村长更大的事。阿孜古丽,你会不会支持我?"

阿孜古丽认真地看了泰米尔好一会儿,说:"这我都没想通,怎么去做阿爸的工作,怎么支持你?"

泰米尔和阿孜古丽并肩坐在草坡上。

阿孜古丽看着天空说:"泰米尔先把咱俩的事扯清楚吧。你不能让我这么伸着脖子干巴巴地等着吧。"

泰米尔说:"那天我不是把我的想法跟你说了吗?"

阿孜古丽嗔怒地说:"可我阿爸急了,他现在心里有两件事,一件是他的村长谁来接班,另一件就是我和你的事!"

泰米尔说:"阿孜古丽,把这事先放一放吧,我想干我的事业,走我泰米尔想走的路。"

阿孜古丽眉头皱了起来,生气地说:"听你这话,就好像婚姻是你事业的绊脚石。"

泰米尔说:"我这是跟你阿爸热合曼大伯学的。为了当好这个村长,他一辈子都没结婚。"

阿孜古丽说:"你也不想结婚了?"

泰米尔说:"不,只是往后拖一拖,把事业搞起来再说,因为一旦成立了家庭,我就必须把全部的精力分出一半给我的家庭。可如果在成家前我能全身心地投入我想干成的事业,不管成与不成,我都会觉得了无遗憾。"

阿孜古丽说:"泰米尔,我觉得你心中就根本没有我!"说着,站起来就走。

泰米尔没有拦她,只是就势往草地上一躺。那神气仿佛在告诉阿孜古丽:作为一个男人,他才不会那么婆婆妈妈呢。

在娜仁花的毡房前。唐娅琳把羊群交给娜仁花,然后正要朝巴吉尔草场奔去。

娜仁花:"你上哪儿去?"

唐娅琳:"我要为泰米尔办件事。"

娜仁花苦笑着摇摇头,女儿为爱情也会发疯了!

巴吉尔草场和齐纳尔草场相交接的那条河。

唐娅琳骑着马沿着河岸从远处飞奔而来。

唐娅琳策马沿着河岸前行,一群羊在河岸不远处的草地上吃草。

娜达莎带着罗晓萍正放牧着羊群。

唐娅琳走近后,跳下马朝娜达莎走去。

罗晓萍看到唐娅琳正朝她们走来,忙拉了拉娜达莎的衣袖。

唐娅琳走到娜达莎跟前,说:"喂,你怎么还没走呀! 不是我们热合曼村长前几天就同你说让你回你们六棵树村去吗?"

娜达莎说:"你是什么人?"

唐娅琳说:"我就是承包巴吉尔草场的人!"

娜达莎说:"草场那么大,让我在这儿放羊吧,我已经在这儿放了有两年多了。"

唐娅琳说:"不行! 草场再大,也只够一家人放牧的。现在养羊业发展得这么快,草场也得休养生息,你还是回你的村子里去吧。"

娜达莎说:"我要是不走呢?"

唐娅琳说:"想耍赖是不是?"

娜达莎说:"我一个女人,又带着这么小一个孩子,你难道一点同情心都没有?"

唐娅琳说:"那我们家的羊到哪儿去放?"

娜达莎说:"巴吉尔草场这么大,别说两群羊,就是三群四群也可以放得下!"

　　唐娅琳说:"现在我们有不少草场怎么遭到破坏的? 就是像你这样的人,搞掠夺性的放牧造成的。限你这几天就回自己村里去。不然,我们就不客气了。"

　　娜达莎说:"咱俩好像差不多年纪吧。你不是我姐就是我妹。"

　　唐娅琳说:"别套近乎,我既不是你妹也更不可能是你姐。你要不自觉离开,那我们只能法律解决了。我说你这位姐,别自己跟自己过不去! 知道吗? 如果真让人赶着走,那会是啥滋味? 自己掂量掂量吧。"

　　娜达莎恼怒地说:"哎,你干吗那么不友好呀?"

　　唐娅琳说:"跟你这样一个赖不分分的人,没什么友好可讲的! 我告诉你,先跟你法律解决,然后我就会天天过来赶你。你就等着瞧吧,看你脸皮有多厚!"

　　娜达莎说:"你是位姑娘,别得理不让人。我就是走了,我还会回来的,不信你等着瞧! 因为我对巴吉尔草场已经有很深的感情了,我不会放弃的!"

　　唐娅琳说:"你是六棵树村的人,怎么可能再回到我托克里克村来呢? 你要真能合理合法的来,我唐娅琳也会热忱地欢迎你,那时我们再做姐妹也不迟。不过你现在得走,因为我家马上要赶着羊群过来了!"

　　娜达莎一咬牙说:"好吧,走就走! 我虽然是个女人,但绝不是那种没皮没脸的人!"

　　唐娅琳说:"那就谢谢了!"

　　黄昏,在热合曼家。

　　热合曼对阿孜古丽说:"泰米尔真是这么说的? 这个村长他不当?"

　　阿孜古丽说:"是啊,他还求我来做你的工作呢。"

　　热合曼生气了,说:"我可是正儿八经向乡里推荐他的,不是随随便便说说的!"

　　阿孜古丽说:"我说了,可他一脸的不乐意,好像当村长这事就不该跟他扯上关系似的。"

热合曼火了,说:"他不乐意,他凭啥不乐意? 当村长是丢脸的事吗?"

阿孜古丽说:"阿爸,他可能有他的想法。"

热合曼说:"他再有想法,那也得先考虑村里集体的事呀。他有想法,那是他个人的事,可村里的事是大伙儿的事。个人得服从集体,这是最起码的觉悟! 他难道连这点觉悟都没有吗? 我看他这些天协助我工作算是白协助了!"

阿孜古丽说:"阿爸,他说他心里有更大的志向。"

热合曼说:"他的志向再大,总比不上带着全村的人共同致富的志向大吧? 再说,我热合曼在托克里克村当了二十几年的村长,临了却推荐了一个不肯当村长的人当村长。我热合曼的脸还往哪儿搁? 难道我热合曼看人看走眼了? 这不可能呀。怎么说,泰米尔在年轻人中是最合适当村长的人选呀。"

阿孜古丽说:"阿爸,我也觉得是。咱们村子里找不出比泰米尔更优秀的人选了。"

热合曼哼了一声说:"亏得我有先招! 我就知道这小子心里肯定有疙瘩,所以才去找了泰米尔的阿爸沙英。"

阿孜古丽说:"沙英大叔怎么说?"

热合曼说:"那还能怎么说? 多光荣的事啊! 他沙英甭提多高兴了,说他家佛光普照,还拍着胸脯保证要他儿子出任这个村长。"

阿孜古丽沉思说:"要是沙英大叔出面,说不定真能拉回泰米尔的心。"但想了想,又有些忧虑地摇摇头,自语说:"可他下定决心的事儿,哪会那么容易改变呢? 不要说当村长他不干,连我和他的事儿他也不肯定。说只有把事业搞成了,我和他的事才能定。"

热合曼说:"你和他的事他都不肯定? 他是不是想离开咱们托克里克村?"

阿孜古丽说:"不知道……"说着,眼泪汪汪的。

一轮红日悬在草原的尽头,浓厚的积云在天空中泛起五彩的波澜。

泰米尔骑着那匹黑骏马仍在草原上狂奔,马鬃飞舞,四蹄腾跃,如一道黑色的闪电划过长空。

泰米尔的脸上洋溢着奔放的情绪,他对自己挑选的这匹马相当满意。

在沙英家。泰米尔神色飞扬,高兴地走进家门。

沙英在小桌前喝酒,转头看了看泰米尔说:"啥事那么高兴呀?"

泰米尔说:"阿爸,你得了匹好马,会不高兴吗?"

沙英说:"就没有别的事儿?"

泰米尔说:"就这事还不值得高兴呀!"说着,他兴奋地坐到小桌前说,"阿爸,来,我陪你喝!"泰米尔给沙英倒满酒,又给自己倒了一碗。

沙英看看泰米尔,端起酒碗说:"你……真没别的好事儿?"

泰米尔捧着碗跟沙英的酒碗碰了一下,一口喝干说:"好马!阿爸,谢谢你!"

沙英很没劲儿地放下碗说:"再好的马,那也是你自己挑的,自己驯的,谢我干吗?"

泰米尔说:"那也是阿爸你养得好马啊!能不谢你吗?"

沙英想了想,点头说:"对,冲着你这句话,干!"

两人又碰了一碗。

酒兴正酣,沙英看着泰米尔为他倒酒,说:"我养的好马,这酒当然得喝。咱们再碰一杯,祝贺我收养了个好儿子!"

泰米尔一愣,说:"阿爸,你怎么突然说这话呢?"

沙英端起酒碗,碰了一下泰米尔的酒碗说:"我儿子要当村长了,那不说明我沙英的儿子养得好嘛!"

泰米尔放下酒碗说:"阿孜古丽跟你说的?"

沙英说:"哈哈,哪用得着阿孜古丽说啊!热合曼老头亲自来找我说的。儿子出息老子高兴,来,干!"沙英一口喝干,却看见泰米尔眉头锁着坐在那里。沙英把碗往桌上一放,说:"干吗?不会真像热合曼村长说的,你不想当这个村长吧?"

泰米尔很干脆地说:"对,我不想当。"

沙英把碗往桌上一搁,说:"狗屎!"

在热合曼家里。热合曼和阿孜古丽刚吃完晚饭。

阿孜古丽说:"阿爸,我想出去一趟。"

热合曼说:"上哪儿?"

阿孜古丽说:"你不是说要让沙英大叔劝泰米尔吗? 我想去看看。"

热合曼说:"他们父子间谈话,你一个女人去凑什么热闹?"

阿孜古丽说:"可我有点不放心,沙英大叔脾气那么暴。"

热合曼说:"那就更不能去了! 现在你也只是个外人,跑去掺和什么?"热合曼又想起什么,问:"你俩的事,泰米尔真的不肯定?"

阿孜古丽说:"他说再等两年,这两年他想全身心地干出点事业来。"

热合曼哼了一声说:"当村长就不是事业了吗? 叫他快点跟你结婚。单身男人的心就是脱缰的野马,结婚为了什么? 就是要把那匹野马套住,这样男人的心就收回来了!"

阿孜古丽有些心情烦躁地说:"阿爸,这事你要找他说,我要再去说,那也太死皮赖脸了。"

热合曼看看阿孜古丽,说:"泰米尔心里会不会有别的姑娘了?"

阿孜古丽想起了泰米尔与唐娅琳有说有笑的情景,含着泪说:"我怎么知道。男人的心,是最让女人摸不透的。"

热合曼说:"不! 你和他是最合适的。在那个最最困难的年月中,他和你来到了咱草原,他应该娶你。"

沙英家里。沙英对泰米尔说:"你嫌这个村长小是不是? 可我们沙英家祖祖辈辈都是放羊放马的牧民,还从来没有一个人当过什么村长这样的官。热合曼推荐你当托克里克村的村长候选人,这是多好的事,这是看得起咱沙英家!"

泰米尔说:"阿爸,这个村长我真的不想当,我想干我想干的事业。"

沙英说:"你这个毛小子读了几年大学就觉得自己了不起了,连村长都不想干了。我告诉你,这个村长你当也得当,不当也得当! 因为你是我的儿子!"

泰米尔说:"阿爸,汉族人有句古话说,燕雀焉知鸿鹄之志。"

沙英说:"啥意思?"

泰米尔说:"小麻雀怎么知道大鹏鸟的远大志向呢?"

沙英紫涨着脸说:"你说我是小麻雀?"

泰米尔说:"爸,我只是打个比方,没说你是小麻雀。"

沙英一拍桌子说:"你爸会是小麻雀? 你爸能会是小麻雀?"

泰米尔忙解释说:"爸,你别生气。我只是打个比方,就是说各人有各人的志向。"

沙英说:"不管你有多大的志向,你这个村长都得给我当!"

泰米尔说:"爸,我知道你想要争一脸面。但不只有当村长可以给你争脸面,干其他的事业只要干成了干好了,同样能给你脸上争光。"

沙英说:"我只要你给我当村长,这是眼下马上就能实现的事。其他的你说的什么事业,我没看到,也不是立马能实现的! 还有,就今年,你得把阿孜古丽娶回家,这也是我多年的心愿! 你要不听你阿爸的话,阿爸就不要你这个儿子了!"

在沙英家附近。阿孜古丽骑着马远远地看着沙英的家,想了想,叹口气调转马头朝村外走去。

夜空中已有一轮明月照耀着草原,把那条穿过草原的河水映衬的波光粼粼。

阿孜古丽骑着马沿着河岸慢慢地走着。

泰米尔的声音在她的耳边回响着:"……但这两年,我想干我的事业,走我泰米尔想走的路。"

阿孜古丽深深地叹了口气,她似乎有一种预感,泰米尔很有可能要离她远去。

在河岸的不远处,有一个健壮的身影在草地上练习着摔跤,不时地发出呼喝的声音。旁边一匹马在河边悠然地饮水。

阿孜古丽借着月光认出了那人,正是苏和巴图尔。

苏和巴图尔也注意到了阿孜古丽,迎上来笑着说:"阿孜古丽,你这么晚跑出村子做什么啊? 不会是来偷看我摔跤的吧?"

阿孜古丽白了他一眼,说:"你少自作多情了,我就是出来走走。苏和巴图尔,你干吗要跑到离村子这么远的地方练摔跤?"

苏和巴图尔说:"你想听实话吗?"

阿孜古丽说:"你说。"

苏和巴图尔说:"上次为了承包齐纳尔草场跟泰米尔摔跤,我输得很惨! 我爸没了面子,我连里子都没了,还把老婆给输掉了。"

阿孜古丽恼怒地说:"谁是你老婆? 苏和巴图尔,你再胡说八道,我就走了!"

苏和巴图尔说:"我说的是实话呀,你不是想听实话么。在我苏和巴图尔心中,你阿孜古丽就是我想要的老婆。"

阿孜古丽说:"那是你的想法,跟我无关!"说着,拨马就想走。

苏和巴图尔拦住马头说:"阿孜古丽,你真的对我一点好感都没有吗? 我就那么不如泰米尔吗?"

阿孜古丽说:"苏和巴图尔你是我儿时的玩伴,现在的朋友。我知道你也不错,你不是我心中想要的 ,苏和巴图尔,请你原谅我。"

阿孜古丽调转马头就往回走。

苏和巴图尔在后面大声地喊:"阿孜古丽,我不会放弃的! 我要在那达慕大会上赢泰米尔,把你赢回来!"

阿孜古丽想到有两个男人都在爱她,心里又是一阵甜丝丝的。她笑了笑,猛甩一鞭,策马飞奔而去。

在沙英家里。萨仁娜奶奶把手抓肉啪地放在桌案上,对沙英说:"泰米尔6岁到我们家,是我一碗奶茶一块饼把他带大的。你说不要就不要了?"

沙英说:"阿妈,我不就这么一说吗?"

萨仁娜奶奶说:"那你这个屁就用不着放!"

泰米尔说:"奶奶,阿爸会不要我这个儿子吗?"

沙英说:"那你就把这个村长给我当上!把阿孜古丽娶回家!"

第四章

早晨,唐娅琳骑马来到巴吉尔草场,看到娜达莎扎毡房的地方已经空了,只有一堆快将熄灭的篝火灰堆还在冒着淡淡的烟。

唐娅琳带着同情叹了口气,然后又高兴地策马往回奔。她毕竟为泰米尔办成了一件事,迫不及待地想回去告诉他。

在沙英家里。泰米尔的奶奶把奶茶端到炕上的小桌上,沙英、泰米尔围着小桌吃早饭。

沙英对泰米尔说:"昨晚想了一夜,总该想好了吧?"

泰米尔说:"想好了,当村长和娶阿孜古丽这两件事我暂时都不想。"

沙英啪的一声一拍桌子,说:"那村长你不当也得当!昨天我在热合曼面前,已经拍着胸脯代表你答应下来了!"

泰米尔说:"阿爸,你是我阿爸,但你代表不了我!"

沙英说:"为啥?"

泰米尔大声说:"因为我是泰米尔,不是你。我泰米尔只有我泰米尔来代表,别人谁也代表不了我!"

沙英说:"小狼崽长大了是吧? 开始咬老狼了!"

泰米尔说:"不是我要咬你,而是我不能接受你替我决定我的人生!"

沙英说:"你是我养大的,是我儿子! 我就有权利过问你的人生!"

泰米尔情绪激动地喊:"但你不能左右我的意志,我有我独立的人格! 我有权利决定自己该走哪条路!"

沙英闷了半晌,咬着牙说:"小子,想挨揍?"

泰米尔说:"阿爸,你用不着拿这个来威胁我,就算你打断我的腿,这个村长我也不当!"

沙英大吼一声说:"好,你有种! 不管咋说,你就是我儿子! 儿子不听老子的话,反了你!"说着一把将桌案上的东西扫落在地,抓起小桌案的腿就往泰米尔头上抡去。

泰米尔迅速抓住沙英的手腕,桌案悬在空中愣是落不下来。

萨仁娜奶奶赶紧跑来把桌案抢了下来。

沙英更火了,抄起墙角的一根棍子还要打,萨仁娜奶奶挡在当中护着泰米尔。她怕泰米尔吃亏,忙喊:"泰米尔,快跑!"

泰米尔夺门而出,骑上马就往草原跑。

沙英也立即追出了门外,想了想,又回家拿出根套马杆,再骑上马追了出去,喊:"我让你跑,我看你能跑到哪儿去!"

阿孜古丽赶着羊群正往草原上走,突然看见两骑快马远远地在前面飞奔。

泰米尔骑着白色的骏马在草原上飞奔。

沙英紧握套马杆在后面紧追。

泰米尔回头喊:"阿爸,你就是把我抓回去,就是宰了我,我也要走我自己的路!"

沙英说:"这个村长你当也得当,不当也得当! 我沙英可从来没有说话不算数过。我是向热合曼打了包票的!"

沙英一边骂一边甩开套马绳要套泰米尔,有几次差点把泰米尔套住,但都被泰米尔敏捷地闪开了。

正在放羊的阿孜古丽看清是沙英在用套马杆套泰米尔,感到很吃惊。

阿孜古丽飞身上马赶了过去。

沿着河边飞来一骑快马,那是唐娅琳从巴吉尔草场赶回来。

唐娅琳一见草原上沙英正用套马杆在套泰米尔,阿孜古丽飞马在追,忙也策马赶了过去。

唐娅琳策马追到阿孜古丽身边问:"咋回事?"

阿孜古丽说:"唐娅琳,这儿没你的事!"

唐娅琳说:"那沙英大叔干吗要用套马杆套泰米尔呀。"

阿孜古丽说:"我说了,这儿没你的事!"

唐娅琳说:"我是问,沙英大叔干吗要用套马杆套泰米尔?"

阿孜古丽说:"因为他不肯当村长,所以这事是我们家的事。"

唐娅琳说:"那跟我也有关,因为我也是村里的人!"

阿孜古丽说:"我爸是村长,所以这是我们家与沙英大叔家的事。你用不着来瞎掺和。"

唐娅琳说:"用套马杆套自己的儿子,沙英大叔这样做也太过分了!"

泰米尔又一次敏捷地躲过了沙英甩向他的绳套。

沙英喊:"儿子哎,我就不信套不住了。"

泰米尔嬉皮笑脸地喊:"阿爸,那你就再试试呀!"

阿孜古丽与唐娅琳并肩策马飞奔。

阿孜古丽看到沙英一次次用绳套套泰米尔,心疼地喊:"沙英大叔,你别再套了! 泰米尔不是马,那是你儿子呀!"

唐娅琳也喊:"沙英大叔,怎么能像套马一样套自己的儿子呢! 泰米尔怎么啦? 有话可以慢慢说嘛。"

阿孜古丽不满地瞪了唐娅琳一眼。

唐娅琳就是在存心挑衅阿孜古丽,所以抿嘴一笑。

眼见着沙英和泰米尔在草原上满场飞奔,阿孜古丽和唐娅琳只能跟着,却不知道该怎么去拦他们。

阿孜古丽突然想起什么,问唐娅琳说:"唐娅琳,你是来找泰米尔的吗?"

唐娅琳有意气阿孜古丽,因为她对阿孜古丽刚才的话很不满,说:"我不能找?"

阿孜古丽说:"找他有事吗?"

唐娅琳说:"当然有事呀。"

阿孜古丽说:"有啥事?"

唐娅琳说:"这事只能跟他说,跟你阿孜古丽无关。"

阿孜古丽说:"现在可以说泰米尔的事就是我的事,我的事也就是泰米尔的事。"

唐娅琳说:"你和泰米尔没结婚呢,还不可以这么说。就算是结婚了,也不可以这么说。"

阿孜古丽说:"为什么?"

唐娅琳说:"就是夫妻,也有权保留各自的隐私。"

阿孜古丽说:"唐娅琳,你说的这事跟隐私有关吗?"

唐娅琳说:"这是泰米尔亲自托我的事,所以我只能跟他说。"

阿孜古丽咬着嘴唇,心酸地想哭。

沙英和泰米尔一个在套,一个在躲,两个人似乎不是在斗架,而是在耍自己的本事逗起乐子来了。

沙英说:"儿子哎,我就不信套不住你。"

泰米尔嬉笑着说:"阿爸,那你就套呀。来,套呀!"

阿孜古丽气恼地对唐娅琳说:"唐娅琳,你是不是也想跟泰米尔好?"

唐娅琳说:"我跟泰米尔一直很好呀,这你也知道的呀!虽然沙英大叔与我阿爸结过怨,但我和泰米尔可没什么怨恨。"

阿孜古丽说:"我不是这个意思。我是说你是不是也在追泰米尔,我现在同泰米尔的关系你应该知道!沙英大叔已经把这事定了。"

唐娅琳说:"阿孜古丽,你说的这事目前不存在!我就喜欢跟泰米尔在一起,从小的友谊是割不断的。你要为这件事吃醋,那你就有吃不完的醋!"

阿孜古丽气得拨转马头就朝泰米尔追去。

唐娅琳泰然的一笑,这姑娘很有心计,也夹夹马肚跟着紧追了上去。

阿孜古丽追到沙英和泰米尔近前。

阿孜古丽哀求说:"沙英大叔,求你了,别再套了。"

阿孜古丽的坐骑突然失了前蹄。

阿孜古丽差点从马上摔下来,但阿孜古丽一勒缰绳,马又站了起来。

就在阿孜古丽差点要摔下马时,泰米尔走了神,这一瞬间,绳套套住了泰米尔。

阿孜古丽的马重新起来时,泰米尔被拖下了马。

这时唐娅琳也追上来了。

泰米尔被绳套勒住双臂坐在草地上,朝沙英笑。

沙英说:"你还好意思笑!"沙英有些心疼儿子了。

泰米尔说:"阿爸,要不是阿孜古丽叫我……"他看看已跳下马的阿孜古丽说,"你套不住我!"

唐娅琳这时也跳下马说:"沙英大叔,我看到过用套马杆套马,套狼。可是我还从来没见过用套马杆套自己儿子的。沙英大叔,你也真能创造奇迹!"

沙英听出唐娅琳是讽刺他,讪笑着说:"奇迹嘛,不就是要人来创造的嘛,你阿爸唐继亮不也创造过奇迹吗?"

唐娅琳依然很镇定,说:"我爸创造的可不是什么奇迹。"走上去要替泰米尔解套。

阿孜古丽赶忙拦在唐娅琳身前,抢着要给泰米尔解套,但泰米尔一扭身避开了。

被捆着双臂的泰米尔站起来对沙英说:"阿爸,你要宰我那你就动手吧。可我已下决心要走的路,我绝不拐弯! 你要是不宰我,那今天下午,不,就现在,我要走,离开村子,走出去。"

沙英说:"去哪?"

泰米尔说:"阿爸,我想先走出去看看,然后再决定,怎么闯我自己的事业。"

沙英看着自己收养的这个牛都拉不回来的倔强儿子,也被感动了,他觉得他用套马杆这么套儿子有些过分了,眼里渗出了泪花,走上前去为泰米尔解开绳套,然后一下子紧紧地拥抱了一下泰米尔说:"小子哎,你像我沙英的儿子。你就是我沙英的儿子,我要的就是你这样的儿子!"

泰米尔说:"阿爸,你不生我气了?"

沙英说:"我生什么气呀!我有这样的好儿子,一个敢于走自己路的儿子,看准了目标坚持走下去的儿子,这个儿子是上天给我最好的赏赐!好,儿子,你走你自己的路去吧。"

泰米尔一把抱住沙英说:"阿爸,谢谢你!"

沙英说:"儿子,你什么时候走?"

泰米尔说:"我想今天就走!所以我才换上了我的白色的骏马,是想给自己人生的道路上带来福气。"

阿孜古丽有些吃惊地说:"今天就走?这么急!"

沙英深情地说:"儿子,今天别走,明天再走吧。今晚爸要为你摆上一桌送行的酒。阿孜古丽,你把你阿爸热合曼村长也招呼来。我儿子,不当这个村长了!"

阿孜古丽盯着泰米尔说:"我阿爸一定会很失望的。"

沙英说:"这世上没有什么事能够两全的。这样吧,我去找热合曼说。"

泰米尔说:"不,阿爸,还是我找热合曼大伯解释去吧。"

沙英想了想,说:"也好,我是个粗人,有些话说不清。你有什么志向就跟热合曼大伯讲,他会理解你的。"

泰米尔感动地看着阿爸说,"你真是个耿直豪爽的草原汉子。所以阿爸你与我的心是永远通畅的,能有这样的阿爸是我的幸运。"

沙英,泰米尔,阿孜古丽和唐娅琳骑马正往村子的方向走。

唐娅琳对泰米尔说:"泰米尔,那个女人已经不在巴吉尔草场了。"

泰米尔说:"她走了?"

唐娅琳说:"今天我去看了,她已经搬走了。"

泰米尔说:"她自己走的?"

唐娅琳说:"是我劝她走的。"

泰米尔犹豫着:"啊——"

唐娅琳说:"怎么啦? 你不想让她走?"

泰米尔说:"噢,不,那就谢谢你了。"

泰米尔这时突然注意到阿孜古丽已经独自落到了后面。泰米尔说:"阿爸,唐娅琳,你们先走,我跟阿孜古丽一会儿就赶上来。"

泰米尔拨转马头朝阿孜古丽走去。唐娅琳回头看看依然一脸的泰然。

沙英:"我要泰米尔一定要娶阿孜古丽,这次儿子一定会听我的。"

唐娅琳:"好呀!"

阿孜古丽低着头默默地走着,泰米尔策马过来跟她并肩走到了一起。沉默了好一会儿,阿孜古丽看了泰米尔一眼,她的眼中闪着泪光。

泰米尔说:"怎么啦?"

阿孜古丽含着泪说:"泰米尔,你说走就走啊?"

泰米尔说:"草原上有句古老的格言说,勿因路远而踟蹰,只要永远迈向前进,必能达到目的! 所以阿孜古丽,请你理解我。"

阿孜古丽的眼泪流了下来,她说:"我明白了。好吧,我不会拖住你的脚步,我不是那种不识相的女人!"说着,一扬鞭,狠狠地抽了一下马,那马如箭一般冲了出去。

泰米尔喊:"阿孜古丽——"

阿孜古丽策马狂奔,一直奔到很远,这才停下来。她回头望了望,可泰米尔并没有追上来。

阿孜古丽觉得又委屈又痛苦,泪从脸腮上滚了下来。

晚霞似火。

热合曼骑着马,背着弹拨尔,朝一个山坡走去。

泰米尔骑着马朝热合曼走来。

泰米尔喊:"热合曼大伯! 你等等。"

热合曼说:"是你阿爸让你来的?"

泰米尔说:"不,是我要找你。"

热合曼说:"你阿爸跟你说什么了?"

泰米尔说:"说你向乡长推荐,让我当村长。"

热合曼说:"那你怎么想啊?"

泰米尔说:"现在我来跟您回个话,这个村长我不想当。"

热合曼说:"你不当? 我把所有的希望寄托在你身上了,你居然跟我说你不当。"

泰米尔说:"热合曼大伯,我……"

热合曼一挥手,说:"现在不说这个,你跟我走!"

泰米尔说:"上哪儿?"

热合曼说:"好马得配好鞍,好琴得配好歌手啊。跟我唱歌去!"

山坡上。

晚霞染红了天际。

热合曼弹起了弹拨尔。琴声悠扬,清亮,绵长,但带着丝忧伤。

傍晚,山坡上。热合曼对泰米尔说:"那次在你家喝酒时,你把你和阿孜古丽唱的那歌再给我唱一遍。"

泰米尔说:"不已经唱过了吗?"

热合曼说:"我是让你再唱一遍。"

热合曼弹着弹拨尔,泰米尔唱:

今天的草原跟昨天一样,
明天的草原也会跟今天一样,
生生不息的草原上的子孙们啊,
永远钟爱着生我养我的草原。
我们会让草原兴旺,
我们会让草原繁荣,
我们更会让草原永远美丽灿烂。

……

热合曼的弹拨尔琴声和泰米尔的歌声在残阳的草原上回荡。

阿孜古丽顺着歌声骑马走了过来。

阿孜古丽翻身下马，走上前叫了声："阿爸"。

热合曼收起琴说："泰米尔你唱的，跟我心里想的一样。唱的可是你心里的话?"

泰米尔说："那当然!"

热合曼说："那你为啥不想当这个村长? 你不是想让草原永远灿烂吗?"

阿孜古丽说："阿爸! ……"

热合曼说："你不要说话，我要听泰米尔自己说。"

泰米尔说："热合曼大伯，我不想说违心话。你推荐我当村长，我真的很感激。但我对自己的人生已经有自己的安排，所以这个村长我不能当。因为我有我的抱负。"

热合曼说："用我们维吾尔族人的话来说，山得一级一级地爬，路得一步步走。你有再大的抱负，那也得从底层做起。"

泰米尔说："但不一定要从村长做起。"

热合曼厉声地说："那你想做什么?"

泰米尔说："我想办实业。"

热合曼说："想自己发家致富?"

泰米尔说："开始时只能是这样。"

热合曼生气地说："泰米尔，没想到你是这么一个自私的人。我推荐你当村长就是想让你带领全村的人，走共同富裕的道路。我老了，又没有多少文化，就想把担子撂给有文化有能力的年轻人。泰米尔，你让我热合曼好失望啊。"

泰米尔说："我知道在那最困难的岁月里，是您，我阿爸，还有胡雅格大叔收养了我们这几个孤儿。是草原的乳汁把我们抚养长大。我泰米尔是知道感恩的。所以我下决心要闯出一条路，能带领草原上的人们走向富裕。

所以热合曼大伯我只能暂时让你失望了。我还是要走我自己的路,但总有一天,我会报答全村的人的!"

热合曼恼怒地站起来说:"泰米尔,今天你唱歌,没有找准调啊!"

已经入夜了,月亮在云中穿行。

热合曼气恼地跨上马,他看到阿孜古丽还站在那里犹豫。

热合曼说:"阿孜古丽,跟我回家! 这小子不但让你失望,让我也太失望了!"

阿孜古丽央求地说:"阿爸……"

热合曼说:"回家!"

阿孜古丽跟在热合曼身后。

快要进村时,阿孜古丽突然拨转马头。

热合曼回头喊:"阿孜古丽,你去哪儿?"

阿孜古丽喊:"我要去找泰米尔!"

阿孜古丽消失在月色中。

泰米尔一人骑马往村里走。

阿孜古丽骑马迎面走来。

阿孜古丽说:"泰米尔,我有话问你。"

泰米尔说:"说。"

阿孜古丽说:"村长你真不想当了?"

泰米尔说:"对。"

阿孜古丽:"我,你也不要了?"

泰米尔说:"不是不要,是我现在暂时不想扯这个。我只想把自己想干的事干起来,所以我想排除一切的干扰,包括感情上的干扰。"

阿孜古丽说:"那我就跟你一起走,你到哪儿,我就到哪儿。"

泰米尔说:"不可以。"

阿孜古丽说:"我要跟定你了呢?"

泰米尔说:"阿孜古丽,你没看到我换了一匹白骏马吗? 在蒙古人看来,白骏马是跟人的事业息息相关的,它也会给我带来作福。我要走很长的路,有时可能要在野外露宿,你跟着,多不方便啊。何况你还得照顾你阿爸啊!热合曼大伯已经是快七十的人了,身边得有人照顾啊,你们家还有我们家的羊怎么办?"

阿孜古丽流泪了,说:"泰米尔,你还是留下当村长吧。"

泰米尔说:"下了决心要做的事,那就一定得去做。现在的政策这么开放,作为一个年轻人,我想走出一条别样的路来。"

阿孜古丽叹了口气,知道自己的努力都无济了,于是恼怒而失望地扭转马头,消失在黑暗中。

泰米尔也坚定地一夹马肚,往家的方向走去。

热合曼一走进沙英家的门,举起鞭杆子就要打沙英。说:"我先打你这个说话不算数的家伙!"

沙英抓住热合曼的鞭杆子说:"热合曼村长,不是我说话不算数。是我儿子那铁一样的决心,没法让我说的话算数。你老别生气,坐下喝酒吧。"

热合曼说:"这酒我不喝!"

沙英说:"热合曼村长,这酒你要不喝,你会后悔一辈子的!"

热合曼说:"怎么讲?"

沙英说:"有大志向又有大决心的人,也肯定是要做出大事业来的。我这个当阿爸的支持儿子走自己的路,干吗非要拿一个村长去挡他呀。让他自己发展去吧。所以这酒你一定要喝!"

泰米尔端了一碗酒走到热合曼跟前说:"热合曼大伯,我这碗赔不是的酒您一定要喝!"

热合曼哼了一声,说:"这碗酒我喝!俗话说,人各有志,不可强求。我今天不是来喝你阿爸给你的送行酒的,我是来你阿爸这儿兴师问罪的!但听了你阿爸的一番话,我也想通了。你阿爸吵吵闹闹要做的事,我从来不太相信,因为你阿爸的脾性和想法往往让人摸不透,说变就变了。但他决定了的事,却从来都很有道理,就像那自留羊一样,别人退了,他硬是不退,结果受了处分,羊群不让他放,流放到马场去干活。但现在全给个人承包了,唉。这次也一样,这碗酒我喝了!"

泰米尔说:"热合曼大伯,我今天唱的也没跑调!"

热合曼说:"但愿以后也别跑调!"热合曼一仰脖,把那一大碗酒喝了下去说,"泰米尔,你要用事实来证明你不当村长的决定是对的!"

泰米尔说:"热合曼大伯,请你相信我!"

在胡雅格家里。

苏和巴图尔扶着喝得醉醺醺的胡雅格回到家里。

苏和巴图尔:"阿爸,你明明喝不过沙英大叔,干吗又非要拼啊!"

胡雅格说:"沙英敬的酒我不喝,不是太不够朋友了吗? 人家把草场都让给我承包了,而且还请我去喝酒,做的有多大度。我就是喝趴下,也得喝啊!"

苏和巴图尔不屑地说:"阿爸,你还真是输到家了,现在怎么连口风都转了?"

胡雅格说:"我是打心底佩服他! 也羡慕他有那么个儿子! 可是你同泰米尔比,真是差了一大截! 这次他要送泰米尔出去闯天下,为泰米尔送行。我要再不去,朋友们的唾沫星子都会把我淹死。"

苏和巴图尔说:"阿爸,你也太抬举泰米尔了。不就是想出去转转,看看市面,蹚蹚路子。说得上闯天下吗?"

胡雅格说:"热合曼要推荐泰米尔当村长,但泰米尔却推掉了。你想想,连现成的村长都不当,心中肯定有大志向! 苏和巴图尔,阿爸不是看不起你,你摔跤没有比过泰米尔,你心中的志向我看也比泰米尔差!"

苏和巴图尔说:"阿爸,你少长人家的威风灭自己的志气。我现在每晚都在练摔跤,再过两个月,他泰米尔要再跟我比摔跤,我绝对能赢过他! 要说起志向,那有什么啦? 你也让我出去闯荡闯荡,跟他泰米尔比试比试,我决不会比泰米尔差!"

胡雅格说:"你要真有这样的志向,那我就拜佛烧高香了。"

沙英家门口。泰米尔向沙英告别。萨仁娜奶奶在门口抹眼泪。

沙英说:"儿子,你有大志向大决心阿爸心里高兴,但你一定得给阿爸干出一番大事业来！要不,你就不配做我沙英的儿子。"

　　泰米尔说:"阿爸,儿子会给你长脸的！我走了。"

　　沙英说:"你等等。"沙英从怀里掏出一个殷实的布包说:"把这钱带上。"

　　泰米尔说:"阿爸,我有。"

　　沙英说:"中国有句老话叫穷家富路。带上吧,这里有你奶奶和阿爸的一份心意。"

　　萨仁娜奶奶也在门前说:"带上,带上。"

　　泰米尔朝沙英一鞠躬说:"阿爸,我走了。"

　　泰米尔拉住奶奶的手说:"奶奶,我走了。"

　　泰米尔跨上了马。

　　沙英向泰米尔挥手。

　　奶奶流着泪向泰米尔挥手。

　　路口。阿孜古丽骑着马在等着。

　　泰米尔朝路口走来。

　　阿孜古丽迎了上去,说:"让我送送你吧。"

　　泰米尔犹豫了一下,然后友善地朝阿孜古丽点点头。

　　泰米尔和阿孜古丽并肩骑马。

　　走过一座山坡,山坡下,

　　他俩看到热合曼弹着弹拨尔,弹的老泪纵横。

　　泰米尔勒住了马。

　　阿孜古丽说:"昨夜,阿爸为你的事没睡成觉。"

　　泰米尔跳下马对阿孜古丽说:"阿孜古丽你在这儿,我一个人过去。"

　　山坡下。

　　泰米尔对热合曼说:"热合曼大伯,我要走了。"

　　热合曼收起弹拨尔,说:"不听老人话的青年,不是好青年。可是毫不动摇走自己的路的青年,却是个有志气的青年。走吧！泰米尔,你热合曼大伯祝福你。"

　　泰米尔说:"热合曼大伯,谢谢!"

泰米尔转身往回走了几步。热合曼又叫住了他。

热合曼说:"泰米尔,草原上的人有一句老话,只要认准的路一直走下去,走下去,总有一天,你的愿望准会实现!"

泰米尔朝热合曼深深一鞠躬,说:"热合曼大伯,我会记住你的话的。"

泰米尔对阿孜古丽说:"阿孜古丽,别送了。送君千里终有一别。"

阿孜古丽说:"让我送你到四棵树吧,送到那儿我就不送了。"

泰米尔看着阿孜古丽那深情的眼睛,说:"阿孜古丽,对不起,别怪我心肠硬。一个没有意志的男人,就算不得一个男人。你骂我铁石心肠,那就是了。好了,你回吧,不过我走后,你经常代我去看看我阿爸和我奶奶。"

阿孜古丽含着泪说:"这你就放心吧。你家的羊不是我在放吗?我会常去看他们的。"

阿孜古丽无意中往后面看了一看,突然说:"泰米尔,我觉得还有一个人在送你哎。你看,那边。"

泰米尔眺望远处,有一位姑娘骑马停在那儿,看着他们。

泰米尔知道那是唐娅琳。

泰米尔沉思了一会,说:"可能是唐娅琳。"

阿孜古丽说:"肯定是她,还会是谁?我再送你一阵吧。"

唐娅琳骑着马一直默默地远远跟着泰米尔和阿孜古丽。

又走了一阵。

泰米尔说:"阿孜古丽,你回吧。"

阿孜古丽说:"唐娅琳还跟着呢!"

泰米尔说:"你要送我,她会一直这么跟下去的。这个疯丫头!"

阿孜古丽明白,他们终于要分手了。阿孜古丽凝视着泰米尔,说:"那你一路保重!"说着,依依不舍地含泪拨转马头,像下了决心似的夹了夹马肚,马扬开蹄子往回跑开了。

唐娅琳在远处朝泰米尔挥了挥手,然后也拨转了马头,也往村里走去。

泰米尔感到有些疑惑。

阿孜古丽策马追上了唐娅琳。

阿孜古丽说:"唐娅琳。你要送泰米尔,干吗离得这么远送?"

唐娅琳说:"我不想打扰你们,但也想送送泰米尔。"

阿孜古丽和唐娅琳默默地骑着马往回走。两人都不说话。

到一个转路儿,唐娅琳拨转马头:"阿孜古丽,我要回我阿妈那儿去,再见。"

阿孜古丽看到唐娅琳飞马远去,但心里不知怎的,总有种不踏实的感觉。

第五章

太阳开始西斜。

四下是连绵的山峦与辽阔的草场。

泰米尔骑马朝一个村庄走去，他经过一座山坡。

突然一位姑娘骑着马从山后窜出来，拦在了泰米尔马前，正是唐娅琳。

唐娅琳勒住马，乐呵呵地看着泰米尔。

泰米尔吃惊地说："唐娅琳，你来干什么？"

唐娅琳说："跟你一样，想出来走走，开阔开阔眼界。"

泰米尔说："我不是出来游山玩水的。我是想出来看看，准备干一番事业的。"

唐娅琳说："我跟你想的一样。泰米尔，我们一起去闯事业吧。"

泰米尔说："唐娅琳，快回去！现在走，天黑前还能回到家。"

唐娅琳说："从今天起，我就跟着你了。"

泰米尔说："你一个姑娘这么跟着我，像什

么话!"

唐娅琳说:"那你就别把我当姑娘看,当我是你的一个男性朋友看,这不就成了。"

泰米尔说:"这可能吗?"

唐娅琳:"梁山伯和祝英台不就是吗? 不但一起走,还一个屋子睡,一个屋子读书呢。"

泰米尔说:"人家祝英台是女扮男装。"

唐娅琳说:"那我也女扮男装好了。"

泰米尔说:"唐娅琳你不要给我添乱好不好?"

唐娅琳说:"泰米尔,你放心,我不但不会给你添乱,而且还是你的一个伴一个帮手。"

泰米尔说:"这不好。"

唐娅琳说:"泰米尔,我知道你与阿孜古丽的事,我不会做第三者的,你别自作多情。以为我也在追你? 没有的事! 我只想同你一起闯一番事业。所以我要跟你搭档。你别往爱情那头去想,而往干事业那上头去想,我这么跟着你,你就不会感到别扭了。走吧,你瞧,要变天了。"

泰米尔说:"唐娅琳,你太离谱了。"

唐娅琳说:"离什么谱? 咱俩都是大学毕业,都回到草原上都想干一番事业,怎么是离谱? 很靠谱嘛!"

泰米尔无奈地一笑说:"唐娅琳,你真是个混蛋!"

唐娅琳说:"混蛋前面还该加个女,我是个女混蛋,为了事业跟定你了,走呀!"

夜,在某小镇旅馆。泰米尔与唐娅琳走进旅馆。

泰米尔说:"你看,不方便了吧? 怎么住?"

唐娅琳说:"这有什么不方便的。你开你的房间,我开我的房间。不过吃饭总可以在一起吃吧?"

草原曚昽在晨曦中。

泰米尔偷偷地骑上马离开小镇。

走出路口时,他还回头朝后看看,看有没有人跟上来。看到街上空空的,于是松了口气。

泰米尔骑马走出了小镇。

泰米尔正继续往前走,突然发现有人骑马拦在他面前了,正是唐娅琳。

晨雾已经散去。

唐娅琳拦在泰米尔的马前,正色说:"泰米尔,你别想甩掉我。我可不是那种随随便便就可以甩掉的人!接受现实吧。"

泰米尔气恼地说:"什么现实?"

唐娅琳说:"我死跟定你的现实呀!这不,你想甩掉我,可甩不掉,这就是现实!"

泰米尔说:"我要用鞭子把你给抽回去!"

唐娅琳说:"泰米尔,你错了,你要能把我抽回去,那我就不叫唐娅琳了。泰米尔我只想帮你,像一个好朋友一样帮你!咱俩是不是从小一起长大的好朋友?"

泰米尔说:"是。"

唐娅琳说:"我这辈子也想干点别的事业,也想在世上闯一闯。想让你也带带我,引领引领我,怎么,不行吗?"

草原上正在开那达慕大会。

虽然那达慕大会是蒙古族人举办的,但在这个多民族居住的地方,各民族的人都来参加了。有蒙古族,哈萨克族,维吾尔族,塔吉克族,锡伯族,俄罗斯族,汉族……都来了。

人们都穿着华贵而艳丽的传统服饰,骑着马,赶着马车,或是开着小卡车,向大会会场聚集。

大会会场的四周竖起了一座座白色的毡房,毡房和会场上到处彩旗飘扬。

沙英赶着马车,车上拉着萨仁娜奶奶。

热合曼背着弹拨尔和阿孜古丽也跟着走进了会场。

那达慕大会会场。胡雅格和苏和巴图尔也骑着马来了。

胡雅格叹口气说:"你看看,你跟泰米尔一起长大,不是同岁,可在哪方面,你都比泰米尔要差一大截! 在姑娘方面也是,阿孜古丽看上的是泰米尔,我看唐娅琳也在追泰米尔。两个姑娘死心塌地要跟着他。有姑娘追你吗?"

苏和巴图尔说:"咋没有? 只不过追我的我都看不上,我看上的她又看不上我,我能有什么办法?"

胡雅格说:"瞧你那没出息的样儿! 不就是个姑娘么? 人家不喜欢你,你就另外再找一个喜欢你的,不就结了?"

苏和巴图尔说:"阿爸,这方面我也有我的追求! 你就别再啰唆了。"

胡雅格说:"这会儿跟我逞什么英雄啊? 有本事拿出点实际的东西来!"

苏和巴图尔闷声说:"阿爸,你不能把我看扁了! 我会有有出息的时候,不信你等着看。"

在那达慕大会会场。

热合曼背着弹拨尔和阿孜古丽骑马正在毡房群中寻找自己村里的人。

有个牧民从一座毡房里走出来向热合曼招手说:"热合曼村长,咱们托克里克村的毡房在这儿!"

热合曼和阿孜古丽跳下马,朝毡房那儿走去。

热合曼进了毡房。

阿孜古丽把马拴好,就急急地朝附近一片小灌木丛里走去,显然是想去方便。

灌木丛里。阿孜古丽方便完,从灌木丛往外走。走了没几步突然脚下一绊,摔了一跤。

有个青年人忽地坐了起来,睡眼蒙眬的,显得也有些惊慌。

阿孜古丽爬起来,一看是个男青年,气恼地说:"嗨! 你这个人好不要脸呀! 怎么这么下流!"

那男青年这才从睡梦中被彻底惊醒,忙说:"我怎么啦? 绊了你一跤? 啊呀,真对不起。为了能参加你们这儿的那达慕大会,我赶了一夜的路,累了,就想在这儿休息一会儿,谁想到一躺下就睡死过去了。姑娘,对不起,真是对不起。"

阿孜古丽说:"刚才你看见什么了?"

男青年一愣,说:"什么?没看见什么呀。"

阿孜古丽盯着他看了看,也不再追究,转身往毡房方向走去。

灌木丛边上的草坡下。

刚才那个男青年走到草坡上凝望着前面星棋密布的毡房,五颜六色的彩旗飘扬,还有正往毡房走去的阿孜古丽,眼睛变得模糊蒙眬了。

那青年眼前出现雪原素裹的大地,纷纷扬扬的飞雪。

一个人领着几个衣服褴褛的孩子在苍茫的雪原上艰难地向前走着……"

那个人把一个男孩交给一个哈萨克牧民。

女孩哭:"我要跟哥哥在一起。"

领着孩子的大人:"人家只能领养一个。你,我再给找一个人家……"

那人拉着女孩走,女孩回头:"哥哥,以后你要来找我……

男孩含着泪点头。

那青年心里说:"好妹妹会在哪儿呢?"

草坡下的青年正是阿孜古丽的哥哥。他现在已长大成人,叫向志疆,年轻而壮实,方正英俊的脸透着儒雅。

向志疆盯着阿孜古丽的背影,突然觉得这姑娘的背影让他觉得好亲切,他迅速往草坡下奔去,想追上阿孜古丽,问问她的名字。

阿孜古丽已经走到了毡房门口,一掀门帘走了进去。

向志疆的脚步也慢了下来,这时他又觉得自己的想法很可笑,自语说:"怎么可能,哪有这么巧的事。"他自嘲地笑了笑,转身朝那达慕大会的会场那边走去。

彩旗飘扬,人声鼎沸。各民族的人穿着各自民族鲜艳的服装,使会场看上去灿烂一片。

摔跤场上,苏和巴图尔正在和其他青年比赛摔跤。

苏和巴图尔连着摔倒几个人,很得意站在摔跤场中间说:"谁还敢来呀?"

站在围观人群中的阿孜古丽对他喊:"苏和巴图尔,见好就收吧! 你要遇见像泰米尔这样的强手,那你可就要丢丑啦!"

苏和巴图尔笑着说:"阿孜古丽,你的话我听,在这世上我只听你的话!"

摔跤场边,有一个比苏和巴图尔长得更壮更高大的摔跤手走了进来。

苏和巴图尔知道自己不是对手,忙出了场外说:"我累了,歇一会再跟你比。"

围观人群有人喊:"哈,一个石榴裙下的奴隶!"

苏和巴图尔油滑地笑笑,说:"美女的话不听,听谁的?"

围观的人轰地笑了起来。

向志疆也挤到人群中观看,他发现了阿孜古丽,阿孜古丽一身维吾尔族姑娘的装扮,在一群姑娘中显得格外的靓丽。

向志疆想挤到阿孜古丽那边,但周围人太多,一眨眼,阿孜古丽就从他的视线中消失了。

向志疆一直在寻找阿孜古丽,但总是一瞬之间就错过。

但跟得久了,阿孜古丽也有所察觉,她感觉那个青年总是在她附近晃,不由得心生警觉。

临时搭起来的舞台上。

一支演出小分队正在演出。

主持人是一位年轻英俊的维吾尔族男青年,他握着话筒说:"下面有请托克里克村的牧羊姑娘阿孜古丽为我们歌唱一曲。"

台下热烈鼓掌。

阿孜古丽被主持人拉上台,阿孜古丽独唱了一曲维吾尔族民歌,她的歌声悦耳,甜美而嘹亮。

在不远处寻找阿孜古丽的向志疆听到了歌声,一见舞台上是阿孜古丽,眼睛一亮,赶紧挤了过去。

阿孜古丽在台上唱罢一曲,台下掌声雷动。

有人喊:"阿孜古丽,再来一首!"

很多人在附和。

主持人走上前跟阿孜古丽商量了一下,笑着对观众说:"阿孜古丽要为我们高歌一曲《敖包相会》,有没有哪位唱男声的朋友跟阿孜古丽合唱这曲,谁来报名?"

有好些男青年都举起了手。

向志疆飞快地穿过人群,迅速地翻身跳上了台,对主持人说:"我来跟这姑娘一起唱吧。"

台下有嘘声,也有人鼓掌,乱成一片。

主持人先是一愣,但很快镇静下来说:"好,欢迎!"

阿孜古丽认出了向志疆就是在灌木丛边上的那个青年,脸上顿时有些不悦。

音乐已经响起,阿孜古丽只能开始唱了起来。

唱男声的向志疆,嗓音浑厚而洪亮,一点都不输于草原上的男人。

台下的观众被折服了,大家热烈地鼓掌。

台下有一双眼睛一直痴痴地望着阿孜古丽。那人也只有二十几岁,虽然穿得很时髦,但依然显得很土气。

舞台下,阿孜古丽正准备离开,向志疆跟了过来。

阿孜古丽怒视着向志疆说:"喂!你是不是在跟踪我?"

向志疆说:"对,我是在找你,我想问一下你是维吾尔族吗。"

阿孜古丽说:"你到处跟踪我,就为了问这个?"

向志疆有些尴尬地一笑,说:"对。"

阿孜古丽强压着怒火说:"我叫阿孜古丽!"

向志疆很失望,但还是很礼貌地说:"谢谢你姑娘,我真的没什么恶意,打扰你了。"

阿孜古丽说:"那你就不要再跟踪我了,不然我就不客气了!"

向志疆转身穿过人群离开,他长叹一声,自语着说:"我肯定认错人了……"

阿孜古丽看着向志疆离去的背影,虽然有些疑惑,但还是很高兴摆脱了这个人。

可还没走两步,又有人拦在了面前。

阿孜古丽恼怒地说:"喂,你想干什么?"

拦在阿孜古丽面前的正是刚才台下那位穿着时髦但又有点土气的年轻人。他递上一张名片对阿孜古丽说:"姑娘,认识一下吧。我叫张志文,是一家公司的总经理。"

阿孜古丽没好气地说:"对不起,我还有事。"说着头也不回地朝毡房方向走去。

张志文追上阿孜古丽,说:"姑娘,人家送上名片,你不拿,这是不礼貌的。"

阿孜古丽看了张志文一眼,从他手中拿过名片,说:"行,我收下了,你走吧。"

张志文一笑说:"那你至少得看看呀,名片上写着什么。"

阿孜古丽看了看名片,说:"你们公司是干什么的?"

张志文说:"我们公司有个营销部,主要是收购牛羊的。"

阿孜古丽说:"那跟我有什么关系?"

张志文说:"你不是位牧羊姑娘么?肯定会跟我们公司有关系的呀。所以我代表公司欢迎你来我们公司工作。"

阿孜古丽说:"你们公司也有羊可以让我放牧?"

张志文说:"不不不,是希望你能来我们公司工作。比如,可以当我们公关部的工作人员。如果干得好,我还可以提升你当我们公关部的经理。"

阿孜古丽眨眨大眼睛说:"公关部?是干什么的?"

在一座毡房边上，热合曼跟几位牧民洒脱地喝着酒，弹着弹拨尔。

有好些位老人围坐在一起，鼓乐伴奏。其中一位老人在吟唱着十二木卡姆，唱得很是动情。

阿孜古丽对张志文说："你说的那种公关，我可不会。我只会放羊。唱歌嘛，也就会唱那么几首。"

张志文说："公关工作用不着要多大能耐。只要有一样东西就行。"

阿孜古丽说："是什么呀？"

张志文说："漂亮！姑娘，小伙子，只要漂亮，英俊就行。越漂亮，越英俊，价值也就越高。公关工作，这是最主要的标准！"

阿孜古丽盯着张志文看了一会儿，突然厌恶地说："对不起，名片还给你！"说着把名片扔回张志文手中。

张志文说："这……你不想来我们公司？"

阿孜古丽说："对！"

张志文说："为什么？"

阿孜古丽说："因为闻着味道不对！"

张志文还不死心，追上去说："姑娘，其实公关不是你想的那样，就只是帮公司搞好对外关系，帮忙陪陪客户。"

阿孜古丽说："去你的吧，听着都嫌恶心！"

阿孜古丽要走，可张志文死死地缠住她，嬉皮笑脸的一定要让她到他们公司去工作。"只要你去我公司，工作随便你挑。"

阿孜古丽说："我就喜欢放我的羊！你走开，你再不走，我就要叫人啦。"

一间毡房门口。

已经换下摔跤服的苏和巴图尔正从毡房里出来，看见不远处张志文正死死地纠缠阿孜古丽不放，忙奔了过去。

苏和巴图尔喊："阿孜古丽！"

阿孜古丽的耐心已经到了极点，她正要对张志文发火时，苏和巴图尔喊了一嗓子,奔了过来。

苏和巴图尔高大健硕的身躯往阿孜古丽和张志文中间一横,闷声对张志文说:"嗨,想摔跤吗?"

张志文有些害怕,忙说:"对不起,我告辞了,告辞了。"张志文狼狈地离去。

阿孜古丽对苏和巴图尔说:"苏和巴图尔,谢谢你帮我解了围。"

苏和巴图尔说:"那家伙是干什么的? 你们认识?"

阿孜古丽说:"谁认识他!"

苏和巴图尔说:"那他找你干吗?"

阿孜古丽说:"他想让我到他们公司去工作。说是去当公关小姐。唉!今天我真倒霉,有两个男人跟踪我,缠着我。"

苏和巴图尔一拍胸脯,说:"有我呢,怕什么!"

夕阳斜下,火红的积云在天边涌动。向志疆背着行囊,朝着草原深处走去。

毡房边上。在热合曼琴边上的老人唱完一段后,大家鼓掌。

阿孜古丽和苏和巴图尔也走了过来,一边鼓掌,一边也坐到了旁边。

阿孜古丽鼓着掌说:"艾合买提爷爷,你唱得真好!"

热合曼说:"老兄弟啊,像你这样好的歌喉我已经很长时间没听到了。你唱的十二木卡姆,我三十几年前就想去学啊。"

苏和巴图尔看看阿孜古丽,心想刚才他帮了她忙,她又对他很友好,于是想进一步博得她的好感。在阿孜古丽跟前显摆显摆说:"热合曼大伯,我也唱一个吧。"

毡房边上。热合曼在弹琴,苏和巴图尔在唱歌。歌只唱了一半,热合曼一下停住了。

苏和巴图尔说:"热合曼大伯,怎么啦?"

热合曼说:"你是在唱歌还是在学鸭子叫? 苏和巴图尔我告诉你,你哪点都比不上泰米尔,怪不得白长了这一身肉,摔跤也会输!"

苏和巴图尔觉得热合曼这话让他在阿孜古丽跟前丢了脸,于是马上争辩说:"可我在这儿,已经打遍所有的摔跤手了。"

热合曼说:"你输在泰米尔手下我是亲眼见到的。不管在什么地方,你都没法跟泰米尔比!泰米尔这小子,就一点不好,不听我的话,不肯接我的班。艾合买提老哥,还是唱咱们自己的歌吧!"

阿孜古丽说:"听到没有?泰米尔比你强!"

苏和巴图尔恼火地说:"热合曼大叔,阿孜古丽,你们干吗老用泰米尔来压我。你们等着瞧,我总有机会会出这口恶气的!"说着,站起来转身又走向热闹的大会会场。

阿孜古丽看着走远的苏和巴图尔,心里却有些不忍。

夕阳西下。

娜达莎在她的毡房不远处,正赶着一大群羊朝临时围起来的羊圈走来。

娜达莎的羊圈边上。

向志疆背着个行囊在羊圈边上等着。

娜达莎把羊群赶进羊圈。

向志疆走上前,很有礼貌地说:"大姐您好!请问大姐,这是你的羊群吗?"

娜达莎跳下马说:"是。"

向志疆说:"卖不卖?"

娜达莎说:"价钱合适,当然卖呀。"

向志疆说:"我想买你四十只羊行吗?"

娜达莎说:"不卖。"

向志疆说:"你刚才不是说卖吗?"

娜达莎说:"我不卖给你们这种四处游荡的羊贩子。"

向志疆说:"为什么?"

娜达莎说:"因为你们太剥削我们牧民。把买羊的价压得低低的,然后卖给别人时又把价抬得高高的。我们不会再上你们的当。要卖,我会找熟人卖。"

向志疆说:"你还不知道我给你是什么价,你怎么知道我就把价压得低低的呢?"

娜达莎说:"反正我的羊不卖给你们这种四处乱窜的羊贩子。"

向志疆看看天空,天色已渐黑,说:"我能在你这儿吃口饭吗? 我会付你饭钱的。"

娜达莎看看向志疆,脸长得很正,不像是个坏人。于是说:"那倒可以,路过的客人吃上口饭,不收饭钱。请坐吧。"

娜达莎的毡房前,燃起了一堆篝火。

向志疆喝着奶茶说:"做买卖讲的就是个诚信。对买卖双方的人来说都得有利,损一家赢一家的买卖做不长。所以大姐,我给你的价肯定是个很公平的价。我贩羊当然想赚钱,但我也不能太亏了你。你长期这么放羊,也不容易。对你的劳动,我也得尊重。"

娜达莎说:"你这话倒是有点道理。你是干啥的?"

向志疆说:"贩羊的呀! 要不我干吗要买你的羊呀。"

娜达莎说:"我说你像个学生。"

向志疆说:"高中毕业,后来在农村干了几年农活。现在政策开放了,想做个买卖发点小财。将来还想干点别的事业。"

娜达莎说:"那我的羊你准备给个什么价?"

向志疆说:"你们的牲口市场我了解过。每只活羊我给你这个价。"向志疆做了个手势。

娜达莎说:"你真给这么多吗? 那比别人收购价多了一二成了。"

向志疆说:"就这个价,我把羊贩到托克海市去还有赚头。你要不信,我先把定金给你。等我雇好车来拉时,把钱一次给你付清。"

娜达莎点头说:"你给我这个价,我卖给你,要多少?"

向志疆说:"先给我四十只吧。"然后放下碗说:"好,我走了。"

娜达莎说:"天那么黑,你也没骑马,有旅馆的地方离这儿还有几十里地呢。就在这儿过夜吧。"

向志疆说:"我一个单身男人住你这恐怕……要不,你给我件皮大衣,我在篝火边上睡一夜吧。"

草原上燃起了一堆堆篝火。

热合曼和艾合买提等一些老人在篝火旁又是唱又是大碗的喝酒。

阿孜古丽在一边劝着说:"阿爸,你已经醉了,别再喝了。"

热合曼说:"谁说我醉了,我弹琴你听听,我醉了没有。"

热合曼醉中弹出的琴似乎更动情。

也已醉了的艾合买提老人说:"没醉,没醉啊!"

艾合买提又唱了起来。

晨,娜达莎的毡房前。

向志疆在篝火边睡了一夜。醒来后,天微微亮。

向志疆在毡房外喊:"娜达莎大姐,谢谢你。我现在就去雇车,很快就回来。"

娜达莎忙探出脑袋说:"委屈你了,你别叫我大姐,我比你还小两岁呢。你就叫我娜达莎吧,我该叫你声大哥。喝上碗热奶茶再走吧。"

向志疆鞠躬说:"不麻烦你啦。我得赶快去雇车。"

娜达莎目送着向志疆在晨曦中走向草原。她的眼中对这青年透出好感。

那达慕大会闭幕了。夕阳西下,人群已渐渐散尽。

托克里克村的毡房已经收起装上了车。

阿孜古丽牵着马正要去寻找热合曼,一辆小车追过来,从小车里钻出张志文。

阿孜古丽一见张志文,顿时感到很恼怒。

张志文说:"阿孜古丽,别生气,别生气呀。你听我说。"

阿孜古丽大声喊:"苏和巴图尔! 苏和巴图尔!"

苏和巴图尔骑马朝阿孜古丽奔来。

张志文一看五大三粗的苏和巴图尔怒气冲冲地骑马朝他奔来,慌忙钻进小车,说:"阿孜古丽姑娘,本公司随时随地都欢迎你来。再见!"

张志文钻进小车走了。

阿孜古丽看着开走的小车只是觉得可笑。

听到喊声的胡雅格也骑马赶了过来。

胡雅格骑着马过来说:"阿孜古丽,那家伙是谁?"

阿孜古丽说:"一个什么公司的经理,现在总经理真是多如牛毛。"

苏和巴图尔也赶到了:"怎么啦?"

阿孜古丽笑说:"那一只在追寻猎物但却没法追上的狗吓得跑了。"

胡雅格说:"那你得当心点。像你这样漂亮的姑娘,屁股后面会追着一群这样的狗。"

苏和巴图尔说:"爸,怕什么,有我呢!"

阿孜古丽只是笑笑,突然想起什么,说:"我阿爸呢? 大叔你见到他了吗?"

胡雅格拿鞭子一指,说:"喏,在那儿躺着呢。这两天他又是弹琴又是喝酒的,醉了!"

灌木丛边上。

阿孜古丽找到喝得烂醉的热合曼,抱着弹拨尔躺在已燃尽的木灰边的草丛中怎么也醒不过来。

阿孜古丽摇着热合曼喊:"阿爸,阿爸!"

热合曼嗯了一声又睡死过去。

会场上,临时舞台拆了,一座座毡房也收了起来。

人们骑着马走了,马车也一辆辆走了。

阿孜古丽焦急地喊:"阿爸,阿爸!"

这时沙英牵着一辆马车走过来,车里坐着萨仁娜奶奶。

沙英走到热合曼和阿孜古丽身边。

天上乌云在翻滚着聚集起来,风也变大了。

阿孜古丽求援地看着沙英。

沙英看看沉睡的热合曼,翻身下马说:"一时醒不过来的。来,抬上车。"

沙英赶着马车刚行走了一阵,阿孜古丽突然勒住马说:"啊呀!我阿爸的挎包还搁在草丛里呢!"

沙英说:"算了,别要了,马上就要下雨了。"

阿孜古丽想了想,说:"不行,我还是去找找吧。那里面放着我阿爸喜欢的莫合烟袋还有不少钱呢。沙英大叔,你们先走吧,我去去就来。"说着拨转马头就跑。

第六章

乌云在草原上空越积越厚,风也越来越大。

泰米尔与唐娅琳骑马在草原上走着。

前面停着一辆装羊的大卡车,他俩看到两个人正在把一群羊往卡车那边赶。

赶羊的就是向志疆,另一个是卡车的驾驶员。

驾驶员抱怨着说:"我说不要赶下车,不要赶下车,可你偏要把羊赶下车,说天气太热,让羊喝口水,吃口草。现在看看赶不到一起了吧?"

向志疆说:"赶到托克海市还有一天的路程呢。不让羊吃口草,喝口水能行吗?"

风开始呼啸起来。

向志疆看到往他这边骑马过来的泰米尔与唐娅琳,忙说:"兄弟,请你们帮帮忙吧。"

乌云低低地压着草原。

原先的那个热闹的那达慕大会的会场这时已不见人影了。

阿孜古丽低头在草地上焦急地寻找着。

风也大声地呼啸起来,远处雷声滚滚。

天色越来越昏暗,仿佛黑夜提前降临。

阿孜古丽急慌慌的,就越发找不着东西。

突然有两匹马的前蹄映入她的眼帘,她惊慌抬头一看,是苏和巴图尔。她放心了,笑着松了口气。

苏和巴图尔说:"找什么呢?"

阿孜古丽继续低头寻找说:"我阿爸的挎包。"

苏和巴图尔翻身下马说:"我帮你一起找。"

两人都在草丛中四下寻找着。

苏和巴图尔不时地把目光瞥向阿孜古丽。

一声炸雷,天开始下雨了。

泰米尔,唐娅琳帮着向志疆把一只只羊抱上车。一个个都累得直喘气。

这时豆大的雨点拍了下来。

向志疆说:"你们上车躲躲雨吧。"

唐娅琳说:"不用了,前面就有家旅店。"

泰米尔问:"羊都够数了吗?"

向志疆苦着脸说:"还有几只羊呢。不找了!下这么大的雨怎么找,谢谢你们了!"

卡车开走了。泰米尔与唐娅琳从马鞍下抽出雨披,披在头上。

泰米尔对唐娅琳说:"叫你不要跟着我,你偏跟着。看,遭罪了吧?"

唐娅琳说:"跟着你一同患难,不也很好吗?我愿意!"

泰米尔无奈地苦笑了一下:"你这个疯丫头!你这么跟着我受罪太不值了!"

唐娅琳说:"可我愿意啊!"

泰米尔:"为什么?"

唐娅琳:"因为自己奋斗的目标。"

泰米尔无奈地苦笑了一下:"你这么跟着我太不值了!"

唐娅琳:"人活在这世上,不就是为自己的理想奋斗吗?"

人去鞍尽的那达慕会场。

乌云已经黑压压地覆盖在草原上空,天色异常昏暗。

阿孜古丽和苏和巴图尔还在草丛中寻找着,狂风吹打着他们的衣襟,几乎让人睁不开眼。

就在阿孜古丽焦虑地几乎想要放弃时,苏和巴图尔突然喊了一声。他不经意间在一个草丛中发现了挎包。

苏和巴图尔得意地对阿孜古丽说:"阿孜古丽,是不是这个?"

阿孜古丽高兴地接过挎包说:"是!苏和巴图尔,谢谢你。"

苏和巴图尔嬉笑着脸说:"怎么谢我?"

阿孜古丽跃身上马说:"刚才不是说谢了吗?你阿爸早就走了,你怎么没走?"

苏和巴图尔说:"我走了啊,可又回来了。"

阿孜古丽疑惑地说:"为什么?"

苏和巴图尔说:"因为我觉得你需要我保护,要是那两个男人又来缠你怎么办?"

阿孜古丽看了苏和巴图尔一眼,一夹马肚,飞奔而去。苏和巴图尔也翻身上马,追赶着阿孜古丽。

狂风席卷着大雨顷刻间瓢泼而下。

乌云压地,风雨大作,天空中雷声滚滚。

草原上已空无一人。

阿孜古丽策马在前面狂奔,苏和巴图尔也紧紧跟着。

两边的草丛高得已快到马肚子上了,草丛在风中簌簌作响。

这时乌云密布的天空划出了一道道撕裂天空的闪电,一声声炸雷仿佛就在耳边回响。

硕大的雨点继续哗哗地从天上倾泻下来。

阿孜古丽感到很害怕。

猛的前方一道闪电,有一声炸雷在他们的头顶响起。阿孜古丽的马一惊,嘶鸣一声,前蹄扬起,险些将阿孜古丽掀下马背。

苏和巴图尔在后面喊:"阿孜古丽,快下马吧! 躲躲雨再说。"

但受惊的马在草原上狂奔起来。

苏和巴图尔策马在后面紧追。

阿孜古丽骑着惊马在草原上狂奔,雨点密集得像是瀑布一样。

苏和巴图尔紧紧地尾随在后面。

狂风暴雨在草原上肆虐。

惊马奔到一悬崖边上,突然扬起前蹄,阿孜古丽从马背上被掀了下来,滚在悬崖边上,她急中生智抓住一棵小树,身子悬在了悬崖上。

苏和巴图尔飞身下马,扑上去,一把抓住了阿孜古丽的双手。

阿孜古丽被拉了上来。她转回头看看,倒吸了一口冷气,好深的悬崖啊。

阿孜古丽扑在苏和巴图尔胸前,有些后怕地哭了,说:"苏和巴图尔,你又救了我一命。"

暴雨倾盆而下。

苏和巴图尔用力拔起大把的青草,捆绑好后,摞成个人字形的垛子,里面可以挤一个人。说:"阿孜古丽,快躲进去。"说着,又去拔青草,捆扎起来,想把那垛子弄得更严实点。

阿孜古丽躲在垛子里瑟瑟发抖。

闪电,雷声,把人搅得惶恐不安。

阿孜古丽探出头,见浑身淋得湿透的苏和巴图尔还在雨中捆扎青草,想到苏和巴图尔保护她救她时的情景,就喊:"苏和巴图尔,你别弄了! 快进来躲一躲吧。"

大雨像水泼一样。

雨中的苏和巴图尔大踏步地把刚扎好的一捆草压在草垛上,他站在草垛旁有些犹豫。

闪电在离他们不远的草地上打起一团火球,火球在雨中顿时熄灭了。

草垛里的阿孜古丽被吓坏了,喊:"苏和巴图尔你快进来,我害怕!"

苏和巴图尔一咬牙,钻进了人字形的草棚垛中。

草垛外面又是一道闪电,阿孜古丽惊叫一声抱住苏和巴图尔。

风雨中,两人紧紧地依偎在一起。

闪电中,不远处又燃起了一团火球。惶恐的阿孜古丽把苏和巴图尔抱得更紧了。

苏和巴图尔吻着阿孜古丽湿漉漉的头发。

阿孜古丽感觉到了,她抬头看了一眼苏和巴图尔,微微笑了一下向他表示谢意,在电闪雷鸣中苏和巴图尔宽厚的胸怀让她感觉到无比安全。

雨在下着,草垛上溅起了无数的水花。

苏和巴图尔终于抑制不住了,趁势将阿孜古丽压在了身下。

天已渐渐地黑了。

大雨依然如注。

泰米尔,唐娅琳两人披着雨披骑着马淋在雨中。

雨渐渐小了下来。乌云朝西涌去,天空也闪出了几颗星星。

草垛里。

事情发生后,阿孜古丽与苏和巴图尔都吓坏了。

阿孜古丽迅速地从草垛中钻了出来,苏和巴图尔也跟着钻了出来。

阿孜古丽有些不知所措地看着苏和巴图尔。

苏和巴图尔也傻愣愣地看着阿孜古丽。

阿孜古丽猛然间似乎悟到了什么,顿时感到一种巨大的耻辱和对自己的愤怒,她咬着牙,狠狠地扇了苏和巴图尔一巴掌。哭着说:"苏和巴图尔,我没那个意思!我只是感激你又救了我,你怎么可以……"

傍晚在一家小旅馆里。泰米尔问吧台上的服务员。

服务员说:"现在只有三个床位一间房的。里面已经住了一个人了,住不住?一个铺位是20元钱。"

泰米尔看着唐娅琳说:"这位女同志咋办?"

服务员说:"没办法,再也没有床位了。"

唐娅琳说:"住!"

泰米尔说:"这怎么行!"

服务员:"你们两位是?"

唐娅琳说:"是夫妻,没看出来吗?"

服务员说:"可里面已经住了一位男同志了。"

唐娅琳说:"那就更没关系了! 只要你们店里不干涉,就没事!"

服务员说:"就怕那位男同志……"

外面依然雨声大作。

泰米尔说:"唐娅琳,你真能折腾人啊!"

唐娅琳说:"我同那个人说去! 不就凑合一晚上吗? 哪来那么多的讲究。我男人在身边,那个男人敢对我怎么样啊!"

走廊上。

泰米尔:"什么夫妻? 你扯什么扯?"

唐娅琳:"假装一下不行吗? 我又不同你睡,真是的,我看是你在扯!"

泰米尔轻轻敲了敲门,里面有人说:"请进。"

泰米尔推开门,发现有一个青年在喝酒,再仔细一看,就是那个羊贩子向志疆。

向志疆一见是泰米尔,马上热情地站了起来说:"啊呀,兄弟,原来是你呀。你的那位呢?"

唐娅琳也跟着走了进来。

向志疆说:"快请坐,快请坐。"看到泰米尔与唐娅琳脱下雨披,全身也淋湿了,说:"好大的雨啊! 快来喝杯酒,暖暖身子。"

泰米尔看看屋里只有三张床,问:"驾驶员呢?"

向志疆说:"他不放心车上的羊和车,在驾驶室里过夜。主要是不放心他的车。现在这世上,什么都得防着点。像你们这样能帮忙的好人,不多见啦。兄弟,你放心,等喝完酒,我也去车上驾驶室里同司机挤着过一夜,把房间腾给你们两个。来,今晚我们好好喝。"

泰米尔,唐娅琳与向志疆一面喝酒一面聊天。

泰米尔说:"不是世上好人少了,主要是在于相互之间缺乏信任感了。"

向志疆说:"这话对!你不信任我,我不信任你,所以互相之间就帮不上忙!相互之间不信任,怎么帮呀。结果呢?有许多商机眼巴巴地从你身边溜走。"

泰米尔说:"你是做买卖的?"

向志疆说:"贩羊的。说白了就是羊贩子,从这儿把羊贩到托克海市。我手上就有一笔能赚的买卖。我昨天从一牧民那儿买了四十只好品种的羊,只要往托克海市那边一倒手,大把的钱就到手了。可是今天,损失大啦,回来时数了数,少了十只羊。"

泰米尔说:"那你怎么办?"

向志疆说:"认倒霉呗,还能怎么办?来,喝酒,不说它了。要不是你们帮忙,我的损失会更惨重!来,喝酒。"说着端起酒杯说:"世上的人只要人心坏了,这个世界就没有希望了。来,兄弟,我先敬你一杯!因为你让我感觉到这个世界还是很有希望的。"

向志疆喝了口酒说:"我在生意场上混了这两年,得出一条很重要的原则,就是要有诚信,要做个讲信誉的人。"

泰米尔说:"那你是个讲信誉的人了?"

向志疆说:"这么给你们说吧。自我做生意起,我就把信誉看成是同生命一样重要的东西。我情愿自己吃亏,也决不骗任何一个人。来喝酒!"

三个人酒后都显得有些兴奋。

向志疆说:"骗人,你骗一次可以,骗两次,骗三次恐怕也可以,但你不可能永远骗下去。这样你的信誉度最后只剩下个零,甚至会是个负数,你还怎么在生意场上混?"

泰米尔说:"有道理,继续说。"

唐娅琳说:"先喝口酒吧,润润嗓子。"

三人又喝了一大口酒。

向志疆说:"而讲信誉呢?你第一次可能会吃亏,第二次第三次,也可能吃亏,但你不可能永远吃亏下去,而你的信誉度会越来越高,人人都愿意同你合作,同你做生意。在生意场子上,你就会立得很稳! 说不定生意会越做越大。"

唐娅琳说:"你这话在理论上说得通,但在实践中未必行得通。"

向志疆说:"我这些话是从生意场上总结出来的,是从无数次的实践中得出来的。别人信不信,我不知道,别人遵守不遵守,我也不知道。但我信,而且我会自觉地去遵守! 所以现在有句话,叫商道酬诚。"

泰米尔说:"你贩羊的赚头怎么样?"

向志疆说:"很好啊。我在贩羊的时候,收购价,比别的羊贩子要多那么一、两元钱。卖出去的价呢? 要比别的羊贩子少一、两元钱,所以大家都愿意同我做生意。最开始时,我没几个本钱,每次只能买卖几只羊,后来就十几只,二十几只,现在可以一下子贩上几十只,赚头很大的。"

泰米尔说:"这次你不是要亏了?"

向志疆猛喝一口酒说:"唉! 如果有人现在能借我一笔钱,我把那位大妹子的苏尼特羊再买上十只。回去不但不会亏,肯定又可以赚一大笔。"

泰米尔猛喝了半缸酒说:"你要借多少钱?"

向志疆伸出三个指头说:"这个数!"

泰米尔从怀里把沙英给他的那包钱掏出来,往桌上一拍说:"你看够不够?"

向志疆一点钱说:"够了。怎么? 你借我了?"

泰米尔趁着酒兴一挥手说:"借你了。"

向志疆笑逐颜开地抓起钱就往外跑,接着又把头伸进来喊:"今天是6月7日,两个月以后也就是8月7日,你们在这儿等我,我一定连本带息还给你! 我得赶紧到那个大妹子那儿再买上十只羊,晚了恐怕就被别人买走了。"那脑袋一下消失在门口。

泰米尔追出房间门喊:"嗨! 嗨! ……"

唐娅琳拽住泰米尔的胳膊说:"泰米尔,你这就实践上,把钱给他啦? 他叫什么你都不知道!"

泰米尔想了想,对唐娅琳说:"唐娅琳,这间房就你住了,我再去帮帮他忙!"也跑出旅馆,消失在黑暗中。

唐娅琳气得一跺脚,说:"这个莽撞鬼!"

唐娅琳回到小桌旁,一仰脖把桌上的半缸酒一口干了下去。

窗外的雨又开始哗哗地下了。

唐娅琳也想出门,但刚离开桌子还没走两步,她就两腿发软,一头栽倒在床上,睡着了。

凌晨娜达莎的毡房。毡房边上,羊在羊圈里咩咩地叫着。

卡车在羊圈边上停下。

向志疆急急地跳下车,一边朝毡房走去,一边喊:"娜达莎,娜达莎。"

娜达莎一面穿衣服一面从毡房里出来,看了看向志疆说:"大哥,这么早啥事?"

天边已透出一缕霞光。

泰米尔也骑马赶到了。

向志疆说:"兄弟,你怎么也来了?"

泰米尔说:"我也来帮帮你呀。"

向志疆说:"我怕你反悔了,想把钱要回去呢。现在不是酒桌上兴一句话吗?酒后的话不算!"

泰米尔说:"没的事。"说着,也抱起羊往车上装。

十只羊很快就装上了车。

向志疆说:"行了!兄弟,再次谢谢你,我得赶路呢!"

向志疆跳上驾驶室对师傅说:"走吧。"然后把脑袋探出车窗对泰米尔喊:"兄弟,8月7日见!"

娜达莎的毡房。

羊圈边上,娜达莎把羊圈门关好。

泰米尔向已走出几十米的卡车挥手,回过头来牵马,这在晨曦中才看清娜达莎。

泰米尔说:"你不是娜达莎吗? 怎么在这儿?"

娜达莎也认出了泰米尔,生气地说:"你不是让你老婆把我从巴吉尔草场赶出来的吗?"

泰米尔先是一愣,然后一笑说:"我哪来的老婆? 我还没结婚呢。"

娜达莎说:"反正她说是你们家的人。不是老婆那也肯定是妹妹,脸蛋儿那么漂亮,可人却那么凶,像母夜叉似的!"

泰米尔说:"那你怎么会在这儿呢?"

娜达莎说:"回村子里去,村里说村里暂时也没办法。一年以后再商量着解决,我只好到处游牧。所以也只好赶快把羊卖掉一些。羊多了,又带着个四岁的娃娃,怎么也招呼不过来。"

泰米尔看看娜达莎,再看看那临时的羊圈,同情地叹口气。

罗晓萍从毡房里钻出来,睡眼惺忪地喊了声:"阿妈——"看到泰米尔后有礼貌地喊了声:"叔叔。"

娜达莎赶紧走过去抱住罗晓萍,拿披肩把她裹住。

泰米尔想了想,说:"娜达莎,要不,你再回巴吉尔草场去? 熬过今年再说。"

娜达莎没好气地说:"不回去了!"

泰米尔说:"为啥?"

娜达莎说:"好马不吃回头草! 我是个女人,但也不能这么让人受气呀!除非你能让我在巴吉尔草场长期住下去! 还有那姑娘,要是她再来我咋办?"

泰米尔说:"不会了。她既不是我妹妹也不是我老婆。不过让她来赶你,倒真是我同意的。"

娜达莎怒视泰米尔说:"喂,你觉得把人这么赶来赶去好玩是不是? 这会儿假惺惺地让我回去,赶明儿又叫那姑娘来赶我! 我告诉你,我情愿这么一直游牧下去,再也不回去了!"说着,抱起孩子走进毡房。

泰米尔在毡房前站了一会儿,只好翻身上马,策马而行。但走了一会儿,他又回过头看了看那毡房。

　　泰米尔回到旅馆。

　　唐娅琳也已经起床。

　　唐娅琳说:"回来啦。那人呢?"

　　泰米尔说:"走了。"

　　唐娅琳说:"他叫啥名字?"

　　泰米尔有意说:"啊呀,我一直看到他忙忙乎乎的,又忘了问了。"

　　唐娅琳说:"他住哪儿?"

　　泰米尔说:"名字都没问,这个就更没问了。"

　　唐娅琳说:"他给你打欠条了吗?"

　　泰米尔说:"唐娅琳,你这话问的有多傻。姓什么叫什么没问,家住哪儿也没问,哪还会想到叫他打欠条的事?"

　　唐娅琳抱怨说:"所以你阿爸给你的这笔钱肯定打水漂了?"

　　泰米尔说:"一定?"

　　唐娅琳说:"那还用说吗?"

　　泰米尔说:"到8月7日,我们来这儿时再说。"

　　唐娅琳说:"8月7日你真要到这儿来等他?"

　　泰米尔说:"那当然!"

　　唐娅琳说:"你有病吗?"

　　泰米尔说:"他会来的。他临走时还这么对我说呢。8月7日见。"

　　唐娅琳说:"泰米尔,你好天真啊!"

　　泰米尔说:"我们到8月7日见分晓吧。我们走。"

　　唐娅琳说:"去哪?"

　　泰米尔说:"继续我们的考察呀。"

　　唐娅琳说:"钱呢? 没钱怎么上路呀。"

　　泰米尔沮丧地说:"这倒是。那只好回家了。"

　　唐娅琳嗤地一笑说:"走吧。"

泰米尔说:"去哪?"

唐娅琳说:"你想去哪就去哪,我带着钱呢!"

胡雅格家里。一清早,苏和巴图尔心思重重地开始收拾行装。

胡雅格问:"苏和巴图尔,你这是要干什么?"

苏和巴图尔说:"阿爸,我要出远门。也许有很长时间我都不会回来了。"

胡雅格说:"为啥?"

苏和巴图尔说:"因为我也要像泰米尔一样,出去闯天下。"

胡雅格想了想说:"这我不反对。但干吗要走得这么急呢?后天走吧。明天晚上我也摆酒为你送行。把沙英,热合曼和其他一些朋友都请来。让他们看看,我的儿子同样是个有志向的人。"

苏和巴图尔说:"阿爸,不必了,我今天就想走。"

胡雅格说:"苏和巴图尔,你怎么啦?情绪好像有些不对头呀。"

苏和巴图尔说:"阿爸,你就原谅儿子吧。今天我一定得走,非走不可!阿爸,求你了。"

苏和巴图尔给胡雅格鞠了一躬,转身出了门。

胡雅格家门口。

胡雅格追出门外,苏和巴图尔已跨上马背。

胡雅格说:"苏和巴图尔,你下来!我还有话问你。"

苏和巴图尔说:"阿爸,你什么也别问,我走了!"说着,策马就走。

胡雅格喊:"苏和巴图尔——"

苏和巴图尔的快马已奔出了村外。

胡雅格满脸的疑惑,自语着说:"这孩子到底怎么啦?"

草原上。荒无人烟。

苏和巴图尔跳下马,坐在一座土包上捂着脸,大声地哭起来,然后用拳头敲自己的头:"苏和巴图尔呀苏和巴图尔,你怎么能对阿孜古丽做出这样不要脸的事啊!"然后跪下,仰头看着天空:"我要娶阿孜古丽,我一定会为她做牛做马,好好对待她一辈子,我爱她,要用我的行动来证明我是真心地爱她……"

在热合曼家里。热合曼酒醒了。他看到阿孜古丽正在那里偷偷地流眼泪。

热合曼说:"阿孜古丽,你怎么啦?"

阿孜古丽说:"阿爸,你以后别喝那么多酒了!"

热合曼说:"好好。喝酒误事啊!你看,今天我得到乡里去一次。"

阿孜古丽说:"不是一般的误事,有时是会误大事的。"说着又伤心地想哭。她现在心中的苦楚,热合曼怎么会知道啊。如果热合曼不喝醉酒,她哪会出那样的事啊!

热合曼说:"怎么又哭啦。好了,我不会再喝那么多酒了。我喝醉了,让你受苦了。"

阿孜古丽岔开话题说:"阿爸,你去乡里有事?"

热合曼说:"还是为那村长的事。我这老家伙再当下去,不就误了大家的事了吗?全是泰米尔这小子!他要能当村长,该多好啊!"

阿孜古丽忽地站起来,一听见泰米尔的名字,她的心就跟针刺似的。她说:"阿爸,我放羊去了。"刚走到门口又回头说:"阿爸,你以后再别骂泰米尔了。你再记恨他,我心里会很不好受的!"

热合曼说:"我也只是那么随口说说。我哪会记恨他呀?他那么坚定地走自己的路,就是个好样的!"

阿孜古丽的眼泪夺眶而出,赶紧一掀门帘,冲了出去。

热合曼走出家门,阿孜古丽已策马扬鞭远去。

热合曼一脸的疑惑,说:"这孩子,到底是咋啦?"

小旅馆。泰米尔与唐娅琳离开旅馆。

唐娅琳说:"去哪?"

泰米尔说:"我想领你去见一个人。"

唐娅琳说:"谁?"

泰米尔说:"见了你就知道了。"

泰米尔与唐娅琳来到娜达莎扎毡房的地方。

娜达莎的毡房不在了,临时的羊圈也是空空的,草地上有马车新新的车辙印。

泰米尔说:"糟糕,走了。"

唐娅琳说:"谁?"

泰米尔说:"娜达莎,就是那个被你从巴吉尔草场赶走的女人。她现在带着一个四岁的女儿,赶着羊群到处游牧呢。"

唐娅琳说:"她该回到她的村子里去呀,求他们村子给她安排嘛。"

泰米尔说:"他们村暂时安排不了,说一年后再说。我想,还是让她回巴吉尔草场吧。"

唐娅琳说:"那你们家的羊往哪儿放呀?"

泰米尔说:"我们家的羊就是没地放,也不能把一个女人和孩子赶上这么一条路呀。人总得还有点同情心吧?何况是个单身的女人。"

唐娅琳说:"那她的男人呢?她不是有孩子了吗?"

泰米尔说:"离婚了。说是个花花公子。"

唐娅琳说:"男怕择错业,女怕嫁错郎,绝对是这样!"

泰米尔与唐娅琳沿着河往前走。

不远处,传来了一个女孩子的哭声。

他俩看到了前面的一辆马车,还有驮着毡房配件的马。

两人飞马而去。

第七章

　　河边。娜达莎的毡房前,娜达莎哭泣着对泰米尔和唐娅琳说:"你们帮帮我忙吧,想办法把我的羊给追回来呀!"

　　泰米尔说:"娜达莎,你慢慢说,到底是怎么回事?"

　　娜达莎说:"有个人也想买我的羊,可钱没给,就把羊装上卡车跑了。"

　　泰米尔说:"是个什么样的人?"

　　娜达莎说:"一个穿着皮夹克的人。"

　　泰米尔说:"他是往哪个方向跑的?"

　　娜达莎说:"是往托克海市方向跑的。那儿有一个很大的牲口市场。泰米尔兄弟求求你,把我的羊给追回来,或者把钱追回来,要不,我只剩下这么几只羊了,我们娘儿俩今后咋活呀!"

　　泰米尔说:"娜达莎,我一定把羊给你追回来,这里也有我的错。追!"

　　唐娅琳说:"那有好几十里的路呢。"

　　泰米尔说:"那也追!"

托克海市的牲口市场。

市场上已熙熙攘攘的挤满了人。

泰米尔，唐娅琳骑马赶到市场。他俩因为快马加鞭赶路，马和人都浑身是汗，也有点疲倦，但依然是尽心竭力地寻找着。

唐娅琳突然拉了一把泰米尔喊："泰米尔，你看，在那儿！"

一个穿着皮夹克的青年正在指挥两个人从卡车上往下赶几十只羊。

泰米尔说："对！就是他。我见过这个人！"

那青年是背对着泰米尔他们的。

牲口市场里，一个临时羊圈旁。

泰米尔和唐娅琳冲向那青年。

泰米尔一把抓住那青年就说："喂，人家孤儿寡母的，你都要欺负，你还是人吗？"说着，举起拳头就要打那青年，正是被他从山崖上救下来的那个罗米夏。

罗米夏喊："你干什么打人！"但也马上认出了泰米尔。

泰米尔说："喂，你怎么买了人家的羊不给钱哪？"

罗米夏说："兄弟，你搞错了吧？我买谁的羊了？"

泰米尔说："娜达莎的羊呀。"

罗米夏说："那是我老婆！"

泰米尔说："你们不是离婚了吗？"

罗米夏说："我们是离婚了，可我们之间的经济问题还没分清呢！所以，那也是我的羊！"

唐娅琳说："泰米尔。这种事我们闹不清。清官难断家务事。看来我们是白跑了那么多的路。那个娜达莎没跟我们讲实话，骗我们了！"

罗米夏说："娜达莎跟你们说什么了？"

唐娅琳说："她说有个人要买她的羊，没给钱就拉着羊跑了，可没说这个人是她的前夫。"

罗米夏说："那女人的话你们也信？上当了吧！"

泰米尔想了想，说："不。既然经济还没分清，那这些羊也不是全属于你的！所以，你还得把羊赶回去。"

罗米夏说："这是我跟她的事，我说兄弟，你是不是管得太宽了点？"

苏和巴图尔也牵着马在牲口市场上转。他也想了解这儿的市场情况。

泰米尔对罗米夏说："不是我们管得宽，是娜达莎求我们的。我们既然答应了，就得想办法把这事给她处理好。这样吧，罗米夏，你还是跟我们一起回去。当着我们和娜达莎的面，把这事说清楚。我们不能只听你一个人的。"

罗米夏说："我已经把这些羊卖了。等一会儿人家就来拉羊了！"

泰米尔说："你是无权单方面处理这些羊的。娜达莎请求我们把她的羊追回去，如果追不回去，也得把她卖羊的钱带回去。"

市场的另一头，有三个人朝泰米尔他们走来，其中有一个就是那个曾在那达慕大会上出现的某公司的总经理张志文。

泰米尔正和罗米夏僵持着，张志文走到他们跟前，问罗米夏说："喂，你卖给我们的羊呢？"

罗米夏指指关在围栏里的羊说："在这儿。"

张志文对他手下的人说："装车，拉走。"

泰米尔说："对不起，你们不能拉走，这羊不是他罗米夏的，起码有一部分不属于罗米夏！"

张志文说："这群羊的钱我们都付过了。"

泰米尔说："你们付过钱也没用！"

张志文对身边那两个说："赶羊！装车！"

那三个人想往围栏里冲。

泰米尔拦住说："你们想硬抢是不是？"

另一个说："抢什么抢呀，我们付钱了，就是我们的。"

泰米尔说："你们敢抢，我手上的鞭子可不是吃素的。"

张志文说："那我们都来牵的，干！"

泰米尔和三个人打了起来，唐娅琳也奋不顾身地上去帮忙。

罗米夏看到有机可乘，溜过来想开围栏的门，泰米尔上去一个扫堂腿把他摞在地上,然后又在他脸上打了一拳。

罗米夏捂着脸逃到一边。

苏和巴图尔牵马在牲口市场转。看到一群人在围看几个人打架。

苏和巴图尔挤进人群。他看到泰米尔和唐娅琳,正在跟三个人打架。

苏和巴图尔大喊一声:"泰米尔,唐娅琳,我来了!三对二,不算好汉,是好汉我们一对一干。"

开始双方三对二有些势均力敌。等到苏和巴图尔一加入,对方显然不是对手,那三个人被打得有些招架不住了。其中有两个拔腿就要跑。

张志文有些狼狈地对泰米尔说:"停!不打了,咱们双方谈谈怎么样?"

泰米尔说:"行,谈总比打好。怎么谈?"

张志文对他手下的两个人说:"你们去把那个二转子给我叫过来!"

有个人把躲在一边的罗米夏一把揪到泰米尔他们面前。

张志文对罗米夏说:"你这群羊到底是怎么回事?"

罗米夏说:"这群羊是我的!"

泰米尔说:"是你从娜达莎手上抢过来的。钱也没付!你说你是她丈夫,那也是离了婚的,而且有一年多了!羊怎么会是你的?"

罗米夏不吭声了。

唐娅琳说:"娜达莎是个女人,还带着个四岁的女儿到处游牧。罗米夏,你他妈伤天害理!"

张志文一听,火了,狠狠地在罗米夏屁股上端了一脚,骂:"娘的,抢来的羊你都敢来卖给我?让我张志文跟着你一起缺德?"说着转向泰米尔他们说:"三位是?"

唐娅琳说:"我们跟那个娜达莎也没啥关系,我们路过时,遇见了她,正在哭喊,她求我们帮忙。古代人都知道路见不平,拔刀相助,何况一个女人还带着个孩子,我们这才赶到这儿来的。"

张志文一挑大拇指,说:"仗义之士。走,喝杯酒去。交个朋友,这群羊我要了。钱我给你们,请你们就带给那位娜达莎吧。"

一家小酒馆里。

泰米尔,唐娅琳,苏和巴图尔同张志文等三人一起在喝酒。

几个人都喝得脸红脑热的。

张志文从一只挎包里掏出几叠钱说:"泰米尔,这是羊款,你们收下。"

泰米尔说:"你们不是说钱已经付给罗米夏了吗?"

张志文说:"那是嘴巴上说说的。羊没到手,我敢把钱给他吗?"

泰米尔把钱放进挎包里,站起来说:"张总,谢谢你的酒,那我们就告辞了。娜达莎肯定在等着我们的音讯呢。"

张志文说:"泰米尔,唐娅琳,还有这位苏和巴图尔兄弟,我们是朋友了,后会有期! 唐娅琳姑娘,你可长得真漂亮,手脚还那么厉害,佩服,你是?……"

泰米尔:"别瞎猜,我们不是那种关系,只是一般朋友!"

张志文:"啊! 啊,啊……"

泰米尔,苏和巴图尔走出饭馆,都上了马。

泰米尔说:"苏和巴图尔,你怎么到这儿来了?"

苏和巴图尔说:"阿爸说我没出息,这次我出来,就是要混出个样子给他看看。也要给另外一个人看看。"

唐娅琳说:"那个人是谁?"

苏和巴图尔不敢看泰米尔,只是说:"没法告诉你们。反正从现在起,我要为她好好有个出息。"

唐娅琳说:"那就是个女人了?"

苏和巴图尔说:"谁都不是! 问那么多干吗? 唐娅琳,你跟着泰米尔这么出来,你妈知道吗?"

唐娅琳:"知道,怎么啦? 不过我跟着泰米尔出来是为了共同做事情的,与其他无关。"

苏和巴图尔:"啊,啊,啊,啊……"

泰米尔问苏和巴图尔说:"跟我们一起走吗?"

苏和巴图尔说:"我还是闯我自己的路吧。"想一想后又说:"泰米尔,对不起。那我就告辞了。"

泰米尔笑着说:"苏和巴图尔,你有什么对不起我的? 刚才要不是你及时帮我们的忙,我们就惨了,哪有现在的结果。我们得谢谢你啊!"

苏和巴图尔说:"泰米尔,我真的是对不住你。想起为争齐纳尔草场的承包权,我和我阿爸都做得有些欠妥,还有……,所以就对不起了。"

苏和巴图尔说了声:"告辞!",迅速地拨转马头,转身消失在熙熙攘攘的人流中。

河边点燃着一堆篝火。

娜达莎又把毡房扎了起来,临时的羊圈里只有一小群羊了。

娜达莎端上奶茶,递给泰米尔和唐娅琳。

娜达莎说:"你们走了那么多路,一定饿了,快喝吧。"

泰米尔喝了口奶茶,从挎包里拿出几叠钱说:"娜达莎,羊我们没给你追回来,但卖羊的款子我们拿回来了。你点点。"

娜达莎抽出几张票子说:"这个给你们,真的太感谢你们了。"

泰米尔说:"这钱我们不能收!"

娜达莎说:"这钱你们怎么也得收下,你们也辛苦了,算我谢你们的!"

泰米尔说:"你用这奶茶谢就行了。钱我们不能要。"

娜达莎看泰米尔坚决不肯收,就说:"你们帮了我这么大的忙,可我连你们叫什么都不知道呢。"

泰米尔说:"我叫泰米尔,她叫唐娅琳。"

娜达莎说:"你俩到底是啥关系?"

泰米尔看看唐娅琳笑着说:"唐娅琳你说吧。"

唐娅琳说:"这有什么不好说的,年轻人总要闯自己的事业吧? 我和泰米尔是闯事业的合作关系。这种关系还要分男女吗?"

三人都笑起来。

娜达莎对唐娅琳说:"你太厉害了。"然后对泰米尔说,"泰米尔兄弟,钱你们不收,这份情我收下了。如果你们有啥事需要我娜达莎做的话,或者经济上要我出力的话,你们尽管来找我,我会尽我的能力去做的。"

泰米尔说:"娜达莎,谢谢你的好意。不过娜达莎,你还是回到巴吉尔草场去吧。是我做的不妥,我不该把你赶出来,你看你多艰难呀!"

娜达莎一笑说:"到明年再说吧。"

泰米尔诚恳地说:"还是回去吧。"

娜达莎说:"那也不是长久之计呀。我毕竟不是你们托克里克村的人呀。"

泰米尔说:"那你就申请,把户口转到咱托克里克村去好了。"

娜达莎说:"好吧,让我考虑考虑再说。"

唐娅琳有些不悦地说:"泰米尔,天快黑了,你准备留在这儿过夜了?"

泰米尔忙站起来说:"娜达莎,那我们走了。你就赶着羊群回巴吉尔草场去吧,到时候我会去看你的。"

早晨。

娜达莎的毡房已拆了,装了车。临时的羊圈也该拆了,她看着眼前的这一小群羊,犹豫着。

娜达莎把晓萍抱上了车。

晓萍说:"阿妈,这次我们去哪儿?"

娜达莎说:"往前走,到有水有草的地方。草原,到哪儿都有咱们的家。"

娜达莎赶着羊群和马车在草原上走着,她的步履十分的坚定。

小镇的一个小旅馆的外面。

泰米尔牵出他的白骏马,飞身上马。

唐娅琳追出来说:"泰米尔,你去哪儿? 不是说好今天上口岸去看看吗?"

泰米尔说:"你在这儿等我,我去去就回来。"

泰米尔策马飞驰而去。

唐娅琳嘟着嘴说:"哼! 男人都这德行!"

唐娅琳也牵出马,跟了上去。

娜达莎原先驻毡房的地方。

泰米尔骑马赶来,一看毡房和围栏都已经拆了,再看看辙印,于是立即策马追去。

娜达莎还没走得太远,泰米尔很快就追上了。

泰米尔跳下马说:"娜达莎,回巴吉尔草场去吧。我想,为让你离开巴吉尔草场的事,你一定还在气恼我,是吧?"

娜达莎说:"泰米尔,你是个好心人。但我娜达莎也是个有自尊心的人。我想过了,草原这么大,哪儿不能立足,哪儿不能生存? 我娜达莎不会因为离开了巴吉尔草场就活不下去。"

泰米尔说:"娜达莎,你要不回去,我就会一直这么跟着你。"

娜达莎笑说:"做我的丈夫?"

泰米尔说:"不,让你回巴吉尔草场去。"

娜达莎说:"为什么?"

泰米尔说:"当初是我让人把你赶出来的,那我就得把你请回去,要是你不肯,我硬拖也要把你拖回去。因为这件事我做得不妥当,我要设法改正!"

娜达莎看看泰米尔,她被泰米尔的真诚有些打动了。

唐娅琳策马赶了过来。

娜达莎:"好吧,我回巴吉尔草场。"

唐娅琳不满地说:"你不能回巴吉尔草场。"

泰米尔说:"是我让她回的!"

唐娅琳说:"就是你让她回,她也不能回!"

泰米尔说:"为什么?"

唐娅琳说:"这还用说吗? 她是六棵树的人,干吗要到我们托克里克村去。再说,你让她去巴吉尔草场,你们家的羊在哪儿放? 再进一步说,这草场是归你阿爸沙英大叔和你萨仁娜奶奶承包的。你没有征得他们同意,你泰米尔怎么能自作主张呢?"

泰米尔说:"我阿爸和我奶奶会同意的!"

唐娅琳说:"那等他们同意了再说。所以你娜达莎不能回巴吉尔草场!"

泰米尔说:"巴吉尔草场是我们家承包的。你唐娅琳插什么嘴?"

唐娅琳说:"是你让我去请她娜达莎走的。恶人我做了,你泰米尔成好人了。你泰米尔里外都鲜亮了,我唐娅琳倒里外不是人了。"

泰米尔对娜达莎说:"娜达莎,你回你的,有什么事我担着。"

娜达莎犯难了。

唐娅琳说:"娜达莎,你不能回,因为你不是我们托克里克村的人,巴吉尔草场是属于托克里克村的。"

泰米尔大声怒斥唐娅琳说:"唐娅琳,你这是干什么?"

唐娅琳说:"我在维护托克里克村的利益。"

泰米尔说:"你给我滚!"

唐娅琳说:"你一个大学生也会说这种粗话,我真替你害羞。"

娜达莎用力挥了下鞭子,赶着马车走了。

娜达莎赶着马车走远了。

泰米尔看着唐娅琳,气得说不出话来。

唐娅琳说:"走呀,还愣在这儿干什么?"

泰米尔说:"不行,我得让她回到巴吉尔草场去。"

唐娅琳说:"泰米尔,你看上她了? 这个俄罗斯族的女人长得可真美啊!"

泰米尔说:"唐娅琳,闭住你的臭嘴。"

唐娅琳说:"又一句粗话。你再说,你说一句,我记一句。"

泰米尔说:"唐娅琳,你这个人有没有一点人的同情心。"

唐娅琳说:"有。但也不能乱同情。"

泰米尔说:"唐娅琳,我们托克里克村是一个多民族的村。你也很清楚,我虽叫泰米尔,有个蒙古族名字,但我不是蒙古族,我是汉族。在那艰难的岁月中,是我的蒙古族阿爸沙英收养了我,把我抚养大。是托克里克村,具体地说,是热合曼这位维吾尔族的大伯推荐我上了大学。我们这个村是个各民族人民住在一起的大家庭。娜达莎在我们村的巴吉尔草场放了两年半的羊了。现在她丈夫甩下她,让她带着四岁的孩子到处游牧。我泰米尔看不得这个,所以我怎么也得让她回到巴吉尔草场去。"

唐娅琳说:"这有什么。自古以来,我们蒙古族女人带着孩子在草原上游牧的多了。"

泰米尔说:"她是俄罗斯族人。"

唐娅琳说:"那她也做得到。我看了,娜达莎也是个坚强的能掌握自己命运的女人!"

泰米尔说:"唐娅琳,请你从我身边离开。"

泰米尔拨转马头,朝娜达莎走的方向追去。

唐娅琳也一夹马肚追了上去。

泰米尔看到唐娅琳也追了上来,立马勒住马,转回身。

泰米尔说:"你跟来干什么?"

唐娅琳说:"我不想让你干傻事!"

泰米尔说:"唐娅琳,你这个人还有没有同情心?"

唐娅琳说:"当然有! 只不过同情的对象不一样。我同情沙英大叔,萨仁娜奶奶,还有阿孜古丽,热合曼大伯。因为将来巴吉尔草场是你们唯一能放羊的地方。你不能为了别人砸了自己的饭碗!"

泰米尔说:"那是我们家的事。你别再跟着我了。"

唐娅琳说:"我偏跟!"

泰米尔追上娜达莎,又横马拦住娜达莎。

娜达莎看着泰米尔。

唐娅琳也已追了上来。

泰米尔翻身下马。

泰米尔说:"娜达莎,我上次让唐娅琳赶你走,真的是做得不对,请你原谅,我向你道歉!"

泰米尔朝娜达莎真诚地鞠了一躬。

娜达莎流泪了。但仍然摇摇头。

泰米尔说:"请你回巴吉尔草场吧。这事我做得了主,因为我阿爸就这么教导我该这样做人的。我是个汉族人,是蒙古族阿爸收养了我,抚养了我。他告诉我说,活在这世上,不能老想着自己,也得想想别人。人与人相互支撑着,我们每个人才能都生存下来。所以,请你回巴吉尔草场吧。"

唐娅琳不满但无奈地喊:"泰米尔!"

娜达莎含着泪拉着马车转回头说:"泰米尔兄弟,我听你的!你们忙你们的吧。我现在就回巴吉尔草场。唐娅琳姑娘,你再喊也没有用!"

娜达莎一直望着泰米尔他们的身影消失在草原深处。

泰米尔与唐娅琳策马同行。

泰米尔说:"你怎么又跟来了?"

唐娅琳说:"我愿意跟,因为你做事太像个男人了。不过你对那个女人也太殷勤点了吧?"

泰米尔说:"人总该有点同情心吧?阿孜古丽会理解的。"

唐娅琳说:"你那是同情心泛滥!正常的女人没几个能理解的。"

泰米尔说:"如果想做我的女人就该有这个胸怀!"

在热合曼家里。

阿孜古丽把羊从羊圈里赶出来时,突然感到一阵恶心,想吐。

热合曼看到了,说:"阿孜古丽,你怎么啦?"

阿孜古丽说:"阿爸,没什么,出来时灌了一口冷风。"

草原已是一片金黄。

金色的草原。

泰米尔和唐娅琳骑着马在急匆匆地赶路。

唐娅琳说:"泰米尔,你这么急匆匆地去干吗?"

泰米尔说:"去那家小旅馆呀!不是跟人家约好的嘛。"

唐娅琳故意问:"哪家啊?跟谁约好的?"

泰米尔说:"就是我借给那人钱的那家旅馆。明天是 8 月 7 日,我一定赶到。"

唐娅琳说:"你真相信那个家伙会来还你钱?"

泰米尔说:"钱是小事。我想看看那家伙是不是像他自己讲的是个讲信誉的人。"

唐娅琳摇摇头说:"泰米尔,你好天真哪。"

泰米尔说:"认识一个人比钱更重要!"

阿孜古丽骑着马,赶着羊群往草场走。

阿孜古丽摸了摸肚子,眼里突然渗出惶恐与伤心的泪。她自语说:"如果真怀上孩子了,我该怎么办啊?"

泪从她脸腮上滚了下来。

某镇小旅馆里。

唐娅琳坐在那间有三张床铺的房间。她想着什么,不住地摇头,她觉得泰米尔的行为很幼稚很可笑。

泰米尔拎着几瓶酒推门进来。他把酒搁到桌子上。

唐娅琳说:"干吗?"

泰米尔说:"喝酒呀!咱们喝酒等,要不多无聊啊。"

唐娅琳故意说:"等谁?"

泰米尔说:"等那小子呀!"

唐娅琳挖苦说:"那小子说不定也正拿着你的钱在潇洒呢。他搂着女人心里想,世上还真有这样的傻子!好笑。"

泰米尔把酒倒进一只茶缸里说:"喝吧,好笑不好笑,可能不可能,反正我泰米尔要等一等。世上没有什么事是不可能的,也有好笑的事会成一件很值得回味的事。不过唐娅琳,你说话也太刻薄点了。"

唐娅琳说:"都两个月了,你才感觉到啊。"

泰米尔说:"不过很够味。来,干一杯怎么样?"

唐娅琳说:"为那个娜达莎的事,我憋了一肚子的气,到现在还没消呢,喝!我阿爸怕你阿爸,我可不怕你。你没听说过,能喝酒的女人,可以吓死所有能喝酒的男人呢!"

草原上。

阿孜古丽躺在一窝草丛中,她轻轻地摸着腹部。她突然想起了什么,立即爬起来,飞快地骑上马。

阿孜古丽骑着马在草原上狂奔起来。

小镇的小旅馆里。

泰米尔喝着酒,唐娅琳坐在一边。

泰米尔说:"唐娅琳,你怎么不喝啦?"

唐娅琳说:"不喝了。你把我灌醉了,我就看不到你的尴尬了。"

泰米尔说:"我尴尬什么呀?"

唐娅琳说:"晚上十二点钟后,那个人不来,你不尴尬?"

泰米尔说:"你不是说能吓死所有的男人吗?我咋能把你灌醉?"

唐娅琳说:"反正我不喝了。泰米尔我问你,咱们出来三个月了吧?走了三个盟,六七个旗了。看到了不少的东西,也遇到了不少的事。今晚讲点正经的,你的事业到底从哪儿开始?想干什么?你有过考虑没有?"

泰米尔说:"喝酒。今天我们主要是要等人。"

唐娅琳说:"泰米尔,你不是不想当村长,想干大事业吗?"

泰米尔说:"是呀!"

唐娅琳说:"正因为我听了你这话,我才决定跟你出来的。你不会是在忽悠人吧?"

泰米尔说:"你说的大事业是什么?"

唐娅琳说:"起码是有全国影响的事业。当然有世界影响的,那就更好了。"

泰米尔说:"唐娅琳,想不到你这个女人,还有这么大的野心。我跟你的看法刚好相反。不是有句话说,越是民族的就越是世界的吗。那么越有地方特色的也就越能做大,越能产生全国影响,就像贵州的茅台酒那样。"

阿孜古丽仍策马在草原上狂奔。

热合曼骑马过来,看到阿孜古丽的样子,感到很奇怪。

热合曼大喊:"阿孜古丽,你这是干什么?"

夕阳西下。

阿孜古丽似乎没有听到热合曼的喊声,依然骑着马在草地上狂奔。

热合曼夹夹马肚。飞奔到阿孜古丽跟前,用马拦住了阿孜古丽。

阿孜古丽勒住马,马扬起前蹄,长长地鸣叫了一声,这才停了下来。马全身都已汗湿,阿孜古丽也是满头满脖子的汗水。

热合曼说:"阿孜古丽,你怎么啦?"

阿孜古丽说:"阿爸,我怎么觉得我的命好苦啊。四岁那年,我爸倒在雪地里走了,我跟我哥一直在雪地上走,我哥也倒下了,我又走,傍晚,我就晕倒在雪地里了,是泰米尔他们救了我,阿爸你收留了我。"

热合曼说:"可现在你同我在一起,不是生活得很好吗?"

阿孜古丽流泪了说:"阿爸,你说的没错,本来我将会是一个多幸福的人。可幸福像闪电一样在我眼前闪了一下就消失了,没有了,离我远去了。"

热合曼说:"为啥? 阿孜古丽,你说的这些话,让我越听越糊涂。到底发生什么事啦?"

阿孜古丽说:"阿爸,回家吧。你看,天那边又有一团乌云过来,说不定又会下一场好大好大的雨啊。闪电,打雷,那是我永远也没法忘记的事,那该死的风雨雷电!"阿孜古丽已经泣不成声了。

热合曼蒙了,因为他真的越听越糊涂了。

某镇的小旅馆里。

房间里泰米尔与唐娅琳继续在说话,泰米尔还在喝着酒。

唐娅琳看看表说:"你看看几点啦? 已经十点半了,8月7日已经过了二十二个半小时了,再过一个半小时,8月7日就过完了!"

泰米尔说:"只要没过十二点,那也还是8月7日!"

窗外几道闪电划破了天空。雷声大作。哗哗的雨声在窗外响了起来。

唐娅琳说:"泰米尔,我好后悔啊。"

泰米尔说:"后悔什么?"

唐娅琳嘲笑泰米尔说:"后悔没跟你打赌呀。要是同你打赌,我准赢。"

泰米尔说:"赌什么?"

唐娅琳说:"要是你输了,你就得娶我!"

泰米尔说:"这个赌我不会给你打。因为我90%是会输的,输了我也不会娶你。"

唐娅琳:"为什么?"

泰米尔:"因为我阿爸非要让我娶阿孜古丽。再说,我阿爸虽然性格豁达,但他对你老爸的那个怨恨可一时消不了,所以我不可能娶你,你也不要存这个念想! 不过我还是要来,还是要等。因为我的第六感告诉我,那家伙很有可能会来。他的名字我不知道,他的地址我不知道,可以说,我对他基本上是什么都不知道,这点他心里也清楚。如果他真的来还钱,那么这个人就值得认识,值得交往!"

唐娅琳说:"那再给我倒酒,我喝! 咱们等。等到零点,等到8月7日的最后一分钟,怎么样?"

外面在下着雨。

在热合曼家里。阿孜古丽闷着头在做针线,她是那么用劲儿,针时不时地戳在她的手上,就有一滴血渗了出来。

热合曼心疼地说:"阿孜古丽,你到底发生什么事啦? 难道你不肯告诉我吗? 我是你的阿爸,再有天大的事,总该告诉阿爸呀!"

阿孜古丽忍住眼泪,说:"阿爸,没什么事。是女人身上的事,所以情绪有点那个。过几天就会好的。阿爸,我想离开你一些日子,行吗?"

热合曼说:"去哪儿?"

小镇的小旅馆里。

雨下得越来越紧。

唐娅琳指着手臂上的表说:"已经是深夜十一点五十五分了,还有五分钟,这个骗子怎么可能来呢?"

唐娅琳的语音刚落,门哐的一声被推开了。

被雨淋得湿漉漉的向志疆站在门口,惊喜地说:"你们在这儿啊。天呐,你们真是讲信誉的人。"

泰米尔和唐娅琳先都愣了一下,因为他们根本就认为"这个骗子"不可能出现了。

泰米尔说:"唐娅琳,我真该跟你打赌的,但不是赌我娶不娶你。"

唐娅琳说:"那赌什么?"

泰米尔说:"你要输了,就不许再跟着我!"

唐娅琳说:"那这个我也不赌!"

屋外大雨在哗哗地下着。

阿孜古丽痛苦地看着热合曼说:"阿爸,我犯了一个对女人的一生来说可能是最大的错误。今天我不想说,过几天再告诉你吧。"说着泪珠儿就从脸上滚落了下来。

热合曼似乎猜到了什么,也不想再追问,只是说:"阿孜古丽,不早了,你放了一天的羊也够累了,先休息吧。有话,明天再说吧。不过阿爸可以告诉你一句话,就是你阿爸永远是你最可信任最可依赖的人!"

第八章

在小镇旅馆里。

向志疆把两摞钱放在桌子上说:"这钱还给你,里面还有10%的利息。这钱是我向你们借的,如果是合伙的话,我得分一半的红利给你们。"

唐娅琳说:"请问你叫什么名字?"

那青年说:"你看我多冒失,借了你们钱连姓名都没告诉你们,我叫向志疆。"

泰米尔说:"向志疆?"

向志疆说:"对呀。向就是方向的向,志气的志,新疆的疆。意思很清楚吧。"

唐娅琳说:"你原先就叫这个名字?"

向志疆说:"不,我姓向,曾在县城的机关工作。原名叫向海洋,那是我爸给我起的,因为他喜欢海洋。后来我辞去机关的工作,决定下海,而且决定到新疆来发展,所以就把名字改成向志疆了。"

唐娅琳说:"有意思。那干吗非要改成向志疆这个名字呢?"

向志疆想了想,说:"我能暂时不回答吗?因为这是我心中永远的一个痛,一个牵挂。"

泰米尔说:"向志疆,来,喝口酒,暖暖身子吧。"

向志疆猛地喝了一口酒说:"让你们久等了。我从托克海市往这儿赶的时候,我就下了决心,就是死也要在12点前赶到这儿。因为信誉呀,是比生命还要重要的东西!"

泰米尔说:"向志疆,你要到咱们这草原上来发展,发展什么?"

向志疆说:"现在我还不能告诉你们。这两年,我就当好我的羊贩子,就行了。"

泰米尔说:"来,喝酒。向志疆,能认识你很高兴。"

向志疆说:"我们不早就认识了?而且可以说完全是相互信任。一见如故呀!"

泰米尔说:"向志疆,我想同你合伙。"

向志疆说:"干吗?"

泰米尔说:"当羊贩子呀!"

向志疆说:"你说什么?你们也想当羊贩子?"

泰米尔说:"有什么不可以的吗?来,介绍一下,我叫泰米尔,她叫唐娅琳,我事业上的合伙人。不过她想不想当羊贩子我还不知道,但我现在想当了,而且是下定决心了。"

唐娅琳大惊,说:"泰米尔,你在说什么?当羊贩子?你不是在开玩笑吧?"

泰米尔认真地说:"不开玩笑,是真的!因为这里就有地方特色,而且经济效益也很可观。"

唐娅琳恼怒地喊:"泰米尔,我出来跟你是想同你一起干大事业的,不是来当羊贩子的!我不干!"

泰米尔平静地说:"大事业是从小事业开始的。哪有人一下就能干成大事业的?"

唐娅琳说:"那也不能当羊贩子呀!那也太丢份了。"

泰米尔说:"你怕丢份?那好吧。你回去,我呢,跟向志疆合伙,当羊贩子!"

唐娅琳大怒道:"行！我明天一早就走。我还以为能跟着你干出一番大事业来呢！我真是被感情抹黑了眼睛,让感情冲昏了头脑,为娜达莎的事,你要赶我走,我不走。但现在用不着你赶,我自己走！我真是瞎眼了!"

向志疆说:"娜达莎。娜达莎出什么事了吗?"

泰米尔说:"没出什么事。我让她回巴吉尔草场去了。"

早晨,小旅馆门前。

唐娅琳把泰米尔叫出来,两人骑着马向小镇外走去。

一片小树林。

泰米尔和唐娅琳在树林边的草地上下了马。

唐娅琳对泰米尔说:"泰米尔,你真的要当羊贩子吗?"

泰米尔笑着说:"对！不错。我已经下了铁的决心了。跟向志疆一起当羊贩子。"

唐娅琳带哭的声音说:"泰米尔你太让我失望了！我一直以为你会成为一个非常非常有出息的人。所以你拒绝当村长,我当然支持你。可是现在……"

泰米尔说:"怎么啦?"

唐娅琳说:"我真想让沙英大叔狠狠地用套马杆再套你一回。"

泰米尔说:"很遗憾,唐娅琳,我只能让你失望了。"

唐娅琳说:"泰米尔,你这几个月走下来,就只有,只能当个羊贩子这样的收获?"

泰米尔说:"不错,我对我们的草原充满了幻想,觉得我生长在这一片充满激情与诗意的地方,完全可以干出一番大事业来。"

唐娅琳说:"那干吗要当羊贩子?"

泰米尔说:"因为这几个月我看下来。这儿有很好的煤矿,有很好的有色金属矿,但这不是我可以干的事业。我能干什么？作为一个牧马人的儿子,一个草原上长大的人,我只能跟马呀羊呀打交道。所以我回到了现实,脚踏实地地从小事做起。而且遇见了一个很可靠的合作伙伴。先当当羊贩子又有什么不可以呢？"

唐娅琳说："那以后呢？"

泰米尔说："不知道。但现在就只能当个羊贩子。"

唐娅琳说："泰米尔,我白跟你这三个月了。"说着,翻身上马,狠狠地夹了夹马肚,马甩开马蹄,唐娅琳回头喊："泰米尔,你是个臭粪蛋!"

泰米尔笑着喊："唐娅琳! 谢谢你! 对不起,让你失望了。"

齐纳尔草场的河边。

阿孜古丽坐在河边看着羊群,眼圈红红的,显然刚刚哭过。

热合曼骑着马过来了。

热合曼跳下马说："阿孜古丽,昨晚我怎么也睡不着。我想,你一定发生什么事了。不然你不会这样。现在能告诉阿爸吗? 你要不愿跟我说,就跟你古丽娅妈妈说。"

阿孜古丽想了想,眼泪又流了下来,说："我本来就想先给阿妈说的,但我想,这件事我不应该瞒你,就是我想瞒也瞒不住。阿爸,我……怀孕了。"

热合曼大惊说："怎么回事? 谁的? 泰米尔的?"

阿孜古丽说："要是泰米尔的,那就好了。"

热合曼说："那是谁的?"

阿孜古丽说："苏和巴图尔的。"

小镇的旅馆门口。

泰米尔在旅馆门口下了马。想了想,然后走进旅馆。

泰米尔走进房间。向志疆坐在床边等他。

向志疆说："你的那一位呢?"

泰米尔说："回家去了。"

向志疆说："干吗不跟你了?"

泰米尔说："志不同道不合了呗。"

向志疆说:"闹架了? 多漂亮的姑娘啊!"

泰米尔说:"不说这个了。说咱们的事。"

向志疆说:"泰米尔兄弟,你真想跟我合作当羊贩子?"

泰米尔说:"对。因为你是个讲信誉,可以依赖的人。你不愿意跟我合作? 信不过我?"

向志疆一笑说:"不。你绝对是个好人,我一点也不怀疑。但是有信誉不等于就能做好生意,再说,我对你还并不了解,我这主要是指你在做生意方面的才能。你贩过羊吗?"

泰米尔说:"没有。"

向志疆说:"所以嘛。这事我昨晚也想了一夜,因为既然要合作,就不但要互相信任还意味着要互担责任。我呢? 不想平白无故地背上一个包袱,你懂我的意思了吗? 所以,你还是自己先贩上几次羊,成功了,或者一大半成功了,我们再谈合作的事。你看怎样?"

泰米尔有些失望,也有些失落。但仍干脆地说:"你说得有理。就这么办!"

齐纳尔草场的河边上。

热合曼严肃地问阿孜古丽说:"是苏和巴图尔强迫你的?"

阿孜古丽摇摇头说:"如果是他强暴了我,我就会杀了他。但我要说实话,不是的。"

热合曼说:"你自愿的?"

阿孜古丽又摇了摇头,说:"我说不上,那时,我是在恐慌和无意识中就这么接受了。等我醒悟时,一切都晚了……"阿孜古丽捂着脸痛哭起来,说:"我狠狠地打了他一巴掌,可有什么用? 什么都晚了……"

热合曼举起手,咬着牙,他也想打阿孜古丽一巴掌。但他又把手放下了,痛心地说:"阿孜古丽,真没想到你会做出这样的事来!"

阿孜古丽绝望地捂着脸流着泪……

热合曼一下心又软了下来说:"阿孜古丽,可这到底是咋回事,你好好告诉我。"

阿孜古丽哭着说:"在那达慕大会上,他一直在照顾我,还帮我找到你的挎包,尤其当打雷闪电时我的马惊了,我差点摔落悬崖,他又救了我一次。我向他表示了感谢,他误解了,就……等我醒悟时,一切都发生了,我现在恨死我自己了……"

小镇旅馆里。泰米尔住的房间。向志疆对泰米尔说:"泰米尔兄弟,这次你帮了我一个大忙。虽然我暂时不能同你合伙,但我也可以帮你一次忙。需要帮什么忙,你可以开口。"

泰米尔自尊地说:"我借给你钱,你已经给了百分之十的利息了。这就很不错了,所以我觉得你并没有欠我什么情。目前我也没有什么需要你帮的。贩羊的买卖并不难,如果我连羊贩子都当不了,那我以后的事业也就不用干了。"

向志疆说:"你想干什么事业?"

泰米尔说:"现在我还不能告诉你。"

向志疆说:"有关什么方面的? 能给我透露一下吗?"

泰米尔说:"跟当羊贩子一样,同草原紧密相连的事业。你也不会只想当个羊贩子吧?"

向志疆说:"泰米尔兄弟。一年后,如果你还有想跟我合伙的愿望的话,那我们再在这儿见。我当羊贩子,只是想打个经济基础。我以后想干的事业,也跟草原相关。所以,我才把名字改成向志疆。"

泰米尔听得也有些兴奋,说:"向志疆老兄,你的想法我明白。"

向志疆拍拍泰米尔的肩,说:"那明年后的今天,不见不散! 现在,我要走了,因为我已经跟人家谈好了一笔生意,我得赶路了。泰米尔兄弟,这次就对不起了,我只是不想让你做一个吃现成饭的人。"

泰米尔说:"我会让你看到,我是个什么样的人。在咱们草原上,不应该有孬种!"

齐纳尔草场的河边。

热合曼说:"原来是这样,但苏和巴图也是罪不可赦! 我要是还是村长,我非治他的罪不可!"

阿孜古丽说:"我也有责任。阿爸,这事是说不清的。"

热合曼说:"那这孩子该怎么办?"

阿孜古丽说:"阿爸,我曾想偷偷地去把孩子做掉。但纸是包不住火的。迟早有人会知道的。再说我偷偷去做掉,是想骗谁呢? 那我就太卑鄙了。我想生下来,我自己铸成的错,责任就让我自己来承担。"

热合曼说:"阿孜古丽,那这样。你跟泰米尔……"

阿孜古丽的眼泪落了下来,摇着头说:"他和我的事,他一直没有点过头,现在根本就不可能了。但我不想把孩子生在这儿,我想到很远很远的地方去,把孩子生下来。"

热合曼说:"那以后呢? 孩子生下来以后你又该怎么办?"

阿孜古丽说:"以后怎么办,只有走一步看一步了。"

热合曼深深叹了口气,说:"你一个人走?"

阿孜古丽说:"当然我一个人走了,我总不能把阿爸你也拖累上吧?"

热合曼说:"不! 我跟你一起走,咱们走得远远的。"

阿孜古丽说:"阿爸!"

热合曼说:"阿爸是白叫的吗? 在儿女危难痛苦的时候,阿爸的肩头就是儿女的依靠。如果这种时候我要离开你,那我这个阿爸就太不称职了! 就是你的古丽娅妈妈也不会让你一个人走的呀!"

阿孜古丽哭着喊了一声:"阿爸……"扑倒在热合曼怀里。

热合曼说:"我热合曼的村长已经不当了。这二十几年来,村长这个头衔都要把我热合曼逼疯了。从小,我就跟着我的父母游牧草原。可是自从牧民定居下来后,又让我当了村长,我就哪儿也去不了了。我多想再能在草原上游牧啊,跟祖上一样,做个自由自在的游吟诗人。我们维吾尔族本来就是个喜欢闲散自在的民族啊。走! 明天就带上我们的毡房,赶上我们的马车,同你古丽娅妈妈一起,走向大草原。晚上,我又可以在篝火旁弹我的弹拨尔。可惜的是,不会有泰米尔的歌声了。"

阿孜古丽退后了一步,朝热合曼跪下磕头说:"阿爸,谢谢你!"

草原马场。

沙英在悠然地放着马。

群马在草地上奔腾。

热合曼和阿孜古丽牵着马车,赶着羊群走向草原。

古丽娅疼爱地搂着阿孜古丽,在为阿孜古丽缓解心中的痛苦。

热合曼朝马群方向喊:"沙英——你过来!"

沙英骑马来到热合曼他们跟前。

沙英跳下马有些惊讶地问:"怎么? 你们要出远门?"

热合曼说:"前些日子克里木顶了我的村长的职位。我可是卸下担子了。我想和老伴同阿孜古丽一起到更远的地方去放牧。"他激动起来,大声地喊道,"啊! 我要跟着祖宗的脚步,我要打马远去,我要游吟四方,永不归来!"

沙英有些丈二和尚摸不着头脑,说:"热合曼,古丽娅,阿孜古丽,你们干吗要出远门呢? 巴吉尔草场,我不就是为你阿孜古丽承包下来的吗? 那时我同胡雅格争齐纳尔草场也不就是为了你阿孜古丽呀? 你们要是永不归来,可是苦了我的泰米尔了。我的羊我可以不要,可我未来的儿媳妇怎么能永不归来呢? 泰米尔到哪儿去找这么好的媳妇呢?"

阿孜古丽说:"沙英大叔,我怎么成了你未来的儿媳妇了呢? 泰米尔可从来没有承认过。"

沙英说:"他只是嘴上没承认。我知道他心里早就承认了。阿孜古丽,我沙英抓阄没抓到你,但我一直把你当女儿待。希望有一天你能成为我的儿媳妇。泰米尔上大学后,我家的羊,不是一直由你放的吗?"

阿孜古丽说:"沙英大叔,你们家的羊我会放好的。到时,我也会把羊群给你们送回来的。"

沙英说:"你们先去巴吉尔草场放羊吧。等泰米尔回来,我就让他去找你们。"

热合曼气恼地说:"泰米尔不该出远门,应该留下来当村长。要不,我和阿孜古丽就用不着跟着祖宗的脚步走了。"

沙英说:"热合曼,我没听懂你的话。"

热合曼有些恼怒地喊:"上路!"

阿孜古丽说:"沙英大叔,泰米尔回来,你代我问他一声好。让他用不着来找我了。我永远也成不了你的儿媳妇了。"

沙英看着走远的热合曼和阿孜古丽,脸上全是问号。他喊:"你们先到巴吉尔草场住下,听到了没有?我让泰米尔去找你们。"

马群已经奔远了,沙英策马去追马群。

热合曼和阿孜古丽赶着羊群来到巴吉尔草场。

热合曼对阿孜古丽说:"阿孜古丽,这巴吉尔草场有多好啊。这儿离村子最远。很少有村里的人到这儿来,这儿又是沙英承包的草场,你放的主要是沙英家的羊。不大会有人来打扰我们的。所以咱们就安心在这儿住下吧。"

阿孜古丽看看那辽阔而丰茂的草场想了好一会,点头说:"好,既然阿爸这么说了,那就在这儿住下吧。"

黄昏,巴吉尔草场。娜达莎也已在河边扎下了毡房。

河边。娜达莎的毡房前的狗突然对着远处狂吠起来。

娜达莎走出毡房看。

只见远处,靠近河边,有人在搭毡房,那是一男一女两个人。

娜达莎骑上马朝那两人走去。

在河边搭建毡房的人正是热合曼和阿孜古丽。

阿孜古丽朝四周看了看说:"阿爸,这儿的草场不比齐纳尔草场差呀!"

热合曼说:"是呀。就是离村子远一点。那时沙英和胡雅格为争齐纳尔草场争得你死我活的。我告诉他们,巴吉尔草场不比齐纳尔草场差。可他们还是要争。"

　　阿孜古丽说:"不就是好争一口气吗。气争回来了,沙英大叔也就让了。"

　　热合曼说:"那我们就一直住到你把孩子生下来吧。"

　　阿孜古丽说:"阿爸,你能不能不提这件事。一想到这事,我的心就像刀割一样的痛。"

　　热合曼说:"那会是永远的痛。但痛麻木了,也就不痛了。"

　　娜达莎骑马朝他们走来。

　　娜达莎跳下马,走到热合曼和阿孜古丽跟前说:"热合曼村长,是你啊?"

　　热合曼看看娜达莎说:"娜达莎,你不是走了吗?"

　　娜达莎说:"我又回来了,是泰米尔让我回来的。我不想回来,可泰米尔非要让我回来。"

　　唐娅琳骑着马迎着晚霞朝回走。她一脸的沉思状,因为她想不通泰米尔怎么想到要当羊贩子。

　　前面可以看到巴吉尔草场紧挨在河边的那片小树林了。她想了想,策马朝巴吉尔草场走去,因为她看到一座新的毡房。

　　热合曼与阿孜古丽已经把毡房扎好。

　　热合曼说:"是泰米尔让你回来的?"

　　娜达莎说:"是泰米尔让我回来的。"

　　阿孜古丽说:"你碰到泰米尔了? 他在哪儿?"

　　娜达莎说:"我也不知道他现在在哪儿。"

　　阿孜古丽说:"那你怎么碰上泰米尔的?"

　　娜达莎说:"我离开巴吉尔草场后就到处游牧,我前夫抢了我的羊卖掉了。正好泰米尔经过,他帮我把卖羊的款给追了回来。后来他看我们孤儿寡母在草原上游牧太艰难,就要我回巴吉尔草场来。我不肯,他说当初是他把我们赶出巴吉尔草场的,所以就是硬拖也要把我们拖回去。"

　　阿孜古丽说:"这些话都是你说的,可谁能证明呢?"

娜达莎说:"唐娅琳,唐娅琳姑娘能证明! 她一直跟泰米尔在一起。"

阿孜古丽心里像翻起了五味瓶,说:"唐娅琳真的跟泰米尔在一起?"

娜达莎肯定地说:"是在一起。那时候唐娅琳姑娘来赶我走时,我以为她是泰米尔的女人。后来又以为他们是兄妹,一直到最后才搞清楚,他们只是事业上的合作伙伴。"

阿孜古丽心情烦躁地说:"娜达莎,你能不能今年不在这儿放牧?"

热合曼也说:"对,能不能今年不在这儿放牧?"

娜达莎说:"为什么? 我刚来,你们又要赶我走? 这位是谁?"

热合曼说:"她是我女儿,叫阿孜古丽。不是要赶你走,是让你明年再来。"

娜达莎说:"我不明白。"

火红的夕阳悬在地平线上。

唐娅琳骑马朝热合曼等人走来。

热合曼,阿孜古丽和娜达莎也都看到了唐娅琳。

热合曼的毡房前。

阿孜古丽一见唐娅琳走过来,一肚子的无名火冲了上来。她恼怒地对娜达莎说:"这用不着告诉你! 我们放的主要是泰米尔家的羊,你要是挤在这儿,草场就不够用!"

娜达莎说:"热合曼村长,阿孜古丽,你们要知道游牧生活有多艰难,我多希望我能跟女儿在一个地方安定地生活下来。现在我刚安定下来,你们又要让我走。虽然我这会儿羊只不多了,我卖掉了,但过些日子,我订购的羊群就要送过来了。热合曼老村长,阿孜古丽,我求求你们了,让我们留下吧。"

阿孜古丽说:"娜达莎,我也是个女人,我同情你。泰米尔让你回来,说明泰米尔是个有同情心的人,我也为他能这样做由衷的高兴。但是,我还是希望你能离开这儿,哪怕你离开十个月都行。"

娜达莎说:"我不明白。"

阿孜古丽说:"你用不着明白!"

唐娅琳骑着马过来了喊:"热合曼大伯,阿孜古丽,你们来啦!"然后对娜达莎说:"娜达莎,你好。"

娜达莎看到唐娅琳忙说:"唐娅琳姑娘,你来得正好。泰米尔让我回巴吉尔草场,这你是知道的,你当时也在场。"

唐娅琳说:"是呀,怎么啦?"

阿孜古丽说:"我是想她暂时离开这儿,明年再来,明年我们一定接纳她。巴吉尔草场那么大,多你一群羊也没多大关系。"

唐娅琳说:"娜达莎,你看到没有,当时泰米尔求你回来时,我就不同意。你是自个儿给自个儿添麻烦。阿孜古丽放的是沙英家也是泰米尔家的羊,沙英大叔是巴吉尔草场的合法主人哪。你同村里订了草场的承包合同了吗?没有吧?泰米尔只是允许你到巴吉尔草场放牧。现在人家的合法主人来了这儿放羊,你就该走。"

娜达莎说:"这巴吉尔草场到底属于谁的呀?到现在我听出来了,你阿孜古丽也不是泰米尔的什么人吧?"

唐娅琳说:"她放的是泰米尔家的羊!她有权让你走!"

娜达莎说:"热合曼老村长,你们这不是把我往死路上逼吗?"

阿孜古丽说:"娜达莎,你不要说得这么夸张,我们只想让你离开十个月。让我能在这儿清清静静的住上几个月,放上几个月的羊。十个月以后,你还可以回来。"

唐娅琳感到阿孜古丽这话说得很奇怪,于是用疑惑的眼光看看阿孜古丽。

娜达莎说:"要走,我也只能等泰米尔来了,他让我走我再走。巴吉尔草场真正的主人是泰米尔,你们说了都不算!"说着,娜达莎骑上马,奔向小树林那边自己的毡房。

娜达莎在策马飞奔,满眼含着委屈的泪水,她实在是不想再折腾了。

太阳已经在地平线上了。

阿孜古丽对热合曼说:"阿爸,这怎么办呀?"

唐娅琳用疑惑的眼光看着阿孜古丽。

热合曼看着娜达莎远去的背影说:"阿孜古丽,别赶她走,就让她在巴吉尔草场放羊吧,而且是泰米尔让她回来的。咱们老人有句谚语,没有不需要翅膀的鸟,没有不需要朋友的人。能帮尽量帮吧,不要伤了和气。"

阿孜古丽说:"那我该怎么办呢?"

唐娅琳忍不住说:"阿孜古丽,你怎么啦?"

阿孜古丽:"我怎么啦,用得着你唐娅琳管吗?"

唐娅琳翻身上马要走。

热合曼:"唐娅琳你去哪儿?"

唐娅琳:"回家呀,我妈的草场不就在巴吉尔草场的边上吗?"

唐娅琳骑马走了。

热合曼生气地说:"阿孜古丽,你怎么能这样! 自己心情不好,不能把气撒到别人身上呀!"

古丽娅:"是呀,天都要黑了,她去她妈那儿二十几里路呢。"

阿孜古丽翻身上马:"阿爸,阿妈,我去把她接回来!"

阿孜古丽追上唐娅琳。

阿孜古丽:"娅琳妹妹,原谅我刚才的粗暴,对不起,说着,眼泪又落了下来。"

唐娅琳:"古丽姐你一定有事儿,能跟妹妹讲讲吗?"

夕阳西下。

唐娅琳与阿孜古丽坐在河边。

阿孜古丽说:"娅琳妹妹,你最近是不是一直同泰米尔在一起?"

唐娅琳说:"对,没错。就是一直在一起,我前天才离开他。怎么啦? 吃醋啦?"

阿孜古丽说:"对,我吃醋了! 因为我爱泰米尔! 可……"

唐娅琳说:"阿孜古丽姐姐我不会同你争泰米尔的,而且我们之间什么事也没发生。我想跟他在一起是另有目的的。"

阿孜古丽说:"啥目的?"

唐娅琳对阿孜古丽说:"反正现在我决定离开他了,不想跟他在一起了。"

阿孜古丽说:"为啥?"

唐娅琳说:"因为道不同不相为谋。"

阿孜古丽说:"怎么啦?"

唐娅琳说:"他的档次也太低了!我以为他不想当村长是想要干一番大事业呢,所以我就想能跟他一起干。但现在他决定想干啥了?说出来你都不相信,太丢份了。"

阿孜古丽说:"他想干啥?"

唐娅琳说:"决定跟一个叫向志疆的家伙一起当羊贩子!我可丢不起那个脸,所以我回来了。"

阿孜古丽沉思了一会儿,说:"娅琳妹妹,你肯定错了。他现在当羊贩子,肯定有他想当羊贩子的道理。"

唐娅琳说:"有啥道理?"

阿孜古丽说:"别的道理我不懂,但这个我很明白,任何大事业都得从干小事情开始,哪有一下子就能干出大事业的?有许多大企业家一开始不也当过报童,擦过皮鞋,捡过破烂?这些不是比羊贩子还丢份吗?泰米尔连村长都不当,去当羊贩子。村长与羊贩子之间,两者相比,到底咋样,他心里会不清楚吗?"

唐娅琳如梦猛醒似的一拍脑门说:"天呐!是我傻了,气糊涂了!泰米尔怎么可能甘心一辈子只当个羊贩子呢?阿孜古丽,你别吃醋,我还得找他去。"说着,站起来就要走。

阿孜古丽拉住唐娅琳,含着泪说:"我现在还吃哪门子醋呀!我知道,我和你都在喜欢着泰米尔,但娅琳妹妹我告诉你,我只能退出了,你们就好好在一起吧,现在你同他更般配。"

唐娅琳吃惊地说:"为什么?"

阿孜古丽说:"天都快黑了,明天一早走也不迟呀。再说你这会儿去找他,怎么找呀? 他会在原地等你吗?"

唐娅琳说:"当然不会,肯定是跑到哪个牧民家里去收羊了!"

草原上。在一个牧羊人的羊圈边上。

泰米尔把一些钱交给一位牧羊人说:"布仁巴雅尔大叔,这是我买你羊的定金,你先收下。"

布仁巴雅尔说:"小伙子,你是刚做贩羊的买卖吧?"

泰米尔说:"是,怎么啦?"

布仁巴雅尔说:"你这样做是要亏本的。"

泰米尔说:"不会,我算过账。我到市场上去过,卖出价我也打听清楚了,再加运费,我还是有点赚头的。"

布仁巴雅尔很内行地说:"那损耗呢? 可能出现的损耗算过吗?"

泰米尔一愣,说:"这怎么算? 去托克海市的路又不太远,从这儿用不着一天就到了。布仁巴雅尔大叔,就这个价吧,再给多,我就真亏了。"

布仁巴雅尔笑着说:"你给的钱很公道啊。有些羊贩子的心也太黑了,我们辛辛苦苦放了一年的羊,最后落不上几个钱。明天你一早就来拉羊吧,下次,我还愿意把羊卖给你!"

泰米尔说:"好,明天一早见。下次我一定再来收你的羊。"

天色已有些昏暗了。

河边,

唐娅琳对阿孜古丽说:"好,今晚我不走。不过阿孜古丽,你得告诉我到底怎么啦?"

阿孜古丽沉默了一会儿,沉重地叹口气:"唉,……"泪就流了下来,"我这事要想瞒也是瞒不住的。我告诉你吧。我怀孕了。"

唐娅琳说:"怎么,你跟泰米尔?"

阿孜古丽摇摇头,说:"你怎么往他身上想,泰米尔是这样的人吗?"

唐娅琳说:"那是谁的?"

阿孜古丽说:"苏和巴图尔的,他一直在追我。"

唐娅琳气愤地说:"怪不得上次我们见到他,他就有点心事重重的,他强迫你的?"

阿孜古丽摇摇头说:"……他没有强迫我。"

唐娅琳吃惊地说:"你自愿的?"

阿孜古丽眼里含着泪,说:"我说不清楚,我真的说不清楚。"

唐娅琳说:"那到底是怎么回事?"

阿孜古丽流着泪说:"娅琳妹妹,你别再问了。我知道你在爱着泰米尔,希望你能在泰米尔身边好好地爱他。"

唐娅琳站了一会儿,说:"我走了,我不想再待在这里了,我去找泰米尔!管他在哪儿呢,反正我能找到他。还有我也要找苏和巴图尔,他太无耻了!"说着就要上马。

阿孜古丽说:"唐娅琳,我求你,这事你现在别告诉泰米尔!"

布仁巴雅尔的毡房边。

空荡荡的羊圈边上停着辆卡车。

泰米尔坐进卡车的驾驶室,说:"布仁巴雅尔大叔,那我走啦!"

卡车发动起来。

布仁巴雅尔喊:"天气太热,路中间要给羊喂口水啊,不然羊会死的!"

泰米尔挥着手说:"知道啦! 布仁巴雅尔大叔,谢谢你。"

卡车开进草原,车上的羊叫声一片。

布仁巴雅尔大叔看着卡车走远,笑容满面地点了点头。

第九章

中午,烈日当空。

泰米尔坐的那辆拉羊的卡车一路风尘飞扬。车上的羊热得张着嘴在咩咩地惨叫着。

泰米尔一脸的焦虑。不时地回头从驾驶室的后窗看看车里装的那些羊。

卡车前面有一条河,河两岸是碧绿的草地。

泰米尔对驾驶员说:"周师傅,到河边停一停。让羊下车喝口水,吃口草。"

司机说:"你以为羊是人哪。下车喝上口水,吃上口草,自己就会上车啊。"

泰米尔说:"天气这么热,再喝不上口水,羊要死的。那我的损失不就大啦。"

司机说:"我事先声明,羊赶不上车,我可不负责,你也别怪我。"

泰米尔说:"没让你负责!"

太阳西斜。

车上斜着搭了两块板子。泰米尔把羊往板子上赶,但羊根本不往上爬,有的爬了一半又跳了下来。

司机却坐在一边抽烟。意思说,你不听我的劝,现在你自作自受了吧。

泰米尔生气地把斜搭在车上的板子推上车,然后关上车的后挡板。接着他就把羊一只只往车上抱。

一阵大风,一些羊都钻进了草丛中。

太阳已经下山了。

泰米尔艰难地寻找着草丛中的羊,找到一只,就把羊抱上车,累得直喘粗气。

天黑透了。

泰米尔累得趴在地上,再也起不来了。

司机说:"老板,我可不能在草原上过夜。起来赶路吧。"

泰米尔吃力地说:"还有七只羊呢。"

司机说:"那你看着办吧。我得走,哪怕你不给我运费,我也得走!"

泰米尔想了想,从草地上爬起来说:"上路吧,那七只羊我不要了。"

司机说:"老板,我事先声明过的,这你可不能怪我。"

泰米尔说:"我怪你了吗? 不过今晚就得赶到市里。"

司机说:"这没问题,上车吧。"

在托克海市的牲口市场。

市场中人声鼎沸,到处熙熙攘攘的人群。

满面疲惫的泰米尔同张志文在谈话。

张志文对泰米尔说:"泰米尔老弟,咱们朋友归朋友,生意归生意。这次我可不能按上次那个价给你了。"

泰米尔说:"为什么?"

张志文说:"这些天羊肉价下跌了,咱们得按市场上的价格走。"

泰米尔说:"那我就没有一点赚头了,在路上我还损失了七只羊。"

张志文说:"这我可管不着。路上损失得再多,那是你的事。我只买你手头上的羊只,现货! 怎么样? 成交不成交?"

泰米尔一挥手说:"成交!做生意总是有亏有盈。"

张志文说:"好,干脆!我就喜欢跟你这样的人打交道。亏不起的人,别在生意场上混!走。"

泰米尔说:"上哪儿?"

张志文说:"买卖不是成交了吗?现在我尽地主之谊请你喝酒,给你接风。这就叫生意总归是生意,但朋友总还是朋友。"

唐娅琳骑着马来到市里一条小吃街,在一个烙饼摊上买烙饼。

唐娅琳掏出钱袋正要付钱。

有一小偷突然抢过她的钱袋就跑。

唐娅琳喊:"嗨,你给我站住!"

小偷只顾跑。

唐娅琳骑上马就追。

小偷跑到哪儿,唐娅琳就追到哪儿。一直紧紧地咬着小偷。

唐娅琳追到小偷跟前,一鞭子把小偷捏在手上的钱袋抽了下来。

唐娅琳跳下马去捡钱包,突然三个小偷围住了唐娅琳。

热合曼毡房前。

热合曼对阿孜古丽说:"阿孜古丽,我要到村里去一下。"

阿孜古丽说:"去哪儿?"

热合曼说:"这你就别管了。傍晚前我就回来。"

托克海市。

张志文把泰米尔送出酒店。

泰米尔对张志文告辞说:"下次我还会来找你。"

张志文已经带了点醉意,拍拍泰米尔的肩说:"泰米尔老弟,你尽管来。你送多少羊来,我就收你多少羊。"

泰米尔说:"真的?"

张志文拍了拍胸脯说:"我打包票!"

泰米尔说:"那就一言为定?"

张志文说:"当然是一言为定!我是不怕你拉的羊多,只怕你拉不来!做生意有做生意的游戏规则,咱们按规则玩,就能玩到一块儿。祝你下次买卖顺利。"

托克海市的一条街上。

唐娅琳捏着捡起来的钱袋,贴着马。那几个小偷围成一圈,逼过来。

唐娅琳握着鞭子说:"你们再敢走一步,我这鞭子可不认人。"

其中一个个子大一点的小偷喊:"一个女人,怕什么,给我上!"

突然一个人喊:"你们敢!"

唐娅琳与那些小偷回头看,是泰米尔大步走了过来。

泰米尔怒视着小偷们。

唐娅琳惊喜地喊:"泰米尔!快来帮我!"

小偷们互相看看,倏地逃散了。

泰米尔说:"你不是回家去了吗?"

唐娅琳说:"泰米尔,我上你当了!"

泰米尔说:"我到这儿来,刚做了当羊贩子的第一笔买卖。"

唐娅琳说:"怎么样?"

泰米尔一笑说:"亏了。你还是回家去吧,别跟着丢份了。"

沙英正在放马。

热合曼气呼呼地策马而来,喊:"沙英,你过来!"

沙英骑马过来说:"啥事?"

热合曼说:"沙英,你儿子可真有出息!"

沙英说:"咋啦?"

热合曼说:"他村长不当,干什么了你知道不知道?"

沙英说:"他要出去闯大事业。我儿子会闯出大事业的!人就怕没志向。"

热合曼说:"他现在当上羊贩子啦,正在做贩羊的买卖。还大志向大事业呢,是财迷心窍啦！真是人心隔肚皮,谁都看不透谁,我热合曼也是瞎了眼了！怎么想到推荐他上什么大学,推荐他当什么村长。啊呸！"

沙英说:"热合曼,你说这话当真?"

热合曼说:"是唐娅琳告诉我的,唐娅琳一直跟他在一起呢！"

沙英想了想说:"热合曼,这次我可不上你当了。"

热合曼说:"这是真的,你上我什么当啦?"

沙英说:"我儿子要当羊贩子,肯定有他的道理。我儿子是什么人？是个有头脑的人。让他当村长,他没听你的,你记上他仇啦！"

热合曼说:"狗屁！我看你们沙英家的人,就这么点出息！"

沙英看着热合曼策马往回走,歪着头想了半天,也觉得有些气不顺。

托克海市。泰米尔和唐娅琳骑在马上。

泰米尔说:"唐娅琳你来这儿干什么?"

唐娅琳说:"来找你呀。"

泰米尔说:"你怎么知道我在这儿?"

唐娅琳说:"既然你想当羊贩子,肯定会来这儿。这儿不是有一个很大的牲口交易市场吗?"

泰米尔说:"唐娅琳你可真聪明。"

唐娅琳说:"我聪明什么呀！我要聪明我就不会上你当了。"

泰米尔说:"上我什么当啦?"

唐娅琳说:"从今天起,我也跟你一起当羊贩子。"

泰米尔说:"不怕掉价啦?"

唐娅琳说:"我掉什么价呀。"

泰米尔说:"现实点吧,一个姑娘,当什么羊贩子。"

唐娅琳说:"这是你规定的？我告诉你,世上没有女人不能干的事！"唐娅琳突然想起了什么,撇了撇嘴说:"世上倒有女人能干男人不能干的事！"

泰米尔说:"什么事?"

唐娅琳说:"生孩子。"

泰米尔笑一笑说:"没男人女人也生不出孩子吧。"

唐娅琳看了泰米尔一眼,想说什么,想了想又咽了回去。她说:"不跟你耍贫嘴了。我跟你一样也是大学生,你不怕掉价我有啥怕的!"

某小旅馆。泰米尔与唐娅琳在小旅馆一间简陋的餐厅里一起吃饭。

唐娅琳笑问道:"泰米尔,你不会当一辈子羊贩子吧?"

泰米尔说:"那我就不是泰米尔了。"

唐娅琳说:"所以我说我上你当了嘛。不想当村长的人怎么甘心当一辈子羊贩子呢?"

泰米尔说:"你认为我想干啥?"

唐娅琳说:"这正是我想知道的。"

泰米尔说:"我想让草原发挥更大的作用,我想让咱们草原能造福全新疆的人民。"

唐娅琳说:"这些都是空话。具体的想干什么?"

泰米尔说:"我不想说,我只想现在当好羊贩子,积累起我创业的第一笔钱。"

在一座毡房边的羊圈旁。

泰米尔和唐娅琳往一辆小四轮的拖挂上装着羊。这次买的羊的数量显然比上次要少。

泰米尔把一些钱交给一位中年牧民说:"这次就买你这些,下次我一定要多买些。"

羊主人说:"好好,欢迎你下次再来。"

夕阳西下。

小四轮拉着十几只羊开在草原的小路上。

泰米尔和唐娅琳骑着马紧跟在后面。

小四轮驾驶员看看西下的夕阳,转头对泰米尔说:"老板,今天怎么也赶不到托克海市了,就在前面的乡里住吧,乡里现在也有旅馆。"

小旅馆的边上也有一个小羊圈。

月亮四周布满了云彩。

唐娅琳捧着一捧干草洒进羊圈喂羊,羊吃着草在咩咩地叫着。

旅馆边上的小饭店里。

泰米尔端着酒杯在窗前看着唐娅琳在喂羊,想了想,长长地叹了口气。像下定了决心似的将酒一口喝干,然后走到小饭桌旁。

小四轮车主也坐在桌旁喝酒,他也看看窗外说:"你那位真勤快啊!"

泰米尔说:"她不是我那位。"

小四轮车主说:"啊? 不是啊,我一直以为你们是一对儿。"

泰米尔一面倒酒一面说"是我朋友的妹妹,只不过从小一起玩大的,老想跟我出来闯荡闯荡,轰都轰不走。"

小四轮车主一笑说:"不过看你们也蛮般配的。"

泰米尔端起酒杯说:"来,王师傅,多喝一口,你就早点休息,我们下半夜就走。等羊吃完了这顿草,我先去把羊装上车。"

小旅馆的另一个房间里,跑了几天的唐娅琳也累了,睡得很香很死。

夜,小旅馆的羊圈边。小四轮车主王师傅发动着小四轮,羊已装好在车斗里。

泰米尔说:"咱们走吧。"

王师傅说:"那个……不叫啦?"

泰米尔说:"让她休息吧,不叫了。"

王师傅说:"让她一个人在这儿?"

泰米尔说:"没事,她厉害着呢,很能照顾自己的。"

小旅馆里。外面的雨声把唐娅琳惊醒了。

唐娅琳看看窗外,虽然天很阴,但肯定已经是白天了。

唐娅琳迅速翻身起床。

唐娅琳冲向泰米尔和小四轮车主住的房间,敲了几下,猛一打开门,里面已空无一人。

唐娅琳冲出门。

羊圈已空,小四轮也不在了。

唐娅琳咬牙切齿地骂:"泰米尔,你是个混蛋!"

唐娅琳奔回自己的房间,整理衣物。

唐娅琳看到床头有张纸条,赶忙拿起纸条看。

泰米尔的声音:"唐娅琳。我怎么能拉着你一起当羊贩子呢？我想了许久,你还是回你妈身边去吧。你没必要跟着我吃这样的苦,因为对于你来说不值得。但我还是要谢谢你这些日子一直帮衬着我,泰米尔。"

唐娅琳把纸条撕得粉碎,狠狠地扔在地上。

阴云笼罩着大地。

隆隆的雷声从天空滚过。

狂风中,唐娅琳骑着马在急奔。

狂风大作,大雨瓢泼。

小四轮拉着一车羊在草原的小路上急驰着。

泰米尔骑着马急跟在小四轮的后面。

泰米尔对小四轮的车主说:"找个地方避避雨吧。"

车主说:"过了河才有个村庄。"

泰米尔说:"那就快过河。"

雨越下越大。

唐娅琳策马在雨中急奔。

雨下得很大,小河的水位已经上涨了许多。

小四轮在河中间卡住了,怎么也开不动。

泰米尔跳下马在后面用力推,但也无济于事。

雨水拍打着河水,河水还在迅速地上涨。

策马奔跑中的唐娅琳远远地看到了泰米尔。

泰米尔还在河中吃力地推着小四轮,但小四轮还是开不动。

唐娅琳跳下马,向河中的泰米尔奔去,她想去帮泰米尔他们一把。

这时一个浪头扑向小四轮,小四轮被冲倒了。

十几只羊顿时被冲进河水中,在河面上漂浮。

泰米尔冲上前去抱住一只羊,同羊一起在河水中翻滚。

唐娅琳朝泰米尔蹚过去。

泰米尔站住脚跟,但呛了两口水,手一松,羊还是被冲跑了。泰米尔还差点被河水冲倒,已赶到他跟前的唐娅琳一把抓住了他。

两匹马把小四轮拉上了岸。

羊已被河水冲得无影无踪了。

泰米尔,唐娅琳,王师傅站在河岸上,看着被雨溅起无数水花的河面,默默无语。

雨点拍打着河水。

河岸。

泰米尔把几张大票给王师傅说:"王师傅,运费给你。"

王师傅说:"你看,没运到目的地。你的羊又全损失了。你别给这么多了。"

泰米尔说:"羊被河水冲走了,这不是你的责任,不能怪你。你也不容易,这运费你该拿的。收下吧。"

泰米尔和唐娅琳看着小四轮在雨中消失了。

两人面面相视。

唐娅琳的眼中冒着怒火。

唐娅琳说:"泰米尔,你不是人!"

泰米尔说:"唐娅琳,你也看到了,这羊贩子也不好当啊。我怎么能让你跟着我受这份罪呢?"

唐娅琳把手上的鞭子扯得啪啪响,说:"泰米尔,你知道我现在想干什么吗?"

泰米尔看看她手中的鞭子,说:"想抽我?"

唐娅琳说:"对!我就想狠狠抽你两鞭子!你是不是也像你阿爸一样,也记着我爸的仇啊!"

泰米尔说:"那你就抽吧,不过上辈子的仇跟我没有关系。但我还是不会娶你,这是肯定的!"

唐娅琳举起了鞭子,即便在空中悬了半天,但又慢慢地放下了。

泰米尔说:"你抽呀!"

唐娅琳哭了,伤心地说:"泰米尔,你干的事⋯⋯太不够朋友了!"

泰米尔说:"对不起。"

唐娅琳说:"我把你当朋友,死心塌地想跟着你干事业。可就因为嫌弃我是女人,你偷偷地跑掉,你不信任我,也不尊重我!泰米尔,我不是想让你娶我,但你跟我之间,难道连一个素不相识的羊贩子都不如吗?"

泰米尔愧疚地说:"对不起,唐娅琳,是我错了。"

泰米尔一时间无话可说。

唐娅琳停了一会儿,又说:"泰米尔,我们在外面已经相处了有三个月了吧?"

泰米尔说:"是,三个月多了。"

唐娅琳说:"这三个月里我跟你提过感情上的事吗?我有暗示过什么吗?你以为女人除了感情什么都不想了吗?"

泰米尔说:"不是,我只是⋯⋯"

唐娅琳说:"我是个女人,可我也有理想,也有抱负!想跟着你闯出一片天。可我错了,我没想到你泰米尔骨子里竟是个狭隘自私的家伙,所以把别人也想成跟你一样的人,我真是看走了眼!"说完,飞身上马,说:"如你所愿,我走!我要自己去闯!你不是贩羊吗?那我也去!你干什么,我就干什么!我就不信,你泰米尔能干的事,我就干不成!"

唐娅琳策马就走。

泰米尔喊:"唐娅琳!"他急忙也翻身上马,追了过去。

雨还在下。

唐娅琳含着泪,气恼地策马飞奔。

泰米尔快马加鞭追了上来,等追上时,他一把拉住唐娅琳的缰绳,让马慢了下来。

唐娅琳说:"你追上来干吗?我走了,你不就甩掉了一个包袱吗?"

泰米尔说:"不,唐娅琳,我错了! 我的想法是很狭隘很自私,所以我要向你道歉!"泰米尔充满真挚和歉意地说,"你离开的那一刹那,我才感觉到,如果你真的走了,那我就失去了一个朋友,也失去了一个志同道合的好伙伴!"

唐娅琳的眼泪不由得冲出了眼眶,满心的委屈和不痛快都随着这泪涌了出来。她说:"你现在说这话干吗? 是在哄我吗?"

泰米尔伸出了手说:"唐娅琳,我现在真诚地邀请你,跟我一起携手,在草原上干出一番事业吧!"

唐娅琳抹了一下泪,破涕为笑地说:"行,我接受你的道歉,也接受你的邀请。"

唐娅琳的手和泰米尔握在了一起。

唐娅琳又哭了,她觉得自己能走到这一步,被泰米尔认可为真正的伙伴,真的好艰难啊!

泰米尔开玩笑说:"你要是再哭,我就收回我刚才说的话了。"

唐娅琳说:"你敢!"说着,飞快地抹了把泪说,"咱们走!"

雨过天晴,一道彩虹横跨在草原之上。

泰米尔与唐娅琳并肩骑马同行。

唐娅琳说:"泰米尔,你准备怎么办?"

泰米尔说:"还能怎么办? 继续当我的羊贩子呀。"

唐娅琳开玩笑说:"我知道你还是要当羊贩子。我是问,你已经亏了两次了,还打算怎么亏下去?"

泰米尔说:"你是在取笑我吗? 俗话说,过一过二不过三! 一个连羊贩子都当不好的人,还指望能干什么大事业?"

唐娅琳说:"泰米尔,我知道你是肯定不会灰心的,因为你做任何事都是这么个劲,你的意志是铁打的。我服了!"唐娅琳大声地喊:"所以再说一遍,我一定要跟你合伙一起干!"

泰米尔说:"咱俩不是已经合伙了吗? 不过这次可是一次失败的合伙。"

唐娅琳说:"为啥会失败? 就因为你心不诚!"

泰米尔说:"我的心不诚?"

唐娅琳说:"对!今天你要不是急着甩掉我,就不会发生这样的惨案。两个人总比一个人更有力量!不是吗?"

泰米尔看着唐娅琳点点头,然后又笑了笑。

唐娅琳被看得有些不自然,说:"咋啦?我说的不对吗?"

泰米尔说:"不,你说的很对。"

唐娅琳说:"那你干吗那么看人?"

泰米尔说:"没什么,就是觉得我过去还真是小看了你。"

唐娅琳说:"那是,男人小心眼起来比女人还差劲儿!"

河边。娜达莎的毡房前。娜达莎的女儿晓萍正在毡房前玩耍。

罗米夏骑马来到毡房前。

罗米夏跳下马恶声恶气地对晓萍说:"你阿妈呢?"

晓萍冲着毡房喊:"阿妈,那个人来了。"

罗米夏骂:"我是你阿爸,什么那个人。"

晓萍说:"你才不是我阿爸呢!抢我们家的羊。"

罗米夏甩了晓萍一巴掌。

晓萍大声哭着喊:"阿妈——"

娜达莎快速地从毡房里出来,晓萍扑到娜达莎的怀里,委屈地哭着。

娜达莎一见女儿的脸肿了起来,愤怒地说:"罗米夏,你怎么能随便打女儿哪!"

罗米夏说:"她不叫我阿爸,叫我那个人,你就这么教育女儿的吗?"

娜达莎说:"那你也得配做个阿爸!你又来干什么?!"

罗米夏说:"我是来跟你要钱的!你把钱还给我!"

娜达莎说:"什么钱?"

罗米夏说:"卖羊的钱!"

娜达莎说:"那是我的羊!"

罗米夏说:"是我把羊拉到托克海市去推销掉的,车钱也是我出的,起码这中间的赚头应该归我吧?"

娜达莎说:"这钱要给也不能给你,该给泰米尔和唐娅琳。是他们把羊卖掉的,而且卖了个好价钱。"

罗米夏蛮横地说:"我的钱你给不给我?"

娜达莎说:"不给!因为那不是你的钱!"

罗米夏卷袖子说:"那我就要对你不客气了!"

娜达莎对晓萍说:"晓萍,快!快去叫热合曼爷爷和阿孜古丽阿姨去!"

还没等罗米夏动手拦住,晓萍迅速地朝热合曼的毡房奔去。

羊群在河边的草地上吃草。

阿孜古丽坐在河边看着河水发呆。

热合曼抽着旱烟。

热合曼说:"阿孜古丽,你在想什么呢?"

阿孜古丽说:"阿爸,不好意思。我在想泰米尔。"

热合曼叹了口气抽了口烟说:"你还想嫁给泰米尔吗?"

阿孜古丽伤感地摇摇头说:"就是他要娶我,我也不能嫁给他了呀。"

热合曼说:"那你就把他忘了,彻底地忘了,然后好好地过你自己的日子。人有时,还得好好地为自己活着。老想着别人,那也太累了。"

晓萍朝他们奔来。

晓萍喊着:"爷爷!爷爷!快快去救救我阿妈,有人要打我阿妈啦——"

娜达莎的毡房前。

罗米夏想进毡房,娜达莎抱着他的腰不让他进,两人在拉扯。

罗米夏瞅准机会一把推开娜达莎,娜达莎跌倒在草地上。罗米夏脚刚踏进毡房的门,娜达莎又一把抱住他的腿。罗米夏火了,想用脚踹娜达莎,说:"你再不松手,别怪我不客气了!"

娜达莎的毡房前。热合曼和阿孜古丽带着晓萍骑着马赶到了。

热合曼喊:"放手!"

罗米夏说:"这是我跟她的事,你们来管什么闲事!"

热合曼说："像你这样欺侮一个女人，谁都能管！"

罗米夏说："我就是想要我的钱，她死活就是不给！"

热合曼说："那也得好好说！"然后对娜达莎说，"娜达莎，你起来。这么拉拉扯扯像什么样子。"

娜达莎站了起来，对罗米夏说："我不许你进我的毡房，你走远一点！"

罗米夏说："那你得还我钱！是我赚的钱，你凭什么独吞了！"

热合曼问娜达莎说："到底怎么回事？"

明媚的阳光已经从云层中露出脸来。

一道美丽的彩虹横跨在草原上。

泰米尔和唐娅琳骑马在草原上走着。

泰米尔苦笑着说："我现在真正是一无所有了。"

唐娅琳说："泄气啦？"

泰米尔说："怎么会呢，就是没钱的话，想干什么就有点困难了。"

唐娅琳说："那你现在怎么打算？你这个连本钱都没有的羊贩子。"

泰米尔说："再想办法呀，世上没有走不通的路。"

唐娅琳想了想，突然很果断的拨转马头说："泰米尔，我回去一下。"

泰米尔说："干吗？"

唐娅琳说："这你就别管了。但我还会来找你的，因为我们是合伙人！"

唐娅琳策马远去。

天边挂着彩虹。

娜达莎的毡房前。热合曼对罗米夏说："你们已经离婚了，你跟她就不是一家人了，怎么能随便抢人家的羊呢？"

罗米夏理直气壮地说："那羊是我跟她共有的财产，有我的一半，咋能叫抢呢！"

娜达莎说："你少在那儿颠倒黑白！当初分财产的时候你把家里所有的存款都拿走了，只留下这群羊给我们娘俩，现在又来抢羊，你还有点人性吗?"娜达莎抱住女儿,眼泪哗地冲出了眼眶。

热合曼一听就火了,说:"你这种人,真是丢尽了男人的脸! 还好意思跑到这儿来要钱? 你给我滚得远远的! 你要再敢来胡搅蛮缠,我们就把你扔进河里去!"

罗米夏虽然有些不甘心,但也只能灰溜溜地骑上马说:"娜达莎,那羊是我帮你卖掉的,那钱里就是有我的一份! 你要不还我钱,我同你没完!"

热合曼怒喝说:"快给我滚!"

罗米夏策马转身时,热合曼发现他右耳下有一颗红痣。愣了一下,他正想伸手要叫住罗米夏,但罗米夏已策马过了河。

热合曼想了想,轻轻叹了口气,又把话咽了回去。

第十章

巴吉尔草场。娜达莎的毡房前。

热合曼一直在沉思,不时地小声嘀咕说:"不可能,哪有这么巧的事。"

阿孜古丽说:"阿爸,你怎么啦?"

娜达莎给热合曼和阿孜古丽端上奶茶。

热合曼问娜达莎说:"那小子叫什么?"

娜达莎说:"他叫罗米夏。"

热合曼说:"那他以前有过别的名字吗?"

娜达莎说:"不知道,听说他妈早死了,他是个孤儿,在一个姓罗的人家里长大,所以叫罗米夏。热合曼村长,你认识他?"

热合曼说:"不认识,随便问问。那小伙子看上去长得倒是很英俊。"

阿孜古丽说:"长得英俊有啥用,还不是绣花枕头一包草。看他那个眼神,邪邪的,就不是什么好东西。"

娜达莎叹口气,说:"当初就因为他长得好,我才倒追的他,又是个孤儿,所以也同情他,我也不管家里面反对,死心塌地地要跟他,而且年轻轻的就同他结了婚。"

阿孜古丽说:"看人没看准,现在吃上苦头了是吧?"

娜达莎苦笑着说:"是呀。刚结婚那两年还好,谁知到后来他变了,学坏了,跟一些女人鬼混,还染上了赌钱,结果把钱也花尽了,他又来打我羊的主意。我一气之下就跟他离了。"

热合曼叹了口气说:"成个家不容易,咋能说散就散呢。"

娜达莎说:"不离咋办呢? 一个家都快被他败光了。我那些羊是我阿爸赶我出门时给我的嫁妆,要真是被他抢走了,我还怎么活呀。"

阿孜古丽同情地说:"长痛不如短痛,这种人,离了就离了,省得他拖累你。"

娜达莎说:"我也这么想,不管咋样,我得为我的孩子着想,我们娘俩不能这样跟着他遭罪呀。"

热合曼说:"人生最说不清楚,也最难处理的就是男女之间的事。两人虽处在一起了,但谁也不知道谁的想法。有时候说分手就分手了,就像天上的月亮一会圆了一会儿缺了。"

阿孜古丽说:"阿爸,我听你这话可不对味儿。娜达莎是因为跟那个浪荡子过不下去了才跟他分开的,你怎么好像又有点偏袒那家伙了。"

娜达莎说:"热合曼村长的意思我知道,以前村子里的老人也是劝和不劝分。其实我又何尝不是呢,那会儿刚结婚时我们感情也好得很,还有了个孩子。要是日子能凑合过得下去,我能忍就忍了。可是……"说着,娜达莎的眼睛就泪汪汪了。

热合曼说:"有时候意气用事反而会把事情弄得更糟,一旦不能回头,对双方都是个伤害。"

娜达莎说:"那他也得争气呀! 整天跟二流子混到一块,游手好闲,不务正业,怎么劝都不听。我的晓萍自打落地起,他就没关心过,回到家除了要钱还是要钱,要么就喝得醉醺醺的不省人事。你说我再怎么跟他一起过?"

阿孜古丽带一些厌恶地说:"这种男人真是的,没有一点责任心。就算他是天底下最英俊的男人,要是个没出息的货色,谁会稀罕!"

娜达莎抱着女儿,眼神里却流露出复杂的神情。看得出,她对罗米夏还是有一些眷恋。

热合曼看到了,说:"这感情的事谁也说不清。算啦,阿孜古丽,咱们走吧。"

热合曼和阿孜古丽都已上马。

娜达莎牵着晓萍的手在送他们。

热合曼说:"娜达莎,我跟阿孜古丽商量过了,你就在这儿好好住下吧,你带着个孩子,又要放羊,一个女人不容易啊。"

阿孜古丽说:"娜达莎,你要是有个啥事,就来叫我们吧。"

娜达莎深深地一鞠躬,感动地说:"热合曼大伯,阿孜古丽,真的是太谢谢你们了。"

托克海市。唐娅琳急急地骑马穿过市里的一条小街。

在一个十字路口时,有个人穿着一身很脏的旧衣服,拉着一辆装满空酒瓶的架子车经过。唐娅琳正东张西望,双方都没有注意到对方,险些撞在了一起。

唐娅琳一勒缰绳,马掉了个向。

拉车的人喊骂说:"没长眼睛啊!市里的马路也不让这么跑马呀!"

唐娅琳忙说:"啊呀,对不起。"

双方都惊了一下,然后都认出了对方。

拉空酒瓶的是苏和巴图尔。

苏和巴图尔说:"唐娅琳!怎么你又来市里了?"

唐娅琳一见是苏和巴图尔,跳下马说:"苏和巴图尔,你这是干啥?"

苏和巴图尔说:"我在这儿收卖空酒瓶。"

唐娅琳盯着苏和巴图尔看了好一会,叹了口气说:"我正要找你呢。"

托克海市的市郊。在一座院落里。

苏和巴图尔领着唐娅琳走进院子。

唐娅琳朝四周看了看。

院子里有两间陈旧而简陋的平房,院子里面堆满了用一个个麻袋装着的空酒瓶。

苏和巴图尔租住的小屋。

苏和巴图尔领着唐娅琳走进他住的那间平房。

唐娅琳环顾四周,一时不知该说什么好了。

苏和巴图尔端着盆子从屋外弄了点水进来,他擦了把脸对唐娅琳说:"唐娅琳,你找我啥事?"

唐娅琳说:"你跑出家来,就找了这么个事干?"

苏和巴图尔说:"没办法,走出来才知道,找个活会这么难。"

唐娅琳说:"做这个,比做牧民好吗?"

苏和巴图尔沉默了一会儿,说:"这你别管,只要我能站稳脚,你管我做什么呢。"

唐娅琳说:"苏和巴图尔,你干吗要从家里出来?"

苏和巴图尔说:"我只是想与泰米尔一样,出来闯一闯。"

唐娅琳说:"屁!你离开家,肯定你心里有鬼!"

苏和巴图尔嘴硬说:"你胡说什么呀!别没来由地胡猜。"

唐娅琳咬着牙说:"苏和巴图尔,你自己干的啥事你会不知道?怪不得上次碰到泰米尔和我,你左一个对不起右一个对不起的。"

苏和巴图尔心虚地说:"你听到什么啦?"

唐娅琳说:"我要是男人,真想给你一拳!"

苏和巴图尔恼怒地说:"唐娅琳,你到底想说什么?"

唐娅琳说:"你说我想说什么?!你对阿孜古丽做了什么?"

苏和巴图尔惊慌地说:"你……是阿孜古丽跟你说的?她跟你说这个干什么?"

唐娅琳说:"她没法不说!迟早这事大伙儿都会知道的!"

苏和巴图尔说:"阿孜古丽真是的,她不说,不就没人知道了么。"

唐娅琳说:"她知道,你知道,热合曼大伯知道,怎么会没人知道?泰米尔还不知道,如果泰米尔知道了会杀了你!"

父亲的草原母亲的河
FUQIN DE CAOYUAN MUQIN DE HE

托克海市郊。苏和巴图尔租住的小屋里。

唐娅琳说:"阿孜古丽肚子里有你的孩子了!"

苏和巴图尔大惊说:"啊?!"

唐娅琳说:"她现在跟热合曼大伯一起住到巴吉尔草场去了!"

苏和巴图尔还是不敢相信地说:"阿孜古丽真怀孕了? 她说是我的孩子?"

唐娅琳说:"那还有假!"

苏和巴图尔闷了一会儿,说:"那赶快跟她说,让她去做掉呀!"

唐娅琳说:"当她知道时,已经有三个多月了,做不成了! 而且阿孜古丽也不想做,她说做掉了骗谁去呀?"

苏和巴图尔悔恨地说:"唐娅琳,我也后悔呀! 事情发生后,我都恨不得宰了我自己! 可是……我也是真心爱阿孜古丽的。那次我俩躲雨,挤在一个草窝子里,又是打雷又是闪电的,她害怕得紧紧地抱住我,我就控制不住自己了。"

唐娅琳说:"你老实告诉我,是不是你强行……"唐娅琳觉得有些说不出口。

苏和巴图尔紧张地说:"不!"苏和巴图尔在努力回忆着说,"我知道,那天雷打得太响,雨下得太大,她是吓着了,于是一切就那么发生了……,其实我想不起到底咋回事,脑子一片空白。"

唐娅琳说:"你们俩都昏头了!"

苏和巴图尔说:"不! 你别冤枉她,是我昏头了,我钻了空子,干了不是人的事。"

唐娅琳说:"那现在怎么办? 苏和巴图尔,你太卑鄙了!"

苏和巴图尔说:"我娶她!"

唐娅琳说:"她会要你?!"

苏和巴图尔说:"谁知道呢? 我还是有些不明白,她干吗要坚持把孩子生下来呢? 难道不是……但我一定要娶她!"

巴吉尔草场。热合曼骑在马上一直在沉思。

阿孜古丽说:"阿爸,你在想什么?"

泰米尔骑着马沿着河边在走。

娜达莎的毡房已经远远可以看到了。

正在放羊的阿孜古丽远远看到了泰米尔的身影。

阿孜古丽激动地想喊,但想到了什么,又停住了,默默地望着泰米尔骑马的身影消失在娜达莎毡房前的小树林里。

古丽娅在毡房门口喊:"阿孜古丽,回来吃饭!"

托克海市郊。苏和巴图尔住的小屋。

唐娅琳说:"你真以为她是为了你?"

苏和巴图尔说:"那你说为了什么? 不管咋样,我都决定出来闯一闯,闯出一个男人的事业来,让她感到我也能配得上她。只要我能努力,我想阿孜古丽最后会愿意跟我的。"

唐娅琳指着门口那堆空酒瓶子,说:"就这个? 就靠这个?"

苏和巴图尔说:"这也只是个开始呀! 谁能一口吃个大胖子的!"

唐娅琳叹口气,说:"就算你真能做成点事,你也别想得到阿孜古丽!"

苏和巴图尔说:"为啥?"

唐娅琳说:"你也不想想,有你想的那么简单吗? 你以为她怀了你的孩子,就会嫁给你吗?"

苏和巴图尔说:"反正现在我努力做我所做的,至于以后会咋样,谁也不知道。"

唐娅琳说:"你有这份心,也算是有点人性,那你就好好争取吧。"

巴吉尔草场。热合曼的毡房。

古丽娅在熬奶茶。

阿孜古丽走进毡房,对热合曼说:"阿爸,泰米尔来了。"

热合曼说:"在哪儿?"

阿孜古丽说:"上娜达莎那儿了。"

热合曼说:"他来得正好! 我正要找他呢。我倒要问问他,他为啥村长不当要当羊贩子,他泰米尔就那么点出息?"

阿孜古丽说:"阿爸,你就别问这事了。"

热合曼站起身,恼怒地说:"不行! 我非得问个清楚不可。自打他不肯当这个村长,我的气就没消过!"

阿孜古丽说:"你不是说理解他了吗?"

热合曼说:"他要干出大事业,那我能理解他。可他现在却只为了当个羊贩子,你让我咋理解他?"

古丽娅:"泰米尔是只头羊,路该咋走,他自己知道。"

阿孜古丽叹了口气,说:"也好,就让泰米尔自己解释给你听吧。"阿孜古丽稍稍转了转身,说,"阿爸,阿妈,你看看我。"

热合曼说:"怎么啦?"

阿孜古丽说:"我把腰带绷紧了,看得出我有身孕吗?"

古丽娅说:"不仔细看,看不出来。"

阿孜古丽说:"阿爸,我与你一起去吧。"

托克海市郊。苏和巴图尔租的小屋。

唐娅琳说:"苏和巴图尔,我要回趟家。但你对阿孜古丽的事一定要负责到底,作为一个男人就该有这份担当!"

苏和巴图尔说:"我一定! 唐亚林你是和泰米尔在一起吗?"

唐娅琳:"对。"

苏和巴图尔:"那你回家干什么?"

唐娅琳:"实话告诉你吧,我们做生意亏大发了。我要回家问我妈借钱去,要不,生意就做不下去了。"

苏和巴图尔想了想说:"你等等。"

娜达莎的毡房。

泰米尔对娜达莎说:"娜达莎,你上次卖羊的钱还在吗?"

娜达莎说:"大部分钱我已经购置新的育肥羊群了。这些天,羊可能已分群了,我放养的育肥羊很快就会送到的。按现在的价钱,明年我又会有一个好收入。不过还有一些钱我还一直存着。"

泰米尔说:"娜达莎,这些钱我能借用一下吗? 我会付利息的。"

外面热合曼在喊:"泰米尔! 泰米尔!"

娜达莎说:"是热合曼村长。"

泰米尔吃惊地说:"热合曼大伯怎么在这儿?"

泰米尔走出毡房,娜达莎也跟了出来。

泰米尔正要上马,突然看到热合曼和阿孜古丽走来,吃惊地说:"热合曼大伯,阿孜古丽,你们怎么在这儿?"

热合曼恼怒地说:"巴吉尔草场是你们家承包的,阿孜古丽放的大都是你家的羊,我们为什么不能来?"

阿孜古丽有些担心地看着泰米尔。

泰米尔笑着说:"热合曼大伯,我知道你为什么要骂我。"

热合曼说:"你说,为什么?"

泰米尔说:"我不当村长,却干起了羊贩子。热合曼大伯,是不是这个原因?"

热合曼哼了一声说:"你说你该不该骂?"

泰米尔开玩笑地说:"当羊贩子有什么不好? 为什么你们对这个行当这么歧视呢?"

热合曼气更上来了,说:"你还有理了? 看来当初我真是看错了你! 为了点蝇头小利,欺诈牧民,低买高出,干这种勾当的人还真是没资格当村长!"

泰米尔说:"热合曼大伯,你说的那种羊贩子不是我泰米尔想做的买卖。无论干哪个,我有我的原则,无论什么情况,违背道义的事我绝对不会做。"

热合曼说:"你再讲道义,也只不过是个羊贩子! 就为这,我认为你就该挨骂！"

阿孜古丽说："阿爸！你就不能听泰米尔把话讲完吗？"

娜达莎也说："热合曼大伯，你可别在我毡房前骂人，何况是我的恩人呢。"

热合曼甩开阿孜古丽的手说："我又不是真心要骂他。我只是让他知道，我在生他的气！"

泰米尔说："热合曼大伯，你真以为我就只是为了做个羊贩子不肯干村长的吗？"

热合曼说："难道不是吗？那你现在在干些啥？"

托克海市郊。苏和巴图尔的小屋。

苏和巴图尔从胸前掏出一叠钱，递给唐娅琳。

唐娅琳说："你这钱赚得这么辛苦，我怎么能拿呢？"

苏和巴图尔说："泰米尔眼下有困难，这世上，想踏踏实实赚钱，有哪个是不辛苦的，算我借给你们的。"

苏和巴图尔说："但你别说这钱是我的，他要知道了是不会要的。"

泰米尔对热合曼说："天下再大的事业，不都是从小事业开始的？我又不是家财万贯父辈们打好了基业，要想干事业，不白手起家，还能怎样？"

热合曼说："那你为什么不肯当村长。你的事业也可以从当村长开始呀。"

泰米尔说："我的事业不是干行政，我就是想当个企业家，而且要当个有影响的企业家。"

热合曼说："口气倒挺大，可干的却是倒买倒卖的小勾当！"

泰米尔说："这怎么能算小勾当呢？贩羊也是在做生意，做生意就离不开买进卖出。你看看有好多大企业家，他们开始时不都是从做小买卖开始的？你别说贩羊了，有的还卖过报，擦过皮鞋，当过学徒……"

热合曼不耐烦地说："好好好，我不听你要嘴皮子！你受的教育高，我也

148

说不过你。可你干吗非得选择当羊贩子呢？村长,羊贩子,这差距也太大了!"

泰米尔说:"热合曼大伯,就算是我当了这个村长,迟早我也会辞职下海的。时代变了,观念也要变。你也别看不起羊贩子,以后我做的事全得靠做羊贩子起家呢。"

阿孜古丽说:"阿爸,你过去不也说的嘛,路得从脚下走,大事得从小事做起。泰米尔现在做这个,也只是打个基础。你不该为这个生他的气的。"

热合曼说:"道理是说得通,可心里就是憋屈。"

泰米尔说:"热合曼大伯,很多想法我一直不肯说,因为我觉得没干成之前说这些都是夸夸其谈。但现在我很想告诉你我的志向,我泰米尔想办企业,想办一个很大的企业,不但让我们托克里克村受益,还让更多的村,更多的乡,更多的县,更多的地区,甚至整个新疆都能受益。"

热合曼说:"那得是多大的事业啊! 你这个羊贩子胃口倒不小。"

泰米尔和热合曼走出毡房,娜达莎和阿孜古丽跟了出来。

泰米尔显得很轻松,笑着对热合曼说:"热合曼大伯,现在你还想骂我吗?"

热合曼想了想,点头说:"先欠着吧,要是你说的那大事业干不成的时候,我再训你吧。"热合曼看看娜达莎,又看看泰米尔说,"你来找娜达莎干吗?"

泰米尔诚实地说:"我当羊贩子的第一笔买卖做赔了。第二次路上碰到下大雨,买的羊全被大水冲走了。"

阿孜古丽听了心一紧,不由得啊了一声。

泰米尔说:"但这贩羊的事,既然我做了,就一定得坚持下去。要是连羊贩子都做不好,那还谈什么大志向大事业啊!"

热合曼说:"那你是跑来找娜达莎借钱的?"

泰米尔说:"是,本钱都没了,还怎么做生意啊。"

热合曼看看泰米尔坚定的目光,于是说:"泰米尔,你不用借什么钱了!"

泰米尔说:"为啥?"

热合曼说:"我们放的羊里,不就有你们家的羊吗? 你要当羊贩子,也可以从贩你们家的羊开始呀?"

泰米尔想想,对阿孜古丽说:"阿孜古丽,可以吗?"

阿孜古丽说:"那你得让沙英大叔也同意,毕竟是你们家的羊,我可做不了主。"

泰米尔说:"我阿爸除了他的马群外,家里的这种事情他从来不管。只要我奶奶点头就行,我奶奶肯定会同意的。"

娜达莎说:"那我的钱呢?"

泰米尔说:"也借上! 我要做次大的!"

夕阳西下,晚霞把河水映得鲜红鲜红的。

泰米尔和阿孜古丽沿着河边走着。

泰米尔说:"阿孜古丽,最近还好吗?"

阿孜古丽迎着泰米尔的目光对视了一下,鼻子一酸,眼泪迅速地涌了上来。她忙别过头去。

泰米尔说:"怎么了啦?"

阿孜古丽的眼泪从脸颊上淌了下来。

阿孜古丽沿着河继续往前走,说:"你累了吧,饿了吧? 先回毡房坐会儿,陪我阿爸喝喝酒,我给你们做些吃的。"

毡房前燃起了一堆篝火。

热合曼坐在篝火前喝着酒,弹着弹拨尔。

娜达莎搂着晓萍在倾听。

一轮明月倒映在河中央,河上散着粼粼的波光。

河边的草地上。

泰米尔和阿孜古丽并肩坐着。阿孜古丽仰望着夜空,脸上罩着一层忧伤阴影。

泰米尔说:"阿孜古丽,你到底怎么啦? 还在生我气? 我不是说了嘛,我要干大事业,就得全身心的投入,我不想分心。等事业办起来了,我再考虑感情上的事。"

阿孜古丽说:"大雁的翅膀折了,飞不动了。"

泰米尔说:"阿孜古丽,我没听懂你的意思。"

阿孜古丽说:"你现在当然没法懂,以后会懂的。"

泰米尔说:"你现在不能告诉我吗?"

阿孜古丽说:"不!"突然站了起来说,"泰米尔,我不想跟你这样坐在一起。走,回去吧。"说着就要走。

泰米尔一把拉住阿孜古丽的手,说:"阿孜古丽,你到底怎么啦?"

阿孜古丽说:"你也有不想告诉我的事情。那就允许我保留住我心里的事吧。"

泰米尔说:"可是阿孜古丽我想知道原因。"

阿孜古丽盯了泰米尔一会儿,感到自己的眼泪忍不住又在往外涌。她镇定了一会儿,说:"我不想用感情束缚住你的手脚,不然,你又会说我拖住你前进的脚步了。我阿爸在弹弹拨尔呢,咱们唱歌去吧。"说着,径直朝毡房前那堆篝火走去。

泰米尔站在那里,满脸的疑惑。

热合曼毡房前。

篝火在夜色中显得格外明亮,火焰随着弹拨尔那热烈的琴声在跳跃着,燃烧着。

已经有些微醉的热合曼动情地弹着弹拨尔。

阿孜古丽在娜达莎和晓萍的身边坐下。

泰米尔走过来,看着阿孜古丽,隔着篝火坐在了她的对面。

阿孜古丽唱:

远飞的大雁啊你带走了我的心。
奔流不息的齐纳尔河啊你带走了我的情。
我会永远思念你呀,已经远走了的我的心上人,
我望着蔚蓝的天空,希望能再次见到你啊……

阿孜古丽唱着唱着,流泪了。但她偷偷地把泪抹去。

泰米尔问正在弹琴的热合曼说:"热合曼大伯,阿孜古丽怎么啦?"

热合曼只顾弹琴,没理泰米尔。

热合曼毡房前。

晨曦染红了天际。

阿孜古丽把一群羊赶到毡房前。

热合曼和泰米尔走出毡房。

泰米尔说:"热合曼大伯,阿孜古丽,我走了。"

阿孜古丽说:"你不把羊赶走吗?"

泰米尔说:"不,我要先回家去同阿爸和奶奶说一声。阿孜古丽你说的对,虽说这是我家里的羊,但我泰米尔也不能擅自主张,做这种偷偷摸摸的事。我走了。"

阿孜古丽说:"那我送送你。"

阿孜古丽送了泰米尔一阵。

泰米尔说:"阿孜古丽,别送了,我还会再来的呀。"

阿孜古丽含着泪说:"那好吧。"说着就要上马。

泰米尔拉住阿孜古丽,把她揽进怀里说:"阿孜古丽,你是在生我的气吗?"

阿孜古丽苦笑说:"我生你什么气呀?"

泰米尔说:"我昨晚一夜没睡着,我在反省自己,就算事业再重要,我也不能这样冷落你呀。我阿爸一直把你看成他的女儿,我这几个月连个音讯都不给你,更不要说来看你了。阿孜古丽,对不起,是我不好。"

阿孜古丽说:"你想到哪儿去了。你走你的路吧,一直走下去,别分心。"

泰米尔说:"你一定是在心里责怪我吧。"

阿孜古丽摇头,说:"开始时,我只是不想离开你,想跟你在一起,永远在一起。可我现在想通了,你不怕得罪我阿爸,坚决不肯当村长,说明你想干的事业一定很大很有前途,那你就好好地去为你的事业奋斗吧。你就忘了我吧。"

泰米尔与阿孜古丽相对而视,伫立了许久。

泰米尔看着阿孜古丽坚决的神情,有些落寞地翻身上马。他还是以为,是自己冷落了阿孜古丽,她才会对自己这样。

阿孜古丽目送泰米尔远去。

泰米尔的身影已经消失在草原的尽头。

阿孜古丽失声痛哭起来。

阿孜古丽松开腰带,肚子明显地鼓了开来,她又把腰带轻轻地围上。

齐纳尔草场。娜仁花毡房前。

娜仁花正在草场上放羊,看到唐娅琳骑马过来,她高兴地朝女儿笑着。

唐娅琳翻身下马:"妈,我想同你商量件事。"

娜仁花拿出一张红存折给唐娅琳:"你爸虽然当过局长,但他死得早,也没留下多少钱,你就把钱都拿去吧。"

唐娅琳看了看存折说:"这也太少了吧?"

娜仁花:"那你还想让妈咋帮你们?"

唐娅琳看看羊群:"妈,把一半的羊群也借给我们吧,我们刚好干的是贩羊的买卖。"

娜仁花:"赶走吧,你想赶走多少就赶走多少。"

唐娅琳:"妈,你真好!"抱住娜仁花在她脸上亲了一下。

沙英在放牧着马群。

群马在奔腾。

泰米尔骑马来到马群旁,喊:"阿爸——"

沙英听到泰米尔喊他,脸一板,怒冲冲地离开马群,策马过来见泰米尔。

沙英骑马过来,泰米尔跳下马。

沙英也跳下马,气急败坏的狠狠地在泰米尔屁股上甩了一鞭。骂:"我打死你这个村长不当却去当羊贩子的东西！"

泰米尔一面躲闪，一面说："村长也好，羊贩子也好。这些都是人干的事儿，可没什么高下贵贱之分。"

沙英又抽了一鞭子说："你还嘴硬，看我不抽死你！"

泰米尔站直了身子说："阿爸，你要抽你就抽，就是把我抽死，我当羊贩子的决心也不会变。"

沙英说："天下有那么多的活儿可以干，干吗非要去当羊贩子呢？这多丢面子呀！热合曼来告诉我这事，我的肺都要气炸了！"

泰米尔说："阿爸，世上有许多活儿是根据社会的经济活动产生的。羊贩子这活儿也是这样。这几年，咱们牧区草场给大家承包了，羊儿归各家各户放牧了。羊儿养大了，就得卖出去，好有收入。这才有了来牧区收购羊群的人。好帮着牧民们把羊只推销出去。这两年，我们家的羊不都是卖给羊贩子的吗？"

沙英说："他们可以当，但你不能当！因为你是大学生，你是个可以当村长的人哪！"

泰米尔说："阿爸，我当羊贩子又怎么啦？办事业得先有钱，没有钱打底，怎么办事业！"

沙英说："你到底想干什么？"

泰米尔说："我要在牧区，开创我的大事业。这个事业，会让许许多多的牧民受益的。但资金的积累，只能从点点滴滴开始。"

沙英说："那你可以干别的呀？为啥一定要当个羊贩子？"

泰米尔说："我知道，这些年收购买卖羊群的市场混乱，有好些不那么规矩的羊贩子老是欺诈咱们牧民，给大家造成了很不好的影响。但我走的这一路，也见到些好的羊贩子，他们规规矩矩做生意，一样能赚钱，一样能把生意做好做大。牧民们拿的价钱合适，他们也高兴。"

沙英气有些消了，但还是说："你是想当个好的羊贩子喽？可那也丢人呀！村子里的人知道你个大学生在当羊贩子，肯定会笑话我的！"

泰米尔说："阿爸，学历再高也只是多学了些书本知识。真正想干事业，那还是得实践,从基础做起,一步一步地来。"

沙英沉思了一会儿,脸突然又舒展开来说:"啊!儿子,我有点明白你的意思了。千里之行始于足下,你是这个意思吧?"

泰米尔说:"对。阿爸,你也别看不起我当羊贩子,别人说什么我不在乎,阿爸你不理解我可以解释。但羊贩子这个行当我不可能一直干下去,因为这只能是我事业的开始,而不是目的。"

沙英说:"当羊贩子就只是为了赚钱?"

泰米尔说:"目前就是这样!我是生活在牧区里的人,无论是开始,还是将来的事业都离不开咱们牧区,咱们赖以生存的草原。"

沙英说:"就是你说的,燕雀那个……"

泰米尔说:"燕雀哪知鸿鹄之志。"

沙英点头说:"是呀是呀,那个燕雀哪知鸿鹄之志啊!"

第十一章

唐娅琳赶着半群羊穿过齐纳尔草场。

胡雅格："娅琳姑娘,你赶着几十只羊去干什么?"

唐娅琳："胡雅格大叔,我和泰米尔一起去当羊贩子呢。"

胡雅格说："什么?泰米尔当起羊贩子了?"胡雅格不可思议地瞪着唐娅琳说,"我跟沙英上辈子都干了些啥了?老婆孩子跑了,收养了个儿子却是一个德行?跑到外面闯世界就闯出了这么个档次?"

唐娅琳说："不管是什么档次,只要有远大目标,又肯脚踏实地地从最低微的小事业做起,这就行。"

胡雅格看看唐娅琳,说："这些不是你们家的羊吗?"

唐娅琳说："对!我们家的育肥羊,每年不是也要卖给羊贩子吗?我们自己来卖,这不更可靠吗?"

胡雅格冷笑着说："这事我咋听上去这么别扭,

这么怪呢？热合曼推荐泰米尔当村长，可他村长不当，却去当了羊贩子。而沙英这个老东西还得意扬扬为儿子摆了送行酒。去当羊贩子还值得摆这种排场吗？可笑！"

沙英笑呵呵地对泰米尔说："啊？亏了两趟啦？哈哈哈，到底是个书生，一开始栽跟斗也正常。"

泰米尔说："所以阿爸，我想把咱家的羊卖掉一些做本钱。"

沙英说："既然像你说的能多卖钱，阿爸有啥不同意的？你去吧。去见热合曼时，代我向他问声好，你也给阿孜古丽道声辛苦。这父女两个，说要离开这里，还说永不回来，把我吓了一大跳。我当他们跑哪儿去了呢，原来就在巴吉尔草场啊。"

泰米尔一愣，说："他们说永不回来？什么意思？"泰米尔想到阿孜古丽突如其来的冷淡，忙问，"阿爸，热合曼大伯和阿孜古丽有什么事吗？"

沙英说："热合曼已经把村长职务给卸掉了，估计退下来有些落寞了吧。你小子又不买他的账，心情不好很正常！阿孜古丽好像也没啥事呀？谁知道呢。唉，要不你把阿孜古丽赶快娶回家，也好了了我的一桩心思。"

泰米尔说："等我把事做出个面目再说吧，反正她又跑不了。那阿爸，我去看看奶奶后就走。"

沙英说："去吧！不过，小子哎，你要不给我摆弄出个大事业来，我就拧断你的脖子！"

马场。胡雅格骑马奔向放牧马群的沙英。

胡雅格在沙英身边停了下来。沙英看看胡雅格。

胡雅格冷笑着对沙英说："沙英老兄，你儿子好啊！"

沙英说："我儿子当然好啊！咋啦？"

胡雅格说："别把你儿子看得这么高，说是给个村长都不当，将来肯定有大出息。什么大出息呀，当个羊贩子就是大出息？"

沙英一笑说："那是，所以他一回来，刚才我就狠狠地抽了他两鞭子。"

胡雅格说:"就该抽!"

沙英说:"不,胡雅格,我抽错了。"

胡雅格说:"咋啦?"

沙英说:"你听说过这样一句话吗?"

胡雅格说:"啥话?"

沙英说:"燕雀哪知鸿鹄之志。"

胡雅格说:"啥意思?"

沙英说:"啥意思你不懂! 我儿子是鸿鹄,你啊,就是那只燕雀。哈哈哈……"

胡雅格说:"你少拿你儿子说的话来堵我。什么燕雀,我看你儿子才是只燕雀呢! 好好的领头羊不做,非要去干这种不入流的行当! 还有,叫你们家泰米尔自重点,他拐着娜仁花的女儿唐娅琳鬼混在一起。还合伙做生意呢。"

沙英:"他同谁混在一起?"

胡雅格:"唐娅琳!"

沙英:"有这事!"

胡雅琳:"唐娅琳亲口告诉我的!"

沙英:"这兔崽子!"

血红的太阳悬在地平线上。

泰米尔骑着马在草原上奔着。

红红的晚霞映红了河水。

唐娅琳骑马赶着羊群在河边走着。

泰米尔正在河边饮马。

远处传来羊群咩咩的叫声。唐娅琳赶着羊群出现在一个草坡上。

泰米尔看到了唐娅琳。

泰米尔挥手喊:"唐娅琳——"

唐娅琳抬头,看到是泰米尔,一脸的惊喜,喊:"泰米尔!"

泰米尔骑马走到唐娅琳身边。

泰米尔说:"唐娅琳,你去哪儿?"

唐娅琳说:"去找你呀!"

泰米尔说:"唐娅琳,这些羊好像是你家的羊吧?"

唐娅琳说:"对! 这是我同你合伙的资产。"

泰米尔说:"你妈同意了?"

唐娅琳说:"我妈说坚决支持我的!"

泰米尔正色对唐娅琳说,"你把这些羊赶回去,我们不能卖这些羊。"

唐娅琳说:"为什么?"

泰米尔说:"不行,万一我们又失败了呢,你妈这么辛苦放的羊,你忍心,我泰米尔可不忍心,把羊赶回去!"

唐娅琳说:"我不!"

泰米尔:"你要不赶,我替你赶回去! 你把我们家的羊看好了。"

唐娅琳笑笑,不理泰米尔。

泰米尔把羊往回赶。赶了几十米。

突然唐娅琳的哨声传来,羊群突然乱了起来,拥挤着掉转方向朝唐娅琳奔去。

泰米尔忙乱地想把羊群往前赶,但羊群丝毫不听他使唤。

唐娅琳继续吹着口哨。

羊群像潮水般地回到唐娅琳身边,两群羊又合在了一起。

泰米尔一脸的沮丧与无奈。

唐娅琳咯咯地笑着,说:"合伙人,咱们走吧。"

巴吉尔草场。太阳已经落到了地平线下,天边只有一条白带还泛着光。

热合曼的毡房前。

热合曼和阿孜古丽正把羊赶进羊圈。

远处传来一片羊叫声。

泰米尔和唐娅琳正赶着一群羊朝他们走来。

阿孜古丽赶忙奔着钻进毡房。

热合曼毡房里。

阿孜古丽重新缩紧腰带，觉得看不出身孕了，这才走出毡房。

热合曼毡房前。泰米尔和唐娅琳赶着羊群来到了毡房前。

泰米尔突然拨转马头，对唐娅琳说："你看，我差点把这事忘了。今天是我同向志疆见面的日子。唐娅琳，你跟热合曼大伯和阿孜古丽讲一声，我明天回来！"说着，一夹马肚，又奔向草原。

泰米尔骑马消失在草原上。

某镇。泰米尔住过的那家小旅馆。

泰米尔跳下马，把马交给服务员，就匆匆走进旅馆。

小旅馆的一个房间里。向志疆正抽着烟在焦急地等着。

窗外已是一片漆黑。

泰米尔一下推门进来。

向志疆笑了说："泰米尔，你要不来，我会后悔我当时不该说那几句刺伤你的话。"

泰米尔坦率地说："你刺得对，人要不受点刺激，就会没有动力。我就喜欢有人不断地刺我，好让我不断地进步。你说对了！羊贩子也不是那么好当的。我连着失败了两次，亏得连衣服裤子也穿不上了。"

向志疆说："那这次呢？成了？"

泰米尔说："明天我领你去看。"

向志疆说："我这次可是收了整整一卡车的羊。"

泰米尔说："我收的羊，起码要装三卡车。"

向志疆兴奋地说："走，看看你的羊去！"

泰米尔笑着说："羊跑不了。明天一早我们雇上卡车就去拉羊。"

巴吉尔草场。热合曼毡房边上的羊圈。

羊圈里挤满了羊只，正咩咩地叫着。

向志疆和泰米尔坐着雇来的四辆卡车一路开到羊圈边。

羊圈边。向志疆和泰米尔从车上跳下来。唐娅琳走出毡房,阿孜古丽也从毡房里出来。向志疆和阿孜古丽的眼睛相互对视了一下。

两人都认出了对方,阿孜古丽一脸的不悦。

阿孜古丽径直走向羊圈。

向志疆盯着阿孜古丽,他突然感到向他走来的是四岁的妮妮。

向志疆恍惚了一下,忙眨眨眼。妮妮消失了,阿孜古丽板着脸从他身边走过。

泰米尔叫住阿孜古丽,对向志疆说:"向志疆,来,介绍一下,这位叫阿孜古丽。这位是她的父亲,热合曼大伯。原先我们托克里克村的村长,现在从村长的位置上退下来了。"

向志疆同热合曼握手,又想同阿孜古丽握手。

阿孜古丽只是冷冷地点了点头,转身走向羊圈。

向志疆有些尴尬,收回了手。

泰米尔看看走开的阿孜古丽,问向志疆说:"你们认识?"

向志疆一笑说:"在你们的那达慕大会上见过,还一起在台上唱过歌。"

泰米尔说:"是吗? 那怎么会……"

向志疆说:"可能有点误会,没什么。"

这时娜达莎也骑马赶来了,向志疆迎了过去。

泰米尔想了想,朝阿孜古丽走去。

热合曼毡房边的羊圈。

泰米尔走到阿孜古丽身边,小声地说:"阿孜古丽,我介绍我朋友给你认识,你怎么这样?"

阿孜古丽说:"那是你朋友,不是我朋友。"

泰米尔说:"怎么啦? 他人有问题吗?"

阿孜古丽说:"我对他的印象不好。在那达慕大会上,他老是跟着我,我总觉得这人有点下流。"

泰米尔说:"下流? 怎么会! 他给我的感觉应该不是这种人啊? 不然我也不会想要跟他一起合伙做生意了。"

阿孜古丽说:"反正我不喜欢这个人。"

泰米尔低声问:"那他对有你不轨的行为吗?"

阿孜古丽说:"那倒还没有。"

泰米尔说:"刚才他说跟你有些误会,我去问问,啥误会?"

阿孜古丽赶忙说:"别问!那时候我质问过他,他就说想问问我的名字,别的没什么。而且后来他也不跟了。"

泰米尔说:"就为问你的名字?这人真有意思。"

阿孜古丽看了一眼泰米尔,突然变得伤感起来,转身走开了。她此刻又想起了那达慕大会发生的事情。

阿孜古丽把羊圈里的羊一只一只赶出来。

泰米尔,向志疆,唐娅琳,娜达莎和热合曼都在帮着往车上装羊。

泰米尔对阿孜古丽说:"你一定有什么心事,真的不能告诉我?"

阿孜古丽说:"不能。"

泰米尔说:"那我要说我娶你呢?"

阿孜古丽说:"不可能了!"

泰米尔惊愕了,说:"为什么?"

阿孜古丽说:"你就一心一意闯你的事业去吧。咱俩的事以前你不肯跟我敲定,现在是我不想跟你敲定了。就当我们已经彻底结束了,你好好地干你的事业吧!"说完,转身离开泰米尔。

泰米尔更是一头雾水了。

一辆大卡车装满了羊,向前开了一些。另一辆空卡车开了过来。

泰米尔,向志疆,唐娅琳,娜达莎,阿孜古丽,热合曼又开始往车上装羊。

向志疆对泰米尔说:"这么多羊,人家能收吗?"

泰米尔说:"托克海市的张老板对我说,我送去多少,他就收多少。"

向志疆说:"说好的吗?"

泰米尔说:"虽说是喝酒时拍的胸脯。但这个人很仗义,值得跟他做生意。"

往车上装羊时,娜达莎笑着问向志疆说:"大哥,上次你收我的羊,卖得还可以吧?"

向志疆说:"你的羊好。你瞧,这车羊就是卖掉你的羊买的。所以我得谢谢你呀。"

两个人的眼睛对视了一下。娜达莎和向志疆彼此之间似乎都有些好感。

装完羊。

泰米尔看看表说:"天黑前,能赶到托克海市,走!"

向志疆跳上车时,又看了阿孜古丽一眼。

卡车开动了。

阿孜古丽在同泰米尔挥手。

娜达莎也挥手,向志疆朝娜达莎笑着点点头。

四辆装满羊的卡车在草原的路上奔驰。

其中三辆卡车的驾驶室里分别坐着泰米尔,唐娅琳与向志疆。

卡车在奔驰。

向志疆在车内望着车窗外的草原。

向志疆又回想起在那个大雪纷飞的雪原。

四岁的妮妮对着六岁的铁蛋喊:"哥,哥——"

奔驰的卡车。

向志疆心里独白:"妮妮啊,你还活着吗?你到底在哪儿呢?……"

向志疆一脸的忧伤。

托克海市。牲口市场。

向志疆守在卡车边上抽着烟在等待。

泰米尔陪着张志文走了过来,向志疆迎上前,车上的唐娅琳也跳下车来。

张志文一看到四卡车羊,眼睛一亮,但迅速变得吃惊起来。故作惊讶地说:"天呐,泰米尔老弟,你怎么一下子弄来这么多羊啊?这叫我怎么消化呀!"

泰米尔说:"上次你不是说我有多少你就收多少吗?"

张志文故作发愁地说:"可谁想到你会运来这么多呀。你看看,整整四卡车羊,我一时怎么也出不了手呀! 泰米尔老弟,对不起了,我最多只能消化两卡车的,而且钱一时还没法全给你们。其他的,你们自己想办法吧。"

向志疆急了,说:"我们怎么想办法? 泰米尔是相信你才奔你来的。羊这么不吃不喝的,关一天就会瘦一圈,关上两天,羊就瘦得卖不出价了。这损失谁给我们补?"

泰米尔说:"张老板,生意场上得说话算话,说话不算话,这生意以后还怎么做呀?"

张志文说:"泰米尔兄弟。你这话说得有点伤人了。我只能收你两车的羊。其他的,你们只能自己去消化。我要全收下,不是明摆着我来背损失吗? 那我以后的生意还怎么做?"

泰米尔从张志文的脸上,他敏感地似乎读出了点什么。他看看向志疆,向志疆也焦虑地看看他。泰米尔想了想,说:"张老板,我泰米尔给你一句死话。这四车羊,要么你全收下,因为这是你说的话,我是奔着你说过的话来的。你要只收两车,那就算了,我一只也不卖给你。"

向志疆有些沉不住气了,说:"泰米尔,那我们的损失就太大了!"

张志文说:"泰米尔,你这是让我脸面下不来呀!"

泰米尔用眼神稳住向志疆,又对张志文说:"在生意场上,每个人都要为自己说过的话负责。这是生意场上都该遵守的规矩。"

唐娅琳在边上说:"泰米尔,没错。"

张志文说:"那我只好一只都不收了。我不会打肿脸充胖子的。"

泰米尔用很大的决心说:"行,那我们走人!"

唐娅琳也说:"对,我们走! 跟这种没信用的人没啥好说的。"

张志文说:"泰米尔,你们……上哪儿去?"

泰米尔说:"这你就不用管了。这个牲口市场又不是你张总一个人开的。"

张志文说："虽说这牲口市场不是我张志文开的，但我不收，别人也不敢收。"

唐娅琳说："你这不是欺行霸市么！"泰米尔一把将唐娅琳拉到一边儿。

泰米尔说："唐娅琳，你不要胡说！我们有不卖的自由，张老板也有不买的权利。你不要乱给人家扣帽子。"

张志文一笑，得意地说："唐娅琳姑娘心直嘴快，我不会怪她的。不过，说老实话，在这个市场里，你们这么多羊，除了我张志文，还没哪个人能有这个实力全吃下。"张志文觉得自己有点说漏嘴了，赶紧打住。

泰米尔说："没事，张老板，我们去别的牲口市场。只要有车，路远点我们也不怕。无非就是多花点运费嘛。走吧唐娅琳。向志疆，上车。"

泰米尔、向志疆和唐娅琳正准备上车。

张志文见他们真要走，口气立刻有些软了下来，咬牙走到泰米尔与向志疆跟前说："慢！泰米尔，我收三车，怎么样？其实我只能收两车，其中一车可能出现的损失我也担点，而那一车的损失，你们得自己担点。"

向志疆低声对泰米尔说："泰米尔，我看可以了。"

泰米尔说："可以什么呀！我阿爸说过，争一口气有时比你所有的钱财都重要！"

唐娅琳在后面说："就是！泰米尔，咱们就不卖给他！"

张志文手一摊，说："你们要这样，我就无能为力了。"

泰米尔一笑说："张老板，你不用为难，我们走了。"说着就朝另一辆卡车走去。

泰米尔刚要上车，向志疆一把拉住泰米尔。

向志疆说："泰米尔，我觉得应该接受张老板的提议。"

泰米尔也有些犹豫着说："你认为应该接受？"

向志疆："对。"

张志文跟着走过来说："以前我对泰米尔老弟说过的话，我当然应该负责。但风险全让我来担，情理上恐怕也不怎么合适吧？我们双方都现实点吧，做生意是绝对需要奉行现实主义的。"

泰米尔说:"张老板,你说的对,做生意就是件很现实的事。但你张老板说的那句话,你泰米尔能拉来多少,我张志文就能收你多少。我是不怕你拉的羊多,只怕你拉不来。话音还在这儿呢!"泰米尔指了指自己的耳朵,说,"现在我也把羊拉来了,你却变卦了。这怎么行?"

张志文干笑一声,说:"这样吧,咱们嘴皮子这么磨下去也没什么意思。我全收下,但其中两车羊我按原先讲好的价钱收,另两车羊我只能出一半的价钱收,我得把风险算进去。"

泰米尔看看向志疆,他见向志疆似乎有些动心了。泰米尔想了想,说:"我还是这个原则,要么按原先讲好的价钱全收,要么我一只也不卖!就这样!当然,向志疆的那车羊是他的。你们把他的那车羊收了吧。"

向志疆赶紧说:"泰米尔,咱们已经合伙了,我的想法我可以说,但行动,我们还得一致行动。生意刚开始就搞分裂。这合伙还怎么合呀。"

泰米尔握了握向志疆的手,意思是感谢他的支持。

张志文的脸板了下来,用很硬的口气说:"刚才是我最后的提议。你们考虑考虑,两个小时后我再来。"说完转身就走了。

向志疆对泰米尔说:"现在怎么办?"

唐娅琳说:"不能屈服。这趟没白来,我算看出那个张老板是啥货色了,明摆着想压我们的价,见利忘义的家伙。"

向志疆说:"这个亏搞不好我们真得吃进。我刚才跑了一圈,那个张老板说的没错,这么多羊,能全部吃下的就只有他一家。"

泰米尔说:"可我觉得唐娅琳说的有道理,我也感觉那家伙是想压我们的价。你想想,这次我们就这么屈服了,以后的生意还怎么做?那我们在他面前,很难再翻身的。"

向志疆说:"但羊不能老放在车上呀,这运费可是按小时算的。"

泰米尔想了想,说:"不行!绝不能退让。我们另外想辙,但这次绝不能退!前两次我失败,这一次决不能再失败。说实话,这一次我和唐娅琳是把我们两家的家底子都搭上了!"

夕阳西下。在车上的羊饿得咩咩地叫着。张志文带着几个人过来了。

张志文问泰米尔说:"怎么样,考虑好了没有?"

泰米尔说:"考虑好了。"

张志文说:"那行,按我最后说的价钱成交,怎么样? 钱我一次性给你付清!"

泰米尔说:"我们考虑的结果是,决定一只都不卖给你! 就是羊全死在这儿,我们也不卖。我说了,你要要,就得按原先说好的价,而且款要一次付清!"

唐娅琳说:"对! 我们就是不卖给奸商!"

张志文狡黠地一笑,说:"泰米尔,你们仔细想一想,这么多羊,你们在这儿这么耗着耗得起吗? 俗话说,识时务者为俊杰。这样吧,看在朋友的份上,四车羊我全要了,但其中的一车羊按一半的价钱收,这是我最后的筹码。行,我立马就付钱,如果不行的话,那你们就耗在这儿吧。"

向志疆把泰米尔拉到一边,低声说:"泰米尔,我们不能这样耗下去等死呀。"

泰米尔坚决地说:"就是拉回去,我也不卖给他。"

张志文听到了,说:"那你们不是把运费都搭上了?"

泰米尔生气地说:"张志文,你是什么朋友? 唐娅琳说得对,你就他妈的是个奸商。你看到我们运来这么多羊,如果不卖给你,很难再处理掉。熬呢,我们又熬不起,觉得有机可乘,有心压我们的价。像你这样做生意,就是亏死我也不卖给你!"

张志文一笑说:"那你卖给谁去?"

泰米尔说:"向志疆,从我们托克海市到伊远城连夜走,明天一早能不能到?"

向志疆已经明白了一切,说:"早上七八点钟就能到了。"

泰米尔说:"这些羊能处理掉吗?"

向志疆马上明白了泰米尔的意思,说:"我那儿那家公司是有多少就能收多少啊。对! 咱们废话少说,立即动身。"

泰米尔说:"等等,唐娅琳,这儿是牲口市场,附近肯定有饲料卖。向志疆,你在这儿看着羊,我和唐娅琳去找饲料去。把羊喂一喂,我们马上就出发。"

向志疆说:"好吧。我早让你直接去伊远城,可你偏说这儿近,张老板是讲信誉、很仗义的人,可……"

泰米尔说:"别说了,算我泰米尔瞎了眼了。唐娅琳咱们走,买饲料去!"

张志文看着泰米尔与唐娅琳的背影正往人流中走,脸上现出犹疑的神色。

旁边一个人在张志文耳边说:"张总,这么大一笔送到眼门前的买卖,不做太亏了。"

张志文马上一举手喊:"泰米尔兄弟,你别走了!"

张志文沉不住气了说,"得,你的这四车羊按原先我们说的价,我收下了。"

泰米尔停下脚步,说:"但钱得一次付清。"

张志文说:"没问题没问题!虽说生意是生意,但朋友总还是朋友嘛。我张志文不能看着朋友有难不拉一把,你说是不是?"

唐娅琳嘴巴一撇,很不屑地在泰米尔身后偷偷地骂了一句。

泰米尔一笑说:"有钱大家赚,那才是生意场上的朋友。"

张志文一拍泰米尔的肩膀,说:"泰米尔,你很精明啊!"

泰米尔说:"舍不得孩子套不得狼啊!我泰米尔一进场,听你张老板说的第一句话,就知道你葫芦里卖的什么药。"

张志文说:"没办法,收你这么多羊,我也担着风险哪。泰米尔老弟,现在你是一身轻松了,我这里担子可就重了。"

泰米尔说:"我知道你张老板肯定心中有数,亏不了!因为这个牲口市场,就只有你张老板有能力吃得下这么多羊。"

张志文哈哈一笑,说:"有胆识,我佩服。"

托克海市一家小饭馆。

泰米尔,唐娅琳,向志疆兴高采烈地在喝酒吃饭。

向志疆说:"泰米尔,我发现你虽是刚踏进生意圈里,可比我精明得多哪。"

泰米尔说:"其实,你也能看得出来,他是有意要压我们的价,这样他不是可以多赚点了吗? 生意人就是生意人嘛。可这样我们就吃大亏了。"

唐娅琳说:"那个张老板,这次可把他真实的嘴脸给显出来了。"

向志疆感叹地说:"生意场上无仁义啊!"

泰米尔说:"不,生意场上的仁义就是双赢。"

向志疆说:"那你怎么想到拉到伊远城去呢? 那也太远点了。"

泰米尔说:"你不是在往伊远城贩过羊嘛。"

向志疆说:"那也是一车两车的买卖。"

泰米尔说:"我是被逼急了才急中生智想到的。不过你也配合得天衣无缝。他见我们有出路了,放在眼前的大买卖真要泡汤了,他要再不松口,那他就不是个买卖人了。"

向志疆一竖大拇指说:"泰米尔,这一仗你立了大功! 你看,那时我差点把你这么优秀的合伙人给扔了。那多可惜啊!"

两人大笑起来。

唐娅琳说:"喂,还有我呢! 你们干吗把我忘了呀? 别没良心,过河就拆桥!"

向志疆说:"美丽的唐娅琳姑娘,泰米尔就是把我忘了,也不能忘了你呀!"

唐娅琳说:"我发现你向志疆也不是好东西! 你跟那个娜达莎……我可看出来了。"

向志疆说:"怎么啦?"

唐娅琳哼了一声说:"不说了,我不想让我的嘴巴讨人嫌!"

一轮明月高高地悬在夜空。

热合曼的毡房前。

热合曼对着月亮动情地弹着他的弹拨尔,他的神情如痴如醉,似乎已经全身心地被这琴声浸染了。

第十二章

热合曼的毡房里。阿孜古丽解开自己的腰带，她的肚子已经鼓得浑圆了，顿时泪流满面了。阿孜古丽抚摸着肚子，听着毡房外热合曼的琴声，轻轻地又把腰带围上。

古丽娅说："别难过，既然已经这样了。你阿爸说了，天大的事咱们得和阿孜古丽一起顶，谁让我们是她的阿爸阿妈呢，"阿孜古丽一把抱住古丽娅。

阿孜古丽走出毡房，走到热合曼的身边。

热合曼看看阿孜古丽。

阿孜古丽说："阿爸，还记得你跟沙英大叔说的话吗？辽阔的草原啊，我们要打马远去，永不归来！"

热合曼停下琴声，说："对，这就是我年轻时候的梦想。"

阿孜古丽说："那咱们走吧，离开这儿，打马远去。"

热合曼说："真不打算回来了？"

阿孜古丽说："回。等我生下孩子再回吧。阿爸，请你理解我，我不想……"

热合曼说："我知道，只要咱们还待在这儿，泰米尔随时都会来的。"

阿孜古丽说："谢谢你这么理解我。我不想这样出现在泰米尔眼前。"

热合曼仰头望着明月，感叹说："我多想能跟过去一样，在母亲的胸怀里，自由地游吟弹唱啊！"说罢，他收起琴说，"那咱们明天就走。你阿妈同意吗？"阿孜古丽点点头。

阿孜古丽感动得满眼是泪，说："阿爸，我犯了错，却让阿爸阿妈你们跟着我受罪。"

热合曼说："既然老天安排我成了你的阿爸，古丽娅成了你阿妈，那我们就要担起阿爸阿妈的责任来！"

娜达莎的毡房。

月光下，热合曼与阿孜古丽下马，进了毡房。

热合曼对娜达莎说："娜达莎，明天我们要离开这儿了。"

娜达莎说："怎么，你们要走？"

热合曼说："你看，秋天就要过去，冬天就要到来，我们要去找个能过冬的地方住下。"

娜达莎说："这儿不一样可以过冬啊。热合曼大伯，阿孜古丽妹妹，你们千万别走。你们这样做，我不成了反客为主了，叫我怎么安心啊。"

热合曼说："你看，你新的育肥羊都到了，草地也承载不了这么多羊啊。让你走，你带着个小孩子，又要放那么多的羊，我们良心上也过不去。我们到哪里去就要方便得多，再说，我热合曼当了二十几年的村长，在这儿憋的时间太长了。我多向望回到小时候跟着父母四方游牧的日子啊！"

娜达莎说："你们千万别走！这些日子我们相处得不是很好吗？何况泰米尔已经赶走了那么多羊，现在你们只剩下这点儿羊，巴吉尔草场这么大，再加上两群羊，肯定没问题的。"

阿孜古丽说："娜达莎姐姐，我们也舍不得离开你。但我们还有别的事，所以不能不离开这儿。以后我们还要回来的。"

娜达莎说:"不要走,你们真的不要走。我们把羊群合在一起,我们就像一家人一样生活在一起,这不好吗。晓萍,求爷爷留下!"

晓萍稚声说:"爷爷,你们留下吧。"

热合曼的毡房里。阿孜古丽坐在那里沉思。

热合曼醒了过来,说:"阿孜古丽,你还没睡吗?"

阿孜古丽说:"阿爸,咱们收拾收拾走吧。"

热合曼翻身坐起,说:"对,现在咱们就走。娜达莎已经知道了我们要走,走得晚了,搞不好她会想法通知泰米尔的。要么就叫孩子拖着我不让我走。古丽娅起来吧,咱们走!"

阿孜古丽说:"阿爸,阿妈,真是太辛苦你们了,我给你们添了那么多的麻烦。"

热合曼说:"我们要认你这个女儿干什么? 你又认我们这个阿爸,阿妈干什么? 不就是图个相依为命嘛。"

阿孜古丽说:"阿爸,阿妈,我真是不忍心你们这么大年纪还要和我四处颠簸,可我这肚子……已经不能再在这儿待下去了。"

古丽娅说:"阿孜古丽,我们这就走,一起走得远远的。走进大草原,我们永远是自由的。"

阿孜古丽流泪了,说:"是……"

热合曼说:"阿孜古丽,不要再伤感了。森林中没有不弯曲的树,天地间没有十全十美的人。你要老是这样给自己压力,迟早会被压垮的。"

古丽娅:"是啊,这又不全是你的错!"

阿孜古丽流着泪说:"我知道,可是……我没办法不想。以后的日子我该怎么办呀!"

热合曼说:"前面有高山,咱们就翻过去;前面有沟坎,咱们就跨过去。有阿爸阿妈在,什么日子不都是日子吗? 过咱自己的日子,有什么好担心的! 一切烦恼都会过去。烦恼一过,日子照样会变好!"

晨曦刚露了一点头。

热合曼、古丽娅和阿孜古丽赶着马车,走在了广阔无垠的深秋的草原上。

热合曼又对着草原唱:"辽阔而苍劲的草原啊,我要投入你的怀抱,打马远去,老天将保佑我们迎接美好的未来,过去的一切都将过去……"

在他们眼前,草原一望无际。

娜达莎的毡房里。晓萍冲进毡房喊:"阿妈,爷爷他们走了!"

娜达莎拉着晓萍冲出毡房。

娜达莎看到远处,全黄的草原上的三个小黑点。

热合曼、古丽娅和阿孜古丽已经打马远去了……

娜达莎跪在地上,捂着脸哭了。

晓萍说:"阿妈,爷爷奶奶跟阿姨他们为啥要走?"

娜达莎叹口气说:"他们是为了我们啊!"

晓萍说:"为什么?"

娜达莎说:"是因为,他们不想让阿妈带着你去游牧。那他们,就只好去了……"

托克海市。泰米尔,唐娅琳和向志疆从一家小旅馆里走出来。

泰米尔问向志疆说:"上哪儿?"

向志疆一乐,说:"这话应该我来问你,我们应该上哪儿?"

泰米尔说:"我就随口一句,你给我说出这么多道道来。得,那我来决定,先上我家。唐娅琳也是,先回家。"

唐娅琳说:"干吗?"

泰米尔说:"这么大一笔生意做成了,总得给家里一个交代,让家里人放心吧?后面的路该怎么走,回去以后再商量。"

唐娅琳说:"怎么回呀? 咱们都是坐卡车来的,马都没骑出来。"

泰米尔说:"脑子不转弯,去车站搭车回呀,还能怎么回?"突然想起什么,说,"向志疆,你会不会骑马?"

三人拐向大道。

泰米尔、向志疆和唐娅琳正往长途汽车站走。

向志疆对泰米尔说:"不会。"

泰米尔说:"那你叫什么向志疆呀,连马都不会骑!"

向志疆说:"咋啦?"

泰米尔说:"要想做草原上的人,有三样东西必须得学会。"

向志疆一笑说:"我知道,第一是骑马,你们蒙古族人,哈萨克族人不都是马背上的民族吗? 二是弹弹拨尔,或者拉马头琴,三是唱歌。"

唐娅琳说:"你倒是知道不少嘛。"

向志疆说:"泰米尔,那你只要帮我买匹马就行了。"

泰米尔说:"怎么?"

向志疆说:"摔跤和唱歌我都会。"

泰米尔有些不信,说:"摔跤?"

向志疆说:"对! 还是蒙古式摔跤。"

泰米尔说:"哪学的?"

向志疆说:"电影里学的呀。你瞧我这身坯,你要还不信,咱俩可以比试比试。"

泰米尔在向志疆身上拍了拍,发现他浑身也是一块一块结结实实的肌肉疙瘩。于是也来了兴致,说:"行啊,咱们比画比画!"

唐娅琳在旁边说:"嗨,嗨! 你们俩干吗? 大街上你们俩要真动起手来,人家还以为你们是打架呢! 赶快走吧,回草原上你们爱怎么比画怎么比画去。"

泰米尔一笑说:"那倒是,回家再试,看看你这个半吊子蒙古式摔跤到底怎么个能耐。"

向志疆说:"好,我奉陪。我倒要领教领教你这个正宗的草原摔跤把式,有多彪悍!"

两个人都哈哈大笑起来。

泰米尔说:"我阿爸就在马场工作,我帮你选上一匹,送你。"

向志疆说:"那怎么行?"

泰米尔说:"让我阿爸给你付钱,他掏的就是内部价,用不了几个钱。"

泰米尔、唐娅琳和向志疆坐在一辆小四轮的车斗里。

风和日丽,草原被风吹拂着,起起伏伏泛着金色的波浪。

小四轮开在草原中的小路上,扬起的尘土迅速被风吹散了。

唐娅琳问向志疆说:"那你的歌呢?唱得咋样?"

向志疆突然亮起嗓子,唱了一曲新疆民歌。

向志疆唱完,唐娅琳鼓起了掌,说:"泰米尔,不比你唱的差呢!"

泰米尔说:"不错啊,不会也是跟电影里学的吧?"

向志疆笑了笑,显得也有些得意,说:"上次在你们那达慕大会上,我自告奋勇跳上台,和阿孜古丽合唱了一曲《敖包相会》,台下可是掌声雷动呢。"

泰米尔说:"对了,向志疆,你跟阿孜古丽到底有什么误会?是不是因为她长得太漂亮了,你就一直跟着她呀?"

向志疆说:"爱美之心人皆有之,但我不是为了这个。"

泰米尔说:"那是为了什么?"

向志疆沉思一会,然后叹口气摇摇头说:"现在我不想说这个,泰米尔,说说马吧。你们草原上的人不是老说这么一句话么,摔跤场内识好汉,赛马途中知骏马。到马场之前,先给我教点理论知识。"

唐娅琳捂着嘴笑着说:"泰米尔,人家向大哥心里早就有人了。"

泰米尔、唐娅琳与向志疆一起来到马场。

远处沙英正在放马。

泰米尔喊:"阿爸——"

马场。

沙英策马而来,他仍像燕子似的跃身下马,身手还是那么矫健。

泰米尔说:"阿爸,我跟你介绍一下,这是我生意上的合伙人,叫向志疆。"

沙英说:"向志疆?咋叫这么个名字?"

向志疆说:"因为我姓向,原名叫向海洋。现在来到新疆了,所以改名叫向志疆了。"

泰米尔说:"阿爸,选匹马给他,他叫向志疆,却还不会骑马。"

沙英哈哈一笑,说:"名叫向志疆,却不会骑马,那叫什么向志疆呀! 马,你们自己选,钱我掏了!"

群马奔腾,泰米尔和沙英在追逐马群。

向志疆和唐娅琳站在一处高地在看。

向志疆指着马群里一匹黑炭似的骏马对唐娅琳说:"唐娅琳,我看中的就是那匹黑马。你看,我的马跑得多棒!"

唐娅琳看了一眼向志疆说:"马还没到手呢,怎么就是你的了?"

向志疆说:"泰米尔和他阿爸都是一诺千金的人,这匹黑马肯定是我的。"

唐娅琳:"你干吗要黑马?"

向志疆:"泰米尔骑得是匹白骏马,所以我就要黑。一黑一白有对比度啊,我就喜欢与众不同。"

唐娅琳一笑说:"眼力不错,那还是匹小儿马呢!"唐娅琳看着奔腾的马群,也觉得热血沸腾起来。她翻身上马,也朝着马群飞驰而去。

群马在草原上奔腾。唐娅琳指着马群中那匹黑色的小儿马,对泰米尔喊:"泰米尔,快套!"

那匹英俊的黑马,虽是匹野性十足的小儿马,但泰米尔已飞快地追上了它。

泰米尔一甩套马杆,准确地把那匹马套上了。

站在高地的向志疆看着这么刺激的场面,不由得热烈地鼓起掌来。

泰米尔骑马时那矫健的身手,那娴熟的动作,那潇洒的姿势,都让向志疆十分的叹服。

唐娅琳和向志疆看着泰米尔驯马。

向志疆第一次见别人怎么驯马,在一旁捏了把汗,显得很紧张。

泰米尔在那匹黑马的马背上,像生了根一样非常稳健。

那匹黑马一会儿扬起前蹄,一会儿猛撅后腿,想把泰米尔甩下马背。但泰米尔紧控着缰绳,屁股牢牢地黏在了马背上。

黑马还在反抗,但怎么也不能把泰米尔掀下马背来。

黑马似乎有些疲惫了,慢慢走了几步,忽然又狂跳起来,做出更剧烈的反抗。

泰米尔没有半点松懈,依然牢牢地控制着局面,直到那匹黑马筋疲力尽,终于停止了反抗,屈服了。

向志疆这才松了口气,满眼都是钦佩的神色。

黑马按照泰米尔的意图开始在草原上奔跑起来。

向志疆喊:"泰米尔,好身手!"

唐娅琳说:"咱们托克里克村的年轻人里谁最棒? 那就数放马人沙英的儿子泰米尔! 他是草原上的雄鹰,蒙古族人的骄子,身手能不好吗?"

向志疆看看唐娅琳,说:"唐娅琳,你对泰米尔?……"

唐娅琳很大方地说:"我从小就崇拜他,因为他样样都强。"但又有些遗憾地耸了耸肩说,"可是我不能嫁给他,只能成为他事业上的伙伴! 而且是最好的伙伴。"

向志疆:"为啥?"

唐娅琳:"他是阿孜古丽的,知道吗?"

泰米尔飞马奔到向志疆的身边,跳下马,抚摸了一下这匹大汗淋漓的黑马说:"向志疆,我阿爸说了,这匹马就给你了。"

向志疆激动而兴奋地说:"那太谢谢你了。"他朝着已赶着马群走远了的沙英喊:"沙英大叔,谢谢你——"

远处的沙英像是听到了似的朝他挥了挥手。

泰米尔说:"这马刚驯服,还有些野。我骑段时间再给你骑吧,你先骑我的马。"

向志疆说:"泰米尔,你太小看人了。"

泰米尔说:"怎么?"

向志疆说:"你别以为只有你能骑得了烈性马,我就骑不了烈性马。你别忘了,我的名字叫向志疆!所以你能做到的事,我向志疆也一定能做到。何况只是骑匹烈性马呢。"

泰米尔笑着说:"向志疆,来,给你!"

向志疆满意地看着那匹黑骏马,他拍了拍马脖子,正准备上马。

马却转着圈怎么也不肯让向志疆上。

泰米尔和唐娅琳看着在一边笑。

向志疆毕竟是个聪明机敏的人。他趁马不备,一个翻身就上了马。马也是聪明的动物,它知道坐上来的是个生人,于是又前扬后撅起来。没几下,就把向志疆掀倒在草地上。

泰米尔笑着说:"你还是骑我的马吧。"

向志疆翻身跃起,说:"不!我就要做这匹马的主人!"向志疆看着那匹马,感觉到自己的热血在沸腾,他说,"泰米尔,我可不想放弃这个证明自己的机会!"

唐娅琳说:"泰米尔,让他骑,做个男人就该这个样!要不算啥男人!还向志疆呢!"

在一片松软平坦的草地上。向志疆一次次被马掀下来,但他又一次次顽强地翻上马背。

向志疆再次被黑马重重地掀翻在地。

泰米尔不忍地说:"向志疆,你还是骑我的马吧。人摔残我可没办法向你们家人交代。"

向志疆一咬牙,从地上爬起来说:"不!我就不信骑不成这匹马!"

唐娅琳说:"摔坏了别哭鼻子就行!"

向志疆终于让那匹黑马驯服地奔跑起来。

泰米尔和唐娅琳在向他鼓掌。

放马的沙英也笑着在远处点头。

唐娅琳朝骑马奔回来的向志疆竖着大拇指说:"向志疆,用我们新疆话说,你是儿子娃娃。"

在唐娅琳的母亲娜仁花的毡房里。唐娅琳把一叠钱从小桌上推给娜仁花:"妈,这是卖羊的钱,给你!"

娜仁花推还给唐娅琳说:"你拿着吧,去搞你们的事业。女儿的志向,我当妈的得支持,不是吗?"

唐娅琳感动地喊:"妈!……"

托克海市。一个人流攒动的小饭馆。

苏和巴图尔扛着一麻袋酒瓶子,从饭馆后门出来,将麻袋堆到架子车上,拉着架子车离开。

沙英家。

泰米尔把一信封的钱放在桌子上对沙英说:"阿爸,这是卖羊的钱。"

沙英说:"你不是要钱用才卖了咱家的羊吗?"

泰米尔说:"是。羊卖了,我得先把钱交给阿爸。如果阿爸同意我用了,我再用。"

沙英说:"你拿上吧。弄你的事业去。只要像你说的那样,能把事业搞起来,就是倾家荡产,阿爸也愿意!只要你能让我看到,你没当村长,同样能为村里人办好事,能让村里人都用感激的眼光来看我沙英!让我沙英也感到我活在这世上有多光彩。那我就没白养大你这个儿子!"

向志疆骑马朝巴吉尔草场走去。

河边。

向志疆来到热合曼和阿孜古丽扎过毡房的地方,他吃惊地发现那儿的毡房已没有了,只剩下人与羊踩过的草地。

向志疆回忆第一次见到阿孜古丽的情景,恍惚间,他觉得似乎又回到童年,妮妮在喊:"哥——",但前面的妮妮转过头来,却变成了一位美丽而陌生的穿着维吾尔族服装的姑娘。

向志强想起那个那达慕会场。阿孜古丽对他怒目而视的脸。

河边空荡荡的草地。

向志疆远眺着蜿蜒的小河,还有那延绵起伏无边无际的草原,喃喃自语说:"妮妮难道已经不在人世了?要是在,她会在哪儿呢?⋯⋯"他摇摇头,失望地叹了口气继续策马往前走。

娜达莎的毡房。

娜达莎坐在那里正低着头流泪。她突然感到有人骑马奔来,赶紧抹去眼泪,站了起来。

娜达莎抬头望去,那人逆光骑马走了过来。

那人说:"娜达莎,是我。"

娜达莎定睛一看,是向志疆。她吃惊地说:"向大哥,你怎么来了?"

向志疆接过娜达莎端来的奶茶,说:"这次跟泰米尔兄弟的买卖做得很成功,想来告诉你们一声。娜达莎,热合曼和阿孜古丽他们呢?"

娜达莎说:"走了,今天一早就走了。"

向志疆说:"为什么?"

娜达莎摇摇头说:"不知道。我让他们不要走。但他们非要走,怎么留都留不住。"

向志疆有些奇怪地说:"怎么连泰米尔都不讲一声,就这么走了呢?"

娜达莎沉思着说:"虽说热合曼村长一再强调说他们想要四处游牧,可我想⋯⋯肯定是别的什么原因他们非得走,我还正因为这事伤心呢。"

向志疆说:"什么原因?"

娜达莎沉思着说:"阿孜古丽⋯⋯她可能有事了。"

向志疆说:"她有什么事?"

娜达莎说:"有些话,我不知道该不该讲。"

向志疆说:"有什么不可以讲的呢?"

娜达莎说:"阿孜古丽,她很可能怀孕了。"

向志疆吃了一惊,但很快说:"娜达莎,这事你可不能胡乱瞎讲啊!"

娜达莎说:"不是乱讲!这事我想了好长时间,他们一开始不愿意我在这儿放羊,后来又这么不管不顾地离开这儿,要是没这事,决不会这样的。没结婚就这样,总是件很丢脸的事,所以他们才决定要走得远远地。"

晓萍跑出毡房,一见向志疆就奔过来喊:"向叔叔,向叔叔!"

向志疆一把将晓萍抱起,举得老高。晓萍咯咯地笑着,看得出晓萍很喜欢和向志疆在一起。

向志疆想了想,对娜达莎说:"娜达莎,阿孜古丽那事你就不要再乱猜了,说不定真像热合曼老村长说的那样,想四处放牧。"

娜达莎叹口气,说:"也是,这种事多想也没什么意思。向大哥,你坐会儿,我去给你端碗奶茶。"

向志疆说:"娜达莎,你等等。"说着,从包里抽出一条漂亮的羊毛坎肩说:"这次买卖做得很成功,这里也有你的一份功劳。所以我特意买了条坎肩送你,不知道你喜不喜欢?"

晓萍说:"向叔叔,那我呢? 有我的吗?"

娜达莎说:"晓萍,你怎么能开口问人家要东西呢?"

向志疆说:"我怎么会忘了晓萍呢?"说着,从包里又掏出个漂亮的洋娃娃给晓萍说,"看,这女孩漂亮吗? 晓萍跟她做朋友好吗?"

晓萍欣喜地把洋娃娃抱在怀里,说,"好漂亮呀! 谢谢向叔叔。"然后高兴地对娜达莎说:"妈妈,我有朋友了,我有好朋友了!"

晓萍在不远处跟洋娃娃玩耍。

娜达莎端了碗奶茶给向志疆说:"向大哥,今天你打扮得好精神啊。"

向志疆说:"是嘛? 你这样夸奖我,我还真是很高兴。"向志疆想了想,清了清嗓子说:"娜达莎,你离婚几年了?"

娜达莎说:"快两年了。你问这干吗?"

向志疆说:"娜达莎,不瞒你说,那天我来买你的羊,在你这儿住了一夜,你那么热情地招待我,从那以后,我的心里就再也抹不去你了。"

娜达莎说:"你的话我不信!"

向志疆说:"为什么? 我说的都是真心话呀。"

娜达莎说:"你们男人都这样。想占女人的便宜了,这种话随口就来。喝口奶茶吧,喝了你该去哪儿就去哪儿。但你送我的那条坎肩我还是要谢谢你。因为你买的这条坎肩我还是很喜欢的。"娜达莎又看看晓萍说,"晓萍也喜欢你给她买的洋娃娃,我也要谢谢你。"

向志疆说:"娜达莎,我知道我现在说这些确实很突兀,但这只是个告白,让你心里有准备。因为,从现在起,我要争取你的毡房能接纳我。"

娜达莎说:"别磨嘴了,你这样的男人我见多了。我是个结过婚又有个孩子的女人,可不像姑娘那样容易骗到手!"

向志疆有些生气地放下奶茶碗说:"娜达莎,你说这话太刺人心了。你把我当成骗子啦? 买你羊时我骗过你吗?"

娜达莎说:"这倒没有。"

向志疆说:"那我就不是骗子。"

娜达莎说:"骗女人跟骗钱那可不是一回事。"

向志疆说:"本质上是一样的。娜达莎,我知道你不了解我,我们见面的次数也不多,但我确实真的爱上了你。不过我现在跟你说了这些,如果我再来买你的羊,你还卖不卖?"

娜达莎说:"我只卖给你。但我的毡房,绝对不会接纳你。"

太阳西斜,马场上悠然吃草的马群被晕染得像天边的红霞,散落在广漠的草原上。

泰米尔正帮着沙英在放马。

向志疆骑马沿着小河朝泰米尔奔来。

河边。向志疆对泰米尔说:"泰米尔,咱俩是好朋友了吗?"

泰米尔说:"现在你肯定就是我的好朋友,也是我最信任的人。"

向志疆说:"我刚才去了娜达莎那里。"

泰米尔明白了些什么,一笑说:"怪不得唐娅琳老拿你跟娜达莎开玩笑,原来你跟娜达莎还真是有那意思啊。"

向志疆摇摇头说:"到目前为止,也都只是我单方面的想法而已。人家娜达莎还没把我放在心上呢。"

泰米尔说:"那你跑去干吗去了?"

向志疆说:"我不瞒你,我第一次见到娜达莎,就感觉到,有一把火从心底燃了起来,这把火没有因为离开她而熄灭,走得越远,那火烧得就越旺,尤其是上次再见到她时,那种渴望那种激情已经让我无法自制。所以我一定要去见她,把我的这份感情告诉她,这也算是一种宣告吧。"

泰米尔笑了,说:"你跟她才见过几次面啊?感情就这么炽烈?"

向志疆说:"感情这种东西,不会因为见面次数的多少而决定它的程度。它的产生其实也就是电石火花的那一瞬间,所以才会有一见钟情的说法。"

泰米尔说:"我以为你在这方面是很保守的。而娜达莎又是俄罗斯族的。"

向志疆说:"这方面可不分民族,只是因人而异。就像现在,我这里热,娜达莎那边却冷得像块冰。"

泰米尔说:"被她拒绝了?"

向志疆说:"是啊,拒绝得很干脆。她说羊可以卖给我,可她的毡房绝不会容纳我。"

泰米尔说:"娜达莎已经有了一次失败的婚姻,这方面她肯定会谨慎得多。"

向志疆说:"这我理解,但我不会放弃。"向志疆看着远处的夕阳,大声说,"我会用我火红而炽热的心把她的心点燃,她会接纳我的!"

泰米尔说:"那你得先把娜达莎那颗冰封的心融化再说,加油吧!"

向志疆说:"借你吉言,我会努力的。对了,我要告诉你,热合曼和阿孜古丽离开巴吉尔草场了。"

泰米尔说:"为什么?"

向志疆说:"说是要去四处游牧,但娜达莎说有可能另有原因。"

泰米尔也吃惊了,说:"难道是娜达莎的原因?"

向志疆说:"不,不是。娜达莎跪下也没把他们留住。"

泰米尔说:"那他们干吗要走?"

夕阳悬在地平线上,天边像被撩起了一把大火,燃得草原也是红红的一片一片。

泰米尔在策马飞奔。

向志疆的话音还在他耳边缭绕:"娜达莎猜,阿孜古丽可能怀孕了……"

傍晚,外,巴吉尔草场。

泰米尔站在热合曼和阿孜古丽曾经扎过毡房的地方,他满脸的疑惑,愤怒和不知所措。

第十三章

托克海市郊。苏和巴图尔租住的院落。

唐娅琳跳下马,走进院子。

唐娅琳独自坐在一个小板凳上等待着,旁边是堆积如山的空酒瓶。

苏和巴图尔拉着一架子车的空酒瓶出现在门口,他看到了等候在院子里的唐娅琳。

太阳在地平线上几乎快被红霞遮住。

娜达莎的毡房。

娜达莎站在毡房前,满脸忧虑地望着泰米尔骑马向草原深处奔去。

太阳已经落入地平线,草原上起了风,天色渐渐变得昏暗。

泰米尔骑着马在草原上狂奔,他已看到在远处缓缓前行的马车和羊群,骑着马的阿孜古丽与热合曼的身影也能分辨得清楚了。

泰米尔飞快地赶了上去。

苏和巴图尔租住的院落。

苏和巴图尔走进院子。

唐娅琳看着他,脸上现出复杂的神情说:"苏和巴图尔,你真打算一直这么躲下去吗?"

苏和巴图尔低着头沉默了一会儿说:"那你说,我怎么办?"

唐娅琳说:"前两天,我又见到阿孜古丽了,晚上我住在她的毡房里。她的肚子虽然用腰带箍着,可已经很明显了。"

泰米尔策马横在了热合曼和阿孜古丽的马前。

热合曼与阿孜古丽停住了脚步。

泰米尔瞪着阿孜古丽,一句话也不说。

阿孜古丽说:"看来你已经知道了。"

泰米尔说:"可我不信!"

阿孜古丽苦笑一声,说:"这有什么不可信的?"

泰米尔说:"我要你告诉我,究竟发生了什么事?你们为什么要走?"

阿孜古丽下马,泰米尔也跳下马来。

阿孜古丽缓缓解下腰带,肚子明显地拱了出来。

泰米尔呆住了,他突然狂怒地举起手要打阿孜古丽。

阿孜古丽抬起头,说:"泰米尔,你打吧。"说着闭上了眼。

热合曼喊:"住手!我作为父亲已经责备过她了,你跟他什么关系?什么关系都没有!如果要怪,这事首先要怪你!你干吗到现在还不肯跟阿孜古丽确定关系?"

阿孜古丽说:"阿爸,这事怪不得泰米尔,这全是我的错。他想打我,说明他心中早就有我。可我却做下了这样的错事!我好恨我自己啊!"

泰米尔举着的手扭成了拳头慢慢地放了下来,但他的脸却被震惊、愤怒和不解的情绪扭曲了,脸上的肌肉在抽搐。

阿孜古丽眼中的泪水顺着脸颊流了下来。她没有再看泰米尔,只是把泪一抹,上马说:"阿爸,那咱们就继续赶路吧。"

泰米尔看着热合曼与阿孜古丽他们渐渐走远,天完全黑了下来,他们消失在黑暗中。

泰米尔那张愕然,愤怒而痛苦的脸。

泰米尔举起双手仰天大吼道:"天呐! 这是怎么回事呀,我阿爸是死活也要让我娶你的,我的阿孜古丽——"

苏和巴图尔的小屋。

苏和巴图尔说:"阿孜古丽,她一定要把孩子生下来吗?"

唐娅琳说:"看样子是。"

苏和巴图尔痛苦地说:"她这是为什么呢? 如果为了这孩子,她肯嫁给我,那一切都好办。可她现在那么恨我,那还要这个孩子做什么? 这只能给她带来痛苦!"

唐娅琳说:"我觉得她就像是在惩罚自己。所以,你不能再这样无动于衷了,你应该去看看她!"

苏和巴图尔说:"我怎么会不想去见她? 我当然想去见她! 就怕她不肯见我。"

唐娅琳生气地说:"那你也得去见她! 你犯下的错,你得去弥补,哪怕你跪下给她磕个头也行!"

苏和巴图尔说:"唐娅琳,我已下决心了,我一定要为她,也为将来的孩子争我的事业! 我会为我犯的错负责到底的!"

唐娅琳说:"你在这里跟我说这些屁话有什么用? 就算是你想以后为她做些什么,可现在呢? 现在你该怎么向她表示? 至少你应该让她看到,看到你对她的歉意,看到你对她的诚心!"

苏和巴图尔说:"我明白了,我回去找她,马上就回。"

唐娅琳说:"你犯的这个错,以后真不知道该如何收场。"

苏和巴图尔说:"我现在真的恨透了我自己。我会用我自己的行动来弥补我的错误的!"

秋风萧瑟,草原上也是一片凋零。

苏和巴图尔骑着马来到一座毡房前问话。

一牧民指着前面说:"前面不远就是巴吉尔草场。"

娜达莎毡房前。

娜达莎对苏和巴图尔说:"热合曼和阿孜古丽离开这儿已经有好多天了。"

苏和巴图尔说:"往哪儿走的?"

娜达莎说:"往东。怎么,你要找他们?"

苏和巴图尔说:"是,谢谢你。"

岁月如梭,秋去冬来。

天空中飘着雪花,风卷着雪花在雪原上飞舞。

苏和巴图尔骑马走在雪原上,他还在寻找着热合曼和阿孜古丽的踪迹。

大雪覆盖着大地。

一辆大卡车拉着一车羊在雪原上行驶着。

卡车驾驶室里坐着泰米尔和向志疆。

泰米尔问向志疆说:"向志疆,你说你为啥会看上娜达莎?"

向志疆说:"咋啦?"

泰米尔说:"我就是有点奇怪,你们就没见过几次面,咋会就看上她了呢?"

向志疆说:"我不是说过么,触电只需要几秒钟就够了。现在她已紧紧地牵着我的心了。"

泰米尔想了想,还是笑着摇摇头说:"还是想不太明白。娜达莎,你了解她吗?"

向志疆说:"爱一个人跟了解一个人不是一码事。"

泰米尔说:"这话咋说?"

向志疆说:"有时候,爱一个人,只需要一瞬间。可了解一个人,一辈子都未必够。有些人,就算在一起生活了十几年,都未必真正了解彼此的想法。哪怕是父母和子女,那么亲近,都不见得能了解对方吧?"

泰米尔沉默了,向志疆的话让他想起了阿孜古丽,脸上立刻罩上了一层阴影。

向志疆注意到了,岔开话说:"泰米尔,帮我出个主意,要怎么样能让娜达莎接纳我?"

泰米尔说:"我能有什么办法。娜达莎的前夫我见过,是个不学无术好逸恶劳的家伙。"

向志疆说:"是不是就因为这个婚姻吃亏吃大了,娜达莎才会对别的男人充满戒心啊?"

泰米尔说:"肯定有这方面的因素。不过向志疆,我还是觉得你跟娜达莎不合适。"

向志疆说:"为什么?"

泰米尔说:"娜达莎是个离过婚的女人,还带个孩子,又是个俄罗斯族的女人,就这些还不够理由吗?"

向志疆说:"泰米尔,我倒真没发现,你在这方面居然是个这么因循守旧的家伙。"

泰米尔说:"怎么?"

向志疆说:"离过婚,有孩子的女人,就不值得爱了吗? 爱还要什么理由吗?"

泰米尔说:"我不是这个意思。我只是觉得经历过一次失败婚姻的娜达莎,很难会在感情上接纳你。你要想追求她,前方一定会有很大的障碍。"

向志疆说:"障碍肯定会有,但我绝不会被吓住。"

风雪弥漫。

苏和巴图尔看到远处有一毡房,他让马加快了脚步。

泰米尔和向志疆坐的卡车在雪原上行驰。

司机对坐在驾驶室里的泰米尔和向志疆说:"泰米尔老板,后面有一辆卡车好像在追我们。"

热合曼的毡房。

天色开始昏暗下来。

风雪中，阿孜古丽正把羊群赶进羊圈，她看到不远处有个人骑着马朝毡房走来。

那辆空卡车超过泰米尔他们后，然后横在了泰米尔他们的卡车前面。

驾驶员煞住了车。

从空卡车上跳下一个人来，那是张志文。

泰米尔见状，也跳下车，笑着说："张老板，有事吗？"

张志文恼火地说："泰米尔，你他妈的太不仗义了！"

泰米尔说："怎么啦？"

向志疆这时也跳下了车。

张志文说："你这车羊我已经买下了，你知道不知道？"

泰米尔一愣，说："不知道呀。"

张志文说："你别装糊涂了！"

热合曼的毡房。

阿孜古丽一直盯着骑马过来的人，当她看清那人是苏和巴图尔时有些吃惊。她一下愣住了，但想了想后还是迎了上去。

苏和巴图尔看到已是大腹便便的阿孜古丽了，他迅速地跳下了马。一下子就跪在了阿孜古丽的面前，说："对不起，阿孜古丽。"

灰暗的天空，雪花飞舞。

张志文恼怒地说："泰米尔，有你们这样做生意的吗？"

泰米尔说："张老板，你误会了吧？"

张志文说："误会什么呀？这车羊的钱我都付了！可今天我雇好车去拉羊时，说让你们齐麦尔畜产品公司的泰米尔老板拉走了。"

向志疆糊涂了,说:"可我们也把钱付了呀,要不羊主人怎么能让我们装羊呢?"

这时有辆摩托车开了过来。

那位开摩托车的人掀下头盔对张志文说:"这羊我卖给泰米尔老板了。张老板,你付的定金我还你!"

热合曼毡房前。

阿孜古丽说:"苏和巴图尔,你这是干什么? 快起来!"

跪着的苏和巴图尔对阿孜古丽说:"阿孜古丽,为了能见到你,我在草原上找了快半个月了。"

阿孜古丽说:"我不是跟你说过吗,我不想再见到你,你又何必来找我呢?"

苏和巴图尔说:"不,我一定得找到你! 我做梦都没想到,你居然……怀上孩子了。自从唐娅琳告诉我后,我真的痛恨我自己,我给你带来了这么大的麻烦。"

阿孜古丽叹口气说:"你起来吧。你就是跪上一辈子,一切也都无法改变了。"

张志文对那卖羊的牧民说:"你说得好轻巧啊! 我来回这么跑难道白跑了? 我雇卡车的费用谁给我掏?"

那位牧民说:"张老板,这你也不能怪我呀。泰米尔老板出得价比你高呀,谁出的钱合适,我当然卖给谁呀。"

张志文说:"可当初你是答应了的! 而且我把定金也付给你了! 怎么说变卦就变卦了呢? 都像你这样,往后的生意还怎么做啊!"

向志疆说:"张老板,这事儿你同这位兄弟交涉吧。我们可是付清了全部款项,羊就已经属于我们的了。"说着他跳上车,对泰米尔说:"泰米尔,我们走! 天都快黑了。"

张志文一把拉住泰米尔说:"泰米尔,你不能走。我首先付的定金,这羊就该归我的。你这样抢我的生意,恐怕就破了咱们江湖上的规矩了吧?"

热合曼的毡房前。

苏和巴图尔站起来说:"阿孜古丽,这是我犯下的错,我自然不该再说什么。但你干吗不把这孩子拿掉呢? 这孩子会拖累你一辈子的。"

阿孜古丽说:"拿不拿掉这孩子,这不管你的事。这件事,你有错,我阿孜古丽也脱不了干系。所以留下这孩子,不是因为你,而全是为了惩罚我自己。我不但因此失去了爱情,失去了幸福,我还得背上这个沉重的包袱。"说着,她眼里溢满了泪水。

热合曼、古丽娅也从毡房里走了出来,热合曼一见是苏和巴图尔,立刻走过来怒目而视说:"苏和巴图尔,你得还我女儿的幸福! 你这个臭粪蛋!"说着,举起拳头就要打。

阿孜古丽阻止说:"阿爸,别打他,当心脏了你的手。"然后对苏和巴图尔说:"天快要黑了,你跑了这半个月,一定也很累了。"她对古丽娅说:"阿妈,给他做顿热乎的饭吃吧。吃了饭,就让他回吧。"

苏和巴图尔眼里含着泪。

两辆卡车的边上。

泰米尔对张志文说:"张老板,别忘了,你也破过规矩啊。"

张志文说:"怎么? 泰米尔,你是要报复我?"

泰米尔说:"张老板,这话你可说岔了。我真是不知道这羊你已付过定金了,有句话说不知不为罪,所以这根本就不存在什么报复你的问题。"

张志文说:"那现在这事你看怎么办?"

泰米尔对牧羊人说:"兄弟,既然你在我们前面已经收了张老板的定金,这群羊自然就该归张老板。我泰米尔也得守这规矩,请你把卖羊的款还给我就行了。"

牧羊人说:"不行不行。"他转头对张志文说,"张老板,我把定金还给你,现在这些羊是泰米尔老板的,他的买羊款已全给我付清了。"

张老板说:"喂! 什么叫定金你知道吗? 我把定金付给你,就是你的羊我已经订下了,你就不能再给别人了。你要给了别人,就是违约,你要赔偿我损失的!"

牧羊人说:"张老板,可你给的价也太低点了。"

张志文说:"当时你是同意了的!"

向志疆说:"泰米尔,这事由他们自己解决。反正钱我们已经付清,羊自然归我们所有。我们得赶路呀!"

张志文显然对牧羊人相当恼火,他说:"泰米尔,你可以走你们的。但我得跟这位兄弟打打官司,你多给他的钱,我要让他全都吐出来!"

泰米尔说:"好吧,你们之间的事,你们商量着解决吧!"

泰米尔跳上卡车。

那辆空卡车的边上。

张志文对牧羊人说:"这事你看是公了还是私了?"

牧羊人说:"啥叫公了? 啥叫私了?"

张志文说:"公了就是打官司。私了就是你赔偿我损失。"

牧羊人说:"咋赔?"

张志文说:"卡车运费,我的人工费,还有我的精神损失费。"

牧羊人说:"那得多少?"

张志文说:"起码是你卖羊款的一半以上!"

牧羊人说:"你这不是讹诈吗? 你的钱我又没全收你,就是个定金呀! 大不了定金我多退你一点,雇卡车的费用算我的,不就得了?"

张志文说:"你想得美! 收了定金那就等于订了合同,你单方面撕毁合同,我就要追究你的毁约责任!"

牧羊人也急了,说:"那你到底想咋办吗?"

张志文说:"简单,把你收泰米尔的羊款吐出一半来赔给我!"

牧羊人说:"张老板,你这也太狠点了吧!"

张志文说:"是你先不义,那就别怪我不仁!"说着一挥手,从车上又下来一个高高壮壮的家伙,站在了张志文身边,瞪着牧羊人。

热合曼的毡房内。

苏和巴图尔放下奶茶碗,说:"热合曼大伯,古丽娅大妈,阿孜古丽,谢谢你们,让我这个罪不可赦的家伙吃上了口热饭。"

阿孜古丽说:"你快赶路吧,天就要黑了。"

苏和巴图尔说:"在草原上,走个夜路不是常有的事。"苏和巴图尔犹豫了一会儿,说,"热合曼大伯,阿孜古丽,我找你们是想求你们一件事。"

热合曼没好气地说:"有话快说,有屁快放,然后就赶快走人! 你多待在这毡房里一分钟,我都恨不得拿起鞭子抽你一顿。"

苏和巴图尔说:"热合曼大伯,古丽娅大妈,我知道说这话你更得抽我,可我还是想说,你让阿孜古丽跟我结婚吧。"

阿孜古丽断然说:"苏和巴图尔,这是不可能的事!"

苏和巴图尔说:"你不想跟我结婚,那你为什么一定要生这个孩子呢? 这事是我犯的错你可以惩罚我,哪怕就是宰了我我都没话说。但你干吗一定要跟自己过不去呢?"

阿孜古丽说:"现在说这些有意义吗? 这个孩子是我犯错的代价,我愿意承受,跟你一点关系都没有!"

苏和巴图尔说:"我是孩子的父亲,我该养活你跟孩子,我该对所有我应当承担的责任负责。"

阿孜古丽说:"你想让我死吗?"

苏和巴图尔一愣,说:"阿孜古丽……"

阿孜古丽说:"看到你就是看到了我的耻辱,跟你结婚就是对我最大的折磨,嫁给你不如让我去死!"

苏和巴图尔说:"这也是我的孩子啊!"

阿孜古丽愤怒地说:"苏和巴图尔,你这是在往我的伤口上撒盐吗?"

苏和巴图尔说:"阿孜古丽,你究竟要我怎么做,才能原谅我犯下的这个罪?"

阿孜古丽说:"你永远都别想! 你只要出现在我面前,就会在我心里那道伤口上割一刀,让我痛苦地想死!泰米尔已经知道我的事了,我跟他是不可能了,但我也不会跟你,跟一个毁了我一生幸福的人待在一起!你走吧,别逼着我拿鞭子赶你走!"

古丽娅:"苏和巴图尔,你走吧,别让阿孜古丽再生气了。"

热合曼说:"阿孜古丽不想让我打你。但我一直想用鞭子狠狠地抽你一顿!你的行为毁了阿孜古丽的一生,你快滚吧!"

卡车在雪原中行驶。

泰米尔不安地向车窗外张望着。

泰米尔想了想,对驾驶员说:"王师傅,拐回去吧。"

向志疆说:"又怎么啦?"

泰米尔说:"牧民们放了一年的羊,就想卖个好价钱。我们要这么走了,真要打官司,那个牧羊人搞不好会输。"

向志疆说:"不会,他们只是口头协定,又没签合同,应该不会。"

泰米尔说:"可就算不打官司,张老板也不会放过他,最后吃亏的肯定是这位牧民。"

向志疆说:"就算是那个牧民见利忘义,涮了张老板,那也是这两人之间的恩怨,我们用不着再去掺和吧?"

泰米尔摇摇头说:"不行,这样的话,那牧民会很惨的。王师傅,你辛苦一下,拐回去。"

远处一抹红霞横在天边,雪停了。

苏和巴图尔离开热合曼的毡房时有些垂头丧气,他翻身上马走了一段,又依依不舍地向后望了一眼。

昏暗的天空下,毡房边上站着个人影,他知道那是阿孜古丽。

苏和巴图尔跳下马,朝阿孜古丽深深地鞠了一躬。

苏和巴图尔翻身上马,策马远去。

热合曼的毡房前。

站在毡房边上的阿孜古丽看着骑马消失的苏和巴图尔,顿时泪流满面。

热合曼、古丽娅走出毡房,阿孜古丽伏在古丽娅的肩头痛哭起来。热合曼拍拍阿孜古丽的背,看着苏和巴图尔离去的方向,长长地叹了口气,说:"人生啊,怎么会是这样?"

阿孜古丽说:"阿爸,阿妈,不能全怪他……"

牧羊人被张志文和那个高个子家伙逼得一副可怜相,他求饶说:"张老板,我错了,我错了行吗? 您大人大量,就原谅我这次?"

张志文一挥手说:"不行! 这次你把我涮了,下次就会一直有人这么干! 不给你点教训,你就不知道啥叫规矩!"

牧羊人不知所措地看着步步紧逼的张志文和他的同伴。

这时,泰米尔的卡车开到空卡车边上。

泰米尔从车上跳下来,说:"张老板,你不要再同他较真了。"

张志文说:"那我的羊咋办? 我的损失谁给我补? 如果我做生意做成这样,我还活不活了!"

泰米尔说:"张老板,这样吧,你拉着我这车羊走。这位兄弟,你把张老板给你的定金给我。然后张老板,你把该付给这位的羊款就给我吧。这样总可以了吧?"

张志文说:"泰米尔,你这不吃大亏了?"

泰米尔说:"吃大亏还说不上。我只是损失了你与我给这位卖羊人之间的差价。"

向志疆有些急了,一把将泰米尔拉到一边说:"泰米尔,你太傻了,干吗要这样? 羊退给这位兄弟,把钱拿回来不就完了?"

泰米尔说:"现在我,张老板与这位兄弟这三方之间,总有一方要吃亏。这位兄弟放牧了一年羊,如果让他吃亏,我实在不忍心,想了想,还是我这个半路上插进来的人吃亏吧。"

向志疆说:"这又何必呢? 整个事情我们又没什么错!"

泰米尔笑了笑,拍了拍向志疆的肩膀,那意思是你多担待些。

泰米尔走回张志文身边。

泰米尔说:"这位兄弟想把羊卖个好价钱,这我能理解。但在这件事上,他不该隐瞒我们,是输理的。无论是公了,私了,他都得赔偿张老板的损失。"

张志文说:"对,没错!"

向志疆还是有些抵触情绪,说:"话是没错,可跟我们有什么关系?"

泰米尔说:"再怎么样我也都是个牧民的儿子。所以……后面的话我不说了。以前我不知道张老板已经买下这位兄弟的这些羊,不知者不为过。但现在我知道了,还把羊拉走,这就有点不仗义了。所以张老板,你就把这些羊拉走吧。我不就亏了那么几个车钱吗?但生意场上,不是只讲个钱的,最后总还得讲讲如何做人吧?"

张志文说:"泰米尔,你这么一讲,我倒不好意思了。"

泰米尔说:"张老板,不用客气了,你把羊拉走吧。"

张志文倒有些尴尬了,说:"泰米尔,你也别老让我欠你情啊。这样吧,我给这位老兄的羊价是低了点,我再给他加点吧。"

泰米尔一笑说:"这你就看着办吧。"

雪已经彻底停了,白茫茫的雪原把天空映衬得亮堂堂的。

泰米尔和向志疆坐上那辆空卡车的驾驶室。

泰米尔对司机说:"师傅贵姓?"

司机说:"免贵姓张。"

泰米尔说:"张师傅,你辛苦一下,往科兰草场开。我在那儿也买下了一车羊。"

牧羊人看着泰米尔和卡车远去。他感叹地说:"泰米尔老板这样做生意,谁不愿意把羊卖给他呀!"说着看了张志文一眼,开着摩托走了。

张志文看着远去的卡车,虽然无语,却在那里脸色凝重地站了好一会儿。

旁边的高个子看看张志文,想提醒他赶快上车,便问了一声说:"老板?"

张志文咬牙自语说:"这个泰米尔,弄得我好狼狈啊!"

旁边那个高个子说:"老板,羊不是追回来了吗?咱们赢了呀!"

张志文骂道:"笨蛋!看上去买卖是我们做上了,可面子里子全让那小子赚走啦!这笔生意我们输了,输得连北都找不着了!"

初春,冰雪已经融化,小草也已露出了嫩芽,在稀稀落落还未完全融化的积雪中渗出了一片一片的嫩绿。

一条宽大的河边扎着一座毡房。

阿孜古丽腆着下垂的肚子,提着桶要去河边打水。

正在毡房边弹着弹拨尔的热合曼赶忙放下弹拨尔,奔上前去,从阿孜古丽手中夺下水桶,说:"你看你,眼看着就要生了,还不吭不哈地偷着干体力活。打水叫我一声不就得了?"

阿孜古丽笑着说:"阿爸,你的弹拨尔越弹越有味了。所以我不想打断你。"

热合曼说:"又没啥别的事,天天拨弄弹拨尔,能不长进嘛?好,我去打水。"

一家小饭馆。

唐娅琳走出小饭馆,苏和巴图尔也跟了出来。

唐娅琳说:"苏和巴图尔,我只是想来问问你,你去找阿孜古丽了没有?"

苏和巴图尔:"我找到她了,但她把我赶了回来。"

唐娅琳:"那你准备咋办?"

苏和巴图尔:"我说了,我一定要娶她,除非她跟别人结婚了。"

唐娅琳:"你去忙吧!我走了,你这小饭馆开得不错啊!"

唐娅琳看看小饭馆,因为是吃晚饭时间,不停地有客人走进饭馆,生意相当不错。

苏和巴图尔说:"是,饭馆的生意还行,等攒够了钱我就把旁边的门面也盘下来,以后会越做越好的。"

唐娅琳说:"这我信。你看我跟泰米尔,靠着贩羊起家,现在的公司也红火着呢。"

苏和巴图尔说:"那我们都努力吧。我这里担子可重着呢。"

托克海市。一座小院,几间平房,门口挂着"齐麦尔畜产品责任有限公司"的牌子。

唐娅琳跳下马,走进小院。

齐麦尔公司泰米尔的办公室。

唐娅琳推开门走进办公室,径直坐到了泰米尔办公桌的对面。

泰米尔对她一笑,说:"有事?"

唐娅琳说:"当然有事。不过,不是公事,是私事。"

泰米尔说:"那你先听我说点公事,咱们再谈私事。"

唐娅琳说:"行,你说。"

泰米尔说:"明天我要去趟下河村。"

唐娅琳说:"干吗?"

泰米尔说:"我表姐不是嫁到那个村了吗? 我托她在下河村设了个点,收购一批羊,明天我去把羊拉回来。"

唐娅琳说:"那叫向志疆去不就得了。"

泰米尔一笑说:"向志疆明天有事。"

唐娅琳说:"他有什么事?"

泰米尔说:"你会猜不出他有啥事吗?"

唐娅琳会意地说:"哦,我知道了,肯定跟娜达莎有关。不过,娜达莎那边,我看他肯定没戏。"

泰米尔说:"为啥?"

唐娅琳说:"你想想,咱们公司从半年前成立到现在,你们两个,还有我,哪个不是东奔西跑脚不沾地的? 虽说公司的生意越做越好,但我们几个人连一点私人的空间都没了。向志疆对娜达莎有意思,可要是老没空去跟人家培养感情,那还能有戏吗?"

泰米尔笑着说:"我看你不是在给向志疆打抱不平,而是有针对性地批评我,不给你们休息的时间。"

唐娅琳说:"有那么一点意思。今天我要跟你说的私事就跟这有关。"

泰米尔说:"啥事?"

唐娅琳说:"晚上跟我一起去唱歌!"

泰米尔说:"今晚吗?"

唐娅琳说:"你明天不是要出车吗? 当然只能今晚了。忙了大半年了,总得放松放松吧? 咋样,赏脸不?"

泰米尔说:"行,没问题。我把向志疆也叫上,让他也去吼两嗓子。"

唐娅琳说:"不! 就我跟你去。"

泰米尔说:"咋啦?"

唐娅琳说:"没什么,我就只想跟你去唱。"

泰米尔想了想,很干脆地说:"可以。"

唐娅琳满意地一笑说:"泰米尔,谢谢你答应得那么爽快。"

泰米尔说:"这话怎么说? 没别的意思吧?"

唐娅琳说:"你自己感觉去,但别往那个上头想,你有阿孜古丽呢!"

第十四章

托克海市。一家叫"金色的田野"歌舞厅。泰米尔和唐娅琳走进歌舞厅。

泰米尔说:"这是新开的? 场面很大嘛。"

唐娅琳也四处环顾着歌舞厅的装潢,显得有些兴奋地说:"是啊! 前两天路过的时候他们才开张,我早就想进来看看了。"唐娅琳像是突然发现了什么,拉了拉泰米尔的衣袖说,"嗨,泰米尔,你猜我看到谁了?"

泰米尔说:"谁?"

唐娅琳一转头示意了一下,泰米尔向后看去。

张志文陪着一位中年人正从门口进来。那位中年人西装革履,显得有些儒雅。张志文亦步亦趋挂着一脸谄媚的笑容。

唐娅琳撇着嘴说:"肯定是个大客户,你看张志文那嘴脸,笑得真恶心。我们走,躲开他点。"

泰米尔打量了一会儿那个中年人,想了想说:"都在一个歌舞厅里玩,哪有见面不打招呼的。"说着就迎了上去。

张志文一见泰米尔走过来,先是一愣,很快冷笑带挖苦地说:"泰米尔老弟,咱们也真是冤家路窄啊。"

泰米尔一笑说:"这话怎么说? 生意场上相互竞争不也很正常吗? 咱俩可以说是竞争中也有合作嘛,不是吗?"

张志文说:"是是是,但你泰米尔比我精明,咱俩一碰上,我就老吃亏。"

中年人说:"张老板,你们这么熟,能介绍一下吗?"

张志文犹豫了一下,又故作大度地说:"好,我来介绍一下,章立光,咱们托克海市肉联公司的总经理。"然后又指着泰米尔对章立光说,"这位齐麦尔畜产品公司的泰米尔老板,还有这位漂亮的姑娘是他们的副总经理。怎么,那个向总经理没来啊?"

唐娅琳插嘴说:"向志疆他有别的活动,今天就我跟泰米尔。"

张志文似乎觉出点味儿,哈哈一笑说:"明白明白。"说着,故作亲热地拍着泰米尔的肩头说,"我老实告诉你,其实我从各地贩来的牛羊,包括你泰米尔的,最后都是卖给章总的。"

泰米尔对章立光一点头,伸出手说:"幸会,幸会!"

章立光客气地握了握手,说:"你好,你跟张老板是同行喽? 那真是太巧了也太好了!"

泰米尔说:"是啊,说起来,还是张老板把我带进这个圈子里的。"然后开玩笑地对张志文说,"你张志文以前为啥不把章总介绍给我,要早介绍给我,我就用不着让你从中捞一把了。"

张志文说:"人际关系是什么? 人际关系就是资源,资源是能随便给别人的吗?"

泰米尔说:"不够朋友。"

张志文说:"生意场上是只讲利益的。"说着想起了什么,指着泰米尔对章立光说,"章总啊,你可要当心他一点儿。"

章立光说:"为什么?"

张志文说:"因为这个人啊,长了一张憨厚脸,心呀,狡猾狡猾的!"

泰米尔一笑说:"张老板,你可别把我妖魔化啊! 上次你不还从我这里弄走一车羊吗？那羊是你先付的定金，又被牧民卖给了我，可我泰米尔不是老老实实还给你了吗？"

张志文说："你看看，明明是我吃了个哑巴亏，你还要我在这里给你唱赞歌。这人骨子里就透着精刮！"

章立光来了兴致，说："到底什么状况？说给我听听。"

唐娅琳有些不耐烦，说："我们别站在这儿挡道了，先进去吧。"

张志文说："对对对，我们走。"

章立光边走边对泰米尔说："我听说你们草原上的人随便拉一个出来就是个好嗓子，今天不知道能不能有幸领略一下二位的歌喉？"

张志文忙附和说："对对，那我们就一起吧，我订了个很大的包厢。你们不要看章总是生意场上的人，但他骨子里可是个文化人，很有品位的！我特别欣赏他这一点。"

唐娅琳说："不用，我们订了包厢了。"

张志文说："啊呀，唐娅琳姑娘，不要扫兴嘛。唱歌就要大家一起唱才尽兴，对吧章总？"

章立光看看泰米尔，说："泰米尔老板，你的意见怎样？"

泰米尔爽快地说："行！"

唐娅琳恼怒地说："泰米尔！"

泰米尔说："一起吧。能跟章总一起唱唱歌，聊聊天，多认识一个生意场上的朋友，这样的机会可不容易。"说着看了看唐娅琳，意思让她担待些。

包房门口。

张志文推开门先让章立光进去，一面笑着对泰米尔说："你们齐麦尔公司的向副总，歌唱得很棒，我见识过，今天可要看你们的喽！"说着乐呵呵地径直走了进去。

泰米尔正要跟着进，看唐娅琳满脸的不情愿，就拉了她一把，唐娅琳只好嘟着嘴走了进去。

包厢里。

泰米尔分别用哈萨克语和汉语唱了一曲《花儿为什么这样红》,唱得原汁原味,让章立光听得入了迷。

章立光动情地鼓着掌,说:"好! 太有味道了,太有味道了!"

张志文也鼓噪说:"好,再来一首!"

泰米尔和唐娅琳唱了几首歌后,张志文兴致勃勃地对唐娅琳说:"唐娅琳姑娘,咱俩合唱一个吧?"

唐娅琳看了一眼泰米尔,泰米尔微笑着轻声说:"别扫兴。"

唐娅琳只好点头,张志文一跃而上拿过泰米尔的话筒开始挑歌。

泰米尔在章立光的身边坐下,章立光立马给泰米尔倒了杯啤酒,说:"你唱得太棒了! 比那些专业的唱得还有味儿!"

泰米尔说:"章总你过奖了,我们从小在草原上放羊,没事就吼两嗓子,再怎么样也只是个业余的,咋能跟人家专业的比呢。"

章立光说:"专业的虽然有专业的水平。但你俩唱得那种味道专业的不见得唱得出来。唱到现在,正唱出味儿来了。张总,泰总,俗话说,有缘千里来相会。今晚碰在一起,就是有缘啊! 我正有事要求你们呢。"

泰米尔说:"请说。"

张志文显然知道章立光想说什么,忙放下话筒,圆滑地给章立光倒了杯酒说:"章总,我知道,今天你请我来歌舞厅不仅只是为了放松放松,肯定有什么事儿要叫我做。有我在,什么事你只管吩咐就是了。不过今晚我们只喝酒,只放松,工作的事咱们明天再说。"

章立光为大家倒酒,唐娅琳接过酒瓶说:"章总,还是我来吧。"

章立光又话归正题说:"最近我们肉联厂的生意特别好,是供不应求啊。所以要请你们两位帮帮忙,多给我拉些羊来。我的收购价还可以给你们高一成,怎么样?"

泰米尔忙说:"什么时候要?"

章立光说:"当然是越快越好,越多越好。"

张志文见阻止不了泰米尔掺和了,只好一拍胸脯说:"这事包在我身上了!"

泰米尔说:"后天早上我就可以给你拉几车羊来。"

章立光大喜说:"真的?"

泰米尔说:"我泰米尔从不说没把握的话!"

章立光说:"既然这样,那我就实话告诉你们。我后天就断炊了,如果后天一早再拉不来羊,就开不了工了。所以如果你们后天一早就能把羊拉来,我就给你们提高一成的价钱。"

张志文还是很圆滑地说:"我尽量争取吧。"

泰米尔却爽快地说:"没问题!"

张志文赶紧抢他话头说:"来来来,章总,你也来唱一首! 我知道,你那嗓子绝对不输给草原上的人。"

章立光唱罢一曲,走下来举杯对泰米尔说:"泰米尔老弟,你能保证后天一早就把羊拉来吗? 要是厂子一停工,经济,信誉损失都太大。"

泰米尔说:"没问题! 我可以给你立军令状。"

章立光说:"又不是打仗,立什么军令状啊。只要你保证后天一早就帮我拉来几车羊,那咱们这生意就做长久了。"

泰米尔说:"行!"

章立光说:"那一言为定!"

张志文捋着头发,在一边笑了笑。低声地对唐娅琳说:"这无把握的话,我可不敢说。"

唐娅琳说:"这人就这样! 一拍胸脯,啥事都敢答应。不过我喜欢这样的男人。阴不答答说话没底气的男人,我可不喜欢。"

张志文尴尬地笑,说:"是呀,是呀。"

章立光高兴地拍着泰米尔的肩膀,说:"太够朋友了! 那就说好了。初次相识,就提这样的要求,真是不好意思。"然后对门口的服务员喊:"服务员,再拿瓶红葡萄酒来!"

章立光热情地给唐娅琳倒了杯酒,说:"泰米尔,唐娅琳,不是我夸你们,你们唱的歌是从心唱出来的,发自肺腑的。不像有些歌手,一天到晚老觉得自己专业多么好,唱腔多么标准,可唱出来的东西,空洞洞的,毫无感情而言,更不要说用心体验那些歌曲的文化内涵了。听了你们的歌,真有点相见恨晚的感觉啊!"

张志文有些嫉妒地说:"唱歌果然是一项才能啊! 泰米尔你这个公关真是无师自通啊?"

泰米尔笑着说:"怎么? 后悔把章总介绍给我了?"

张志文说:"这是哪里话。不过,原本是请章总来放松放松的,想不到现在我成了配角了。你泰米尔真是狡猾狡猾的,不行,以后再也不跟你这么打交道了。"

泰米尔说:"张老板,不要这么小气嘛! 来干一杯,谢谢你帮我结识了章总这个人。"然后对章立光说,"我们那儿有位老人家说过,懂得欣赏你的歌声的人,必然会成为你的朋友。章总,很高兴认识你,干杯!"

托克海市。齐麦尔畜产品公司院子。天蒙蒙亮,一辆崭新的吉普车停在院门口。

泰米尔和向志疆走出院子。

向志疆说:"你们俩真不够意思,去唱歌也不叫我。"

唐娅琳说:"拉倒吧。我都后悔死了! 昨天就想单独跟泰米尔一起唱的,谁知道半路杀出个程咬金,当了一晚上的陪唱,气死我了。"

泰米尔一笑说:"这个陪唱你平常想找这个机会都未必找得到,没想到昨天撞见了,这叫撞大运,今后,我们就用不着再让张志文从中间斩一刀了。"

唐娅琳不高兴地说:"没心情跟你开玩笑! 冒冒失失就答应人家给人家拉几车羊,你明天一早赶得回来吗?"

泰米尔说:"赶不回来也得赶! 答应了就得兑现,我可不想错失这么好的机会。"

唐娅琳叹口气说:"泰米尔,你现在满脑子除了生意还是生意吗?"

泰米尔说:"没办法,现在是创业阶段嘛,逮着机会就得往前冲啊,不然就输给别人了。"说着,钻进车里,发动起车来。

向志疆看看唐娅琳,小声安慰她说:"没事唐娅琳,在一起总会有大把大把的机会的。"

唐娅琳说:"用不着你做假好人,还是想办法把握住你的机会吧。"

向志疆一笑也钻进车里。

唐娅琳说:"你们等等。"然后折回院子里又拎出两袋东西,塞到吉普车的后座里说,"泰米尔,这一袋是给索娜尔姐姐的礼物,还有这袋,是给你们俩路上吃的。向志疆,替我向娜达莎问个好。"

向志疆说:"唐娅琳,你到底是在城里待过的女人,谢谢你了。"

唐娅琳白了一眼似乎毫无感觉的泰米尔,有些生气地说:"用不着你谢,走吧,冷血动物!"

车一溜烟地开走了。

唐娅琳站在院门口,凝视着吉普车远去的方向,眼中满含着复杂的深情。

还未融化的几处积雪像白云似的镶嵌在初春的草原上,吉普车在草原上疾驰。

向志疆说:"你看人家唐娅琳,对你多殷勤啊？事业上一直不遗余力地在帮衬你,感情上……傻子都看得出来,可你为什么就无动于衷呢？"

泰米尔开着车闷声不响,脸色也有些阴沉。

向志疆说:"唐娅琳美丽,直率,人又特别的豪爽,我觉得你俩是真正的一对!"

泰米尔有些烦躁地说:"没来由地说这干吗？"

向志疆说:"我只是有点替唐娅琳不值,一个女人这样为你豁出去,你却从来不把她放在眼里。"

泰米尔说:"她和我有约定,只是合伙办事业,不往那上头上扯。"

吉普车在草原上疾驰。

远处有条大河在草原中蜿蜒而行,一个毡房坐落在河边。

星星点点的羊群在更远的草坡上。

和煦的阳光铺洒在草地上,羊群在悠然地吃着草。

阿孜古丽坐在草坡上,专注地编织着一件婴儿的坎肩。她抬起头,看见远处的公路上,一辆吉普车正驶向远方。

草原上的公路。已是下午,吉普车里。向志疆打了个盹刚刚醒来,他看看外面的太阳,已经有些西斜了。向志疆对泰米尔说:"现在到哪儿了?"

泰米尔说:"干吗?"

向志疆说:"你不是答应过我吗? 今天去下河村的时候顺道送我到娜达莎那儿。"

泰米尔说:"已经过了,我们直接去下河村!"

向志疆说:"干吗?"

泰米尔有意说:"公事重要还是私事重要? 我表姐索娜尔已经在那儿帮我定了几百只羊,我怕一个人弄不过来,你得搭把手。"

向志疆急了,说:"你之前不是答应了的? 泰米尔,你这是在打击报复是吧?"

泰米尔说:"娜达莎那里,我看你是剃头担子一头热,再努力也没什么用。"

向志疆说:"这话我不同意! 爱情这东西,总是先有一头热,然后再把另一头传导着再热起来。所以先热的那一头不能熄火,要不断加热才行。"

泰米尔开车在草原上疾驰。

向志疆吊着个脸坐在副驾驶位上。

泰米尔看看他,逗他说:"向志疆,你谈过几次恋爱呀?"

向志疆说:"这次是刚开始,哪来的几次?"

泰米尔说:"听你这话,好像你已经谈了好多次了。"

向志疆说:"我谈的是理论,还没实践过。这次我要真正的实践一下了。泰米尔,帮帮忙,我们掉个头先去趟娜达莎那儿? 然后我再跟你去下河村?"

泰米尔笑,说:"第一次就爱上了一位俄罗斯族的女人,真有你的。"

向志疆央求说:"爱情可不分民族,这世上不同民族的人相爱的有的是。

我这里心已经跳得很热烈了,你可别给我撤火炭啊!先去娜达莎那儿吧?"

泰米尔说:"要不,我把你撂在娜达莎那儿?"

向志疆说:"别别别,我是个有理智的人,先做正事,再谈爱情。"

泰米尔突然猛地将车拐了个弯。

向志疆的脑袋被磕了一下,揉着头喊:"泰米尔,你咋开的车?!"

泰米尔笑笑用嘴指指车窗外说:"你看,前面是谁?"

娜达莎正骑着马赶着羊群朝吉普车的方向走来。

向志疆激动地探头出车窗,挥着手喊:"娜达莎!"

泰米尔说:"下呀!"

向志疆推开车门跳下,一面笑着对泰米尔说:"他妈的泰米尔,你真够朋友!"

泰米尔笑着说:"啰唆啥呢?冲啊!"

向志疆又探身进来拍了拍泰米尔的肩,说:"明天早上我在路边等你。"

向志疆看着泰米尔倒车,又嗖地把车开上了公路。

向志疆朝吉普车挥了挥手,高兴地向娜达莎奔去。

巴吉尔草场。娜达莎的毡房。

娜达莎为向志疆端上奶茶。说:"向大哥,你们公司生意咋样?"

向志疆接过奶茶说:"非常得好!泰米尔,能人哪。"

娜达莎说:"是啊,做生意的能有他这样的好脑子,还有个好心肠,真是少有!"

向志疆说:"泰米尔让我来看看你的羊,咋样?准备啥时候出售?"

娜达莎说:"再养养吧。过了一冬,羊都瘦了,卖不出价了。我想再喂上一个月,让羊再长点膘。"

向志疆说:"行啊,等一个月后,我再来收。"

这时晓萍摸着自己的额头,走过来说:"阿妈,我头痛。"

向志疆马上摸了一下晓萍的额头说:"啊呀,好像有些发烧。那怎么办?"

娜达莎一笑说:"别大惊小怪的。孩子头痛脑热是经常的事,睡一觉就好了。去,回毡房躺下休息一会儿。我要给你向叔叔做饭吃。"

下河村。索娜尔家门前院子。门前一圈围了不少人。圈子里有两个人在打架。

索娜尔喊:"别打啦!别打啦!"

打架中的一个男子说:"哈里木,我告诉你,你这羊退也得退,不退也得退!"

哈里木是索娜尔的丈夫,嘴角挂着血丝。哈里木抹了一下嘴角的血渍,说:"羊是你自己送来的,不是我哈里木抢来的。"

那个男子说:"你给的价不对!人家给我们的价要比你们高得多。"

围着的许多人也喊:"退羊!退羊!"

还有人喊:"哈里木,索娜尔,你们立即退我们的羊!哈森,再揍他!这个吃里爬外的家伙。"

泰米尔开着吉普车驶近索娜尔家,他远远地看见那群人在吵嚷。

泰米尔撅了撅汽车喇叭。

索娜尔听到喇叭声,看到了泰米尔开车停了下来,忙推开人群迎了过去。

泰米尔跳下车,看看那群人,问索娜尔说:"咋回事?"

索娜尔急得都快哭了,说:"泰米尔,你来得正好,他们要我们退羊,说不卖给我们了。"

泰米尔说:"什么原因?"

索娜尔说:"有人比我们出的价要高好多。"

泰米尔说:"他们出了什么价?"

索娜尔凑到泰米尔耳边咕哝了一句。

泰米尔说:"是哪家公司?"

人群中有人喊:"你管是哪家公司呢?反正比你们价钱高!退羊,退羊!"

那个叫哈森的牧民松开哈里木,走到泰米尔面前,打量了一下他说:"你是这个公司的老板?"

泰米尔说:"是。有什么事情就跟我说吧,打人终归不太好吧。"

哈森说:"那他得识相,要么就出跟人家一样的价钱,要么就退羊! 可他们一样都不肯,那咱们能不火大吗?"

泰米尔说:"那个公司给你们这个价,付了定金了吗?"

哈里木说:"没有! 也就是嘴上那么一说,这帮人就全冲过来了!"

哈森说:"你们不也没付定金吗? 既然人家出了高价,我们卖给出价高的有啥不可以的?"

其他人都附和说:"对! 就是。"

哈森对泰米尔说:"你是老板,你说了算! 加钱,还是退羊?"

泰米尔想了想,说:"加钱是不可能的。我这里加了钱,对方如果再加,你们还是会觉得我们坑了你们。这样吧,"泰米尔转头对哈里木说,"表姐夫,你带他们去赶羊吧。想要退羊的我们都退给他们。"

哈里木有些不情愿,索娜尔也说:"泰米尔,那我们……"

泰米尔说:"姐,你放心,你们的劳务费我一分也不会少的。"

哈里木说:"这不是钱的问题,哪有这样的,他们一点信用都没有!"

哈森说:"啥叫没信用,谁出的价高咱们就卖给谁! 这有啥错?"

泰米尔说:"我们没说你们有错,羊绝对退给你们。只是我想知道是谁出得那么高的价,既然输了,我总得知道竞争对手是谁吧?"

哈森说:"那个老板姓张,也是托克海市来的。是昨天半夜里赶来的。"

泰米尔明白了,他也稍稍愣了一会儿。

索娜尔家院门前。

泰米尔与索娜尔看着哈里木领着牧民们走了。

索娜尔家院子。

索娜尔和泰米尔走进院子。

索娜尔叹口气,说:"到手的生意就这么没了,真是的! 泰米尔,真的不能给他们加到那个价吗?"

泰米尔说:"姐,要真是按你说的那个价全部吃进的话,我可要亏老鼻子了。"

索娜尔说:"那那个人干吗要出这么高的价? 他不亏吗?"

泰米尔摇摇头说:"那个张老板我认识,我知道他为什么要出这么高的价。他只是为了搅局,但他可亏大了,因为这样的亏本买卖我绝对不能做。现在亏也就是你跟姐夫的那点劳务费。"

索娜尔说:"算了吧。事没办成,又是自家亲戚,还要什么劳务费呀。"

泰米尔说:"一定得给! 这跟是不是自家亲戚没啥关系。是我委托你们做的事情,就算没办成,但你们已经出力了,所以该得的劳动报酬一分都不能少。姐,你去做几个菜吧,晚上我要跟姐夫喝几碗酒。你们都辛苦了,尤其是姐夫,为这事还挨了揍。"

巴吉尔草场。娜达莎的毡房。

向志疆对娜达莎说:"娜达莎,你实话告诉我,我这个人到底咋样?"

娜达莎说:"干吗问这个?"

向志疆说:"你是不是觉得我这个人忒蠢,忒不识时务啊?"

娜达莎说:"向大哥,我知道你啥意思。可有些东西不是你争取就能得着的。"

向志疆说:"不争取又怎能知道自己得不到呢?"

娜达莎说:"向大哥,你是个好人,你的心思我也明白。但这种……感情上的事,不是说有就能有的。"

向志疆说:"所以我得努力呀! 古人有句话说,精诚所至金石为开,我信这话。"

娜达莎看看向志疆,说:"向大哥,你不会就是为了这事上我这儿来的吧?"

向志疆说:"那当然。爱情是什么? 它就是干柴上燃起的一把火,我要是不把这热量传递给你,只把自己烧成了灰,那多不甘心哪!"

娜达莎一笑说:"你这比喻可不恰当,干吗要把自己烧成灰呢? 那爱情还能有什么希望呢?"

向志疆说:"可在我的心里,现在就燃着一把火。娜达莎,你真的感觉不到吗? 我有多希望你的毡房能够接纳我呀。"向志疆用炙热的目光凝视着娜达莎。

娜达莎挪开了视线,说:"再等等吧。太阳总有升起的时候,月亮也总有团圆的日子。在太阳还没升起,月亮还没填满它的缺口之前,让我们彼此间相互了解了解,不是更好吗?"

向志疆欣喜地说:"这么说,你是给我希望了?"

向志疆坐在篝火旁。

娜达莎坐在一边说:"天很晚了,你怎么睡?"

向志疆说:"还像上次那样,你拿件皮大衣给我,我就睡在外面。"

娜达莎说:"那怎么行? 现在外面还很冷。"

向志疆一笑说:"你不是说了吗? 啥时候太阳升起了,月亮圆了,你的毡房能接纳我了,那时……"

毡房里晓萍在哭喊:"阿妈! 阿妈! ……我的头好痛啊!"

娜达莎赶忙冲进毡房。

天空蒙蒙的有些亮,地平线上露出几道霞光。

泰米尔开着吉普车在草原的小路上急驰。

一抹朝霞横跨天边,太阳刚从地平线上露出半边脸。

向志疆抱着用毡子包着的已昏迷过去的晓萍与娜达莎焦急地站在路边等车。

娜达莎不时地掀开毯子喊:"晓萍? 晓萍……向大哥,这怎么办呀,泰米尔会不会来呀!"

向志疆说:"泰米尔肯定来,他不会撂下我不管的。晓萍这会儿可能已经昏过去了,都烧成这样了,现在只有赶紧送医院抢救。你这个当妈的太不负责任了。"

娜达莎说:"我又要放羊,又要照顾孩子。咱们草原上的孩子,哪个不是在草地上爬大的！可是泰米尔的车到底会不会来呀！"说着急哭了。

向志疆宽慰她说："肯定来！你该早点接纳我，让我住进你的毡房！"

娜达莎说："月亮还没圆呢，我咋能这么随便接纳你呀！"

太阳已经升起来了。

草原的小路上，终于看到泰米尔的吉普车从远处急驰而来。

向志疆说："是我留下给你看羊？还是我送晓萍上医院？"

娜达莎说："我送晓萍吧？可这么多羊，我……"

向志疆说："快做决定，车过来了。别再耽搁时间了！"

娜达莎还是拿不定主意。

向志疆见状说："算了，还是我送晓萍去医院，有什么情况，我会让人给你带信的。"

娜达莎说："那向大哥，我就把晓萍拜托给你了。"

向志疆说："你放心吧。虽然你的月亮还没有圆，但我已经把晓萍看成我的女儿了！"

公路上，泰米尔把吉普车开得飞快。他忽然看见向志疆抱着个孩子，还有娜达莎正焦急地等在路边。泰米尔又加快了车速，飞快地把车停在了他们身边。

泰米尔从车窗探头问："怎么回事？"

向志疆抱着晓萍迅速打开车门，跳上车说："快，去医院。"

泰米尔开着车在草原的小路上急驰。

太阳已经西斜。

泰米尔驾着吉普车在草原的小路上急驰。

向志疆说："泰米尔，你能不能开得稳点。车这么颠，孩子怎么受得了呀！"

泰米尔说："现在时间可耽误不起！我车开得已经够稳的了。"

向志疆说："稳个屁！看看，又颠了吧？"

泰米尔说："是路不好。谁开都会颠。再说，送孩子去医院后，我还得到甘湖村去。"

向志疆说:"干吗?"

泰米尔说:"拉羊去!"

向志疆说:"你表姐那儿的羊没拉上?"

泰米尔说:"暂时没有。但狡兔三窟,我在甘湖村也订了一批羊,答应人家的事,不能失约! 上医院后你就好好照顾孩子吧。"

太阳已经落山,天空变得昏暗起来,但远处托克海市的灯光已经隐约可见了。

第十五章

托克海市。市医院。泰米尔把车开进医院的院子。

向志疆抱着晓萍钻出车，立即向医院急诊室奔去。

泰米尔开着吉普车在草原上急驰。

热合曼的毡房前。

阿孜古丽刚刚把羊圈的围栏门关上，突然捂着肚子叫起来。

热合曼、古丽娅同时说："怎么啦?"

阿孜古丽咬着牙说："可能要生了。"

古丽娅说："快进毡房去躺着，热合曼你去找接生的人去!"

热合曼跨上马，飞奔而去。

甘湖村。泰米尔对一位牧民说："老杨，连夜把羊赶到一起吧，我明天一早就派车来拉走。"

老杨说："天太晚了，明天再办吧。"

泰米尔说:"我和你一起一家一家去赶吧。明天一早怎么也得拉走。"

热合曼的毡房里。

阿孜古丽躺在床上,强忍着临产前的阵痛。大滴的汗珠从额头流了下来。

热合曼策马在草原上狂奔。

甘湖村。羊圈里拥满了羊。泰米尔满意地朝老杨点点头说:"老杨,谢谢你。明天一早我就派车来拉。"

泰米尔又跳进吉普车。泰米尔把车开进托克海市。

托克海市医院。晓萍的病房。晓萍打着吊滴,呼吸已很均匀地睡着了。

向志疆对泰米尔说:"没事了。"

泰米尔说:"辛苦你了,我还得雇车去,明天一早一定要把羊拉回来。"

热合曼的毡房前。

热合曼带着一个背红十字包的女人走进毡房,然后又走出毡房,在毡房前来回焦急地走着。

毡房里传出一阵阵阿孜古丽痛苦地叫声。

泰米尔带着几辆大卡车在草原上急驰。

热合曼的毡房里。

满头大汗的阿孜古丽在痛苦地叫着。

古丽娅在一边心疼地看着她。

接生员说:"再用力使把劲,出来了,头出来了……"

甘湖村。泰米尔带着卡车来到甘湖村。

黎明,热合曼的毡房里。婴儿的一声啼哭,划破了夜的寂静。

疾驰的吉普车里。唐娅琳若有所思地看着泰米尔。

泰米尔奇怪地看看她,说:"怎么了?"

唐娅琳说:"泰米尔,我该怎么说你呢?一个男人,不,应该说所有的人,都必须学会放弃不属于自己的东西,包括感情,你说对吗?"

泰米尔一笑,说:"唐娅琳,你到底想说什么?"

唐娅琳说:"泰米尔,你不觉得自己现在这种行为很可笑吗?阿孜古丽已经走了,她是怀着别的男人的孩子走的,她的心已经不属于你了。你还在这里痴痴地等,有意义吗?"

泰米尔的脸沉了下来,说:"这是我的事,和你无关。"

唐娅琳说:"这世上所有的事都有关联,何况我跟你呢?"

泰米尔说:"唐娅琳,我知道你心里对我有什么样的感觉,我不是傻子。但我实话告诉你吧,我的心已经被阿孜古丽占满了,容不下另一个人。另外,我阿爸的态度你也是知道的。"

唐娅琳说:"哪怕是她背叛了你?"

泰米尔说:"她没有背叛我。"

唐娅琳说:"这算什么?难道就是你们所谓的爱情吗?"

泰米尔苦笑说:"我不知道你说的所谓爱情是什么。但我感到我的心中只有阿孜古丽,虽然她出了那种情况,或者她已经彻底地背叛了我,可我还是放不下!一想到她,就会有一种刻骨铭心的痛,我不死心,我也不甘心!要嘲笑你就嘲笑吧,但这就是我现在最真实的感受。"

黎明,热合曼的毡房。

热合曼高兴地抱着婴儿说:"啊,是个男孩!"

阿孜古丽说:"阿爸,你给他起个名字吧。"

热合曼说:"我看就叫他艾孜买提吧?"

阿孜古丽含着泪点点头说:"艾孜买提,好汉。这名字真好。"

奔驰的吉普车上。

唐娅琳对泰米尔说:"那你知道阿孜古丽怀了谁的孩子吗?"

泰米尔吃惊地说:"唐娅琳,你知道?"但又疑惑地说:"你怎么会知道?"

唐娅琳说:"我当然知道。"

泰米尔:"谁的?"

唐丽娅:"苏和巴图尔。"

泰米尔震惊地看着唐娅琳,脱口而出说:"这不可能!"

唐娅琳说:"他一直喜欢阿孜古丽,你不知道吗?"

泰米尔说:"可阿孜古丽的眼里只有我,她根本就没……"

唐娅琳说:"可那孩子就是苏和巴图尔的,是阿孜古丽自己告诉我的。"

泰米尔痛苦地闭上眼睛,镇定了一会儿,睁开眼睛说:"唐娅琳,这事你早就知道了是吗? 你干吗要现在才告诉我?"

唐娅琳说:"这种事,让当事人告诉你不是更好吗? 我算什么? 就连这个合伙人还都是我拼命争来的。如果不是亲眼看到,我告诉你这些,你会信吗?"

泰米尔说:"那是什么时候的事?"

唐娅琳说:"我不知道。反正事情已经发生了,阿孜古丽也走了。"

泰米尔说:"苏和巴图尔在哪儿?"

唐娅琳说:"你想要找他算账吗?"

泰米尔强压着怒火,说:"我要问清楚,究竟是怎么回事!"

唐娅琳说:"我不会告诉你的。"

泰米尔说:"为什么?"

唐娅琳说:"因为我怕你会做出太过分的事儿!"

泰米尔怒吼说:"那你现在告诉我这些干什么?!"

唐娅琳说:"因为我可怜你。泰米尔,男人要输得起。摔跤是苏和巴图尔输给你了,他认了。可阿孜古丽你肯定是输掉了,你也得认!"

下河村。

索娜尔家。

索娜尔和哈里木已经上床准备睡觉了,突然院门外传来猛烈的砸门声。

索娜尔吓了一跳,看看哈里木说:"咋啦?"

哈里木赶紧穿衣说:"我去看看。"

哈里木打开房门,对院外喊:"谁呀? 大半夜的,砸什么门呀!"

院门外传来哈森的声音喊:"哈里木,你帮帮忙,开开门吧!"

哈里木打开院门,看见哈森跟几个牧民站在院门口,满脸的焦虑。哈里木问:"又咋啦? 羊不是退给你们了吗?"

哈森满脸的焦虑和懊恼说:"哈里木,对不起,是我们昏头了! 你打我两拳吧,要不,踢我几脚,怎么解气怎么来!"

哈里木说:"你没头没脑地说啥呢? 到底咋啦?"

哈森垂头丧气地说:"我们上当了! 那个姓张的老板一听说泰米尔老板把羊退给我们了,立马就变脸了!"

哈里木说:"啊? 羊他又不要了?"

哈森说:"要,可不是以前跟我们说好的那个价,而且还比泰米尔老板的收购价低好多。现在,我肠子都要悔青了!"

后面几个牧民说:"哈里木,你能不能跟泰米尔老板说说,我们还把羊卖给他们公司?"

哈里木说:"干吗? 当初是你们吵吵着非要退羊的呀,哦,这会儿又反悔啦? 人家泰米尔大老远开了一天的车跑这儿来收羊,你们闹得他空着手回去的,现在又要叫人家来? 涮人啊! 羊我们不要了,你们爱卖谁卖谁去!"说着就要关门。

哈森把门挡住了,说:"帮帮忙吧! 我们把羊再卖给你,你不还能再拿上劳务费吗?"

哈里木说:"劳务费用不着你们操心,泰米尔一分也没少给我。你们的羊我们不收!"

哈森说:"为啥?"

哈里木说:"就为了一口气!"

哈森说:"哈里木,之前是我们不对,见利忘义,是个小人! 可我们不就图多卖俩钱吗？你干吗非得跟我们这群小人计较呢？"

有个牧民也央求说："哈森，实在不行，你就让索娜尔跟泰米尔老板商量商量，哪怕把他原来的收购价再压低点，我们也卖给他。"

另一个牧民说："是啊，羊这么拖下去，不但不会长膘，反而会瘦下去的，到时就更卖不出价了！"

这时索娜尔也从屋子里走出来，说："哈里木，你别难为他们了。虽然泰米尔劳务费都给了我们了，可我们一只羊也没给他收，这样也说不过去呀！"

哈森赶紧说："对对，索娜尔，泰米尔是你表弟，他肯定卖你这个面子，你去帮咱们说说，哪怕价再低点，咱也没话说。"

哈里木说："你们这是何苦呢？出尔反尔，末了吃亏的不还是自己！"

泰米尔开着吉普车飞驰在草原上，唐娅琳坐在副驾驶座上，索娜尔坐在后面。

傍晚，下河村。一群牧民焦急地等在村口，里面属哈森最着急，仰着脖子不停地往村口的那条公路张望着。

哈森对哈里木说："泰米尔老板真的会来吗？"

哈里木说："你以为人家泰米尔会跟你们一个样，说话不算数？人家是做大生意的，仗义，讲信用！他还跟我老婆说了，羊还按原来的价收，一分都不会少你们的。"

哈森说："唉，早知道这样，当时就不该受那个姓张的蛊惑。他娘的，灌了我这么多酒，我还真当他是兄弟呢！没想到就是个骗子！"

有个牧民说："吃一堑长一智吧，以后，除了泰米尔老板，其他人想买羊，再高的价我都不卖！"

突然有人喊："来了，来了！"

公路上，泰米尔的吉普车开在前面，后面浩浩荡荡开着好几辆卡车。

吉普车刚一停下，索娜尔就从车上跳了下来。

索娜尔兴奋地喊："哈里木，哈森，你们快领着车队去装羊吧！泰米尔说了，你们卖多少，他就收多少。"

哈森激动地不知道该说什么好,其他牧民们也都围了过来。

泰米尔和唐娅琳走下车,泰米尔对牧民们说:"我泰米尔很感激你们看得起我,还愿意把羊卖给我,我这里谢谢你们了。"

哈森既感动又羞愧地说:"泰米尔老板,你千万别这么说,我这会儿真想找个地缝钻进去! 这次的事是我们对不起你,你大人有大量,还肯来买我们的羊。要是我们还按原来的价给你,那我们就太不是东西了! 这样吧,"他转头对那些牧民们说,"兄弟们,我们给泰米尔老板打个折吧! 算是我们贴补泰米尔老板来回的车费吧。"

有牧民说:"行啊,泰米尔老板,我们不能老让你这么来回地折腾,贴补一些车费也是应该的。"

泰米尔忙说:"不不,你们的心意我领了。但生意归生意,该什么价就是什么价,价喊高了我不能收;价给低了,我也不该收,这是我的原则。"

村口。

几辆大卡车拉着满车的羊出发了。泰米尔向送他的牧民拱了拱手,也上了车。

牧民们感激地跟在后面,眼看着泰米尔的吉普车也驶出了村子,哈森和其他几个牧民都深深地朝扬起尘土的车队鞠了一躬。

泰米尔开着吉普车迅速地超过几辆卡车,行驶在前面。

唐娅琳看看车窗外掠过的满满几车的羊,又看看泰米尔。

肉联厂。章立光在肉联厂门口焦急地等待着。张志文急匆匆地赶来,说:"章总,泰米尔来了吗?"

章立光摇摇头。

张志文得意地说:"他来不了了。"

章立光说:"为什么?"

张志文故作神秘地附耳上去说:"不瞒你说,他的羊全让我定下了。我手下的人正在收羊呢,下午就可以给你运来。"

四辆大卡车正朝肉联厂驶来。

张志文有些吃惊地望着那四辆卡车。

章立光长舒一口气,迎了上去。

四辆卡车停在肉联厂门口,一片羊叫声。

唐娅琳从车上跳下来。

唐娅琳说:"章总,你等急了吧?"

章立光说:"唐娅琳姑娘,你们真救了我的急了。泰米尔呢?"

唐娅琳说:"收羊去了。下午再给你送几车羊来,反正这两天让你们肉联厂吃饱!"

张志文说:"你们从哪里弄来的羊呀?"

唐娅琳说:"狡兔三窟的道理你张总懂吧?你想要泰米尔爽约,没门!"

又是一年的春天,草原是嫩绿的一片。

穿着新袍子的沙英赶着马车,车里坐着的老奶奶也穿着新袍子,他们满脸喜气地在草原上走着。

胡雅格骑着马赶了过来。胡雅格也穿得一身新。

胡雅格说:"沙英,干吗赶个马车去啊?叫你儿子开个车来接不行吗?"

沙英嘲讽着说:"我那个当了羊贩子的儿子呀,老是没空回来。可他奶奶想他啊,老是想去骂她孙子几句,村长不当当羊贩子,太丢份了!"

胡雅格说:"沙英,你他妈说话能不能不带刺?"

沙英得意地哈哈大笑起来,说:"胡雅格,我儿子又让我出了口气。让我沙英的脸上有光啦!哈哈哈哈……"

穿得一身新的娜仁花说:"这也有我女儿一份功劳呢。"

气得胡雅格吹胡子瞪眼地说:"不就是开了个乳业公司吗?将来能不能成还不知道呢!看你尾巴翘的。"

沙英说:"这是咱们托克海市的第一家乳业公司,就是我们托克里克村的泰米尔办的,怎么,不光彩啊。"

胡雅格说:"你儿子请我参加,我得懂礼貌!"

托克海市。齐麦尔乳业责任有限公司开业。鞭炮齐鸣,锣鼓喧天。泰米尔,向志疆,唐娅琳在门前欢迎前来祝贺的客人。

院门口,章立光坐车赶来了,还递了个大红包。

泰米尔热情地握着章立光的手,说:"章总,谢谢你的支持和关照,我这乳业公司才能这么快成立起来。"

章立光说:"哪里哪里,你泰米尔做什么事都带着一份诚意,所以你的生意才能做得好啊!"

祝贺的人络绎不绝。

泰米尔看见张志文举着个红包走了过来。他忙迎上去说:"张老板,你也来了。"

张志文干笑着说:"你下了请柬我能不来吗?生意场上有这样一句话,买卖不成情义在。再说你给我下了请柬,说明你还是把我张志文放在眼里,看成是朋友的。我还是那句话,生意归生意,朋友归朋友。不过泰米尔,咱俩在生意场上的竞争,恐怕就没个头了!"

泰米尔说:"没有竞争就没有进步,兄弟愿意奉陪!"

齐麦尔乳业公司的门面房后面有一个不大的院子。

胡雅格把唐娅琳拉到院子里说:"唐娅琳,你不是说苏和巴图尔也在托克海市吗?在哪呢?怎么没见着他?你们没请他吗?"

唐娅琳:"请了呀,还是我亲自去请的,他估计不会来。"

胡雅格说:"为啥?"

唐娅琳说:"可能是他觉得没脸见泰米尔。"

胡雅格说:"咋个没脸了?他开的那个肥尾羊饭店不也做得很好嘛!你没见沙英,儿子开公司了,牛得眼里就压根没我胡雅格了,我得让我儿子给我出口气!"

唐娅琳说:"胡雅格大叔我看你别再跟沙英大叔较劲了?你只要想想沙英大叔把齐纳尔草场让给了你……"

胡雅格说:"屁!齐纳尔草场是我争来的,不是他让的。不说了,苏和巴图尔在什么地方你知道吗?"

唐娅琳说:"胡雅格大叔,苏和巴图尔恐怕不是因为泰米尔开公司了,才觉得没脸见泰米尔的!"

胡雅格说:"那为啥?"

唐娅琳说:"这事没法跟大叔说!"

胡雅格说:"他俩又有啥过节了? 不是一块儿长大的吗? 你看我,跟沙英眼对眼地斗了大半辈子,该一块儿喝酒的时候从来都不落下! 这点气魄都没有,咋做我胡雅格的儿子?"

唐娅琳说:"大叔,这种日子,你就别添乱了。"

胡雅格说:"不行! 你把苏和巴图尔叫来! 有啥跟泰米尔过不去的,叫他俩当面解决。就像我跟沙英一样,躲着算什么汉子? 那是窝囊废才干的事! 娅琳,你帮大叔一个忙,再去请一下苏和巴图尔,要不我跟你一块去。"

唐娅琳:"好吧。"

托克海市。肥尾羊饭店。那是一栋装修后的旧式两层小楼,比过去苏和巴图尔开的小饭馆门面大了许多,而且看上去也很兴旺。苏和巴图尔穿着新的绸缎蓝色蒙古袍正在招呼客人。

胡雅格和唐娅琳沿着马路朝饭店走了过来。

路上。

胡雅格:"娅琳,你干吗一定要跟泰米尔合伙呢? 你们两个的父亲可是有过节的啊!"

唐娅琳:"大人们过去的过节就永远不能过去吗? 就因为我爸与沙英大叔有那么一段不愉快,我才要同泰米尔合伙,就是要让过去的统统过去,我们可不能在过去的阴影里生活。"

胡雅格:"没别的意思?"

娅琳:"没有。"

胡雅格:"我以为你想同泰米尔谈对象呢!"

唐娅琳:"他有阿孜古丽!"

苏和巴图尔一见到胡雅格和唐娅琳,先是一愣,但立刻笑容满面地迎了过去。

胡雅格满面怒容地说："苏和巴图尔，你眼里还有我这个阿爸吗？"

苏和巴图尔说："阿爸，你怎么这么说呢？"

胡雅格说："一走就是两年多没音讯，开个饭店不管好赖也要跟家里通报一声啊！又不是干了什么见不得人的事！干吗连个消息都不给？"

苏和巴图尔说："阿爸，你应该知道的，饭店跟其他生意不一样，走不开人的。而且，我逢年过节不都让唐娅琳带钱带东西回去的嘛。"

胡雅格说："这有啥用？养儿养女为了啥？难道就图这两个钱吗？儿子女儿有了出息，干成了事业，当阿爸的腰杆子才能挺得直！你看人家泰米尔，干个事业巴不得全村的人都看得见，那声势造的，把个沙英得意的都不知道自己姓啥了。"

苏和巴图尔说："阿爸，都是在干事业，不在乎那点声势的，只要能干出点名堂不就得了。"

胡雅格说："唉，当时要收留你们的时候，我就看你比他长得高长得壮实。那会儿泰米尔瘦得跟个柴火秆似的，个儿又小，想着你长大肯定比他能耐。可没想到，沙英把泰米尔调教成现在这样。是我胡雅格没本事啊！不行！我就看不得沙英那张小人得志的脸！走，跟我去唐娅琳他们公司喝酒去。"说着拉住苏和巴图尔就要走。

苏和巴图尔说："阿爸，我不能去！"

胡雅格说："为啥？"

苏和巴图尔不语。

胡雅格看看唐娅琳，说："刚才娅琳也说你不会去，到底啥事？"然后又问苏和巴图尔说，"你跟泰米尔咋啦？你借他钱啦？"

唐娅琳说："当初开饭店的钱都是他收酒瓶子攒下的钱，跟泰米尔没啥关系。"

胡雅格说："那到底咋啦？"

苏和巴图尔说："阿爸，没啥事，你别瞎想。我饭店忙得走不开，所以不能去。"

　　胡雅格说:"那就把饭店关张,今天休息一天!"

　　苏和巴图尔说:"阿爸,你别为难我嘛!"

　　胡雅格说:"我不管! 现在天大的事都抵不上我的面子大! 我受了沙英两年的窝囊气了,今天你们俩要不给我长脸,我……"说着就要往饭店里冲。

　　唐娅琳赶紧拉住胡雅格说:"你要干什么?"

　　胡雅格说:"他不是走不开吗? 我去帮他把客人赶走!"

　　唐娅琳说:"大叔!"

　　苏和巴图尔说:"阿爸,你别闹了,我跟你去!"

　　齐麦尔乳业公司的一个小多功能厅,也就是平时的职工食堂。

　　里面已经摆起了几桌酒席,厅前还设了个小舞台。

　　泰米尔正在招呼章立光等人喝酒。

　　齐麦尔乳业公司多功能厅。章立光和泰米尔相互敬酒后,说:"泰米尔,向志疆,你们很有眼光啊! 在咱科克兰木大草原办乳业,尤其在咱托克海市办乳业,定位绝对正确。咱科克兰木大草原,真是大办乳业的地方。"

　　泰米尔说:"章总你过奖了。"

　　张志文坐在一旁在喝酒沉思,看得出,他也心动了。

　　胡雅格洋洋得意领着苏和巴图尔和唐娅琳走了进来。

　　苏和巴图尔的神情尴尬,有些躲躲闪闪的。

　　泰米尔抬头看到了苏和巴图尔,他向桌边的客人欠了欠身,站起身,径直朝苏和巴图尔走去,两眼冒着火。

　　唐娅琳见势不妙抢身一步走上前把泰米尔堵在半道上,低声说:"泰米尔,你别忘了今天是什么日子。"

　　泰米尔说:"他苏和巴图尔来干什么?"

　　唐娅琳说:"是胡雅格大叔逼着他来的,请你尊重一下胡雅格大叔,给他留点面子好吗?"

　　泰米尔镇定了一下自己,对唐娅琳说:"不管怎么样,我还得感谢胡雅格大叔,终于能让我有这个机会跟他碰碰头了。"说着继续往前走。

唐娅琳想拉住泰米尔，又怕动作太大引起别人的注意，只好紧紧跟着。

胡雅格一见泰米尔走过来，大声嚷嚷说："泰米尔，我儿子来给你送礼了！今天是你们公司开张的大喜日子，我儿子特意给你备了一份厚礼，你可别客气啊！"又洋洋得意望了一眼沙英说，"我家苏和巴图尔开的饭店也在托克海市，生意好的一塌糊涂，差点就来不了了，哈哈哈哈……"

泰米尔回头看了一眼唐娅琳，迎上胡雅格说："胡雅格大叔，你快请坐，去跟我阿爸喝酒吧！他刚才还一直唠叨你来着，怎么晃了一下人就不见了，原来是帮我请苏和巴图尔去了呀！"

胡雅格哈哈一笑，说："我儿子太低调，闷头做事情不想张扬，那怎么能行？该露脸的时候决不能掖着藏着！"然后大踏步地朝沙英那桌走去说，"咋的？老家伙，没人跟你拼酒啦？想我啦是吧！哈哈哈哈……"

泰米尔看看苏和巴图尔，说："苏和巴图尔，请吧！"

苏和巴图尔没吭声，只是尴尬地点点头，迅速从泰米尔身边走过。

泰米尔虽然面带笑容，但两个拳头却捏得紧紧的。唐娅琳紧张地盯着泰米尔和苏和巴图尔，直到苏和巴图尔坐到了胡雅格身边，她才长舒了口气。

沙英和胡雅格挨着坐在一桌上。

胡雅格说："沙英，今天咱俩怎么喝？"

沙英说："你咋喝我就咋喝。"

胡雅格说："我儿子苏和巴图尔，蔫不出出把饭馆给开那么大了，也不跟我说，这酒不能就这么算了。今天你儿子的乳业公司开张，咱俩两顿并一顿，喝个畅快！"

沙英说："行，两个儿子都有出息，看来咱们托克里克村来了财运了！"

胡雅格对旁边坐着的泰米尔的奶奶说："萨仁娜奶奶，今天你还得赶着马车把咱们拉回去！"

苏和巴图尔偷偷从酒席上溜出来，走到后院想抽口烟。坐在里面让他如坐针毡，浑身的不自在。

一直注意着苏和巴图尔的泰米尔也从厅里跟了出来。

苏和巴图尔想点支烟,一见到泰米尔走出来,立马显得有些慌乱,拿打火机的手有些抖。

泰米尔走到他跟前,帮他点燃了烟。泰米尔说:"苏和巴图尔,你在托克海市开饭店有多久了?"

苏和巴图尔说:"一年多,原来是家小饭馆,我常去那家收酒瓶子,后来饭馆老板开不下去了,就把店盘给了我。一开始我也不知道自己能做成啥样,所以就没声张。我阿爸也是后来才知道的。现在这家店,比原来规模是大些,可因为是试营业,还没来得及跟我阿爸说。"

泰米尔说:"苏和巴图尔,你现在的行事作风,跟过去大不一样啊!"

苏和巴图尔说:"怎么?"

泰米尔说:"过去我认识的苏和巴图尔,人还没出现,声音就传到耳鼓里了。可现在呢,人在,声音没了。什么原因,能说吗?"

苏和巴图尔说:"你想要我说什么?"

泰米尔说:"你不知道我想要你说什么吗?"

苏和巴图尔犹豫了一下,说:"是阿孜古丽……"

泰米尔一拳挥了过去。

一旁传来唐娅琳的惊叫声。

泰米尔捏着拳站在那里,满脸怒容地瞪着苏和巴图尔。

苏和巴图尔高大肥实,泰米尔那一拳虽然力量大,但也只是把他打了一个趔趄,倒退了几步。

唐娅琳冲过来挡在苏和巴图尔前面,对泰米尔说:"泰米尔,你到底想干吗? 今天是咱们公司开业,里面坐满了你的宾客,还有我们的长辈! 就算是你恨苏和巴图尔,也不能在这里动手啊!"

苏和巴图尔捂着脸,鼻子里的鲜血顺着手指缝滴落在地上。苏和巴图尔捂着鼻子说:"唐娅琳,你别说了,卫生间在哪儿?"

唐娅琳说:"你跟我走。"

第十六章

泰米尔一个人留在后院,那一拳打掉了他胸中积郁许久的愤懑和怨气,此刻他已经冷静下来了。也觉得自己刚才那一拳打得太狠了,他和苏和巴图尔毕竟是从小一起长大的朋友。

苏和巴图尔捂着脸走进来,手指缝里还淌着血。唐娅琳急急地带着他穿过人群朝卫生间走去。

厅堂里喝酒的客人们看到,一片哗然,都有些不明所以。

胡雅格看到儿子捂着流血的鼻子急匆匆穿过人群,站起来叫住唐娅琳说:"咋回事?"

唐娅琳说:"大叔,没事,苏和巴图尔不小心撞着了。"

胡雅格说:"撞着了,哄谁呢? 挨打了吧?"

胡雅格沉下脸说:"泰米尔打的?"

唐娅琳没说话,但那表情明显是确认了。

胡雅格把酒碗一撂,转身冲着沙英就是一拳,说:"你儿子凭什么打我儿子!"唐娅琳赶紧拽住胡雅格,胡雅格还是不依不饶地说,"不管你儿子跟我儿子有啥过节,今天我儿子来参加他公司的开业典礼,还送了那么厚的一份礼。来者都是客,有你儿子这样对待客人的吗?"

沙英火了,冲上去也给了胡雅格一拳,大吼说:"我儿子打你儿子肯定有道理!"沙英也被边上的人给抱住了,他喊:"今天是啥日子? 是他公司开张的好日子! 要不是你儿子做了什么非得挨打的事,我儿子干吗要打你儿子?"

胡雅格又要还手,唐娅琳说:"胡雅格大叔,你别打啦,泰米尔打苏和巴图尔肯定有他的道理的!"

胡雅格说:"为啥?"

唐娅琳:"那你得问苏和巴图尔了!"

卫生间。苏和巴图尔在卫生间冲洗着脸上的血渍。苏和巴图尔在镜子里看了看自己有些青肿的脸,长长地叹口气,但脸上却显得轻松了许多。泰米尔这一拳也让他有些如获重释,他听见外面的吵嚷声,便走了出去。

沙英说:"唐娅琳既然都认为你儿子挨打肯定是有道理的,那就说明我儿子打得没错,打得有理!"

胡雅格恼怒地说:"你少在那儿护犊子,打自己的客人,那就是不对!"

苏和巴图尔走过来,说:"别吵了! 喝你们的酒。"

胡雅格说:"你啥意思? 这打还白挨了怎么着?"

苏和巴图尔说:"泰米尔这一拳是我心甘情愿让他打的。"

胡雅格说:"啥事,你说明白点!"

沙英说:"对,不说明白这酒没法喝!"

苏和巴图尔说:"沙英大叔,这事是我跟泰米尔之间的事,不关你们的事,你还是喝你的酒。这是你儿子泰米尔公司开业的酒,你得喝个够。"然后又冲着胡雅格说:"阿爸,喝你的酒吧! 别再追究这事了。"

泰米尔也从后院走了进来,看看厅里乱哄哄的状况。便走上前说:"胡雅格大叔,这事是我不对。我跟苏和巴图尔之间是有些事,刚才我没控制住自己的情绪,打了他,我向他道歉。但这件事也只限于我们两人之间,大叔跟我阿爸你们那么多年的交情,千万别为了我们翻脸,那样,我泰米尔就太过意不去了。"

胡雅格看看泰米尔,又看看苏和巴图尔,说:"你俩到底有啥事?啥事情不能摆到桌面上解决,非得你一拳我一脚地干上一架?"

沙英说:"咋的?说不通的时候就得干上一架,才能分出个输赢来。咱俩个不也是?"

胡雅格说:"你少在那儿起哄!我还真就想问个明白,我家苏和巴图尔到底咋着你们家泰米尔了?搞得跟仇人似的,从小在一起长大的小子居然连面都不肯见,这里面的事肯定小不了!"

苏和巴图尔说:"阿爸,再大的事也只是兄弟间的事,还能有啥事?"

泰米尔看了一眼苏和巴图尔,没有说话。

唐娅琳说:"两位大叔,你们别再搅局了,再闹下去,这酒还喝不喝了?"

苏和巴图尔说:"阿爸,求你了,我跟泰米尔的事我们自己会解决,你就喝你的酒吧!"

胡雅格坐着闷了好一会儿,然后对沙英说:"沙英,喝酒!我儿子说,我打你又错了。"又对苏和巴图尔说:"一个个都成人物了,当阿爸的连自己儿子的事都不能问了,这都是啥事嘛!"

沙英说:"那就别多管他们的事!孩子们都长大了,有自己的能耐和想法,咱们不要管也管不了,喝酒!"

胡雅格说:"行,咱俩喝,不醉不罢休!"

泰米尔看看苏和巴图尔,说:"苏和巴图尔,咱俩也来拼个酒!"

唐娅琳说:"你俩就省省吧!这满屋子的客人就撂给我和向志疆啊?泰米尔,你跟苏和巴图尔的事,今天就到此为止吧。"

沙英举起酒碗得意地对胡雅格说:"胡雅格,刚才的事就让它过去吧!那俩小子不也是从小打到大吗?你看看,该喝酒的时候不也照喝着嘛!所以,你今天一定要喝个够。不喝够就不算朋友!"

胡雅格说:"沙英老兄,我知道,你把马车赶来了,就是想用马车把我拉回去啊?"

沙英说:"那今天你骑着马回去,我呢,坐马车回去!"

胡雅格说:"为啥?"

沙英说:"我儿子的乳业公司成立了,事业做大了,今天我不喝够,我就对不起儿子!"

胡雅格说:"那行,今天咱俩再拼,大不了咱俩一起坐着马车回去!"

两人又都把满碗的酒喝了下去。

沙英一抹胡子喊:"上酒!"

两人都高兴地哈哈大笑起来。

宾客已经散尽,苏和巴图尔也早已借故离开了。

在靠墙边的一个桌子上,沙英和胡雅格拼酒已经拼得大醉,沙英斜趴在桌子上,胡雅格躺在了地上。呼呼大睡起来。

泰米尔与唐娅琳来到两位老人跟前,都只好苦笑着摇摇头。

夜,草原。泰米尔的萨仁娜奶奶赶着马车,车上躺着喝醉了的沙英与胡雅格。

唐娅琳骑马赶过来说:"奶奶,泰米尔让我陪你们回家。你看又把两位老人家弄醉了。"

萨仁娜奶奶笑着说:"从年轻时起就这样,不醉不罢休,醉倒在地上才心甘。没事,世世代代都这样。看多了,就习惯了。唐娅琳姑娘,你用不着陪我。你好好帮衬我们家泰米尔去吧,回家向你妈问个好。我自个儿能把这两个越老越没出息的东西送回家!"

唐娅琳说:"奶奶,没关系,我陪您走走,也好有人一起说个话。"

萨仁娜奶奶说:"唐娅琳,阿孜古丽呢? 我已经好久没见着阿孜古丽了,她上哪儿去啦?"

唐娅琳说:"热合曼大伯和古丽娅大妈带着她游牧去了。热合曼大伯一直在发牢骚,说当了二十几年的村长,憋在村子里憋死人了。现在自由了,就想走出去游牧。"

萨仁娜奶奶说:"他们应该也带着我去,我也想出去游牧呀。光憋在一个地方,多没劲啊。外面的天地,宽哪!"

泰米尔的办公室。

唐娅琳走进办公室。

泰米尔说:"唐娅琳,你驾照考好了?"

唐娅琳说:"早就拿上了,这又不是很难的事。"

泰米尔说:"那好,跟我出去一趟。"

唐娅琳说:"干吗?"

泰米尔示意她看一下桌上的一封请柬。

唐娅琳打开一看,气恼地说:"这个张志文,到底在打什么主意? 怎么我们干什么他就跟着干什么呀!"

泰米尔一笑说:"这话可不对,当初畜牧公司可是他先干起来的,我们是后来居上。"

唐娅琳说:"可咱们乳业公司成立才几天呀? 他就送请柬来啦,可耐尔乳业责任有限公司,连名字都起得跟咱们差不多,这个跟屁虫!"

泰米尔说:"别这么说,现在畜牧行业竞争本来就激烈,他想转战乳业也很正常嘛。"

唐娅琳说:"可张志文这人太阴,老是出损招,烦死他了!"

泰米尔说:"有个竞争对手又不是什么坏事,别那么小心眼。走吧,跟我去一趟。"

唐娅琳说:"去干吗?"

泰米尔说:"一起去祝贺一下啊,否则那么急着叫你回来干吗?"

唐娅琳说:"不去行吗?"

泰米尔说:"恐怕不行。我去了就得喝酒,喝完酒就不能开车了,你得把我拉回来。"

唐娅琳说:"你让我学车就是为了干这个啊!"

托克海市。可耐尔乳业责任有限公司。院门前,泰米尔与唐娅琳跳下吉普车。张志文忙迎了上来。

张志文同泰米尔与唐娅琳握手说:"我还以为你们不会来呢。"

泰米尔说:"为啥?"

张志文说:"同行是冤家嘛。现在我又成了你们的竞争对手了。"

泰米尔说:"我不怕同你竞争。有竞争才有进步嘛。"

张志文说:"来,进去喝酒去。泰米尔,你得多喝几杯。"

泰米尔说:"我们来迟了,该多喝。走!"

张志文说:"泰米尔,这酒可不怎么好喝啊。"

泰米尔说:"这有什么不好喝的? 不管是朋友酒也好,竞争对手的酒也好,我泰米尔绝对奉陪到底!"

张志文说:"好! 请。"

院门口。

泰米尔走出院门,唐娅琳和向志疆跟了出来。

唐娅琳说:"你昨天喝了那么多酒,今天休息一天吧,我跟向志疆去下河村。"

泰米尔说:"你们忙你们的吧,各有各的任务,跟养奶户们签合同的事不能再拖了。这段时间,咱们托克海市连着两家乳业公司成立。我们这个地区虽然养奶户越来越多,但奶源争夺战是绝不可能避免的,先下手为强吧!"

说着,跳上车,飞驰而去。

向志疆说:"这家伙,就是个急性子。"

唐娅琳说:"不急不行哪! 那个张志文,以后肯定是个大麻烦!"

下河村。牧民们都挤在一个大房间里。

泰米尔对牧民们说:"你们村的养奶户的牛奶我们公司全包了,有多少,我们就收多少。"

有位牧民很不友好地说:"那价格呢? 别我们牛养的多了,奶子卖不掉了,你们就压价了。你们这种奸商我们见的多了!"

下面有不少人哈哈笑起来。

泰米尔说:"是,奸商很可能会这么做,但我泰米尔不是奸商,决不会这么做。所以我是带着合同来的。你们如果谁愿意谁就同我们公司签合同。不愿签的也可以不签,如果你愿意把奶子卖给我们,我们也收。但价格就得跟着市场走了。"

有牧民又叫:"这不又跟奸商一个样吗?"

泰米尔笑着说:"所以,咱们得签合同呀。我不按合同办我就是奸商。你们要不按合同办呢?那叫什么?双方做买卖得讲游戏规则。讲平等。谁要不按规则办,那这买卖就没法做了。大家说对吗?"

索娜尔喊:"泰米尔,这合同我跟你签!"

但也有人喊:"大家别跟着索娜尔签。她是这个泰米尔的表姐,养着二十头奶牛,是泰米尔的托。"

索娜尔说:"我就是泰米尔的托,泰米尔就是我表弟。但牛是我的牛,我索娜尔再是个托,也不能拿自家的二十多头奶牛当牺牲品呀。十几万的资产呢!那是随便拿来当托的吗?大家说对不对呀!"

人群中有人赞同有人反对,叽叽喳喳一片。

哈森从人群中站起来说:"我也签!虽然我只有两头牛,但今年我还会再添置的。这个泰米尔老板,咱们村子里的养羊户都跟他打过交道,我对他就两个字,仁义!所以,他说的话,我都信!"

接着也有人喊:"那我也签。既然弄了奶牛,奶子总得有个销路呀。合同一定,销路不就不发愁了吗?有这么好的事,谁不干就是傻蛋,或者别有用心。"

牧民们赞同的声音开始多了起来。

泰米尔说:"愿意签合同的,那就跟我上村公所去!"

泰米尔走向自己的吉普车。

索娜尔,哈里木,哈森与几个牧民把泰米尔送上车。

泰米尔握着索娜尔的手说:"表姐,谢谢你为我带了这个头。"

索娜尔说:"谢个啥?我养了二十几头奶牛,愁的就是奶子的出路。现在你天天派车来收,我还得谢你呢!不过表弟,你得说话算数噢!"

泰米尔说:"合同都签了,那就是法律,你还怕什么!"

三年后。

嫩绿的草原。热合曼的毡房前。

已经三岁的艾孜买提迈开小腿在草地上奔跑着。

阿孜古丽看着艾孜买提那小小的胖胖的结实的身子,甜甜地笑了,这是她全部的安慰和希望。

热合曼说:"阿孜古丽,在外面游牧了这么几年,我想回托克里克村去了。我毕竟在那儿当了二十多年村长,根已经扎在那儿了啊。"

阿孜古丽说:"阿爸,我理解你。你们回吧,不过我不想回了。我可以和艾孜买提一起相依为命。"

热合曼说:"这怎么行呢? 难道你不要阿爸阿妈了?"

阿孜古丽眼里含着泪说:"阿爸,我四岁亲爸和哥哥都没了,是你收留我,抚养我。那时我犯了错,在人生路上彷徨时又是你和阿妈帮了我,支撑着我,我怎么可能不要你们呢? 除了艾孜买提,你们是我唯一至亲的人呀!"

热合曼说:"那你是不想再回到托克里克村了?"

阿孜古丽流泪了,说:"我也很想回托克里克村。可我回去后,别人会怎么看我? 我更害怕的是,见到泰米尔我该怎么办? 我爱泰米尔,可我已经不能再爱他了。还有泰米尔的阿爸,奶奶,他们都已经把我当成了家里人。想到这些我都想去死。"

热合曼叹口气说:"可我想念我的托克里克村,想念那儿的乡亲们啊。"

阿孜古丽说:"阿爸,要不再等上几年,等到泰米尔同别的女人结婚后,我再回去跟你们一起吧。"

热合曼说:"那不行,我们不能把你跟艾孜买提就这么撂在这里。不过,阿孜古丽,既然你认为自己不可能再嫁给泰米尔,而泰米尔也不可能再娶你了,你干吗还要担心泰米尔会对你怎样呢? 一起回吧! 你总得面对回托克里克村的这个现实!"

阿孜古丽看看热合曼,有些动心,说:"那好吧,我跟你们回去。"

热合曼朝毡房里喊:"古丽娅,阿孜古丽同意了,咱们收拾收拾,这几天

FUQIN DE CAOYUAN MUQIN DE HE

就走。"

古丽娅探出脑袋说:"好呀!"

阿孜古丽想了想,说:"阿爸,阿妈要不我们还是先回巴吉尔草场吧。巴吉尔草场只有娜达莎在那里,村里也没别的人会去。我会自在些,因为我不想听那些闲话。"

唐娅琳与开装奶车的驾驶员小王正在一养牛户家收奶子,唐娅琳与一位妇女抬着桶往运奶车上倒奶。

有一妇女匆匆奔来对唐娅琳说:"唐娅琳,那个可耐尔公司的张志文又在索娜尔家收奶子了。而且每斤奶多给三毛钱。"

村东头。索娜尔家大牛舍前。

张志文坐在运奶车里,车子刚从村里开出来。

唐娅琳一下挡在了车跟前。

驾驶员拼命摁喇叭,继续开着车往前。

唐娅琳就是站着不动。车眼看要撞上她了,她依然不动。

驾驶员只好把车煞住。

张志文骂骂咧咧地跳下车。

张志文的收奶车前。

唐娅琳冷笑一声说:"张总,想不到你会亲自下来收奶子啊!"

张志文说:"没办法呀,奶源紧张,我不能眼看着我的厂子停工吧?"

唐娅琳说:"奶源紧张,你得想别的办法。总不能挖别人的墙脚来补自己的墙吧。"

张志文说:"现在是市场经济,只要一个愿卖一个愿买就行。不存在谁挖谁的墙角。"

唐娅琳说:"市场经济也是个法制经济。我们和索娜尔家订有合同。订了合同,就不是你愿卖我愿买就行了的事,双方就得受合同的约束!"

张志文说:"那你不应该找我,你去找索娜尔去!"

唐娅琳说:"张总! 我当然要去找索娜尔。但你也不是完全脱了干系的。"

张志文说:"怎讲?"

唐娅琳说:"生意场上是不是也应该有生意场上的道德规范。也就是说做生意的人也得有点商业道德? 明知道索娜尔已经同我们订有合同,你再去用高一点的价格去收购她的奶,这总不怎么道德吧?"

张志文说:"唐娅琳,我告诉你,市场经济是个竞争的经济。谈不上什么道德不道德。要讲道德,你找索娜尔讲去。让路,要不,我真要压过来了。我没那么多时间同你争论这些无聊的问题。时间一长,牛奶要变质的!"

唐娅琳想了想,让到一边。张志文一踩油门,车从唐娅琳身边飞驰而过。

索娜尔的牛舍。

正在给牛喂食的索娜尔看到气冲冲的唐娅琳朝她走来,赶快头一低,钻出牛舍,就往村外跑。

唐娅琳看到了拔腿就追。

索娜尔拼命地跑。

唐娅琳拼命地追。

一个不想让唐娅琳追上。

唐娅琳是追不上你索娜尔誓不罢休。

索娜尔已经跑得筋疲力尽。

唐娅琳也已追得筋疲力尽。但仍毫不气馁地追。

索娜尔再也跑不动了,一屁股跌坐在草地上。

唐娅琳追到索娜尔跟前,抓住索娜尔的衣服,也一屁股坐在索娜尔边上。

索娜尔和唐娅琳相互对视着。两人累得都只能喘着粗气说不出话来。

唐娅琳缓过气来后说:"索娜尔,说起来你还是泰米尔的表姐,就算撇下这层关系,你是跟我们公司签了合同的,你咋能这么做?"

索娜尔说:"一斤多三毛钱,我这十几头牛产得奶子能多出多少钱你算过没? 是人能不心动吗?"

唐娅琳说："为了几个钱,你就可以把自己的信誉卖掉,把自己的人品卖掉? 值吗? 索娜尔,"唐娅琳站起来说:"从今天起,咱们公司跟你之间的合同结束了。这不能怪我们,是你先毁的约。"说着,转身就走。

索娜尔赶忙爬起来,抓住唐娅琳说:"唐娅琳,我知道我错了,我一时糊涂,让钱迷了心窍,我现在就去把奶追回来还不行吗?"

草原。张志文开着运奶车在路上走着。唐娅琳和索娜尔飞马赶了过来。拦在了运奶车前。

张志文跳下车。索娜尔对张志文说:"张总,我把钱还你,你把奶给唐娅琳吧。我跟齐麦尔公司订过合同。"

张志文说:"扮家家哪? 行了,就这一次,下次我不会再买你奶了。"说着,要上车。

唐娅琳一把把张志文拉住说:"这车奶你不能拉走! 索娜尔,把钱还她!"

张志文说:"这车奶是我的! 我已经付过钱了。"

索娜尔说:"张总,我把钱还你吧。这车奶你让唐娅琳拉走吧。反正千错万错,都是我索娜尔的错。"

张志文恼怒地说:"行。奶你拿走。但车是我的。我不会用我的车帮你运奶。你看着办吧。"

索娜尔说:"张总,你这不是在为难人吗?"

唐娅琳从口袋里拿出一沓票,她撕下一张票给索娜尔说:"索娜尔,这是你今天的奶票。"说着,爬上奶车,卸下输奶管。唐娅琳把输奶管打开,往地上一扔,白花花的奶从奶管里冲流在草地上。

索娜尔看着,心疼坏了,说:"唐娅琳,你这是干吗呀!"

唐娅琳说:"这奶归我了,但我不能拉回去。"

索娜尔说:"为啥?"

唐娅琳说:"因为我没检验过。"

索娜尔说:"既然你不要,那叫张总拉回去嘛。这多可惜呀! 一车的奶呢。"

唐娅琳说:"就是倒掉,也不能让他拉走! 这就是原则!"

索娜尔说:"啥原则不原则,我不懂。但唐娅琳姑娘,你这样做也太过分了吧?"

张志文等到奶流完了,气恼地放好管子,跳上车对唐娅琳说:"唐娅琳,你等着。我总有收拾你的一天!"

唐娅琳说:"我等着看你怎么收拾我!"

张志文坐上运奶车要走。

索娜尔突然喊:"张总,明天你到我这儿来拉奶吧! 我的奶不卖给齐麦尔公司了,我不能看着我的劳动成果就这么白白地流掉!"

张志文说:"行,我明天准时到,我每斤奶再给你加一毛钱。而且还是我亲自带着车来。"

唐娅琳气急地说:"索娜尔,你这是什么意思?"

索娜尔说:"我家的奶,我想卖给谁就卖给谁!"

唐娅琳说:"那我们订的合同怎么说?"

索娜尔说:"刚才你不是说作废了吗?"

唐娅琳说:"你要负法律责任的!"

索娜尔说:"行。我负,你能把我怎么着?"

唐娅琳气得不知说什么好。

张志文说:"唐娅琳姑娘,脾气太旺,是要坏事的!"

说着,车从唐娅琳身边开过。

索娜尔气呼呼地也骑马走了。

唐娅琳一个人站在那里又气又急,眼泪在她眼里打转。

齐麦尔乳业公司。泰米尔办公室。

唐娅琳气呼呼地走进泰米尔的办公室。

唐娅琳说:"泰米尔,你表姐索娜尔的素质也太差了。"

泰米尔说:"怎么啦?"

唐娅琳说:"他把牛奶卖给张志文了。"

泰米尔说:"为啥?"

唐娅琳说:"因为张志文每斤多给她三毛钱!"

泰米尔说:"我们不是跟她订有合同吗?"

唐娅琳说:"在她眼里,合同只不过是一张废纸。"

泰米尔有些烦躁地说:"现在到处都在开乳业公司,奶源这么紧张。这段时间我们厂开工严重不足,她不是在火上浇油吗?"

托克里克村。索娜尔的牛舍。泰米尔把车开到索娜尔的牛舍前。

索娜尔气恼地对泰米尔说:"整整一车罐的牛奶啊。她唐娅琳就敢全部白白地这么倒掉。我是个奶农,我知道这些奶是怎么来的!我心疼啊!"

泰米尔说:"表姐,我想告诉你,要是换了我,我也会这样做的。"

索娜尔说:"为啥?"

泰米尔说:"第一,奶没有经过我的亲自检验,我怎么能放心拉回去和别的奶混在一起?我的责任心和职责到哪儿去了?第二,你把奶卖给别人了,我当然得要回来,因为我和你订有合同,这奶应该由我收购。唐娅琳把奶票给你了吧?"

索娜尔说:"给是给了,我也把奶还你了呀!"

泰米尔说:"可张总的运奶车不让用,他是有意在刁难我们。我们得重新把奶从他的车再装回我们的车。这么来回折腾,鲜奶就可能会变质。"

索娜尔说:"那就让张总拉回去呗。"

泰米尔说:"是我们的奶,干吗要让他拉回去?有一就有二!唐娅琳做得对,奶情愿倒掉,也得争回来,这是个原则。市场经济,就得按游戏规则办。你索娜尔也得按这个规矩办。"

索娜尔赌气地说:"泰米尔,我才不信你这鬼话呢。我想好了,从今天起,我就把奶卖给张总。"

泰米尔说:"为啥?"

索娜尔说:"因为我咽不下这口气,我也想多赚几个钱!你和唐娅琳的那套原则,见鬼去吧!什么合同不合同,那是你们用来卡我脖子的!"

齐麦尔乳业公司。泰米尔走进唐娅琳的办公室。

唐娅琳说："咋样?"

泰米尔说："天要下雨娘要嫁人,随她去吧。"

唐娅琳说："不再争取啦? 她是你表姐啊!"

泰米尔说："亲戚间恐怕更难说话。这件事的对与错,市场总有一天会告诉她的。现在奶源这么紧张,我们得想别的办法来扩大奶源啊!"

唐娅琳说："什么办法?"

泰米尔说："建立自己的奶源基地。这最可靠!"

唐娅琳说："远水救不了近火呀!"

泰米尔说："亡羊补牢不为晚。"

巴吉尔草场。罗米夏赶着一群羊往前走。娜达莎追上来一把抓住他说："你不能把羊赶走!"

罗米夏把娜达莎推开说："娜达莎我告诉你,你别以为一匹马就能把我打发了! 你的羊里还是有我的一份,要不,你把上次卖羊的钱还我!"

娜达莎冲上去又抓住罗米夏说："晓萍七岁了,已经上村里的寄宿学校了,要用钱。再说巴吉尔草场泰米尔他已经同意转让给我承包了,村里边也跟我签了合同,草场的承包费我还没交呢,我急需要用钱。你要把羊赶走,我就跟你拼了! 你这个罗米夏,咋这么不要脸呢!"

罗米夏又用力把娜达莎推开,赶着羊又往前走说："上次有人帮你,现在没有了吧? 我今天斗不过你,我就不叫罗米夏了!"

热合曼和阿孜古丽赶着羊群,牵着马车,车上坐着艾孜买提。他们来到巴吉尔草场,在河边他们原先扎毡房的地方停了下来。

他们突然听到有人在喊,仿佛是娜达莎的声音。

阿孜古丽说："阿爸,像是娜达莎在喊。"

热合曼一夹马肚,说："我去看看。"飞也似的奔了过去。

娜达莎为了照顾留下来的那一大群羊,只好眼睁睁地看着罗米夏把那几十只羊赶走了。

娜达莎又气又急,只好绝望地对着空旷的草原喊:"有谁快来帮帮我呀!"

热合曼策马奔来,他看到远处有人赶着羊群在走,娜达莎跪在地上捂着脸痛哭。热合曼忙跳下马问:"娜达莎,你咋啦?"

娜达莎一看是热合曼,忙抹把眼泪说:"热合曼大伯,快,那个罗米夏又把我的几十只羊赶走了!"

热合曼说:"你等着,我去追他!"说着飞身上马,朝罗米夏走的方向奔去。

娜达莎喊:"热合曼大伯,你小心点!"

第十七章

巴吉尔草场。

罗米夏正骑着马赶着羊群匆匆地往前走。

热合曼从后面追了上来。

热合曼虽然上了岁数,但依然很有力。他从后冲上去,一把将罗米夏从马上掀了下来。

阿孜古丽抱着艾孜买提也赶了过来。

罗米夏从草地上爬了起来。

热合曼跳下马厉声对罗米夏说:"把羊给娜达莎赶回去!"

罗米夏说:"我和娜达莎的事,是我们的私事,你们干吗老是插进来管闲事啊!"

热合曼那双手像鹰爪一样抓住罗米夏的肩膀,说:"娜达莎的事,我们管到底了! 因为她女儿晓萍叫我一声爷爷,那她们家的事就是我们的事!"

罗米夏说:"这些羊是属于我的!"

热合曼看看罗米夏耳后的一颗红痣说:"小子,你小时候是不是叫巴根?"

罗米夏说:"不是! 什么巴根,我就叫罗米夏。

我早就说了,我和娜达莎婚虽然离了,但财产还没分呢! 这些羊就是我的羊。"

热合曼说:"你小时候肯定不叫巴根?"

罗米夏说:"你管天管地,还管我小时候叫什么吗? 我说了,这群羊就是属于我的!"

热合曼在罗米夏的屁股上踢了一脚,说:"你给我滚! 欺侮孤儿寡母,算什么男人!"

在齐麦尔乳业责任有限公司。唐娅琳坐在泰米尔的办公室里。

泰米尔匆匆走进办公室,也招呼唐娅琳,径直走到办公桌前,烦躁地翻看一堆文件,并狠狠地写着字。

唐娅琳说:"喂,泰米尔,到底啥事? 小王还在外头等着我呢。"

泰米尔说:"我让小王一个人去收奶了。"

唐娅琳说:"干吗?"

泰米尔说:"叫你留下肯定有事,哪那么多话?"

唐娅琳说:"吃饧药了?"

这时向志疆匆匆走了进来说:"泰米尔,把我叫来啥事?"

泰米尔说:"还能有啥事? 厂子里现在情况咋样?"

向志疆挠挠头,说:"不好,开工严重不足。"然后抬头示意了一下桌上的文件说,"那上面不都向你汇报了嘛。"

泰米尔焦躁地一擂桌上的那沓文件说:"还是奶源问题!"

泰米尔焦躁地在屋里来回走着。

向志疆找着座位坐了下来,看看唐娅琳。

唐娅琳说:"一个市里好几家乳业公司,大家都在抢奶源,还想着法儿地挖墙脚,跟奶农签的合同都没啥约束力,没办法。"

泰米尔生气地敲着桌子,显得焦虑地说:"什么叫没办法? 其他不少乡村的奶源我们掌握得很好,可在我们眼皮底下的工作,可以说是我们自己的人,却迟迟攻不下来!"

唐娅琳说:"你发什么火呀。你不就是指的我吗?"

向志疆说:"肯定还有我。"

泰米尔说:"发展乳业,最符合我们这儿的自然条件,这点大家都已经看到了。所以在短短一年内,我们托克海地区就成立了五家乳业公司,竞争已经是白热化了! 我们齐麦尔乳业公司要想生存下去,不能只局限于跟人家抢奶源,拼价格。只有发展我们自己的奶牛基地,起码是……"

唐娅琳说:"好了,甭说了。大道理谁都会说,大不了我回村里去再动员大家都来养牛,行了吧?"

泰米尔说:"咱们托克里克村,这么好的自然条件,正是养奶牛的好地方,还有巴吉尔草场也是,但都不肯养牛。我也不知道胡雅格大叔是怎么想的,还有娜达莎。"泰米尔突然想到了什么,长长叹口气,低声说,"唉,要是阿孜古丽在就好了。"

唐娅琳不高兴了,说:"泰米尔,你这人怎么这样?"

泰米尔说:"我咋啦?"

唐娅琳说:"我们是合伙人,大家都在拼着命地干,不都是为了这个公司吗? 就算公司现在有困难,我们没尽上力,你也不能拿那个阿孜古丽说事啊!"

泰米尔说:"对不起,我没别的意思。我只是突然想到,如果阿孜古丽在巴吉尔草场上,她肯定会为我养牛的。"

唐娅琳猛地站起来,就往外走。走到门口说:"那又怎样! 她走了已经有三年了!"

向志疆半带安慰地对唐娅琳说:"在和阿孜古丽的爱情上,泰米尔可以说是个失败者,错过者,男人总是会对自己的失败刻骨铭心的,尤其是感情上。"

泰米尔说:"究竟有没有失败,应该不是你们说了算吧? 况且,我深信,只要她在这儿,就一定会为我养牛的。"

唐娅琳说:"你叫我们来,不就是为了公司的奶源问题吗? 这是公司的公事,你把你感情上的私事也要拿到这种场合下讨论吗? 有意义吗?"

泰米尔说:"我只是有感而发,随口那么一句。唐娅琳,你的反应是不是过激了?"

唐娅琳说:"是你说的话太荒诞了! 阿孜古丽已经离开这儿几年了,到现在连个音讯都没有,你再提也没用,挽救不了现在的局面! 我今天就回村里去。"

泰米尔说:"干吗?"

唐娅琳说:"动员大家养奶牛!"说着站起来就要走。

泰米尔说:"唐娅琳,你先等等,等我们商量出一个具体的方案再走也不迟啊。"

唐娅琳说:"我不想再待在这儿听你那些没边的事。可你别忘了,待在你身边的人正在努力帮你解决困难,而不是想法儿地背叛你,或者背叛公司!"

泰米尔说:"唐娅琳,你又扯到哪儿去啦。两个不挨边的事,干吗要扯在一起。"

唐娅琳说:"挨边,怎么不挨边! 我走了!"说完风急火燎地哐当一声拉开门,就出去了。

房间里,泰米尔和向志疆两个面面相觑。

向志疆想了一下,也站起来说:"那我也走了。"

泰米尔说:"回厂子去?"

向志疆说:"帮你想办法啊! 我上娜达莎那儿去一趟。"

泰米尔说:"刚才唐娅琳那话,说到你心坎里了?"

向志疆一笑,说:"是啊,我可不想像你那样错过机会。我再去试试。"

泰米尔说:"醉翁之意不在酒吧?"

向志疆说:"这世上,事业和爱情紧密结合的实例可以举上十万八千箩! 可也得结合得了啊。我这把火烧得贼起劲儿,可人家娜达莎总是那句话,太阳还没有升起,月亮还没有圆。可是太阳天天升起,月亮月月都圆,偏偏她的毡房就是不肯接纳我,我也只能干着急。唉,这比驯匹烈马可要难多了!"说着向志疆摇着头也走出办公室。

泰米尔一耸肩,自语说:"那你不能把这把火烧得再旺点吗? 真是废物!"

齐纳尔草场。胡雅格的毡房。

胡雅格拍着腿对唐娅琳说:"放屁! 你们想打我的齐纳尔草场的主意,想在我的草场办养牛场? 别做梦了! 当初为争齐纳尔草场的承包权。泰米尔他阿爸,那个沙英可没少羞辱我!"

唐娅琳说:"胡雅格大叔,你把话说岔了。齐纳尔草场是沙英大叔让你的,怎么是羞辱你呢?"

胡雅格说:"虽说他让我承包了草场,但他却胜利了。这口怨气,我还一直憋在肚子里呢。"

唐娅琳说:"胡雅格大叔,你不愿意就算了。说这些话干什么? 你以为你这样就胜利啦,你以为我们求着你啦? 可其实你又输了。"

胡雅格说:"我输什么啦?"

唐娅琳说:"输理了,输情了。结果把好前程也输了。你没看到发展养牛业的好处吗?"

胡雅格的老伴萨仁花说:"我觉得娅琳说得对。咱齐纳尔草场的自然条件好,你看现在,哪个养牛的不在发啊? 你看报纸上不都在说,养牛的前景是很光明灿烂的。"

胡雅格说:"报纸上说的那些话你能信。这个家我说了算,不行!"

唐娅琳说:"胡雅格大叔,你别把这么好的发家致富的前程给丢了。"

胡雅格说:"苏和巴图尔在市里开的饭馆正红火呢。我的草场为他养肥尾羊,同样可以发家致富。"

胡雅格:"娅琳,你为啥不动员你的妈去? 钦勒格草场不也很适合养奶牛吗?"

唐娅琳:"我妈不用我去动员,只要打一个招呼,我妈一准就会改养奶牛,所以胡雅格大叔你也考虑考虑。"

巴吉尔草场。热合曼的毡房。

毡房前的草地上，艾孜买提正在玩耍。

向志疆骑马朝毡房这边走来。

艾孜买提挡住他，抬起头说："你找谁？"

向志疆看着这个可爱的小孩笑着说："你是谁家的孩子呀？"然后跳下马，说："你叫什么名字啊？"

艾孜买提说："我叫艾孜买提。"

向志疆看看毡房，说："你家里人呢？他们在吗？"

艾孜买提说："我阿妈叫阿孜古丽，在那边放羊呢！"说着指指远方的羊群，又说，"我的外公叫热合曼。姥姥叫古丽娅。"

向志疆吃惊地说："你阿妈真是阿孜古丽？那你外公姥姥呢？"

艾孜买提说："外公弹弹拨尔去了，姥姥在家。"

巴吉尔草场。阿孜古丽和娜达莎一起在河边的草地上放羊。

阿孜古丽听艾孜买提在喊："妈妈——"

向志疆牵着马跟着艾孜买提，朝阿孜古丽和娜达莎走来。

河边的草地。

阿孜古丽一见到向志疆，立刻显出不自在的神色。

阿孜古丽对娜达莎说："这个人经常上你这儿来？"

娜达莎点头说："一个月里总会来上那么一两次，主要是来看我的。"

阿孜古丽立刻明白了些什么，说："他在追你吗？"

娜达莎一笑说："可以这么说，但我还没接纳他。男人都不可信，追你的时候花言巧语装孙子，一旦追到手，抹把脸就变了一个人。唉，恋爱时是很甜蜜，海誓山盟卿卿我我，可一旦过起日子……我算是苦头吃尽了，绝不想再来一次！"

阿孜古丽说："要是这样的话，那你可得当心点，千万别再上错了船。"

艾孜买提奔近了，朝着阿孜古丽张开了手臂。

阿孜古丽微笑着迎了上去。

向志疆看着阿孜古丽向艾孜买提迎了过来，突然又感到眼前出现的是在雪中走着的妮妮,但这种幻觉只是一瞬而过。

艾孜买提扑到阿孜古丽的怀里亲热地喊:"阿妈!"

娜达莎也迎了上去:"向大哥,你来啦?"

阿孜古丽依然冷冷地但出于礼貌地朝向志疆点了点头。

向志疆看到阿孜古丽一身维吾尔族女人的打扮,那面相也完全像个维吾尔族女人。二十几年前他牵着妮妮的那一幕彻底在他心里消失了。

向志疆说:"阿孜古丽,你干吗对我这么不友好啊?我向志疆什么时候得罪你了?"

阿孜古丽抱起艾孜买提,转身离开向志疆。向志疆听到她说了一句:"男人没一个好东西。娜达莎,你千万防着他点。"

娜达莎和向志疆望着抱着艾孜买提走向河边的阿孜古丽。娜达莎一笑说:"向大哥,我看阿孜古丽对你好像有看法,你怎么得罪她了?"

向志疆说:"她肯定误会我了。唉,"苦笑着摇摇头:"这事我再解释也解释不清啊!那个小孩是她的儿子?"

娜达莎说:"是。"

向志疆说:"孩子的爸呢?"

娜达莎说:"你真是哪壶不开提哪壶。她比我还惨。"

向志疆想了想,说:"娜达莎,过两天我再来找你吧。有点儿急事我得赶回去了。"

阿孜古丽抱着艾孜买提看看走来的娜达莎,说:"他怎么又走啦?"

娜达莎莫名其妙地说:"不知道呀。说他有急事。"

阿孜古丽的脸一下子就阴沉了下来。

托克海市。齐麦尔乳业公司,泰米尔的办公室。

唐娅琳有些气急败坏地走进办公室。

办公桌前的泰米尔抬头看了看唐娅琳,似乎在意料之中地说:"怎么,无功而返?"

唐娅琳说:"胡雅格大叔还记着你家的仇呢!"

泰米尔一笑说:"是我阿爸当时把齐纳尔草场让给他承包？还是我在咱们公司开业时打了苏和巴图尔那一拳?"

唐娅琳说:"都有！我看他这仇可结得深呢。他觉得是你阿爸有意在奚落他嘲笑他。每次喝酒,又总输在你阿爸手下。他这口气憋得太深了,就像太平洋的海水那样深。"

泰米尔说:"哪有那么夸张。不过当初我阿爸肯定没想到让出草场会是这么个结果。"

唐娅琳说:"怎么,你跟你阿爸现在后悔了吧?"

泰米尔说:"后悔什么?"

唐娅琳说:"把齐纳尔草场让给他们家啊!"

泰米尔说:"那你唐娅琳还真是不了解我们父子。在我阿爸和我身上,凡是做过的事,决不会后悔。就像下棋一样,绝对是落子无悔,做错了重做。尤其是我那个阿爸,哈哈哈一笑,天大的事都撇在了脑后,根本不存在什么后悔的想法。"

唐娅琳故意说:"你别说,我倒是后悔了。"

泰米尔说:"你后悔什么?"

唐娅琳说:"不该跟你合伙。"

泰米尔说:"那现在退出还不晚。"

唐娅琳说:"呸！我就知道你在等着我这句话呢。不过我告诉你,我回了趟家,我跟我妈一说,我妈没说二话,她说行,我把羊群卖掉后养奶牛,支持你们的乳业公司!"泰米尔:"娅琳,我告诉你吧,其实我爸年轻时,也想追你妈,我爸和你爸从一开始就是情敌,所以你爸后来找了个借口,把我爸收拾到养马场去了。"

唐娅琳:"唉,人生啊,这婚姻的事谁也捋不清,不过泰米尔,你等着瞧,我就不信在齐纳尔草场,这个奶牛场就办不起来。"

向志疆骑着马火急火燎地奔到公司门前,跳下马就冲了进去。

向志疆奔进泰米尔的办公室。

唐娅琳看看向志疆,说:"这么快回来,肯定也是碰了一鼻子灰。"

向志疆一愣,说:"什么?"

唐娅琳说:"你看你气急败坏的样子,不是娜达莎拒绝你了会是什么?猜都能猜得出来。"

向志疆说:"我还没跟娜达莎对上话呢,她怎么就拒绝我了?"然后对泰米尔说:"泰米尔,你猜我见着谁了?"

泰米尔说:"谁呀?"

向志疆看了看唐娅琳,意味深长地说:"阿孜古丽的孩子。"

泰米尔一震,手中的笔落了下来。

唐娅琳说:"阿孜古丽和热合曼大伯回来了?"

向志疆说:"对。所以我才赶回来的。我在巴吉尔草场见到一个三岁的男孩子,他冲着阿孜古丽叫妈妈,泰米尔,那肯定不是你的孩子?"

泰米尔说:"不是,我和她之间没有那种事。"

向志疆说:"那你打算怎么办? 要去见她吗?"说着看了一眼唐娅琳。

唐娅琳显然也有些吃惊,但很快就镇定下来,说:"这个现实迟早要接受的,他能不去见吗?"

泰米尔沉思了一会儿,说:"见,当然要见。唐娅琳说得对,我迟早要接受这个现实的,包括这个孩子。"

向志疆一愣,说:"泰米尔,你什么意思?"

泰米尔说:"我从来就没有想过放弃阿孜古丽。虽然她有了这个孩子,但如果阿孜古丽从来没打算跟这个孩子的父亲结婚,那就说明,她还爱着我。只要她还爱着我,我就不会放弃她。所以这孩子我会认。"

向志疆说:"泰米尔,你脑子进水啦?"

泰米尔说:"怎么?"

向志疆说:"我实在不明白,一个女人跟别的男人生了孩子,哪怕她再好,你也不能就这么无条件地原谅她,接纳她呀,这么做像个男人吗?"

泰米尔说:"为什么你会认为原谅犯错的女人就不像个男人了?"

向志疆说:"你非要钻这种牛角尖我也没话说。可是,"向志疆用嘴指指唐娅琳,说,"你能有更好的选择,身边这位,在各方面不比阿孜古丽差,除了脾气有点那个……"

唐娅琳打一下向志疆的背说:"别拿我说事! 这事我与泰米尔有约定,我与他不扯这件事!"

泰米尔说:"向志疆,我有我的选择,阿孜古丽就是我最终的选择,这点永远不会变!"

向志疆说:"这世上没有永远不会变的选择,感情也一样!"

泰米尔说:"你急吼吼地跑回来就为了跟我说说这儿?"

向志疆说:"不,我当时太震惊了,尤其是看着那孩子扑向阿孜古丽怀里,叫她阿妈时。这三年里,你不是一直在想着她吗? 我想你可能会希望第一时间知道这消息,所以就冲回来了。"

泰米尔拍了拍向志疆的肩,说:"谢谢你,兄弟。我们走吧!"说着就往门外走。

泰米尔刚走出门,唐娅琳跟了出来。

泰米尔说:"你干吗?"

唐娅琳说:"我也去!"

泰米尔说:"你去干吗?"

唐娅琳说:"去见见那个孩子!"

向志疆从办公室里探出头,说:"那孩子叫艾孜买提,长得真可爱。可是唐娅琳,你干吗要去见那个孩子?"

唐娅琳说:"跟你没关系!"说着一拧身先走了。

泰米尔看着唐娅琳,此刻他脑海里闪过的是苏和巴图尔。泰米尔沉默了一会,跟了出去。

向志疆看着两人的背影叹了口气,摇摇头,也跟了出去。

太阳刚升起。

泰米尔,唐娅琳,向志疆骑马在草原上一路小跑。

唐娅琳说:"向志疆,你去凑这个热闹干吗?"

向志疆说:"什么叫凑热闹的? 我是去干正事的!"

唐娅琳说:"你充其量就是个报信的,这里跟你有啥关系?"

向志疆说:"你开什么玩笑! 为了给泰米尔报信,我把正事都耽搁了。鼓动娜达莎在巴吉尔草场办奶牛场,这才是一等一的大事,没我,能行吗?"

唐娅琳一撇嘴说:"别给自个儿身上抹金了,人家娜达莎未必吃你那一套! 都三年了,一点建树都没有,还好意思在那说大话。"

向志疆说:"那你这么几年跟着泰米尔就有建树了?"

唐娅琳说:"在他没有同阿孜古丽结婚前,我不会变! 我就这么赖上他了。爱情也要不离不弃。"

河边,两大群羊散开在河边的草丛中吃着草。草丛中鲜花盛开,百灵鸟飞起飞落。

热合曼坐在河边的一块大岩石上,如痴如醉地弹着弹拨尔。

阿孜古丽和娜达莎在琴声中唱着歌:

"古老的草原吹着现代的风,

古老的民族啊唱着现在的歌,

心酸的生活会绽放出甜蜜,

悲伤的心坎会萌发出欢笑,

草原上的人们啊,

会迎来更美好的生活……"

晓萍拉着艾孜买提的手朝热合曼等人奔来,晓萍指着草原深处喊:"阿妈,你看,那儿来人了!"

河水在阳光下波光粼粼。

热合曼张望着远处奔来的三匹快马,说:"肯定是泰米尔,唐娅琳和向志疆他们三个。"

娜达莎说:"热合曼老村长,你这么大年纪了,眼力还这么好。"

热合曼说:"该来的总会来的,该面对的也不可能永远逃避。"说着,低头继续弹他的弹拨尔。

娜达莎抱住跑过来的晓萍,看看身边的阿孜古丽。

阿孜古丽深深吸了口气,站起来牵着艾孜买提的手,向泰米尔他们来的方向迎去。

泰米尔,唐娅琳和向志疆在策马飞奔。

突然,泰米尔看到阿孜古丽拉着一个小小的身影走了过来,忙一勒缰绳,将马停了下来。唐娅琳和向志疆也停住了马。

泰米尔看看唐娅琳和向志疆,还没说话,唐娅琳抢先说:"向志疆,我们拐到那边去吧,省的人家赶我们。"说着拨转马头走开了。

向志疆看看泰米尔,说:"兄弟,该说不该说的话,我都说了,但我绝对没有干涉你的意思。你们单独谈吧。"说完,跟着唐娅琳走了。

泰米尔跳下马,也朝着阿孜古丽走去。

泰米尔和阿孜古丽走到了一处,两人隔了些距离,相互凝视了好长一会儿。他们的心情都很复杂。

泰米尔看看艾孜买提,三岁的艾孜买提虎头虎脑,长得有些像苏和巴图尔,但眼睛像阿孜古丽,大而明亮。

艾孜买提也在打量泰米尔,他拉了拉阿孜古丽的手,说:"阿妈,这人是谁?"

阿孜古丽蹲下身,说:"艾孜买提,你先去外公那儿吧。阿妈有话同这位叔叔说。"

艾孜买提说:"阿妈,你认识这个叔叔吗? 需不需要我保护你?"

阿孜古丽淡淡一笑,说:"艾孜买提,在你没出生前,阿妈就认识这位叔叔了。叔叔跟你阿妈一起长大的,他还救过阿妈,他是个好人,你应该跟他打声招呼。"

艾孜买提犹豫了一下,望着泰米尔说:"叔叔好!"然后,迅速地从他们身边跑开了。

阿孜古丽站起身,盯着艾孜买提奔跑的身影,满眼都是泪。

泰米尔说:"阿孜古丽,你终于回来了。"

阿孜古丽背对着泰米尔,两行泪水从眼中流淌了出来。

河边的草地。

泰米尔牵着马,跟着阿孜古丽慢慢地走。

泰米尔说:"男人的心气是这么傲。但一回到现实,回到爱情,那男儿傲气就会消失,成为感情的奴隶。我泰米尔也是这样啊。"

阿孜古丽说:"现在说这些还有什么用?"

泰米尔说:"为什么没有用?"

阿孜古丽说:"我已经有了孩子。"

泰米尔说:"孩子的父亲是苏和巴图尔?"

阿孜古丽说:"不,是我的!"

泰米尔说:"孩子的父亲是谁我已经知道了。"

阿孜古丽说:"那又怎样? 他的父亲是谁对你很重要吗? 我只能告诉你,这是我的孩子!"

泰米尔说:"你什么时候,爱上苏和巴图尔的? 太突然了吧?"

阿孜古丽激动地说:"我没有爱上他!"

泰米尔说:"是苏和巴图尔他强……"

阿孜古丽说:"没有!"

泰米尔说:"那究竟是怎么回事? 我不明白。"

阿孜古丽说:"你不明白,我也不明白,这事连我自己都说不清楚!"阿孜古丽已是泪流满面,说,"人生原本就有许多事情是说不清的……"

艾孜买提与晓萍又玩到了一起,两人在草丛中欢笑着,追逐着。

泰米尔对阿孜古丽说:"阿孜古丽,你能告诉我的就只有这些吗?"

阿孜古丽说:"你还想知道什么?"

泰米尔说:"不知道,可我觉得,你该告诉我的不应该只是这些!"

阿孜古丽说:"我还能告诉你什么呢? 事情已经发生了,就是这样,你还想让我说什么?"

泰米尔说:"阿孜古丽,你还爱我吗?"

阿孜古丽沉默了一会儿,说:"现在问这个还有什么意思呢?"

泰米尔说:"不管过去发生过什么,再去追究它确实没有任何意义,因为发生的事情不可能再改变。但目前来说,这个问题对我很重要,因为只要你还爱着我,我还会接受你,包括你的孩子。"

阿孜古丽摇摇头说:"泰米尔我告诉你,以前的阿孜古丽已经不存在了!而现在站在你面前的,是一个无法原谅自己过去的阿孜古丽,她不会再跟你在一起,因为她不配! 走吧,泰米尔,你可以同任何一个女人结合,但同我阿孜古丽,不可能了。"

泰米尔说:"我泰米尔太自信了。我当时没有答应确立那种关系,是因为我认为确立不确立你都不会爱上别人,你阿孜古丽肯定是我的。我们的结合只是个时间问题,但我没想到,事情会变成这样。但我从来没觉得你配不上我,哪怕是知道你怀了别人的孩子,我最痛苦的时候,你阿孜古丽在我心里,还是占据了全部! 除了你,我不想同任何一个女人结合。"

阿孜古丽说:"犯错的是我,我该受到惩罚! 但你泰米尔,你是受害者,你被你深爱的女人背叛。不管你有怎样的胸怀,我都不能回到你身边,因为我决不能让我爱着的男人受这种委屈!"

泰米尔说:"阿孜古丽,你知道我现在想干什么?"

阿孜古丽含着泪摇摇头。

泰米尔说:"我想狠狠地给你一耳光!"

阿孜古丽说:"那就打吧,这也正是我想让你做的。你要不打我,我反而觉得不痛快,心里会很难过。你打我,起码说明以前你在乎我,深深地爱过我。"

泰米尔说:"现在还是!"

泰米尔举起巴掌想打,阿孜古丽闭上眼把脸凑了上去,说:"你打吧,你要不打,我就走了。"泰米尔没有打下去,而是用力把阿孜古丽推了一把,但又立刻把阿孜古丽一把拽到身前,想紧紧地拥抱她。

阿孜古丽一把将泰米尔推开了,她凝视着泰米尔说:"从我儿子出生的那一天起,我已经彻底地把你抛弃了。"说着,阿孜古丽转身大步向河边走去。

阿孜古丽已经走了,泰米尔闷了好一会儿,他用手中的赶马鞭狠狠地抽着身边的青草,他扔不下这个女人。

娜达莎坐在河边的草地上。

向志疆站在一旁,显得有些激动,他对娜达莎说:"娜达莎,不是我说你,你是个很没良心的女人!"

娜达莎有些生气地说:"怎么啦?你追不上我,就说我没良心啦。你瞧,天上的月亮还没圆呢。"

向志疆说:"我说的不是我!我说的是你对泰米尔没良心!"

娜达莎说:"我对泰米尔怎么没良心啦?"

向志疆说:"这巴吉尔草场是泰米尔让给你的吧?"

娜达莎说:"不错。"

向志疆说:"你从六棵树村转到托克里克村,也是泰米尔帮的忙吧?"

娜达莎说:"对,也不错!"

向志疆说:"泰米尔跟我们一起开的乳业公司成立,动员你养奶牛,你为啥不养?"

泰米尔看着阿孜古丽越走越远的背影,突然像下定决心了似的,翻身上马,就要去追阿孜古丽。

唐娅琳突然策马出现在泰米尔的面前。

泰米尔停下马,恼怒地说:"你一直在看着我们?"

唐娅琳说:"对。但你们说了些什么,我没偷听,我站的地方听不到你们说话。"

泰米尔说:"唐娅琳,还记得你说的话吗?"

唐娅琳说:"什么?"

泰米尔说:"你说我是你的朋友,是你的大哥,是你事业上的伙伴,只要我依然爱着阿孜古丽,你就不会对我泰米尔有什么想法。"

唐娅琳说:"对,我是这么说过。而且,你要是继续爱着阿孜古丽,我还会是个旁观者。"

泰米尔说:"这样你不累吗?"

唐娅琳说:"不累。干吗要累呢? 我过得有滋味着呢,我心很有定力!"

泰米尔说:"唐娅琳,我决不会放弃阿孜古丽的!"

唐娅琳说:"这是考虑过的想法?"

泰米尔说:"我考虑了整整三年,该想的我都想了,最后得出的就是这么个决定。"

唐娅琳说:"那你考虑过阿孜古丽的想法了吗?"

泰米尔说:"我不是阿孜古丽,我没法左右她的想法。但我会努力,唐娅琳,我要坦率地告诉你,虽然阿孜古丽跟苏和巴图尔发生了那种事情,但只要她还爱着我,我就绝对不会放弃她!"说完,策马朝着阿孜古丽那边奔去。

娜达莎说:"不是我不肯养牛,虽然到九月份我要把晓萍送村里的住读小学,但我还放着这么大群羊,我哪还有时间去拾掇那些奶牛呢? 奶牛可是很娇惯的,养不好不都砸进去啦! 再说,养上几条牛,我一个人也忙不过来呀!"

向志疆说:"雇人呀,现在不是允许雇人了吗?"

娜达莎显得很为难地说:"我不想雇人,我也不想养牛,至少现在不想养。"

向志疆说:"为啥?"

娜达莎说:"有些话我不知道该不该跟你说。"

向志疆说:"有什么不好跟我讲的?"

娜达莎叹口气说:"我担心我的前夫,那个罗米夏会来捣乱。"

向志疆说:"就为这个?"

娜达莎说:"我手上这么大一群羊还没处理掉,而且现在也不是处理这些羊的时候。"

向志疆说:"你说的这些都不能算是真正的理由。你现在问题的关键,是你压根就不想改变现状!"

娜达莎说:"对,我是不想改变。现在我过得挺好,干吗非要冒这个险。"

泰米尔追上了阿孜古丽,但他并没有下马。

阿孜古丽仰头看着他,说:"你还想说什么?"

泰米尔说:"热合曼大伯呢?"

阿孜古丽说:"哪里有弹拨尔的琴声,那里就有我阿爸。"

泰米尔聆听着琴声,一夹马肚就要往前走。

阿孜古丽说:"泰米尔,你别劝说让我阿爸给我施加压力,我们已经结束了,不会再有开始的。"

泰米尔说:"我想去唱歌! 跟着热合曼大伯的琴声唱! 我想跟你一起唱!"

阿孜古丽说:"我们已经唱不到一起了。"

泰米尔气恼地说:"那我就一个人唱! 但唱的是你和我的歌。"

阿孜古丽说:"泰米尔,请你别折磨我,我已经够痛苦了。"

河边的大岩石上。

热合曼正投入地弹着弹拨尔。

泰米尔随着琴声唱着歌骑马来到热合曼的身边,翻身下了马。

热合曼看到泰米尔,没有停下手中弹的弹拨尔,只是朝泰米尔点点头。

第十八章

巴吉尔草场河边的草地上,河水在奔流着。

向志疆对娜达莎说:"娜达莎,咱们的谈话为什么总是不合拍呀?"

娜达莎看看向志疆有些生气的脸,淡淡一笑说:"因为我心中的太阳还未升起,月亮还缺着一大块,锅子里的羊肉还没冒热乎气。"

向志疆说:"我真是没用啊!难怪泰米尔要骂我是个废物。"

娜达莎说:"泰米尔不该那样说你,是我太安于现状了。跟晓萍相依为命的日子,虽然偶尔觉着有些苦,但不会再像过去那样累得让人趴下。这种日子让我觉得舒心,这就是我想不出改变我现在生活的理由。"

向志疆长长地叹了口气,说:"娜达莎,在你眼里,我或者也是个一无是处的废物吧?"

娜达莎说:"向大哥,你干吗要这么贬低自己?你是个好人,我和晓萍都很喜欢你,真的!"

向志疆看着娜达莎,一脸无奈地说:"可你的毡房就是不能接纳我,对吗?"

娜达莎说:"有些事,是需要时间的。"

阿孜古丽独自走向河边。

正在跟晓萍玩耍的艾孜买提奔向阿孜古丽喊:"阿妈——"

阿孜古丽一把搂住奔上来的艾孜买提,顿时泪流满面。

热合曼弹完一曲后,放下弹拨尔,看看静静等候在旁边的泰米尔。

热合曼说:"跟阿孜古丽见上了?"

泰米尔说:"是,还见到了……艾孜买提。"

热合曼说:"你们谈过了?"

泰米尔说:"是。"

热合曼说:"你怎么想?"

泰米尔说:"心里很难过。我对她说我不在乎过去发生的事,只要她还爱着我,我们还能继续,我会接纳她和她的孩子。"

热合曼说:"她没答应?"

泰米尔说:"她说不可能,因为她不想让我受到委屈!我不明白,自尊比爱情更重要吗?"

热合曼说:"对阿孜古丽来说可能就是。"

泰米尔说:"热合曼大伯,我真的很恨我自己。因为我太自信了,如果当时我就答应阿孜古丽,同她确定关系,可能就不会发生这件事。"

热合曼卷了根莫合烟,抽了几口。又看看旁边垂头丧气的泰米尔,摇摇头说:"发生了的事是无法假定的。人生有时就是这样无情啊!"

泰米尔说:"是呀,人生有时是没有回头路可走的。"

热合曼说:"那现在你打算准备怎么办?"

泰米尔痛苦地摇摇头,说:"不知道,但我仍想娶她,因为我还爱着她。"

热合曼说:"除了爱还有别的吧。"

泰米尔一愣,说:"什么?"

热合曼说:"还有怜悯。你在可怜她,对不?"

泰米尔沉默了一会儿，说："是有一些这样的感觉，尤其是看到她痛苦的样子。我感到她还爱着我，正因为爱我才要逃避我。一想到她用这种方式在惩罚自己，我反而觉得我更应该娶她。以前我错过了机会，但现在我决不能再失去机会了。如果就这么放弃她，我反倒会觉得更痛苦。"

太阳已经下山，天空中晕染着一片昏黄。

热合曼的毡房。

阿孜古丽把羊群赶进羊圈。

巴吉尔草场。羊圈边。

阿孜古丽正准备回毡房。唐娅琳走了过来，说："阿孜古丽，你把艾孜买提养得真好，很结实，很可爱。"

阿孜古丽有些警觉地看着唐娅琳说："唐娅琳，你想说什么？"

唐娅琳说："你用不着紧张，苏和巴图尔跟你之间的事我没啥兴趣。"

阿孜古丽说："那你是对我跟泰米尔之间的事有兴趣，对吗？"

唐娅琳说："对，我想知道你们说些什么。"

阿孜古丽说："你想知道些什么？"

唐娅琳说："我想知道，泰米尔在你那里得到希望没有？"

阿孜古丽说："他想要的希望我给不了。因为我的心已经死了，一个已经死了的心怎么可能再给别人希望呢？"

在走回毡房的路上，唐娅琳追问阿孜古丽说："那泰米尔怎么说？"

阿孜古丽苦笑着说："他说，他仍要娶我。"

唐娅琳说："他说话是算数的，他就是这么个男子气十足的男人！他值得你继续爱！"

阿孜古丽摇摇头说："但我告诉他，事业上我可以帮他，但我决不会嫁给他。我不能让他担这样的委屈。"

唐娅琳说："阿孜古丽，这是你的想法，不是泰米尔的想法。"

阿孜古丽说："那你呢？你是什么想法？"

唐娅琳说："你以为我看到了希望，是吗？"

阿孜古丽直视唐娅琳的眼睛一会儿,痛苦地说:"是!"

泰米尔在毡房前燃起了一堆篝火。

热合曼坐在一旁,若有所思地抽着莫合烟。

艾孜买提跑过来,扑到热合曼的背上,揪他的胡子玩。热合曼反手去胳肢艾孜买提的肚子,艾孜买提笑得直打滚,瞅准了机会又跑远了。热合曼充满疼爱地看着艾孜买提朝羊圈那儿跑去。

热合曼的毡房前。

泰米尔看着跑远的艾孜买提,突然对热合曼说:"热合曼大伯,你知道艾孜买提的父亲是谁吗?"

热合曼说:"阿孜古丽没跟你说?"

泰米尔摇摇头,说:"没,但有人已经告诉我了。"

热合曼说:"你知道了?"

泰米尔说:"对!"

热合曼说:"你找那小子了吗?"

泰米尔说:"我揍了他一拳,就在我公司开业的那天。"

热合曼说:"他还手了没?"

泰米尔说:"没,这事就算过去了。"

热合曼说:"真的过去了?"

泰米尔苦笑一声说:"那还能怎样? 杀了他? 胡雅格大叔也不会放过我啊。"

热合曼不说话,闷头吸着烟。

热合曼的毡房里。

唐娅琳在帮阿孜古丽熬奶茶,毡房上空炊烟袅袅。

巴吉尔草场。篝火旁。

泰米尔叹口气说:"可阿孜古丽我该怎么办好呢? 我放不下她,可她又不肯嫁给我,这可真让我没了方向。我们三个是在那个艰难的岁月来到草原上的。是您,我阿爸和胡雅格大叔收养了我们,这份民族间的情谊我是永远忘不了的。所以我想努力把我的事业做起来,来报答草原,报答你们。但我没想到我们三个人之间会出现这样的事情。您老这么大年纪,阿孜古丽犯下这样的错,但您没有嫌弃她,还跟着她在草原上游牧了那么几年。"

热合曼说:"她是我女儿,在女儿受煎熬的时候,我做父亲的怎么能撒下她不管呢? 可我现在发愁的事是,孩子的事该怎么办呢? 但她还没结婚就突然有了个孩子,虽然我们都知道孩子的父亲是谁,可她死也不肯让我和古丽娅提这事。说宁肯一辈子游牧在外,也不要村里人知道这孩子是谁的。现在我回托克里克村了,你说我该咋办?"

泰米尔说:"我想不明白,阿孜古丽怎么会……"

热合曼说:"你不是连苏和巴图尔都不追究了吗,还要搞清楚这事干吗? 倒是我这里更犯难啊,村子里的人问起来,我们怎么回答呢? 直接说是苏和巴图尔的? 那不便宜死他了!"

泰米尔想了想,一咬牙说:"热合曼大伯,你就说是我的吧,我爸也一定要我娶她。我跟阿孜古丽的关系村子里都知道。我们的错误不就是没领结婚证就有了孩子嘛,补个证就行了。我一定要娶阿孜古丽! 除非他跟别的男人结了婚。"

热合曼看看泰米尔,很有些感触地说:"泰米尔,你不是个男人。但你又是个真正的男人!"

泰米尔说:"热合曼大伯,这话怎么说?"

热合曼说:"你自己去想吧!"

天色渐渐暗了下来。

篝火在闪烁跳跃。

泰米尔坐在毯子上看着篝火发呆。唐娅琳倒了碗奶茶端给泰米尔,见他没反应,便轻轻捅了他一下。

抱着艾孜买提的阿孜古丽都看在眼里,心里一阵酸楚。

热合曼的毡房。

向志疆和娜达莎领着晓萍骑马走了过来。

向志疆跳下马,灰着脸走过来,一屁股坐到了泰米尔身边。

泰米尔看看他,说:"谈得怎么样?"

向志疆说:"你指的哪一个?"

泰米尔说:"你谈了哪一个?"

向志疆说:"两个都谈了。"

泰米尔看看他的神情,说:"一个都没谈成?"

向志疆说:"对,废物嘛。"

娜达莎走到阿孜古丽身边坐下,晓萍拉着艾孜买提围到了热合曼身边。

泰米尔也走到娜达莎身边,坐下说:"娜达莎,关于养奶牛的事,你拒绝了?"

娜达莎说:"我现在还不想养。"

泰米尔说:"为什么?"

向志疆在一边插嘴说:"她现在不想改变现状,感情也是。"

娜达莎说:"其实有很多因素,最主要是我现在还不想把羊处理掉。"

唐娅琳说:"娜达莎,是这样的,我们不是办了个乳业公司吗?现在发展得很好,可就是奶源不够。泰米尔想在咱们托克里克村的两个大草场上办两个奶牛基地,这样牧民们也能受益。"

娜达莎低头不语。

热合曼说:"养奶牛好呀!我和阿孜古丽回来的一路上,看到满草原都是养牛户。大家都在说:一家一头牛,孩子老婆热炕头;一家两头牛,吃穿不发愁;一家三头牛,五年盖洋楼;一家一群牛,比那百万富翁还要牛。"

娜达莎还是犹豫不定的神色。

泰米尔看看向志疆,向志疆手一摊,那意思是该说的都说了,她就这样。

阿孜古丽看看泰米尔,说:"泰米尔,既然我回来了,这牛我来养。"

泰米尔精神一振,说:"你要肯养牛,我可以资助你。"

阿孜古丽:"用不着你资助。我把我们的羊卖了,先买上五头奶牛养着再说。我还可以再发展嘛!"然后看着热合曼说,"阿爸,你说呢?"

热合曼说:"我当然支持!泰米尔,我现在觉出味来了,当初你不当村长,不就是想干这件事吗?"

泰米尔说:"可是热合曼大伯,如果能让我在经济上支持你们,多养几头牛,那不是能发展得更快吗?"

阿孜古丽说:"我养奶牛,就是为了能够支持你的事业。但在经济上,我不想跟你沾边,我就想靠自己养活我们一家。"

泰米尔猛地站了起来,对唐娅琳和向志疆说:"已经太晚了!向志疆,唐娅琳,我们回公司吧。今天一天,我们三个人都不在公司里,有点不像话了。"

月亮已经升起来了。

泰米尔,唐娅琳和向志疆都牵上了马,阿孜古丽和娜达莎在送他们。

泰米尔看也没看阿孜古丽,翻身上马,策马就走。

唐娅琳和向志疆相互看看,赶紧上马。

唐娅琳对阿孜古丽说:"阿孜古丽,你不该拒绝泰米尔的好意。"

阿孜古丽说:"一切都过去了,所以我不想再跟泰米尔在感情上再有什么瓜葛,在经济上,我就更不能接受他的帮助了。"

唐娅琳说:"感情和经济是两回事!你要真想在事业上帮他一把,就该做得更彻底些。"

阿孜古丽说:"在这方面,我更想保持我的独立,我阿孜古丽不是那种不依靠男人就活不下去的人。"

唐娅琳知道再也说不通了,一夹马肚,向泰米尔追了过去。

向志疆走前对娜达莎说:"娜达莎,不管你的太阳啥时候升起,我心里的这堆篝火会一直为你燃烧的!"

阿孜古丽和娜达莎眼看着三匹马消失在夜色里。

娜达莎看看阿孜古丽,见她没有要往回走的意思。娜达莎轻轻地叹口气,一个人朝热合曼的毡房走去。

阿孜古丽还在望着夜色渐浓的草原深处,痛苦,悲伤和落寞笼罩在她的脸上。

阿孜古丽转身刚要往回走,身后传来急急的马蹄声。

阿孜古丽还未反应过来,泰米尔的马已经冲了过来,泰米尔马上一侧身,将阿孜古丽拦腰抱起到马背上。

月光皎洁,泰米尔的马在夜色朦胧的草原上飞奔。

阿孜古丽挣扎着喊:"泰米尔,你干什么! 把我放下来!"

泰米尔只是紧紧抱住阿孜古丽也不说话。

阿孜古丽恼怒地一使劲,两人从马背上滚落在草地中。

阿孜古丽与泰米尔失去重心从马上跌落在草地上。

打了几个滚后,泰米尔还是紧紧地箍住了阿孜古丽。

阿孜古丽恼怒地说:"泰米尔,你放开我!"

泰米尔说:"阿孜古丽,你真的不想同我在一起了吗? 你以前不是一直想要我表态吗? 我现在这就是同你表态了。"

阿孜古丽说:"不! 太晚了,而且现在我无论是从感情上还是在经济上,我都不会再跟你有任何瓜葛!"

泰米尔说:"你觉得这可能吗?"

阿孜古丽说:"这有什么不可能的?"

泰米尔说:"可我放不下! 我知道,你阿孜古丽也放不下! 所以你才会回来,回到托克里克村,回到我泰米尔的身旁。"

阿孜古丽猛地一下将泰米尔从自己的身上推开,从草地上坐起来说:"不,我回来,就是因为我放下了对你的爱情,放下了对你的奢望,放下了我所有应该放下的感情! 这样我才能重新面对你,重新开始我的生活。我阿孜古丽不会让生活压倒! 因为我阿爸就从来没有让生活压倒过!"

泰米尔说:"不,阿孜古丽,不管你嘴上怎么说,你的心里一直有我,我能感觉得到。所以我们俩绝不可能划清界限,因为我们根本就划不清!"

阿孜古丽说:"事在人为。"

泰米尔说:"对,我也这么认为,所以我不会放弃你。我已经跟热合曼大伯说好了,艾孜买提以后就是我泰米尔的儿子。"

阿孜古丽说:"不是!"

泰米尔说："他迟早会是！因为我要娶你，那么他就是我的！"

泰米尔翻身上马走了。

阿孜古丽还坐在草地上，她仰望着天空那轮明月，眼泪止不住地流淌下来。

热合曼的毡房前。篝火还燃得很旺，热合曼凝视着跳跃的火焰，默默地抽着烟袋。

阿孜古丽怀抱着艾孜买提在想着心事，眼中闪着泪光。

艾孜买提已经睡熟了。

阿孜古丽突然抬头对热合曼说："阿爸，我们真不该回来。"

热合曼说："为啥？"

阿孜古丽说："泰米尔说他要娶我，他一说这话我就痛苦地想去死。"

热合曼说："不回来，艾孜买提以后要是上学该咋办？ 回来是迟早的事，我们，尤其是你，总得过这一关的。"

阿孜古丽说："可是泰米尔越是这样，我心里就越觉得内疚。我情愿他打我骂我甚至杀了我，也不愿听到他说接纳我的一切那种话，我真的不配……"

热合曼说："你爱的那个泰米尔不就是这么个人吗？ 他总是用一颗真诚的心来对待每一个人，用他专一的心来对待他的事业，还有他的爱情。"热合曼闭上眼，开始哼唱起来，"泰米尔那真挚而深情的眼睛，打动着每一个姑娘的心……"

阿孜古丽流泪了，说："阿爸，为什么要让泰米尔说艾孜买提是他的孩子呢？"

热合曼说："我最最发愁的就是这件事。泰米尔要是不认下来，那你说是谁的？ 实话实说，孩子是苏和巴图尔的，你肯吗？"

阿孜古丽说："不！说出来还不如杀了我。"

热合曼说："你要不说是谁，那人家就会说是野男人的，你受得了吗？ 就算你能忍，我热合曼可受不了啊！那样，我的女儿成什么人了？"

阿孜古丽说:"那也不能让泰米尔背这个黑锅呀。"

热合曼说:"那是泰米尔自己要求的。他说只有这个解释最合情合理,也是最说得过去的。而且他泰米尔这么做就是为了向你表明他的决心,我能说什么?我只能谢谢他。"

阿孜古丽说:"可我不愿意,让他受这种委屈!"

热合曼说:"那你也得为你阿爸考虑考虑呀?阿爸在村子里也算是有头有脸的人,你总不至于让阿爸在村民面前抬不起头吧?你阿爸可是在这村子当了三十几年的村长啊!"

草原。马场。沙英在放马。

胡雅格骑着马走了过来,冲着沙英哈哈一笑说:"恭喜你啊!沙英老兄。"

沙英说:"咋啦?"

胡雅格说:"热合曼和阿孜古丽回来啦!"

沙英说:"是嘛!那好啊。"一想又觉得不对劲儿,说,"回就回来了呗,有啥好恭喜的?"

胡雅格说:"阿孜古丽给你带来个大孙子回来,那还不值得恭喜啊!"

沙英一听就火了,说:"放屁!泰米尔和阿孜古丽还没结婚呢,我哪来的孙子啊!"

胡雅格说:"没结婚不等于不能生孩子呀。"

沙英说:"你说这话是什么意思?"

胡雅格说:"没什么别的意思,只是来给你沙英老兄报个喜,道个贺。你沙英老兄家不是样样事情都做得光彩夺目的嘛!啊?"

沙英说:"胡雅格,你要再这么胡说八道,别怪我的鞭子不客气!"

胡雅格说:"那就走,看看去吧,看我胡雅格胡说八道了没有。"

托克海市。巴图尔肥尾羊饭馆。一间小小的经理室。

苏和巴图尔坐在里面在算账。

唐娅琳推门进来,喊了一声说:"苏和巴图尔。"

苏和巴图尔说:"唐娅琳,你怎么来啦?"

唐娅琳说:"生意咋样?"

苏和巴图尔说:"不错。我正准备开个分店呢。"

唐娅琳说:"怎么样,要不要回去看看你儿子啊?"

苏和巴图尔一怔,说:"阿孜古丽回来了?"

唐娅琳说:"是啊!我见到那孩子了,叫艾孜买提,跟你长得很像。"

苏和巴图尔低头沉默了一会儿,说:"我儿子……我怎么见?"

唐娅琳说:"这是你的事!当初既然是你犯下了这个错。受惩罚的不应该光是阿孜古丽,还有你自己!"

热合曼家门前。

艾孜买提正在门口玩耍。

沙英和胡雅格远远地走来,沙英看到了那孩子,吃惊地跳下马。

胡雅格说:"喏,自己去看,你老弟我不奉陪了。"说着拨转马头走了。

沙英走到艾孜买提跟前,艾孜买提抬头看看沙英说:"爷爷,你找谁?"

沙英一时说不出话来,扯着嗓子冲屋里喊:"热合曼,阿孜古丽,你们在吗?"

热合曼一掀门帘走了出来,说:"沙英,你来啦?"

沙英指着艾孜买提说:"这……谁的孩子?"

热合曼说:"阿孜古丽的。"

沙英说:"我问他的阿爸是谁?"

热合曼说:"沙英,你干吗这样问话?"

沙英说:"因为我想知道!胡雅格说,这孩子是泰米尔的!"

热合曼说:"那你就去问泰米尔呀。干吗跑到这儿来吼?"

阿孜古丽也从屋里走出来,说:"这孩子不是泰米尔的。"

还没等沙英反应过来,远处,泰米尔从村口策马奔了过来。

泰米尔跳下马,对沙英说:"阿爸,这孩子是我的!"

沙英说："真是你的？"

泰米尔说："当然是我的。不是我的，那还能是谁的？"

阿孜古丽喊："泰米尔！"

泰米尔也对阿孜古丽喊："你给我闭嘴。阿爸，你也别生气，你不是一定要我娶阿孜古丽的吗？我跟阿孜古丽补办个结婚手续不就行了。"

沙英一把抱起艾孜买提就上了马。

泰米尔说："阿爸，你这是干啥？"

沙英说："我找胡雅格去！"

看着沙英远去的背影，阿孜古丽气恼地对泰米尔说："你跑来干吗？"

泰米尔说："我原本是来动员咱们村的人养奶牛的，远远就看见我阿爸跟胡雅格大叔往你家走，所以就赶过来了。"

阿孜古丽一时气得无话可说，转身就进了屋。

泰米尔看看热合曼说："热合曼大伯，你别管阿孜古丽怎么说，只要有人问你，你就说艾孜买提是我的儿子。"

热合曼叹口气，说："也只能这样了，不然我这张老脸哪还敢在村子里晃呀。"

泰米尔翻身上了马，说："热合曼大伯，这就对了！"

沙英抱着艾孜买提策马来到胡雅格毡房前。

沙英跳下马就喊："胡雅格，你出来！"

胡雅格出来说："啥事？"

沙英说："胡雅格，看到没，我孙子！叫艾孜买提。知道艾孜买提啥意思嘛？好汉！艾孜买提，叫爷爷。"

艾孜买提有些害怕，叫了声："爷爷。"

沙英说："哈哈，我有孙子了！你呢？你孙子在哪儿？胡雅格，谢谢你特地到马场去给我报喜。今晚我摆酒，给我孙子接风。你过来喝，咱们再喝个一醉方休，哈哈哈——"沙英得意地大笑。

胡雅格瞪着沙英说："还没结婚，就有孩子，光彩吗？"

沙英说:"从一开始,我就想让阿孜古丽当女儿,女儿没当成,但我就想以后一定要让她当我的儿媳妇。现在有孙子了,我高兴啊。结婚不就补个手续吗?哈哈哈哈,我有孙子了。哈哈哈哈,我有孙子了啊。"

沙英抱着艾孜买提骑上马又高高兴兴地走了。

胡雅格气得瞪大眼睛半天说不出话来。

这时有个声音在他边上叫:"阿爸!"

胡雅格回头一看,是苏和巴图尔。

胡雅格被沙英奚落后憋的一肚子气立即出到了苏和巴图尔的身上。他一进毡房就朝苏和巴图尔怒吼:"你看看,沙英都抱孙子了! 你什么时候抱个孙子给我看看? 你个没出息的东西。"

苏和巴图尔说:"阿爸,你跟沙英大叔较什么劲啊。"

胡雅格说:"我就是要同他较劲。他压得我憋在肚子里的气都要爆炸了! 你,苏和巴图尔,什么时候也能让我胡雅格在沙英跟前压过他一头,啊?!"

苏和巴图尔说:"阿爸,这辈子我是不准备结婚了,所以你也甭指望抱什么孙子了。"

胡雅格说:"为啥?"

苏和巴图尔说:"因为我苏和巴图尔不可能再跟别的什么女人结婚了。"

胡雅格说:"你啥意思? 为啥不结婚了?"

苏和巴图尔说:"不为啥,就是不想结婚了!"

胡雅格说:"你这话让我糊涂了。"

苏和巴图尔说:"因为你这辈子从来就没有清醒过! 所以你老在沙英大叔跟前栽跟头。"

胡雅格说:"那你回来干吗?"

苏和巴图尔说:"想去见一个人。"

胡雅格说:"谁?"

苏和巴图尔说:"这你就别管了!"

草原。马场。

沙英把艾孜买提抱到一匹健壮毛色油光的黑色的小儿马背上。

沙英说:"孙子,这匹儿马爷爷就送给你了。这是爷爷给你的见面礼。骑上走!"

艾孜买提熟练地勒着马缰绳,让马一路小跑开来。沙英也翻身上马,紧跟在后面。

沙英看着艾孜买提骑马骑得很稳,说:"艾孜买提,谁教你骑的马?"

艾孜买提说:"外公和阿妈。"

沙英说:"唔!很好,不愧是我沙英家的孙子,是咱草原上的人!"

苏和巴图尔骑马朝马场走,在路上遇见了泰米尔。

泰米尔说:"苏和巴图尔,你的肥尾羊饭店的生意很兴旺啊。"

苏和巴图尔说:"哪有你的乳业公司气派呀。要不我阿爸怎么会老觉得低你阿爸一头呢?"

泰米尔说:"你上哪去呀?"

苏和巴图尔说:"马场。"

泰米尔说:"有事吗?"

苏和巴图尔说:"看你阿爸沙英大叔去。"

泰米尔说:"怎么?"

苏和巴图尔说:"只是去看看,没什么。"

泰米尔说:"你这话让人不理解。"

苏和巴图尔说:"这世上就有不少事让人不理解,有时候自个儿做的事就让自己都无法理解。要不就没有那种什么后悔啊,懊丧啊,内疚啊等等的想法了。"

泰米尔突然悟出来了,说:"我明白了,你是想去看艾孜买提。"

苏和巴图尔说:"不错,那是我儿子。"

泰米尔说:"你这是要去认他吗?"

苏和巴图尔说:"我想,我非常想！可我知道,我要真这么做了,阿孜古丽会杀了我。"

泰米尔说:"你知道这点就好。但我告诉你,热合曼大伯已经发话了,艾孜买提是我泰米尔的儿子,清楚了吗？"

苏和巴图尔看看泰米尔说:"那么,我现在可以去见艾孜买提吗？"

泰米尔说:"你不是说要找我阿爸去吗？那你就去见。但我告诉你,艾孜买提是我的儿子。所以我阿爸也已经把艾孜买提当成他的亲孙子了。"

苏和巴图尔说:"你阿爸已经在我阿爸面前显摆过了。我不会说什么的,因为我苏和巴图尔在你跟前,就跟我阿爸在你阿爸跟前一样,低一头。是我做了对不起你的事,所以我认了。"

泰米尔说:"那天我打你一拳,你没还手。虽然我不甘心,但这事就这么算了,你好自为之吧！"说完,泰米尔策马就走。

苏和巴图尔拨马追上泰米尔,说:"泰米尔,这事不可能就这么算了。"

泰米尔停住马说:"什么意思？"

苏和巴图尔说:"艾孜买提是我的儿子,这是事实,所以我要娶阿孜古丽。"

泰米尔说:"苏和巴图尔,你真的很无耻！"

苏和巴图尔说:"对,自打我干了这事,这个无耻的标签就已经贴到我身上了。所以不管你怎么说,我都要努力,为了阿孜古丽,也为了我们的孩子。"

泰米尔愤怒地说:"那阿孜古丽愿意吗？她连这个孩子是你的都不愿说出来,你还指望她能嫁给你吗？"说完,一甩鞭,马便狂奔起来。

苏和巴图尔喊:"我会努力的！"

苏和巴图尔想了想,也策马飞奔去追赶泰米尔。

苏和巴图尔策马紧紧尾随着泰米尔。

苏和巴图尔说:"泰米尔,我把话亮给你听,泰米尔,即便你骂我无耻,你也不能保证阿孜古丽以后一定会成为你的妻子。现在我比你有优势,因为艾孜买提是我的儿子,为了我的儿子,阿孜古丽最后会选择谁成为她的丈夫,这还不一定呢。"

泰米尔猛勒马缰,白马一声长嘶,停了下来。

第十九章

起伏而辽阔的草原。

苏和巴图尔将马停了下来,看着泰米尔。

泰米尔冷笑着说:"苏和巴图尔,你的这种自信真是让我刮目相看啊!好啊,这种竞争我奉陪。这不光是为我自己,还为我阿爸,更为了阿孜古丽!"

苏和巴图尔说:"泰米尔,咱们就把话说到这里。阿孜古丽已经是我孩子的母亲,我也有爱她的权利。你不是不怕竞争吗?现在,我要去你阿爸那里看我的儿子,陪我一起去呢?还是我自个儿去。"

泰米尔想了想,说:"当然是我陪你去了。"

苏和巴图尔一笑说:"泰米尔,你胆怯了?"

泰米尔说:"我是怕发生意外!我阿爸的脾气我可不放心。"

苏和巴图尔苦笑了一下,说:"借口罢了。"

马场上。艾孜买提跟着沙英一起在牧马。泰米尔和苏和巴图尔来到马场。

泰米尔喊:"阿爸,苏和巴图尔要见你!"

沙英与艾孜买提骑马过来。

艾孜买提骑在马上那副雄赳赳气昂昂的样子特别可爱。

苏和巴图尔盯着艾孜买提看,欣喜的眼睛里流溢着无垠的疼爱。

沙英说:"苏和巴图尔,你想见我,有什么事吗?"

苏和巴图尔说:"沙英大叔,我想买匹马。这小孩是谁?"

沙英说:"我的孙子!"

苏和巴图尔说:"好可爱啊。"

苏和巴图尔看着艾孜买提,不由自主地跳下了马,朝艾孜买提走去。

泰米尔说:"苏和巴图尔,你不是想买马吗? 自己去挑啊!"

苏和巴图尔走到艾孜买提跟前,搂着艾孜买提亲了一下,说:"太可爱了! 你叫什么?"

艾孜买提大声地说:"我叫艾孜买提。是外公给我起的名字。"

苏和巴图尔凝视着艾孜买提的眼睛,许久不愿挪开。

苏和巴图尔紧盯着艾孜买提的脸,内心激动不已。

旁边的沙英看着他们,突然有一瞬间,沙英感到艾孜买提与苏和巴图尔很像,于是心头一惊,盯着他俩看。

泰米尔有些紧张了,策马向前走了两步,他真是不放心苏和巴图尔。

苏和巴图尔还是控制住了自己的情绪,掉转身迅速上了马,说:"沙英大叔,泰米尔,你们帮我挑一匹马吧,我相信你们的眼光。我还有些事,先走一步。"他对艾孜买提微微一笑,说,"艾孜买提,再见!"

泰米尔和沙英看着苏和巴图尔骑马远去的背影。

沙英看看泰米尔,说:"他真是跑来买马的吗?"

泰米尔无语。

沙英满脸的疑惑,但他明显不想为这事多费脑筋。沙英对艾孜买提说:"好小子,走,咱们放马去!"

沙英和艾孜买提策马朝马群奔去。

泰米尔望着沙英和艾孜买提远去的背影,心里陡然升起一股子狂怒,他狠狠地在空中甩了一个响鞭,策马追去。

泰米尔飞马掠过沙英和艾孜买提,狂奔着追逐马群。

马群在草原上奔腾,泰米尔在马群中狂奔,发泄着心中的怨气与痛苦,并大声地呼喊着:"哟嗬嗬——"

沙英对着在马群中狂奔的泰米尔喊:"泰米尔,你咋啦?"。

太阳西斜,风吹拂着草原。

阿孜古丽骑马在路上等着,她眺望着远方,看到泰米尔骑马朝她的方向走来。

泰米尔骑的马浑身汗湿,泰米尔也是满脸满脖子的汗。

阿孜古丽策马到泰米尔马前,跳下马,挡住泰米尔说:"泰米尔,你下来,我一直在这儿等你,我有话对你说。一定要说!"

泰米尔跳下马,看着阿孜古丽。

阿孜古丽说:"泰米尔,关于你阿爸跟艾孜买提,我必须……"

泰米尔激动地冲上去,一把紧紧地抱住阿孜古丽。

阿孜古丽挣扎着喊:"泰米尔,你干什么?"

泰米尔抱住阿孜古丽不放,他眼里含着泪。

阿孜古丽用力想推开泰米尔,但怎么也推不开。泰米尔的双臂就像一把铁箍紧紧地箍住了阿孜古丽。

泰米尔说:"阿孜古丽,我要娶你,我一定要娶你!"

阿孜古丽使足力气,猛地推开泰米尔。她狂怒地喊:"艾孜买提是我的儿子!跟你泰米尔没关系!"说着转身就走。

泰米尔一把拽住阿孜古丽,吼:"那就嫁给我!让艾孜买提成为我的儿子!"

阿孜古丽喊:"不,绝不!因为他不是你的!泰米尔,我还要告诉你,你再这样纠缠我,说要娶我,我就带着艾孜买提离开这里!"

泰米尔看着狂怒的阿孜古丽说:"阿孜古丽,刚才苏和巴图尔去看艾孜买提了。"

阿孜古丽震惊地看着泰米尔,突然撕心裂肺地喊:"他为什么要去看艾孜买提,艾孜买提跟他也没关系!"

阿孜古丽痛心疾首地大哭起来。

阿孜古丽捂着脸痛哭着。

此刻泰米尔也冷静下来了,他感觉刚才自己的情绪有些失控,忙不知所措地说:"阿孜古丽,对不起,我……"

阿孜古丽哭着说:"请你再也不要说要娶我的话了,我求你了……"

泰米尔说:"可是阿孜古丽,我的心意难道你不知道吗"

阿孜古丽摇着头说:"我知道! 可我接受不了。"

泰米尔说:"为什么?"

阿孜古丽说:"够了,我不该回来,我明天就带艾孜买提走。"说着就要走。

泰米尔拉住阿孜古丽说:"别走!"但很快又松开手,说"阿孜古丽,我有个请求。"

阿孜古丽抹着泪说:"说。"

泰米尔说:"你不让我说这孩子是我的,可我还是希望你能让艾孜买提叫我阿爸爷爷。如果你能看到我阿爸和艾孜买提在一起的情形,你就会知道我阿爸听到艾孜买提叫他爷爷有多幸福!"

阿孜古丽说:"泰米尔,你真幸运,摊了这么个好爸爸。艾孜买提是我的儿子,他当然就该叫沙英大叔叫爷爷。"

托克海市。巴图尔肥尾羊饭馆。唐娅琳匆匆走进苏和巴图尔的办公室。

苏和巴图尔一见唐娅琳进来,赶忙迎了上去。

唐娅琳说:"苏和巴图尔,啥事那么急? 我公司里也忙着呢。"

苏和巴图尔说:"唐娅琳,帮我忙,我想要我儿子!"

唐娅琳瞪着苏和巴图尔说:"你去见过了?"

苏和巴图尔说:"对,我见到艾孜买提了,长得真可爱,现在满脑子都是他。"

唐娅琳说:"那你去找她啊!想要儿子你得去找她,找我来有啥用。"

苏和巴图尔说:"我要你帮我想辙,我要娶阿孜古丽。"

唐娅琳说:"你做梦吧!阿孜古丽会同意?"

苏和巴图尔说:"人要不做梦,就别在这世上活了!我一定得争取,而且我已经跟泰米尔宣战了,为了我的孩子,我必须得跟他争!只要阿孜古丽没有结婚,我就有跟他竞争的权利!"

唐娅琳说:"苏和巴图尔,好大的魄力啊!"

苏和巴图尔有些激动,全然不理会唐娅琳略带嘲讽的话,他继续说:"他泰米尔是曾经得到过阿孜古丽的心,这方面他是占着优势。但我有艾孜买提,艾孜买提把我和阿孜古丽联系到了一起,这连阿孜古丽也没法回避的!为了我的儿子,我一定得赢,我必须得赢!"

唐娅琳说:"那你想怎么赢呢?"

苏和巴图尔一把抓住唐娅琳的手,说:"唐娅琳,每次我跟泰米尔争什么的时候,你都站在泰米尔的一边。这次我求你,站在我这边,行吗?!"

唐娅琳说:"不行!"

苏和巴图尔愕然说:"为什么?"

唐娅琳说:"我不站在你这边不是因为我要站在泰米尔的一边,你们把阿孜古丽当成了什么?战利品?而且我知道,你的这个想法只是在往阿孜古丽的伤口上撒盐,她不但不接纳你,只会更加恨你。"

唐娅琳走出苏和巴图尔的办公室。

苏和巴图尔追出办公室,说:"唐娅琳,我真不是为了想赢泰米尔!我只想让我的儿子幸福!唐娅琳,帮帮我!让我的孩子也有一个完整的家,他有自己的亲爸和亲妈!"

唐娅琳看着苏和巴图尔的眼睛,他的眼里含着泪光。唐娅琳犹豫了。

苏和巴图尔看到了希望,说:"你说过,阿孜古丽不可能也不愿意跟泰米尔再有什么了,那我作为艾孜买提的亲阿爸,为什么就不能争取一下呢?那是我的儿子啊!,帮帮我行吗?"

唐娅琳同情地看着苏和巴图尔,迟疑了一会,她低声说:"苏和巴图尔,你要我怎么帮?"

苏和巴图尔说:"让我有机会,能经常去接近阿孜古丽,还有我儿子。"

唐娅琳说:"苏和巴图尔,你这不是在给我出难题吗? 因为泰米尔,我跟阿孜古丽之间早就不像过去那么亲密了。我看你还是再等等吧,再过段时间,看我跟阿孜古丽之间能不能再说上话。"

苏和巴图尔失望地将唐娅琳送出门。

唐娅琳刚走出没几步,突然想到了什么,停下了脚步。

苏和巴图尔眼巴巴地看着唐娅琳。

唐娅琳回头说:"苏和巴图尔,为了阿孜古丽跟她儿子,你什么都愿意做,对吗?"

苏和巴图尔忙使劲点头,走上前说:"当然,只要能赢得她跟儿子,哪怕是这条命我都能豁出去!"

唐娅琳说:"用不着你豁出命,就是帮我一个小忙,或者我们就有机会。"

苏和巴图尔急切地说:"什么?"

齐纳尔草场。在胡雅格的毡房里。

胡雅格正喝着萨仁花端来的奶茶,忽听见外面苏和巴图尔的声音在喊:"阿爸阿妈,我回来了,还有唐娅琳也要来看看你们!"

胡雅格和萨仁花都很吃惊,相互看看。

胡雅格走出毡房。

他一看苏和巴图尔、唐娅琳从马背上下来,便转头对跟出来的萨仁花说:"今天什么日子"? 苏和巴图尔齐声说:"阿爸,阿妈,早。"

唐娅琳:"大叔,大妈早!"

胡雅格看看他们,说:"唐娅琳你一来,我就知道你把苏和巴图尔抓来,是想来干什么的?"

唐娅琳说:"对,苏和巴图尔也支持我们在齐纳尔草场办奶牛场。"

胡雅格说:"没用! 我告诉你,在齐纳尔草场办奶牛场,你就死了这心吧。苏和巴图尔,你别掺和这事! 我好好把这些小肥羊喂好,供给你饭店,咱家只要把你的饭店搞兴旺了,比啥都强。"说着一背手,回毡房去了。

唐娅琳和苏和巴图尔走进毡房。

唐娅琳说:"胡雅格大叔,为啥你就不肯让我们在齐纳尔草场办奶牛场?"

胡雅格说:"你们为啥想让我在齐纳尔草场办奶牛场。是想让泰米尔的齐麦尔乳业公司如虎添翼,好让沙英那老家伙再气我!苏和巴图尔,你一定要给阿爸长面子,把你的巴图尔肥尾羊办成锡林郭勒最大最好的饭店。"

苏和巴图尔说:"阿爸,这次我回来,就是想请求你,能不能让阿孜古丽在咱们草场建牛舍,办个奶牛场。"

胡雅格说:"越说越不像话了,阿孜古丽和泰米尔他俩虽然没办结婚证,但已经有个儿子了。跟你有啥关系?凭啥要让她来咱家草场办奶牛场?"

苏和巴图尔说:"阿爸,求你了。"

胡雅格说:"苏和巴图尔你受泰米尔的气还没受够吗?他公司开业的那天,你给他送了厚礼,他却揍了你!你还说自己该打。你到底是不是我胡雅格的儿子?咋都不肯跟阿爸一条心呢?你能不能给阿爸也好好长长脸,也让阿爸在沙英跟前扬眉吐气一下呀!"

苏和巴图尔看着唐娅琳,显得有些无奈。

胡雅格把唐娅琳和苏和巴图尔晾在那里,自己喝着奶茶,吃着早饭,一副怡然自得的神情。

萨仁花心疼儿子,又怕怠慢了唐娅琳于是招呼他们坐下来吃饭。

唐娅琳想了想咬了咬牙,说:"胡雅格大叔,你出来,我有话跟你说。"

胡雅格说:"干吗?有话就在这儿说!"

唐娅琳说:"你不是一直想知道那天泰米尔为啥要打你儿子吗?你出来我告诉你。"说完,一撩门帘出去了。

胡雅格和萨仁花面面相觑。

胡雅格看看苏和巴图尔,说:"苏和巴图尔,啥话你不能说,非得让唐娅琳告诉我?"

苏和巴图尔低着头说:"阿爸,你去吧。这事我说不出口。"

齐纳尔草场的河边上。

胡雅格惊讶地看着唐娅琳说:"真有这事?"

唐娅琳说:"要不,苏和巴图尔挨了泰米尔的揍后,怎么说他该挨打呢?"

胡雅格说:"那么说,艾孜买提是我胡雅格的孙子?"

唐娅琳说:"是这样!"

胡雅格说:"他妈的,那他沙英还神气个啥?那是我胡雅格的孙子。行!就让阿孜古丽在我们的齐纳尔草场建牛舍,办奶牛场!而且还要把奶牛场办大,办好!要多少钱,我给!"

唐娅琳说:"胡雅格大叔,我们要的就是你这话!"

胡雅格说:"不过,这可是为我孙子办的!哈哈哈哈,我胡雅格有孙子啦!你个鬼沙英,神气个啥?拿我胡雅格的孙子当孙子,多没意思啊!"

苏和巴图尔在胡雅格的毡房前忐忑不安地站着。

胡雅格大踏步地朝苏和巴图尔走来。唐娅琳跟在胡雅格后面,有些得意扬扬地朝苏和巴图尔做了个手势。

胡雅格走到苏和巴图尔跟前,上下打量打量自己的儿子,说:"艾孜买提真是你的儿子?"

苏和巴图尔说:"是。"

胡雅格一个耳光把苏和巴图尔差点扇倒在地上。说:"太不像话了!我胡雅格的儿子,做下这种缺德事,我扇你这耳光,该不该?"

苏和巴图尔捂着脸点头。

胡雅格说:"既然已经做下这缺德事,那你就要改正,要弥补,用自己的一生,用自己的所有,用自己的一切去改正,去弥补,知道不?"

苏和巴图尔点头说:"我也是这么想的。所以我一定要用我的行动来弥补这错误!"

唐娅琳解气地说:"胡雅格大叔,你扇苏和巴图尔的这巴掌,真是太有水平了!"

胡雅格一挥手说:"我胡雅格也有错,没把儿子教好管好!"胡雅格手叉着腰,想了想,对唐娅琳说:"你让阿孜古丽来这儿办奶牛场吧。要多少钱,我给! 把她的牛舍给我盖好了,我要让我胡雅格的孙子在齐纳尔草场活得快快乐乐的。"

苏和巴图尔说:"是。"

胡雅格一掀门帘进了毡房。

苏和巴图尔揉了揉被胡雅格扇过的脸,转头瞪着唐娅琳,说:"唐娅琳,我看出来了。"

唐娅琳说:"什么?"

苏和巴图尔说:"你表面是在帮我,其实还是在帮泰米尔!"

唐娅琳说:"苏和巴图尔,你别不知好歹。是你吵吵着让我想办法的,现在除了这个你还有什么法子能让阿孜古丽跟你沾上边? 有吗? 再说,我就是帮着泰米尔了,错了吗? 你好傻啊!"

苏和巴图尔说:"是我挨了骂,发句牢骚都不行吗?"

唐娅琳说:"这骂你早就该挨了! 我看胡雅格大叔骂的算是轻的,要搁着我,鞭子抽不死你!"

苏和巴图尔说:"你别蹬鼻子上脸了,走!"

唐娅琳说:"干嘛?"

苏和巴图尔说:"找阿孜古丽啊! 你答应了的。"

热合曼家里。

苏和巴图尔说:"阿孜古丽,你听我说。"

阿孜古丽说:"你闭嘴! 牛舍我们自己找人盖,牛我自己花钱买,我不会用你们家的一分钱的!"

唐娅琳说:"阿孜古丽,你不是想帮泰米尔吗? 现在胡雅格大叔提供现成的草场,又帮你盖牛舍,这不是两全其美吗?"

阿孜古丽说:"你滚一边儿去!"

唐娅琳说:"阿孜古丽,你这是干吗呀? 我可没得罪你。"

阿孜古丽说:"唐娅琳,咱们曾经是姐妹,但有些事你做的也不地道! 我知道你最终想干什么!"

唐娅琳说:"怎么啦?"

阿孜古丽说:"你自己心里清楚!反正建奶牛场,是我自己的事,用不着你们费心!还有你苏和巴图尔,以后少掺和我的事!"

唐娅琳说:"那你牛舍盖在哪儿?"

阿孜古丽说:"盖在哪儿我用得着告诉你们吗?你们走吧!"

苏和巴图尔说:"阿孜古丽,我见到艾孜买提了。"

阿孜古丽的两眼喷着火,说:"你干吗要去见他?他跟你有什么关系?"

唐娅琳火气也上来了,抢着说:"怎么没关系?不是你告诉我的吗?"

阿孜古丽愤怒地说:"艾孜买提是我阿孜古丽的,跟你们任何人都没关系!你们要是再敢到我这儿来提艾孜买提什么事,我就拿鞭子赶你们走!滚!"

唐娅琳和苏和巴图尔骑着马在草原上往回走着。

苏和巴图尔有些埋怨地说:"唐娅琳,你怎么帮倒忙啊?"

唐娅琳没好气地说:"我咋啦?"

苏和巴图尔说:"阿孜古丽现在最忌讳说艾孜买提是我儿子,你还哪壶不开提哪壶。"

唐娅琳说:"可这是事实!不承认他也是。现在你阿爸也知道这事了,我看她能逃避到什么时候。"

苏和巴图尔低头不语。

唐娅琳白了他一眼说:"怎么,泄气啦?"

苏和巴图尔说:"不,为了艾孜买提,我是不会气馁的!"

唐娅琳和苏和巴图尔骑马走向胡雅格毡房。

胡雅格正在毡房前焦急地等待着苏和巴图尔和唐娅琳,一见他们过来忙迎上去问:"咋样?答应了吧?"

苏和巴图尔跳下马,摇了摇头。

胡雅格一愣,说:"不想来?要不这样,咱们把牛舍盖好,奶牛也买好,然后再去叫她来。"

唐娅琳也跳下马说:"胡雅格大叔,就算你这样,人家恐怕也不会来的。"

胡雅格说:"为啥?"

唐娅琳说:"刚才没说两句话她就把我们赶出来了。而且,"唐娅琳看看苏和巴图尔说,"苏和巴图尔一提艾孜买提她就翻脸,连我都捎带上了。"

胡雅格说:"咋回事?"突然反应过来,厉声质问苏和巴图尔说,"苏和巴图尔,你老实说,你是咋把人家弄出这个孩子的?"

苏和巴图尔有些嗫嚅地说:"我……"

胡雅格冲着苏和巴图尔吼:"是不是你干了违法的事?"

苏和巴图尔有点急,说:"没有!"

胡雅格说:"要是她情愿的,咋会这个态度?"

苏和巴图尔说:"四年前,那达慕大会结束的时候,不是下了场大暴雨吗? 我给她弄了个草垛子躲雨,那天又是打雷又是闪电的,她害怕,叫我进去,我就……"

胡雅格大怒道:"你小子是乘人之危啊! 你他妈的是个男人吗?"

唐娅琳说:"是呀,苏和巴图尔这事做的,你真无耻!"

苏和巴图尔说:"当时事情已经发生了,错也犯下了,我也懊悔呀!"

胡雅格说:"那她干吗要把孩子生下来呢? 要是别的女人肯定恨不得瞒上一辈子。"

苏和巴图尔说:"我也不明白,可她说这事她也有错,所以她不会再嫁给泰米尔,她要跟着孩子相依为命一辈子。"

胡雅格叹口气,说:"你苏和巴图尔一定得把她娶回家来。"

唐娅琳说:"那也得人家肯啊! 现在的阿孜古丽一见到苏和巴图尔,就恨得咬牙切齿的,哪肯嫁给他!"

胡雅格说:"那咋办? 明明是自个儿孙子,眼巴巴地看着抱不上,这不要急死我吗?"

苏和巴图尔说:"阿爸,我努力开饭店,我想帮她办奶牛场,不都是在争取在赎罪吗? 我相信,总有一天,我的诚意会打动她的。"

胡雅格说:"总有一天,这总有一天得等到啥时候啊? 不行,我去找她。"

唐娅琳赶紧拉住胡雅格说:"胡雅格大叔,你别这么冒失啊! 阿孜古丽刚刚被我和苏和巴图尔刺激过,这会儿你要去,那不正撞枪口上了?"

胡雅格说:"那你说咋办?"

唐娅琳说:"胡雅格大叔,你去找热合曼大伯吧! 大伯好说话。而且你去了,别的啥也不要说,就说请他们来齐纳尔草场办个奶牛场。"

向志疆正在某村村公所里,同十几个养牛户在签供奶合同。

一个养牛户说:"向总,我们都是刚刚买了奶牛的,就是看到村子里那些养牛户的好处,才掏空了家里的积蓄还贷了款购置这些奶牛,你们公司可一定得保障我们这些养牛户啊,要是蚀本了,那咱们可是血本无归哪!"

向志疆说:"所以才要签合同啊! 合同是干什么的? 就是给我们双方做规矩用的! 只要你们提供的奶子质量合格,我们保证收!"

另一个养牛户对之前那人说:"阿宝,这你不用愁。现在外面来收奶子的车多得是,你还怕奶子卖不掉? 你卖不掉找我!"

那个叫阿宝的养牛户收起合同说:"那倒也是。"

向志疆说:"乡亲们,我刚才不是说了吗? 这合同是给我们双方做规矩的。签了合同,就得按合同上的条款照章办事。要是我们不按合同上的价格收奶,你们可以告我们,但如果你们不守合同把奶子卖给别人,我们也要找你们的事啊!"

阿宝说:"哎,我们会按合同办的,不就是怕个万一嘛!"

托克海市乳品厂。

泰米尔在跟几位工程师巡视奶粉厂的生产流程。

唐娅琳也穿着奶粉加工工作服走了进来。

唐娅琳把泰米尔拉到一边,说:"泰米尔,你得出马帮我做件事。"

泰米尔说:"啥事?"

唐娅琳说:"走,咱们出去说。"

泰米尔和唐娅琳都脱下了工作服，走出厂房。

唐娅琳说："泰米尔，胡雅格大叔同意在齐纳尔草场养奶牛了。"

泰米尔惊喜地说："怎么突破的？"

唐娅琳说："说了你可别有小心眼，一切以大局为重。"

泰米尔说："什么意思？"

唐娅琳说："胡雅格大叔说出钱出力出地方，办个奶牛场，但前提是必须得阿孜古丽去办这个奶牛场。"

泰米尔盯着唐娅琳说："谁的主意？是不是苏和巴图尔？"

唐娅琳说："我提议的，苏和巴图尔当然也掺和了，没他胡雅格大叔是不会这么起劲儿的。"

泰米尔说："唐娅琳你提议得好啊，一箭双雕啊！"

唐娅琳说："你用不着把我往歪里想！"

泰米尔低头沉思了一会儿，说："阿孜古丽怎么说？"

唐娅琳说："还能怎么说？她要同意我也不会急着来找你了。这么好的机会，错过太可惜了。"

泰米尔看看唐娅琳，说："唐娅琳，我知道这是个阴谋，但从大方向为我们的事业着想我还是支持。只要能扩大奶源，争取养牛户，我泰米尔都会支持的。但话我还是得给你挑明了，你们这是醉翁之意不在酒，我说的对吗？"

唐娅琳说："阴谋也好，醉翁之意也好。但这件事对于公司来讲，就是个突破口，总不能放弃吧？"

泰米尔说："公司是你，我，和向志疆一起开的，而且咱们三个不是有分工吗？你管的是奶源，收奶运奶，还有奶源质量都归你管。至于奶源基地的建设和扩大养牛户这块儿是向志疆的，你让向志疆去吧，说服阿孜古丽养奶牛的任务归他管。"

唐娅琳说："公司业务咱们是各管各的，可分工不分家，你又是管总业务的，这种事你当然得插手。"

泰米尔说："我插手就能说服阿孜古丽吗？也许起到的效果更糟！还是叫向志疆去吧。"

唐娅琳还想说什么，泰米尔已经转身大踏步地走了。

热合曼家。阿孜古丽和艾孜买提正在吃午饭。

热合曼走进屋，对阿孜古丽说："阿孜古丽，知道我碰上谁了吗？"

阿孜古丽说："谁啊？"

热合曼说："胡雅格。"

阿孜古丽的脸马上就阴了下来，说："他们家到底想干什么？非得把我和艾孜买提逼得再离开村子吗？"

热合曼说："胡雅格倒是一句没提艾孜买提，他就是请我们去齐纳尔草场办奶牛场，其他的啥也没说。"

阿孜古丽说："黄鼠狼给鸡拜年，没安好心。"

热合曼说："你不是答应帮泰米尔养奶牛吗？我去村子里走了走，发现咱们村子里的人思想意识就是不开放！其他村子里的养牛户越来越多，可你看咱们村子里，冷冷清清，连个动静都没有。阿孜古丽，这个头我们得带！"

吃完饭，艾孜买提跑出门去玩。

阿孜古丽一边收碗，一边说："阿爸，我当然想支持泰米尔的事业，那咱们先买几头奶牛吧。但有一条，牛舍我们得自己建，牛我们自己买。既不用胡雅格大叔的钱，更不用泰米尔的钱。"

热合曼说："那是当然的！我们干吗用他们的钱？自力更生，丰衣足食！"

阿孜古丽说："阿爸，当初你为什么自己不划块草场承包？"

热合曼说："那时我是村长。怎么能给自己划呢？"

阿孜古丽说："可以给我划呀！"

热合曼说："你是村长的女儿。我怎么给你划。"

阿孜古丽说："你也太大公无私了，弄得自己建个牛舍还要求别人的情。"

古丽娅在一边说："你阿爸就是这样一个人！"

热合曼说："现在胡雅格不是答应让你在齐纳尔草场建牛舍了吗？"

阿孜古丽说："我不要，也不去。"

热合曼说："那我们的牛舍建在哪儿？"

阿孜古丽说："我看了，在托克里克村与齐纳尔草场交界的地方还有一小片草场。你去找找克里木村长，把那一片草场归我们家承包吧。那小片草场闲着也是闲着，我们养上几头牛，那片草场也就足够了。"

热合曼想了想，点头说："好吧，就按你说的做吧。吃了饭，我就去找克里木村长去。"

阿孜古丽含着泪说："阿爸，谢谢你！"

热合曼说："咋突然说这种话了？"

阿孜古丽说："阿爸，你啥事都顺着我，我真的很感激……"

热合曼说："你是我女儿，一家人不兴说这话。"

向志疆由于刚签完一批合同，意气风发地骑着马来到巴吉尔草场。

娜达莎正在河边放牧着羊群。

娜达莎看到向志疆满面喜色地朝她走来。

娜达莎说："向大哥，这么高兴啊？"

向志疆说："可是我一看到你，我就高兴不起来了。"

娜达莎说："为啥？"

向志疆在娜达莎的身边坐下。

向志疆说："最近我在咱们这个地区跑了好几个村子，跟不少牧民签了奶源的供销合同。可你呢？还是无动于衷，你这个堡垒我咋就攻不破呢？"

娜达莎说："你指的什么？"

向志疆说："当然是指养牛呀！还能指什么？你说的那个呀，结束了！"

娜达莎说："什么结束了？"

向志疆说："娜达莎，咱俩的事就到此结束！"

娜达莎笑道："咱俩有啥事呀？"

向志疆说："就是我和你的事，结束了。"

娜达莎说:"我和你有什么事呀! 要说,我们俩的那种事就没开始过,没开始哪来结束! 我不是说过月亮还没圆嘛。"

向志疆说:"唉,娜达莎呀娜达莎,没想到你是这么个女人!"

娜达莎说:"我怎么啦?"

向志疆说:"娜达莎,没泰米尔的帮忙,你哪有今天? 说不定还在到处游牧呢!"

娜达莎说:"这事儿我一直在心里挂着呢! 只要时机成熟了,我立马就会去做,用不着你提醒。"

向志疆说:"那啥时候算时机成熟了?"

娜达莎说:"时机成熟不成熟,是由我定,跟你向志疆没关系! 我看这事是该结束了!"

向志疆反而急了,说:"你不是说还没开始嘛?"

娜达莎说:"那不更好吗?"

向志疆一脸不高兴地看着娜达莎赶着羊群远去的背影,垂头丧气地离开巴吉尔草场。

向志疆迎面遇见飞马而来的泰米尔。

泰米尔看看向志疆的脸色,说:"合同进行得不顺利?"

向志疆说:"很顺! 从目前的签约户来看,咱们的厂,基本填饱是没问题了。"

泰米尔说:"那还不行。从长远发展的眼光看,还差得远呢! 怎么,从娜达莎那儿过来?"

向志疆说:"顺道拐了一下,就是她的堡垒最难攻。"

泰米尔说:"指哪项?"

向志疆说:"都没戏! 养牛嘛,说时机未到;谈恋爱嘛,说月亮没圆。我看她心里的那轮月亮压根就不想圆。"

泰米尔一笑,说:"打退堂鼓了?"

向志疆说:"退什么呀,她根本就没让我向前走过! 这会儿又说结束了,没开始哪来的结束? 一点玩笑都开不起。"

泰米尔说："那才说明有戏呢！走吧,跟我再去攻一个堡垒。"

向志疆说："哪儿的?"

泰米尔说:"阿孜古丽的。"

热合曼家。天色已是黄昏。热合曼似乎也是刚回来,在门口卸马鞍。

泰米尔与向志疆骑马过来,跳下马。

热合曼迎了上去。

泰米尔和向志疆行了个礼。

泰米尔说:"热合曼大伯,阿孜古丽呢?"

热合曼乐呵呵地说:"在家呢。泰米尔,我们把羊全部处理掉了。"

泰米尔说:"怎么?"

热合曼说:"转产,买奶牛呀!"说着,一掀门帘说,"来,快进屋。"

第二十章

在傍晚,热合曼家里。热合曼,泰米尔和向志疆围在桌子前,喝酒吃饭。阿孜古丽在一旁忙着,但一直阴着脸,显得有些郁郁寡欢。

泰米尔端起酒碗说:"热合曼大伯,阿孜古丽,谢谢你们对我们乳业公司的支持。"

热合曼喝了些酒正高兴着呢,便说:"泰米尔,你不该说这样的话。对我和阿孜古丽来讲,你泰米尔从来就不是外人!你不是说艾孜买提是你的儿子吗?那我们就是一家子!"

向志疆看看泰米尔。

阿孜古丽突然说:"阿爸,艾孜买提是我的孩子!不属于任何别的人!"说着,背过身,眼里蓄满了泪水。

气氛顿时有些尴尬。

泰米尔忙说:"热合曼大伯,我这次带向志疆来,就是想帮你们解决买奶牛的问题。这方面向志疆比较有经验,会帮你们挑好的奶牛的。"

热合曼说:"那敢情好!这方面我们还真是啥

也不懂呢。"

向志疆说:"我在我们公司里,就是分管扩大发展养牛户,还有承建奶牛基地的事。"

泰米尔说:"热合曼大伯,还有件事我希望你能支持我。"

热合曼说:"说吧,只要是有利于你事业的事,说啥都帮你办!"

泰米尔看看阿孜古丽,说:"大伯,我想让你们多买些奶牛,资金上我可以帮你们解决。"

阿孜古丽断然说:"不要! 建牛舍的钱,我们自己拿,买牛的钱我们也自己拿! 不用你们帮忙。"

泰米尔说:"阿孜古丽,你干吗要这样?"

阿孜古丽说:"我阿孜古丽现在不想依赖任何人! 我的事,都由我自己来做! 我不需要别人可怜,也不需要别人的怜悯!"

热合曼点头顺着阿孜古丽说:"对! 我支持! 哪有阿爸不支持女儿的。"

泰米尔走到阿孜古丽身边,蹲下身轻声说:"阿孜古丽,你怎么变成这样!"

阿孜古丽冷冷地说:"我还是我阿孜古丽,变什么变了? 你们无非把我想成一个坏女人嘛,坏女人也能干自己的事业,不是吗?"

向志疆听不下去了,说:"阿孜古丽,泰米尔也是出于好心,也是为了你们的事业着想。"

阿孜古丽说:"向志疆,你靠一边去! 我与泰米尔的事用不着你多嘴!"

向志疆说:"天呐! 阿孜古丽,我到底哪儿得罪你啦? 你要对我这样?"

阿孜古丽说:"你心里清楚,还用得着我说吗? 刚才你看泰米尔的眼神,你不就是想对泰米尔说这样的女人你干吗还要她呀!"

泰米尔也恼了,唰地站了起来,说:"向志疆,咱们走!"

泰米尔和向志疆已经走了。

热合曼坐在饭桌前,看看阿孜古丽,叹口气说:"阿孜古丽,我知道你现在心情不好,但你怎么也得控制一下自己的情绪呀。你看你说的那些话,多伤人哪!"

阿孜古丽含着泪说："阿爸,对不起。我一听你说艾孜买提是泰米尔的,我就控制不住自己了。"

热合曼说："可人家泰米尔愿意,我也同意了的,事情就得这么说!"

阿孜古丽说："可我不愿意!"

热合曼说："这是泰米尔的想法。我觉得他的想法才是一个真正大男人的想法。"

阿孜古丽说："他忍受的是耻辱!"

热合曼说："那是你给他的!"

阿孜古丽一下子就哭了起来。

热合曼缓和了一下口气说："泰米尔他是下决心要娶你的,所以他就要把艾孜买提说成是他的。阿孜古丽,你要真爱泰米尔,那你就成全他吧。"

阿孜古丽哭着说："我不!"

热合曼承包的小草场。草场上新盖起了一栋牛舍。向志疆押着辆大卡车开到牛舍前,卡车上装着五头黑白花奶牛。热合曼和阿孜古丽从牛舍里走了出来。

向志疆跳下车,说："热合曼大伯,阿孜古丽,我把你们的牛运来了。"

奶牛一头接一头地被赶下车。

热合曼和阿孜古丽欣喜地看着,又都很兴奋。

热合曼高兴地说："多棒的奶牛啊!向志疆,你辛苦啦。"

向志疆从包里拿出一沓文件说："这是牛的检疫证,还有发票,还有其他一些手续的票据证明什么的,你们清点一下,保存好。"向志疆把文件递给离他较近的阿孜古丽。

阿孜古丽只是看看向志疆递过来的东西,对热合曼说："阿爸,你收下吧。"说着,转身走开。

向志疆有些尴尬地僵在那里。

热合曼接过来仔细地看了看发票,说："哟,这还差你们800块钱呢!向志疆,我这就去给你拿。"

向志疆赶紧说:"不用了。算我的!"

阿孜古丽说:"阿爸,去拿吧。已经辛苦人家了,不能再叫人家吃亏呀。"

向志疆说:"我私人掏了行不行?"

阿孜古丽说:"那就更不行!"

阿孜古丽在给牛喂食,向志疆在一旁看着。

阿孜古丽说:"向大哥,你还有什么事吗?"

向志疆说:"公事是没有了,但阿孜古丽,有件事我很想知道。"

阿孜古丽说:"什么事?"

向志疆说:"你对我是不是一直有偏见?"

阿孜古丽说:"那还用问吗? 在那达慕大会上,你自己做的事你还不清楚吗?"

向志疆说:"我做了什么事?"

阿孜古丽说:"躲在树丛里偷看人家,你说是什么事?"

向志疆说:"我是在睡觉,赶了一天的路,倒下去就睡死过去了,我能偷看什么?"

阿孜古丽说:"那干吗还要跟踪我?"

向志疆说:"这事我跟你解释不清,但我绝对没有恶意,我发誓行不行?"

阿孜古丽说:"那娜达莎呢? 你不也老纠缠着人家吗?"

向志疆说:"什么叫纠缠! 男人对女人的爱慕,喜欢,这有问题吗?"

阿孜古丽说:"当然没问题,但只要我一想到你躲在树丛中的事,再把你追娜达莎的事联起来,我心里就发毛! 而且我还知道你一直在泰米尔跟前说我的不是。但我可以告诉你,我是不会嫁给泰米尔的! 但这并不表示我不爱他,我比以往更深更深地爱着泰米尔,泰米尔是我的生命,我的一切!"说着,大声地哭了起来。

向志疆感到很窘迫,他有些不知所措地站了一会儿,说:"阿孜古丽,对不起,我告辞了。"

清晨,热合曼家牛舍的草地上。阿孜古丽牵出一头牛,拎着一桶清水,然后坐在一只小凳上,用清水给奶牛清洗乳房。她发现身边出现了两条男人的腿,她抬头一看,是苏和巴图尔。

阿孜古丽说:"你又来干什么?"

苏和巴图尔说:"阿孜古丽,我想见艾孜买提。"

阿孜古丽说:"不行!"

苏和巴图尔说:"阿孜古丽,咱们结婚吧,为了艾孜买提。"

阿孜古丽说:"我不能同你结婚!"

苏和巴图尔说:"阿孜古丽,我知道你不会嫁给泰米尔的。所以你还是嫁给我吧,我会待你们好的。我,你,泰米尔,我们的命运是相同的,在那艰苦的岁月中,草原和民族兄弟收留了我们。你不嫁给泰米尔,就嫁给我吧。求你了。"

阿孜古丽说:"苏和巴图尔,我实话告诉你,我就是嫁给狗嫁给驴,也不会嫁给你!是你破坏了我的幸福!我当然不能再嫁给泰米尔,但我还能支持他的事业,我也会很有价值地活在这个世上。请你不要再来见我行不行?!"

苏和巴图尔咬着牙说:"我要把艾孜买提带走!因为他是我儿子!"

阿孜古丽唰地站起来,瞪着苏和巴图尔说:"那我就杀了你!"

远处的霞光染红了草地,爬满在草叶上的露珠闪着珍珠般的光亮。

阿孜古丽站在牛舍旁望着骑马远去的苏和巴图尔,满脸的忧愁。

刚刚起床的艾孜买提从屋里出来,冲向阿孜古丽喊:"妈妈——"

阿孜古丽抱住艾孜买提,心情沉重地长叹了口气。

牛舍前,阿孜古丽在挤奶,艾孜买提依偎在她身边。

沙英骑马过来。

艾孜买提兴奋地喊:"爷爷。"

沙英跳下马,一把抱住艾孜买提狂亲着逗他玩,一面问阿孜古丽说:"热合曼呢?"

阿孜古丽说:"昨夜弹了一夜的弹拨尔,还在睡呢。"

沙英说:"那我把艾孜买提带去一起放马了。"

阿孜古丽说:"去吧。"

沙英放下艾孜买提说:"去,小伙子,牵你的马去!"

艾孜买提飞奔而去。

沙英问阿孜古丽说:"阿孜古丽,你什么时候同泰米尔去办手续呀?"

阿孜古丽想了想说:"沙英大叔,我给您讲实话吧。我不能嫁给泰米尔。"

沙英大惊说:"为啥?"

阿孜古丽说:"因为艾孜买提不是泰米尔的孩子。泰米尔不是那种人!"

沙英说:"那他是谁的孩子?"

阿孜古丽说:"我的!"

沙英说:"我指那个……"

阿孜古丽说:"我不能告诉您,请您原谅。但我能告诉您的是,我不是个好女人,我不配做泰米尔的妻子!"

沙英说:"阿孜古丽,我不相信你会是那样的女人!"

阿孜古丽阴郁地说:"已经是了。"

沙英说:"不!阿孜古丽,自你来到这儿起,我就把你看成我的女儿,现在我已经把你看成我的儿媳妇了,虽然你和泰米尔还没办手续,但不管你出了什么事,我沙英家也要收留你!你就是我沙英家的人。因为现在艾孜买提叫我爷爷!既然草原接纳了你,那就得接纳你的一切!"

阿孜古丽没想到沙英会这么说,顿时泪流满面。

艾孜买提牵着小儿马一路小跑奔来。

沙英跳上马,对阿孜古丽说:"我带我的孙子去放马,行吗?"

阿孜古丽说:"当然可以。"

沙英说:"阿孜古丽,你放心,就是天塌下来,你也是我沙英家的人!"然后对牵着小儿马跑来的艾孜买提喊:"走,艾孜买提,跟爷爷放马去!"

苏和巴图尔心事重重地骑马走在草原上。

他眺望着不远处的托克海市,下定了决心似的策马扬鞭朝市区奔去。

托克海市。齐麦尔乳业公司。总经理办公室。泰米尔正在打电话,一位工作人员推门说:"总经理,有人找。"

泰米尔走进会客室,见是苏和巴图尔坐在那儿等。

苏和巴图尔站起来说:"泰米尔,我想单独跟你谈一谈。"

泰米尔说:"什么事?"

苏和巴图尔说:"私事,阿孜古丽的事。"

泰米尔说:"那好,我们换个地方。"

托克海市郊。郊外草地。

泰米尔和苏和巴图尔走向草地。

泰米尔说:"好了,请说吧。"

苏和巴图尔说:"我要告诉你一件事,就是我和阿孜古丽的事。"

泰米尔说;"你想告诉我经过吗?"

苏和巴图尔说:"虽然很难启齿,但我还是想跟你说明白比较好。"

苏和巴图尔讲述着:

阿孜古丽躲进临时搭起的草垛里瑟瑟发抖。

苏和巴图尔在草垛外被大雨淋得通透。

阿孜古丽探出头叫苏和巴图尔进草垛来。

雷电在草垛边上炸出一团团火。

阿孜古丽害怕地投进苏和巴图尔的怀里,苏和巴图尔趁机抱住阿孜古丽,将阿孜古丽压在身下……

泰米尔和苏和巴图尔都沉默着。

苏和巴图尔说:"我知道她没有反抗我,只是因为太害怕了。"

泰米尔强压着怒火说:"为什么要告诉我这些?"

苏和巴图尔说:"你能放弃阿孜古丽吗?"

泰米尔说:"不能! 现在我知道这是怎么回事了。过去我不敢问也不想问阿孜古丽这件事,可现在我明白了,在一个女人恐惧和懦弱的时候你下的手。"

苏和巴图尔说:"可是我爱阿孜古丽,现在我更愿意为她献出一切,包括我的生命。"

泰米尔说:"可她爱你吗? 愿意嫁给你吗?"

苏和巴图尔说:"我和她有了艾孜买提!"

泰米尔说:"这能说明什么? 你以为乘虚而入占有了一个女人的身体就能占有她的全部吗? 你难道看不出阿孜古丽现在有多恨你,有多恨自己吗?"

苏和巴图尔说:"时间可以改变一切! 孩子也能改变父母。"

泰米尔说:"不! 时间改变不了我和阿孜古丽之间的爱,我不会放弃她的! 除非她跟其他男人结婚。"

苏和巴图尔说:"泰米尔,请你理解我,当我看到艾孜买提后,我不但可怜我自己,可怜阿孜古丽,更可怜我的孩子。"

泰米尔听不下去了,说:"这种不像男人说的话不要说! 你不是说要跟我竞争吗? 那就像个男人的样来争! 我还忙着呢,不送。"说完掉头就走。

苏和巴图尔追上泰米尔说:"可我们已经有了孩子了!"

泰米尔说:"最多只能证明你曾经干过的无耻下流的行径! 苏和巴图尔我告诉你,在阿孜古丽没有最后的决定前,我不会放弃我的爱! 虽然她有了不是我的孩子,这种错我能原谅她。有人说,男人犯生活上的错误是最可理解的错误,那么女人犯生活上的错误也是最可原谅的错误,在这方面,男女应该是平等的。"

苏和巴图尔说:"泰米尔,你这话不像个男人。"

泰米尔说:"苏和巴图尔,别用这种话来刺激我。我不会放弃阿孜古丽的。这恰恰是一个大男人该有的态度! 而不是像个小男人那样去计较什么女人的贞洁。因为这没有什么意义,爱是高于一切的。"

苏和巴图尔喊:"泰米尔! 我以前就爱阿孜古丽。"

泰米尔说:"我也是,我要娶阿孜古丽,因为她爱的是我! 不过我可以告诉你,我会像对待自己孩子那样对待艾孜买提的!"

泰米尔开车来到马场。泰米尔下车,对沙英喊:"阿爸,什么事那么急,非要我现在就来见你?"

沙英阴着脸策马过来,对泰米尔说:"泰米尔,告诉我实话,艾孜买提是不是你的孩子?"

泰米尔说:"不是!"

沙英说:"那你为什么说是你的孩子?"

泰米尔说:"因为她是阿孜古丽的孩子,所以他就是我的孩子。"

沙英说:"你知道这个孩子的父亲吗?"

泰米尔说:"知道。"

沙英说:"谁?"

泰米尔说:"苏和巴图尔的。"

沙英说:"是阿孜古丽自愿的?"

泰米尔说:"不是。"

沙英说:"那是强迫的?"

泰米尔叹口气,说:"也不能算。"

沙英在和泰米尔一起赶马。

沙英追问泰米尔说:"阿孜古丽跟苏和巴图尔到底是咋回事?"

泰米尔说:"在一个特殊情况下犯下的一个可以理解的错误。"

沙英说:"这算什么话? 愿意就是愿意,不愿意那就是强迫! 哪有那么个说头。"

泰米尔说:"阿爸,人人都有可能犯错的,无论是女人还是男人。我只能说,阿孜古丽的这个错我能原谅她。"

沙英说:"我要听的就是你这话! 我沙英没白收养你。那现在你怎么办? 把艾孜买提还给苏和巴图尔? 还给胡雅格?"

泰米尔说:"不! 艾孜买提是阿孜古丽的孩子。阿孜古丽怎么可能把孩子给他们呢? 阿爸,你放心,我会跟阿孜古丽结婚的,所以艾孜买提就是你的孙子。"

沙英说:"你会跟阿孜古丽结婚?"

泰米尔说:"一定。"

沙英说:"可作为一个男人,你是不是太委屈点了?"

泰米尔说:"阿爸,爱情上可讲不上什么委屈不委屈。就算是有那么点委屈,我也认了。"

沙英放心了,说:"好! 你说的话,正是你阿爸最要听的。我可不愿意胡雅格抱着艾孜买提跑到我跟前来示威。这口气我想想就咽不下去,艾孜买提就该是我孙子!"

草又开始黄了。

娜达莎放牧的羊群又肥又壮。

向志疆骑马匆匆来到草场,面带喜色地对娜达莎说:"怎么,想通啦?"

娜达莎说:"什么想通了呀! 问的怪怪的。"

向志疆跳下马,说:"你不是给泰米尔带信儿说要买奶牛吗? 我这不就赶来了。"

娜达莎说:"干吗要你来?"

向志疆说:"跟养牛户签合同,帮牧民们买奶牛,这些都归我管呀! 怎么,不欢迎啊?"

娜达莎说:"我要把羊卖掉,然后再买奶牛。我又不是三头六臂,要么放羊,要么养牛,我娜达莎只能干一件事。一个人想把两件事都干好,我没这个能力,能干好一件事就不错了。那时我没有把羊卖掉,是因为羊还没喂肥,现在羊是最肥最壮最能卖出价的时候,再熬一个冬,羊都又瘦了。所以我得先解决羊,然后才能买奶牛,当个彻彻底底的养牛户。"

向志疆说:"娜达莎,你很有经济头脑啊!"

娜达莎说:"那是! 你不过就是动动嘴皮子,实际的事得我自己干。所以呀,什么现在想通了,那时候我就这么想了! 什么没良心啦,什么忘恩负义呀,全都是你向志疆给我乱扣的帽子!"

娜达莎和向志疆走向羊群。

　　向志疆看着这么一大群羊,犯了愁。他对娜达莎说:"娜达莎,羊我可以帮你去卖。但现在牲口市场上是羊只供应的旺季,卖羊的人多得不得了。你这么一大群羊谁能一下子吃进啊! 搞不好看你羊多了,杀你价,到时候连淡季的价都卖不了。"

　　娜达莎说:"车到山前必有路,你卖不了,我自己去卖! 到那儿自然有办法。"

　　向志疆说:"还是我帮你去卖吧。"

　　娜达莎说:"我自己去! 我知道你过去是贩羊的,你是不是又想从中捞一把?"

　　向志疆说:"你看你,说着又来神了! 你等着,我去雇卡车。你跟我一起上牲口市场处理这些羊。"

　　娜达莎说:"干吗要雇卡车? 就这么把羊赶着去托克海市不行吗? 运费要好大一笔呢,多不划算!"

　　向志疆说:"妇人之见! 你这么赶着去要赶到哪一天呀? 再说了,这么多羊,你怎么赶?"

　　娜达莎生气了,说:"就这么赶! 几年前我被赶出巴吉尔草场,带着晓萍在草原上放牧,不都是一个人赶着羊群走的吗?"

　　向志疆说:"干吗呀? 就为了省这两个钱,至于吗?"

　　娜达莎说:"咱俄罗斯的女人,想的就是比你实际! 这群羊得雇上五六辆大卡车,运费就上万,上托克海市只有一天多路程,这笔账我算得清! 你走吧,要你帮忙买奶牛等我卖了羊再说。"

　　向志疆说:"那我跟你一起走。"

　　娜达莎说:"你跟着干嘛! 你没别的事干啦? 你不是你们公司的老总吗?"

　　向志疆说:"我不放心你。"

　　娜达莎说:"得了吧! 别小看我。"

　　娜达莎骑着马,赶着羊群走向草原。

　　向志疆翻身上马,跟了过去。

娜达莎回头说:"你别跟! 你要再跟,我就怀疑你动机不良!"

向志疆叹口气,策马超过娜达莎,远去了。

娜达莎骑马赶着羊群在草原上走着。天边的红霞渐渐褪色,天空中,夜色渐渐弥漫开来。空旷的草原上只有娜达莎和羊群。

天色渐渐昏暗,在离娜达莎很远的地方,有一个骑马的身影悄悄地跟着。

娜达莎注意到了,一撇嘴自语说:"说了不要跟了还跟来! 阴魂不散的家伙。"

西边还透着一丝光亮。

娜达莎正准备燃起篝火,突然有个人窜到娜达莎跟前。

娜达莎警觉地喊:"向志疆,你想干什么?"

那人说:"什么向志疆! 你这俄罗斯的小娘们儿我跟你半天了,咱俩好好玩玩吧!"那人说着扑向娜达莎。

娜达莎抽出一根木柴打了过去,喊:"滚开! 你个流氓!"

那人劈手将木柴夺了去,说:"你给我老实点,不然我把你砸晕了一样来!"

娜达莎拔腿就逃,那人一把拽住娜达莎的腿将她拉倒在地。娜达莎一面用脚猛踹那人,一面大声喊:"救命啊! 救命啊——"

西边最后一丝光亮也消失了,云层后的圆月隐隐露出一些轮廓。

娜达莎还在跟那人搏斗,那人一直得不了上手,烦躁起来,狠狠地扇了娜达莎一巴掌,强势地压在娜达莎身上。

娜达莎绝望地抓起地上的草叶往那人脸上扔,哭着喊:"快来人啊!"

突然一阵急促的马蹄声,一个人影飞身从马上跳了下来,是向志疆赶了过来将那男人一把拎起来,上去就是一拳。

那男人喊:"你什么人!"

向志疆怒喝说:"我是她男人!"说着又是一拳。

那人疯狗似的号叫着扑向向志疆,向志疆一脚又将他踹倒在地。

向志疆将腰中别着的鞭子抽出来,猛向那人抽去。那人挨了几鞭,惨叫着连滚带爬地冲出去好远,不远处停着有一匹马,那人窜上马逃走了,消失在黑暗中。

云层中的月亮缓缓地露出半边脸,照在向志疆和娜达莎的周围,亮堂堂的。

向志疆看看娜达莎狼狈地从草地上爬起来,眼角还带着泪痕。向志疆说:"还赶我走吗?"

娜达莎不说话,突然一把抱住向志疆,痛哭起来。

托克海市。已是下午,娜达莎和向志疆赶着羊群来到牲口市场。

牲口市场仍是熙熙攘攘,还有不少卖羊的人。

向志疆好不容易找到一个临时羊栏,他和娜达莎把羊群赶进羊栏里。羊栏小,羊只多,羊群就拥挤在一起。

羊在圈里饿得骚动着叫着。

向志疆说:"娜达莎,你在这儿等一等,我去找个帮手。"

娜达莎忙说:"别,泰米尔他们已经够忙的了,我不想麻烦他们。"

向志疆说:"不麻烦也不行了。你这批羊必须得赶快处理掉,不然,办奶牛场的事不还是没法提上日程嘛。再说羊饿一夜就会瘦一圈。"

向志疆匆匆走了,娜达莎这才注意观察了一下四周。市场里卖羊的人真多,都是一脸的焦躁。

不远处,有个牧民还在跟收购的人讲价,他说:"石总,再加点吧!你看我这羊,个个膘肥体壮的,你这个价比羊贩子的收购价没高多少嘛。"

那个石总说:"嫌低啊,那我就不要了,你在这儿耗着吧。"

牧民赶紧说:"行行行,我卖给你,卖给你还不成吗?"

娜达莎在一旁看着,脸上顿时布满了愁云。

向志疆和唐娅琳匆匆走来。

坐在围栏边的娜达莎赶紧迎了上去。

唐娅琳看着羊圈里的羊,说:"天呐,这么多啊!"

娜达莎说:"全都赶来了。"

唐娅琳说:"那也得留下几只呀,过年过节的不也要用嘛。"

娜达莎说:"有,还有十几只留在亲戚家放着呢。等把奶牛场办起来了,我再去赶回来。"

向志疆说:"唐娅琳,你给个建议,羊怎么处理?"

唐娅琳说:"肯定不能在这里卖,现在卖羊的人多,肯定会被压价的。"

娜达莎说:"是啊,刚才听人家报的价,都好低呀。"

向志疆说:"娜达莎拖这么久才肯卖羊,不就是想把羊卖个好价钱嘛。"

唐娅琳说:"那就只能跳过中间商,直接把羊卖给肉联厂去。"

向志疆说:"能行吗?"

唐娅琳说:"想办法呗。不过,还是先去找点饲料吧,你看这羊饿的。"

向志疆说:"我去!"急急地跑开了。

唐娅琳看看娜达莎,娜达莎看看唐娅琳,说:"咋啦?"

唐娅琳一笑说:"娜达莎,你那轮月亮圆了没?"

娜达莎说:"唐娅琳,你扯那事干吗? 我这里为了这群羊都要急死了。"

月亮升起。

向志疆拉来了一架子车草料。

唐娅琳和娜达莎往圈里撒草。羊不叫了,一片咀嚼声。

唐娅琳说:"娜达莎,既然你已经打定了主意,干吗非要等这么久才来卖呢?"

娜达莎说:"我想多买两头牛,好支援你们乳业公司。我可不能老让人家说我忘恩负义。"说着,看了一眼向志疆。

向志疆也朝她会心地一笑。

唐娅琳在一旁似乎看出了点什么,含笑抿着嘴不再说话。

托克海市。肉联厂值班室。

值班员对唐娅琳说:"章总今晚陪客人吃饭去了。"

唐娅琳说:"在哪个饭店你知道吗?"

值班员说:"一般他都去朝霞大酒店,因为那儿有个很好的歌厅。吃了饭他就要去唱唱歌,章总喜欢音乐爱唱歌。"

唐娅琳一笑说:"这我知道,谢谢你!"

朝霞大酒店里的一个歌舞厅。

在一间唱卡拉OK的大房间里,章立光已经带了些醉意,正跟几位客户在唱歌,还有三个陪歌的女郎也在唱。

有一个女郎唱完一首歌,章立光皱着眉说:"五音都不全!你们这儿就没一个唱得好的人吗?听好的歌,就是人生最大的享受!光有钱有什么用?钱不代表生活质量,能享受艺术那才有生活质量!"

其中有一个客户说:"可以啦,可这地方哪有什么好歌手呀!章总你就凑合吧。"

章立光说:"我在草原上就听到过好歌手的歌!在托克海市嘛,齐麦尔公司的泰米尔董事长,唱得好!还有那个唐娅琳姑娘,那歌喉啊,听后会让人永生不忘!"

门被一个服务员推开。

服务员说:"章总有人找你。"

被打断了的章立光恼火地说:"不见!"

服务员说:"那个人说有急事!"

章立光说:"再大的事也明天再说。没看到我陪客人吗?"

服务员有些害怕,但仍怯生生地说:"可她非要现在就见你。"

章立光一挥手,说:"不见!"

门外传来嘈杂声。

唐娅琳突然把门推开说:"章总,是我!"

章立光一见是唐娅琳,又惊又喜说:"唐娅琳,你找我?"

唐娅琳说:"对。我有急事想请你帮忙。"

章立光说:"天呐!真是喜从天降。我绝对相信人与人之间是有感应的,刚才我还提到你,你就出现了。"他兴冲冲地说:"唐娅琳,现在是晚上,不是办事的时候,你要我帮忙,那也得到明天才能做。你先坐下,好好唱上几首歌。你的歌喉我太欣赏了！你有什么难处，我章立光只要能帮的，我一定会帮。唱歌，先唱歌。来，喝口饮料，润润嗓子。"

唐娅琳想了想，笑了，说："既然章总这么想听我唱歌，我就为你唱上一夜。不过呢，我是找你来解决问题的。"

章立光说："现在是晚上，我休息的时间，有什么问题明天解决不行吗?"

第二十一章

托克海市的牲畜市场。

罗米夏叼着支烟在市场上溜达。他突然看见娜达莎正站在一个围栏边上撒着草料，在喂围栏里拥挤的羊群。

他立即扔掉烟，朝娜达莎走来。

在练歌房里。

章立光说："什么事，这么急？"

唐娅琳说："有群羊，想请你收下。"

章立光说："你不是在办乳业公司吗？怎么又当起羊贩子了？"

唐娅琳说："是我们村里一位牧民的。"

章立光说："唐娅琳姑娘。这事我现在不办，要办也要明天办！"

唐娅琳说："章总，这个忙你一定要帮。"

章立光说："唐娅琳姑娘，要么你现在留下，我想听听你那特有味的歌声，明天我一定帮你把事办了。要么，就请走人，羊我明天也不会收。你看着办。你真会来扫兴。"

唐娅琳气得转身就走。

牲口市场。娜达莎正在喂羊。罗米夏突然出现在她眼前。

罗米夏说："喂，老婆，你怎么来啦？"看看羊圈里的羊，说："怎么？给我送羊来啦。你真是我的好老婆啊！"

娜达莎说："你给我滚开！"

马路上，唐娅琳急匆匆地走着。但她马上停住了脚步。然后又突然回转身，朝酒店走去。

牲口市场。羊围栏边上。

娜达莎对罗米夏说："你滚开，你再不走我就要叫人了。"

罗米夏说："你叫呀，这儿可是我罗米夏的地盘。只要你一叫，来的可都是我罗米夏的人。"

练歌房内。

章立光说："唉，这么好一个百灵鸟给飞了。你们不知道，听她唱一首歌，就像喝了一杯醉人的酒。特别的原生态。如果能听她唱上一曲，我宁愿少活两年。"

客人甲说："章总，那你为什么不帮她呢？"

章立光说："什么事情都要讲个氛围，现在这个氛围下听她唱那是最有味的。我帮她把事情办了，那我不又回到工作状态中去了，这听歌唱歌的氛围全都没了。"

牲口市场上。

罗米夏要打开围栏门把羊赶走。娜达莎拉住他不让他开门。两人你争我夺地快要打起来了。

娜达莎喊："来人啊，有人要抢羊啦。"

向志疆又拉来一车草料。听到娜达莎的喊声，立即拉着车朝围栏那儿奔。差点摔倒。

练歌房内。

唐娅琳推门走进练歌房。

唐娅琳说:"章总,你想听我唱什么歌?"

章立光喜出望外地说:"唐娅琳姑娘,来来来,坐下。喝上口啤酒再说。"

唐娅琳说:"不,我先唱,你想听我唱什么歌?"说着,就拿起茶几上的话筒。

章立光说:"就上次唱的那首。草原啊!你就是我美丽的姑娘。"

牲口市场上。

娜达莎同罗米夏扭打在一起,但两人都似乎对对方手下留了点情。而围栏门已开了,羊只在朝外涌。

娜达莎急地喊:"罗米夏,羊跑啦。"

向志疆看到一个男人同娜达莎扭打在一起。以为又发生了下午草原上发生的事。于是愤怒地冲上去,一把揪住罗米夏,挥起拳头就死命地打。

罗米夏被打得满鼻子是血。

罗米夏抹着血朝向志疆喊:"你是什么人!"

向志疆说:"我是她男人!"

罗米夏说:"你是她男人?狗屁!我才是她男人呢!"

向志疆看着娜达莎。

娜达莎正在把不断涌出的羊赶回去,说:"我们已经离婚了!"

向志疆转过头对罗米夏说:"那你已经不是她男人了,你想干啥?"

罗米夏醋劲大发,说:"娜达莎,他什么时候成了你的男人的?"

娜达莎说:"现在!"

练歌房内。

唐娅琳唱完歌,章立光热烈鼓掌,对客人说:"怎么样?是一种精神享受吧？唐娅琳,再来一首!"

唐娅琳说:"不,歌我唱了。唱了我就要说话。章总,我们认识好几年了,前几年我们之间还有过生意上的往来。你是个有文化档次,懂得享受精神产品的人。但我现在有急事,我有一大群羊挤在一个小围栏里,明天会有多少羊死掉,我不知道,但对这群羊来说,今晚生死攸关。第二,这群羊关系着一个牧民在经济上的重大得失,这是个俄罗斯族的单身女人,还带着一个上小学的女儿。第三,她是为了支持我们乳业公司才卖掉这群羊,准备买奶牛,支持我们乳业公司的发展的。我现在要你帮的就是这么个忙。你看看吧。"

说着,一甩手就出门离开了练歌房。

唐娅琳大步朝牲口市场走去。

章立光追了上来,说:"唐娅琳姑娘,你这忙我一定帮! 你的为人同你唱歌是在同一个水平线上!"

唐娅琳一笑,说:"谢谢夸奖。"

罗米夏吃不住向志疆的拳头,边逃边喊:"我和她离婚了,但她还是我女人! 是我女儿的妈……"

向志疆冷笑了一下。

娜达莎终于关上围栏门,但有二十几只羊已满街在跑。

向志疆忙帮着往回赶。

唐娅琳和章立光来了,也帮着赶羊。

几个人满街追羊,一团忙乱。

唐娅琳想了想,一声口哨,羊都乖乖地站住了。

唐娅琳说:"娜达莎,我的哨声,你的羊也懂啊。"

羊只全被赶进围栏里。

向志疆,娜达莎,唐娅琳领着章立光等人围在羊圈边上。

章立光一看羊,说:"这么好的羊,我们公司全收了!"

娜达莎兴奋地一合掌说:"天哪,真是太谢谢你了!"

一轮明月悬在夜空中。

向志疆看看天空，走到娜达莎身边说："娜达莎，你看，天上的月亮圆了。"

娜达莎侧过脸说："我没见，云儿遮住了。"

向志疆又一脸的失望。

巴吉尔草场河边，离娜达莎毡房的不远处，盖起了一栋长长的牛舍。

十几头花奶牛从牛舍里鱼贯走出，漫步走向草场。

娜达莎和一位女牧工正在打扫牛舍。

娜达莎抬头，见泰米尔，唐娅琳和向志疆骑马正朝着她的牛舍奔来，她赶紧迎上前去。

泰米尔，唐娅琳和向志疆高兴地看着奶牛散落在草原上悠然地吃着草。

泰米尔对唐娅琳说："唐娅琳，看到没有？向志疆不管用了什么手段，他让娜达莎把奶牛场办起来了。"

唐娅琳不满地说："向志疆，功劳你不能一个人独吞啊！这中间我唐娅琳是不是也有功劳？"

向志疆说："那还用说，功劳肯定是大大的！"

泰米尔说："唐娅琳，你功劳再大，那也是在巴吉尔草场办起的养牛场。你答应的齐纳尔的奶牛场呢？"

唐娅琳说："这事你不能怪我啊！本来这事已经成了。胡雅格大叔和苏和巴图尔都很起劲儿，尤其是苏和巴图尔张罗着要办，还要办大！可现在呢？"

泰米尔说："你是在影射谁啊？"

唐娅琳说："还能有谁？阿孜古丽啊！万事俱备只欠东风，她那里不动，这火怎么烧得起来？"

泰米尔："那是因为你们给她下了套！你们那点猫腻，叫我，我也不愿意！"

唐娅琳说："你刚才还不说了吗？不管用什么手段，只要能把养牛场办起来就行！就算这是个套,里面有猫腻,又咋啦？她要是不愿意,胡雅格大叔和苏和巴图尔还能把她怎么着？"

泰米尔说:"这事我还是那句话,我要掺和进去了,只会起到反效果。"

唐娅琳说:"要我把话说白了吗？你不想去劝阿孜古丽,无非就是怕输给苏和巴图尔嘛。你要真是有那自信,阿孜古丽的心永远向着你,这点阴谋算什么？有那么重要吗？"

泰米尔说:"是不算什么,可这种阴谋,让我由衷的反感。因为你们这是在算计我与阿孜古丽之间的关系!"说完,大踏步地走开了。

向志疆看看唐娅琳,觉得自己不好再插嘴了,转身也走了。

唐娅琳气得两眼里泪水在打着转,恼怒地说:"泰米尔,你少看不起我!我会把齐纳尔草场办起来的!"

娜仁花的毡房前。唐娅琳骑马回来,跳下马。

娜仁花迎了上来:"怎么这么早就赶来了？"

唐娅琳:"妈,咱们的养牛场还办不办呀？"

娜仁花:"办呀,等妈把这群羊再养肥一点就卖掉,然后就买奶牛办养牛场。"

唐娅琳:"妈,胡雅格大叔也想办养牛场,要不,我们同他们合伙怎么样？让阿孜古丽来同阿妈一起干。"

娜仁花:"那好啊! 听说阿孜古丽生了个孩子？"

唐娅琳:"苏和巴图尔的。"

娜仁花摇摇头:"女人犯下这样的错误,一辈子都会抬不起头来的,但又很可怜,心理压力会很大啊! 娅琳你可千万别犯这样的错误。"

娅琳:"妈,你放心,我才不会呢。"

娜仁花:"你整天跟泰米尔待在一起,你又在暗地里痴恋着他,你虽然不让把这事挑明,但妈担心啊。"

娅琳:"妈,人家泰米尔根本没看上我。"

娜仁花:"那你还跟着他干啥。"

唐娅琳:"干我们的事业呗!"

热合曼家的牛舍前。阿孜古丽拎了一桶热水,在给一头奶牛洗乳房,然后开始挤奶。

唐娅琳同驾驶员开着收奶车过来了。

阿孜古丽只是冷冷地看了唐娅琳一眼。

唐娅琳跳下车,走到阿孜古丽跟前说:"阿孜古丽,你干吗这么看我?"

阿孜古丽说:"你干什么来了?"

唐娅琳说:"收奶呀!"

阿孜古丽说:"奶没挤好呢。"

唐娅琳说:"那我就等。反正公司有好几辆运奶车呢,我有的是时间。"

阿孜古丽站起身,说:"那我就不挤了,你慢慢等吧。"

唐娅琳说:"你不挤的话,奶牛会憋出病来的! 我说阿孜古丽,你最近怎么啦? 见了什么人都跟吃了钐药似的,有什么事你说出来,说出来大家都好过。"

阿孜古丽说:"我不说,因为说出来大家都不好过!"

唐娅琳说:"憋在心里你不是更难过吗? 再怎么着我们也是姐妹呀。"

阿孜古丽说:"这世上有你这样的姐妹吗?"

唐娅琳说:"我咋啦?"

阿孜古丽说:"唐娅琳,我真是看穿你了,原来是你一直在我背后搞阴谋诡计,你想得到什么? 不就是泰米尔吗? 但你用这种不道德的手段是不是太无耻了!"

唐娅琳说:"我怎么不道德了? 怎么又无耻了?"

阿孜古丽:"我问你,泰米尔怎么知道艾孜买提是苏和巴图尔的? 这件事只有我阿爸和你知道!"

唐娅琳说:"对! 是我告诉了泰米尔的,我还告诉了苏和巴图尔和胡雅格大叔。怎么了? 这不是事实吗? 难道说实话是不道德是无耻吗?"

阿孜古丽咬着牙说:"你干吗要告诉他们?"

唐娅琳说:"因为这些人都与艾孜买提有关。他们有责任知道。"

阿孜古丽突然拎起已挤了小半桶的奶朝唐娅琳面前的草地上泼去,狂怒地喊:"但我不想让他们知道! 因为他们跟我的儿子无关!"

唐娅琳的脚上腿上都溅上了奶渍,她说:"阿孜古丽,你得面对现实。我想让他们都能来帮你,尤其是那无耻的苏和巴图尔。"

阿孜古丽喊:"对! 苏和巴图尔无耻,是他让我成了现在的这个样子! 可是你,怂恿他们的家人想要夺走我的艾孜买提,夺走我的一切,想让我发疯,你比他更无耻!"

唐娅琳说:"你错了,我只是想让犯了错的人更有责任来关心你,帮助你,想拯救这个人的灵魂。"

阿孜古丽哭着说:"你是醉翁之意不在酒,这是秃头上的虱子,明摆着的! 我太傻了,我不该回来。"说着,捂着脸大哭起来。

烈日炎炎,草场上的草长得十分的茂盛。

一些牧民正在挥镰割草,有的还大声地唱着歌。

草场上歌声此起彼伏。

娜达莎,向志疆也在挥镰割草。

娜达莎对向志疆说:"向大哥,谢谢你给我请来这么多人割草。今年冬天,我就不愁草料的问题了。"

向志疆说:"现在不正是割草预备草料的时候吗? 你娜达莎的事情不就是我的事情吗? 娜达莎,你心中的月亮究竟要到什么时候圆呀?"

娜达莎说:"怎么,进攻战又开始啦?"

向志疆说:"我不是说了嘛,我的心从来就没结束过。"

娜达莎说:"该圆的时候自然就圆了。"她突然停下镰刀叹了口气说:"向志疆你了解我吗? 你知道我多少?"

向志疆说:"你已经离婚了,有个孩子。而我呢? 爱上你了。就这样! 现在,我在等着你心中的月亮能圆呢。"

娜达莎说:"你别等了。"

向志疆说:"为什么?"

娜达莎说:"对你,我心中的月亮可能永远也不会圆。"

向志疆说:"娜达莎,对你,我有的是耐心,一定会等到你心中月圆的时候。"

热合曼家的牛舍前。

看着唐娅琳腿上溅满了奶渍,阿孜古丽叹口气说:"唐娅琳,对不起,我做得过分了。但我知道,你是为了泰米尔才那么做的。"

唐娅琳说:"你不是已经放弃泰米尔了吗?"

阿孜古丽说:"我当然不会再嫁给他了,但并不表示我不爱他了,我只是不能让他受这样的委屈,更不能把艾孜买提说成是他的儿子。"

唐娅琳说:"不管怎么说,你都已经放弃了泰米尔,你不愿意嫁给他就不能拴他一辈子,他就有自由追求自己的幸福,对吗?"

阿孜古丽低声说:"那当然。"

唐娅琳说:"那我也有自由可以追求泰米尔了,对不对?"

阿孜古丽强忍着内心的痛苦,说:"娅琳你终于说实话了,你做那些事儿,不就是为了这个吗?"

唐娅琳说:"虽然我跟泰米尔都有了相互可以发展的自由,但我在你面前做过对泰米尔出格的事了吗?"

阿孜古丽说:"没有。"

唐娅琳说:"不仅在你面前没有,而且在公司里,或其他地方我都没有表现出过什么,因为现在我还不会追求他,我只想帮他一起把公司的事业发展起来。"

阿孜古丽说:"为什么?"

唐娅琳说:"因为我还想给你机会,阿孜古丽,如果你愿意,泰米尔还会要你的,在泰米尔还没有放弃你前我绝不会夹在你们中间插杠子,我不是那种人!"

唐娅琳开着收奶车朝散落着一些牛舍的草场开去。

泰米尔的吉普车迅速从公路拐了过来,拦在收奶车前。

唐娅琳赶紧叫司机停车。

泰米尔跳下车,神情很严肃。

唐娅琳从车上下来,见泰米尔的脸色不对,就说:"泰米尔,怎么啦?"

泰米尔说:"唐娅琳,你是怎么检查的质量?"

唐娅琳说:"出什么问题了吗?"

泰米尔说:"昨天从这儿运去的一车奶全倒掉了。检查出了几粒污染物,还好发现得及时,只报废了一车奶。"

唐娅琳知错地说:"现在我们这儿,奶都是用人工挤的。可能是牛的乳房没有清洗干净。"

泰米尔说:"质量上的事,一点儿也不能掉以轻心啊。要不,我们连市场都进不去,还怎么生存下去?我再到娜达莎那儿去看看,也得提醒一下他们。"

泰米尔刚发动车,唐娅琳喊住泰米尔说:"泰米尔。"

泰米尔说:"什么事?"

唐娅琳说:"苏和巴图尔找过你了?"

泰米尔说:"对。娅琳,劝劝苏和巴图尔,不要再纠缠阿孜古丽了! 他给阿孜古丽带来的痛苦还不够吗?你出面要比我出面好。"

唐娅琳说:"可是,苏和巴图尔他想赎罪呢?"

泰米尔说:"没有用的! 我要娶阿孜古丽的决心绝不会变的! 你去收奶吧,我走了。你一定得把住收奶的质量关,千万别掉以轻心! 这是我们事业的生命!"

泰米尔正要开车走,唐娅琳又叫住他说:"泰米尔,你还是要等阿孜古丽吗?"

巴吉尔草场。向志疆和娜达莎在割草。

娜达莎撑着镰把,看着向志疆叹口气说:"向志疆,放弃我吧,别做傻事了。你是个大学生,小伙子,我呢?是个结过婚又拖着一个孩子的女人,而且又同你不是一个民族。天下的姑娘多得很,你干吗要追着我不放啊。"

向志疆说:"爱情这东西是很盲目的,中国人爱上老外也有的是,虽然你是俄罗斯族人,但你也是中国人,中华民族的一分子。我爱上了你就是爱上你,而且不能自拔。我也对自己说,你干吗要爱一个有孩子的女人呢?忘了她吧!"

娜达莎说:"这不很好吗?"

向志疆说:"有什么好啊!我没法忘了你,我的脑子里全是你!看不到你,我就觉得这日子就没法过。我愿为你豁出一切。"

娜达莎的心有点被打动了,沉思一会突然说:"啊呀,我得喂牛去了。"

向志疆说:"不是塔吉古丽在吗?"

娜达莎说:"中午她休息,下午才来上班呢。"

泰米尔对唐娅琳说:"对!苏和巴图尔来找我的时候,把当时所发生的一切都告诉了我。"

唐娅琳说:"知道了事情经过,你居然还能这样?"

泰米尔说:"在这件事上,苏和巴图尔和阿孜古丽都是诚实的,谁都没有把责任全部推到对方身上。阿孜古丽完全可以说苏和巴图尔强迫了她,苏和巴图尔也可以说阿孜古丽是自愿的。但他俩都不这样说,都觉得自己该承担责任。在那种情况下,出现了这样的事,我当然很痛苦,也很恼怒。但我还是原谅了阿孜古丽。"

唐娅琳说:"那苏和巴图尔呢?"

泰米尔说:"这事已经过去了,过去的事再多说也没有任何意义了。但现在的关键,是阿孜古丽依然深深地爱着我,我也不想放弃她。所以我会接纳她现在的孩子艾孜买提,你明白我的意思了吗?"说完,泰米尔跳上车,发动车走了。

唐娅琳突然大声喊:"可现在阿孜古丽不想要你!你这样做只能给她带来痛苦,你这个傻瓜!"

巴吉尔草场。向志疆正在卖力地挥镰割草。

娜达莎策马朝草场奔来。

娜达莎急急地跳下马对向志疆说:"向志疆,我的牛舍里少了一头牛!牛舍门关得好好的,可就是少了一头牛!"

天空中乌云在翻滚。

泰米尔开着车在草原上颠簸着。

泰米尔探头看看天空,突然看到远处有一个人骑着马在急急地赶着一头黑白花奶牛,虽然看不清脸,但感觉有些不对头。

泰米尔开车朝那个人驶去。

娜达莎家牛舍。

向志疆在牛舍周围察看了一圈说:"肯定是有人打开牛舍,把牛赶走的。牛自己可跑不出去。"

娜达莎想了想,咬着牙说:"肯定又是他!"

向志疆说:"谁?"

娜达莎说:"罗米夏!"

泰米尔开着车追赶那个赶牛人。

天空中划出闪电响起滚雷。

赶牛人看到有辆吉普车朝他开来,把牛赶得更急了。

泰米尔也加大了油门。

娜达莎家牛舍前。

天空中翻滚着乌云,闪电后就是雷声。

向志疆翻身上马。

娜达莎说:"你去哪?"

向志疆说:"我给你找牛去。"

娜达莎说:"暴雨很快就要下下来了。"

向志疆说:"没事! 我去了。"

瓢泼大雨倾盆而下。

娜达莎喊:"别去了,回来!"

向志疆在雨中策马远去。

娜达莎那双受感动的眼睛。

泰米尔在雨中将车开到赶牛人跟前时,他一下就认出那赶牛人是罗米夏。

泰米尔喊:"罗米夏,你给我站住!"

热合曼家的牛舍。

闪电,雷鸣,大雨。

阿孜古丽正在朝牛舍奔去。

雷声过后,她看到有一道闪电直劈牛舍。接着响起了一声巨大的炸雷。

雨中。泰米尔飞快地跳下车,一把将罗米夏拉下马,说:"你赶得是谁家的牛?"

罗米夏说:"我的!"

泰米尔说:"你的? 从哪儿来的?"

罗米夏说:"娜达莎赔给我的!"

泰米尔说:"把牛给我赶回娜达莎那儿去,走!"

罗米夏策马就逃。

泰米尔跳上车在后面紧追逃走的罗米夏。

娜达莎牛舍前。娜达莎看到雨越下越大,回家拿了两件雨披,也骑上马朝向志疆走的方向奔去。

热合曼家的牛舍。

阿孜古丽冲进牛舍,看到五头牛里有两头牛躺在地上。另外三头牛在凄惨地哞哞叫着。

阿孜古丽去拉那两条躺在地上的牛,发现牛已经被闪电劈死了。

阿孜古丽伏在那两条牛上哭起来。

大雨中。

向志疆骑马奔来,看到有一条黑白花牛在雨中哞哞地叫着。

向志疆赶到牛跟前跳下马,那牛似乎认识向志疆似的,不再叫了,还伸出舌头舔了舔向志疆的手。

娜达莎也追来了。

娜达莎展开一条雨披披在向志疆身上。

这时,泰米尔开着车过来了,还押着罗米夏。

热合曼家的牛舍。阿孜古丽看着那两条死牛在哭。热合曼站在她身边。

热合曼劝慰说:"阿孜古丽,别哭了。是雷电劈死的,再哭也没用。"

阿孜古丽哭着说:"我的命咋那么苦啊!连老天都在跟我作对!我们把羊卖了才买的牛,还指望它发家致富呢。不是说,一家一户三头牛,二年五年盖洋楼,可我们买了牛,还不到一年呢!"

热合曼说:"贷点款,我们再买上两头牛。一家一户三头牛,三年五年盖洋楼,这话没错!"

阿孜古丽说:"我原本想为泰米尔的乳业公司也出点力,可现在这样还能出什么力呀!"

泰米尔把罗米夏押到娜达莎和向志疆跟前。

娜达莎上去就狠狠地扇了罗米夏一记耳光。

向志疆也上去要踹罗米夏。

泰米尔拦住向志疆说:"别打。这家伙老干坏事,直接把他送公安局吧。"

罗米夏哭求说:"别送,别送,求求你们别把我送到公安局去!"

向志疆说:"早就该把你送公安局了!上两次搞诈骗,现在又偷牛。"一推罗米夏说,"走！上公安局。"

罗米夏说:"求求你们,别送我去公安局,下次我再也不敢了。娜达莎,求你也说句话吧。"

娜达莎咬了咬嘴唇,说:"泰米尔,向志疆,放他走吧。"

向志疆说:"不行！送公安局,要不,你的麻烦事就没个完！走!"

娜达莎叹口气,说:"放他走吧。"

泰米尔说:"下次你再这样,非让你进局子去!"

罗米夏趁机骑上马,拍马就跑。回头还喊:"娜达莎,那钱你不还我,这事就没个完!"

第二十二章

草原上。雨越下越大。

向志疆望着雨中乘机逃跑的罗米夏,气不打一处来,说:"这小子欠揍。"就要上马去追。

娜达莎拉住向志疆说:"让他去。"

向志疆说:"干吗要放他走?"

娜达莎含着泪说:"放他走吧。他肯定是欠了别人的钱,人家追着他要,他现在也只有上我这儿找钱……"说着,泪水流了下来。

向志疆说:"那就给他一些钱,让他永远别再来。"

娜达莎说:"那是个无底洞,咋也填不满。老这样,我们娘俩还咋活呀!"

泰米尔开着车,娜达莎和向志疆骑马赶着牛往回走。

泰米尔突然想起了什么,探出头问娜达莎说:"娜达莎,你知不知道他小时候叫啥?"

娜达莎说:"不知道,他也从来没说起过。他只告诉我,他十六岁就死了妈,后来就靠打工养活自己。泰米尔,你干吗突然问这个?"

泰米尔说:"是我阿爸让我问的。"

托克里克村。热合曼家的牛舍。

雨过天晴。

唐娅琳开着运奶车停到了牛舍门口。

唐娅琳跳下车喊:"阿孜古丽,来收奶啦?"

牛舍里半天没动静。

过了一会儿,热合曼从牛舍里出来。

唐娅琳说:"热合曼大伯,你在啊。刚才雨下得好大,雷电交加的吓死人。"突然发现热合曼神色不对,忙问,"大伯,你咋啦?"

热合曼说:"奶牛让雷电劈死了。"

唐娅琳大惊说:"啊?!"

唐娅琳走进牛舍,看看躺在地上两头已经死去的奶牛,又看看正在落泪的阿孜古丽,一时不知道该说什么好。

阿孜古丽用力抹去眼泪,苦笑着说:"我还真是被苍天诅咒的女人啊,什么倒霉事都被我遇上了。"

唐娅琳说:"阿孜古丽,我也替你难过,那你们准备怎么办?"

阿孜古丽说:"什么怎么办? 唐娅琳你能陪我去趟银行吗?"

唐娅琳说:"想去贷款?"

阿孜古丽说:"对! 我想再多买上几头牛,我就不信我阿孜古丽一直会这么背!"

唐娅琳说:"现在银行贷款是要有人担保,或者要有实物抵押的。要不,让泰米尔给你担保。"

阿孜古丽说:"不,我不求他。"

热合曼说:"那怎么办?"

唐娅琳想了想说:"阿孜古丽,我给你想想办法行吗?"

阿孜古丽说:"你有办法?"

唐娅琳说:"我试试吧。"

阿孜古丽盯着唐娅琳,说:"我能信任你吗?"

唐娅琳说:"你说呢?"

阿孜古丽无奈地一摊手,说:"算了,我也不想管你用什么法子了,只要能让我买上牛就行。"

天空中挂着彩虹。

翠绿的草地上,割草的人,歌声又在此起彼伏。

泰米尔和向志疆,娜达莎一起在挥镰割草。

泰米尔轻声地问向志疆说:"喂,你的事进展的咋样啦?"

向志疆说:"不清楚。"

泰米尔说:"什么不清楚?"

向志疆说:"光我放电,可她没回电。或者说回的电流太弱,没感觉。"

泰米尔说:"你放电的强度不够吧?"

向志疆说:"已经是高压电了,还不够啊!"

娜达莎在那边说:"你俩在鼓捣啥呀?"

泰米尔说:"在研究电流强度的事。"

娜达莎说:"电流强度? 研究这干啥?"

向志疆说:"泰米尔在问我,我的电流强度对你有没有感觉。"

娜达莎听懂了,笑着说:"有点感觉了。"

泰米尔说:"那你呢?"

娜达莎说:"还是那句话,等心中的月亮圆了再说吧。"

泰米尔,向志疆,娜达莎把割下的草,装上一辆牛车。

娜达莎赶着装满草的牛车往回走。

向志疆跟在车后在高声唱:"我心中的爱人啊,天上的月亮不知圆过多少回了,你心中的那轮圆月何时才能升起来嘀……"

娜达莎笑了,回头说:"到该圆的时候,自然就会圆了。"

向志疆说:"真会圆吗?"

娜达莎说:"不知道!你就耐心地等着吧!"

娜达莎赶着装满草的牛车正在路上走。

唐娅琳骑马匆匆赶来。

唐娅琳说:"娜达莎,泰米尔呢?"

娜达莎说:"在那边同向志疆一起割草呢。"

娜达莎的话音未落,唐娅琳已经策马冲过去好远。

托克里克村。热合曼家的牛舍。牛舍里只有泰米尔和阿孜古丽。

泰米尔看看死牛,对阿孜古丽说:"阿孜古丽,那你就去银行贷款吧,你的贷款有我担保。"

阿孜古丽说:"谁给我担保都行,但我就不想让你担保!"

泰米尔说:"为啥?"

阿孜古丽说:"这你还不明白?"

泰米尔说:"你不是让艾孜买提叫我阿爸叫爷爷了吗?"

阿孜古丽说:"像沙英大叔这样年纪的人,你不让艾孜买提叫爷爷那叫什么?牛我肯定还要养,而且非养不可,就是老天也劈不垮我。但我不想依赖你泰米尔!"

泰米尔说:"阿孜古丽,我明白你的意思,但我泰米尔决不会放弃你。苏和巴图尔已经把一切都告诉我了,所以我就更不会放弃你了。"

阿孜古丽喊:"你能不能不再提这个人的名字!"

托克海市。巴图尔肥尾羊饭店。

唐娅琳与苏和巴图尔相对而坐。

苏和巴图尔闭了一会儿眼睛说:"是我害了她。不管怎么说,她是我孩子的母亲。阿爸讲得对,对她做下的错事,我得承担我的责任!所以,我苏和巴图尔就不能放弃我该承担的责任。唐娅琳,你回去吧。我知道我该怎么做。"

唐娅琳长叹口气说:"人的命运咋这么奇怪呀!为什么所有的不幸独独要降落在她身上呢?阿孜古丽也太可怜了,不过好在她很坚强。"

苏和巴图尔说："唐娅琳,我会尽我最大的努力帮她的。我苏和巴图尔想创出一份事业,就是为了她呀!"

十几天后。

热合曼家的牛舍前。

三辆大卡车,拉着十六头奶牛来到阿孜古丽的牛舍前。

苏和巴图尔从一辆卡车的驾驶室里跳下来说："把牛都卸下来。"

阿孜古丽听到动静,忙从牛舍里出来。

阿孜古丽奇怪地问："苏和巴图尔,你这是干吗?"

苏和巴图尔说："这都是你的牛。阿孜古丽,我把我的肥尾羊饭店卖掉了。买回来这些牛,都由你来养。"

阿孜古丽说："你这是干什么? 我不要!"

苏和巴图尔说："我知道你不会要,但我苏和巴图尔就得这么做! 我开始时卖酒瓶子,攒下钱来开饭店。现在卖掉饭店买了牛,全是为了你! 只有这样做,我的心才会得到一点安宁。你有困难了,我就该帮你一把,我苏和巴图尔只能这么做!"

阿孜古丽说："你把牛全拉走,我不要!"

苏和巴图尔说："我把牛全留在这儿了,它们是你的,你看着办吧!"

苏和巴图尔跳上一辆卡车,三辆卡车一溜烟地走了。

阿孜古丽追着喊："苏和巴图尔,你给我回来!"

牛舍旁的围栏里,十几头牛把围栏挤得满满的。

牛都饿了,伸着脖子哞哞地叫着。

看着围栏里的这些牛,阿孜古丽的心情极其复杂。有头牛挤到她跟前,舔了舔她的手。

阿孜古丽流泪了,为难地说："我该咋办呢?"

齐纳尔草场。胡雅格的毡房。

苏和巴图尔与胡雅格坐在毡房里。

萨仁花为他俩端上奶茶。

苏和巴图尔说:"阿爸,我把饭店卖掉了。"

胡雅格说:"饭店开得好好的,生意正兴隆呢,干吗要卖掉!"

苏和巴图尔说:"我买了十六头奶牛。"

胡雅格说:"干啥?"

苏和巴图尔说:"我给阿孜古丽了。"

胡雅格说:"她那么一个小小的草场,哪里喂得了这么多头奶牛?"

苏和巴图尔说:"所以呀,我还想按我们原先的计划,在咱们齐纳尔草场盖牛舍,办奶牛场,而且还是让阿孜古丽来办。"

胡雅格说:"是不是阿孜古丽过来了,艾孜买提就能过来?"

苏和巴图尔说:"那是肯定的。"

胡雅格说:"行! 只要能让艾孜买提过来,我就支持你! 最好你也能把阿孜古丽给我娶回来,这是你的责任! 这样我心里才会坦荡,我在沙英面前,也能高昂着头了!"

萨仁花在旁边叹口气,说:"哪有那么轻巧,女人被伤了一次,肯定会记恨你一辈子。"

苏和巴图尔说:"阿妈,我就是想用我的一辈子,来弥补我给她带来的伤害。"

胡雅格说:"对,干了错事,就得负责到底! 这才像个男人的样!"

萨仁花说:"儿子啊,你计划的倒挺好,可人家肯过来吗? 上次你跟唐娅琳去她家,不是碰了一鼻子灰回来的嘛。"

胡雅格说:"现在可不一样了! 苏和巴图尔牛也买好给她送去了,咱们再把牛舍给她造好,她能不来嘛?"

萨仁花说:"阿孜古丽表面上看起来挺温柔,骨子里可犟得很呢!"

苏和巴图尔说:"我会努力,敢想敢做才会有幸福,稳坐不动只能品尝痛苦。"

胡雅格一拍大腿说:"这话对! 我要去把孙子要回来!"他猛的就站了起来说,"艾孜买提是我胡雅格的孙子,他沙英高兴个啥!"说着,就走出了毡房。

苏和巴图尔追出来对胡雅格说:"阿爸,你要去干啥?"

胡雅格牵着马,说:"我现在就去把孙子抱回来。"

苏和巴图尔站起来说:"阿爸,你这样会把事情搞砸的!"

胡雅格说:"那是我的孙子,我当然要抱回来!"说着翻身上马,一夹马肚,马就像箭一样穿了出去。

托克里克村。热合曼家牛舍。

牛栏前,阿孜古丽一筹莫展。

热合曼背着弹拨尔走来了。他看到牛栏里挤满了牛,说;"阿孜古丽,这是怎么回事?"

阿孜古丽的牛栏前。

热合曼说:"阿孜古丽,这些牛咱们不能要,你说呢?"

阿孜古丽说:"我们把这些牛赶回苏和巴图尔家!"

奶牛们饿得一声长一声短地叫着。

热合曼要打开牛栏门说:"走! 这就给他送去!"

阿孜古丽说:"阿爸,牛都饿坏了,先给喂上点草料再赶去吧。"

马场。沙英在套马,艾孜买提在一边看着。

沙英利索地套上一匹马,艾孜买提拍着手喊:"爷爷,你真棒。"

沙英得意地大笑着说:"艾孜买提,你现在还小。等你再长几年,爷爷就教你学套马。哈哈哈哈哈……"然后骑马到艾孜买提身边,抱住艾孜买提就用胡子扎艾孜买提的脸。艾孜买提疼得哇哇直叫。

热合曼家的牛舍。

牛在牛栏里吃着草,不再叫了。

热合曼与阿孜古丽站在牛栏前。

热合曼说:"要说呢? 苏和巴图尔也不能说他是个坏人,虽然他对你做的那事确实很缺德!"

阿孜古丽说:"阿爸,我没说他是坏人,这事也不能说全是他的责任。"

热合曼说:"就冲着现在这事,说明那小子还是个有良心的人。"

热合曼说:"阿孜古丽,阿爸这话恐怕要刺痛你的心了,但阿爸总觉得你也应该现实点。泰米尔你不肯嫁,说这样委屈他了。但苏和巴图尔也不是不可考虑,你不能再这样拖下去了。"

阿孜古丽说:"那不太委屈我了吗?"

热合曼说:"但他不是个坏人,他也很爱你。你看看,他为了你,把饭店卖掉,又买了这么些牛送给你,可见他的那一番心意。"

阿孜古丽喊:"可我爱的是泰米尔!"阿孜古丽觉得自己又失控了,忙镇定了一下自己的情绪,说,"阿爸,咱们把牛赶过去吧。你说得对,我不能要他的牛。"

胡雅格骑马来到马场。

胡雅格看到沙英正在艾孜买提跟前展示自己的套马技术。艾孜买提高兴地咯咯咯地笑着。

胡雅格来到艾孜买提跟前说:"艾孜买提,你知道谁是你的爷爷!"

艾孜买提指了指正在套马的沙英说:"爷爷在那儿。"

胡雅格说:"不! 我才是你爷爷!"

艾孜买提眨着眼睛,有些弄不明白。

胡雅格说:"艾孜买提,跟爷爷回家去。"

艾孜买提说:"我爷爷在那里。"然后策马朝沙英奔去。

胡雅格在后面紧追喊:"艾孜买提,我才是你爷爷。"

托克里克村。

阿孜古丽和热合曼赶着牛群往齐纳尔草场走。

热合曼说:"阿孜古丽,你总不能这样过一辈子吧?"

阿孜古丽说:"我就是想跟阿爸你,还有艾孜买提这么过一辈子。"

热合曼说:"阿爸老了,迟早会离开你。艾孜买提长大了,也会结婚成家。"

阿孜古丽说:"那我就和艾孜买提一家,还有我的孙子生活在一起。"

热合曼说:"苏和巴图尔总有一天要来认这个儿子的。你看他送来的这些牛,说明他很看重你,还有艾孜买提。要不,他不会这样做。"

阿孜古丽说:"艾孜买提是我的儿子。他就是认了,艾孜买提也还是我的。"

热合曼知道很难再说服阿孜古丽了。他长叹了口气,说:"阿爸阿妈都老了,也照顾不了你多久了。现在想一想,要是有个人,他还在这世上就好了。"

阿孜古丽说:"阿爸,谁呀?"

热合曼说:"你不是还有个哥哥吗?"

阿孜古丽沉思一会,眼里含着泪说:"可我来到这儿后,再也没有听到过他的消息。阿爸,如果他真的还活着,总有一天,他会找到我的。"

热合曼说:"听我话,结婚吧。同泰米尔,或者同苏和巴图尔都行。要不,有一天你哥真找到你了,看到你现在这种状况,他会难过的。"

马场。艾孜买提骑马在前面跑,胡雅格在后面追。

沙英看到胡雅格在追艾孜买提,赶紧冲了过去。

沙英喊:"胡雅格,你要干啥? 小心孩子!"

艾孜买提毕竟是孩子,马奔得急,他有些驾驭不了了,差点从马上摔下来。沙英冲上去一把抱住了艾孜买提,把艾孜买提抱到自己马上。

沙英愤怒地喊:"胡雅格,你这是干吗? 你差点要了孩子的命!"

胡雅格说:"我要我的孙子!"

沙英说:"谁是你的孙子?"

胡雅格说:"他,艾孜买提。"

沙英说:"你的孙子? 你去问问阿孜古丽,他怎么会是你的孙子?"

胡雅格说:"苏和巴图尔告诉我的,这还能错?"

沙英说:"苏和巴图尔告诉你的有屁用! 这要问阿孜古丽,阿孜古丽说了才算!"

胡雅格说:"沙英,你这个人胡搅蛮缠要到几时才是个头啊?"

沙英说:"谁胡搅蛮缠啦? 啊? 胡雅格,你跑到这里来到底想干什么?"

胡雅格说:"我要来抱我的孙子!"

沙英说:"你的孙子? 笑话,你看看我手上的鞭子答应不答应。艾孜买提,叫我爷爷。"

艾孜买提搂着沙英的脖子喊:"爷爷!"

沙英说:"哎,我的小孙孙。走! 咱们套马去!"

沙英抱着艾孜买提,拨转马头就朝马群奔去。半道上沙英还回过头来喊:"胡雅格,别昏头了! 艾孜买提怎么会是你孙子? 阿孜古丽死都不答应! 你还是回去抱你老婆吧!"

胡雅格气得吹胡子瞪眼地骂道:"沙英,你是个混蛋!"

齐纳尔草场。胡雅格的毡房。

阿孜古丽和热合曼把牛赶到毡房前。

阿孜古丽看到毡房边的羊圈是空的,就跳下马,打开羊圈门,把牛赶进羊圈里。

热合曼喊:"胡雅格!"

从毡房里出来的是苏和巴图尔。

热合曼说:"苏和巴图尔,多好的奶牛啊! 可阿孜古丽不能要,你们自己留下吧。"

苏和巴图尔说:"这些牛已经是阿孜古丽你的了。"

阿孜古丽说:"我们不能要! 阿爸,我们走!"说着翻身上马。

阿孜古丽和热合曼骑马往回走。

苏和巴图尔喊:"阿孜古丽,这是你的牛,我还会给你送回去的——"

胡雅格的毡房。

胡雅格气呼呼地骑马回来,看到满圈的牛就喊:"苏和巴图尔!"

苏和巴图尔从毡房里出来。

胡雅格指着满圈的牛说："这是咋回事？"

苏和巴图尔说："阿孜古丽把牛又送回来了。"

胡雅格说："啥意思？"

苏和巴图尔说："她不要。"

胡雅格说："再给她送回去！"然后气呼呼地骂道："苏和巴图尔，你哪像我的儿子呀！做的事没个成色。生孩子等结了婚再生，现在算个啥?!"

苏和巴图尔说；"阿爸，又怎么啦？"

胡雅格说："刚才我到沙英那儿抱我孙子去。可那个沙英不给。他非说艾孜买提是他的孙子!"

苏和巴图尔跺脚说："阿爸，我不是不想让你去要孙子，我是不想让你把事情扩散出去，闹得人人都知道。这对我苏和巴图尔来说，毕竟是件很不道德的事。我是想补过，并没有让你去做宣传。阿爸，你真的好糊涂啊!"

胡雅格说："咋啦？既然事都干了，那还怕什么脸面不脸面呀？"

苏和巴图尔生气地说："你在沙英大叔那里碰了一鼻子灰是吧？活该!"

胡雅格说："你少在那儿给我说风凉话！把牛给我送过去，再把孙子给我抱回来。如果你苏和巴图尔还是我胡雅格的儿子，还是个男人的话!"

托克里克村。热合曼家的牛舍。

阿孜古丽睡在牛舍边的小屋里。

阿孜古丽被一片牛叫声吵醒了，她揉了揉眼睛，赶紧起床穿衣，走了出去。

牛舍边的围栏里又挤满了奶牛。

阿孜古丽看到苏和巴图尔站在牛栏边上。

阿孜古丽说："苏和巴图尔，你把这些牛赶回去！要不，我就全放到草原上去了。"

苏和巴图尔说："这是你的牛，你放到哪儿去都行。但现在奶牛该挤奶了，要不，奶牛把奶憋回去了，会生病死掉的。"

苏和巴图尔说完，骑上马，走了。

阿孜古丽气得抓起一块石头,朝苏和巴图尔扔去。喊:"回来! 我把牛放走了。"

晨。唐娅琳坐着小王开的运奶车正从小路上驶来。

热合曼家的牛舍前。

唐娅琳从运奶车的驾驶室里跳下来。她听见了苏和巴图尔喊的话。

唐娅琳对阿孜古丽说:"咱俩一起挤吧。"然后回头对司机小王说:"小王,你先上别的地方收奶去,注意帮我把好关,注意质量!"

阿孜古丽恼怒地说:"那也挤不过来呀! 将近二十头牛呢。"

唐娅琳说:"那你到村里去叫几个人吧。把娜仁花大嫂、冯婉大婶都叫上,她们可是挤奶的好手,而且她们家里只养了两三头奶牛,奶肯定已经挤好了,让古丽娅大妈也帮个忙吧。"

小王已经开车走了。

阿孜古丽想了想,无奈地说:"好吧,我马上就回来。"

热合曼、古丽娅和艾孜买提也都起来了,走出小屋。

热合曼卷起袖子说:"挤奶子我也会,老伴古丽娅一起来吧。"

牛栏边,热合曼、古丽娅和唐娅琳都在给奶牛挤奶。

阿孜古丽领着娜仁花和冯婉等几个大婶来了。

冯婶张大了嘴看着牛栏里的牛,说:"喔唷,阿孜古丽,你一下子哪来那么多头牛呀?"

阿孜古丽说:"不是我们家的,是胡雅格大叔家的。"

娜仁花说:"胡雅格有齐纳尔草场,干吗把牛关到你这儿呀?"

阿孜古丽说:"等会儿挤完奶,我就把牛给他们赶回去。现在得赶快把奶挤掉,要不,牛会憋出病来的。"

唐娅琳一边给奶牛挤着奶,一边说:"阿孜古丽,我看这是胡雅格大叔和苏和巴图尔的一番好意,你就把牛收下吧。"

阿孜古丽说:"这种好意我不想领情!"

唐娅琳说:"你不是想养牛吗? 现在奶牛已经进牛栏了,你又不要?"

阿孜古丽说："对！他们家送来的牛，我一只都不要！唐娅琳，这主意不会又是你出的吧？"

唐娅琳说："随你怎么想，但现在赶快把奶子挤出来才是正事。"

冯婶在一旁看着两人说："阿孜古丽，唐娅琳，你们两个这是演的哪出啊？"

唐娅琳说："咱们中国古时候不是有出戏叫《负荆请罪》吗？你们听说过没？现在演的就是这一出啊！"

阿孜古丽狂怒地喊："唐娅琳！"

热合曼也有些生气了，正色对唐娅琳说："唐娅琳，你能不能不说了！都平和点不行吗？"

沙英骑马过来。

沙英喊："艾孜买提，跟爷爷学套马去。"

艾孜买提奔向沙英。

沙英抱着艾孜买提走过来对阿孜古丽说："阿孜古丽，艾孜买提可是我沙英的孙子，谁要是把艾孜买提抱去当他的孙子，我沙英会跟他拼老命的！"

唐娅琳说："沙英大叔，要是有人也这么想呢？"

沙英说："那就让他到我沙英跟前来试试？准失败！"

热合曼说："沙英，一场战争刚刚平息没两年，你怎么又挑起战争了呢？赶快领着艾孜买提走吧！"

沙英听出了热合曼的话音，说："怎么啦？"

热合曼说："你没看到这些奶牛吗？"

沙英看看牛栏，说："是啊，一下子哪来这么多奶牛呀？"

在帮着挤奶的冯婶说："唐娅琳说是负荆请罪来的。"

沙英说："啥意思？"

娜仁花也问冯婶说："啥叫负荆请罪？"

阿孜古丽恼了，说："沙英大叔，你快领着艾孜买提走！不然你就别想让艾孜买提再叫你爷爷了！"

沙英忙说:"好好,我走,我走! 艾孜买提,咱们走!"说着,沙英把艾孜买提抱上那匹黑色的小儿马,策马而去。

远处传来沙英粗犷而豪爽的笑声。

阿孜古丽,唐娅琳等几个女人正在挤奶。

泰米尔开着吉普车过来了。

泰米尔跳下车,他看到这么多奶牛,有些吃惊,说:"阿孜古丽,哪来这么多奶牛啊?"

唐娅琳刚想说话,阿孜古丽抢先说了,她显然是想激怒泰米尔,用极为平静的口吻说:"苏和巴图尔把他的饭店转让了,然后买的牛。"

泰米尔说:"给你了?"

阿孜古丽说:"他要给我,我没要。"

泰米尔说:"那现在是怎么回事?"

阿孜古丽说:"奶牛的奶胀了,得挤奶,不然奶牛要得病的。"

泰米尔的脸倏地气白了,说:"阿孜古丽,你过来。"

阿孜古丽说:"我在挤奶呢,有话就说吧。"

泰米尔气狠狠地走到吉普车旁,突然大喊了一声:"阿孜古丽!"

阿孜古丽手没停,她想了想,说:"等会儿! 我把这头牛的奶挤完。"

唐娅琳看了看阿孜古丽,又看看车旁的泰米尔,没再吭声了。

吉普车旁,阿孜古丽走了过来。

泰米尔恼怒地说:"阿孜古丽,你也太伤人了! 我要帮你,你一口拒绝了。可苏和巴图尔给你买牛,而且一下子买这么多牛,你却收下了,你什么意思?"

阿孜古丽说:"你不懂吗?"

泰米尔说:"没懂。"

阿孜古丽咬牙并轻声地说:"我还同他生了个儿子叫艾孜买提,你也不懂?"

泰米尔被她刺伤心了,拉开车门上了车,说:"我明白你的意思了!"

车开走了,阿孜古丽泪流满面,她觉得自己比泰米尔还要伤心。

第二十三章

热合曼家的牛舍前。阿孜古丽走了回来。唐娅琳看看她,直到把自己手上那头奶牛的奶挤好,这才走过来说:"泰米尔说什么?"

阿孜古丽说:"这下你满意了吧?"

唐娅琳说:"怎么啦?"

阿孜古丽说:"你处心积虑想得到的,不就是这个结果吗?"

唐娅琳说:"泰米尔生气了?"

阿孜古丽说:"没错!"

唐娅琳一笑说:"男人的心眼,也小得很呢。像泰米尔,也算得上是一个大男人了,竟也会这样!"

阿孜古丽说:"所以唐娅琳你帮我一个忙,我要把牛给胡雅格大叔家送回去。"

唐娅琳说:"为啥?"

阿孜古丽说:"因为我不想再伤泰米尔的心!而且这里面也有你唐娅琳的阴谋。"

巴吉尔草场。

向志疆正在挥镰割草。

泰米尔开车过来了。

憋了一肚子气，感到痛苦的泰米尔跳下车，也拿起草地上搁着的一把镰刀使命地割起来。

向志疆凑了过来，看看他。

泰米尔没好气地说："娜达莎呢？"

向志疆说："去乡里了。"

泰米尔说："干吗？"

向志疆说："去接孩子呀！学校不是从今天开始放暑假了嘛。"

泰米尔狠劲地挥着镰刀割草，把镰刀挥得很疯狂。

泰米尔闷头疯狂地割了一通草后，全身的衣服都被汗浸透了。似乎这一阵子的发泄，让他气也消了不少。

泰米尔扔下镰刀，仰头倒在草地上。

向志疆也大汗淋漓地走了过来，在泰米尔身边坐下，说："你不在公司待着，怎么上这儿来了？想割草散散心？"

泰米尔长叹了一声，说："好些天没下来了，特地下来看看各个奶源地的情况，尤其是想顺便去看看阿孜古丽。她养的奶牛被雷电劈死了，我心里一直挂念着，想知道她到底怎样了。可想不到……"

向志疆说："咋啦？她又做出什么让人吃惊的事了？"

泰米尔摇头说："没想到啊，没想到！才十几天的工夫，她的牛栏里居然多了十几头奶牛，把个牛栏都给挤满了！"

向志疆吃惊地说："咋回事？"

泰米尔说："那是苏和巴图尔把自己的饭店卖掉，给她买的奶牛。"

向志疆更吃惊了，说："他的饭店不是开得很火吗？为什么卖掉？又干吗要给阿孜古丽买这么多牛？"

泰米尔说："这没法告诉你！"

向志疆说："不会是苏和巴图尔也在追阿孜古丽吧？"

泰米尔说："这不是明摆着的吗？"

向志疆想了想，又摇摇头，说："至于吗？开得那么红火的饭店卖掉，让自己倾家荡产，就为了追一个女人？这是什么样的男人啊？难道……是因为别的原因？"

泰米尔说："你看出什么了？"

向志疆说："苏和巴图尔已经把阿孜古丽追到手了吗？"

泰米尔说："什么追到手了，向志疆，你会不会说话？"

向志疆说："我有个想法，但不知道说出来会不会刺激到你。"

泰米尔说："我今天已经被刺激到了！再刺激还能到哪儿去？"

向志疆说："泰米尔，也许我不该问，那个艾孜买提，是不是跟苏和巴图尔有关？"

泰米尔说："向志疆，你想挨揍是不是？"说着，跳起来，拿起镰刀，又疯狂地割起草来。

向志疆也割着草走到泰米尔身边。

向志疆说："行了，答案我大概已经知道了。"

泰米尔恼怒地说："你知道什么了？"

向志疆说："别激动，我也是乱猜。不过那些奶牛，阿孜古丽收下了没有？"

泰米尔说："她要没收下我能这么恼火吗？我要出资，她不要！我要给她的贷款作担保，她也不干！可苏和巴图尔一下子送来那么多牛，她照单全收！我泰米尔也是个人，我是个血气方刚的男人！不管她阿孜古丽抱着什么样的目的收下这些牛的，她都是在藐视我！"

向志疆说："泰米尔你冷静点。阿孜古丽不是不止一次跟你说，她不会再嫁给你了吗？那她的天平往那边倾斜不也很正常的嘛。"

泰米尔一下子坐了起来，说："我受不了这种侮辱！"

向志疆说："是男人该认输的时候就得放下架子，输就输了，这也没什么。"他转头看看泰米尔，发现他人已经走开，又去疯狂地割草了。

向志疆叹口气说："唉，爱情啊！怎么这么折磨人哪！"

齐纳尔草场。胡雅格,苏和巴图尔正与一些工人忙着盖牛舍。

胡雅格感叹着说:"苏和巴图尔,我想通了! 饭店不开也行,回来跟我和阿孜古丽一起养牛。"

苏和巴图尔说:"阿爸,怎么你突然转向了?"

胡雅格说:"你没见吗? 这些日子,热合曼这老东西在村子里到处宣传说,一家一户一头牛,老婆孩子热炕头;一家一户两头牛,生活吃穿不用愁;一家一户三头牛,三年五年盖洋楼;一家一户一群牛,比那千万富翁还要牛!"

苏和巴图尔一笑说:"这话我倒是经常在牧民们嘴里听到。咱们村在养奶牛这方面,观念确实落在了其他村子的后面。"

胡雅格说:"苏和巴图尔,你比你阿爸高明。卖掉饭店买奶牛,把齐纳尔草场也让给阿孜古丽来养牛。我和你名义上帮衬她,但事实上她归了我们家,艾孜买提自然也要回到咱家来。我胡雅格全家不就团圆了,发了。气死那个沙英老不死的! 行,儿子,你行!"

苏和巴图尔说:"我就怕阿孜古丽又把牛送回来,但她人却不肯过来。"

胡雅格说:"那再把牛给送过去! 让牛咬住她,不怕她不肯过来。"

胡雅格正在新盖的牛舍前。

阿孜古丽和热合曼又赶着奶牛出现在草原上。

阿孜古丽对苏和巴图尔和胡雅格说:"胡雅格大叔,苏和巴图尔,你们的牛,别再往我那儿送了。这是我今天收的牛奶票,你们拿着。"

热合曼说:"胡雅格,在盖牛舍啊,好好养牛吧。一家一户一群牛,那比千万富翁还要牛呢! 好好自己发家致富吧,别再打我们家阿孜古丽的主意了。"

胡雅格说:"为啥?"

热合曼说:"因为阿孜古丽不愿意! 因为她的心里只有泰米尔!"

苏和巴图尔说:"阿孜古丽,你不是不肯嫁给泰米尔吗?"

阿孜古丽说:"我不嫁他,但也决不会嫁给你。阿爸,咱们走!"

胡雅格和苏和巴图尔眼望着阿孜古丽和热合曼策马离去。

巴吉尔草场。向志疆和泰米尔正挥镰割草。

娜达莎急急地骑马奔来,她跳下马对泰米尔和向志疆说:"泰米尔,向志疆你们帮帮我忙吧。"

向志疆说:"又怎么啦?"

娜达莎说:"我到乡里小学去接晓萍,可晓萍已经不在学校里了,老师说是被她阿爸接走了!"

向志疆说:"那快去找呀。"

娜达莎说:"可我上哪儿去找呀。"

泰米尔想了想说:"不用急。罗米夏把晓萍接走,肯定有他的目的。他会带着晓萍来找娜达莎你的。"

娜达莎反应过来了,说:"肯定又是为那钱的事!我当初怎么会找他这样的人哪,我真是瞎了眼了!"

向志疆说:"这次绝不能放过他!"

向志疆骑上马要走。

泰米尔说:"你上哪儿去?"

向志疆说:"去找晓萍呀!在这儿守株待兔啊?要是罗米夏不把晓萍带来找娜达莎怎么办?罗米夏这种人什么事干不出来呀?"

娜达莎说:"可你上哪儿去找呀?"

向志疆急于想在娜达莎跟前表现自己,说:"不知道,乱找呗,但找总比不找好,说不定瞎猫能碰上个死耗子呢。"

泰米尔说:"你这是瞎起劲!还是耐心等等吧。如果是为了那些钱,他肯定会来的。"

向志疆说:"你们有这耐心等,我可没耐心!"

向志疆正策马前行,刚走到一个草坡上,他突然勒住马喊:"看!罗米夏抱着孩子在那儿!"

河边,在几百米远的地方,罗米夏骑马抱着晓萍正朝娜达莎这边走来。

娜达莎立即跳上马朝河边奔去。

泰米尔也向割草的牧民那里借了匹马,跟了过去。

从巴吉尔草场到齐纳尔草场需要穿过钦勒格草场。娜仁花正在放牧羊群。

娜仁花看到罗米夏抱着晓萍在前面跑,娜达莎在后面追,于是拨马一下子拦在罗米夏的前面。

罗米夏只好勒住马。

罗米夏喊:"大妈? 你这是干吗?"

娜仁花:"你抱着娜达莎的孩子干什么?"

罗米夏:"这也是我的孩子!"

娜仁花看到罗米夏耳根下有一颗红痣,疑惑了一下说:"你叫什么?"

罗米夏:"罗米夏。"

娜仁花:"小时候呢?"

罗米夏:"不知道!"

娜达莎追了上来。

罗米夏看到了娜达莎,立即跳下马,跪在草地上。

娜达莎奔到近前勒住了马。

罗米夏说:"娜达莎,求求你,把钱给我吧! 我再不把钱还给人家,人家就要把我给废了。我真的后悔死了,只要我能把人家的钱还上,从此以后,我一定洗心革面,好好做人!"

娜达莎说:"那你赶快把晓萍还给我!"

罗米夏说:"你把钱给我,我就把女儿还给你。"

晓萍哭着喊:"阿妈——"

娜仁花:"你要多少钱? 你把孩子还给娜达莎,钱我给你!"

罗米夏抱住晓萍,突然又翻身上马,沿着河边逃。

向志疆也赶来了,一看罗米夏又抱着晓萍在逃,于是一抖缰绳又追了上去。

河边。

罗米夏紧抱晓萍,沿着河边跑。

晓萍喊:"阿妈——"

钦勒格草场。泰米尔也追了上来。

泰米尔看到娜仁花突然骑着马往回跑。

泰米尔:"大妈,你要去哪儿?"

娜仁花:"我去找你爸。"

泰米尔:"怎么了?"

娜仁花:"泰米尔,你对娜达莎的那个男人千万要手下留情。"

泰米尔:"怎么了?"

娜仁花:"他可能不是你哥,就是你弟,他很可能是你爸之前的亲儿子!"

泰米尔:"啊?——"

泰米尔又追了上去。

罗米夏抱住晓萍沿着河边跑。

泰米尔,向志疆,娜达莎在后面紧追,他们离罗米夏越来越近。

罗米夏突然冲进河里。

罗米夏在河中心勒住了马。

河水虽然浅,但水流很急,河水在马的小腿上卷着浪花。

泰米尔,向志疆,娜达莎也在河边勒住了马。

罗米夏威胁说:"娜达莎,你们再追,我就抱着晓萍一起跳进河里! 让河水把我跟晓萍一起卷走,反正我也不想活了!"

娜达莎冲着河当中的罗米夏喊:"罗米夏,你到底想干什么?"

罗米夏说:"我只想要回我的钱!"

向志疆说:"罗米夏,你还有完没完啦?"

罗米夏说:"只要不把钱还我,那就没个完!"

泰米尔说:"罗米夏,快把孩子放下! 你这样绑架孩子,勒索钱财,是严重的犯罪行为。你知道不知道。你现在就是在犯罪!"

罗米夏说:"晓萍是我女儿,我接我女儿同自己爸爸一起住上几天,这能算是绑架吗? 法院判的时候就能有这一条? 这算犯哪门子罪呀! 笑话!"

向志疆说:"你现在就是在绑架,就是在犯罪!"

湍急的小河中心。

晓萍在罗米夏怀里挣扎着喊:"阿妈——阿妈——"晓萍挣扎得很厉害。

娜达莎在河岸紧张地喊:"罗米夏,你快把女儿还我!有你这样的阿爸吗?"

晓萍突然在罗米夏的脸上抓了一把,罗米夏下意识地躲闪了一下,手一松,晓萍猛地从罗米夏的怀里滑了下来,跌进河里。

晓萍一下被湍急的河水冲走了。

罗米夏跳下马,也被河水冲着,他喊:"晓萍——"想去救晓萍。然后对着河岸上的泰米尔和向志疆喊:"求求你们,救救我的孩子!"说着,被灌了好几口水。

娜达莎也哭喊:"晓萍!晓萍——"。

罗米夏在湍急的河水中往前冲,一面喊:"晓萍,晓萍——"

泰米尔和向志疆策马沿着河边追赶着,娜达莎也紧跟在后面。

泰米尔和向志疆在河边追上了水中的晓萍。两人又向前冲了几步,迅速跳下马,朝河水当中冲去。想在下游拦截住晓萍。

泰米尔水性不太好,扑向晓萍时,没有抓住,自己反而被河水冲着连喝了几口水。

向志疆水性好,用力一扑,一下把晓萍抱住了。但激流又将向志疆向前冲着,险些将向志疆冲倒,刚刚站稳脚跟的泰米尔一把拽住了失去平衡的向志疆。

向志疆抱住已经被水噎得喊不出声的晓萍往岸上走。也已下河的娜达莎终于松了口气,跌跌撞撞朝向志疆和晓萍奔去。

泰米尔也朝河岸上走,不住地往外吐着水。

由于扑向晓萍时动作太猛,向志疆的脖子被河底的枯枝划了一条口子,此刻正淌着鲜血。

向志疆把晓萍抱上了岸。

泰米尔和娜达莎也上了岸。

娜达莎飞快地奔到向志疆和晓萍的身边,一把紧紧地抱住晓萍。

已缓过来的晓萍也搂住娜达莎的脖子喊:"阿妈!"

娜达莎感激地看看向志疆,发现向志疆的脖子上在流着血。

娜达莎忙解下自己的头巾布,撕下一条为向志疆包扎伤口说:"要紧吗?"

向志疆说:"没事,只是划破一点皮。"

罗米夏也狼狈地爬上了岸,怯怯地朝他们走来。

泰米尔说:"罗米夏,你怎么能这样! 要不是刚才看到你对晓萍还有那么点父女之情,这次决饶不了你!"

娜达莎上去就给了罗米夏狠狠的一巴掌,说:"你差点要了女儿的命! 你给我滚得远远的。从此再也不许你来见女儿的面! 你要再出现在我这儿,我就让泰米尔和向志疆送你去公安局。"

向志疆说:"现在就送! 一了百了。"

罗米夏带着哭腔说:"我要我的钱。只要你把我的钱还给我,从此我就不再来见你。"

泰米尔冷笑一声,说:"罗米夏,你看看你,为要你的那点钱,多执着啊! 一次又一次,你丢不丢人哪! 你要是能把你要钱的那份执着,放在做事业上,那该有多好。"

罗米夏说:"我只要我的那份钱。"

泰米尔想起娜仁花刚才的话,看着罗米夏说:"娜达莎,给他吧。多少钱?"

娜达莎说:"我跟他离婚的时候,该给的钱,他都拿走了。"

罗米夏说:"羊那时就没分!"

泰米尔带着和善的口气说:"你要多少?"

罗米夏说:"有二十只羊的钱就行了。"

娜达莎说:"我现在没这么多钱。最多也就十只羊的钱。"

罗米夏说:"那也行。"

娜达莎说:"我这里的奶票够十只羊的钱了。你去兑取吧,以后不许再来骚扰我们!"

罗米夏说:"好吧。但我到哪儿去兑呀?"

泰米尔说:"上我们齐麦尔公司的财务室去兑,一分也不会少你的。但以后你不要再来骚扰娜达莎!"

罗米夏突然想起了什么,说:"娜达莎,你刚才说的我们,是指谁呀?"

娜达莎说:"我和晓萍!"说着,从腰带里掏出叠奶票,扔到罗米夏手里说,"拿去! 滚。"

沙英在马场放马。

娜仁花喊:"沙英大哥! 沙英大哥! ——"

沙英策马回来说:"娜仁花,什么事?"

娜仁花:"沙英大哥,我见到你儿子巴根了!"

沙英:"谁?"

娜仁花:"你儿子巴根!"

沙英:"我儿子巴根,娜仁花,你可别耍我。我和唐继亮是有过节,但也不能拿这事跟我开玩笑啊!"

娜仁花:"正因为我们两家有过过节,我才特地来告诉你的,我也支持我女儿娅琳同你儿子泰米尔合伙,一起干事业。过去的都过去了,唐继亮也走了,他也很后悔那时的事,说以后要向你当面表示歉意,那也不能全怪他,那时的政策就是这样。"

沙英:"不说这些了,让过去的都过去吧,都快二十几年了,我的巴根你怎么会见到的,而且就认为这个人就是巴根。"

娜仁花:"右耳根下的一颗红痣,二十几年过去了,但他那英俊的模样一下就可以看出小时候的模样,长得特像图娜,那身背影就像你!"

沙英:"他在哪?"

娜仁花:"他的女人和女儿就在你们的巴吉尔草场。"

沙英:"我的儿媳妇和我的孙女?"

娜仁花:"是!"

沙英:"那巴根在哪儿?"

娜仁花:"他现在不叫巴根,叫罗米夏,你找到泰米尔,就能找到他。"

沙英想了想说:" 那他就不是巴根,他如果是巴根,他肯定会来找我的。他女人在巴吉尔草场放羊,就在咱托克里克村,他都不来找我,那他就叫罗米夏而不是巴根,娜仁花你别骗我了。你是想让我高兴,可失望后不是更痛苦吗? 谢谢你,娜仁花,我要放马去了。"

沙英又赶着群马飞奔在草原上,娜仁花微笑着摇摇头。

巴吉尔草场。娜达莎的毡房。

泰米尔的吉普车停在毡房边上。

娜达莎在熬奶茶。

泰米尔和向志疆喝着奶茶坐在草地上。

向志疆说:"泰米尔,阿孜古丽的事你准备怎么办? 我看你还是放弃吧,唐娅琳不是挺好的吗?"

泰米尔说:"你说什么呀! 我对阿孜古丽和唐娅琳完全是两种感情。而且我也不相信阿孜古丽会爱苏和巴图尔,更觉得那简直是不可能的事。"

向志疆说:"你就自欺欺人吧! 人家那么多牛都收下了,还有什么不可能的? 不过……"

泰米尔说:"咋啦?"

向志疆沉思着说:"泰米尔,你不会是中了阿孜古丽的奸计吧?"

泰米尔说:"什么奸计,你说话别这么难听!"

向志疆说:"你不是再三向阿孜古丽提出要帮她吗?"

泰米尔说:"是啊。"

向志疆说:"可阿孜古丽都不愿意! 她这么做为了什么? 不就是让你死了娶她的心嘛!"

泰米尔说:"你得了吧,也真能瞎琢磨。"

向志疆说:"这叫旁观者清! 你也不想想,你要帮她,她拒绝了。而苏和巴图尔给她送那么多牛,她却接受了。男人最受不了的是什么? 这不是明摆着她是有意刺激你,让你离开她吗?"

泰米尔猛地站起来说:"对! 我要找她去。"

泰米尔朝吉普车走去。

娜达莎注意到了,忙喊:"吃了饭再走呀!"

泰米尔已经跳上车,车一溜烟地开走了。

齐纳尔草场。正在动工的新牛舍前,十几头奶牛在牛栏里叫着。

胡雅格对唐娅琳说:"唐娅琳,你去把阿孜古丽赶来的牛再给我赶回去!"

唐娅琳说:"胡雅格大叔,你这不是折腾人嘛! 我把牛赶过去,人家阿孜古丽还是不肯收,再给你赶回来,你咋办?"

胡雅格说:"她要是还不肯收,就跟她说,说我说的! 这牛不是给她的。"

唐娅琳说:"那给谁呀?"

胡雅格说:"给我孙子的! 是给我孙子艾孜买提的牛。她要不收可以,那就把艾孜买提给我们送回来!"

唐娅琳骑着马赶着牛群在往热合曼家的牛舍方向走。

泰米尔开着车经过,他放慢了车速,探头出来问:"唐娅琳,你又要把牛群往哪儿赶?"

唐娅琳说:"苏和巴图尔送给阿孜古丽的牛,你说我能往哪儿赶?"

泰米尔说:"怎么? 阿孜古丽把牛又赶回胡雅格大叔家了?"

唐娅琳说:"是呀。"

泰米尔说:"阿孜古丽不是说她收下了吗?"

唐娅琳说:"真收下了,我还用得着这么费事吗? 你以为这是扮家家呢?"

泰米尔说:"那就是阿孜古丽不肯收喽?"

唐娅琳说:"胡雅格大叔说了,这是他送给艾孜买提的牛,阿孜古丽要是再不肯收,就把艾孜买提抱到他家去。"

泰米尔笑了,说:"胡雅格大叔也太想当然了吧。"

唐娅琳说："是啊。"

泰米尔想了想，说："你先送去吧。我要上趟马场，等会儿再去阿孜古丽那儿。"

唐娅琳说："怎么？你想让阿孜古丽把牛收下？"

泰米尔此刻心情轻松了许多，说："干吗不呢？对我们公司来讲，养牛户养的牛不是越多越好嘛。"

唐娅琳说："不怕里面有阴谋啦？"

泰米尔说："这点自信我泰米尔还有。"说着，一踩油门，将车开走了。

热合曼家的牛舍前。唐娅琳又在把牛赶向牛栏。阿孜古丽从牛舍里冲出来，挡在牛栏的门前。

阿孜古丽恼怒地说："唐娅琳，这牛我不要，你干吗非要这么死皮赖脸地往我这儿送呀。你唐娅琳这样做到底想干什么？"

唐娅琳说："胡雅格大叔说了，这群牛不是送给你的，是送给艾孜买提的！"

阿孜古丽恼怒地说："艾孜买提跟他们有什么关系！"

唐娅琳说："有没有关系你最清楚呀！"

泰米尔开着吉普车驶近牛舍，突然看到阿孜古丽与唐娅琳又吵得不可开交。

泰米尔赶紧把车停在牛舍前，跳下车奔了过去。

牛栏前，泰米尔冲上去一把把阿孜古丽和唐娅琳拉开，喊："都住手！"

阿孜古丽和唐娅琳两人都气喘吁吁地站在一旁。

牛栏前的奶牛都在哞哞地叫。

唐娅琳："该挤奶了！"

泰米尔说："那就先快挤奶吧，挤好奶再说。"看看阿孜古丽没有动弹的意思，忙又说，"阿孜古丽，你赶快给牛挤奶吧。"

阿孜古丽说："这群牛又不是我的，我凭什么给它们挤奶。"

泰米尔说："不管是谁的，它们是生命，总不见得让这些奶牛憋出病来吧？你难道对奶牛连这点起码的同情心都没有？"

阿孜古丽说："那你们谁对我有同情心？泰米尔，还有胡雅格大叔一家，是不是想要把我逼疯了？我发觉我根本就不该回来！"

泰米尔说："这些话以后再说，但你现在得把这些牛的奶挤了。唐娅琳，你也帮忙挤，我再到村子里找几个人来。"

阿孜古丽说："泰米尔，你怎么也跟苏和巴图尔一个腔调！"

泰米尔说："不是一个腔调，事实就是这样！"

阿孜古丽对唐娅琳说："请你们把牛赶回胡雅格大叔家去！"说着，奔向她的马，然后翻身上马。一夹马肚就跑了。

泰米尔也马上跳上车，开着车追了上去。

泰米尔开车追上阿孜古丽，阿孜古丽也勒住了马。

泰米尔跳下车，走到阿孜古丽的马前。

阿孜古丽也跳下了马，她的眼泪涌了出来，说："泰米尔，我不想活了！"

泰米尔说："阿孜古丽，你不能再这样下去了。苏和巴图尔也不会放过你的，因为他觉得这也是他的责任，他想要赎罪。是呀，他不是个坏人。从我们三个同时来到这草原起，我们三个人的命运就拧在一起了。现在，阿孜古丽，我只问你一句，你还爱我吗？"

阿孜古丽说："再爱也没用了！我不可能嫁给你。"

泰米尔说："那你想怎么办？我知道，早上我来时，你说收下了苏和巴图尔的牛，那是在气我，想让我生气，让我放弃你。可是阿孜古丽，我明确地告诉你，这不可能！因为你不可能去爱苏和巴图尔，也不可能嫁给他。"

阿孜古丽狂怒地说："但我也不可能嫁给你！泰米尔，你也别太自信了。我现在告诉你，我这就去收下苏和巴图尔的牛，人家既然有这么一份心，我干吗不收下！"

泰米尔也被激怒了，说："是这样吗？那我现在很怀疑你跟苏和巴图尔发生的事，是不是真像你们说的那样！"

阿孜古丽说："你爱怎么想怎么想去！是我愿意了的！可以了吧？"

阿孜古丽说着伤心地大哭起来。

泰米尔咬牙切齿地怒视着阿孜古丽,他真想狠狠地抽她一鞭。他的拳头捏得很紧,浑身在发抖。他怕自己会做出不理智的事,他猛一转身,跳上车开走了。

阿孜古丽喊:"泰米尔——"

泰米尔把车开得飞快。

阿孜古丽望着绝尘而去的吉普车,哭着跌坐在草地上。

娜达莎看着向志疆说:"向志疆,你脖子还痛吗?"

向志疆说:"你把布一包上就不疼了。"

娜达莎说:"向志疆,我该怎么谢你?"

向志疆说:"嫁给我,让我当晓萍的父亲。"

娜达莎说:"别过分!"

向志疆说:"你心中的月亮还没圆吗?"

娜达莎羞涩地一笑说:"月亮只有晚上才出来,到时看看是不是圆了。"

圆月朦胧在云彩间,忽隐忽现。

向志疆坐在毡房前,仰望着圆月。

娜达莎从毡房里出来。

向志疆说:"晓萍睡着了?"

娜达莎点头说:"睡着了。"

向志疆指着天上的月亮说:"你看,天上的月亮有多圆啊!"

娜达莎说:"那是天上的月亮。"

向志疆说:"那你心中的月亮呢?"

娜达莎羞涩地一笑说:"我心中的月亮,它也圆了。"

向志疆狂喜说:"真的?"

娜达莎点点头说:"是圆了,是你的真诚和执着催得它比天上的月亮还要圆。"

向志疆站起来,一把紧紧地抱住娜达莎。

两人狂吻在一起。

娜达莎毡房附近的小树林。

小树林后有一双眼睛,那是罗米夏的眼睛。

娜达莎的毡房前。

月色朦胧。

向志疆和娜达莎依偎在一起,两人都是满脸的幸福与激动。

娜达莎说:"向志疆,你会对晓萍好吗?"

向志疆说:"那你会对我好吗?"

娜达莎说:"我都答应嫁给你了。还会对你不好吗?"

向志疆说:"那我都要当晓萍的父亲了,我还会对她不好吗?"

娜达莎一把把向志疆的脖子搂了过来。吻着向志疆说:"我好幸福啊! ——"

圆月在云中穿行……

第二十四章

绿色广阔的草地上散落着十几栋牛舍。一辆收奶车停在一片绿草地上。

唐娅琳与司机小王站在车边。

车前放着几十桶奶桶,还有不少已经倒完奶的空桶。

七八个奶农与十几个看热闹的人围在奶桶边上。

唐娅琳跟那儿的奶农因为奶子的质量问题争吵起来。

索娜尔在一旁鼓动着说怪话:"唐娅琳,你不是牛的很吗,你有本事再把那些认为不合格的奶子倒掉呀!"

唐娅琳说:"索娜尔姐姐,你的奶子不是已经不卖给我们了吗?你在这儿起什么哄呀。"

其中一个奶农说:"唐娅琳,我们的奶子你到底收不收呀!"

唐娅琳指着那些奶桶说:"大姐,大嫂们,我给你们再三说过,符合三个条件的奶子我们才能收。

一,颜色要正;二,气味要正;三,不能渗有任何污染物。要是不符合这三条的,我们决不能收!"

索娜尔说:"那你有本事像以前倒我的奶子那样倒呀!"

唐娅琳:"索娜尔姐姐,凭什么要让我把奶子倒掉!"

索娜尔说:"你不是有个倒奶子的嗜好吗? 我那么多奶子你不都让它流到地上了吗?"

唐娅琳说:"你的奶子我已经付了钱了,为了保证我们厂牛奶的产品质量,我只能这么做! 可是现在,这些不合格的奶子,我不能收,我也不会为这些奶子付款!"

有人说:"我们辛辛苦苦挤下的奶子,你不收,你就别想走!"

唐娅琳说:"我不能收!"

有人说:"那你付钱,给票也行。"

唐娅琳说:"不合格的产品我凭什么给你票。"

又有人说:"唐娅琳姑娘,那我们就在这儿熬吧!"

又一辆收奶车开了过来,停在唐娅琳那辆收奶车的边上。

张志文和司机从车上跳了下来。

张志文说:"怎么回事,怎么回事?"

索娜尔说:"张总,我的奶子在我的牛舍前放着呢。"

张志文说:"可这里是怎么回事?"

索娜尔说:"齐麦尔公司有人嫌这些奶子的质量有问题,不肯收。"

张志文说:"我看看,"说着打开几桶奶桶的盖子看了看,闻了闻说:"这些奶子不是很好吗? 我收了!"

唐娅琳说:"张总,你们厂生产的乳产品,就这样保证质量的吗?"

张志文冷笑一声说:"唐娅琳,奶农们不容易,不能对奶农们这么苛刻。来,以后你们的奶子,全由我来收!"

唐娅琳对奶农们说:"刚才,你们合格的奶子我收了,但这些不合格的奶子我绝不能收! 你们爱卖给谁卖给谁去。"然后跳上车对小王说:"小王,咱们走。"

唐娅琳的收奶车开走时,有些奶农喊:"滚吧! 以后别再来我们这儿收奶子了。"

但也有一个奶农说:"齐麦尔公司这样做是对的!"

也有几个说:"我看也是! 把不合格的奶子卖给人家,那不是在坑人吗? 我看唐娅琳姑娘做得对,我们就愿意把奶子卖给齐麦尔公司!"

张志文看看那些奶农。

托克里克村。热合曼家的牛舍前。

唐娅琳与小王又开着收奶车来到牛舍前。

阿孜古丽从牛舍出来说:"唐娅琳,奶全在这儿了,你们赶快运走,我还有别的事呢。"

唐娅琳看着已装得满满的大奶桶,长长地叹了口气,跺着脚说:"气死我了! 今天都怎么啦?"然后咬咬牙说:"阿孜古丽,这奶我恐怕不能收。"

阿孜古丽说:"为什么?"

唐娅琳说:"你没看见有两头牛的乳房没洗干净吗? 还沾着牛粪呢。这两头牛的奶已经挤过了吧?"

阿孜古丽说:"所有的牛都挤过了。唐娅琳,收不收都是你们的事,因为这些牛都是苏和巴图尔家的牛。奶也是苏和巴图尔家的。你爱怎么处理就怎么处理吧! 等会儿我还是要把牛赶回苏和巴图尔家去!"

唐娅琳说:"我再也不管这事了,你爱怎么处理怎么处理去!"

阿孜古丽说:"唐娅琳,我的牛被雷劈死的事,是不是又是你去告诉苏和巴图尔的?"

唐娅琳说:"对!"

阿孜古丽说:"让他把饭店卖掉,再给我买牛,也是你的主意?"

唐娅琳说:"不! 那是他自己的决定,卖掉饭店又买牛的事我也是事后才知道的。不过我告诉他,阿孜古丽的不幸,你苏和巴图尔有推卸不掉的责任!"

阿孜古丽说:"唐娅琳,我打开天窗说亮话吧,你让苏和巴图尔这么缠住我,是想让我嫁给他,是不是?"

唐娅琳说:"苏和巴图尔也是真心爱你的。这点我很清楚,你俩的事情已经到了这份上,我想他应该娶你。再说,泰米尔不计较你的过失,想娶你,可你又死活不愿意。"

阿孜古丽说:"如果苏和巴图尔娶了我,你就可能嫁给泰米尔了。你唐娅琳的本意在这儿,对不对?"

唐娅琳说:"这事总得有个结果!从目前来讲我认为你和苏和巴图尔结婚是最合适的。"

阿孜古丽说:"可我不愿意!"

唐娅琳说:"阿孜古丽,我劝你一句,跟苏和巴图尔结婚吧。因为我觉得你这样拖下去太可怜了。"

阿孜古丽抓起一桶奶说:"你让我把奶倒掉,那我就倒给你看!"说着把奶全泼在了唐娅琳的身上说:"你想追泰米尔,你就使着劲儿追呀!我可没拦着你。但你少在我跟前再提我与苏和巴图尔结婚的事!他就是给我再多的好处,他也不配!是他把我的人生全毁了。"

唐娅琳抹去满脸的奶说:"阿孜古丽,我要告诉你,不是看在泰米尔的分上,今天我饶不过你!"说着,跳上收奶车,开着车走了。

阿孜古丽气得把又一大桶奶踢翻了,奶流得满草地都是。

托克海市。齐麦尔乳业公司。

向志疆高兴地走进泰米尔的办公室,说:"泰米尔,太阳升起来了,月亮也圆了。"

泰米尔抬头说:"成了?"

向志疆说:"锲而不舍,哪有不成功的?你那儿呢?去找阿孜古丽了吗?咋样了?"

泰米尔摇摇头,说:"似乎越来越糟。"

向志疆说:"泰米尔,我给你一个忠告。"

泰米尔说:"什么?"

向志疆说:"人既要锲而不舍,但也要善于放弃。该放弃的时候,就是说确实看不到希望的时候,那你就咬咬牙放弃!"

泰米尔说:"好了,不谈这些事了,还是看看厂子里的生产吧。事业总比爱情更重要。"

向志疆说:"不! 有时候男人做事业就是为了爱情才做的。"

泰米尔说:"你可能是,但我绝不是。"

泰米尔和向志疆正准备从办公室往外走。

满身满头都是奶渍的唐娅琳冲了进来,说:"喂,两位,你们看看我。"

泰米尔与向志疆都吃惊地说:"唐娅琳,你怎么啦?"

唐娅琳说:"还怎么啦? 反正这样下去不行。"

泰米尔说:"什么不行?"

唐娅琳说:"让养牛户这样手工挤奶,像我们这样收奶,质量没法保证。如果公司没法改变这种现状,收奶的事我就不管了!"

泰米尔说:"是谁泼了你这么一身?"

唐娅琳说:"阿孜古丽呗,谁还敢这么泼我? 下河村的人虽然闹,但他们也不敢把奶子往我身上泼呀!"

向志疆说:"这个阿孜古丽是不是有点心理变态呀!"

泰米尔说:"向志疆,请你不要这样说阿孜古丽,她活得太不容易了。"

向志疆说:"那是她自找的! 泰米尔,一个你爱的女人生了别人的孩子,只要是男人,谁都无法承受的。"

泰米尔说:"照你这么说,我不是男人了?"

唐娅琳说:"我们商量的是收奶子的事,你们怎么扯到这种事上来啦!"

泰米尔说:"唐娅琳,你说,该怎么办?"

唐娅琳说:"建挤奶厅,买挤奶器,以大户为中心把养牛户都集中到一个小区里。比如齐纳尔草场可以建一个挤奶厅,巴吉尔草场也可以建一个,下河村的格林草场也可以建一个。"

向志疆说:"唐娅琳,你说说容易,可资金从哪儿来? 为了建厂我们在银行还贷了很大一笔款子呢。目前,我们公司的滚动资金已经转不动了。我看,还是再凑合一段时间再说吧。"

泰米尔说:"越凑合越被动。确保奶源的质量,这是我们乳业公司的命根子,我认为这比什么都重要。"

向志疆说:"只要有一点点问题的奶一律不收,这不就行了?"

唐娅琳说:"我就是这样做的。可是不行啊!连阿孜古丽这样的人都执行不了。再说,不创造一定的条件,光靠收奶人员的眼睛与责任,很难确保奶源的质量,而我这个负责收奶工作的副经理跟养牛户们就有吵不完的架。你看我这一身奶渍,就是个证明!"

泰米尔说:"唐娅琳说得对,这个问题不能再拖了,资金上的问题我来解决!"

向志疆说:"你怎么解决? 再向银行贷款?"

泰米尔说:"现在想贷也贷不出来了呀。但活人还能让尿憋死吗?"

黄昏,齐纳尔草场。

夕阳西斜。一群奶牛在草地上狂奔着。阿孜古丽骑着马,恼怒地甩着鞭子。

狂奔的奶牛都已累得哼哧哼哧喘着粗气。

阿孜古丽看着有些不忍心了,于是让马放慢了速度,不赶了,她也累了。

牛群叫着,慢慢地往前走着。

胡雅格正在新牛舍的工地上。

阿孜古丽将牛赶了过来,胡雅格看到迎了上去。

胡雅格说:"阿孜古丽,你跟苏和巴图尔的事我已经知道了。我们家苏和巴图尔犯了错,我也打了他了,骂了他了,但总不能杀了他吧? 看在我孙子艾孜买提的面子上,你把这些牛留下吧。"

阿孜古丽说:"艾孜买提不是你的孙子,他是我的孩子! 胡雅格大叔,你的好心我领了,但你再也不要把牛赶到我那儿去了。不然的话,我就把这些牛全杀了,然后我就死在你们毡房门口! 这次我说话算数。另外,你们也别想打艾孜买提的主意了!"

阿孜古丽拨转马头,消失在夕阳西下的草原上。

热合曼家。坐在门前的阿孜古丽望着天空中高悬的圆月,耳边不时响起众人的声音。

苏和巴图尔的声音说:"阿孜古丽,为了艾孜买提你嫁给我吧。"

唐娅琳的声音说:"你要么跟苏和巴图尔,要么跟泰米尔,两个人都愿意娶你,你总得挑一个……"

泰米尔的声音说:"阿孜古丽,我决不会放弃你,我一定要娶你。"

向志疆的声音说:"这样的女人你还要她干啥?"

阿孜古丽痛苦地流着泪。

热合曼家。

阿孜古丽架好一辆马车,马车后面拴着一条奶牛。

阿孜古丽把艾孜买提抱上车。

艾孜买提说:"外公呢?"

阿孜古丽说:"弹琴去了。"

艾孜买提揉着眼睛说:"妈妈,我们去哪儿呀?"

托克里克村村外。阿孜古丽赶着马车,消失在黑夜中。

夜,热合曼又在山坡边上喝着酒弹着弹拨尔。琴声哀伤而悠扬。热合曼看着天空中的圆月,拍着弹拨尔说:"我的弹拨尔啊,阿孜古丽迟早要出嫁,艾孜买提也会跟着她离开我。从那以后,只有你陪伴我走完人生的路了! 走吧,回家。"

热合曼回到家里,拉开电灯,看到家里空空的。

热合曼喊:"阿孜古丽,艾孜买提!"

热合曼看到小桌上有张纸条。

热合曼看纸条,阿孜古丽写道:"阿爸,我要离开你,我和艾孜买提在这儿没法生活下去了。我十分感谢你的养育之恩,我是个不孝不贞的坏女人,所以你不必再来找我了。我不能让你这把年纪还跟着我四处游牧。阿爸,你是个天下最好的爸爸,我对不起你。我想再在外面避一避,以后我会来看你的。你的女儿阿孜古丽。"

夜已经很深了。胡雅格的毡房。热合曼骑马来到毡房前不远处跳下马,然后急急地朝毡房奔去。

可以看到,离毡房几十米远的地方,是正在盖着的一栋较大的牛舍。

热合曼急急地敲毡房的门。

胡雅格打开门,看是热合曼,说:"热合曼,你这是咋啦?"

热合曼说:"进去说吧!"

热合曼把纸条往小桌上一拍,说:"你们看看吧,你们要送的那些奶牛给我们家带来了什么?你们把我的阿孜古丽逼得走投无路,只能带着艾孜买提走了!"

苏和巴图尔也从床上翻身起来。苏和巴图尔惊诧地说:"阿孜古丽带着艾孜买提走了?"

胡雅格说:"天呐!这事闹大了。苏和巴图尔,你快去,把我的孙子给追回来呀!"

热合曼家。天刚蒙蒙亮。牛舍的围栏前,热合曼把还剩下的两头奶牛赶出围栏。

沙英骑马过来喊:"艾孜买提,跟爷爷放马去!"

热合曼说:"阿孜古丽已经带着艾孜买提走了,还跟你放什么马呀!"

沙英吃惊地说:"阿孜古丽带着艾孜买提走了?去哪儿啦?"

热合曼没好气地说:"我咋知道!泰米尔只忙活他公司上的事,也不同阿孜古丽好好商量商量,他和阿孜古丽的事到底该咋办?光说要娶阿孜古丽,但到底怎么娶呀!只说不做有个屁用!"

沙英说:"就为这事,阿孜古丽才带着艾孜买提走的?"

热合曼说:"那阿孜古丽为啥抛下我这个老头子,就这么走了?现在我收拾收拾,也准备走!我作为她的阿爸,孩子的外公,总不能让她们孤儿寡母在外面漂泊吧?"

沙英说:"我知道了,我这就找泰米尔去!那小子昨晚回家来看他奶奶,这会儿还在家呢。"

娜达莎的牛舍前。

娜达莎和两个女工正在挤牛奶。

罗米夏从小树林里骑马出来。

娜达莎看到了罗米夏,她没吭声,只是警觉地看着罗米夏走到跟前。

罗米夏跳下马,满脸堆笑地说:"娜达莎,你挤奶啊。"

娜达莎说:"罗米夏,你怎么说话不算数啊!"

罗米夏说:"我怎么说话不算数啦?"

娜达莎说:"你不是说把钱给你后,你就再也不来骚扰我了吗?"

罗米夏说:"你看你,说话干吗这么难听呀。我干吗要骚扰你呢?今天我是来给你还钱的,看。"他从口袋里掏出一叠钱说:"奶票兑成钱了,还你!我不要了。"

娜达莎说:"这钱本来就不是你的,你就不该要!这么几次死皮赖脸的。要不是看在你是晓萍的亲阿爸这份上,就该把你送公安局!"

罗米夏说:"娜达莎,咱们复婚吧。"说着,就要上去抱娜达莎。

娜达莎狠狠地给了罗米夏一记耳光,说:"你做梦去吧,滚!"

苏和巴图尔策马沿着车轮印在往前追。

阿孜古丽赶着马车在茫茫的草原上走着。

坐在车上的艾孜买提说:"阿妈,我们去哪儿?"

阿孜古丽说:"我们去找喜旺大叔。"

艾孜买提说:"喜旺大叔在哪儿呀?"

阿孜古丽说:"直直往前走,一直往前走。只要看到房子,就找到喜旺大叔了……"

阿孜古丽说到这里,流下泪来。

天空中乌云黑黑地压了过来。草原上狂风大作。

沙英家。泰米尔走出屋外,跳上吉普车正准备发动车走。

沙英急急地骑马过来挡在泰米尔的车前。

沙英说:"泰米尔,你去哪儿?"

泰米尔说:"回公司啊。"

沙英说:"阿孜古丽带着艾孜买提走了,你知道不知道?"

泰米尔说:"上哪儿了?"

沙英说:"热合曼说,连他都不知道,我咋知道?你和阿孜古丽的事,到底怎么办?你要娶她就赶快娶呀!"

泰米尔说:"我是要娶她呀!可她不肯我有什么办法呢?"

沙英说:"你是男人吗?是男人就想办法把她娶过来!这就像套马一样,再难套的马你也要把它套上,这就是做男人的本事,要不算什么屁男人!"

泰米尔说:"阿爸,阿孜古丽为啥要带着艾孜买提走?那全是我们逼的。她不愿意,你就逼她,逼得她走投无路了,她能不离家出走吗?"

沙英焦躁地说:"那怎么办?你不知道,现在我有多喜欢艾孜买提!泰米尔,你要是不把阿孜古丽和艾孜买提找回来,你就别来见我了!"

老奶奶也从毡房里探出头来说:"那你也别来见我了!"

泰米尔说:"阿爸,奶奶,我这就找她去。我有办法让她带着艾孜买提回来。"

老奶奶说:"这才是我孙子!"

沙英说:"这才是我儿子说的话!"

泰米尔说:"阿爸,你不是说了吗?再难套的马=也得把它套住,这才是男人。关键是看你怎么套了!对人,需要尊重,而尊重人最重要的是,别把自己的意志强加在别人身上!她会带着艾孜买提回来的。"

罗米夏垂头丧气地离开娜达莎的毡房,骑着马在草原上走着。

阿孜古丽牵着牛赶着马车往前走,眼前是一望无际的大草原。

策马直追的苏和巴图尔看到了马车,也看到了阿孜古丽。

苏和巴图尔喊:"阿孜古丽。"

阿孜古丽回头看了看,但继续往前走。

苏和巴图尔骑着马横在阿孜古丽的跟前。

阿孜古丽说:"苏和巴图尔,你闪开,别挡我路!"

苏和巴图尔跳下马说:"阿孜古丽,你别走!"

阿孜古丽说:"苏和巴图尔,一场暴雨,一声霹雳,一个闪电,一团火球。我这个女人在恐惧中想得到你的保护,但没有想到会有这么个结果。会有我的艾孜买提,我说了,这不能全怪你,我也有责任,谁让我是个这么没胆量的女人呢,但这并不等于说我得嫁给你。艾孜买提是你的儿子,但也不属于你,他是我的! 谁都别想把他从我身边抢走。"

苏和巴图尔说:"阿孜古丽,没人想抢你的艾孜买提!"

阿孜古丽说:"但你,还有你阿爸。千方百计地想把艾孜买提从我身边抢走。"

苏和巴图尔说:"没有的事!"

阿孜古丽说:"那你为什么要把饭店卖掉给我买牛? 我不要你的牛你就一次次送回来,还要在齐纳尔草场盖牛舍,想让我过去? 当初你爹为了承包齐纳尔草场花了多少心血啊! 现在却要让出齐纳尔草场让我养牛,我知道,这一切你们全是为了艾孜买提!"

苏和巴图尔说:"阿孜古丽,你误解我了!"

阿孜古丽说:"还有唐娅琳,你们合伙把我往你这边推! 她想让我嫁给你,她就可以同泰米尔在一起了,但你们办不到! 我只要不结婚,泰米尔就不会放弃我! 苏和巴图尔,让开! 我要上路了!"

苏和巴图尔单腿跪下了,说:"阿孜古丽,你别走,我求你了!"

乌云黑压压地压着天空,风也越刮越猛。

苏和巴图尔说:"阿孜古丽,回去吧。天又要下大雨了。"

阿孜古丽的怒火又升腾起来,她大声地吼:"所以你现在就给我滚! 滚! 滚!"

齐纳尔草场。胡雅格的毡房前。

胡雅格看到热合曼把两头奶牛赶了过来。

热合曼说:"胡雅格,这是我们家的牛,你代我养着吧。我要找我的阿孜古丽和艾孜买提去了。"

胡雅格说:"苏和巴图尔去找了,我让他一定要把阿孜古丽找回来。"

热合曼说:"阿孜古丽不会回来的,我知道她的脾气。我会和她,与艾孜买提一起走遍那美丽的草原,我们世世辈辈都游吟歌唱的地方,回到那个自由自在的大地中去!"热合曼策马扬鞭,走向草原,远处传来他的吟诵声:"啊! 苍茫大地啊,我要打马远去,永不归来!"

草原上。阿孜古丽对苏和巴图尔说:"苏和巴图尔,走开,让我走!"

苏和巴图尔说:"阿孜古丽……"

阿孜古丽坚定地说:"让我走。但我可以告诉你,总有一天,我会回来让艾孜买提去看你的。"

苏和巴图尔说:"为什么? 为什么你一定要走?"

阿孜古丽说:"我成了漩涡中心,活得太艰难太不安定了。我可以挺住,但我不忍心让艾孜买提也处在这个漩涡的中心里,看在孩子的分上,让我走!"

苏和巴图尔伤感地说:"能让我亲一下艾孜买提吗?"

阿孜古丽说:"他一夜都没睡,现在睡着了,让他好好睡吧。"

苏和巴图尔说:"我不会弄醒他的。"

苏和巴图尔拉开马车上的帘子,在睡熟的艾孜买提的脸上亲了一下,一滴眼泪滴在了艾孜买提的脸上。

阿孜古丽牵着牛赶着马车继续往前走。

苏和巴图尔无限惆怅地看着阿孜古丽的马车走远。

茫茫的草原一望无际,阿孜古丽一直没有回头。

风猛烈地吹拂着草原。

罗米夏沮丧地慢慢骑着马在草原上走着,眼前出现娜达莎与向志疆在月下热吻的情景。又听到娜达莎扇了他一巴掌,喊:"你做梦去吧,滚!"

他满脸的懊丧,痛苦与恼恨。

大风四起,雨水也接着倾盆而下。

阿孜古丽赶走苏和巴图尔后,继续赶着马车往前走着。

风大雨大,突然车子在一个坡上翻倒了,拉车的马也倒在地上。

阿孜古丽把套解开,把马拉了出来。但车怎么用力也抬不起来。而十几只羊也在雨中跑散了。

艾孜买提哭着从翻倒的马车里爬出来。

罗米夏看到不远处的阿孜古丽和马车。

雨中。

罗米夏跟着跳下马。

阿孜古丽正拿一件雨披裹着艾孜买提,把他抱到路边。她一看到罗米夏,马上警觉地喊:"你来干什么?"

罗米夏说:"你要帮忙吗? 我可以帮你。"

阿孜古丽说:"我不要你这种人帮! 快给我滚到一边去!"

罗米夏有些生气,说:"行,滚就滚,好心当成驴肝肺了。"他在雨中走了几步,回头又看着阿孜古丽和艾孜买提,眼中不由自主闪出了娜达莎抱着晓萍的情形。

罗米夏又走了回来,对阿孜古丽说:"还是我来帮你吧! 你先走开一下。"

罗米夏用自己的马把马车从坡下拉到小路上,看到车篷摔歪了,他又把车篷整整好。

大雨倾盆。

罗米夏对抱着艾孜买提在雨中淋着的阿孜古丽说:"快到车里来躲躲雨。"说着,他也钻到车篷里,探出头来喊:"快进来避避雨呀。小孩子淋着了要病的。"

阿孜古丽喊:"你别做梦了！我不会跟你挤在一起避雨的！你们这种男人都不是东西,又想趁火打劫呀！"

罗米夏说:"什么趁火打劫?"突然明白了阿孜古丽说这话的意思,忙从车里钻了出来说:"我罗米夏可不是这种男人！行,你进来吧。"

罗米夏牵着自己的马,离开了马车。

阿孜古丽抱着艾孜买提钻进了马车,又用警惕的眼光看着罗米夏,怕他又会钻进来。

罗米夏叹了口气说:"趁火打劫的男人是有啊,可我罗米夏不是！"说着,翻身上马,在雨中离开了马车。

坐在马车上的阿孜古丽在雨幕中看到罗米夏骑马远去的身影,长长地叹了口气,可能真的是冤枉他了。

雨渐渐地停了,西边射出一缕阳光。

泰米尔开着车在路上刚好与罗米夏相遇。

泰米尔把头探出车窗,问:"罗米夏,你怎么在这儿?"

罗米夏说:"我路过这儿。"

泰米尔说:"你前面见到人了吗?"

罗米夏说:"那个抱着个孩子的女人?"

泰米尔说:"对!"

罗米夏说:"在那儿呢。"

远处起伏的草坡,隐约可以看到一辆马车正在往前走。

泰米尔一踩油门就要走。

罗米夏突然喊:"泰米尔,你等一等！"

泰米尔说:"怎么了?"

罗米夏说:"娜达莎虽然和我离了婚,但她还是我罗米夏的,我还爱着她呢！你那个朋友太不道德了,怎么能趁火打劫呢！"

泰米尔说:"趁火打劫? 谁趁火打劫啦?"

罗米夏说:"就是你们那个副经理,向志疆!"

泰米尔说:"罗米夏,你跟娜达莎离婚多久了?在经济上和感情上她都是独立的人。她再想跟谁好,那是她的事,你可管不了!"

罗米夏说:"我把钱还给娜达莎了。以前的事全是我的错,我不能再这样生活下去了!其实我一直很爱娜达莎,我想跟她复婚,我想跟她重新组成一个温馨的家。泰米尔,你不能让你的那个什么向志疆把我老婆抢走,要不,我会跟你拼命的!"

泰米尔说:"这些话你跟我说了没用,那得看娜达莎本人的态度。我还有急事,再见!"泰米尔想了想,又探出头说,"罗米夏,有一句话你说对了,你不能再这样生活下去了。好好一个家,全让你给毁了!爱情和婚姻不是游戏,它是件很严肃的事!"

泰米尔开车向前方的马车追去。

罗米夏喊:"娜达莎是我的!"

第二十五章

阿孜古丽牵着牛赶着马车继续在路上走着。草原上湿漉漉的一片，草叶在阳光下闪着水光。

阿孜古丽给了艾孜买提一块饼子。

艾孜买提吃着饼子，突然喊："阿妈，后面好像是泰米尔叔叔的车。"

阿孜古丽停住了脚步。

泰米尔的车从后面急驰而来。

泰米尔跳下车。

阿孜古丽说："泰米尔，你拦不住我，我要离你远远的。"

泰米尔不说话，只是凝视着阿孜古丽的眼睛，直到阿孜古丽低头将脸别了过去。

泰米尔说："我不拦你。一个决心要走的人，谁也拦不住！因为我不可能永远看着你，也不可能像关犯人一样一直把你关起来。"

阿孜古丽说："那你来干什么？"

泰米尔说："我想把我要对你说的话说完，不然我嗓子梗得慌。我把话说完后，你还想走，那你就走,哪怕走到天涯海角,我也不会再来找你。"

草原上。热合曼牵着两匹驮着毡包的马,策马行进在路上。

沙英和胡雅格相继骑马赶来,一直跟着他。

热合曼说:"沙英,胡雅格,你们跟着我干吗?"

胡雅格说:"我要去找我的孙子,我得把我的孙子留下来,不能让你们带走。"

沙英说:"胡雅格,你又在胡说! 什么你的孙子,那是我的孙子!"

胡雅格说:"沙英,你这个人怎么老胡搅蛮缠啊! 艾孜买提是你哪门子孙子啊!"

沙英说:"泰米尔非阿孜古丽不娶,阿孜古丽也非泰米尔不嫁。他俩一结婚,艾孜买提不就是我的孙子啦!"

胡雅格说:"艾孜买提是我的亲孙子,这你不会再装糊涂了吧?"

沙英说:"胡雅格,你这张老脸还要不要? 你儿子干下这么件缺德事,你还好意思显摆出来? 我儿子泰米尔是个好男人,他忍下了这口气。要是这事摊在我沙英身上,我非宰了你儿子不可! 这个狗娘养的孬种!"

胡雅格大怒道:"沙英,你怎么骂人哪!"

沙英说:"我就这么骂了,咋地! 反正艾孜买提是我的孙子。"

两个人又要相互甩鞭子,热合曼大喊:"你们两个都给我滚开!"

这时一脸沮丧的苏和巴图尔骑马朝他们走来。

草原上。阿孜古丽看着泰米尔,流泪了,说:"泰米尔,你干吗要冤枉我啊!"

泰米尔说:"对不起,那天我把话说过头了。是我的那些话,才让你决定要离开这儿的吗?"

阿孜古丽说:"不管有没有艾孜买提,你迟早会知道我和苏和巴图尔之间所发生的事。我一直觉得很对不起你,所以我不可能再嫁给你,因为这太委屈你了。"

泰米尔说:"这只是你自己很片面的想法。"

阿孜古丽说:"现在因为有了艾孜买提,苏和巴图尔当然也想让我嫁给他,包括胡雅格大叔希望他儿子能娶我,但我不愿意,我真要这样做,连我都觉得太恶心了!可是为了艾孜买提,你阿爸沙英大叔和胡雅格大叔之间也在闹,我阿爸也在劝我嫁给你们俩中的一个,或者另外再找一个,可我除了你,不可能再嫁给别人。我别无选择,所以只有一走了之。"

泰米尔说:"你当然可以一走了之,但我们能放得下心吗?起码我泰米尔放不下,还有我阿爸。热合曼大伯他已经打好行装,驮上毡包,又要同你一起游牧草原。你想想,热合曼大伯和古丽娅大妈都这么大一把年纪了,你忍心再让他们跟着你这么转悠吗?"

阿孜古丽说:"那你让我怎么办?继续转在这样的漩涡中直到把我逼疯?"

泰米尔说:"也许我真的错了。当我知道你有了艾孜买提后,我曾经绝望过,而且痛苦了好些日子。对一个男人来说,这是件无法容忍的事。任何男人应该选择的做法是,放弃你,再找一个。但我又想,如果我是你的话,又会怎样?人的一生会犯很多错,这种错在常人看来是最不可饶恕的。但它恰恰是人最容易犯的错。"

阿孜古丽说:"我更希望,你能像通常男人应该选的那种方式放弃我。"

泰米尔说:"可我觉得办不到。阿孜古丽,我依然爱你。当我知道这事是怎么发生时,我觉得我太计较这件事了,我泰米尔应该做个能忍耐天下难忍之事的人!一个真正的大丈夫!所以我坚持要娶你,因为一个可以做大事业的人应当有这样的肚量。但也许我这样做其实又错了,因为我没有考虑到你内心的感觉。"

阿孜古丽眼中的泪一直不住地往外流。

泰米尔说:"现在我知道,我这是在让你为难,是在折磨你。是把我自己的意志强加在你的身上。我想开了,人不能光为自己活着。如果你不愿嫁给我,我再也不会强求你了。还有,我阿爸,你也别怪他,他一直想让我娶你,而且他特别爱艾孜买提。"

阿孜古丽流着泪说:"沙英大叔的心胸太宽阔了! 他能宽恕我,能那么爱艾孜买提,他的心胸比草原还要辽阔……"

草原上。苏和巴图尔垂头丧气地走到热合曼,沙英,胡雅格跟前。

胡雅格没好气地说:"阿孜古丽和艾孜买提没找到?"

苏和巴图尔点点头,又摇摇头。

胡雅格恼了,说:"到底找到没?!"

苏和巴图尔点点头。

胡雅格说:"人呢?"

苏和巴图尔用手往后一指。

胡雅格说:"没留住?"

苏和巴图尔点点头。

胡雅格气恼地就要拿鞭子抽苏和巴图尔,说:"你个没用的东西!"

热合曼拉住胡雅格说:"我就说过,你们留不住! 因为你们逼她逼得太狠了!"

苏和巴图尔看看热合曼,若有所思。

草原上。泰米尔对阿孜古丽说:"阿孜古丽,只要你留下,我向你保证,虽然我仍深深地爱着你,但我决不再向你提娶你的事,除非你愿意。"

阿孜古丽深情地看着泰米尔。

泰米尔说:"阿孜古丽,请你记住,你说过的,你不会嫁给我,但会全身心地支持我的事业。"

阿孜古丽说:"对,我现在能为你做的,就只有这些了。"

泰米尔说:"当初我离开村子,四处走访考察了半年多,又靠当羊贩子积累了第一笔资金,就是为了做今天的事业。齐麦尔乳业是我全部的理想和希望所在。可是目前新疆各个地方的乳业公司,就跟雨后春笋般地到处都有,大家都在竞争,在抢奶源。奶源问题现在可是我们公司生死攸关的问题,还有奶源的质量,问题也很多。我一直想在咱们托克海地区成立几个小区,把养奶户集中起来管理,我要盖上几个挤奶厅,以后我还想建成一个现代化的奶牛场,所以……"

阿孜古丽说:"泰米尔,你不要说了。你看……"

不远处,热合曼、沙英、胡雅格、苏和巴图尔正朝他们的方向赶来。

草原。热合曼骑马牵着驮着毡包的马匹。沙英牵着小黑儿马,与胡雅格和苏和巴图尔一起骑马过来。

艾孜买提一看到沙英,就跳下马车奔了过去。

沙英策马快走几步,从马上一弯腰将艾孜买提抱到了马上。

艾孜买提说:"爷爷,我们套马去!"

热合曼对阿孜古丽说:"阿孜古丽,你真要想走,怎么能撂下你阿爸阿妈不管呢? 我不是说过,你要和我们相依为命吗?"

沙英说:"阿孜古丽,你不能走啊! 我离不开艾孜买提,艾孜买提也离不开我这个爷爷啊! 你瞧,小黑马都知道我要来找你们,也就跟着一起来了。"

阿孜古丽听了,感到很心酸。

沙英把艾孜买提扶到小黑马的背上,小黑马高兴地甩着尾巴。

胡雅格说:"阿孜古丽,我把齐纳尔草场让给你承包,我什么要求也没有,只要你在齐纳尔草场养牛,让我经常看到艾孜买提,我就满足了!"

苏和巴图尔说:"阿孜古丽,留下吧,别带艾孜买提走。只要你愿意,我明天就离开这儿,到你见不到我的地方去。"

阿孜古丽感动的满眼是泪,对泰米尔说:"泰米尔,我想能不能到钦勒格草场去,同娜仁花一起养牛?"

泰米尔说:"可以呀,这正是我所希望的。那我让娅琳去问问她母亲,我看没问题!"

苏和巴图尔说:"阿孜古丽,留在齐纳尔草场吧! 如果你不想见到我,我走。但从我内心讲,我想留在齐纳尔草场。要不,我也不会把饭店转让掉,买回来那些牛。"

热合曼说:"多好的齐纳尔草场啊! 当初我要不当村长的话,我就想跟阿孜古丽一起在齐纳尔草场或者巴吉尔草场养牛,放羊。然后到河边弹我的弹拨尔。"

阿孜古丽说："阿爸,只要大家能让我按我自己的意愿生活,那我就愿意留在齐纳尔养一辈子的牛。"

天空中画出了一道彩虹。

沙英已经调转马头,对艾孜买提说："艾孜买提,跟爷爷套马去!"

沙英和艾孜买提策马远去。留下沙英一串串爽朗的大笑声:"哈哈哈……"

热合曼对阿孜古丽说："女儿,那咱们就回托克里克村吧! 可惜了啊,我也是想打马远去,游吟草原啊!"

晨,齐纳尔草场,在新盖的牛舍前。

二十几头奶牛在河边的草地上吃着草。

离河边不远处,一些工人正在盖挤奶厅,唐娅琳在一边监工。

阿孜古丽拎着一桶水走向新盖的牛舍。

唐娅琳看到阿孜古丽,友好地朝阿孜古丽挥了挥手。

阿孜古丽也微笑着朝唐娅琳点点头,阿孜古丽的心情显得轻松愉快多了。

马场。已经六岁的艾孜买提显得很熟练地跟着沙英在学套马,虽然动作仍带有稚气。

艾孜买提套到一匹小儿马后说："爷爷,帮帮我!"因为他的力气毕竟有限。

沙英帮着艾孜买提抓住了套马杆。

沙英放走了那匹小儿马,艾孜买提拍着手笑,为自己能单独套住马而得意。

沙英正高兴着呢,突然捂着肚子说："喔唷,小子,爷爷去方便一下。"

沙英钻到草丛中去方便。

艾孜买提骑在小儿马上,拿着个套马杆,一副雄赳赳气昂昂的样子。

艾孜买提突然警觉起来,因为他看到有一匹老狼正偷偷地从草丛中朝蹲着的沙英背后冲来。

老狼眼看着要扑向沙英,艾孜买提挥起套马杆朝狼抛去,并大叫:"爷爷,野狗!"

第一次没套上,老狼转身又朝艾孜买提冲了过来。艾孜买提再次甩起套马杆,这会儿把老狼给套住了。

沙英赶紧提上裤子。

艾孜买提差点被想要逃走的老狼拖下马。

沙英飞也似的上马,接过艾孜买提的套马杆。沙英收紧套马杆,左右开弓,把那头老狼连翻了几个跟头。

艾孜买提大声叫好。

沙英教训了几下老狼后,放开套马杆,让老狼跑了。

艾孜买提说:"爷爷,你干吗不抽死它?"

沙英是:"这是匹老狼,它不是没伤着爷爷吗?那爷爷也不应该伤它,毕竟它也是条生命呀。"说着,过去摸摸艾孜买提的头说:"今天这个坏东西,栽到咱们小英雄艾孜买提的手里了。"

艾孜买提高兴了,说:"爷爷,我是小英雄吗?"

沙英说:"那当然!"

艾孜买提说:"那爷爷就是老英雄!"

沙英乐得哈哈大笑,一把将艾孜买提抱到自己的马上说:"我的好孙子!你可是救了爷爷的命了。"眼中流出了无限的疼爱。

齐纳尔草场。牛舍前。阿孜古丽在喂奶牛。

苏和巴图尔骑马过来,在快到牛舍前时,苏和巴图尔跳下马,走到阿孜古丽跟前。

苏和巴图尔说:"阿孜古丽,我来同你告个别,我还是决定离开这里的好。"

阿孜古丽沉思了一会说:"去哪儿?"

苏和巴图尔说:"回托克海市去。"

阿孜古丽说:"饭店不是转让给人家了吗?"

苏和巴图尔说:"我可以从头再来啊! 再从收酒瓶子开始,然后……"

阿孜古丽摇摇头说:"我留下,却把你赶走了,何苦呢? 我说了,我俩之间发生的这件事,不全是你的责任。苏和巴图尔,你只要答应我一件事,就是别再提要娶我的事,你就留在齐纳尔草场吧。帮我一起办奶牛场。不管我怎么不愿意说艾孜买提是你的儿子,但事实上他就是你的儿子,我没法否认。"

苏和巴图尔说:"阿孜古丽……"

阿孜古丽说:"我看得出,你,还有胡雅格大叔,你们都爱艾孜买提。你把饭店卖掉去买牛,这不光是为了我,更是为了艾孜买提,你是想能经常见到艾孜买提。"

苏和巴图尔已满眼是泪。

阿孜古丽说:"我不能就这样剥夺一个父亲对儿子的爱,这也太残忍了。"

苏和巴图尔说:"阿孜古丽,我知道我配不上你,我不该有这种奢望,你也不可能嫁给我。可我只希望能帮你,让你和艾孜买提过得顺心点,那我苏和巴图尔就满足了。"

阿孜古丽说:"那你就留下吧,把这个奶牛场办得兴旺起来。我阿爸老爱说,一家一户一群牛,比那千万富翁还要牛。这不也是一份事业吗?"

苏和巴图尔朝阿孜古丽鞠了一躬,说:"阿孜古丽,我能去见见艾孜买提吗?"

阿孜古丽点头说:"但请你不要说你就是他阿爸。"

苏和巴图尔骑马在草原上狂奔。兴奋地舞着双手吼叫着。

巴吉尔草场。向志疆兴致勃勃地骑马朝娜达莎的毡房走去。快要走到小树林时,罗米夏突然从小树林里窜了出来。

小树林边。

　　罗米夏满脸怒气地跳下马,一把将向志疆拉下马,指着向志疆骂:"向志疆,你要脸不要脸?"

　　向志疆说:"怎么啦?"

　　罗米夏说:"天下的女人死绝啦? 你偷女人偷我的头上来了。你好大的胆子!"

　　向志疆说:"谁是你的女人?"

　　罗米夏说:"娜达莎!"

　　向志疆说:"娜达莎怎么会是你的女人?"

　　罗米夏说:"当然是我的女人! 她是我女儿的妈,我是我女儿的爸!"

　　向志疆说:"这没错。你说得很对! 但我问你,你和娜达莎现在还是不是夫妻?"

　　罗米夏说:"我要同她复婚!"

　　向志疆说:"她同意了吗?"

　　罗米夏说:"那是迟早的事! 只要你他妈不搅和就行。"

　　向志疆说:"那你得去问娜达莎。我要不搅和,她愿意不愿意同你复婚?"

　　罗米夏说:"你是不是想挨揍?"

　　向志疆说:"那你就来试试!"

　　罗米夏一拳擂出去。向志疆一闪身子,躲过罗米夏的拳,然后顺势抓住罗米夏手臂,用力一拉,罗米夏跌了个狗啃泥。

　　罗米夏气急败坏地爬起来,又一次冲向向志疆。向志疆再次把罗米夏摔倒在地上。

　　巴吉尔草场。娜达莎的牛舍前。正在挤奶的娜达莎看到小树林的边上罗米夏与向志疆在打架。

　　向志疆虽然占着上风,但罗米夏似乎也豁出去了,时间一久,向志疆也吃了点亏。

　　罗米夏一次次被向志疆摔倒在地,又一次次爬起来扑向向志疆,两个人打得难分难解你死我活的。

娜达莎冲向他们喊:"住手!"

向志疆和罗米夏都是鼻青眼肿,脸上全都挂了彩,衣服也都撕破了,两人都看着娜达莎。

娜达莎把一叠钱往罗米夏手上一拍,说:"拿着你的钱,滚!"

罗米夏把钱又往娜达莎身上一塞说:"我不要钱,我要和你复婚!"

娜达莎对向志疆说:"向志疆,你收拾一下吧,跟我走!"

向志疆说:"去哪?"

娜达莎说:"咱俩去领结婚证。"

罗米夏喊:"你俩要去领结婚证,我就杀了你们!"

娜达莎说:"向志疆,咱俩结婚,罗米夏要杀了我们,你怕吗?"

向志疆说:"那我就太幸福了。"

苏和巴图尔奔向马场。

马场。沙英和艾孜买提在兴致勃勃地追逐着马群。

苏和巴图尔策马来到沙英和艾孜买提的跟前。

苏和巴图尔说:"沙英大叔,是阿孜古丽让我来的。"

沙英说:"干什么?"

苏和巴图尔满脸笑容地看着艾孜买提,说:"让我跟艾孜买提一起比赛骑马,看谁跑得快。"

沙英说:"真是阿孜古丽叫你来的?"

苏和巴图尔说:"你可以去问阿孜古丽。"

沙英说:"那你们比吧,我给你们当裁判。"然后对苏和巴图尔说,"你不知道,艾孜买提今天可救了我的命。"

苏和巴图尔说:"怎么?"

艾孜买提大声说:"我套了一只狼!爷爷说我是个小英雄。"

沙英说:"对!敢跟饿狼斗,我们艾孜买提就是个小英雄!"

艾孜买提很神气地说:"苏和巴图尔叔叔,你比不过我!"

苏和巴图尔满脸笑容地说:"是嘛?那好,小英雄,咱俩就比试比试?"

阿孜古丽也骑马过来了。

巴吉尔草场。小树林边。

向志疆拍着胸脯对罗米夏说:"来呀,这儿敞着呢,你来杀呀!"

罗米夏痛苦万分地愣在那儿,两眼流出了泪。

向志疆说:"罗米夏,你也算是个男人吗? 你看看你那熊样子! 娜达莎是你妻子的时候,你怎么对的她? 离了婚了,她喂的羊你也会偷着去卖! 自己的女儿你也会去绑架! 看到娜达莎要跟我好了,现在又死皮赖脸地闹着想复婚。你做的这些事,哪一点是个男人做的事?"

罗米夏痛心地说:"我后悔啦! 现在我要改正,我要跟娜达莎复婚!"

向志疆说:"别再放这种臭屁了! 苍蝇不叮无缝的蛋! 你要想活出个人样来,那就好好做事好好做人!"

罗米夏说:"我现在是想好好做人,好好做事呀,可你不能抢我的女人呀! 娜达莎,求你了,再给我一次机会吧。"

马场。苏和巴图尔与艾孜买提在赛马。

沙英和阿孜古丽在一边为他们加油。

苏和巴图尔看到艾孜买提小小年纪但骑马的姿势是那样矫健,脸上露出满意而得意的神情。他那双眼睛疼爱地看着艾孜买提,悄悄让马放慢了脚步,有意让艾孜买提超过他。

艾孜买提看到自己超过了苏和巴图尔,得意地咯咯地笑着,回头喊:"叔叔,你快来追我呀。"

草丛中突然窜出一只锦鸡,接着,又是一只。小黑马受惊了,猛地提起了前蹄,差点把艾孜买提甩下马来。

受惊的小黑马在草场上狂奔起来,艾孜买提没遇到过这样的情况,吓得在狂奔的马上哭喊起来。

苏和巴图尔紧追受惊的马。追到艾孜买提跟前时,一个跃身跳到艾孜买提的马上,由于动作太急太猛,他和被他抱住的艾孜买提一起摔下马来。

沙英和阿孜古丽策马赶到苏和巴图尔和艾孜买提的身边跳下马。

艾孜买提从苏和巴图尔的怀里爬出来，阿孜古丽赶紧把他抱到怀里看了看，什么事儿也没有，阿孜古丽长舒了口气。

苏和巴图尔笑着想爬起来，却怎么也使不上劲儿，他的一条腿被摔断了。

草原上。向志疆和娜达莎骑马走在路上。娜达莎突然勒住了马。

娜达莎说："向志疆，咱们回去吧。"

向志疆说："娜达莎，咱俩不是去乡里领结婚证吗？"

娜达莎说："不，现在咱俩还不能去领。"

向志疆说："怎么啦？"

娜达莎说："在婚姻上，我盲目了一次，那时我看着罗米夏长得英俊，对他一见钟情，没两个月就同他结了婚。但……"

向志疆说："可我是向志疆！不是罗米夏！我会是个负责任的男人。再说，领结婚证的事是你提出来的。"

娜达莎说："罗米夏同你那样闹，又吵着要同我复婚。我当时那样说，就是想让他死心！"

向志疆说："娜达莎，你不会是在耍我吧？"

娜达莎说："不，我是想对他负责，也对你负责！"

向志疆说："那咱俩就领结婚证去！我心中的月亮早就圆了，你心中的月亮不也圆了吗？"

娜达莎说："向志疆，再等等吧。我觉得我们就这样跑去领结婚证，不妥当。"

向志疆说："有什么不妥当的？我爱你，你也爱我！我保证会像对待亲生女儿一样对晓萍。"

娜达莎说："向志疆，你冷静点好不好？我现在还说不上我是不是真的爱上你了，也吃不准我心中的那轮月亮是不是真的圆了。"

向志疆恼怒极了，说："娜达莎，你不能这样耍我！我不是你们俄罗斯族人，但我也是个男人！我也有自尊心！"

　　向志疆调转马头，策马飞奔而去。

　　娜达莎喊："向志疆——"

　　向志疆已跑远了。

　　娜达莎反而笑了，自语着说："倒也真是个男人。"

　　托克海市。

　　医院。苏和巴图尔的病房。

　　苏和巴图尔的右腿打着石膏绑着绷带。

　　阿孜古丽带着艾孜买提坐在病床边。

　　阿孜古丽说："苏和巴图尔，谢谢你救了艾孜买提。"

　　苏和巴图尔说："艾孜买提也是……"他看看艾孜买提。

　　阿孜古丽说："苏和巴图尔！"

　　苏和巴图尔说："阿孜古丽，我只是想提醒你，你用不着谢我。况且，是我提出同艾孜买提赛马的。今天的事，责任在我。你应该骂我才对。"

　　苏和巴图尔对艾孜买提说："艾孜买提，对不起。"

　　艾孜买提说："叔叔，这不是因为你，是因为那只漂亮的锦鸡。"

　　苏和巴图尔看着艾孜买提，眼中流出无限的疼爱。他伸出手摸着艾孜买提的脸对阿孜古丽说："阿孜古丽，人生为什么有那么多的缺憾呢？"

　　阿孜古丽说："我不知道，我也没法回答你。"

　　托克海市。齐麦尔乳业公司。

　　泰米尔的办公室。

　　唐娅琳匆匆推开门说："泰米尔，这两天我请个假。"

　　泰米尔说："怎么啦？"

　　唐娅琳说："我要在齐纳尔草场待两天。苏和巴图尔住院了，阿孜古丽正在看护他。"

　　泰米尔说："怎么回事了？"

唐娅琳说:"阿孜古丽让苏和巴图尔和艾孜买提赛马,结果艾孜买提的马惊了,苏和巴图尔为了救艾孜买提,把腿给摔断了。"

泰米尔说:"阿孜古丽干吗要让苏和巴图尔跟艾孜买提赛马?"

唐娅琳说:"我哪儿知道,我又不在现场。"

泰米尔说:"现在苏和巴图尔在哪儿? 市医院吗?"

唐娅琳说:"是啊。我先去收奶,顺便帮帮胡雅格大叔喂牛,那么大一群牛,胡雅格大叔忙不过来,那也是我们公司的重要奶源呀!"唐娅琳临走时看泰米尔低着头似乎在沉思,就说,"这世上的事情总是在不断变化的,一不留神可能就会掉队了啊!"

泰米尔一愣,说:"什么?"

唐娅琳说:"没什么。"

泰米尔:"行,你去吧。"

泰米尔从吉普车上下来,拎着些慰问品走进医院。

苏和巴图尔的病房。

护士在走廊里喊:"开饭啦,开饭啦。"

阿孜古丽从床头柜上拿上饭缸走了出去。

苏和巴图尔对留在床边的艾孜买提说:"艾孜买提,你能叫我一声阿爸吗?"

艾孜买提说:"我干吗要叫你阿爸呀?"

苏和巴图尔说:"因为我……很想让你叫我一声阿爸呀。"

阿孜古丽打好饭,走进病房。

泰米尔随即出现在医院住院楼的走廊。

苏和巴图尔的病房。

阿孜古丽把稀饭和馍馍搁到床头柜上,对苏和巴图尔说:"吃饭吧。"

艾孜买提对阿孜古丽说:"阿妈,叔叔很想让我叫他一声阿爸,可以吗?"

阿孜古丽斩钉截铁地说:"不可以!"然后对苏和巴图尔说,"你怎么能这样?"

苏和巴图尔赶紧说:"阿孜古丽,对不起!"

苏和巴图尔想拿稀饭,但挪身子时吊着的腿也被拉了一下,于是喔哟了一声。

阿孜古丽端起稀饭喂了苏和巴图尔两口。

苏和巴图尔咽了两口稀饭说:"谢谢。"

苏和巴图尔的病房外。

拿着慰问品的泰米尔从窗口看到了阿孜古丽给苏和巴图尔喂稀饭的那一幕。

泰米尔迟疑了一会,准备推门但想了想,又退回身子。对走过来的一位护士说:"护士,请把这些东西给里面的那个苏和巴图尔,行吗?"

护士说:"你为什么不进去?"

泰米尔说:"进去有点不方便,请你代劳了。就说是一个叫泰米尔的送来的。"

护士接过慰问品,从窗口也看到阿孜古丽在给苏和巴图尔喂饭的情形,不由会心地一笑。

这一笑,让泰米尔格外的不舒服,他一点头说:"谢谢你了。"沿着走廊走了。

苏和巴图尔的病房。护士把东西送进来说:"一个叫泰米尔的人送来的。"

阿孜古丽说:"人呢?"

护士说:"走了。"

阿孜古丽冲到门口,已见不到泰米尔了。

阿孜古丽回到病床边。

苏和巴图尔说:"他可能是来看我的,但看到你在,他就不进来了。"

阿孜古丽说:"因为我在给你喂饭,他才不进来的。"

苏和巴图尔说:"阿孜古丽……"

　　阿孜古丽说:"已经不可能再有圆满的结果了,就这样吧!"阿孜古丽放下碗说,"你好好养病,我和艾孜买提回去了。"

　　苏和巴图尔说:"再坐一会儿。"

　　阿孜古丽说:"奶牛场的事我放心不下。"

　　苏和巴图尔看着阿孜古丽领着艾孜买提走出病房,满脸的沉重与沮丧。

第二十六章

巴吉尔草场。娜达莎的牛舍前。

娜达莎与两位女工正在打扫牛栏。

罗米夏骑马过来。

娜达莎看看罗米夏,说:"你又来干什么?"

罗米夏跳下马说:"你和那个向志疆领过结婚证啦?"

娜达莎说:"领不领跟你有什么关系?"

罗米夏:"要是领了,我就会杀了他。要是没领,你就跟我复婚吧。"

娜达莎说:"没领!行了吧!但跟你复婚,你想想可能吗?"

罗米夏说:"娜达莎,咱俩是自己双方相中后结的婚。"

娜达莎说:"对!没错!"

罗米夏说:"总还有感情基础吧?"

娜达莎:"以前有,现在没了!"

罗米夏说:"要是我从此以后学好了呢?"

娜达莎说:"那就等你学好了再说。"

罗米夏说:"娜达莎,我还给你的钱还在吗?"

娜达莎说:"干什么?"

罗米夏说:"借给我行吗? 我要好好出去做生意,从此我要好好做人。"

娜达莎说:"拿去盖挤奶房了。"

罗米夏说:"那边盖的挤奶房是用你的钱盖的?"

娜达莎说:"有我的。泰米尔说,先借给他们公司,以后按银行的贷款利息还我。"

罗米夏说:"有本事自己拿钱盖呀,用我老婆的钱,算什么能耐!"

娜达莎说:"谁是你老婆! 泰米尔拿他们公司的厂房做抵押,贷了一些款,也向我们养牛户借了点款。阿孜古丽他们的挤奶房,全是胡雅格大叔和苏和巴图尔投的资,说是让阿孜古丽能安心办好奶牛场。罗米夏,你啥时候能真正学好? 这种烂话从你嘴里能不能少吐出点来? 你真学好做生意,我这里还有十几只羊,你拿了卖去! 今年,我再也不想见到你这种赖不兮兮的样子!"

罗米夏一鞠躬说:"娜达莎,谢谢你了。"眼里含着泪说:"娜达莎,请你能等着我。别忙着同那个向志疆结婚。"

娜达莎说:"那是我的事! 走你的吧。"

罗米夏说:"娜达莎,那十几只羊,你真的给我?"

娜达莎叹口气说:"我跟你说实话,我是真心想让你学好的。这样你就用不着老来拖累我们娘俩!"

罗米夏:"那……过几天,我雇辆车来拉?"

娜达莎说:"随你! 希望你这次别再让我失望!"

托克海市。齐麦尔乳业公司。泰米尔的办公室。

唐娅琳推门进来说:"泰米尔,苏和巴图尔今天出院,我要去接一接。"

泰米尔说:"娅琳,我觉得你很关心苏和巴图尔啊?"

唐娅琳说:"我关心的是阿孜古丽!"

泰米尔:"娅琳,你太会耍手段了。"

唐娅琳:"相互关心叫耍手段吗？小人之心!"

泰米尔:"我要不要去?"

唐娅琳说:"你去干什么？阿孜古丽可能也会去接。"

泰米尔说:"好吧,那我就不去了,代我向苏和巴图尔问好。"

泰米尔从办公室里出来,看了看停在公司大院的吉普车,低头想了一会儿,走出了公司大院。

医院门口。

一辆出租车停在医院不远处的街道拐角,泰米尔坐在车里。

唐娅琳和阿孜古丽扶着苏和巴图尔走出医院。

唐娅琳走出院门口拦出租车。

阿孜古丽扶着苏和巴图尔,他的腿还是一瘸一瘸的。

街道拐角的出租车里。

泰米尔看着阿孜古丽紧紧地勾着苏和巴图尔的胳膊,把苏和巴图尔送进一辆出租车后,也钻进了车的后座,同苏和巴图尔坐在了一起。

唐娅琳没有上车,只是满意地笑着朝苏和巴图尔与阿孜古丽乘坐的出租车里挥了挥手。

出租车开走了。

街道拐角的出租车里。泰米尔看在眼里,脸上露出一丝酸楚。

泰米尔闭上了眼睛,他似乎又听见向志疆在对他说:"……该放弃的时候,就是说确实看不到希望的时候,那你就咬咬牙放弃!"

泰米尔猛地睁开了眼睛,像是下了某种决心。他对出租车司机说:"走吧,去齐麦尔乳业公司。"

齐纳尔草场。阿孜古丽正在给牛喂草。

泰米尔开车在不远处停下,犹豫了一下跳下车朝阿孜古丽走来。

泰米尔对阿孜古丽说:"苏和巴图尔出院啦?"

阿孜古丽点点头。

泰米尔迟疑了一下,说:"阿孜古丽,原先我说好不再跟你提这事的,但现在我还是要提,而且是最后一次了,我只要你的一个态度。"

阿孜古丽说:"什么? 说吧。"

泰米尔说:"你真的不肯嫁给我?"

阿孜古丽说:"这个想法我没变,你干吗还要问?"

泰米尔说:"因为我的想法变了。以前,我是非你不娶。"

阿孜古丽说:"那现在呢?"

泰米尔说:"我想了,人活在这世上,有些东西,自然也包括爱情,该放弃的时候你就得放弃。我不想自己捆住自己,更不想捆住别人,当然,主要是不想捆住别人。"

阿孜古丽有些不好的预感,说:"泰米尔,你想说什么?"

泰米尔说:"我只是要放弃不会有结果的想法,这对你,对我自己都是一种解放。"

阿孜古丽傻了,突然变得很木讷,说:"泰米尔,我没听懂……"

泰米尔说:"我想说,我放弃你了。既然我们不会再有结果,那我就不该用感情来拴住你,你应该有更好的生活。"说完,他毫不犹豫转身回到车里,开车走了。

阿孜古丽呆呆地望着那辆吉普车离去,消失在远处。

齐纳尔草场。牛舍前。阳光非常刺眼。阿孜古丽仰头望着天,她的眼睛里黑红的一片,泪水在脸颊上肆意流淌。

阿孜古丽突然明白过来了,她不肯嫁给泰米尔,是怕委屈了泰米尔,但泰米尔真的要放弃她了,她顿时感到万箭穿心,她太爱泰米尔了,但她却不能再拥有泰米尔了。

阿孜古丽对着吉普车消失的方向,撕心裂肺地大声喊:"泰米尔! 我当然不会嫁给你,我也决不能嫁给你! 但你说的这些话,也太伤我的心了! 你要放弃我,你就放弃好了! 可你干吗要对我说呀……"

阿孜古丽跪倒在地,号啕大哭。

　　数日后。新盖好的挤奶房。泰米尔和向志疆,阿孜古丽,唐娅琳,苏和巴图尔,胡雅格正走进挤奶房。

　　挤奶房里。泰米尔和向志疆,阿孜古丽,唐娅琳,苏和巴图尔,胡雅格在挤奶房看着装好的挤奶设备。

　　苏和巴图尔虽然出院了,但腿伤留下了后遗症,走起路来还是一瘸一瘸的。

　　阿孜古丽和唐娅琳把一头头奶牛牵进挤奶房,然后在奶牛的乳房上按上挤奶器。

　　阿孜古丽开动机器后挤奶器就开始工作,白花花的牛奶就被吸入奶罐里。

　　挤奶厅外一条输奶管把牛奶输入装奶车里。

　　泰米尔,阿孜古丽,唐娅琳,苏和巴图尔和胡雅格都在窗口欣喜地看着。

　　泰米尔说:"唐娅琳,现在奶源质量有保证了吧?"

　　唐娅琳说:"早该这样了!"

　　向志疆开玩笑地说:"再也不会有人把奶往你身上泼了吧?"

　　泰米尔瞪了向志疆一眼说:"向志疆!"

　　阿孜古丽说:"向志疆,对,我是把奶往唐娅琳身上泼过,怎么啦? 我认错了,我向唐娅琳道歉了。可这跟你向志疆有关系吗? 你说这个算什么? 找碴吗?"

　　向志疆忙说:"阿孜古丽,你误会了,我说这话是因为你有功啊!"

　　阿孜古丽说:"你在讽刺我吗?"

　　向志疆说:"哪里呀,我可是实心实意在夸你呢。没你泼唐娅琳那一身奶,恐怕还没有这么快盖挤奶厅,买挤奶器吧? 所以你泼唐娅琳那身奶是大大的功劳呢!"

　　阿孜古丽说:"向志疆,你这是在夸人吗? 你是在损我!"

　　苏和巴图尔说:"向志疆,你别在那儿说怪话了。我们全家人,我阿爸,我,还有唐娅琳,都在努力地为阿孜古丽的奶牛场出力呢! 阿孜古丽的奶牛场红火起来,不也是在支持你们的乳业公司吗?"

向志疆说:"其实我……"向志疆看看阿孜古丽的神色,只好说,"行,阿孜古丽,我说错话了,对不起,我道歉!"

阿孜古丽说:"向志疆,你是个很讨厌的人! 其实你就是泰米尔身边的一个教唆犯!"

向志疆莫名其妙地说:"我教唆什么啦!"

阿孜古丽说:"你自己心里清楚。前些日子,泰米尔跑来,也往我身上泼了一身奶!"说着,恼恨地走出挤奶厅。

向志疆看看泰米尔,说:"泰米尔,你干吗要泼阿孜古丽一身奶?"

泰米尔说:"你胡扯什么? 她说的是别的事! 话都听不懂,真是头蠢驴!"说着也跟着阿孜古丽走出挤奶厅。

向志疆手一叉腰,说:"行,我成你俩的出气筒了。"突然又反应过来了,追着泰米尔说,"哎,可你干吗要这么说我啊!"

唐娅琳在他后面拽了他一下,说:"向志疆,你真是的,要么乱说话,要么听不懂话,这会儿跟过去干吗? 真是头蠢驴!"

向志疆说:"唐娅琳,你怎么也骂我?"

齐纳尔草场。新牛舍前。阿孜古丽气恼而痛苦地走向牛舍。泰米尔跟了上来。

泰米尔说:"阿孜古丽,我怎么泼你一身奶了? 你说这话我不明白。"

阿孜古丽说:"唉,我干吗要听你的劝,回来呢?"

泰米尔说:"怎么,你又想离开这儿?"

阿孜古丽说:"你不是说放弃我了吗? 我离开不离开跟你有什么关系?"

泰米尔说:"问题是你不想嫁给我,我当然只能放弃你了。我想让你能有更好的选择。"

阿孜古丽说:"泰米尔,我能选择什么呀? 你告诉我。"

泰米尔一时不知该说什么好。

阿孜古丽说:"你内心一直在怀疑我,对不对?"

泰米尔说:"我怀疑什么?"

阿孜古丽说:"你怀疑我那个时候是不是自愿的。"

泰米尔说:"还有必要讨论这个问题吗? 怀疑也好,不怀疑也好,结果不都是一样的吗?"

阿孜古丽说:"所以你决定放弃我了?"

泰米尔说:"只能这样。"

阿孜古丽说:"你错了。"

泰米尔说:"我不明白。"

阿孜古丽走进牛舍,泰米尔紧跟了进来。

阿孜古丽说:"你放弃不是为了我有什么更好的选择,因为我根本没得选择! 你是为了你自己,为了你有更好的选择!"

泰米尔说:"可作出这个决定的起因是你不让我选择你,那我当然会认为你是要选择别人。"

阿孜古丽说:"那你就更错了!"

泰米尔说:"我错在哪儿,你能不能跟我说得更清楚些?"

阿孜古丽说:"我没法跟你说清楚!"

泰米尔说:"如果是我错了,我可以改正呀。"

阿孜古丽说:"晚了!"说着,走出牛舍,把牛舍门砰地关上了。

泰米尔在牛舍里傻愣愣地站了好一会儿,几头奶牛哞哞地叫着。

挤奶厅前。泰米尔问唐娅琳与向志疆说:"我要回公司去了,你们谁回?"

唐娅琳说:"我跟拉奶车一起回,虽然用挤奶器了,但质量问题仍不能忽视。"

泰米尔说:"向志疆,你呢?"

向志疆说:"我想去巴吉尔草场一次,也看看那儿的挤奶厅。"

唐娅琳讥讽地说:"顺便再去看看娜达莎,是吧?"

向志疆说:"不是! 是主要想去看看娜达莎,顺便再去看看挤奶厅。这总可以了吧?"

泰米尔虎着脸说:"那我先走了。"

泰米尔开着自己的吉普车走了。

唐娅琳对向志疆说:"泰米尔怎么啦? 来的时候还高高兴兴的,这会儿就像霜打的茄子!"

阿孜古丽正要进牛舍,明显是刚刚哭过。她瞥了一眼挤奶厅前站着的唐娅琳和向志疆,迅速地走进牛舍。

向志疆用嘴努努阿孜古丽背影说:"肯定又吵过了!"

唐娅琳说:"反正,今天泰米尔一出现,阿孜古丽就没给他好脸色看。"

向志疆看看唐娅琳,说:"唐娅琳,你真没用。"

唐娅琳说:"咋啦?"

向志疆说:"你看这两人,凑到一块儿就吵,咋看都不像一条道上的。再看泰米尔,人累,心累,整个人身心疲惫! 你对泰米尔,就不能再主动点?"

唐娅琳说:"怎么主动?"

向志疆说:"朝泰米尔来个狂轰滥炸呀!"

唐娅琳说:"插杠子的事我唐娅琳不干!"

向志疆说:"你不是一直在插杠子吗?"

唐娅琳说:"我是在帮泰米尔一起搞事业!"

向志疆一耸肩,叹了口气,摇摇头说:"唉,唐娅琳,我是看出来了,谁插杠子都没用! 泰米尔他太恋这个女人了。"

泰米尔开着吉普车在草原的小路慢慢地行驶着,他满腹的心事。他看到路边的山坡上,热合曼正在弹着弹拨尔,弹得如醉如痴的。泰米尔把车停在路边。

泰米尔跳下车,走向热合曼。

泰米尔说:"热合曼大伯。"

热合曼说:"泰米尔,挤奶厅咋样? 你刚从那边来吧。"

泰米尔说:"是,相当好。"

热合曼说:"那你怎么还苦着个脸啊?"

泰米尔叹了口气，说："热合曼大伯，我跟阿孜古丽的事到底该咋办呢？"

热合曼说："这事我憋在肚子里好长时间了，一直想找个机会问问你。这会儿你怎么反倒问起我来了？"

泰米尔说："可我不知道该咋办？我真的不知道！我要娶她，她不愿意，可我说我放弃她了，她又伤心，弄得我一头雾水。有时候，我真是恨她恨得咬牙切齿的。"

热合曼说："泰米尔，你能再等等吗？"

泰米尔说："我能等她一万年，只要她愿意！"

热合曼说："医治心灵创伤最好的药是什么？是时间。你要真是下决心非她不娶，那你就再等等，时间会给你一个满意的结果的。泰米尔，还有件事我想问你。"

泰米尔说："热合曼大伯，你尽管问。"

热合曼说："你不当村长，要搞你的事业，现在你的事业到底进行的咋样了？村子里的养牛户越来越多，牧民们也因为养牛，也都富起来了。可我到现在还不知道，你的事业到底是个啥样子。"

泰米尔说："热合曼大伯，请你上车。"

热合曼说："干吗？"

泰米尔说："去看看我们的公司，看看我们的工厂，不全清楚了？"

托克海市。

泰米尔的吉普车路过牲口市场时，被熙熙攘攘的人群羊群堵在了路上。

泰米尔一面摁着汽车喇叭，一面对热合曼说："我不当村长，一开始当羊贩子时，就经常来这儿。你看，现在这儿比那时更兴旺。经济搞活了，人们的生活就会好起了。"

热合曼说："现在我也明白了，经济是基础嘛，没这个基础不行。"

牲口市场。

牲口市场边上有群人在打架，其中一个人被打得满头是血。

泰米尔从车内探出头，发现那人好像是罗米夏。他立即停下车，迅速地打开门,冲向那群人。

泰米尔把满头是血的罗米夏拉到自己身后,挡住那几个人说:"住手! 你们这是干什么?"

其中有一个正是当年在山崖上追赶罗米夏的那个人,他走上前说:"这家伙欠我们的债,五年了都不肯还。走,把他这些羊赶走!"

罗米夏喊:"你们不能赶走! 欠的债我以后还,可这些羊是我老婆给我做生意的本钱,求求你们了!"

泰米尔问罗米夏说:"欠什么债?"

罗米夏不敢说。

泰米尔问:"赌债?"

罗米夏点点头。

泰米尔一挥手,让对方把羊赶走,意思是这债该还。罗米夏心疼得还想上前拦阻,被泰米尔挡住了。泰米尔对罗米夏说:"上车,我送你去医院。"

泰米尔把罗米夏推上了车。

泰米尔的吉普车里。热合曼看看狼狈不堪的罗米夏,说:"你又把娜达莎的羊偷来了?"

罗米夏说:"不,是她给我的。你们可以去问她,是她给我做生意的本钱。"

热合曼说:"你这家伙,怎么不学好啊! 看,又把娜达莎的一份好心给辜负了吧?"

医院门口。热合曼坐在车里等着。

泰米尔领着罗米夏从医院出来,罗米夏的脸已经清洗干净了,额头上贴了块纱布。

泰米尔与罗米夏钻进车里,罗米夏坐在热合曼边上。

罗米夏感激地说:"泰米尔,你又救了我一次。"

泰米尔说:"罗米夏,你不是说,再也不想这么活了吗? 怎么又……"

罗米夏说:"不,我已经下决心要好好做人了。可没想到今天这事……

都怪我,我以前不长进造下的孽。"

热合曼一直盯着罗米夏的脸在看,他又仔细看看罗米夏右耳下的红痣,说:"喂,你小子小时候是不是叫巴根?"

罗米夏看看热合曼说:"大伯,你问这个干吗呀?"

热合曼说:"你妈妈是不是叫图娜?"

罗米夏点点头,说:"是,你认识我妈?"

热合曼说:"你阿妈现在在哪?"

罗米夏说:"她被我第二个阿爸抛弃后,第二年就病死了。"

热合曼说:"泰米尔,去马场!"

泰米尔:"干吗?"

热合曼:"这个人是你哥,是你沙英阿爸的亲儿子!"

泰米尔:"啊?"

马场。泰米尔,热合曼,罗米夏跳下马。

沙英在牧马。

热合曼喊:"沙英,——你过来!"

热合曼把罗米夏拉到沙英跟前:"沙英,你看看这是谁?"

沙英:"他是?"

热合曼指着罗米夏的痣:"你再看这儿!"

沙英摇摇头说:"娜仁花来跟我说,我不信,只凭一颗痣能证明什么?"

热合曼说:"他阿妈叫图娜!"

沙英变得激动起来:"那你亲阿爸叫什么?"

罗米夏盯了沙英看了好一会,在拼命地回忆:"阿爸,我认出来了,你就是我阿爸,阿妈死的时候告诉我,我的亲阿爸叫沙英。"

热合曼:"看看就在眼皮子底下的事!"

沙英:"你到这儿来多少年了?"

罗米夏:"好些年了。"

热合曼:"他女人叫娜达莎,还有个小女孩叫晓萍。娜达莎在巴吉尔草场放牧已经好些年了。"

沙英:"那你为啥不来找我?"

罗米夏:"小时候没想到要来找亲阿爸,长大了结婚了,想来找但又怕来找。"

沙英:"为啥?"

泰米尔与沙英骑着马朝巴吉尔草场去。

泰米尔:"娜达莎跟他离婚了。"

沙英:"为啥?"

泰米尔:"赌,玩女人。"

沙英:"这小子,怎么不学好啊!"

泰米尔:"所以他不敢来找阿爸。"

沙英:"他要是早点找到我,恐怕不会这样。有阿爸管着呢。你看,你就没学坏嘛!"

泰米尔只是一笑。

巴吉尔草场。沙英对娜达莎说:"你是我的儿媳妇!"沙英抱起晓萍:"我的小孙女,我的亲孙女唉!"说着又哈哈哈地大笑起来。说:"我沙英有福气啊,亲儿子找到了,有了一个孙子,又有了一个亲孙女。他妈的他胡雅格哪有我沙英这么有福气啊!老想把我比下去,哈哈哈……"

托克海市。齐麦尔乳业公司。泰米尔把车停在了公司的大院前。

泰米尔跳下车,热合曼和罗米夏也都下了车。

泰米尔笑着说:"罗米夏,走,进我们公司去看看吧。"

泰米尔陪着热合曼和罗米夏在参观工厂。

乳品厂还不是很大,但都是现代化的生产,让热合曼又兴奋,又激动,又吃惊不已。

热合曼不住地点头说:"泰米尔,现在看来,你开创这么个事业,真是比你当村长要强,比你当村长要强啊,这可以带动多少村,多少乡的牧民们富起来呀。"

罗米夏也激动地说:"老弟,如果你不嫌弃我这个阿哥的话,让我也来你公司工作吧? 我一定会跟你好好干的。"

泰米尔一笑说:"会有机会的。"

走出厂房,热合曼与罗米夏还是很兴奋。

泰米尔对热合曼说,"热合曼大伯,照目前来看,公司的运作还算正常。因为我们乳制品的质量比较稳定,所以现在的销量不断在增加。就是奶源还是很紧张,开工不足,以后的路还很艰难着呢。"

热合曼说:"那怎么办?"

泰米尔说:"我想办一个大型的奶牛场。把齐纳尔草场与巴吉尔草场连成一片,建一个有上万头奶牛的大型现代化的奶牛基地,彻底解决我们齐麦尔公司的奶源问题。"

热合曼说:"这个想法好! 泰米尔,我能帮你做点什么?"

罗米夏在一旁急着说:"老弟,就让我也跟着你干吧!"

泰米尔对罗米夏笑了笑,还是对热合曼说:"现在齐纳尔草场有胡雅格大叔承包,巴吉尔草场娜达莎在承包,这两个草场条件好,最合适办大型的奶牛场。"

热合曼说:"可惜我现在不是村长了。泰米尔,当初我要知道你要办现在这样的事业,我就可以把这两个草场都让你们家承包! 那时我这个村长可以作得了这个主。"

泰米尔说:"热合曼大伯,不要说你那时想不到,我自己也没有把握呢。现在,虽然你不是村长了,但路是靠人走出来的。娜达莎那儿好办点,就是胡雅格大叔那里不大好办。他跟我阿爸既像哥们,但又像是仇人,摽着劲呢。"

罗米夏说:"娜达莎那儿我去说。"

泰米尔说:"罗米夏,你别给我添乱,这儿还没你的事!"

罗米夏说:"泰米尔老弟,你看不上我?"

泰米尔说:"我现在还不能正式接纳你。不过我可以派几件活给你干干,等你把这几件活儿干成后,咱们再说。"

热合曼说:"泰米尔,你得拉他一把。"

下河村。索娜尔的牛舍。一辆运奶车停在牛舍前,可以看出那辆车是张志文公司的车。

索娜尔数了数奶票,说:"方师傅,你奶票给少了。"

方师傅说:"没少给呀,现在牛奶就这个价。"

索娜尔说:"昨天不还是按原来的价给的吗?"

方师傅说:"昨天是昨天,今天是今天!咱们张总说了,今天就按这个价给。其实其他的十几家养奶户,前几天就按今天给你的这个价给了。"

索娜尔说:"张总答应过我,他给我的价不会变。"

方师傅说:"世上哪有不变的事呀。现在养奶户越来越多,奶子收都收不过来了。如今能给你这个价就算是张总照顾你的了。"

方师傅开着奶罐车走了。

索娜尔捏着奶票傻愣了好长时间。

托克海市。可耐尔乳业公司。张志文的办公室。索娜尔匆匆推门进张志文的办公室说:"张总,你这个人讲话怎么不算数啊!"

张志文说:"怎么啦?"

索娜尔说:"你给我的价怎么说变就变啊?"

张志文说:"这很正常么。经济规律你懂不懂?供不应求时,价格就往上涨,供大于求时,价格就要往下跌。现在我给你的价格,与其他奶农相比,还是最优惠的!"

索娜尔说:"你不是对我说过,你收我的奶,价格只会高不会低。"

张志文说:"我说过吗?"

索娜尔说:"当然说过。而且连说了两遍。"

张志文说:"那就对不起嘛。就是说过,那也没用了。不要说只是说过的话,就是订的合同,又有什么用?你不是跟齐麦尔公司订了合同了吗?怎么样?你不是也没遵守吗?"

索娜尔咬牙切齿地想举鞭子，骂："你个骗子！我给你介绍了那么多养牛户，现在这是过河拆桥！以后你别想再来收我的奶子！"

张志文说："你想把奶子卖给谁都行，现在我就是这个价！对不起了，你没听过这样的话吗？世上没有永久的朋友，只有永久的利益。在利益面前，我只能这么做。"

索娜尔气得要晕过去。

第二十七章

托克海市。齐麦尔乳业公司。索娜尔走进公司大院,又不敢进办公楼,只好在大院里犹豫地来回走动。

办公室里的泰米尔从窗户上看到了。

泰米尔下来走出办公楼,索娜尔赶紧迎了上去。

泰米尔说:"表姐,你是来找我的?"

索娜尔说:"泰米尔,我都不好意思来见你。"

泰米尔说:"你是我姐,有什么不好意思来见我呢? 走,上我楼上办公室去坐吧。"

泰米尔对索娜尔说:"表姐,过去的事已经过去了。你找我有什么事,尽管说好了。"

索娜尔说:"我还是要把以前的那件事说一说。当时唐娅琳当着我和张志文的面把整车的奶都放倒在了草地上。说这些奶没经过她的检验,只能这么做,还说这是原则问题,她这不是存心给我难看吗?"

泰米尔说:"你不觉得她这么做也有她的道

理吗?"

索娜尔说:"那时我想你们管你们的道理去,我索娜尔的牛产的奶子哪儿不能卖? 干吗非要卖给你们呀!"

泰米尔说:"可你和我们公司签了合同的呀。"

索娜尔说:"正因为我也想到了这一点,所以我又把卖给张总的奶子去追要回来了。可她却把奶放掉了,这不太伤人了吗?"

泰米尔说:"是呀,她是不该当着你的面把奶放掉。"

索娜尔说:"当时,我就觉得她做得太过分了!"

泰米尔一笑说:"是有些过分,我也说她了。但把奶票付给你了,奶就是我们公司收购了,怎么处置这些奶,就是我们的事了,所以她的大原则没有错。"

索娜尔说:"我又不是圣人,我是个生活在草原上的牧羊女,买的这些牛,所借的债我现在还没有还清呢。再说,我儿子在乡里的寄宿学校上中学,每年都得花一笔钱,我当然得考虑我的经济利益!"

泰米尔说:"你今天来,就为了跟我说这事吗?"

索娜尔说:"不,我只是想跟你解释一下以前发生的事,为啥后来我的奶会没卖给你们公司。"

泰米尔说:"那今天来呢?"

索娜尔说:"我想还是把奶卖给你们公司吧。"

泰米尔说:"为啥?"

索娜尔说:"泰米尔,我说实话吧,张志文那儿把奶价又压低了。那样,我的损失就大了。"

泰米尔一笑说:"姐,市场有市场的规律,供不应求时价就升,供大于求时,价就跌。正因为这样,才要用合同来保障双方的利益。所以双方就都得遵守合同。"

索娜尔辩解说:"我那时不是……"

泰米尔示意她让自己把话说完,他继续说:"牛奶价升了,你就可以不守合同,受损失的是谁? 我们! 但如果牛奶价跌了呢? 我们也不守合同,降价收,谁受损失,那就是你！订合同,就是订游戏规则,咱们按规则来玩。不按游戏规则玩,那什么也玩不成,买卖自然也做不成了。双方的利益就无法保障！你说是吧?"

索娜尔失望地说:"那我的奶子你们不要了?"

泰米尔对索娜尔说:"表姐,我和你订的合同继续有效。"

索娜尔说:"可现在的奶价确实在下降。"

泰米尔说:"按合同的价格办。利益当然要讲,但不是眼前的利益,我要的是在游戏规则下的长远利益。表姐,你明白了吗? 如果什么事情都想变就变,那还要合同干什么?"

泰米尔刚刚把索娜尔送走,罗米夏走了进来。

罗米夏说:"泰米尔,昨晚,阿爸在我屁股上狠狠抽了两鞭子。"

泰米尔说:"他干吗要抽你?"

罗米夏说:"阿爸说,第一鞭子,是让我记住过去;第二鞭子,是让我忘掉过去。"

泰米尔笑着说:"我咋越听越糊涂了?"

罗米夏说:"就是说,既要让我记住过去吃的苦头,又要忘掉过去我沾染的坏毛病。总之一句话,重新做人,好好做人。"

泰米尔说:"阿爸的这两鞭子抽得好。"

罗米夏说:"那当然！对了泰米尔,你答应给我的活儿呢?"

泰米尔说:"哥,我原本是打算把你安排到供销科去工作,但在这之前,你先帮我去办件事。"说着,在罗米夏的耳边嘀咕了几句。

罗米夏说:"那我不成密探了吗?"

泰米尔说:"这怎么叫密探呢? 人家是公开的经营活动,我只是让你去了解一下情况而已。"

下河村。索娜尔的牛舍前。索娜尔一直在焦急地等待着。

唐娅琳开着奶罐车过来了。

索娜尔看到唐娅琳有些不好意思,说:"唐娅琳,我按张志文现在出的价给你们吧。"

唐娅琳说:"泰米尔说了,我们订的合同期还没到呢。所以还得按合同中定的价给你。"

索娜尔说:"泰米尔真是这么说的?"

唐娅琳说:"你以为他跟你似的,一转身就翻脸啊? 不过,这也算是给你徇私情了,谁叫你是他的表姐呢。"

索娜尔羞愧地说:"唐娅琳,那时候,我真是对不住你们啊……"说着,捂着脸哭了。

齐麦尔乳业公司泰米尔办公室。

向志疆不满地对泰米尔说:"泰米尔,我弄不明白,你干吗要把罗米夏这样的人弄进我们公司来,还让他去供销科工作。"

泰米尔一笑说:"热合曼大伯让我关照他。"

向志疆说:"热合曼大伯也真是的。"

泰米尔说:"那没办法,反正热合曼大伯发话了,他自己又强烈地要求想来我这儿工作。不管怎么说,热合曼都曾经是托克里克村的村长,罗米夏也是从我们村子里走出去的。我总得给人家一个机会吧? 连个机会都不给人家,情理上也讲不过去吧?"

向志疆说:"可罗米夏现在缠着娜达莎,吵吵着想跟娜达莎复婚。"

泰米尔说:"那这跟我让罗米夏来公司工作有什么关系? 而且你向志疆就这么不自信?"

向志疆说:"不是我不自信,是娜达莎本来想跟我去领结婚证的,现在突然变卦了。"

泰米尔说:"娜达莎变卦了? 是罗米夏的原因?"

向志疆说:"肯定是这个原因!"

泰米尔说:"我觉得这两件事应该没什么联系吧?"

向志疆说:"可一见到他,我心里就是不舒服。"

泰米尔说:"如果我不让罗米夏来公司工作,娜达莎就能跟你结婚。那我立马让这家伙滚!行了吧?"

向志疆说:"泰米尔,你说话算数啊!"

泰米尔说:"向志疆,我再给你一句忠告。"

向志疆说:"说!"

泰米尔说:"感情上的事是两相情愿的事。只有娜达莎情愿跟你正式去领结婚证了,那才能算成。在那之前,只要你心不变,就还得继续努力。"

向志疆说:"这算什么忠告?你真不够朋友!"

罗米夏匆匆走进泰米尔的办公室,对泰米尔说:"泰米尔,我去了解过了,张志文什么样的奶都收。有不少散户不达标的奶,他也照收,自然价格就低了。"

泰米尔说:"行,我要知道的就是这情况。你到供销科刘科长那儿去报到吧,好好干!"

罗米夏说:"泰米尔,你放心,我一定好好干!"

罗米夏高兴地走出了办公室。

泰米尔沉思着,叹了口气说:"张志文这家伙,不是在自掘坟墓吗?"

草原又是一片金黄。

唐娅琳押着运奶车在原野上行驶,她看到泰米尔的吉普车超了过来,一脸喜悦地朝他挥了挥手。

泰米尔也满面笑容地点了点头,吉普车超越了运奶车,向草原深处驶去。

齐麦尔乳业公司。

运奶车一辆接着一辆开进公司的大院中。

乳品厂车间。

泰米尔和向志疆穿着无菌工作服在巡视生产线。

泰米尔和向志疆从车间里出来,正在脱工作服。

罗米夏突然匆匆闯了进来,身上还背着个鼓鼓囊囊的背包。罗米夏说:"泰米尔,我有急事……"一看到向志疆忙又说,"向总,你好。向总,我也正要找你呢。"

向志疆说:"罗米夏,你怎么这样就进来了,不知道进厂区要消毒的吗?"

罗米夏说:"啊,对不起,对不起! 我太着急了,我在外面等你们。"说着赶紧退出去了。

泰米尔对向志疆说:"你干吗老对他这么凶啊? 人家进公司后表现还是不错的。"

向志疆说:"只是提醒一下嘛,这会儿凶,下次不就记住了?"

泰米尔摇摇头说:"不要把私人感情带到工作中来。你那个有色眼镜,啥时候能摘掉啊?"

泰米尔,向志疆和罗米夏正朝办公楼走去。

泰米尔有意对着向志疆说:"罗米夏,这些天你表现不错啊,推销咱们公司的产品很有成效嘛! 供销科的刘科长在我跟前夸你呢。"

罗米夏嬉笑着说:"全靠我这张脸蛋了! 泰米尔,你别看在推销产品方面漂亮女人的脸蛋管用,英俊男人的脸蛋也照样管用!"

向志疆说:"罗米夏,你说这话是不是有点太恶心啊?"

罗米夏说:"事实就是如此嘛。娜达莎当初为啥死赖着要跟我结婚,主要原因不就是我这张脸嘛。"

向志疆说:"你这话是在向我向志疆挑衅是不是?"

罗米夏说:"不是挑衅,事实就是这样。前两天我又去找娜达莎,告诉她泰米尔让我在他公司工作了。而且我要告诉你,沙英是我的亲阿爸,我跟泰米尔是兄弟,我大他几个月,他叫我哥。而且我爸说,娜达莎还是他的儿媳妇,泰米尔的嫂子,而且娜达莎说,好好在泰米尔那儿做,只要做出个样子来,什么事都可能会变的。我问她变啥? 她说变出希望呀!"

向志疆对泰米尔说:"你看,你看!"

泰米尔忙转移话题,他问罗米夏说:"你跑来不是有事要告诉我们吗?"

罗米夏说："先上办公室吧,这事可是个不见光的事。"

向志疆说："你又闯什么祸了?"

罗米夏说："跟我没啥关系,可是跟咱们厂大大的有关呢!"

罗米夏从挎包里掏出两袋奶粉说："泰米尔,你看。"

泰米尔看看奶粉说："这不是我们公司的产品吗?"

向志疆翻看奶粉说："泰米尔,你再仔细看看防伪标记,再看看这个封口,我们封口的机器扎出来的是这个印子吗?"

泰米尔看了后说："是哪个公司冒顶我们的产品?"

罗米夏说："张志文的可耐尔乳业公司。知道他们公司的收奶情况后,我特意到他们厂去打听。我想他们这样收奶,那他们的乳制品质量咋保证呀?反正他们厂里的人还不知道我在你的公司工作。"

向志疆嘀咕一句说："你倒挺会钻空子啊?"

泰米尔看了一眼向志疆,然后示意罗米夏继续说。

罗米夏说："他们厂里的人偷偷告诉我说,他们的产品因为质量上的问题,好些货都给退回来了。于是他们就换了包装。你瞧,他们这是冒顶了我们的商标。因为我们公司的产品现在特好销!"

泰米尔狠狠地拍了一下桌子,把桌面玻璃也砸碎了："狗娘养的张志文,太无耻了!这不是把我们往火坑里推吗?"

向志疆说："泰米尔,要不要我去找他们?"

泰米尔想了想,说："不!这事目前只限于咱们三个人知道,不要扩散,包括唐娅琳也暂时不要告诉。捉贼捉赃,捉奸捉双。抓到了证据再说。"

向志疆说："怎么捉?"

泰米尔说："这种事他们不敢明目张胆地做,肯定得偷偷摸摸的。向志疆你负责这事。罗米夏,你好好配合向总。你们两个,为了咱们公司的利益,把娜达莎的事先撇一边去,行不行?"

向志疆说："泰米尔,你别把人看扁。"

罗米夏说："就是!向总可不是那种人。"

向志疆说："用不着你来讨好我。我警告你,今后你要在我的指挥下行动,别自作主张的到处乱跑。"

罗米夏说:"向总,这点你放心,我不是那种人。"

泰米尔说:"行,这件事就交给你们俩了。但要随时跟我通消息,你们的行动一定要快,准,狠!"

可耐尔乳业公司。张志文一脸愁闷地坐在办公室里。

女秘书在张志文的耳边咕弄了几句。

张志文的脸上有了笑容说:"行,继续那么做吧。退回来的那些货就这么销出去再说。"然后抽了口烟,叹口气说,"不过以后可别再这样干了。缺德啊! 让他们一定要严守秘密,尽快把这批货销出去了,做到神不知鬼不觉。千万别让泰米尔知道了,这家伙爱吃荤,可是不好惹。"

有人进来说:"张总,我听厂里的人说,那个罗米夏到我们厂里来过了。"

张志文说:"他来干什么? 来找我吗?"

那人说:"不是,打听了点什么事就走了。"

张志文说:"不好。这个罗米夏我听说泰米尔把他收下了。"

清晨,托克海市。某街道,行人还很少。罗米夏朝可耐尔乳业公司走去的时候,向志疆也悄悄地跟在他后面。

向志疆低声自语说:"这家伙,又单独行动了。"

可耐尔乳业公司的乳制品厂门前。罗米夏悄悄地溜了进去。可耐尔公司的门房注意到了,却假装没看见。

罗米夏刚溜进工厂院内,突然闪出两个人,一下就把他抱住了。于是一顿拳打脚踢的,把罗米夏打得哇哇直叫。

厂房外的向志疆听到叫喊声,立即冲了进去。门房跑出来想拦他,被向志疆一拳打翻在地。向志疆同那两个打罗米夏的人一阵拳打脚踢后,拉出罗米夏就往外跑,罗米夏已经被打得血流满面。

可耐尔乳业公司附近的一条小道,边上是高高的围墙和小树林。

向志疆拉着罗米夏躲在围墙后面,伸头还能看到可耐尔乳业公司门口的状况。

　　向志疆恼怒地对罗米夏说:"谁让你单独行动的?"向志疆掏出纸巾让罗米夏擦血。

　　罗米夏说:"我是觉得他们这两天肯定有动作,所以一早就想来看看。"

　　可耐尔乳业公司门口。门房和两三个人在门口探头张望了好半天,没见着什么动静。几个人嘀咕了一会儿,又走了进去。

　　不一会儿有两辆装货车从厂子里飞也似的开了出来,向城外驶去。

　　向志疆和罗米夏躲藏在围墙后。

　　罗米夏一见那两辆车就喊:"里面装的奶粉,就是用的我们公司的包装!我……"

　　向志疆赶紧捂住他的嘴。

　　两辆大卡车在草原上疾驰。

　　其中一辆装货车的驾驶室里坐着张志文。

　　张志文对边上的那个人说:"这两车货送出去后,再也不能这么干了,太冒险了。"

　　驾驶员看看后视镜,说:"张总,有一辆小车好像在追我们。"

　　泰米尔驾驶着他的吉普车在大卡车的后面直追,他的身边坐着向志疆。

　　崎岖的路边,沙英正赶着马群在大草原上狂奔。

　　赶着马群的沙英看到泰米尔的吉普车在追前面的那两辆大卡车,于是策马追到泰米尔的小车旁。

　　沙英问:"泰米尔,咋回事?"

　　泰米尔探出脑袋说:"阿爸,帮我把那两辆大卡车拦住。"

　　沙英赶着马群在狂奔,腾起了阵阵烟尘。

　　马群追上了那两辆大卡车,把两辆大卡车团团地围住了,大卡车开不动了。

　　泰米尔开着吉普车追了上来。

　　向志疆没等吉普车停住就跳下车,迅速地跳上一辆大卡车,把里面的司机拖了下来。

　　但此时另一辆大卡车突然转了个弯,从马群稀疏的地方穿了出去,开向草原。那辆大卡车里,张志文坐在里面。

泰米尔煞住吉普车后也跳下车,看到张志文的那辆车突然转弯逃跑,驰向草原。

泰米尔对沙英说:"阿爸,用一下你的马。"

泰米尔骑上沙英的坐骑,追向张志文的那辆大卡车。

向志疆对沙英说:"沙英大叔,你看着这辆卡车。千万别让它跑了。"

沙英一声吼,马群把那辆卡车围得水泄不通,司机和另一个人只好无奈地坐在卡车的踏板上。

向志疆开着小吉普朝泰米尔的方向追去。

泰米尔飞马追上那辆大卡车。敏捷而利索地从马上飞下来,跳到卡车的踏板上,伸手强劲地把驾驶员的方向盘按住了。

卡车不得不停下来。

卡车停在草原上。

张志文也只好从卡车的驾驶室里跳下来。

卡车旁。张志文疾声厉色地说:"泰米尔,你要干什么?"

泰米尔从车上拉下一只大箱子说:"把箱子打开。"

张志文说:"干什么?"

泰米尔说:"把箱子打开!"

向志疆也开着吉普赶到。

张志文只好打开箱子,里面的奶粉包装正好是齐麦尔乳业公司的。

张志文说:"泰米尔,这件事咱们私了,行吗? 这肯定是我的错!"

泰米尔一拳朝张志文打去,接着又一拳,把张志文撂在了地上。

泰米尔抓起张志文的衣领又是一拳! 愤怒地打红眼了的泰米尔又给了张志文一拳。

张志文从地上爬起来,吐出一颗大门牙。

泰米尔看到后,突然又感到有些不忍。他停住手,说:"你这样做,不但毁了你的公司,也毁了我泰米尔的公司! 我们把公司这么撑起来,容易吗,啊?"

张志文说:"泰米尔,我错了,我张志文绝对错了。"

泰米尔对向志疆说:"向志疆,你把那两车货拉回公司。"然后拉着张志文走向吉普车说:"张志文,上车吧。"

张志文说:"去哪儿?咱们还是私了吧,我愿意赔偿你的一切损失。你要是告官,我张志文的信誉就全完了。我还怎么在这世上混啊?"

泰米尔说:"已经私了过了,但你还是得跟我走一趟。"

泰米尔把张志文推进小车,对向志疆说:"我们先走一步。"

托克海市。医院门口。

泰米尔领着经过医疗处理的张志文从医院出来。

张志文说:"泰米尔兄弟,公安局咱们就不去了吧。"

泰米尔说:"一定得去!我泰米尔做事向来是光明磊落的。"

公安局。

泰米尔跟里面的一个民警说:"民警同志,这位同志是我打伤的。你们看,该怎么处置我。拘留,罚款?他的医疗费当然全由我付。"

张志文开始有些蒙,但马上就明白过来了,忙说:"不不不,你们千万别罚他款,也别拘留他。我该打,我做的事该受他这样的惩罚!"

民警奇怪地说:"你们俩到底是怎么回事啊?"

齐麦尔乳业公司。向志疆押着那两辆装满奶粉的大卡车驶进公司大院。被打得伤痕累累的罗米夏在院门口等着。

向志疆跳下车,对罗米夏说:"嗨,你不去好好养伤,守在门口干什么?"

罗米夏说:"我得等你回来呀。忙活了那么久,还挨了打,总得让我看到胜利的成果吧。"

向志疆说:"现在看到啦,那就回吧。"

罗米夏说:"还有件事,向志疆,谢谢你救了我。没你冲进来,估计他们真会打废了我。"

向志疆说:"小事!以后你别再那么冒进就行了。"

罗米夏说:"那我还得谢你,可我在娜达莎的事情上,绝不会让你,我一定会跟娜达莎复婚的。"

向志疆说:"你候在这儿,就是为了跟我说这个? 那好,我也告诉你,你罗米夏在公司的这件事上,立了功,我作为公司总经理,要嘉奖你。我也知道你是泰米尔的兄弟了,但在娜达莎的事情上,我也一样! 因为我爱娜达莎,娜达莎迟早有一天会接纳我的。要是没这个自信,那我就不叫向志疆了!"

罗米夏说:"你作为领导,不能让一步? 关心关心我,成全我?"

向志疆说:"这是私人感情,跟当领导有啥关系? 对娜达莎,我要一追到底,寸土不让!"

罗米夏说:"向志疆,我告诉你,在这件事上,咱俩都得单挑!"

向志疆说:"什么意思?"

罗米夏说:"不许求助别人!"

向志疆说:"罗米夏,你可真是小人之心啊! 你是怕泰米尔帮我对吧?"

罗米夏说:"是!"

向志疆说:"这种事,别说他泰米尔不会帮我,我也不可能让他帮!"

罗米夏说:"那好,一言为定!"

向志疆说:"我还有句话。"

罗米夏说:"什么?"

向志疆说:"我们都得尊重娜达莎的最后选择。只要她做了决定,谁都不能再去为难她!"

罗米夏说:"没错! 你有这点自信,我也有! 击掌!"

两人手掌啪的在空中一击。

公安局门口。

民警把泰米尔、张志文送到门口,他对张志文说:"你呢,以后不能再做这种违反商业道德的事! 你呢,"他又对泰米尔说:"也不能这样来解决问题。不过泰米尔董事长,像你这种情况我倒还是第一次见,很仗义啊! 行了,你们走吧!"

泰米尔与张志文走向吉普车说:"我送你回去。"

张志文一把拉住泰米尔说:"泰米尔,咱俩去酒店吧。"

泰米尔说:"干吗?"

张志文说:"我请你喝酒。我还有话要对你说。"

泰米尔:"你挨了我的打,还要请我喝酒?"

张志文说:"对! 你要还认我这个朋友,这酒你一定得喝! 像你这样的朋友,值得交啊! 另外,我还有件事,想跟你商量。"

泰米尔说:"行,那这酒我怎么也得喝!"

某酒店包房。

张志文举起酒杯对泰米尔说:"泰米尔兄弟,来,先喝了我这杯道歉的酒! 干!"

泰米尔说:"应该是我给你道歉。"

张志文说:"不! 我知道我做得太缺德了。但我走这步下下策的棋实是无奈啊! 产品因为质量问题一次次被退了回来。眼看就要破产了,我是……"

泰米尔说:"不说了! 来,"他把酒杯倒满,"你也喝了我这杯道歉的酒,我也打得太狠点了。"

两人碰杯喝干。

张志文说:"泰米尔,有件事我想请你帮我。"

泰米尔说:"说!"

张志文说:"我想把我的厂子转让给你。这个厂我实在是经营不下去了,还是你行啊! 现在我懂了,人跟人较劲,那也得讲实力啦。不行,就是不行,别打肿脸充胖子。"

泰米尔说:"那你以后呢?"

张志文说:"我是搞畜牧起家的,贩羊这点本事我还有。而且也简单,这头买进,那头卖出,我的人脉关系还在,这事我干得顺手。"

泰米尔想了想,说:"好吧,我回去商量商量。这杯酒怎么喝?"

张志文说:"慢慢喝。转让的款你也慢慢付给我,我好慢慢还债,留下一点就做我贩羊的本钱。"

泰米尔说:"分三口喝干怎么样?"

张志文说:"行,就分三口喝干。泰米尔,你他妈真是够朋友啊!我张志文服了。"

秋风萧瑟,枝叶飘零。可耐尔乳业公司。

张志文把泰米尔,唐娅琳和向志疆送到门口,说:"一切都交给你们了。"

泰米尔说:"张总,过两天,我们再给你回话吧。"

张志文说:"越快越好!我现在已经是背了一身的债,厂里每天的开销,我都有点吃不住了。"

第二十八章

街道上。泰米尔开着车,向志疆和唐娅琳坐在车子里。

唐娅琳说:"张志文这个人真够蠢的,好端端一个工厂,被他折腾成这样。当初他干吗呀！非要跟我们较劲呀！现在倒好,把这烂摊子就这么撂给我们了。"

泰米尔说:"我看这也没什么不好的。我们在与他的竞争中,我们可得到了不少的好处呢。"

唐娅琳说:"我们得到什么好处?"

泰米尔说:"我们有许多工作不是在与他的竞争中改进的吗？质量问题不是在与他的竞争中我们抓得越来越严的吗?"

向志疆说:"泰米尔,我觉得我们不能背这个包袱。现在奶源还很紧张,这包袱一背不就更紧张了。"

泰米尔说:"我不这么看,他把厂子转让给我们了,他也就不会再跟我们争奶源了。他这个厂,我认为应该接。因为我们的目标不仅仅只是这么两个小厂子。将来我们要发展成大型的乳业联合企业!"

唐娅琳说:"话是这么说,不过我觉得张志文这家伙也太坏了。把烂摊子往我们身上一甩,自己反而就溜了。应该让他继续背,把他压死才好呢!"

泰米尔说:"最后知道自己不行,能体面的退出,那也是英雄本色,自知者英明嘛。我看我们接下再说,账算下来,我们还占便宜呢! 有便宜占为啥不占呢? 傻呀!"

向志疆说:"行啊,既然你说接那就接吧。不过泰米尔,罗米夏在这事上可是立了大功了,我们是不是该给他奖励啊?"

唐娅琳看看向志疆说:"行啊,向志疆。"

向志疆说:"咋啦?"

唐娅琳说:"这事由你提出来倒真是出乎我的意料,你还真有点咱草原男人的胸怀嘛。"

向志疆说:"什么话! 该奖励的就得奖! 我是经理,是他的顶头上司。这事由我提出来不很正常嘛,奖罚得当才能增加公司的凝聚力。"

泰米尔说:"向志疆,你是个有度量的男人。"

向志疆说:"你们别给我戴高帽! 泰米尔,我提醒你,我跟罗米夏之间的事,你可别掺和。"

泰米尔说:"我能掺和什么? 不过你在娜达莎的事上,可没人家罗米夏有自信啊! 当初我把他安排到公司来,你看你那酸劲儿,太小家子气了!"泰米尔说着笑了起来。

向志疆挂不住了,说:"放屁! 我才不是那样的人呢。"

唐娅琳说:"我倒觉得向志疆在追求爱情方面,就是像咱草原上的男人!他追娜达莎的那股子劲儿,我就服!"

泰米尔的办公室。泰米尔,唐娅琳,向志疆坐在办公室的椅子上。

泰米尔说:"怎么样?"

唐娅琳说:"吃进! 白送的干吗不吃?"

向志疆说:"张志文这次虽然做的是赔本买卖,但他也同样卸了个大包袱。我们要吃进很容易,但能不能吃饱却是个大问题。"

泰米尔说:"我知道你的意思,但我的意见也是吃进。刚才我们也看到了,生产线的运转也很正常。职位暂时都不需要动,要动也得等稳定了才能动。现在最让人发愁的就是个奶源问题。"

唐娅琳说:"那尽快把齐纳尔草场去租下来,在那儿先把你规划的那个现代化的大型奶牛场发展起来。"

向志疆说:"对,发展到一定的规模后,再把巴吉尔草场也连在一起,让这两个草场成为我们公司真正的绿色奶源基地。"

唐娅琳笑着说:"向志疆,你还真是忘不了你的娜达莎啊! 时不时地都要拉一把。真是个性情中人。"

向志疆说:"我们在谈论工作,你扯那个干吗? 泰米尔,我们把齐纳尔草场租下来的事,让唐娅琳去说吧。"

唐娅琳说:"向志疆,你别出这种鬼点子。干吗要让我去说,你去说不也一样吗?"她突然想起了什么,看看泰米尔,说,"泰米尔,你应该让阿孜古丽去当说客,苏和巴图尔和胡雅格大叔都会听她的!"

向志疆说:"那泰米尔,你去试试。你在她跟前还是能说得上话的。"

泰米尔说:"过去我和她是恋人,当然可以说上话,但现在我同她什么都不是了,我怎么去开口? 还是唐娅琳去吧。"

唐娅琳说:"事实证明了我去更糟。为养牛的事我不是试过一回了吗? 后来我借用的还是阿孜古丽的力量。"

泰米尔说:"这样吧,我直接去找胡雅格大叔和苏和巴图尔谈。这事怎么着都得做起来了。不怕慢只怕站,这路就得一步步走起来再说。"然后站起来对向志疆说:"先就这么定了吧,张志文那个厂还是由向志疆你来负责。厂子刚并过来,能不动的尽量不要动,以稳为主。"

向志疆说:"这我知道。"

齐纳尔草场。

苏和巴图尔对泰米尔说:"齐纳尔草场是我们家承包的,你再把草场租下来,这在政策上行得通吗?"

泰米尔说:"这有什么行不通的? 我每年向你们交纳一定的租金不就行

了。"

苏和巴图尔说："你租下草场想干什么？"

泰米尔说："办一个大型的现代化的奶牛场，彻底解决我们齐麦尔公司的奶源问题。"

苏和巴图尔说："这大型的奶牛场由我来给你办。你也用不着每年向我们交纳租金了。"

泰米尔摇摇头说："不行。"

苏和巴图尔说："为什么？"

泰米尔说："我们需要有一个稳定的奶源基地。"

苏和巴图尔说："你信不过我？"

泰米尔说："不是信不过你。除非你的奶牛场由我们控股，属我们公司管。否则，无稳定可言。"

苏和巴图尔说："我让阿孜古丽当奶牛场的场长。"

泰米尔说："我说了，除非由我们公司控股，由我们管理。否则我的奶源就无稳定可言。还是让我每年给你们交纳租金吧。"

苏和巴图尔说："你连阿孜古丽也信不过了？"

泰米尔说："一切都在变，人与人之间的情感是保证不了什么的！只有制度才能作有效的保证。"

苏和巴图尔说："可我觉得阿孜古丽对你的感情始终都没变。"

泰米尔说："一瞬间的变也是变！否则你我之间就不会有现在这样尴尬的局面。"

苏和巴图尔说："我阿爸和我是不会把齐纳尔草场租给你的。一租给你，我们就丧失了一切。我们要有自己独立的奶牛场。也就是说，要有我们自己独立的经济！泰米尔，在这一点上，我们不会让步！但有一点，我苏和巴图尔可以向你保证。我们奶场的奶只供应你们齐麦尔公司。"

泰米尔想了想，知道暂时进行不了了，于是说："那就先这样吧，谢谢了。"

胡雅格的毡房前。

胡雅格和苏和巴图尔正坐在毡房前抽烟,萨仁花在木桶里搅奶做奶酪。

唐娅琳在毡房不远处跳下马。

胡雅格看到唐娅琳就虎下脸说:"娅琳姑娘,又来我们家什么事?"

萨仁花说:"人家娅琳姑娘又没得罪你,你怎么用这种口气同人家说话!"

苏和巴图尔冷笑一声说:"阿妈!人家是带着任务来的。唐娅琳,我没说错吧?"

唐娅琳栓好马说:"对!没错,我就是带着任务来的。我们齐麦尔公司要租用你们家承包的齐纳尔草场。胡雅格大叔,苏和巴图尔,你们开个价吧。"

胡雅格说:"这事苏和巴图尔跟我说了,我同意苏和巴图尔的意见,不能租给你们公司!要办现代化奶牛场,由我们自家办!"

苏和巴图尔说:"现在奶源这么紧张,牛奶的价钱正在往上涨,这钱我们要自己赚。"

唐娅琳坐到他们跟前说:"苏和巴图尔,你这话是什么意思,是不是又像泰米尔的表姐索娜尔那样,谁的价钱好就卖给谁?"

苏和巴图尔说:"我苏和巴图尔不会干这种缺德事,既然我跟你们公司签订了合同,我苏和巴图尔就会遵守合同。"

唐娅琳说:"那苏和巴图尔我就谢谢你了,但你既然把奶专供我们公司,那这跟我们公司来办有什么两样?"

苏和巴图尔说:"那当然不一样。奶牛场由你们控股后,我们就得服你们管,我苏和巴图尔不愿意!"

胡雅格说:"这话对!我们这些自由惯了的人。让人这么管着就是不自在!"

苏和巴图尔说:"再说,建个现代化的奶牛场,我们也有能力来管理,搞好搞坏都是我们自己的事,我就不信我们搞不起来。现在我们就有这么好的基础,无非就是再投点资,再买一些机器,再建几个牛舍呗。"

胡雅格说:"好!这话说得有志气。儿子啊,你长进了!"

萨仁花说:"我看把草场租给泰米尔他们也没有什么不好!自己建奶牛场,那要担多大的风险啊!"

胡雅格说:"你回去同泰米尔说,这事就这样,现代化的奶牛场我们自己建。"

苏和巴图尔说:"但奶,我们首先供给你们齐麦尔公司。这点我可以向你保证!"

唐娅琳说:"你们都是这个态度,我也只能表示失望和遗憾。那好吧,我走了。"

苏和巴图尔站起来说:"那我送送你。"

唐娅琳说:"你的腿还没好利索,算了,送什么送呀。"

苏和巴图尔说:"唐娅琳,让你这么失望。我的心里有些过意不去。还是让我送送你吧。"

唐娅琳牵着马,苏和巴图尔拄着拐杖在唐娅琳边上走。

唐娅琳说:"现在奶源越来越紧张,我这个管奶源的副总经理也越来越难当了。苏和巴图尔,你们什么时候能增加奶源?"

苏和巴图尔说:"这样吧,就这几天,我们去进奶牛。除了我们现有的积蓄,再向银行贷点款。我征求了阿孜古丽的意见,她也同意了。"

唐娅琳说:"你们家买奶牛,干吗要征求她的意见?苏和巴图尔,我觉得你这个人好奇怪呀!她到底是你什么人?婚也不肯跟你结,孩子也不让你认。你做什么事还得看她的眼色!"

苏和巴图尔说:"因为我欠她的!"

唐娅琳不满地说:"这事她自己难道没责任?你和她早就两清了。现在你没什么对不起她的!"

苏和巴图尔说:"对不起还是对得起,这事我心里有数。"

唐娅琳说:"反正什么事一扯上阿孜古丽,事情就全变了味!苏和巴图尔,别送了,我走了!"

唐娅琳骑上马头也不回地走了。

苏和巴图尔在她后面喊:"唐娅琳,你心中藏的是什么,我早就看出来了

____"

阿孜古丽正和两位女工在牛舍里给奶牛喂料。

苏和巴图尔拄着拐杖走到牛舍门口站住了,看着阿孜古丽。

阿孜古丽把手中的饲料喂完,走到门口。

阿孜古丽对苏和巴图尔说:"有事?"

苏和巴图尔点点头。

绿草如茵,阳光灿烂。牛舍前。

刚走出牛舍的阿孜古丽眯着眼问苏和巴图尔说:"什么事?"

苏和巴图尔说:"你看我们再买多少头奶牛好?"

阿孜古丽板下脸说:"苏和巴图尔,我说过多少遍了,别用'我们'这个词好不好? 再说,再买多少头奶牛,这是你们家的事,我只是你们家一个打工的。"

苏和巴图尔说:"你怎么只是个打工的呢? 我买的这些奶牛都是属于你的。"

阿孜古丽说:"我不要! 苏和巴图尔,我现在可以告诉你。泰米尔已经明确对我说,他决定放弃我了。就是说他不再像以前那样坚持要娶我了。他不再爱我了。当然,这也正是我所希望的。但我却很痛苦,听到他说他决定放弃我时,我的心像针在刺,像刀在割。你知不知道,我有多爱他啊! 可这一切,都是因为你和我的过失!"

苏和巴图尔说:"你不肯嫁给他,他当然只能放弃你。你总不能让他当一辈子的光棍吧?"

阿孜古丽说:"正因为这样,我才会在你这儿替你喂奶牛。我只是想把我那无望的爱变成一种能支持他事业的力量,为他做更多的事,这是我现在唯一想做的事!"

苏和巴图尔说:"我明白了。我想把奶牛数再增加一倍。你看行吗?"

阿孜古丽沉默一会,用斩钉截铁的语气说:"那你要是真想扩大养牛规模,那就去办,别老是跑来问我的意见,因为这是你们家的奶牛场!"

苏和巴图尔说:"好吧,我会尽快去办的。"

苏和巴图尔拄着拐杖刚走出几步。阿孜古丽迟疑了一下,说:"买奶牛的事你去办吗?"

苏和巴图尔点点头。

阿孜古丽说:"你这种状况怎么去?"

苏和巴图尔说:"别人去我不放心呀。"

阿孜古丽说:"请唐娅琳代劳吧。她是齐麦尔公司的副总经理,她会尽心尽力的。"

苏和巴图尔想说什么,但又把话咽了回去。

托克海市。齐麦尔乳业公司。泰米尔的办公室。

泰米尔对唐娅琳说:"唐娅琳,帮苏和巴图尔家去采购奶牛,数量虽说大不大但说小也不小,我建议你把罗米夏也叫上,他在供销部一直做得不错,身边有个帮手在比没有帮手好。"

唐娅琳说:"我不喜欢这个人!"

泰米尔:"他是我哥呀!"

唐娅琳:"反正我不喜欢!"

泰米尔说:"那你自己找一个。"

唐娅琳说:"干吗呀!你就这么不放心我?自古以来,咱蒙古族女人从来都不输给男人,男人出去打仗,不都是靠女人撑起一个家的。不就是去买几头奶牛吗?我一个人去就行了。"

泰米尔说:"你这可是第一次去买牛呀?"

唐娅琳说:"你干吗这么不放心我?倒卖羊只时,我不也自己单独干过几回?"

泰米尔说:"我只是关心你,这毕竟不是个小数目。可你这反应也太激烈点了吧。"

唐娅琳看看泰米尔,说:"泰米尔,我问你,你决定放弃阿孜古丽了?"

泰米尔说:"不是我放弃她,是她坚决不肯嫁给我了,我只能……"

唐娅琳想了想,说:"泰米尔,在这件事上,我一直没公开同她竞争过,这点你心里很清楚。现在是她主动放弃了……"

泰米尔说:"你这话什么意思?"

唐娅琳说:"我不想直说,不过我刚才那话里,已经把我的意思表达得很明确了。"

泰米尔说:"在我看来,任何事情回归到最后的结果,只能是时间。"

唐娅琳说:"我愿意等待。"

泰米尔说:"那也要看缘分,有缘无分也不行。我这条路恐怕未必能通,还是选择别的路吧。"

唐娅琳说:"泰米尔,你没有权利替我选路。走哪条路,这是我的事。"

泰米尔说:"那好吧。我们不谈这个,我在想,总有一天,齐纳尔奶牛场会成为我们齐麦尔公司的奶源基地的。"

唐娅琳说:"这点,我俩是一致的,我也有这个自信。"

泰米尔说:"你去买牛,我还是劝你带上罗米夏。这家伙,其实比你想象得要能干得多。"

唐娅琳说:"好吧,看在你泰米尔的面子上,我带上他吧,谁让他是你哥呀!"转身要走时,突然又说,"泰米尔。"

泰米尔说:"怎么?"

唐娅琳说:"你不是个东西! 但又太可爱了。"

泰米尔一笑说:"谢谢夸奖。"

牛舍前。

苏和巴图尔,胡雅格,阿孜古丽带着艾孜买提看着女工正把奶牛往牛栏里赶。

一路风尘仆仆,神色显得有些疲倦的唐娅琳和罗米夏走过来,唐娅琳把几张证书交到苏和巴图尔手中说:"苏和巴图尔,这是产地检疫合格证。这是奶牛出县时的检疫合格证,这是运载工具消毒证明。还有我们在托克海市的牲口市场也买了头奶牛,这是这牛的检疫证明,你们拿好了。"

苏和巴图尔说:"你们辛苦了。"

罗米夏说："辛苦什么,不都是为了咱们的事业嘛!"

唐娅琳看看罗米夏。

牛栏前。阿孜古丽牵着艾孜买提,苏和巴图尔,胡雅格,唐娅琳和罗米夏正高兴地看着那些奶牛。几十头奶牛散开在草场上,显得十分壮观。

艾孜买提指着两头奶牛对阿孜古丽说："阿妈,你看! 这头牛,还有那头牛咋长得一模一样啊?"

阿孜古丽看看那两头长得一模一样的奶牛说："它们可能是双胞胎。"

艾孜买提说："阿妈,啥叫双胞胎啊?"

阿孜古丽说："就是母牛一胎生下了两个,就叫双胞胎,就会长得一模一样。"

艾孜买提说："阿妈,你为啥不生双胞胎呀? 这样我不就有个兄弟啦?"

唐娅琳说："对! 要生双胞胎就好了,就可以摆平了。"

阿孜古丽说："唐娅琳你说这话是啥意思? 摆平什么了?"

唐娅琳说："胡雅格大叔与沙英大叔那两个人呀。你没看见他们两个为了争孙子,差点没动鞭子吗?"

阿孜古丽说："那你生对双胞胎好了!"

唐娅琳带着情绪说："可惜啊! 我还没法跟我爱的那个人结婚。因为这个人一门心思还盯着一个不肯嫁给她的人。"

阿孜古丽的脸色变了。

苏和巴图尔恼火地喊："唐娅琳!"

唐娅琳说："怎么啦?"

苏和巴图尔说："你说话干吗老带刺!"

唐娅琳说："我带刺了吗? 我说的可是事实。"

阿孜古丽气得要哭,但忍了。

一个星期过后下河村。唐娅琳坐着运奶车来到下河村。索娜尔在挤奶厅门口等着唐娅琳。

唐娅琳跳下车,索娜尔忙迎上去说："唐娅琳,现在我们下河村的奶子可以保证质量了。快来看看我们的挤奶厅吧。"

索娜尔陪着唐娅琳参观新盖好的挤奶厅。

索娜尔说:"唐娅琳姑娘,上次泰米尔建议我们,把十几户奶农的牛舍也都集中到一个小区,然后一起集资盖一个挤奶厅。现在我们已经搞好了,你看怎么样?"

唐娅琳说:"太好了,这样,我们再也不用老是为了奶子的质量问题吵嘴了。"

索娜尔感叹地说:"真想不到,我这个表弟泰米尔,公司越做越大,事业也越做越兴旺,还把张志文那家伙的乳业公司也给吃了。张志文那家伙,迟早要摔跟斗!"

唐娅琳一笑说:"张志文这家伙不是个东西,让泰米尔好好地教训了一顿。可他的乳业公司是主动让给泰米尔的。是个识时务的人,这一点倒还蛮让人欣赏的。"

索娜尔说:"你还夸他呀!"

唐娅琳说:"对人的看法也得实事求是嘛。"

索娜尔说:"唐娅琳,你跟我表弟的事咋样了?"

唐娅琳说:"什么咋样了?"

索娜尔说:"那个阿孜古丽不是不肯嫁给他吗? 那你跟他就没一点儿进展吗?"

唐娅琳说:"怎么进展啊! 人家还藕断丝连着呢。"

索娜尔说:"这个阿孜古丽也真是,不嫁就不嫁,干吗要这么拖着泰米尔啊!"

唐娅琳说:"这事也不能怪阿孜古丽,是泰米尔不想断。"

索娜尔说:"我们家泰米尔,心肠太好,这事得有人帮他下决定! 唐娅琳姑娘,要不你去帮他断。"

唐娅琳说:"这事我可没法帮。"

索娜尔说:"傻丫头,我这话你是真不明白吗?"

门外突然传来阿孜古丽的声音在喊:"唐娅琳! 唐娅琳你在吗?!"

唐娅琳和索娜尔走出挤奶厅,看见阿孜古丽骑着马站在外面。

阿孜古丽的马和人都是一身汗湿。阿孜古丽喘了口气,说:"唐娅琳,快回去看看吧!"

唐娅琳说:"怎么啦?"

阿孜古丽说:"你新进的奶牛,有十几头好像有什么病。"

唐娅琳大惊说:"不可能呀? 每一头都检疫过的呀!"

齐纳尔草场。牛舍前。

唐娅琳和阿孜古丽骑马赶来,看到胡雅格和苏和巴图尔站在牛舍前,神情严峻。

唐娅琳刚一跳下马,胡雅格上去就要打唐娅琳。

苏和巴图尔一把将胡雅格抱住了。

胡雅格冲着唐娅琳大声吼:"你是怎么买的牛!"

有两个检疫人员从牛舍出来。

阿孜古丽,唐娅琳,苏和巴图尔,胡雅格与奶牛场的女工也都用关切的眼光看向检疫人员。

检疫员说:"已经有十五头奶牛患上了乳房结核,得赶快隔离,然后迅速处理掉。"

唐娅琳说:"怎么回事?"

检疫员说:"你们新买进的牛检疫过没有?"

唐娅琳说:"检过的呀,三证都有呀! 苏和巴图尔,你把检疫证拿给他们看。"

检疫员说:"买进来后隔离观察了几天?"

唐娅琳说:"都是正在产奶的牛,买来的时候都好好的,而且三证也全的,干吗要隔离观察呀?"

检疫员说:"新买进的奶牛,都得隔离观察45天,起码也得观察30天,如果没问题,才能同原有的牛群一起饲养,这是最起码的道理。"

胡雅格气急败坏地说:"那该怎么办呀?"

检疫员说:"已发现的病牛立即处置,其他的奶牛加强观察。每头牛的奶都得检测,凡呈阳性的奶立即倒掉。"

众人都是一脸的沉重和不舍。

另一个检疫员说:"赶快把病牛都处置掉吧。弄不好其他牛也会染上,那样你们家的这群奶牛要全废了。"

检疫人员走后。

胡雅格又气恼又心疼地说:"十几头奶牛,好大一笔钱呢。难道就全废了?"然后转头问唐娅琳说,"不能治了吗?"

唐娅琳心情沉重地说:"治当然能治。但治好后,挤出的奶也没人要。"

阿孜古丽说:"我听说,其他养牛户,发现病牛后,就都要立即淘汰。"

胡雅格说:"说得倒轻松。这么大一笔钱啊,能说淘汰就淘汰了? 再说,现在牛奶正是卖好价钱的时候,要细算算,损失太大了!"

苏和巴图尔说:"这事怪我,我该自己去买牛的。"

胡雅格说:"那你为啥要让唐娅琳去呢?"

苏和巴图尔不吭声,有些尴尬。

阿孜古丽马上说:"胡雅格大叔,是我提议让唐娅琳去的。"

唐娅琳说:"是我自己要去的! 现在出了这事,全是我的责任,你们不要怪这怪那的。"

胡雅格说:"我听说是泰米尔让罗米夏同你一起去的?"

唐娅琳说:"对。"

胡雅格说:"泰米尔干吗要让罗米夏同你一起去? 虽然他是沙英的儿子,泰米尔的哥哥,是个什么人,你不知道? 唐娅琳,这些牛全是你买的吗? 这中间,罗米夏会不会做手脚? 会不会有猫腻?"

唐娅琳说:"胡雅格大叔,你不能这么怀疑一个人! 买的每一头奶牛都是我定的,与罗米夏没关系。"

胡雅格说:"十几头这么好的奶牛,就这么完了?!"

唐娅琳说:"那让我怎么办? 让我去死?"

唐娅琳话音未落,胡雅格举起手要打唐娅琳。被阿孜古丽拉住了。

苏和巴图尔也拉住胡雅格说:"阿爸,这十几头牛里,买回来的牛就只查出三头有病的,其他的病牛都是我们原先的。到底这病是怎么来的,原因还没查明呢。"

阿孜古丽看着苏和巴图尔。

胡雅格怕阿孜古丽多心,忙说:"我们家的牛原先都好好的。就新买的牛来了后才有病的。买回来的新牛,只要有一头有病,其他的牛就会染上。这还用得着查吗?"

唐娅琳说:"胡雅格大叔,这事会查清的! 我还得收奶子去。我骑的马也是索娜尔姐姐的,我走了。"

唐娅琳跳上马走远了。

胡雅格不满地说:"一天到晚风风火火的,哪像个姑娘! 已经是个老姑娘了,还不找婆家。"

苏和巴图尔想说什么,但看到阿孜古丽正瞪眼看着他,于是把想说的话也就咽了回去。

胡雅格气哼哼地走了。阿孜古丽看着苏和巴图尔说:"刚才你说的那些话是什么意思?"

苏和巴图尔说:"我没别的什么意思呀。"

阿孜古丽说:"你为唐娅琳开脱责任,但也不能往我身上推呀!"

苏和巴图尔说:"阿孜古丽,你想到哪儿去啦,我怎么会往你身上推呢?"

阿孜古丽说:"你说买回来的新牛只有三头病的,其他的牛都是我家原先的。到底这病是怎么来的,原因还没查明呢。这不是明放着说,病是从我养的牛里先发的吗?"

苏和巴图尔说:"我说的是事实呀。但你要认为我把话说错了,我就收回。"

阿孜古丽说:"这种话能随便说随便就收回的吗?"

苏和巴图尔说:"那你说该怎么办?"

阿孜古丽说:"查!"

苏和巴图尔说:"怎么查?"

阿孜古丽说:"这是你的事!你总不会让我来查吧?"

苏和巴图尔也生气了,说:"阿孜古丽,你是不是有点太过分了!"

阿孜古丽说:"那我走!我凭什么要在你这里给你们家干活呀!我觉得我好蠢啊!"

阿孜古丽奔出牛舍。

苏和巴图尔追了上去,一把拉住阿孜古丽说:"阿孜古丽,你别走!我……"

阿孜古丽用力挣脱苏和巴图尔的手,说:"苏和巴图尔,我告诉你,我的心曾经在你的哀求下动摇过。我想,泰米尔我是决不会再嫁给他的。既然你那么真诚,而且我们又有过那种事,还有了艾孜买提,那就嫁给你算了。虽然总有那么一大块遗憾,但也可能会成为一个算得上美满的家庭,现在又有了一份偌大的家业。可现在,我庆幸我还好没下那么个决心。要不,"突然大叫,"我会后悔死的!"

阿孜古丽说着,朝河边奔去。

苏和巴图尔傻站在牛舍前,他狠狠地砸了一下自己的大腿,自语着说:"我干吗这么沉不住气呀!"然后追过去喊,"阿孜古丽,你要去干什么!"

苏和巴图尔瘸着腿,拼命地在追阿孜古丽,他在喊:"阿孜古丽,你别走呀!我把我说的话全部收回还不行吗?"

运奶车在草原上行驶。

唐娅琳坐在车里,看着车窗外。

唐娅琳耳边想起了胡雅格的话,说:"……这是个什么人,你不知道?唐娅琳,这些牛全是你买的吗?这中间,罗米夏会不会做手脚?会不会有猫腻?"

唐娅琳在回忆……

托克海市。牲口市场。

罗米夏牵着一头奶牛来到唐娅琳跟前,说:"唐娅琳,你看,这头奶牛多好。身躯上方,侧面,后方三个位置都呈倒三角形。乳房大,发育得很均匀,是头标准的好奶牛。"

罗米夏身边跟着个老汉。

唐娅琳说:"检疫证有吗?"

老汉说:"有!"

罗米夏说:"在这儿呢。"

唐娅琳侧目看了看三证,就说:"那就收下吧。"

运奶车里。

唐娅琳对司机小王说:"小王,先上齐纳尔草场收奶吧。我到那儿还有事。"

这时,泰米尔开着吉普追了上来。

两辆车同时停下。唐娅琳跳下车,眼里含着泪,对走下吉普车的泰米尔说:"泰米尔,我闯祸了。"

泰米尔说:"我听说了,所以特地赶来。上车吧,我们去一趟。"然后对小王说,"小王,你继续收奶去吧。"

泰米尔开着吉普在草原上飞驰。远远地,已经看到了牛舍的轮廓。

唐娅琳盯着远处的牛舍,眼泪在眼睛里打转说:"胡雅格大叔家的牛,今天检疫时,查出十五头有乳房结核病。家里现在已经闹翻天了,他们都怪到我身上……"说着,这才委屈伤心地哭了起来。

泰米尔说:"我们先去看看吧,看了再说。"

唐娅琳说:"泰米尔,你干吗要我带着罗米夏去买牛啊?"

泰米尔说:"怎么了?"

唐娅琳说:"现在胡雅格大叔怀疑,是不是罗米夏在买牛的时候动了什么手脚。"

泰米尔说:"怎么会这么认为呢?"

唐娅琳说:"可是我刚刚回忆了一下,有这种可能。"

泰米尔说:"唐娅琳。"

唐娅琳说:"我一定要去看看,生病的那些牛里,到底有没有罗米夏推荐的那头牛!"

快到牛舍的地方,泰米尔看到苏和巴图尔瘸着腿在往河边的方向追。

泰米尔赶紧把车停了下来。

唐娅琳跳下车问:"苏和巴图尔,怎么啦?"

苏和巴图尔激动地说:"唐娅琳,阿孜古丽肯嫁给我了! 她说了,虽然有遗憾,但也可能是个美满的家庭。可是,我又说错话了。"说着,又去追阿孜古丽,喊:"阿孜古丽,只要你肯嫁给我,我可以为你做我所能做的一切!"

泰米尔跳下车,他听到了苏和巴图尔说的话。

牛舍附近。

泰米尔望着苏和巴图尔远去的背影,唐娅琳走回来看着他。

泰米尔说:"苏和巴图尔刚才说什么了?"

唐娅琳说:"你没听见? 他说阿孜古丽终于肯嫁给他了,那会是一个很美满的家庭。"

泰米尔说:"她真那么说了?"

唐娅琳说:"泰米尔,你没耳聋吧?"

第二十九章

·

　　齐纳尔草场。在河边的阿孜古丽也已看到了
泰米尔与唐娅琳。阿孜古丽停住了脚步,愣愣地站
了一会儿,然后慢慢往回走。

　　苏和巴图尔迎上她说:"阿孜古丽,我是心急了
才说那些话的,请你原谅我。刚才我听了你说的那
些话,原来你还有过这样的想法,这太让我激
动了。"

　　阿孜古丽说:"你没听我说吗? 我只是想过,但
没有下决心。"

　　苏和巴图尔说:"那你就下决心吧。为了我们
的艾孜买提。"

　　阿孜古丽反感地说:"什么我们的艾孜买提,那
是我的艾孜买提!"

　　苏和巴图尔说:"阿孜古丽,我记得你常说的那
句话,一直走,直直地往前走,只要看到了房子,在
那里就能找到喜旺大叔。"

　　阿孜古丽说:"那又怎样?"

　　苏和巴图尔说:"我也会一直走下去的,一直

走,绝不停下,直到找到我心中的那个喜旺大叔,我相信,他会在那里等我的。"

阿孜古丽猛地从苏和巴图尔身边走开了,走了几步,她又停下来说:"泰米尔和唐娅琳他们已经来了,你不许再说这种话!"

苏和巴图尔说:"是。"

泰米尔和唐娅琳站在牛舍前等着,苏和巴图尔与阿孜古丽走了过来。

唐娅琳问苏和巴图尔说:"苏和巴图尔,那些病牛呢?"

苏和巴图尔说:"我阿爸把它们赶到老牛圈,隔离起来了。他说,把病治好,我们自家还可以用。"

泰米尔说:"都彻底淘汰吧,别贪小失大。要染上别的牛群,那就更麻烦。"

唐娅琳说:"苏和巴图尔,你领我们去看看。"

一个破旧的老牛圈。病牛在牛栏里哞哞地叫着。胡雅格站在牛栏边上沮丧与痛苦的样子。

泰米尔,唐娅琳,苏和巴图尔来到老牛圈边上。

唐娅琳一眼就看到了罗米夏推荐的那头奶牛。

唐娅琳气恼地说:"看!那头奶牛就是他推荐给我的!终于找到原因了。"然后转头对泰米尔喊,"泰米尔,你看看,你干吗非要让那个人跟着我一起去买牛?!"

泰米尔显然没想到会是这样,他说:"你一个人去我不放心,再说……"

没等泰米尔把话说完,唐娅琳大叫:"还再说什么呀,他就是个坏人!"

苏和巴图尔说:"怎么啦?"

唐娅琳喊:"他吃喝玩乐抛妻弃子,还赌钱,抢娜达莎的羊,他就是个魔鬼!胡雅格大叔你说对了,我就不该让罗米夏这个鬼东西一起去买牛。我找他去!"

泰米尔说:"你找谁去?"

唐娅琳说:"罗米夏!"

泰米尔说:"你能确定,一定就是他的责任?"

唐娅琳说:"我确定他在这件事上绝对有猫腻!泰米尔,别再为你这个突然冒出来的哥哥开脱了,不然他干吗这么热情地把这头牛推荐给我?"

泰米尔说:"不要只是胡猜,要有证据。"

唐娅琳一指牛栏里的那只病牛,说:"这还不算是证据吗?我告诉你泰米尔,这事你也脱不了干系!"然后对胡雅格和苏和巴图尔说:"胡雅格大叔,苏和巴图尔,这件事你们谁都不要怪,就怪我吧,怪我缺了个心眼!苏和巴图尔,你的马借我骑一下!"

唐娅琳飞快地奔向草原。

老牛圈。泰米尔对胡雅格说:"胡雅格大叔,把病牛都彻底淘汰掉吧。"

胡雅格心疼地说:"可我们的损失实在太大了呀!"

泰米尔说:"再大的损失那也得担着!世上哪有一帆风顺的事业,吃一堑也长一智嘛。我现在也不可能对你们承诺什么,但我会记住这件事的。我先走了,唐娅琳可能会干出傻事来的。"

泰米尔也快速朝牛舍方向走去。

苏和巴图尔对胡雅格说:"阿爸,唐娅琳查到原因了?"

胡雅格说:"肯定是罗米夏捣鬼了呗,还能是啥?这个杀千刀的罗米夏!"

苏和巴图尔有些懊恼地拍了一下自己的脑门,说:"天呐!"

胡雅格说:"怎么啦?"

托克海市。齐麦尔乳业公司。供销科的办公室。

罗米夏正在给刘科长汇报工作,核对报表。

唐娅琳一阵风似的大步走进办公室,狠狠抽了罗米夏几鞭子。

罗米夏躲闪着,惊愕地说:"唐娅琳,你干什么?"

唐娅琳说:"我要打死你这个坏良心的东西。"

泰米尔赶到了,他冲进房间一把拉开唐娅琳吼:"唐娅琳,你太鲁莽了!事情还没搞清楚,你就打人了,太不像话了!"

罗米夏说："唐娅琳，在去买牛的一路上，我一直老老实实地听你指挥，你让我干啥我就干啥。我又犯啥错啦？"

唐娅琳说："我问你，你牵给我的那头奶牛是不是一头病牛？"

罗米夏瞪大眼睛吃惊地说："病牛？什么病牛！我看着那头牛好，我才牵来给你看的。那头牛从体型上看，是标准的一头好奶牛，将来繁殖的后代，也会是很优良的品种，怎么可能是病牛呢？何况检疫证你不都看了。"

唐娅琳说："就是这头牛，患有结核病，把胡雅格大叔家的其他牛也染上了！罗米夏，你中间捞了多少好处？"

罗米夏也狂怒起来，说："唐娅琳，你不能这么凭空捏造，血口喷人哪！我罗米夏是干过一些坏事，但自从我跟着我的兄弟泰米尔后，我已经发誓痛改前非好好做人了。陪你去买牛，我要是捞了什么好处，我就不得好死！"

唐娅琳说："你别嘴硬！我们家十几头牛都染上了病，全是你推荐的那头牛害的！"

罗米夏说："你有什么证据说我给你选的那头牛有病？到底是哪头牛传染的病还不一定呢！"

唐娅琳说："不信，你自己去看！"

泰米尔说："唐娅琳，罗米夏说的也有道理。再说，就算我们看到那头牛有病，但这病是它传染给别的牛，还是别的牛传染给它的，你能肯定吗？"

唐娅琳说："我能肯定，就是他罗米夏捣的鬼！"

罗米夏说："就算那头牛有病，可当时我看中的时候，我也不知道它有病。要不，检疫不早就检疫出来了。唐娅琳，你太冤枉人了！"

唐娅琳气势汹汹拽着罗米夏走出办公室，说："罗米夏，跟我走！"

罗米夏说："干吗？"

唐娅琳说："去看看我们家的那些病牛去！看看你干下的好事。"

泰米尔为了冲淡两人之间的火药味，跟出来说："罗米夏，你跟着去看看吧。"想了想又说："走，我也再走一次，我开车送你们去。"

齐纳尔草场。老牛圈。

罗米夏看着那些病牛,也很痛心。

罗米夏对泰米尔与唐娅琳说:"对不起,唐娅琳。不管这头牛是不是一开始就是头病牛,是不是它传染给其他牛的,我不能肯定,可也不是说没有这种可能。但我确实没有想要干这种伤天害理的事! 我也没拿过一分钱的好处,我可以对天发誓!"

唐娅琳说:"你这种人的话谁信呀!"

泰米尔说:"唐娅琳,这次罗米夏的话我信! 这段时间他在我们公司活儿干得真不错。张志文换奶粉袋的事不也是他发现的吗? 还挨了一顿打。况且,在买牛的事上他没有必要这么干。"

唐娅琳说:"但我要证据。"

泰米尔说:"可你也只是一种猜测,没有充分的证据呀!"

唐娅琳说:"但总允许我怀疑吧? 我总有怀疑的权力吧?"

罗米夏说:"唐娅琳,你爱怀疑你就怀疑去! 我确实也拿不出充分的证据来证明我让你买下的这头牛是不是头病牛,但我会用我的行动来证明我的清白的!"

罗米夏委屈而恼怒地朝吉普车走去。

唐娅琳又把火气撒在了泰米尔身上,说:"泰米尔,都是你弄出来的事! 你干吗非要让这么个人跟着我去买牛?"

泰米尔说:"你是在责怪我吗?"

唐娅琳说:"这件事,连阿孜古丽都在怪你!"

泰米尔酸酸地说:"是啊,阿孜古丽已经是胡雅格大叔家的人了。但真是罗米夏的责任吗? 允许我也怀疑你的这种猜测行不行? 你回不回?"

唐娅琳说:"我不想跟这种人坐在同一辆车子里!"

泰米尔:"可他不管怎么坏,他也是我哥!"

泰米尔坐上车,罗米夏低着脑袋坐在车里。

罗米夏说:"泰米尔老弟,谢谢你这么信任我。"

泰米尔说:"罗米夏,我又相信你,但又不相信你,因为我没有看到证据。"

　　罗米夏说:"就算这事是我的责任,但我也绝不是有意的!我现在是齐麦尔乳业公司的员工,胡雅格家的牛又是供给我们奶源的一个大户。我同他们全家无冤无仇的,就是有什么不快,那也全过去了呀!"

　　泰米尔对罗米夏说:"那你可不可以告诉我,你让唐娅琳买这头病牛的经过。"

　　罗米夏说:"那不是头病牛。"

　　泰米尔说:"但现在这头牛就是头病牛!"

　　泰米尔在开车。

　　罗米夏说:"卖给我牛的是位叫穆萨的老汉,几年前,我贩过他家的羊。"

　　泰米尔说:"他住在哪儿?"

　　罗米夏说:"四棵树乡,齐哈尔村。"

　　泰米尔说:"你们怎么认识的?"

　　罗米夏说:"那两年我贩羊时,屈过不少人,但我从没屈过他。"

　　泰米尔说:"为啥?"

　　罗米夏说:"有一年冬天我贩羊时,差点冻死,是他救了我。所以我做贩羊生意,屈别人也不能屈救命恩人啊。你说是吧?做人总还得有个起码的良心吧?所以他一直认为我是个诚实的生意人。"

　　回忆:

　　托克海市。牲口集贸市场,人群涌动。罗米夏正在奶牛市场上四处看着,他感到有一个人在拉他。罗米夏回头一看,是位六十岁左右的牧民。

　　罗米夏说:"穆萨大爷,你怎么在这儿?"

　　穆萨满面愁容地说:"唉!我老伴病了,我们家五头奶牛已经卖了四头了。今天,我把最后一头奶牛也拉出来卖了,总是治病救人要紧啊!"

　　罗米夏说:"你的牛呢?还没卖吧?"

　　穆萨说:"没有,价钱都给的太低。我的这条奶牛是条好奶牛啊,奶产得特别地多。要不是为老伴治病,我哪里舍得拿出来卖呀!"

　　罗米夏问:"牛在哪儿?"

　　牲口市场。牛栏内。

罗米夏看穆萨老汉指给他看的那头奶牛说:"是头好奶牛。"

穆萨说:"罗米夏,你是个我信得过的人,帮我卖一个好价钱吧。"

罗米夏说:"检疫过了吗?"

穆萨说:"检疫过了,不检疫也不让拿出来卖呀! 你瞧,这是检疫证。"

泰米尔的吉普车里。

罗米夏对泰米尔说:"就这样,我把这条奶牛推荐给唐娅琳看了,唐娅琳看了牛,又看了检疫证,也说这是头好牛,就买了。"

泰米尔点点头说:"好,我知道了,事情总会搞清楚的。你回公司吧,继续好好工作。"

罗米夏说:"泰米尔。我不想回公司工作了。"

泰米尔问罗米夏说:"为什么要走?"

罗米夏说:"我得走,我不愿意背着这样的包袱来过日子。我要用我的办法来证明我不是有意想坑害胡雅格大叔一家的。"

泰米尔说:"什么办法?"

罗米夏说:"这你就不用问了。"

泰米尔说:"罗米夏,等我把事情搞清楚了,你再走也不迟呀。既然是我把你推荐给唐娅琳的,那我就有责任把事情搞清楚,我要对你们双方都负责。"

罗米夏说:"泰米尔,还是让我走吧。但我会回来的! 泰米尔,就让我在这儿下车吧。"

泰米尔说:"干吗?"

罗米夏说:"我要去马场看看我阿爸,已经两个月没去看他了。我从没想到我妈死后我还能找到我爸,还有你这个老弟。"

泰米尔说:"那好,我把你送到马场。不过罗米夏,要走的事,你还是好好考虑一下吧。如果你认为自己问心无愧,那暂时受点委屈又能怎样呢?总有云开日现的时候的。"

罗米夏说:"我知道,在这方面,你泰米尔是个光明磊落的人,你不怕被人误解。可我罗米夏是有污点的人,我必须得加倍努力才能得到别人的信任。我走,也正是为了这个目的。"

泰米尔说:"但你一走,反而更让人误会你是在逃避责任。"

罗米夏说:"这有什么? 你不是说总有云开日现的时候吗?"

泰米尔没有说话,只是叹了口气,将车拐向了去马场的小路上。

马场。沙英在放马。

罗米夏对沙英说:"阿爸,我想外出一趟。"

沙英惊奇地说:"去哪儿? 你不是在泰米尔的公司干得好好的吗? 你这个流浪汉终于也有了份安定的工作,干吗又要走? 是不是又做了什么见不得人的事了?"

罗米夏说:"可是……"

沙英说:"怎么啦? 又出什么事啦?"

罗米夏有些激动,大声说:"是有事了,但不是我干的!"

沙英说:"怎么?"

罗米夏说:"阿爸,我发过誓要好好在泰米尔的公司里干事,要好好地做人,可是……"

沙英说:"你到底出了什么事?"

罗米夏委屈地就想掉眼泪,他揉了揉鼻子说:"这事我也说不清,但绝不是我有意想要干的!"

罗米夏转身要走,然后,仰头看了看湛蓝天空,满眼全是委屈的泪。

沙英说:"怎么? 我抽你的那两鞭子白抽了?"

罗米夏说:"阿爸,我没忘! 我永远不会回到我以前的那种生活中去了。但以前的那种生活,还是有些我能用到的地方。"

沙英说:"你是想证明自己吗?"

罗米夏说:"是! 我要去做件事,证明给他们看,我罗米夏是清白的,是他们冤枉我了!"

沙英沉思了一会儿,说:"那你还会回来吗?"

罗米夏说:"你这儿就是我的家。我当然要回来! 还有泰米尔的公司,我也还要回那儿去工作。"

沙英想了想，看看罗米夏决心已定，便一挥手说："那你走吧，但要早点回来！"

罗米夏感动地朝沙英一鞠躬说："阿爸，我记住了。"

巴吉尔草场。娜达莎的牛舍。罗米夏骑马来到牛舍前。

罗米夏对娜达莎说："娜达莎，请你等我一年行吗？"

娜达莎说："我干吗要等你一年？你在泰米尔那儿不是干得好好的吗？"

罗米夏说："所以我才让你再等我一年。"

娜达莎说："我没跟你承诺什么，我干吗要等你？你只要学好，我当然也高兴，但我不会给你什么承诺！还有阿爸也来看过我了。"

罗米夏说："我会成为以前你爱的那个罗米夏，有可能比以前更好的罗米夏。我有这个决心！我离开是因为我可能无意中做了件错事，但我会是以一个全新的罗米夏回来的！亲爱的娜达莎，相信我吧！"

罗米夏策马穿出小树林。

娜达莎看着消失在小树林中的罗米夏，虽然也是一头的雾水。但她的眼神中却也流出了一丝以往曾有过的深情。

泰米尔开着吉普车在草原的路上奔驰。

草原公路上的一个长途汽车站。罗米夏背着个挎包在车站等车。

一辆沾满尘土的长途汽车停站。

罗米夏长叹一口气，然后跳上了车。

泰米尔开的吉普车从长途车站前急驰而过。

吉普车从长途车旁闪过。罗米夏从窗口看到了泰米尔的吉普车，也看到了开车的泰米尔。他想喊，但没有喊出口，脸上显出了一种坚定要去做一件事的决心。

罗米夏看着泰米尔的吉普车消失在公路上。

四棵树乡。穆萨大爷家。

穆萨正在打桩修牛栏。

泰米尔的车开了过来,车里坐着一个小孩说:"叔叔,那个就是穆萨爷爷。"

穆萨抽着旱烟,对泰米尔说:"五头奶牛全卖了,老伴的病也没治好。前几天,走了,扔下我这么个孤老头。但生活还得继续,日子还得往下过,是吧?所以我穆萨要重拾精神,重振家业。人总不能被苦难压倒,是吧?你找我,就是来问那头牛的事?"

泰米尔点头说:"那头牛病了。"

穆萨说:"病了?不可能啊!那头奶牛要不是为了老伴,我是真舍不得卖的!在检疫站检疫时,那头奶牛大概也感到我要把它卖了,含着泪对我哞哞地叫,我的心就像刀割似的疼。这头牛是咋病的?"

泰米尔说:"检疫证你都给买家了?"

穆萨说:"是呀,检疫时啥病都没有!罗米夏帮我卖时,我就把证书全给他了。买我牛的那个姑娘也是个好姑娘啊,她都没有压我的价,她也想帮我一把。"

泰米尔开着车正往前走,突然从后视镜上看到穆萨在后面追着喊着。

泰米尔把车停了下来。

乡间小路上。

穆萨喘着气奔到小车跟前对泰米尔说:"老板,你行个好,能不能带上我去看看我卖给你们的那头牛。你不知道,那头牛同我的感情有多深。它远远地就能嗅到我的味道,就会仰着脖子,哞哞地朝我叫。老伴没救活,卖出去的牛又得病了,我心里好不凄苦啊!"

泰米尔同情地说:"那你回家去收拾一下,我在这儿等你。"

穆萨说:"家里有什么好收拾的,这就走!只是打扰你了。"

齐纳尔草场。老牛圈。

泰米尔在老牛圈停下车。

泰米尔和穆萨走下车。

穆萨连牛都没看一眼就说:"老板。"

泰米尔说:"在车上我不是说了,叫我泰米尔。"

穆萨说:"泰米尔老弟,这儿没有我的那头牛呀。"

泰米尔说:"怎么没有? 那个! 不就是?"

穆萨说:"不对不对,这头牛同我的那头牛是很像,连花色都一模一样,但这个绝对不是!"

泰米尔说:"为啥?"

穆萨说:"我不是说了嘛,我的那头牛老远就能嗅到我的味道,还会冲着我哞哞地叫。你看看这头牛,像虽然像,但绝对不是!"

穆萨跳进圈里,朝那头牛走去。然后看看牛的耳朵说:"你看不是吧。我的牛耳朵上我还打了个小小的记号,这个没有!"

齐纳尔草场。牛舍。

泰米尔和穆萨走进消毒间消毒。

牛舍里传出一头牛哞哞的兴奋的叫声。

穆萨高兴地指向牛舍说:"我的牛在那儿,它的声音我一听就知道! 听到了吧? 它嗅到我的味道了。"

阿孜古丽领着泰米尔和穆萨走进牛舍。

那头牛叫得更兴奋了。

穆萨激动地说:"看看看,隔了这么些天,它还是那样。你别看牲口,也有灵性着呢!"

泰米尔长舒一口气说:"好了。"

阿孜古丽说:"唐娅琳冤枉罗米夏了?"

泰米尔点点头。

阿孜古丽说:"她谁不冤枉? 她以为世上只有她一个是好人!"

穆萨走到奶牛身边,仔细地看着牛的耳朵说:"你看,这不是我做的记号?"

泰米尔看看牛耳朵上有一小点金属的小贴片,点了点头。

牛兴奋地舔着穆萨的手,牛的眼里似乎还含着泪。

穆萨眼里也渗出了一点泪花,抚摸着牛头说:"好好待在这儿。这儿的老板是个好老板,罗米夏给你找到了一个好人家。等我有钱后,我一定把你赎回去。"

泰米尔与穆萨朝小车走去。

穆萨说:"泰米尔老弟,你把我送到车站就行了,我搭车回去。"

泰米尔说:"我送你回去。"

穆萨说:"那怎么好意思。"

泰米尔说:"你帮我解决了一个难题,还了一个人的清白,也证明我的看法没错!我还不知该怎么谢你呢,我再这么来回走上几趟路也值呀!"

阿孜古丽看着泰米尔就要同穆萨上车,她忍不住喊:"泰米尔,你过来!我有句话要跟你说。"

泰米尔回头看看天说:"天都快黑了,我还要送穆萨大爷回家呢,我下次来时说吧。"

阿孜古丽说:"不!我现在就要说。"

泰米尔走到阿孜古丽跟前说:"说吧。"

阿孜古丽看着泰米尔急着想走的神情,说:"泰米尔,你的心好冷啊。"

泰米尔说:"我的心永远是热的!"

阿孜古丽的泪水流了下来,说:"不!对我来说你的心就是冷的!"

泰米尔说:"不是我的心冷,是你不肯嫁给我,我只能放弃,我是个能面对现实的人。你不是决定要嫁给苏和巴图尔了吗?"

阿孜古丽说:"我就是嫁给苏和巴图尔了,你也得爱我!"

泰米尔说:"这怎么说?"

阿孜古丽哭着说:"我不能没有你的爱!"

泰米尔说:"到现在,我对你的爱都没有变!可你死活不肯嫁给我,你叫我怎么办?再说,我还有我自己的事业要做啊。"

阿孜古丽说:"我不知道,我真的不知道该怎么办?我现在才知道,古人讲,一失足成千古恨这句话的意思。"

泰米尔说:"你说不上什么失足,我没嫌弃你。"

阿孜古丽说:"可我不能嫁给你,但你得爱我!"说着泪水哗哗地往下流。

泰米尔也痛苦地说:"如果你想嫁给苏和巴图尔,你就嫁给他吧。我得送穆萨大爷回家了。"

泰米尔朝小车走去。

阿孜古丽喊:"泰米尔,你别走,我话还没说完呢。"

泰米尔说:"阿孜古丽,你不能这么自私!我告诉你,过去有句古话,叫鱼与熊掌不可兼得。生活有时就只能这样,两头你只能放弃一头。我得送穆萨大爷回家去了,有二百多里的路程呢。"泰米尔走了几步,回头说:"阿孜古丽,一个懂得生活的人就应该学会懂得选择!"

阿孜古丽哭着喊:"我不懂!我的生活已经毁了!好吧,好吧!我就嫁给苏和巴图尔。泰米尔,你就称心了,还有那个死咬着你的唐娅琳也可以称心了。"

泰米尔回头看着阿孜古丽,不知道该说什么好,一脸的无奈和痛苦。

泰米尔一咬牙,跳上车,将车开走了。

泰米尔开着车,穆萨回头望望独自在牛舍哭泣的阿孜古丽。

穆萨问:"姑娘怎么啦?"

泰米尔说:"穆萨大爷,你能告诉我,世上什么事情最难缠吗?"

穆萨一笑说:"男人的靴子,女人的辫子。"

泰米尔说:"咋讲?"

穆萨说:"男人有路永远走不完,女人的头发也永远梳不完,男女之间感情上的事也一辈子理不清。我和我老伴就这样,好了一辈子,也吵了一辈子。这男人走了,靴子就用不上了;女人走了,辫子就不用梳了;两人中有一个先走了,感情上的事就不用理了。可老伴一走,我又感到好孤独啊。所以世上感情上的事最说不清也最难缠!"

泰米尔一笑说:"穆萨大爷,你好智慧啊!"

穆萨说:"什么智慧,活了一辈子才体味到这么点人生的道理。"

清晨,齐纳尔草场。牛舍里。阿孜古丽和几位女工正在清洗奶牛的乳房。

唐娅琳和泰米尔争吵着走进牛舍。

唐娅琳说:"不对!老牛圈里的那头病牛就是罗米夏让买的那头。而这头牛,"她指指阿孜古丽正在清洗乳房的那头奶牛说:"是我看中后买的。"

泰米尔说:"唐娅琳,你搞错了,这头奶牛才是罗米夏让你买的。你瞧,这耳朵上还有个记号。我找到了这头奶牛原先的主人穆萨大爷来过这儿,这头奶牛嗅到那穆萨大爷的体味就会哞哞地叫。我是亲眼见的。"

唐娅琳说:"谁作证?"

正给奶牛清洗乳房的阿孜古丽说:"我,当时我也在场。"

唐娅琳说:"你作证不算数。"

阿孜古丽说:"为什么?"

唐娅琳说:"那还用说吗?"

泰米尔说:"为啥?"

唐娅琳说:"因为你们俩穿的是一条裤子。"

阿孜古丽火了,说:"唐娅琳!什么时候我跟泰米尔穿过一条裤子?"

唐娅琳说:"你们不是还好着的吗?"

阿孜古丽说:"就是好过那也是以前的事,现在我俩都快成仇人了!这不正是你唐娅琳希望的吗?再说我也看不上罗米夏这个人,但这次你肯定是冤枉他了。"

唐娅琳说:"泰米尔,请你告诉我,你说的那个穆萨大爷住在什么地方?"

泰米尔说:"干吗?"

唐娅琳说:"我要去证实!如果事实证明我错了,我就会向罗米夏去认错,去道歉!"

泰米尔说:"那好,我这就陪你去。"

唐娅琳说:"不,我要自己一个人去!"

唐娅琳租了辆小车,唐娅琳同穆萨坐在车里。

小车在草原上急驰。

唐娅琳说:"穆萨大爷,那牛嗅到你就会叫?"

穆萨说:"前天泰米尔都已经试过了。唐娅琳姑娘你肯定冤枉罗米夏了!其实罗米夏这个人不错,他在贩羊时,从来没有坑过我。"

唐娅琳说:"要真是我错了,我一定会好好向他道歉的。我唐娅琳的心也是敞亮平坦的,就像咱们的大草原一样,决不像那种歪的斜的畸扭拐弯的小山道,半天摸不着心在哪儿。"

唐娅琳与穆萨坐的车在牛舍不远处停了下来。

奶牛群正在围栏中的草场里吃草。

唐娅琳和穆萨还没往前走几步,牛群中吃草的那头奶牛突然仰起脖子朝穆萨的方向激动地哞哞叫了起来。

唐娅琳的脸拉长了,眼里全是愧色。

第三十章

齐纳尔草场。唐娅琳把穆萨送上来时候的那辆小车。

唐娅琳对穆萨说:"穆萨大爷,辛苦你了。我要特别地谢谢你,这是你的劳务费。"

穆萨说:"唐娅琳姑娘,这钱我不能收!"

唐娅琳说:"回去的路上你还得吃饭呢。我不能劳了你的神,又饿了你的肚子,你一定得收下。"

穆萨说:"唐娅琳姑娘,那次买牛,你就没有压我的价,真是个好姑娘啊。"

唐娅琳对司机说:"师傅,这是租你车的钱。你一定要把穆萨大爷安全送到家。"

穆萨说:"唐娅琳姑娘,你就放心地干你的工作吧。"

车开动了。

唐娅琳在车外对穆萨鞠了一躬。

唐娅琳飞马奔驰在草原上,满脸的愧疚和懊恼。

托克里克村。热合曼家。阿孜古丽正忙着在做饭。热合曼同刚放学回家的艾孜买提在玩。

热合曼说："今天上学第一课上的是什么呀？"

艾孜买提说："上的是你，我，他。"

黄昏，沙英家。唐娅琳心情沉重地敲门走了进来。

唐娅琳说："沙英大叔，你知道罗米夏在哪儿吗？"

热合曼说："唐娅琳啊？我还正想找你问问呢？罗米夏出什么事了？"

唐娅琳很爽直地说："我冤枉罗米夏了！我以为他帮我买牛耍了什么鬼花样，可我错了。我还把卖给我牛的穆萨大爷叫了过来证实。泰米尔说的没错，还没到围栏呢，奶牛就冲着穆萨大爷叫了起来。我感到好愧疚啊，所以想亲自向罗米夏道歉，可我找不到他。"

沙英说："我也不知道他去哪儿了，他可能出远门了。他说，要去做件事，来证明自己的清白。"

唐娅琳说："不，我一定要亲自向他道歉。沙英大叔，要是罗米夏回来，请你们告诉我一声，拜托了。"

沙英说："他一年半载是回不来的。"他看看唐娅琳想走的样子，又说，"唐娅琳，别走！一起来吃饭吧。今天是我生日，我宰羊了，等会儿泰米尔，热合曼，阿孜古丽，你妈我也请了，他们都来，要来喝酒。"

热合曼弹琴的声音传进屋："别等会儿了。我这就来了！哈哈哈——"

艾孜买提也进来立马冲着沙英喊："爷爷！"

沙英抱着艾孜买提，泰米尔走进来。

唐娅琳对泰米尔说："泰米尔，是我冤枉罗米夏了。我是特地来向罗米夏道歉的。可他没在公司，也没回你们家这儿来。"

泰米尔点头说："唐娅琳，你是个女中豪杰！"

萨仁娜奶奶把热气腾腾的手抓肉端上了桌。

唐娅琳退到门口，说："沙英大叔，祝你生日快乐。可我得走，我心里很不好过。所以你生日的酒我就不喝了，请你原谅。"

泰米尔说:"我阿爸的生日酒,你既然来了,怎么能不喝呢? 留下吧。"

热合曼说:"娅琳姑娘,沙英大叔的酒一定要喝。泰米尔,来,我先同你碰一杯! 因为你不当村长,我恼你,可你现在干的事是比当村长还要牛的事! 你是带着整个草原上的人们在发家致富,我服你!"

沙英说:"看看,我说对了吧! 现在证明了他不当这个村长是对的! 这条路他没走错。还有你唐娅琳姑娘,你跟着泰米尔风里来雨里去,不管泰米尔的事业做到多大,这里面都有你一份辛劳啊!"

娜仁花:"所以我也支持我女儿,因为我相信泰米尔是个能干事业的人!"

唐娅琳突然鼻子一酸,赶紧说:"沙英大叔,我还是走吧! 你们好好喝。"说着,走出门外。

唐娅琳奔出门外,眼里泪水已经在打转了。

泰米尔跟了出来,拉住唐娅琳说:"唐娅琳,我阿爸说的,也正是我想说的。说实话,你作为一个好的合伙人,我现在确实有点离不开你了。为了我们的事业,你真的是受了不少委屈,为了公司的发展,你也吃到不少的苦,你是一个让我信得过的人。今天我阿爸的生日酒,你怎么也得喝!"

唐娅琳说:"可我也犯了不少的错。"

泰米尔说:"在人的一生中,谁不犯错呀。唐娅琳,你不但是我泰米尔事业上的好伙伴,你还是我泰米尔心中特别喜欢的好妹妹。"

唐娅琳的眼里渗出了泪,说:"我不想听你最后的那句话! 什么妹妹。"

泰米尔犹豫了一会儿,似乎下了某种决心似的,说:"好吧,唐娅琳,我会考虑的。"

唐娅琳激动地一把抱住泰米尔,流着泪说:"泰米尔,我期待了那么长时间,终于等到了你这句松口的话。"

阿孜古丽走到了门口,她看见这一幕,就立即退回屋里。她此刻也痛苦得想流泪。

沙英家门前。

泰米尔拍了拍唐娅琳的肩头,对唐娅琳说:"那就回去喝酒吧。"

桌子上摆上了大盘的肉和其他菜,碗里也斟满了酒。

沙英说:"阿孜古丽,唐娅琳,两位姑娘也上桌吧!酒我们自己倒,来,咱们一起喝!"

热合曼说:"沙英说得对,你们俩也一起喝!"

阿孜古丽对唐娅琳说:"唐娅琳,这酒咱俩怎么喝?"

唐娅琳说:"跟男人一样,痛痛快快地喝!"

阿孜古丽对热合曼说:"阿爸,可以吗?"

热合曼说:"沙英大叔生日酒,你俩就放开了喝吧。"

月色皎洁。热合曼带着醉意在弹奏弹拨尔。阿孜古丽坐在他身边。

热合曼说:"人活在这世上,难哪!啥样的事都会遇上,但不管遇上了什么事,不管生存得有多艰难,那也得要活出滋味来,要不,就在这世上白走一遭了。"

阿孜古丽眼里涌出了泪水。

热合曼说:"记得我小时候收下你时,你说过的你死去的亲爸说过的话吗?"

阿孜古丽点了点头。

热合曼说:"在这世上,喜旺大叔是永远存在的。"

阿孜古丽再也控制不住自己了,一把抱住热合曼说:"阿爸,我明白你的话⋯⋯"说着,已是泪流满面。

草原上飘扬着热合曼苍凉而忧伤的琴声,但琴声也渗透着希望和深情⋯⋯

托克里克村。路边的山坡下,泰米尔并没有走远,他坐在那儿正凝神倾听琴声。

秋去冬来。村小学。教室外大雪纷飞。

一年级教室。教室里,炉火烧得轰轰直响。

一年级的小学生艾孜买提正在津津有味地跟同学们讲他跟着沙英爷爷

学套马的事。很多女孩子都听得入了神,但好些男孩子却是满脸的不痛快。

艾孜买提说:"我看准了那匹小儿马,就直直地追了上去。沙英爷爷告诉我说,套马时,眼要准,手要快……"

艾孜买提身边有个男孩子明显有些嫉妒地说:"别吹了,你才几岁呀,还套马呢。"

艾孜买提说:"我四岁时,我的沙英爷爷就教我怎么套马了。"

那男孩说:"你的沙英爷爷?你连阿爸都没有,哪来的爷爷呀!"

艾孜买提说:"沙英爷爷就是我爷爷!"

那男孩说:"那你阿爸是谁?"

艾孜买提说:"我阿爸?……"

那男孩说:"是呀,你阿爸是谁呀?连阿爸都没有的野孩子,还在这儿吹呼什么呀!"

四周的孩子跟着哄笑起来。

有的还叫:"是呀,是呀,你阿爸是谁呀?真丢人,你艾孜买提原来是个没人要的野孩子!"

艾孜买提受不了了,他满脸涨得通红,连棉衣也没穿,就冲出了教室。

穿着单衣的艾孜买提在飞雪中朝马场的方向狂奔。

正在放马的沙英隐约看到一个小孩在雪原中奔跑着朝马场冲来。沙英感觉到那小孩是艾孜买提,于是赶紧策马迎了上去。

沙英迎上艾孜买提,飞快地跳下马。沙英一把抱住穿着单衣的艾孜买提,心疼地说:"艾孜买提,你怎么啦?"

艾孜买提哭着说:"爷爷,我的阿爸是谁?我要我阿爸!为啥我只有爷爷,没有阿爸?"

沙英把艾孜买提包在自己的皮大衣里,紧紧地抱住艾孜买提,紧咬着牙关,什么话也不说。像是在跟自己憋气。

齐纳尔草场。牛舍前。风呼呼地刮着,卷起了大片的雪花。沙英抱着裹在皮大衣里的艾孜买提,飞马来到牛舍前。

沙英跳下马往牛舍里喊："阿孜古丽，阿孜古丽！"

阿孜古丽走出牛舍，风雪吹得她眯起了眼睛。她看到沙英用皮大衣裹着艾孜买提，吃惊地问："沙英大叔，怎么啦？"

沙英说："你问孩子！"

艾孜买提说："阿妈，我要阿爸！同学们都骂我是个只有阿妈没有阿爸的野孩子。"

沙英把艾孜买提交给阿孜古丽，有些情绪激动地说："阿孜古丽，我求你，给艾孜买提找个阿爸！要是我这孙子再出现今天这样的事，我就找你阿孜古丽算账！"说着掉转马头就要走，他回头又看看缩成一团的艾孜买提，心疼地对阿孜古丽大吼说，"你这个当阿妈的不能只考虑到自己，也得想想你的孩子！赶快给他找个阿爸！"

沙英气哼哼地打马扬鞭，消失在大雪弥漫的雪原中。

牛舍边阿孜古丽住的小房子里。

阿孜古丽把艾孜买提抱进自己住的小房子，赶紧用被子把艾孜买提包了起来。

阿孜古丽看着艾孜买提发愣，两眼里含满了泪水。

艾孜买提说："阿妈，我有没有阿爸呀？"

阿孜古丽点点头，说："有。"两行泪水溢出了眼眶，她终于下定决心了。

艾孜买提说："那我阿爸在哪儿呀？"

阿孜古丽说："明天他就回来了。"

艾孜买提说："那我阿爸是谁呀？"

阿孜古丽说："他回来了，你就知道了。艾孜买提，你在这里躺一会儿，阿妈干完活就回来陪你。"

阿孜古丽在牛舍里给牛喂食，她在想着心事，眼泪不由自主又落了下来。

苏和巴图尔瘸着腿走进牛舍。

阿孜古丽赶紧飞快地抹去眼泪。

苏和巴图尔走过来对阿孜古丽说："阿孜古丽,沙英大叔怎么啦?"

阿孜古丽说："他去找你了?"

苏和巴图尔说："是啊。刚才沙英大叔一见到我,劈头盖脸就是一顿骂。骂我这么二十几年白活了,说我只当了一回男人,别的时候都不像个男人。"

阿孜古丽说："什么意思?"

苏和巴图尔说："什么意思你还不明白吗?"

阿孜古丽反应过来了,说："别提那件事!"

苏和巴图尔说："可我们的孩子不能这样不明不白地活在这世上。"

阿孜古丽说："是我让他这么不明不白地活在这世上的吗?"

苏和巴图尔跪下说："既然我已不像个男人了。阿孜古丽,我下跪求你了,为了艾孜买提,我们结婚吧。"

突然一阵寒风夹着雪花从牛舍一角的天棚上涌了进来,阿孜古丽打了一个寒战。

阿孜古丽望着漏风的天棚说："苏和巴图尔,你没看见牛舍右角的天棚已经在透风了吗? 奶牛受了凉是要生病的,是会影响奶产量的。"

苏和巴图尔大声地说："天棚上的这点裂缝我能修复。可我们之间的裂缝就真的无法修复了吗? 你说过,你曾想到过要嫁给我,为了艾孜买提,你还犹豫什么呀!" 说着,流泪了。

阿孜古丽说："我们之间就不存在裂缝,只存在你对我的伤害。"

苏和巴图尔说："这么些年来,我一直努力在修复这种伤害。但现在你的固执已经伤害到孩子了呀! 阿孜古丽,不能让孩子没有阿爸呀!"

托克海市。泰米尔的办公室。沙英拍着桌子对泰米尔说："人活在这世上,总还要有点责任感吧?"

泰米尔说："我正在尽我的责任,尽热合曼大伯托付给我的责任。"

沙英说："我不是指你的事业,我是指你该尽一个父亲的责任。"

泰米尔说："我没有做父亲,哪来父亲的责任。"

沙英说："那艾孜买提是谁的孩子?"

泰米尔说:"那是阿孜古丽的!"

沙英说:"可你说过那是你的! 不管是不是你的,但我把艾孜买提就看成是你的!"

泰米尔说:"阿爸。"

沙英说:"他叫我爷爷,我就是他爷爷,他就是我孙子!"

泰米尔说:"我当然希望是这样!"

沙英说:"可你放弃了。"

泰米尔说:"我只能放弃!"

沙英说:"儿子,你这是在做好事,既然是在做好事,你就不应该放弃,你应该继续努力! 在咱家,决不能有放弃这两个字!"

泰米尔说:"阿爸! 但你也不能不考虑另一种可能。"

沙英说:"什么可能?"

泰米尔说:"阿孜古丽同苏和巴图尔的可能。我放弃,是因为我看到了这种可能的存在。人生的选择不会只有一种,不能光想到自己想要的那一种。也许阿孜古丽选择另一方会更好,而且阿孜古丽也正在考虑。老实说,我也很痛苦,但人不能太自私了,也总得给别人让条路。"

傍晚,雪原。阿孜古丽领着艾孜买提朝托克里克村小学走去。

阿孜古丽和艾孜买提走到村前的十字路口。

艾孜买提说:"阿妈,我们去哪儿?"

阿孜古丽说:"送你去学校呀。"

艾孜买提说:"学校现在放学了。"

阿孜古丽说:"那就先回爷爷家吧。"

艾孜买提说:"可我阿爸呢?"

阿孜古丽说:"阿妈说了,明天他就回来。"

艾孜买提说:"明天阿爸一回来,就让他到学校来看我! 我要让同学们都知道,我的阿爸是啥样子。"

阿孜古丽咬着嘴唇,说:"好!"

沙英的毡房。沙英正在毡房门前等着艾孜买提。阿孜古丽领着艾孜买提朝沙英走来。

艾孜买提扑向沙英说:"爷爷,阿妈说,她让我阿爸明天去学校看我。"

沙英说:"是吗?"然后看着阿孜古丽。

阿孜古丽说:"我是这么说的。"

沙英眼神关切地问:"是谁?"

阿孜古丽不答。

风夹着雪花滚了过来。

阿孜古丽说:"我走了,今天晚上有大风雪,我得赶回牛舍去。沙英大叔,不管谁是艾孜买提的阿爸,但你永远是他的爷爷!"

狂风大作,雪花乱舞。

牛舍的屋顶被掀开了一角。

夜,托克海市。齐麦尔乳业的院子也被风雪笼罩着。

阿孜古丽从远处看到院门,她跳下马,不再往前走。

阿孜古丽独白:"泰米尔,你既然放弃了我,那就永远地放弃我吧。你放弃我是对的,我不值得你爱,也已经配不上你了,但你要知道我有多爱你。每次见到你,听到你的名字,我的心尖都会疼。"

狂风拍打着飞进来的雪花在牛舍里转成一团。

奶牛在哞哞地叫,两个女工忙成一团。

公司院门前不远处。风雪越来越大。

阿孜古丽流着泪独白:"泰米尔,我要为艾孜买提找个父亲。确实孩子不能没有阿爸。既然要给儿子找个父亲,那就找亲的,原配的。我不爱这个人,到现在我对他也没有这种感觉。但为了艾孜买提,我只能牺牲我自己了,好在这个人也爱我。泰米尔,对不起了。"

阿孜古丽深深地朝小楼的方向鞠了一躬。

风雪中,齐麦尔公司的院门已经被风雪阻断,看不清了。

阿孜古丽一抹眼泪,骑上马,在风雪中策马往回赶。

夜,齐纳尔草场。

牛舍里已乱成一团。

苏和巴图尔与胡雅格急匆匆地走进牛舍。

苏和巴图尔问女工:"阿孜古丽呢?"

女工说:"下午就出去了,还没回来呢。"

胡雅格不满地说:"这个女人真是的。"

苏和巴图尔说:"阿爸,你不要这么说她。她领艾孜买提去学校,跟我说了。"

胡雅格说:"艾孜买提怎么啦?"

夜,马场。沙英的毡房里。

艾孜买提突然从被窝里钻出来喊:"我有阿爸了!明天我阿爸就会到学校里来看我!"

沙英被惊醒了,说:"艾孜买提,你怎么啦?怎么说起胡话来啦!"

艾孜买提说:"我阿妈说了,明天我阿爸就要到学校里来看我了。"

沙英看着艾孜买提,长叹了一口气。但觉得艾孜买提的神情有些不对,一摸艾孜买提的脑门,惊道:"孩子,你病啦。你看看你,穿着个单衣往外跑。冻着了吧!"

夜,齐纳尔草场。牛舍的屋顶是草料压盖的,舍角的一些草料被大风掀了起来。

牛舍有四米多高,苏和巴图尔与胡雅格扛起了木梯。

他俩把木梯架好后,胡雅格说:"苏和巴图尔,你腿不方便,我上吧。"

苏和巴图尔拉开胡雅格说:"爸,你上了年纪了。还是我上吧。"

苏和巴图尔爬上几级木梯,回头说:"爸,把草捆递给我。"

胡雅格把草捆递给苏和巴图尔说:"你行吗?"

苏和巴图尔说:"我扛个人上去都没问题,何况这么捆草呢。"

胡雅格喊:"当心点!"

风雪越来越狂,龇牙咧嘴地在吼叫着。

苏和巴图尔背着草捆往牛舍顶上爬。

阿孜古丽也赶回来了。她看到苏和巴图尔正要爬上屋顶,风扯着那捆草往后拉。

阿孜古丽喊:"苏和巴图尔,当心!"那声音充满了已决定让苏和巴图尔做艾孜买提爸爸的那种情感。

屋顶上的苏和巴图尔也感到了阿孜古丽那语气的变化与含意,于是高兴地回头喊:"没事!"

阿孜古丽背上草捆跨上梯子,飞快地爬了上去。

苏和巴图尔喊:"阿孜古丽,你别上来,有我就可以了。"

但阿孜古丽已爬上去了,上去解苏和巴图尔背着的那捆草。

突然扫来一股巨大的狂风,把阿孜古丽背着的那捆草捆用力往后一扯,阿孜古丽一下摔倒了。屋顶是斜的,眼看阿孜古丽要滚下屋顶,苏和巴图尔一把拉住了她。苏和巴图尔把阿孜古丽拉的这一下,虽然止住了阿孜古丽滑落的势头,但他的脚却失去了重心,人和草捆一起从四米多高的屋顶上滚了下来……

夜,雪原。马场。

沙英把已烧得有些昏迷不醒的艾孜买提裹在皮大衣里,骑上马在雪原上狂奔起来。

齐纳尔草场。牛舍。

苏和巴图尔从屋顶上滚下来,刚好摔在一块压草料的石头上。

阿孜古丽从梯子上爬了下来,上去抱住苏和巴图尔的头。她感到热热的鲜血在她手指间涌流。苏和巴图尔已昏迷过去。

阿孜古丽喊:"苏和巴图尔!苏和巴图尔!"

胡雅格背起那捆滚在地上的草捆,就蹬上木梯朝屋顶上爬。

阿孜古丽喊："胡雅格大叔,你要当心。苏和巴图尔昏过去了,满头都是血!"

胡雅格喊："你赶快给他包扎一下。"

风夹着雪在怒吼。

两个女工紧紧抓住在风中摇晃的木梯。

阿孜古丽从腰带上撕下一条布,在给苏和巴图尔包扎头上的伤口,但血还是在往外涌。

苏和巴图尔醒过来了,想说什么。但抬眼看到胡雅格已爬上屋顶,就想站起来。阿孜古丽按住他说："你别动,我去!"

夜,托克海市。医院。

紧抱着艾孜买提的沙英急速地在院门前跳下马,冲进急诊室。

夜,齐纳尔草场。牛舍的屋顶上。

胡雅格在阿孜古丽的帮助下,把屋顶上的裂缝用草捆塞紧了,堵严实了,这才都松了口气。

苏和巴图尔站起来,想往梯子边上走,但步子还没迈出去就又昏倒在地。

两个扶着木梯的女工喊："苏和巴图尔,苏和巴图尔!"苏和巴图尔没有回音,两人就朝屋顶喊："胡雅格大叔,阿孜古丽,苏和巴图尔又昏过去啦!"

阿孜古丽抱住苏和巴图尔的头喊："苏和巴图尔,苏和巴图尔!"苏和巴图尔已是昏迷不醒。阿孜古丽说："胡雅格大叔,得赶快送医院!"

夜,托克海市。齐麦尔乳业公司,泰米尔的办公室。沙英敲开办公室的门。

泰米尔吃惊地说："阿爸,怎么啦?"

沙英满脸焦虑地说："跟我走! 艾孜买提病了,发高烧,现在正在急诊室呢。"

泰米尔开车正往医院赶。

沙英对泰米尔说:"孩子为了想要他阿爸,穿着个单衣,从学校跑到马场。这么冷的天,就是大人也撑不住啊!"

车外,风雪怒号。

沙英说:"唉! 要怪就得怪阿孜古丽,干吗不肯嫁给你呀!"

泰米尔说:"她觉得这样委屈了我,对不起我。"

沙英说:"你不计较不就行了?"

泰米尔说:"我怎么不计较,我当然计较。但与对她的爱相比,她的这些都算不了什么。我想过,内心也斗争过,但我还是决心要娶她,问题是她不愿意。"

沙英说:"所以我说这事得怪她。但她说,明天艾孜买提的阿爸就会到学校去看他。"

泰米尔突然刹住车说:"阿孜古丽真是这么说的?"

沙英说:"就是这么说的,我想,这个阿爸会不会是你呀? 因为她说,沙英大叔,你永远会是艾孜买提的爷爷的。"

泰米尔又开着车在满是积雪的街道上飞驰。

第三十一章

夜,托克海市。吉普车里。

泰米尔对沙英说:"阿爸,你错了。"

沙英说:"怎么,这阿爸不会是你?"

泰米尔说:"肯定不是!"

沙英说:"为啥?"

泰米尔说:"因为她到现在都没有来找过我。阿爸,她这是要给孩子找个阿爸,不是给自己找丈夫。谁当孩子的阿爸最好? 当然是亲阿爸最好。"

沙英想了想,叹口气说:"泰米尔,你这话有道理呀。"

泰米尔说:"这些年来,苏和巴图尔在阿孜古丽跟前也一直的努力地表现自己,阿孜古丽怎么会没有动心呢? 我看到了,也感觉到了,所以我才决心放弃我的努力,让开一条阿孜古丽可以通向苏和巴图尔的道路。"

沙英说:"泰米尔,你跟苏和巴图尔比,苏和巴图尔更像个男人! 在男人该下手的时候,就该下手。"

泰米尔说:"不!阿爸,你错了。做事堂堂正正,那才是男人。需要放弃时也敢于放弃,那才是男人的胸怀,不是吗?在你同胡雅格争齐纳尔草场的承包权时,你赢了,但你却放弃了。那时我就为我有你这样一个阿爸而自豪!因为那时你就是个我心目中的阿爸,一个高高大大的男人!"

齐纳尔草场。苏和巴图尔已被抬进牛舍。

牛舍外依然风雪怒吼。

胡雅格看着昏迷不醒的苏和巴图尔,一筹莫展地说:"这可咋办呀!"

阿孜古丽突然站起来说:"胡雅格大叔,我去找唐娅琳去。唐娅琳一般住在收奶站,她那儿现在有三辆运奶车呢。"

有一女工说:"那还有十几里地呢,风雪又这么大。"

阿孜古丽策马在风雪中狂奔,她眼中充满了焦急、忧虑与不安。她已决心要嫁给苏和巴图尔了,她心里说:"让艾孜买提和他的亲爸生活在一起吧。牺牲我自己,让艾孜买提能生活在一个美满的家庭里吧,不能再委屈孩子了!"

收奶站。风雪依然狂怒地在雪原上乱窜。阿孜古丽扑到收奶站的门口,用力敲着门。

唐娅琳披着衣服开门,揉着眼睛说:"怎么啦?"

阿孜古丽说:"快,用用你们的运奶车,苏和巴图尔快不行了!"

唐娅琳大惊说:"苏和巴图尔怎么啦?"

唐娅琳开着车,阿孜古丽抱着昏迷的苏和巴图尔挤在驾驶室里。

唐娅琳的车在大雪中疾驰,胡雅格骑马在一边飞快地跟着。

风夹着雪依然在呼号着。

运奶车的驾驶室里。

阿孜古丽抱着苏和巴图尔喊:"苏和巴图尔,苏和巴图尔你醒醒呀,你醒醒好不好?"

唐娅琳开着车吼:"你别喊了行不行?"

阿孜古丽也大声喊:"唐娅琳,现在苏和巴图尔对我恐怕比谁都重要!"

阿孜古丽的眼泪涌了出来。

唐娅琳惊诧地看看阿孜古丽,说:"怎么?"

阿孜古丽流着泪说:"因为我要嫁给他,因为他是艾孜买提的亲阿爸!"

唐娅琳说:"你说什么?"

阿孜古丽说:"我要嫁给苏和巴图尔! 你没听懂吗?"

唐娅琳闷了一会儿,说:"谢谢你,阿孜古丽,我多么希望这事会有这样一个结果啊! 太谢谢你了!"

阿孜古丽喊:"好好开你的车!"

托克海市。医院,儿科病房。

沙英摸摸躺在病床上的艾孜买提的额头对泰米尔说:"刚才打了一针,现在好像烧退了。"

泰米尔说:"医生说了,没什么大病,就是受了点风寒。"

艾孜买提一骨碌从床上坐起来说:"爷爷,我要回家。"

沙英说:"等天亮后,我们让医生再开点药,然后就回家。"

艾孜买提说:"不! 我现在就要回家,明天一早我就要去学校。我阿妈说了,明天我阿爸要到学校来看我!"又说,"爷爷,我肚子饿了。"

沙英说:"你晚上就没吃东西,怎么能不饿?"

泰米尔说:"医院边上有一家日夜小商店,我给你买点吃的去。"

急诊室。医生看着躺在急救床上的苏和巴图尔,严肃地对胡雅格,唐娅琳和阿孜古丽说:"你们谁是他的亲人?"

胡雅格说:"我,我是他阿爸。"

阿孜古丽站在后面,有些无话可说。

医生说:"那你到我办公室来一下。"

医院。走廊上。

泰米尔走过急诊室门口时,刚好与站在门口的阿孜古丽相遇。

阿孜古丽吃惊地说:"泰米尔,你怎么在这儿? 谁病啦?"

泰米尔也吃惊地说:"阿孜古丽,你怎么啦?"

阿孜古丽说："苏和巴图尔昨晚上到牛舍顶上修屋顶，从上面摔下来摔伤了。"

泰米尔说："伤得怎么样？"

阿孜古丽说："伤得不轻，流了好多的血。"

泰米尔说："能去看看吗？"

阿孜古丽点点头，然后又说："你怎么在这儿？"

医生办公室。医生对胡雅格和唐娅琳说："失血太多，腹内也大出血，时间又拖了这么久，我们尽我们的力量吧。但……希望可能……"医生说到这里摇摇头。

胡雅格说："医生，你们要尽力呀！"

医生说："这是我们的职责！"

医院。急诊室。阿孜古丽领着泰米尔走到昏迷不醒的苏和巴图尔跟前。

泰米尔轻轻地喊了两声："苏和巴图尔，苏和巴图尔？"

苏和巴图尔的眼皮似乎动了动，但又沉睡过去。

医生办公室的走廊。

胡雅格一走出医生办公室，便一屁股坐在了地上，说："这可怎么办呢？"说着，老泪纵横。

唐娅琳含着泪说："胡雅格大叔，苏和巴图尔还活着呢！我们可不要泄气呀，医生不是说要尽力抢救吗？"

胡雅格摇着头流着泪说："没指望了，我知道肯定是没指望了。"

唐娅琳用力拉起胡雅格说："胡雅格大叔，别说泄气话好不好！咱们该给苏和巴图尔打气去才对呀。"说着，眼泪也扑哧扑哧往下落。

急诊室。阿孜古丽对泰米尔说："艾孜买提是怎么回事？"

泰米尔说："没什么大病，医生说受了点风寒，现在好了，去看看他吧。

他说,明天你要领着他阿爸到学校里去看他。"

阿孜古丽说:"对,我说了。但现在看来不可能了。"

泰米尔说:"为啥?"

阿孜古丽说:"你没看见他躺在那儿了吗? 泰米尔,我选择错了吗?"

泰米尔说:"不,这是你最好的选择。"

阿孜古丽摇摇头,说:"不。应该说这是给艾孜买提的最好选择,他该有个阿爸。"

泰米尔说:"你去看艾孜买提去吧。我要给艾孜买提买点吃的去,他说,他肚子饿了。"

医院走廊。阿孜古丽要去艾孜买提的病房,但刚好遇见唐娅琳和胡雅格。

阿孜古丽说:"医生怎么说?"

胡雅格抹了一把眼泪,说:"活不了了!"

阿孜古丽震惊地说:"胡雅格大叔,你说什么呀!"

唐娅琳说:"阿孜古丽,你去哪儿?"

阿孜古丽说:"艾孜买提也住院了,我得去看看。"

胡雅格哭丧着脸说:"艾孜买提怎么了? 别儿子不行了,孙子也出啥问题,我胡雅格还有个啥活头呀。"

唐娅琳说:"胡雅格大叔,你今天怎么啦,尽说些胡话!"

胡雅格说:"唐娅琳,你去守着苏和巴图尔,我要和阿孜古丽去看看艾孜买提。"

艾孜买提住的病房。

阿孜古丽和胡雅格一走进去,艾孜买提就从床上跳起来喊:"阿妈!阿妈!"

阿孜古丽说:"艾孜买提,你病好了吗?"

沙英说:"没事了。当时可把我吓坏了。"

阿孜古丽指指胡雅格对艾孜买提说:"叫爷爷。"

艾孜买提说:"我才不叫他爷爷呢。他光跟爷爷吵架,算什么爷爷!"

沙英笑着对胡雅格说:"哈哈哈,看见了吧。孩子的眼睛是雪亮的,也最是爱憎分明的!"

阿孜古丽说:"沙英大叔!"

沙英说:"怎么啦?"

胡雅格说:"沙英,我告诉你,艾孜买提是我的孙子!因为阿孜古丽决定要嫁给苏和巴图尔了。"

唐娅琳突然冲进病房,说:"苏和巴图尔醒了,他想见你们。"

艾孜买提说:"阿妈,我要去学校,天亮后我就要见我阿爸了。"

阿孜古丽一把抱起艾孜买提,眼里含着泪说:"走,现在就去见你阿爸去!"

沙英张大嘴,一时什么话也说不出来。

胡雅格说:"对对对!去看你的阿爸!让这个冒牌爷爷一边待着去!"说着又是哭丧着脸又想笑给沙英看,脸都扭曲了。

沙英眼看着胡雅格他们要走出房间,傻了一会儿,又马上露出一脸的笑容,自语着点头说:"这样也好!这样也好!艾孜买提总算有个阿爸了,可怜的孩子!哈哈哈哈……"那笑声也有些变味。

艾孜买提住的病房门口。

阿孜古丽刚把艾孜买提抱到门口,唐娅琳站在走廊里有些犹豫。

唐娅琳对阿孜古丽说:"先别抱到苏和巴图尔那儿去!现在他可受不得刺激,医生说也不能让他激动。要不阿孜古丽,你先去看看他,跟他说清楚了,你再把艾孜买提抱去。"

阿孜古丽想了想,把艾孜买提放下说:"艾孜买提,你先在这儿等着阿妈,阿妈过会儿就让你见阿爸去。"

急诊室。

苏和巴图尔虽醒过来了,但已奄奄一息,似乎是临死前生命火花的最后一点燃烧。

阿孜古丽抓住苏和巴图尔的手说："苏和巴图尔,你要活下来。我已经想好了,我要嫁给你,让艾孜买提叫你阿爸!"

苏和巴图尔微笑着说："这么些年来,我一直盼着的就是你的这句话。"

阿孜古丽说："从此以后,我们一家三口就好好办我们的奶牛场,好好地过日子!"

苏和巴图尔说："阿孜古丽,有你这话,我会活下来的……"

艾孜买提的病房。

窗口已微微地透出一点曙光。

沙英坐在床边看着兴奋不已的艾孜买提,想了又想,心里老是有种异样的感觉。突然他急急地给艾孜买提穿上衣服,说："艾孜买提,你病好了,该到学校去上学了,对吧?"

艾孜买提说："对! 爷爷,我们现在就走吧。要不,晚了,赶到学校就要迟到了!"

沙英说："我们现在就走!"

艾孜买提说："今天,我阿妈还要带着我阿爸来看我呢。"

沙英说："那我们现在就上路。"

急诊室。

苏和巴图尔也已经感到自己生命似乎在渐渐被抽走,他挣扎着说："阿孜古丽,我想见艾孜买提,想让他叫我一声阿爸,行吗?"

阿孜古丽立马站起来说："我这就去把他抱来。"

艾孜买提住的病房。

泰米尔拿着一些面包之类的食品走进病房,发现艾孜买提和沙英已不在病房。

阿孜古丽这时也奔到病房里。

阿孜古丽对泰米尔说："艾孜买提呢?"

泰米尔说："我也不知道呀,我也是刚进来。"

阿孜古丽说:"不好!你阿爸把他带走了。泰米尔,快开你的车去追,苏和巴图尔要见儿子!"

凌晨,沙英紧抱住艾孜买提,策马在雪原上奔驰。他那神情,仿佛后面有追兵似的。

泰米尔的吉普车在疾驶。

泰米尔从车前窗可以看到沙英骑的马在风雪中奔驰。

阿孜古丽焦急地说:"你阿爸怕我让艾孜买提认苏和巴图尔啊!所以就带着艾孜买提跑了。他以为我让艾孜买提认了自己的亲阿爸,艾孜买提就会不要他这个爷爷了。"

泰米尔说:"我阿爸太喜欢这孩子了……"

阿孜古丽流着泪说:"可我要让艾孜买提去叫苏和巴图尔一声阿爸呀!你再快些吧!我怕来不及了……"

阿孜古丽痛哭起来。

泰米尔也意识到了什么,加大了油门。

吉普车追上沙英和艾孜买提。

沙英看到了,反而加快了马的速度,又把泰米尔他们甩到了后面。

沙英在前面跑,泰米尔的吉普车在后面追。

泰米尔气恼地将油门一踩到底,倏地冲到了沙英的前方,一个急刹车,横在沙英的马前。

沙英勒住了马。

泰米尔跳下车喊:"阿爸,你要把艾孜买提带到哪儿去?!"

沙英有些心虚地说:"去上学呀!孩子的学习不能耽搁呀。"

泰米尔说:"你把艾孜买提给我,苏和巴图尔要见他!"

沙英在犹豫,他不想松手。

泰米尔喊:"阿爸!"

阿孜古丽从车上下来,走上前说:"沙英大叔,我知道你的心思。我说了,艾孜买提永远是你的孙子,我也知道你和艾孜买提的感情,艾孜买提对你比对我还亲。但是今天,你一定得让艾孜买提去认苏和巴图尔这个阿爸!"

沙英说:"一定得认吗?泰米尔就不能做艾孜买提的阿爸吗?他一样会对艾孜买提好的呀!"

泰米尔急了,说:"阿爸,你在说什么呀?你原来的洒脱劲儿到哪去了?!"

沙英满脸矛盾和不舍的神情,马也在来回踱着步,显得很不安。

阿孜古丽突然一下子跪倒在沙英的马前。

沙英说:"阿孜古丽,你这是干什么?"

阿孜古丽含着泪说:"沙英大叔,苏和巴图尔快要死了!"

沙英大惊失色地说:"啊?!"

阿孜古丽说:"他是为了救我,才从屋顶上摔下来的。现在因为流血过多,又是内出血,医生说……"阿孜古丽说着泪流满面,哽咽着说:"求你了,让艾孜买提去叫苏和巴图尔一声阿爸吧!"

沙英后悔死了,气急地跳下马说:"这话,你在医院里就该跟我说的呀!我是怕你们从此以后会把艾孜买提从我身边抢走呢。"

急诊室。

泰米尔,阿孜古丽,唐娅琳,胡雅格,艾孜买提都围在虽然仍输着血但已奄奄一息的苏和巴图尔的病床旁。

阿孜古丽对艾孜买提说:"艾孜买提,叫阿爸。他就是妈妈今天要带着去见你的阿爸。"

艾孜买提说:"他不是跟我一起赛马的苏和巴图尔叔叔吗?"

阿孜古丽说:"他就是你阿爸。"

沙英说:"艾孜买提,叫阿爸!啊?快叫阿爸,听到没有?要不爷爷要生气啦。"

艾孜买提看看沙英,发现沙英真的板下脸了。于是对着苏和巴图尔叫了一声说:"阿爸。"接着把脸转向阿孜古丽说:"阿妈,我有阿爸了,我阿爸就是苏和巴图尔叔叔,是吗?"

阿孜古丽含着泪点点头说："是!"

艾孜买提又冲苏和巴图尔亲切地大叫一声："阿爸——"

苏和巴图尔笑了,他努力想挣扎起来,去拥抱艾孜买提,但他已经没有力气了。他看着艾孜买提,在欣喜的微笑中说:"阿孜古丽,艾孜买提,有了你们,我要活下来! 我能活下来的!"

护士在医生耳边说:"许医生,血浆不够了"。

泰米尔在旁边听到了说:"输我的血,我和苏和巴图尔的血型是一样的,为了给村里人输血,我俩在乡里的医院验过血。许医生,你们一定要救活苏和巴图尔啊!"

阿孜古丽说:"也输我的血吧! 我是O型血。"

唐娅琳说:"我也是,也输我的!"然后对苏和巴图尔说,"苏和巴图尔,你说过,你会坚持,以你的诚心感动上苍。现在,你的努力已经见到曙光了,你看到了吗?"

苏和巴图尔微弱但却坚定地点了点头。

唐娅琳:"那你就一定要活下去! 为了阿孜古丽,为了艾孜买提,为了我们大家,为了我们辽阔的齐纳尔草场,为了我们正在发展的事业……"唐娅琳一时哽咽了,她已经是泪流满面。

满屋子的人都是满眼的泪,苏和巴图尔的眼里也闪着泪光。

吊着血液袋里的鲜血,正一滴一滴地流入苏和巴图尔的体内。

苏和巴图尔紧紧闭着双眼……

屋子里静悄悄的。

苏和巴图尔似乎看到了阳光普照下一望无际丰茂的草原,风吹拂着碧草,现出散步在草原上的牛群,在牛群不远处的山冈上,有两个骑马的身影,那是阿孜古丽和艾孜买提。

苏和巴图尔的眼角,有一滴泪缓缓流了下来。

齐纳尔草场。

挤奶厅。

乳牛正排列在厅里挤奶。

阿孜古丽在巡视着。

胡雅格朝挤奶厅走来。

阿孜古丽从窗口看到了,也看到不远处唐娅琳坐着的运奶车开过来了。

阿孜古丽走出挤奶厅。

奶牛们正从挤奶厅里被赶出来。

展现在阿孜古丽和胡雅格前面的是辽阔的草原,和走向草场的牛群们。

两个人都绽开了欣慰的笑容。

胡雅格看看阿孜古丽,说:"阿孜古丽,苏和巴图尔……"

阿孜古丽说:"我知道,今天我就去找艾孜买提回来,明天我们一起去。"

胡雅格有些哽咽地说:"阿孜古丽,你受委屈了,我代表我们全家谢谢你。"

阿孜古丽说:"胡雅格大叔,你快别这么说。你是艾孜买提的爷爷,我们原本就该是一家人。"

胡雅格说:"可你要知道,我盼这天盼了多久,我就想着艾孜买提有一天能回到我身边,能扑到我这个亲爷爷怀里叫一声爷爷!"说着,眼角渗出了泪,他赶紧擦掉。

阿孜古丽突然指着远处说,"胡雅格大叔,你看,泰米尔来了。"

泰米尔的吉普车正向他们驶来。

泰米尔的吉普车停了下来,车门一打开,艾孜买提从车上奔了下来,喊:"阿妈!阿妈——"

胡雅格又惊又喜,抢着迎了上去,说:"艾孜买提,你怎么来了?"

阿孜古丽有些奇怪地望着从驾驶室走下来的泰米尔。

泰米尔说:"我去学校接的艾孜买提,因为有人急着想见他。"

胡雅格想去抱艾孜买提,艾孜买提躲开了,跑到阿孜古丽跟前,拉着阿孜古丽的手指着吉普车说:"阿妈,快看,阿爸回来了!"

泰米尔扶着苏和巴图尔从吉普车后座上走了下来。苏和巴图尔虽然脸色还有些苍白,但明显已经恢复得很好了,他看着胡雅格和阿孜古丽,脸上溢出激动的神情。

泰米尔说:"说好了明天出院的,可苏和巴图尔等不及了,非要我早点把他送回来,还要我帮他去接儿子。"

在胡雅格一愣神的时间,艾孜买提挣脱了胡雅格,扑向苏和巴图尔,一把抱住苏和巴图尔,回头骄傲地说:"阿妈,阿爸回来了! 我艾孜买提有阿爸了!"

阿孜古丽的眼睛湿润了,她走向苏和巴图尔和艾孜买提。

苏和巴图尔看着阿孜古丽,眼里满含着询问和忐忑。

阿孜古丽走到苏和巴图尔跟前,说:"苏和巴图尔,"她一时不知道该怎么表达,停了一下,这才说,"欢迎你回家……"

苏和巴图尔的眼泪夺眶而出,一把抱住了阿孜古丽,紧紧地将她搂在怀里。

唐娅琳开着奶罐车停在了挤奶厅门口。

唐娅琳跳下车,看到不远处的苏和巴图尔,阿孜古丽和艾孜买提子在一起,又惊又喜地对胡雅格说:"苏和巴图尔出院啦? 胡雅格大叔,你们一家终于团聚了,恭喜你啊!"

胡雅格感慨地说:"泰米尔,娅琳,要不是你们和阿孜古丽,我们家的苏和巴图尔……真是多谢你们了!"

泰米尔说:"胡雅格大叔,您说这话就见外了,苏和巴图尔是和我从小一起玩大的兄弟呀,这些不都是该做的。"

胡雅格说:"泰米尔,还有娅琳姑娘,我有件事想和你们商量一下。"

泰米尔说:"你说吧,有什么事还需要我们帮忙。"

胡雅格说:"不不,是这样。在医院里,那时候苏和巴图尔被你们从死亡线上拉回来后,他醒过来的时候跟我讲了一句话,他说,他的命是你泰米尔,娅琳,还有阿孜古丽给的,他不知道该怎么报答你们。"

唐娅琳说:"胡雅格大叔,我们只是……"

胡雅格摇手示意让自己把话说完,然后继续说:"我回来跟我老伴儿,还有阿孜古丽商量了一下,我们决定,把齐纳尔草场租赁给你们齐麦尔公司,苏和巴图尔也同意了。"

泰米尔和唐娅琳相互看看,有些不知道该说什么好。

胡雅格说:"我们想透了,齐纳尔草场很大,这里可以办成很大规模的奶牛场。单靠我们一个家庭的能力,把奶牛场办起来可以,但要办大办好,确实有些吃力。如果交给你们齐麦尔公司,你们应该能够把它办成一个更有规模更现代化的奶牛场,我相信你们。"

唐娅琳激动了,说:"胡雅格大叔,谢谢你,我们一定能行的。"

泰米尔想了想,说:"胡雅格大叔,齐纳尔草场我们齐麦尔公司租赁下来,绝不是要把你们家排除在外。这个奶牛场我们齐麦尔公司控股,但你胡雅格大叔,还有苏和巴图尔和阿孜古丽都会有股份,而且经营权也还是在你们手里。"

胡雅格愣了一下,说:"这个,我也不太懂……"

苏和巴图尔和阿孜古丽领着艾孜买提走了过来,苏和巴图尔说:"泰米尔,如果你肯让我当这个奶牛场的场长,我一定会尽心尽力的。"

泰米尔笑了笑说:"除了你,没可能再有另外一个合适的人选了!"

苏和巴图尔伸出手说:"那就说定了? 为了我们共同的事业,一起干?"

泰米尔说:"说定了,一起干!"说着两个男人一击掌,两只手紧紧握在一起。

唐娅琳嚷嚷说:"嗨嗨,还有我呢,我也是一起的呀!"说着,一把拉过阿孜古丽的手说,"还有阿孜古丽,这个事业,我们都有份!"

四个人的手紧紧握在了一起,大家畅快地笑着。连艾孜买提也被感染了,跳着说:"还有我,我也算一份儿!"

胡雅格高兴地又想去抱艾孜买提,说:"好小子,这会儿你凑什么热闹,以后有你掺和的份儿!"艾孜买提躲闪着跑开了,胡雅格有些失望。

齐纳尔草场。

唐娅琳和泰米尔在吉普车旁。

唐娅琳仍是满脸的兴奋,得意地对正要上车的泰米尔说:"看吧,看吧,这件事上我比你有眼光吧?"

泰米尔说:"什么事?"

唐娅琳说:"我早说了啊,合比分好嘛。"

泰米尔:"具体指哪个事啊?"

唐娅琳:"都有啊！苏和巴图尔和阿孜古丽,还有租赁齐纳尔草场的事啊！"

泰米尔说:"苏和巴图尔和阿孜古丽的事,你确实比我有先见之明,可租赁齐纳尔草场的事,应该是我先有预见吧?"

唐娅琳瞪了泰米尔一眼:"吹毛求疵,一点都不像个男人！"

泰米尔说:"说谁的?男人该大度的时候大度,该细致的时候可一点都不含糊。"

唐娅琳:"去你的！"

两年后。

苍翠辽阔的草场上,奶牛已有上千头了。

阿孜古丽看着奶牛在草场上吃草,脸上满是喜悦和满足。

两年后的齐麦尔乳业公司。齐麦尔乳业公司已经扩展得有相当的规模了。泰米尔与向志疆在视察着工厂的生产线。

泰米尔和向志疆从厂区走了出来。

泰米尔似乎想起了什么,说:"向志疆,你好像有很长时间没去娜达莎那儿了吧?跟娜达莎的事儿到底进行得咋样了?"

向志疆说:"那得罗米夏回来再说吧。"

泰米尔说:"为什么要等罗米夏回来?"

向志疆说:"给人一个公平竞争的机会。乘虚而入,可不是我向志疆这样的人干的事。"

泰米尔看看向志疆,笑着说:"我欣赏,不过……你别忘了,罗米夏是我哥,我的心倾向于罗米夏哦,我希望娜达莎与罗米夏能复合。"

向志疆说:"那得看娜达莎的态度。"

泰米尔说:"我看你还是放弃吧。"

向志疆说:"虽然讲起来,罗米夏是你哥了,但我和他还没开始正式竞争呢,哪里谈得上什么放弃!"

泰米尔说:"那为什么突然要等罗米夏了呢? 之前罗米夏不在的时候,你那不也算是乘虚而入吗?"

向志疆说:"那时候没这种顾虑,因为那小子那会儿是个坏怂,不值得我去跟他竞争,可现在不一样了,他是你哥,更重要的是现在他像个男人了,那我就得另眼相看了。"

泰米尔一笑说:"可我怎么看你,都觉着你已经做好输的准备了。"

向志疆说:"滚一边去! 自己的事情都还处理不好呢,就会打压我,你有病啊!"

第三十二章

齐麦尔乳业公司。泰米尔的办公室。

泰米尔正在打电话,他说:"要创立一个品牌,你得花二三十年的时间,但你要毁掉一个品牌,只要五分钟的时间就够了,这点我泰米尔比谁都清楚!所以在质量问题上,我们是绝不会姑息的。"

罗米夏推门进来。

泰米尔看到罗米夏,显出一脸的惊喜。他放下电话,向罗米夏伸出了双手。

罗米夏紧紧握住泰米尔的手,说:"泰米尔,两年时间,想不到公司的变化这么大。"

泰米尔说:"办企业就得有日新月异的精神,这样,在市场上才有你应有的份额。要不,你很快就会被挤出市场的。哥,这两年你去哪儿了?我心里一直牵挂着你呢。"

罗米夏说:"去俄罗斯做生意了。"

泰米尔说:"没坑蒙拐骗吧?"

罗米夏说:"不会了。现在我是彻底地懂了,人做不好,生意也做不长。在俄罗斯我做成了几笔生意,赚了点钱。但我还想回来,金屋银屋不如自家的草屋。外面再好,总也离不开咱新疆的草原。"

泰米尔拍了拍罗米夏的肩,说:"罗米夏,我带你去见个人。她为了你的事,这两年她心里是备受折磨。走,现在就走。"

罗米夏说:"我还拉了几车牛呢。"

泰米尔说:"拉了几车奶牛?"

罗米夏说:"三十头奶牛。泰米尔你明白我的意思了吧?"

泰米尔说:"你说过,要做一件事来证明自己的清白。"

罗米夏说:"对!我不是有意要害胡雅格大叔家的奶牛的,所以我要加倍地偿还他们!"

泰米尔说:"你走的那天,你的清白已经得到证实了。所以当初我劝你不要走嘛。"

罗米夏说:"我的清白得到证实了?怎么回事?"

阿孜古丽,唐娅琳,泰米尔和罗米夏都在牛舍里。

唐娅琳懊丧愧疚地对罗米夏说:"你让我买的这头牛不是那头病牛。这两头牛长得真的太像了。所以罗米夏,我冤枉你了。"唐娅琳深深地朝罗米夏鞠了一躬说,"虽然过去两年了,但这个我还是得向你道歉,罗米夏,对不起了!"

罗米夏感动得满眼是泪。

罗米夏说:"我听泰米尔说,齐纳尔草场已经归咱齐麦尔公司管了,那我买的奶牛,公司得收下。"

唐娅琳说:"当然收下,算你入的股。行吗?"

罗米夏对泰米尔说:"泰米尔,我还是回公司去工作,行吗?"

泰米尔说:"你一直都还是公司里的人啊!早就盼着你回来。企业办大了,越来越感到人手不够用啊,尤其是我们的销售渠道。"

牛舍前。罗米夏正要跟着泰米尔上车,突然回头对来送他们的阿孜古丽和唐娅琳说:"阿孜古丽,唐娅琳,那些奶牛你们隔离观察上四十天后才能归群。"

阿孜古丽一笑说:"知道!"

夕阳如血。娜达莎的毡房前。

罗米夏在离毡房不远处跳下马。

罗米夏走到娜达莎跟前说:"晓萍呢? 我想看看晓萍。"

娜达莎说:"你不知道她上的是寄宿学校吗?"

罗米夏说:"娜达莎,我也想来看看你。"

娜达莎说:"你的事泰米尔告诉我了,唐娅琳也告诉我了。你亲阿爸也对我说,罗米夏这小子会变好的。我想不到你和泰米尔是兄弟,这巴吉尔草场就是你阿爸承包的,天下的事真巧啊!"

罗米夏说:"那我可以回家了吗?"

娜达莎说:"现在还不行。"

罗米夏说:"那要让我等到什么时候?"

娜达莎说:"我还要看看。我对你不会再像年轻时那样疯狂那样轻率了。"

罗米夏说:"我找到了我的亲阿爸,我已决心要做个像我兄弟那样的人。"

娜达莎说:"我可以再给你一次机会,知道了吗? 等月亮变圆的时候,你不用来,我会主动去找你的。"

罗米夏说:"我一定珍惜这次机会。在人生的路上,我不能再走错路了。"

阿孜古丽把泰米尔送出牛舍。

泰米尔说:"阿孜古丽,你知道今天是什么日子吗?"

阿孜古丽沉思了一会儿,说:"知道。九年前的今天,是你要离开我出门远行的时间。"

泰米尔说:"今晚,我会在你送我的那个地方等你。其实,我每年的那晚都会去等你。我一直没有等到你,一晃九年过去了,也发生了许许多多的事情。虽然这中间我的事业也慢慢搞大了,又出现了这么多的变故,但我对你的心依然没有变。"

马场。

沙英正在牧马。

又长高了的艾孜买提骑着马来到马场,喊:"爷爷——"

沙英说:"怎么不去上学?"

艾孜买提说:"爷爷,你的记性太差了,今天是星期天。"

沙英说:"那作业呢?"

艾孜买提说:"做完了。"说着,就跟着沙英一起赶着马群。

泰米尔满面春风地骑马来到马场。

泰米尔看到沙英和艾孜买提嬉笑着赶着马群,欣慰地笑了。

泰米尔喊:"阿爸,你过来一下,艾孜买提也一起过来。"

沙英和艾孜买提飞马过来。

沙英说:"什么事?"

泰米尔说:"爸,阿孜古丽和苏和巴图尔已经办好结婚证了。"

沙英说:"唉,我真希望你能娶阿孜古丽啊。"

泰米尔说:"爸,我知道您的心思,您是舍不得艾孜买提。可阿孜古丽说了,艾孜买提永远是您的孙子。"

沙英说:"他们俩婚礼啥时候办?"

泰米尔说:"下个星期六,你去参加吗?"

沙英说:"为啥不去? 婚礼上,我还要跟胡雅格这个老家伙拼酒呢! 阿孜古丽没能成为我的儿媳妇,但这酒我还是要好好地去喝!"

齐纳尔草场。胡雅格同几个牧工一起在割草。沙英同艾孜买提一起骑马过来。胡雅格看到了。

沙英领着艾孜买提走到胡雅格跟前说:"胡雅格老弟。"

胡雅格说:"干吗? 带着艾孜买提又来气我?"

沙英说:"艾孜买提,我在路上怎么跟你说的?"

艾孜买提说:"让我来看看亲爷爷呀!"

沙英说:"喏,快叫爷爷。"

艾孜买提对沙英说:"这不是老和爷爷吵架的老头吗?"

沙英用鞭子柄轻轻敲了一下艾孜买提的脑袋。

胡雅格心疼地说:"沙英你干吗? 打我孙子干什么?"

沙英对艾孜买提说:"他就是你的亲爷爷,快叫呀。路上不是说好的吗?"

艾孜买提摸摸脑袋,冲着胡雅格说:"爷爷,您好。不过,那时候在医院里,我已经叫过你爷爷了。"

胡雅格激动得满眼都是泪,一把抱住艾孜买提说:"孙子,我的好孙子啊。"

艾孜买提说:"我现在有两个爷爷了。一个是我的好爷爷。"他指指沙英,"一个是我的亲爷爷。"再指指胡雅格。

沙英说:"老弟,现在把艾孜买提还给你,但星期五晚上我要过来,星期天让艾孜买提在我那儿过个周末,咋样?"

胡雅格说:"艾孜买提,可以吗?"

艾孜买提说:"可以。爷爷已经同我说好了,你是我的亲爷爷呀。我今天就同亲爷爷在一起。"

胡雅格又一次激动得满眼是泪。说:"是吗?"

沙英说:"就这样,我走了! 不过胡雅格,下个星期六我会上你家喝喜酒去,苏和巴图尔要和阿孜古丽结婚了,这一仗,你胡雅格赢我沙英了! 但这喜酒,我一定要喝个够!"

胡雅格说:"这次我一定要放翻你! 你这个老混蛋!"

沙英大笑着说:"谁放翻谁还不一定呢! 哈哈哈哈哈……"

沙英策马而去。

艾孜买提说:"亲爷爷,你干吗骂我爷爷是老混蛋呀。"

胡雅格说:"他当然是个老混蛋! 但他是个可爱的老混蛋。"

艾孜买提不解地说:"老混蛋怎么会是可爱的呢?"

巴吉尔草场。娜达莎的毡房前。

娜达莎对向志疆说:"向志疆,这个婚我不能跟你结。"

向志疆说:"为啥?"

娜达莎说:"我可以坦率地告诉你,我发现我内心还爱着罗米夏。"

向志疆说:"可是,我们不是也相爱了吗? 这几年我一直这么等着你。"

娜达莎:"向志疆,请你原谅我,你不知道,那时我爱罗米夏爱得多么疯狂,追他也追得疯狂。那时,我随时想为他去死。其实,后来我虽然跟他分手了,但他在我心里并没有死。"

向志疆说:"可我们……"

娜达莎说:"我们拥抱了,我们接吻了。但我并没有为你献身。因为我觉得我还属于罗米夏。虽然我有时咬牙切齿地恨他。但我发觉,我还爱着他。只要他变好了,走回头路了。他又找到了他的亲阿爸,那个可爱的沙英爸爸,还有他的泰米尔兄弟。我会让他回家的……"

向志疆说:"可你不是对我太残忍了吗?"

娜达莎说:"你爱我,为我做了不少事,我很感谢你,我愿意把吻给你,但我并不是真正爱你,我说的是那种刻骨铭心的爱。"

向志疆失望地看着娜达莎:"我知道现在你心中的天平肯定是罗米夏那头更重了,月亮升起来了,但云儿却把它遮住了。"

草原。热合曼坐在河边在拨着琴弦,向志疆沮丧地坐在一旁听着。

一曲弹完。

热合曼对向志疆说:"别丧气,丧气是没有用的。对任何事情,甚至于生命,都不要丧气。因为人活在这世上,希望是永远存在的。你看苏和巴图尔的努力不就成功了吗,阿孜古丽还是嫁给他了嘛。儿子不也有了阿爸了嘛。"

向志疆:"热合曼大伯,阿孜古丽不是你的亲女儿吧?"

热合曼说:"领养的,领养时她才四岁,小名叫妮妮。"

向志疆紧张地："妮妮？……"

齐纳尔草场。向志疆骑马朝齐纳尔草场狂奔。

齐纳尔草场。牛舍的围栏前。向志疆骑马冲了过来,他翻身下马,扑到围栏前,直直地瞪着阿孜古丽,想从她身上找到过去妮妮的影子。

阿孜古丽有些莫名地看着他,两人好一会儿没说话。

向志疆："阿孜古丽,你小时候叫妮妮?"

阿孜古丽："是呀,怎么啦?"

向志疆："妮妮,你别忘记你爸爸妈妈,哥哥的名字,你爸爸叫赵杰,妈妈叫刘萍,你哥哥我叫铁蛋。"

阿孜古丽惊诧地说："向志疆,你……这话是听谁说的?"

阿孜古丽也瞪着向志疆,她也在拼命回忆着什么。

向志疆说："妮妮,我就是铁蛋啊,我就是你哥呀。"

阿孜古丽说："你……真是我哥?"

向志疆满眼是泪地说："妮妮,我为什么叫向志疆?因为我一直惦记着这块地方!我爸倒在了这里,我妹妹也送人了,我心里一直有着一个心愿,走遍整个托克里克草原,直到找着我在这世上唯一的亲人,我的妹妹。"

阿孜古丽一下紧紧地抱住向志疆喊："哥——"然后又突然推开向志疆说："哥,那你当初干吗老说我的坏话呀!"

向志疆说："我怎么知道你是我的妹妹呢?而且,我想,我妹妹怎么可能会是那样的女人呢?"

阿孜古丽含着泪说："哥,我不是个坏女人。"

向志疆说："你不是!你当然不是!泰米尔把你那时的情况给我说了。"

阿孜古丽说："哥,这儿所有人都原谅我了,你就不能原谅你的妹妹吗?"

向志疆说："妮妮,我们兄妹能重逢,这比什么都强!我活着,你也活着,一个姓向的人收养了我。我长大了,我改名叫向志疆,想到这儿来一面做事业,一面找我的妹妹。"

阿孜古丽想到了,说："所以那次的那达慕大会上,你非要问我的名字。"

向志疆说:"是啊,我走了一天赶到那里,就是想在那里碰碰运气。一看到你,我就感到你像妮妮,没想到你真是我的妹妹。"

阿孜古丽说:"哥,我一直把你当成了个不怀好意的人,偷看我,跟踪我,还说我坏话,对我有偏见……"

向志疆说:"我又何尝不是呢,我把你当成了一个麻烦制造者,一个小心眼的女人……我真傻,每次看到你,都会有妮妮的幻觉出现,可我偏偏就没想到要多问一声。"

阿孜古丽说:"那是因为,你半路上就放弃了找我,把我忘了。可我还记得,记得你说的那些话,直直地走……看到房子,就能找到喜旺大叔了,就是这句话,一直支撑着我,无论生活有多艰难……"

向志疆说:"对不起,妮妮,是我错了。我以为你已经死了,我是放弃了,所以才会跟你擦肩而过那么多次,就是没能问你一声,你是不是妮妮……"他又一下抱住了阿孜古丽说,"哥哥真的对不起你,妮妮。"

阿孜古丽哭了。

牛舍围栏前。唐娅琳开着运奶车过来,她远远看到向志疆和阿孜古丽拥抱在一起,一会儿哭,一会儿笑,

两人分开一会又拥抱在一起。

唐娅琳气得咬牙切齿地说:"真无耻!"

唐娅琳把车开到离他们不远处停下,两人依然相拥在一起。

唐娅琳朝他们走去。他俩这才分开。

唐娅琳气咻咻地走到阿孜古丽跟前怒斥说:"阿孜古丽,你怎么是这样一个女人? 你是不是也是这样勾引泰米尔的? 你都快要同苏和巴图尔举行婚礼了,怎么还能跟别的男人这样?"

向志疆说:"唐娅琳,你搞错了。阿孜古丽是我的亲妹妹,是我失散了二十几年的亲妹妹。"

唐娅琳惊讶地张大了嘴,说:"阿孜古丽是你的亲妹妹?"

向志疆说:"对。她的小名叫妮妮。"

阿孜古丽说:"唐娅琳,我的故事不是告诉过你吗?向志疆就是我的亲哥哥铁蛋,他倒下时说,直直地往前走……"阿孜古丽说着,脸上又滚下了又惊又喜又心酸的泪。

向志疆说:"我是被一个姓向的人救下的。他把我带到了哈密,所以我现在姓向。我给我自己起了个名字,叫向志疆。因为我一定要到草原来,找到我的妹妹。但这么些年,我就生活在我妹妹的身边,可却……"

唐娅琳也有些惊喜交加,她感慨地说:"原来是这样啊!"

马场。沙英的毡房。

毡房的周围已经被篝火和灯光映射得通亮。

苏和巴图尔与阿孜古丽的婚礼,在热闹地举行着。

婚礼的场面很大,热闹非凡。许多熟悉的面孔都被灯光火光映衬得红彤彤的,到处是喜气洋洋。泰米尔,唐娅琳,向志疆,沙英,胡雅格抱着艾孜买提,热合曼,罗米夏和娜达莎领着晓萍,还有张志文,章立光,萨仁娜和毕力格等人都在其中。

泰米尔把张志文和章立光介绍给阿孜古丽。

张志文仔细地端详着蒙古族盛装的阿孜古丽,说:"好漂亮啊!可我总觉得,好像在哪里见过新娘子的。"

章立光开玩笑说:"你这个人,见到漂亮姑娘就会说认识。"

阿孜古丽已经认出了张志文,说:"有一年那达慕大会上,我遇见过一个总经理……"

张志文想起来了,说:"啊呀,惭愧,惭愧!我那时满心思想让你进我们公司当公关呢。"然后对章立光说,"你不知道,那年的那达慕大会上,新娘的歌声有多美,我真是被陶醉了,居然动起了歪脑筋,没想到被严词拒绝了。"

泰米尔说:"阿孜古丽,我相信你和苏和巴图尔会幸福的。你看,苏和巴图尔为了你,好好的活过来了,中国有句古话,说大难不死,必有后福。苏和巴图尔多爱你啊,你会幸福的!"

阿孜古丽点头说:"我又找到了我的亲哥哥,可我们居然那么多年见面不相识,还彼此误解。"

向志疆走过来说:"虽然当时没能相认,但最终我们还是走在了一起呀!这全是缘哪!"向志疆感叹说:"想想真是的,我刚刚失去了爱情,却找到了久违了的亲情。人生啊,太奇妙了啊!"

张志文说:"那我们就为这大起大落的奇妙人生干一杯吧!"

章立光说:"对,干完这杯,让新娘和新郎为我们对唱一首歌,让我们也感受一下他们此刻的幸福和快乐吧!"

毡房里。沙英与胡雅格坐在一起,大眼瞪着小眼。

沙英说:"咋样?"

胡雅格说:"什么咋样? 你们家的勒勒车呢?"

沙英说:"哎,毡房边上。"

胡雅格说:"那就开始吧! 我儿子和阿孜古丽的婚礼嘛,我喝个一醉方休啊。"

沙英说:"阿孜古丽是你的儿媳妇了,艾孜买提现在就是你真正的孙子了! 这会儿你可不能再说我赖账了吧?"

胡雅格说:"不过,艾孜买提不还得叫你爷爷吗? 我也赖不走的!"

沙英又对晓萍说:"晓萍,我的好孙女,到爷爷这来。"

娜达莎:"去你爷爷那吧。"

沙英搂住晓萍亲了一下:"我的亲孙女,哈哈! 我沙英活到这把年纪了,才真正活出味来了。"

胡雅格说:"来,干!"

两人一碰碗,畅快地把大碗的酒喝了下去。两人都哈哈大笑起来。

草原上。唐娅琳和泰米尔骑马在草原上走着。泰米尔说:"唐娅琳,你知道世界上什么事最让人摸不透吗?"

唐娅琳说:"爱情呗。你死去活来去爱一个人,可是没用。可有的人一旦相爱,就永远也摆脱不了。泰米尔,你倒说说,爱情这鬼玩意儿到底是个什么东西啊?"

泰米尔说:"不知道。往后我也不想知道了。但人活在世上,两件事是永远摆脱不了的。"

唐娅琳说:"什么事?"

泰米尔说:"一是你得做事,那就是事业。第二呢,你得结婚,那就是爱情。"

唐娅琳白了他一眼,说:"废话。"

泰米尔说:"关键是下面的,事业也好,爱情也罢,要追,就得痛痛快快一心一意不屈不挠地追!"

唐娅琳说:"哪有那么顺当的事!事业爱情又不是人人都能双赢的。咱俩都追了,但都输了。"

泰米尔说:"干什么都有输赢的呀。结果是一回事,追求的过程又是一回事!不管干什么,会生活的人注重的是追求的过程,输了就输了,输了又能怎样?从头再来嘛。"

唐娅琳说:"你倒挺想得开嘛。"

泰米尔说:"能屈能伸大丈夫,我泰米尔就这么做人。"

唐娅琳说:"你是说我们女人就不能屈不能伸了?"

泰米尔说:"看看,又抬杠了。唐娅琳,你知道我现在对你是什么感觉吗?"

唐娅琳说:"什么感觉?"

泰米尔说:"你是女中豪杰女人中的大丈夫!"

唐娅琳说:"泰米尔,你别忘了,在你眼里我一直是个爱作秀的姑娘。而且嘴也特别地刁,有时候还要点小阴谋,但我同你合作做事业上,可是全心全意踏踏实实的不是吗?"

泰米尔说:"是呀,但时间可以改变很多看法。"

唐娅琳说:"可除了女中豪杰女人中的大丈夫,我更希望你有另外的感觉!"

泰米尔说:"什么感觉?"

唐娅琳说:"你说呢?"

泰米尔有些莫名其妙,说:"还能有什么感觉?"

唐娅琳咬牙说:"我现在恨不得再把你撞到湖里去!"

泰米尔说:"为啥?"

唐娅琳说:"自己想去!"

泰米尔突然勒住了马,说:"你听,热合曼大伯又在拉琴了。"

唐娅琳说:"我们去热合曼大伯那儿去唱歌吧。我已经好长时间没唱歌了,现在嗓子突然痒痒的。"

泰米尔说:"行啊! 走,热合曼大伯也在朝我们招手呢。"

唐娅琳说:"唱什么?"

泰米尔说:"唱《敖包相会》行吗?"

唐娅琳说:"行。但那是在晚上,等月亮升起来时到敖包边上唱的歌。"

泰米尔说:"那今晚咱俩能不能到敖包边上去唱?"

唐娅琳说:"我提过,你不是不愿意吗?"

泰米尔一笑说:"不是说了吗? 时间能改变一切。"

唐娅琳说:"那你现在愿意了?"

泰米尔说:"对!"

唐娅琳笑了,她想了想说:"可我现在又不想唱了。"

泰米尔说:"为什么?"

唐娅琳说:"因为真要唱,那得从心里唱!"

泰米尔说:"行! 行! 就咱俩自己唱,从心里唱!"

唐娅琳说:"真的?"

泰米尔说:"对!"

唐娅琳扑向泰米尔,把泰米尔抱得紧紧的。唐娅琳流泪了:"泰米尔,我追你追得好苦啊!"

两人吻在了一起。

泰米尔和唐娅琳兴奋地来到热合曼身边。

泰米尔说:"我们唱什么呢?"

唐娅琳说:"就唱《父亲的草原母亲的河》,我喜欢这首歌。"

泰米尔说:"为什么?"

唐娅琳伸开双臂说:"因为是这儿的草原,是这儿的河流养育了我们!没有这辽阔的草原,没有这奔腾的河流,哪里能孕育出如此多的胸襟宽广的子子孙孙们繁衍生息到今天呢?"

热合曼投入地弹着弹拨尔,泰米尔和唐娅琳坐在一旁,唱起了《父亲的草原母亲的河》这首歌。

歌词唱:

"父亲曾经形容草原的清香
让他在天涯海角也不能相忘
母亲总爱描摹那大河浩荡"

……

歌声中:

乳业公司那巨大的厂房里那现代化的生产线。

泰米尔,唐娅琳,向志疆在巡视工厂,罗米夏跟在他的身边。

歌词唱:

"如今终于见到这辽阔大地
站在芬芳的草原上我泪落如雨
河水在传唱着祖先的祝福
保佑漂泊的孩子,找到回家的路"

……

歌声中:

阿孜古丽与娜达莎正在现代化的奶牛场工作。

娜达莎在给奶牛喂饲料,阿孜古丽在观察着机械化挤奶。

奶罐里的鲜奶在咕嘟咕嘟地往上升。

……

歌声中:

夕阳西斜。

沙英在放牧着马群。

艾孜买提咯咯地笑着跟在沙英后面。

艾孜买提喊:"爷爷——"

胡雅格也骑马过来,胡雅格喊:"艾孜买提,该回爷爷家了,明天还得上学呢!"

沙英挥手说:"去吧。"

歌词唱:

"我也是草原的孩子啊!

心里有一首歌

歌中有我父亲的草原母亲的河"

……

夕阳中,沙英在草坡上看着草原上奔腾的马群。泰米尔与唐娅琳也策马而来。

远方延绵不绝辽阔茂盛的草场与那像绸缎般的弯曲的河流……

泰米尔与唐娅琳深情地唱着。

远方辽阔茂盛的草场与那像绸缎般的弯曲的河……

泰米尔与唐娅琳的特写镜头。

在夕阳映照的火红得河水中,推出了《剧终》二字。

2015.1.8再稿于新疆奎屯天北新区绿莹里家中

2015年2月3日年初十二再改